LES PETITS BONHEURS
DE CAROLINE

CAMILLE CLERVAL

LES PETITS BONHEURS DE CAROLINE

ÉDITIONS PRISMA
ORIGINAL kobo

ISBN : 978-2-8104-3823-5

À Léna

1

Les Chocapic, ça ne va pas à l'école !

Comme chaque mardi, Caroline se prépare à une bonne journée de repos, qui commence toujours de la meilleure des manières : puisqu'elle n'est pas attendue au travail, elle peut prendre son temps pour accompagner sa fille Maëlys à l'école. En ce printemps, ce sont ses dernières semaines en grande section de maternelle. L'affaire est sérieuse pour la petite qui déclame dès que possible, et encore ce matin :

– L'année prochaine, je vais au CP !

– Oui, on va finir par le savoir que tu vas au CP, répond sa mère en souriant.

L'heure tourne et il s'agirait de ne pas être en retard.

– Et les céréales, elles vont se finir toutes seules ou bien elles vont en CP, elles aussi ?

– Mais non, maman, les Chocapic, ça ne va pas à l'école, enfin !

– Allez, termine ton bol, ma chérie, on part dans cinq minutes.

Maëlys hoche la tête, adresse à Caroline un immense sourire qui la fait fondre de bonheur. Pour accélérer la cadence, la mère range les trois boîtes de céréales disposées devant l'enfant. Ce faisant, elle casse le mur de lecture que s'était fabriqué sa fille.

– Eh, maman ! Laisse-moi les boîtes s'il te plaît ! Je n'ai pas fini de lire !

– Tu les as déjà lues cinquante fois, et tu les reliras demain matin.

La mère ne s'emporte pas, mais le ton est ferme. En face, elle a beau n'avoir que cinq ans, la petite se défend avec tous les arguments possibles :

– Oui, bah, je te ferais dire que justement j'allais lire les ingrédients qui sont écrits en petit sur le côté.

– Maëlys, ça suffit maintenant, on va vraiment finir par être en retard. Finis-moi ces trois Chocapic, enfile ton manteau et on y va.

– Oui, maman, concède sa fille en raclant le fond de son bol.

– Allez, hop, le manteau ! Regarde Haribo, il est déjà prêt, il t'attend.

En disant cela, Caroline pointe le Jack Russell du doigt.

– Pour lui, c'est plus facile, il n'a pas de manteau à mettre.

Une remarque qui ne manque pas de faire lever les yeux de Caroline, qui se retient de rire afin de ne pas donner de crédit aux réparties toujours amusantes de sa chère et tendre fille.

Quant à Haribo, qui ne rate jamais une occasion d'aller se dégourdir les pattes, il jappe pour manifester sa joie, invitant Maëlys à se presser.

Main dans la main, mère et fille prennent la direction de l'école, suivies de près par le petit chien blanc aux marques noir et feu, qui multiplie les allers-retours en sautillant. *Quel bonheur de pouvoir y aller à pied*, pense Caroline en laissant derrière elle sa voiture.

Les trois empruntent les sentiers qui serpentent à travers les vignes. C'est ici, dans ces terres méridionales de la vallée du Rhône, que se prépare, sous le soleil qui dore les grains de raisin gorgés de sucre, une bonne partie de la production de rosé du pays. D'ailleurs, il sera bientôt temps d'ouvrir les premières bouteilles, songe la mère qui n'est pas mécontente de voir l'hiver toucher à sa fin. Et de commencer à se plonger dans les joies à venir de l'été, ses douces soirées, ses après-midi derrière les stores pour éviter les assommantes chaleurs. Apprécier à nouveau le mistral qui, loin de refroidir l'atmosphère, fait bourdonner la tête, claquer les volets et envoler les affaires, même attachées avec des pinces. Des mois où le sèche-linge ne servira à rien, où les chats disparaîtront des nuits entières et où les insectes resurgiront comme par magie, eux qui ce matin dorment encore et peinent à se réveiller de leur hibernation. Des journées chaudes et heureuses, des week-ends tranquilles à siroter des verres au bord de la piscine, et des soirées à refaire le monde en essayant de ne pas fumer trop de cigarettes.

Un été de plus pour Maëlys qui va continuer de grandir, prononcer de nouvelles phrases, poser plein de questions, faire rire son public. On peut s'attendre à ce qu'elle répète sans doute, pendant ces semaines de vacances, avec la fierté d'une reine parlant de son royaume, qu'à la rentrée elle ira au CP.

Petit sac sur le dos, la fille court, son chien facétieux à ses côtés. À quelques mètres derrière, Caroline sourit, profite de l'instant, plonge ses mains dans les poches de son jean et sent déjà vibrer le smartphone. Elle ne s'inquiète pas de cet appel matinal, elle se doute qu'il ne peut s'agir que d'une seule personne : sa mère, Valérie, la grand-mère de Maëlys. Elle sait bien qu'il vaudrait mieux ne pas décrocher, mais elle ne peut se résigner à laisser cet appel sans réponse. C'est quand même sa mère, qui, pour son plus grand bonheur et parfois pour son plus grand agacement, cumule les rôles : confidente, amie, voisine, nounou, mais aussi petit chef, et de plus en plus personne âgée ayant constamment besoin d'être rassurée à propos de tout et de rien.

– Bonjour ma fille !

– Bonjour maman, comment vas-tu ?

– En pleine forme, j'ai l'impression que le temps se réchauffe encore. Et vous, tout va comme vous voulez ? La petite a bien dormi ?

– Oui, soupire Caroline.

Apparemment, le fait que Valérie habite littéralement au bout du jardin et qu'elle voie sa fille et sa petite-fille presque tous les jours n'est pas suffisant. Il faut aussi qu'elle appelle tous les jours, plusieurs fois par jour ! Pour prendre des nouvelles, pour écouter un peu, pour parler surtout.

– Vous êtes en route pour l'école alors ?

– Oui.

– Ah, c'est bien, vous n'allez pas être en retard.

– Voilà. Je te laisse, je te rappelle tout à l'heure ?

– D'accord, embrasse la petite de ma part !

C'est à ce moment que Maëlys et Haribo reviennent, pour s'enquérir de la raison de cet appel matinal.

– Tu parlais à qui au téléphone, maman ?

– À ton avis ?

– À mamie !

– Eh oui, c'est mamie, comme tous les matins, avoue Caroline en se retenant de persifler.

Elle se réjouit tout de même de voir que sa fille est déjà bien au courant des habitudes un peu envahissantes de la grand-mère.

– Qu'est-ce qu'elle raconte, mamie ?

– Oh, rien de spécial. Elle te souhaite une bonne journée.

– On peut lui envoyer un message pour lui dire bonne journée ?

Cette fois-ci, le sourire de Caroline se transforme en rire franc, qu'il faut bien emballer d'un peu de fermeté : que la grand-mère soit accrochée à son smartphone, passe encore, mais ce serait bien que sa petite-fille ne prenne pas le pli !

– Non, on n'écrit pas un message maintenant, on va à l'école. Je lui dirai que tu lui souhaites une bonne journée tout à l'heure.

– Tu vas lui parler tout à l'heure ?

– Oui, ne t'inquiète pas, je l'aurai au téléphone dans la matinée.

– Vous allez parler de quoi, alors ?

– Oh ! Tu es bien curieuse ! On parlera de toi, tiens !

Cette remarque provoque chez l'enfant un sourire jusqu'aux oreilles.

Caroline ajoute alors :

– Et puis, tu sais bien, c'est mardi, je ne vais pas au travail, je vais déjeuner avec mamie.

En disant ces mots, Caroline est prise d'un pincement au cœur : elle préférerait qu'il y ait aussi Maëlys à table avec elles, mais la cantine propose un tarif tellement prohibitif pour les enfants qui n'y mangent pas toute la semaine que ça ne l'incite pas à récupérer sa fille pour le déjeuner. Caroline se dit aussi qu'elle doit garder du temps pour elle, même si pour le moment elle peine à en faire quelque chose de très constructif. Enfin, elle se console en se disant que Maëlys est tout de même contente d'aller à la cantine avec ses copines.

D'ailleurs, elle en profite pour lui faire passer un message.

– Dis, Maëlys, tu essayeras de te souvenir de ce que tu manges à midi, cette fois ?

– Euh… oui, répond sa fille d'une toute petite voix, avant de se sauver de nouveau avec son chien, sautillant gaiement et appelant son ami à quatre pattes : Allez, viens, Haribo, on court !

La mère regarde le chien et l'enfant s'éloigner. Un sentiment étrange l'envahit. Elle entend encore le minuscule et timide oui resté à moitié coincé dans la gorge de sa fille. Caroline ne s'inquiète pas encore, mais cela commence un peu à l'embêter de trouver systématiquement Maëlys incapable le soir de se rappeler ce que la cantine a servi. Bien sûr, il est toujours possible d'aller jeter un œil aux menus qui sont affichés sur le panneau à côté de l'entrée de l'école, mais Caroline voudrait bien entendre sa fille lui parler du repas. Pas tant pour les détails concernant les saucisses ou le colin, la purée ou les carottes, que pour être certaine que Maëlys finit bien son assiette, en tout cas, qu'elle se nourrit à sa faim.

Dire de cette petite qu'elle a un appétit de moineau est presque un euphémisme. Aucune raison de s'alarmer pour le moment, insiste le médecin, qui s'appuie sur les courbes de poids et de taille pour rassurer la mère de cette enfant, qui tient quand même la moitié de ses gènes de la famille de son père. Cela fait d'elle une jolie métisse qui fera, c'est certain, tourner la tête des garçons, mais qui pour l'instant n'est pas bien épaisse : elle n'est pas la plus jeune de sa classe, mais de loin la plus fluette.

Qu'elle soit à moitié vietnamienne ne peut pas servir d'excuse pour Caroline : un nuage commence à se former dans ses pensées. Elle le connaît bien, tous les jours, à un moment ou à un autre, il s'invite, parfois quelques minutes seulement, parfois plus longtemps. Un nuage en apparence anodin, mais de plus en plus gros, de plus en plus sombre et menaçant. Elle redoute que derrière ce mystère d'enfant se cache une angoisse plus profonde, ou bien une maladie encore non diagnostiquée. Le pire, ce serait cette foutue anorexie que la mère comme la grand-mère ont connue à l'adolescence. À cinq ans, Maëlys est encore loin de ce danger, mais Caroline se veut attentive, refuse de se voir dépassée par le problème. Les petits copains, la mobylette, les bières et même quelques joints en soirée, cela n'inquiète pas Caroline, mais les troubles alimentaires et la trop grande attention portée au corps, de cela elle se méfie grandement.

Enfin, tout de même, cette inquiétude est bien entendu prématurée : l'adolescence peut encore attendre… au moins dix ans, allait compléter Caroline. Elle se reprend aussitôt, constate que le temps passe, sait bien qu'à douze ou treize ans les jeunes commencent déjà à vouloir devenir des adultes. Il suffit que Maëlys, dix mètres plus loin sur le chemin, se retourne brièvement et adresse à sa mère un sourire de lutin malicieux pour que le sombre nuage s'éloigne des pensées de Caroline.

Après avoir laissé Maëlys à l'école, Haribo et sa maîtresse font le chemin du retour. Le Jack Russell avance d'un pas toujours aussi léger, néanmoins sa mine semble afficher une pointe de tristesse d'avoir à marcher sans sa petite maîtresse, son soleil, sa meilleure amie.

– Tout va bien, Haribo. On la retrouvera ce soir, Maëlys.

Puisque le soleil offre des couleurs fantastiques, Caroline sort son smartphone et se lance dans quelques photos. Elle tente d'immortaliser les vignes en 16/9. Hélas, entre ce qu'elle contemple devant elle et ce que ça rend à l'écran, le résultat n'est pas fameux. Soit le ciel est plus pâlot qu'en réalité, soit la terre est trop sombre.

– Pfff, c'est vraiment un métier, photographe !

Elle rit de son amateurisme, tente de faire prendre la pose à son chien, mais Haribo préfère fureter dans les haies, étourdi par les bruits et les odeurs, à la recherche d'une souris, d'un oiseau ou d'un autre animal à pourchasser. Alors Caroline tente quelques selfies, pour un résultat tout aussi raté.

Ce n'est pas grave, pense-t-elle, en se demandant néanmoins comment certaines filles arrivent à afficher un compte Instagram qui ressemble à un magazine de mode. Il faudrait qu'elle prenne des cours, ou bien qu'elle sache au moins se servir des filtres. Elle le voit bien que sa collègue Sarah, accro aux réseaux sociaux, apparaît toujours plus belle sur Instagram qu'en réalité. Peut-être que c'est la ville qui permet cela, qu'en s'y installant on s'offre des possibilités qui n'existent pas à la campagne.

Qu'importe, elle ne quitterait pour rien au monde Sauveterre, son petit village du Gard, juste à côté de Châteauneuf-du-Pape. Avignon n'est pas très loin, à peine une demi-heure en voiture, ce qui est bien suffisant pour aller y travailler au quotidien et y sortir un ou deux soirs dans le mois. Adel, Adrien, Sarah, Kévin et les autres, qui habitent presque tous le centre-ville, profitent des terrasses, mais ils ne savent pas ce qu'ils perdent en refusant les joies des vallées environnantes.

Ici on respire un air parfumé et on écoute le chant des oiseaux toute l'année, pas comme à l'intérieur de cette cité des papes dont les remparts et les belles rues pavées peinent à compenser la sauvagerie ambiante. Trop de voitures, trop d'incivilités, trop de gens, pour Caroline, il n'est pas question d'y déménager. Elle ne se voit pas totalement comme une fille de la campagne, mais elle n'imagine pas s'installer en ville. Sans parler qu'il faudrait troquer la maison et le jardin pour un appartement avec, dans le meilleur des cas, un simple balcon !

La petite maison qu'elle loue est peut-être fatiguée et ouverte aux quatre vents, mais Maëlys et elle s'y sentent si bien. Et puis, quel meilleur cadre que cette campagne et ces vignes pour élever sa fille ? De toute manière, elle aurait du mal à imaginer comment expliquer un éventuel déménagement à sa mère.

Et puis, si elle creuse un peu plus cette question, elle doit se rendre à l'évidence : c'est au moins autant Valérie qu'elle-même que cette séparation peinerait…

2

Les p'tits perzonnages éparpillés au bord de la baignoire

– Allez, Haribo, on rentre maintenant !

Caroline tient la porte de la maison grande ouverte, entre ses jambes se faufile le Jack Russell, qui serait bien resté dehors quelques instants de plus. Parfois, Caroline le laisse dans le jardin, mais seulement quand elle peut le surveiller d'un œil, car elle connaît trop la propension à la fugue de cette pile électrique au pelage aussi dru que blanc. Si elle n'y prête pas attention, l'animal, c'est certain, va se tirer à l'autre bout du village, et encore, c'est qu'il aura été sage : la dernière fois qu'il s'est fait la malle, il a passé la journée dans les vignes !

La plupart des viticulteurs ne disent rien, sauf ceux qui, fiers propriétaires d'une ou deux parcelles de vins d'exception, râlent et se plaignent, quand ils ne virent pas Haribo à coups de pied dans le derrière. « Un chien en liberté dans les sacro-saintes vignes où s'épanouissent les grands crus, entre autres, de Châteauneuf-du-Pape, ça fait mauvais genre », disent-ils. Caroline doute que cette petite boule de poils exerce la moindre influence sur le goût du vin, mais elle ne tient à embêter personne, reprend toujours son Jack Russell en multipliant les excuses et rentre à la maison, tantôt en pestant contre Haribo, tantôt en riant de ses fugues récurrentes.

Si elle tient ce matin à le garder entre quatre murs, c'est qu'elle sait que l'animal n'aime pas ce qui l'attend. Car avec le mardi vient certes la journée de repos, mais avant de pouvoir en profiter, Caroline doit d'abord commencer par deux incontournables heures de ménage. Il s'agit de garder la maison à peu près propre et présentable à tout moment, et le moins qu'on puisse dire, c'est qu'avec un chien, deux chats et une fille de cinq ans, ce n'est pas une mince affaire !

Il lui faut commencer par ramasser les affaires de la petite qui étale et disperse ses vêtements, ses livres et ses affaires aux quatre coins du salon, dans la salle de bains, aussi un peu dans la cuisine. C'est bien simple, il y en a partout ! À sa décharge, la petite fille ne peut pas vraiment s'inspirer de sa mère comme exemple. Caroline aussi a l'habitude d'en laisser traîner à droite à gauche. Une femme et demie, et voilà le bazar ! Heureusement qu'il n'y a pas aussi les affaires d'un homme à ramasser, ce serait carrément le foutoir. Enfin, quand même, elle ne serait pas contre, de temps en temps, faire des machines de chemises et de pantalons, de slips ou de caleçons.

C'est peut-être ça qui lui manque vraiment, en ce printemps : un nouveau compagnon, un peu plus fiable que le père de Maëlys. Enfin, à chaque fois qu'elle y pense, elle se dit que cela ne sert à rien de se presser, que le risque est grand de se faire encore une fois éblouir par les beaux yeux d'un type qu'elle finira par retrouver avachi dans le canapé du salon, devant un match de foot ou bien manette à la main, en train de jouer à la console. Certes, les hommes ne sont pas tous les mêmes, loin de là, enfin, ceux qui valent la peine d'être connus ne se pressent pas devant sa porte !

Éponges, aspirateur, seau, balai, serpillère, Caroline sort tout le nécessaire, et Cahuète et Bounty sont au courant de ce qui se prépare. Les deux chats filent se cacher dans la chambre de Maëlys, un sous le lit, entre les caisses de jouets, et l'autre dans le placard, entre les plis des robes de princesse.

Ce petit manège fait sourire Caroline, qui commente la situation à haute voix :

– Eh oui, les chats, c'est mardi, et le mardi, c'est ménaaaage !!!

Haribo baisse la tête, penaud, et opte pour un coin de canapé. Il tente de se faire le plus petit possible, comme s'il craignait de se faire aspirer. Le ménage n'a pas encore commencé que le chien semble déjà soupirer de ce moment à venir.

– Ah, c'est sûr que si ça ne tenait qu'à toi, Haribo, la maison ne serait pas bien propre. Entre toi et les deux autres, j'ai vraiment l'impression qu'il y en a partout, des poils !

L'instant d'après, avant de commencer, elle connecte son smartphone aux enceintes et lance une de ses playlists préférées. Le ménage sans musique, c'est totalement impensable pour Caroline. Deux heures de tubes des années 1980, rien de tel pour nettoyer toute la maison dans la joie et la bonne humeur. Il est neuf heures du matin, mais dans la musique il est déjà plus tard puisque ce sont *Les Démons de minuit* qui ouvrent le bal.

– Ils m'entraînent, au bout de la nuuuiiiit…

Caroline chante, danse et brique, balaie, éponge et nettoie, sous le regard toujours étonné de son chien, qui a troqué son soupir pour une de ses poses préférées – oreilles pointées et tête penchée sur le côté. De temps à autre, sa maîtresse lui jette un regard et lui envoie un baiser dans les airs, qu'elle complète par une petite phrase, souvent la même :

– Tu es beau, mon chien !

Comme d'habitude, elle est bientôt interrompue par le smartphone qui sonne, et évidemment celle qui appelle sait très bien qu'elle dérange. Mais comme elle sait aussi que sa fille va décrocher, elle appelle quand même.

– Oui, maman !

– Ah, toi, t'as l'air d'être en train de faire le ménage !

– Oui, maman, comme chaque mardi matin. Tu voulais me dire quelque chose, ou bien on se rappelle quand j'ai fini ?

– Je voulais prendre de tes nouvelles.

– De mes nouvelles ? Mais nous avons dîné ensemble hier soir ! répond Caroline en riant.

– Et Maëlys, ce matin, à l'école, ça a été ?

– Oui, tout va bien, elle était contente de retrouver ses copines.

– Alors, c'est parfait. Bon, je ne t'embête pas plus longtemps, je te rappelle plus tard.

– Voilà, à tout à l'heure, maman.

Caroline raccroche et se demande, une fois de plus, ce que sa mère ferait sans elle. Au fond, elle est quand même chaque fois touchée de voir qu'elle prend très à cœur son rôle de grand-mère. Depuis que l'enfant est née, Valérie semble avoir rajeuni de quinze ans. Toujours prête à proposer son aide, toujours à la recherche d'une activité avec sa petite-fille. Évidemment, plus joyeuse, plus heureuse, plus gaie, plus jeune, mais aussi de plus en plus envahissante.

Comme elle pouvait s'y attendre, la voilà qui se manifeste de nouveau et interrompt sa trentenaire de fille dans son ménage.

– Et allez ! Elle rappelle encore ! Bon, ça commence à bien faire, il ne faut peut-être pas exagérer. Qu'est-ce qu'elle veut ?

Ça, c'est ce que dit Caroline avant de décrocher. Il lui en faut plus pour exprimer devant les autres, et notamment sa mère, son agacement. Avant de porter le smartphone à l'oreille, elle inspire, reprend son calme, soupire et répond à sa mère avec le sourire :

– Oui, maman !

– Ah, tu n'as pas fini ton ménage ?

– C'est sûr que si tu m'appelles toutes les demi-heures, il ne va pas se terminer tout seul, ce ménage !

– Pardon, ma fille. Je voulais juste savoir si tu passes à midi.

– Oui, je déjeune avec toi, maman, comme d'habitude. Pas d'inquiétude.

– Je ne m'inquiète pas : tu vas venir déjeuner avec ta mère, comme tous les mardis !

– Oui, je vais venir, bien sûr. Je ne vais pas te laisser toute seule.

– Tu arriveras vers quelle heure ? Midi et demi ?

– Oui, voilà, dans ces eaux-là.

– Tu me dis si tu prévois d'arriver plus tard.

– Pourquoi, tu nous prépares un soufflé au fromage ?

– Non, des tomates mozza.

– Eh bien, ça pourra attendre cinq minutes si je suis en retard, alors.

– C'est sûr que ça ne va pas refroidir ! Mais tu sais bien que je n'aime pas attendre !

Mère et fille rigolent puis raccrochent, Caroline promet d'être à l'heure.

Cahuète et Bounty n'ont pas profité de ce dernier coup de fil pour sortir le nez de leur cachette, Haribo n'a pas non plus quitté le canapé. Les trois animaux savent très bien quand le ménage s'arrête pour de bon, et ce n'est pas maintenant. Au programme de ce mardi, les vitres du salon et la poussière du meuble de l'entrée. Il faut chaque semaine varier les plaisirs, d'autant plus qu'il est impossible de tout faire en une fois.

Ce meuble-là, ça doit faire des mois qu'elle n'y a pas touché. S'y sont entassés les papiers en tout genre, les piles usagées, des trombones et des coupons de réduction, et puis le reste, qui n'a pas bougé depuis des mois, voire des années. Des films qu'elle ne regarde plus, puisque l'abonnement Netflix a fini par totalement remplacer le lecteur DVD, des livres qu'il faudrait donner, des vêtements dont il manque un bouton ou un ourlet, les dessins de petite et moyenne section de Maëlys, et tant d'autres merveilles encore. Pfff,

Caroline souffle et peste, ranger ce meuble entièrement lui prendrait l'après-midi !

– On ne va pas finasser, lâche-t-elle pour elle-même en terminant la poussière.

Néanmoins, avant de refermer cette commode pleine de merveilles, elle dégote au fond un objet qu'elle sort et pose sur la table de la cuisine, se réjouissant déjà de consulter ce trésor.

Un dernier quart d'heure consacré à la plus petite et pourtant une des plus essentielles des pièces de la maison, la salle de bains, et elle pourra enfin se poser. Autour de la baignoire elle récupère des voitures, des dinosaures, des hommes et des femmes dont les coupes de cheveux ont été interverties ou bien retirées, des Playmobil que Maëlys appelle « mes p'tits perzonnages ». Tout le monde avait ri de ce cheveu sur la langue qui s'est envolé, mais l'expression est restée, et la petite continue à l'utiliser pour attendrir sa mère et capter son attention quand elle prend son bain.

Le miroir, les brosses à dents qu'il est temps de changer, un coup de serpillère, et hop, Caroline peut enfin lâcher une de ses petites phrases favorites, joyeuse d'en avoir fini pour aujourd'hui avec le ménage :

– Aaaah ! Ça va mieux !

C'est sans doute à ces mots que les deux chats s'étirent et s'aventurent de nouveau dans la maison, délaissant le lit et le placard de la chambre de la petite fille pour retrouver leur bol de croquettes. Quant au chien, il se poste devant la porte-fenêtre qui donne sur la terrasse, sachant très bien que c'est dehors que Caroline va s'installer. La maîtresse de maison glisse une capsule dorée – elle ne connaît pas le nom exact de ce café, mais elle sait que ce sont les capsules dorées qu'elle préfère – dans la machine. Celle-ci tremble, bourdonne et crache enfin un filet qui remplit la tasse.

Café à la main et cigarette, Caroline regarde la Marlboro Light d'un air coupable et désolé. Il faudrait qu'elle arrête, elle en a conscience. Comme pour beaucoup de choses, c'est plus facile à dire qu'à faire. C'est la cigarette du café, la plus compliquée à s'en passer. Elle a déjà bien réduit, rien à voir avec ce qu'elle pouvait fumer à une certaine époque. Bientôt, peut-être, elle pourra se considérer comme une ex-fumeuse.

Une fois ce vice consommé, elle prend en main l'objet qu'elle a sorti du meuble de l'entrée – un album photo, et pas n'importe lequel. Celui de ses années d'avant la naissance de Maëlys. Dans ces pages pas encore jaunies, mais déjà usées, ce qu'elle va redécouvrir, c'est sa vie d'avant, ses copines, son copain avant qu'elle ne se marie avec lui, puis qu'il devienne, hélas, son ex-mari.

Alors que Caroline s'apprête à ouvrir cette porte vers ce passé pas si lointain, elle éprouve le besoin d'en parler avec quelqu'un. Haribo est là, bien sûr, dans le jardin. Même Cahuète et Bounty se sont dandinés pour traîner leur carcasse soyeuse de chats tranquilles jusqu'à la terrasse. Elle voudrait surtout commenter et discuter, pas parler toute seule à voix haute à ses animaux. Par facilité, par automatisme, elle prend en photo la couverture de cet album, qu'elle envoie par message à sa mère. Forcément, il ne faut pas quinze secondes à Valérie pour rappeler dans la foulée.

– Quel album as-tu ressorti exactement ?

– Celui avec les photos du mariage.

– Oh, ça fait longtemps ! Tu ne veux pas m'attendre pour le regarder ? Apporte-le avec toi pour le déjeuner, ça te dit ?

Caroline, coincée entre son besoin de partager le moment et son envie profonde de feuilleter ces photos en silence et seule dans son coin, a toujours, à trente-cinq ans passés, beaucoup de mal à dire non à sa mère. Alors elle acquiesce :

– D'accord, à tout à l'heure, maman.

3

S'il fallait attendre le mois de juillet pour boire un coup…

À leur arrivée dans la maison de Valérie, Caroline et Haribo sont assaillis par des chiens d'une tout autre taille que le petit Jack Russell. Comme à leur habitude, les trois bouviers bernois, aussi immenses qu'agités, font un boucan de tous les diables. La maîtresse de maison lève la voix et tente, en vain, de les calmer : les voilà qui aboient de plus belle, se révélant comme à chaque fois un comité d'accueil des plus bruyants. Valérie l'assure à ceux qui entrent ici, ces chiens se sont révélés très difficiles à dresser. La vérité est qu'ils n'ont pas été dressés du tout, et on voit le résultat : ils sont intenables. Ils ont beau connaître la fille, qui est aussi la voisine, et son minuscule chien blanc, ils courent d'un bout à l'autre du salon, sautent sur les canapés, se donnent entre eux quelques coups de dents pour manifester, question de point de vue, leur enthousiasme ou leur besoin de prendre l'air.

Au moins, avec le raffut de ces trois-là, il n'y a pas lieu de craindre les rôdeurs ou les cambrioleurs – ce qui n'a pas empêché Valérie de demander qu'on installe une alarme dernier cri. Philippe, son second mari et beau-père de Caroline, a eu beau lui dire qu'avec de tels molosses personne n'allait oser mettre un pied dans la baraque, et que de toute manière il n'y avait pas grand-chose à voler, sa femme a tant insisté qu'il a fini par s'exécuter, en ne manquant pas de lâcher une de ses habituelles phrases qu'il laisse toujours en suspens dans l'air :

– Si ça te fait plaisir...

Ce qui ferait plaisir à Caroline, c'est que ces animaux ne manifestent pas leur joie par des traînées de bave et des nuages de poils. À chaque fois qu'elle vient, c'est le même cirque, tant et si bien qu'elle a pris l'habitude de ne pas mettre d'habits trop propres pour voir sa mère. Le pire, c'est quand elle dépose, les matins où elle part travailler très tôt, Maëlys chez sa grand-mère : si Caroline a le malheur de mettre ne serait-ce qu'un pied dans la maison, les trois fous vont lui sauter dessus et faire des dégâts sur son tailleur et son chemisier.

Serrant contre elle le précieux album photo, elle embrasse sa mère, déjà pressée et excitée comme une enfant de consulter les souvenirs dépoussiérés.

– Fais voir...

– Attends, maman, nous regarderons après. Je suis arrivée bien à l'heure, il n'y a pas un repas qui nous attend ?

– Oui, tu as raison, ma fille. Passons à table.

Elles s'installent sur les chaises hautes, sur l'espace bar de la cuisine. Les entrées ont été servies et Valérie propose du rosé à Caroline. Cette dernière tend le dos de sa main à plat au-dessus de son verre, résiste et refuse, arguant que ce n'est pas encore l'été, que le rosé, c'est bon quand le verre est frais et que dehors il fait chaud. Pour l'instant, ce n'est que l'intersaison – c'est ainsi qu'elle nomme le printemps et l'automne, lointain héritage de ses études en hôtellerie.

– Eh bien, s'il fallait attendre le mois de juillet pour boire un coup ! répond sa mère en soufflant.

Valérie avance que l'été est bientôt là et elle dit, ce qui ne manque pas de faire sourire sa fille :

– Vivement les vacances !

Caroline voudrait lui faire remarquer qu'elle ne travaille pas et qu'elle est pour ainsi dire en vacances toute l'année, mais il est bien inutile, et surtout très risqué, d'embêter Valérie à ce sujet. Ce qu'elle veut sans doute dire, c'est qu'en juillet et en août elle peut enfin profiter de la présence de Philippe. Malgré sa retraite l'année dernière, il continue de travailler, par passion et par habitude de ce rythme autant que par besoin de financer les travaux dans la maison, les vacances en plein hiver à l'autre bout du monde, les croquettes pour les chiens, la nouvelle piscine… Valérie pourra aussi, durant ses vacances, comme elle les appelle, voir vraiment grandir, jour après jour, sa petite-fille Maëlys.

Caroline voudrait l'envoyer en colonie, mais sa mère a tellement insisté qu'elle a accepté de repousser le projet à l'année prochaine. La dernière fois qu'elles en ont parlé, la conversation a failli mal tourner.

– Cinq ans, c'est quand même trop jeune pour partir en camp d'été !

– En camp d'été ? Déjà ça s'appelle une colonie de vacances, ce qui donne un peu plus envie, et ensuite je te rappelle que cet été elle aura cinq ans et demi.

– Oui, enfin, cinq ans ou cinq ans et demi, c'est bien pareil et c'est trop tôt !

Caroline avait voulu répondre qu'à cet âge-là elle y allait déjà, en colonie de vacances, mais elle s'était abstenue de cette remarque, sachant pertinemment ce qui allait suivre, Valérie qui monterait dans les tours et se vexerait d'avoir été pour sa fille Caroline une mauvaise mère. Elle parlerait de l'époque qui n'était pas la même, du monde devenu plus compliqué et inquiétant, des dangers et des menaces, la vérité était qu'elle faisait tout pour qu'on ne lui enlève pas sa petite-fille une seule minute de l'été. Caroline avait cédé, mais gardait dans un coin de sa tête le projet, persuadée que cela ne pouvait qu'être bénéfique à Maëlys, fille unique et habituée à jouer chez elle avec Haribo et à parler aux chats Cahuète et Bounty plutôt qu'à des enfants de son âge. Elle aurait grand besoin de se dépenser avec d'autres gosses, au moins quelques semaines durant ces deux longs mois sans école.

– Tu feras attention, Caroline, tu as quelques cheveux blancs.

– Et alors ? Toi aussi t'en as, des cheveux blancs !

– Ah ça oui, ma fille, mais nous n'avons pas le même âge, et surtout je ne suis pas célibataire.

– Je ne suis pas vraiment en train de me chercher un nouveau mec, figure-toi.

– Tu devrais. Le temps passe si vite…

À ces mots, la mine de sa fille se renfrogne. Caroline soupire en songeant à la délicieuse relation douce-amère qu'elle entretient avec sa mère.

Pour changer d'ambiance, Valérie parle de sa nouvelle activité : le tir à l'arc. Caroline pose des questions pour la forme, mais n'insiste pas plus que cela. Aujourd'hui il est question de flèches à envoyer dans une cible, en septembre elle s'était inscrite au yoga, activité abandonnée aussi vite que les précédentes, sans parler de la reprise d'études il y a deux ans. En fac d'anthropologie, la passion s'était vite éteinte – un trimestre à peine et Valérie avait décrété que les professeurs n'étaient pas au niveau, et qu'elle n'avait plus le temps d'y aller, qu'elle préférait se mettre, nouvelle lubie, à apprendre l'italien toute seule chez elle, avec le résultat qu'on pouvait imaginer. Ce n'était encore pas cette année qu'elle causerait avec les gens du coin à Rome ou à Florence.

Valérie tournait ainsi en rond, éternelle mère au foyer alors que Caroline et son frère Nicolas avaient quitté le nid depuis un certain temps. Nicolas surtout, car Caroline habitait au bout du jardin, ce qui ne facilitait pas le sevrage, ni de l'une ni de l'autre. Mais c'était sa mère et on n'en avait qu'une, se convainquait toujours Caroline chaque fois qu'à l'horizon se profilait la possibilité de déménager plus loin.

Valérie s'enquiert ensuite du boulot de sa fille.

– Oh, rien à dire, on nous demande de faire plus avec toujours moins de moyens. Je sens qu'on va encore passer un été compliqué.

– Tu travailles dans le tourisme, c'est normal que l'activité soit plus intense en juillet et en août.

– Mais je n'ai rien contre les touristes ! Ça nous fait des heures supplémentaires et des meilleures primes. Mais travailler en équipe réduite, et voir qu'un départ sur deux n'est pas remplacé, je t'assure que c'est pesant.

Valérie a beau multiplier les efforts d'imagination pour prolonger la conversation, elle qui n'a pas mis les pieds en entreprise depuis une trentaine d'années est loin de comprendre comment ça fonctionne. Et ce n'est pas avec les discussions de Philippe qu'elle va améliorer sa connaissance de ces choses-là. Comme il dit toujours :

– Ce qui se passe dans l'entreprise...

Comprenne qui pourra, chacun complète à sa manière, toujours est-il que sur le sujet il n'est pas très causant. Tant et si bien qu'avec les années il a fini par déteindre un peu sur sa belle-fille Caroline, qui finit par changer elle-même de sujet tant la conversation sur le boulot est hésitante et hachée. Heureusement, les sujets sur lesquels Valérie est intarissable sont nombreux, à commencer par la gestion du maire et de son équipe, que la sexagénaire trouve tous lamentables. Sa fille prend plaisir à glisser une pièce dans la machine, et voilà sa mère partie au quart de tour, sur le ramassage des poubelles qui va changer de fréquence, sur le trop cher embellissement floral du rond-point à l'entrée du village, sur les mesures post-covid qui n'en finissent plus d'emmerder tout le monde : en clair, tout ce qu'ils font, c'est, selon Valérie, une catastrophe.

Elle a bien tenté, avant de vite se raviser, d'envisager une candidature pour être maire, ou plutôt mairesse, comme elle préfère dire. Sondant le terrain, elle a compris que dans un village de retraités où tous se connaissent depuis leur enfance, elle et son armée de parents d'élèves ne feraient pas le poids. Si seulement les enfants pouvaient voter ! Hélas, quand ils seront en âge de le faire, ils auront décampé dans une grande ville. Avignon, Nîmes, Montpellier, Valence, Orange, les possibilités ne manquent pas, quand ce n'est pas la capitale ou bien la Côte d'Azur. Heureusement que sa fille Caroline est restée auprès d'elle, pas comme son fils Nicolas, comptable à Nîmes et qui ne vient la voir que très épisodiquement. Pour ainsi dire, cela commence à faire un bail qu'ils ne se sont pas pointés, lui, sa femme et leurs deux enfants.

Le repas touchant à sa fin, les deux femmes passent sur la terrasse. Encore trop frais, cette semaine, pour y déjeuner, mais il fait assez bon pour au moins prendre le café dehors. Caroline devine que sa mère n'attend qu'une chose, qu'on installe l'album photo au milieu de la grande table en teck pour se plonger dans les souvenirs. Mais d'abord, quelques minutes de vice, qui ne manquent pas de faire réagir Valérie.

– Tu fumes encore ?

– Maman, répond calmement Caroline, chaque mardi on déjeune ensemble, chaque mardi on prend le café, chaque mardi j'allume une cigarette, et chaque mardi tu prends le même ton pour me demander si je fume encore.

– Tu sais que ce n'est pas bon pour la petite.

– Quelle petite ? Je ne suis pas enceinte à ce que je sache. Ou alors, j'aimerais bien savoir comment c'est arrivé, ce serait un miracle !

– Je te parle de Maëlys.

– Je ne fume pas tant que ça, et jamais devant elle.

– Les enfants savent tout, elle doit bien s'apercevoir que tu sens parfois la cigarette.

Caroline lève les yeux au ciel. Bien sûr que Maëlys, maline comme un petit singe, remarque tout et le dit à chaque fois haut et fort à sa mère :

– Maman, tu as fumé, ce n'est pas bien !

Cette pensée lui arrache un sourire au milieu de cette cigarette qu'elle aurait préféré apprécier en silence, ou au moins dans le calme. C'est encore raté, elle devrait le savoir, chaque mardi, c'est la même salade. À côté d'elle Valérie pérore que ce n'est pas un bon exemple pour Maëlys, que les enfants de fumeurs ont plus de chances de devenir fumeurs à leur tour. Ce à quoi rétorque Caroline :

– On se demande bien pourquoi je fume.

– À mon époque, c'était différent. Tout le monde fumait partout : dans les avions, les hôpitaux, au bureau. Et puis je te signale que j'ai arrêté quand j'avais trente ans.

– Bravo, lâche Caroline désabusée, avant de compléter qu'elle promet d'arrêter avant ses soixante ans.

– Je te remercie, ça fait plaisir.

– Quoi, qu'est-ce que j'ai dit ?

– Tu sais très bien que quand tu auras soixante ans, je ne serai plus là pour voir ça, répond Valérie, les larmes aux yeux.

La peur de la mort, qui revient souvent d'une manière ou d'une autre sur la table. Caroline s'en veut d'avoir emmené la conversation sur ce terrain sensible pour sa mère, en même temps qu'elle se réjouit de n'avoir jamais été inquiétée par ce genre de pensées noires. Oh, ce ne sont pas les angoisses qui lui manquent, mais la peur de la mort, non, elle n'a jamais vraiment connu ça. Ce serait plutôt la peur de vivre qui la caractériserait, à bien y réfléchir.

Caroline se lève, écrase sa cigarette dans le cendrier qu'elle laisse exprès sur le rebord extérieur d'une des fenêtres du salon et revient vers sa mère, qu'elle prend dans ses bras.

– Allez, sèche tes larmes, va, nous ne sommes pas encore en train de t'enterrer, non ?

– Oh, ça vient toujours plus vite qu'on croit.

– Allez, viens, ma petite maman, on va regarder les photos, ça sera quand même plus drôle que cette conversation.

4

Les années passent et les photos jaunissent

L'album photo qu'elles consultent est un de ces livres de couleur sombre et unie, sans rien d'écrit ni sur le dos, ni sur la couverture. Un format à l'ancienne, c'est la grand-mère de Caroline qui le lui avait offert, il y a des années. La jeune fille avait trouvé l'album en question d'apparence un peu triste, mais à présent qu'il est entièrement rempli de souvenirs, elle l'adore, et chaque fois qu'elle le ressort du placard, elle prend plaisir à le regarder. Celui-là plus que les autres, précisément, parce que ses années de jeune adulte lui font l'effet d'un moment de vie où tout se déroulait à la perfection.

C'est un temps suspendu, entre l'adolescence et ses complexes – Caroline, comme beaucoup de filles au lycée, a mis du temps avant d'apprivoiser son corps – et les premières vraies responsabilités de la vie d'adulte, enfants à élever et crédits à rembourser. Peut-être que cette nostalgie est propre à toutes les époques, à tous les jeunes adultes. Car Valérie ne peut s'empêcher de s'exprimer, en regardant les photos de sa fille, ici en week-end en amoureux à Barcelone, là en vacances à la plage dans les Landes avec ses copines :

– Quand j'avais cet âge, avec ma meilleure amie Martine, on avait acheté un…

– … un Combi Volkswagen d'occasion, et vous étiez allées partout avec, en Écosse, au Portugal, et même jusqu'au Maroc ! complète aussitôt Caroline.

– Ah, je t'ai déjà raconté cette histoire, peut-être ?

– Oui, juste une dizaine de fois, maman.

Valérie ne relève pas la pique et reprend son récit, parle d'une semaine en Bretagne. Le soir, Martine et Valérie buvaient des bières sur la plage, devant un feu. Il y avait un beau mec aux cheveux longs, il s'appelait Thierry et jouait de la guitare. Pour les yeux bleus de celui-là, les deux amies étaient en concurrence.

– Et finalement il est parti avec la blonde, conclut Caroline, qui connaît aussi cette anecdote.

– Oui, voilà, Judith, qu'elle s'appelait. Oh, quelle peste, celle-là !

– Comme toutes les blondes, confirme la fille.

Au passage, Valérie en profite pour se plaindre un peu, constater que le monde a changé, que les jeunes ne sont plus aussi insouciants qu'avant.

– Oh, ne t'inquiète pas pour eux, ils sont encore bien libres. Quand je vois l'état dans lequel certains arrivent à l'agence le matin, je me dis qu'ils n'ont pas l'air de se coucher tôt en regardant une série sur leur canapé.

– Tant mieux pour eux s'ils font la fête ! se réjouit Valérie.

Elle trouve tout de même qu'il y a de quoi se faire du souci pour l'avenir.

– Arrête un peu, de ton temps aussi vous aviez des raisons de vous inquiéter.

– Peut-être, mais dans les années 1980, on n'avait pas le covid, les masques, les tests, les confinements...

– Le sida, les milliers de morts sur la route tous les ans, tu trouves ça mieux ?

Valérie ne relève pas, persuadée d'avoir vécu une jeunesse dans une fin de siècle joyeuse et désordonnée. Au contraire, elle reprend aussitôt son ton de mère pour s'adresser à sa trentenaire de fille comme si elle n'était encore qu'une ado :

– D'ailleurs, on n'en a pas reparlé, Caroline, mais vraiment j'insiste : maintenant que tu es de nouveau célibataire, si tu sors avec des garçons, il faut que tu te protèges. Ne va surtout pas attraper je ne sais quelle maladie, pense à ta fille.

– C'est plutôt ma fille qui me refile des maladies. Quand ce n'est pas la gastro, c'est la bronchiolite ou la grippe, on dirait qu'ils font des semaines thématiques à l'école. Et puis les mecs, ça fait un bail que je n'en ai pas vu. En fait, le dernier en date, tu le sais bien, c'est le père de Maëlys.

– Tu vas retrouver quelqu'un. J'étais plus âgée que toi quand j'ai quitté ton père pour me mettre avec Philippe.

– Ah tiens, tu as quitté papa pour lui ?

Caroline fait semblant de jouer les étonnées, se moquant de sa mère et de son beau-père, dont les débuts amoureux, selon la version officielle, ont commencé alors que Valérie et Philippe avaient déjà quitté leurs conjoints. La vérité, Caroline et son frère Nicolas l'ont découverte au grenier, en tombant sur une boîte à chaussures. À l'intérieur se trouvaient les cartes postales de leur mère et de leur beau-père : une correspondance sans équivoque, dont les « je t'aime » et « tu me manques », accolés aux dates d'envoi, indiquaient que les choses avaient commencé bien plus tôt, brodant une version alternative de la réalité, comme s'ils s'en voulaient d'avoir été infidèles. Nicolas et Caroline en rient encore, surtout ils n'ont pas été choqués le moins du monde : si les deux couples étaient en train de sombrer, pourquoi ne pas aller voir ailleurs ? Et puis, leur père a refait sa vie, tout comme l'ex-femme de Philippe. Alors, pour eux, il n'y a pas de raison de continuer à raconter une version alternative. Néanmoins Valérie y tient, aujourd'hui encore : vexée par la pique de sa fille, elle ne répond pas à la question.

Pour sauver les apparences, elle parle à nouveau d'elle, évoque un voyage de classe à Berlin-Ouest, quand il y avait encore le mur. Caroline ne l'écoute que d'une oreille, heureuse de voir que sa mère a conservé de beaux souvenirs de son enfance. L'instant d'après, il s'agit de recentrer un peu la conversation. Si on la laisse faire, Valérie peut monopoliser toute la lumière. Alors, gentiment, Caroline recadre sa mère :

– En fait, ce n'est peut-être pas mon album de photos qu'il fallait apporter ? Tu veux que j'aille au grenier chercher les tiennes ?

– Mes vieilles photos de quand j'étais jeune et belle ? Avec mes cheveux longs jusqu'aux fesses ? Je ne sais pas où elles sont, ces photos-là.

L'une et l'autre savent très bien où sont rangés les vieux albums de Valérie – Philippe, qui n'est pas maniaque, mais aime tout de même les pièces bien rangées, garde le grenier parfaitement ordonné. Néanmoins, Caroline préfère ne pas insister, et surtout ne pas les ressortir. La dernière fois qu'elle l'a fait, elle s'est retrouvée avec sa mère en pleurs. Si évoquer les souvenirs lui donne le sourire, se confronter aux images de l'époque lui fout plutôt le cafard, et fait resurgir et le temps qui passe et la fin qui approche. À l'entendre, il ne lui reste plus que quelques semaines à vivre, alors qu'elle est encore en pleine forme pour son âge, sans aucun souci de santé majeur.

Caroline voudrait la rassurer, lui dire qu'elle est encore jeune et belle, qu'elle pourrait, si elle le voulait, se laisser repousser les cheveux et mettre des robes si ça lui chante plutôt que de s'accrocher à son jean et à cette coupe à la garçonne. Hélas, avec les photos de sa jeunesse sous le nez, la fraîcheur des peaux et les visages lumineux, Caroline prend elle aussi un petit coup derrière la tête. Les années passent à une vitesse folle, avec en ligne de mire, qui se rapproche à grands pas, la quarantaine. À l'époque, elle n'avait aucune idée que tout irait si vite, qu'elle ne contrôlerait rien ou presque. Elle tourne les pages et revoit ses meilleures amies, Roxane et Tiphaine, les rires des soirées déguisées et, entre les lignes, ce que les photos ne disent pas.

Faire la fête dans les années 2000 ne signifiait pas forcément avoir en permanence un appareil photo sous la main. Les smartphones n'existaient pas, ou à peine, et, surtout Caroline, comme la plupart des autres de sa génération, n'avait pas pour habitude de se filmer et de se prendre en photo toutes les cinq minutes, comme c'est le cas à présent. Il faut retracer les moments vécus en reliant des points entre des images séparées de quelques heures ou de plusieurs jours, se remémorer ici les vacances et là les week-ends, avec parfois une simple photo de groupe, prise devant une fontaine ou un café. Elle se rappelle l'insouciance de sa vingtaine, l'énergie débordante dont elle disposait alors – sortir, boire des verres jusque tard, aller travailler le lendemain. Dans ces années-là, elle avait les cheveux plus longs, bien moins que sa mère au même âge, mais considérablement plus que le carré qu'elle garde aujourd'hui en toute circonstance. Roxane aussi avait une autre coupe, des cheveux bleus fluorescents qui accompagnaient parfaitement ses grandes bottes de cuir noir, qu'elle ne quittait jamais. Quant à Tiphaine, Caroline ne saurait dire si elle a changé de coupe de cheveux, pour la bonne et simple raison qu'elle a totalement perdu de vue son amie.

L'album montre aussi quelques photos de Caroline en tenue, en uniforme presque. Elle avait intégré une école hôtelière, convaincue de s'y épanouir. Elle qui a toujours aimé être au service des autres et qui l'est encore aujourd'hui se rêvait alors travaillant dans un grand restaurant, cadre somptueux, plats d'exception. À présent elle revoit ces photos et se demande qui avait bien pu lui mettre ces drôles d'idées dans la tête. Elle s'est révélée cuisinière ordinaire, serveuse maladroite et très vite fatiguée du prestige de façade. Elle n'avait rien à y faire et a mis des années à s'extraire de ces emplois aux rémunérations ridicules et aux horaires délirants.

Aujourd'hui, c'est tout juste si de temps à autre elle se laisse aller à s'endormir devant *Top Chef* ou une autre de ces télé-réalités culinaires qui ont fleuri. Elle se souvient que quand elle a commencé, il n'y avait pas de cuisiniers stars, pas de grande audience pour ces émissions et presque pas d'émissions du tout. La popularité de ces programmes a grandi auprès du public presque en même temps qu'elle a été écœurée du métier. Si c'était à refaire, elle s'y prendrait autrement, c'est certain !

Ce que les photos disent aussi, ce sont les mecs, ou bien, comme le dit sa mère, les « garçons ». Des prénoms, elle ne se souvient plus, ou ne veut plus se souvenir. Non pas qu'il y en ait eu des tas, mais ils ne lui ont rien laissé. Pas d'émotion particulière, pas de moment inoubliable à chérir jusqu'à la fin de ses jours, rien que des sourires sur papier glacé, un avec des lunettes, un autre avec des cheveux longs, un gentil, un rêveur, des bruns, beaucoup. Des mecs du coin et d'ailleurs. D'autres vies, d'autres existences, elle ne sait pas ce qu'ils sont devenus, elle s'en fout pas mal, la seule chose qu'elle peut encore faire avec ces petits hommes presque effacés de sa mémoire et qui ne vivent qu'à travers les pages de cet album, c'est se moquer d'eux, gentiment, à l'aide de sa mère qui relance :

– Comment il s'appelait, lui, déjà ? Tu te souviens de ce qu'il avait dit sur les vaches ?

– Que l'agneau, c'est le petit du veau, répond Caroline en souriant.

– On ne peut pas dire que tu choisissais les couteaux les plus aiguisés du tiroir.

– Il était gentil. Enfin, je crois.

Elle répond ainsi parce qu'elle a également pensé, un peu plus tard, que Mika était gentil. Lui aussi a commencé comme serveur, ils se sont rencontrés quand ils travaillaient dans un bel hôtel étoilé. Lui aussi a fini par quitter ces postes où on le payait au lance-pierre, sans considération de ses demandes d'horaires et de son besoin de souffler. Avec un peu plus de bagout que Caroline, et sans doute aussi une envie plus forte de gagner de l'argent, il s'est réorienté vers l'immobilier. Les photos de l'album ne le disent pas, tout juste peut-on deviner son goût pour le faste, les chemises blanches et les montres de luxe, l'envie de parader dans une belle voiture. Pour les vacances, on repassera. Caroline se souvient des campings fatigués et surtout des semaines de congés passées à ne rien faire d'autre que regarder la télé la journée et boire des verres en soirée.

Jusqu'à ce que les choses basculent pour de bon. Quand ils se sont mariés : mais qu'est-ce qui a bien pu se passer dans leur tête pour qu'ils se disent oui ? Les pages se tournent et Valérie commente la robe de mariée de sa fille, dans laquelle elle ne rentrerait plus aujourd'hui. Caroline pourrait répondre que sa mère non plus ne pourrait plus mettre la sienne, néanmoins elle se retient de contre-attaquer, un peu par gentillesse pour sa mère, parce qu'elle sent bien aussi que les larmes lui montent aux yeux. Une fois passée la bague au doigt, Mika s'est éloigné d'elle. De moins en moins de loisirs en commun, de nouveaux collègues de boulot qu'il ne tenait pas à présenter à Caroline. Il s'est enfermé dans sa bulle, ne pensait plus qu'au travail, et la seule chose qu'elle a réussi à orchestrer pour tenter de le faire revenir près d'elle, c'est une grossesse.

Elle se souvient des mots presque blessants et pourtant très justes de son amie Roxane, qui lui avait parlé d'enfant cache-misère. Caroline croyait dur comme fer qu'au contraire, au contact de cette petite merveille dans son landau, Mika redeviendrait gentil, adorable et surtout présent. Elle ne pouvait pas plus se tromper. Pas sur le fait que cet enfant était un cadeau du ciel : Maëlys est un soleil, une lumineuse petite fille, toujours souriante, qui aime jouer, danser, rigoler, chanter. Une princesse, une source de bonheur : voilà au moins quelque chose qu'ils ont réussi tous les deux, Mika et elle. En revanche, Caroline attendait de cette fille qu'elle soit un aimant, qu'elle transforme l'homme en père, qu'il se rapproche des deux femmes de sa vie. C'est tout le contraire qui s'est passé. Il a fui un peu plus, jusqu'à ce qu'il n'y ait finalement qu'une seule décision à prendre : le divorce, comme une évidence, parce qu'ils étaient rendus dans une impasse.

L'album se referme, Valérie parle, mais Caroline, qui ne l'écoutait que d'une oreille, ne l'entend même plus. Dans sa tête, ce sont la solitude et la noirceur qui sont en train d'envahir ses pensées, et la certitude de s'être terriblement plantée en se mettant en couple avec ce type qui n'est plus qu'un nom sur l'écran de son smartphone, une ligne sur son compte en banque – quand il n'oublie pas, et malheureusement, c'est fréquent, de payer la pension.

Bientôt quatre ans qu'ils ne sont plus ensemble, et depuis tout ce temps Caroline n'a pas essayé, le moins du monde, de refaire sa vie. Parce qu'il y avait Maëlys, parce qu'il y avait ce boulot dans lequel elle s'est réfugiée pour ne plus penser. Un boulot auquel il faudra bien retourner demain, comme tous les jours ou presque, samedi inclus, ne lui laissant que le dimanche pour se reposer, et puis, ce jour bâtard en milieu de semaine, quand personne n'est disponible, ce mardi qu'elle passe à faire le ménage puis à déjeuner avec sa mère. Cette dernière est en train de monter les escaliers, direction la sieste, suivie des trois chiens qui vont se coucher au pied de son lit. Au milieu des marches elle dit, presque comme un ordre :

– Caroline, je te laisse ranger la cuisine. Je vais me reposer, je suis fatiguée.

– Oui, maman, répond sa fille d'une voix vide, l'album photo en main et les yeux humides.

5

On ne peut pas tout régler avec le sourire

– Voie 4. Le TGV numéro 7652, à destination de Rennes, va partir. Prenez garde à la fermeture automatique des portes, attention au départ.

Quand ils prennent leur pause, les salariés des commerces situés à l'extérieur de la gare d'Avignon TGV entendent les annonces claironnées par les haut-parleurs sur le quai. Même s'ils travaillent pour des enseignes différentes, la plupart opèrent pour le même type de service : la location de voitures. C'est lors des vacances et le week-end que l'affluence est à son maximum.

Ce samedi matin ne déroge pas à la règle. Lorsque Caroline arrive à l'agence qu'elle dirige, elle est aussitôt saluée avec enthousiasme par son équipe, et notamment Adrien, qui du comptoir lui décoche un grand sourire en même temps qu'il s'exclame :

– Bonjour, madame la directrice !

Cette expression ne manque pas, comme d'habitude, de faire rire Caroline, qui n'est en rien directrice, et qui s'amuse de cette blague qui circule entre équipiers. Son titre officiel est responsable d'agence, et sa marge de manœuvre est très loin de lui offrir le moindre pouvoir de direction. Juste une super salariée, à peine mieux payée que les autres, qui a le double des clés et qu'on appelle si la personne chargée d'ouvrir ne se réveille pas à l'heure, et à qui on demande d'appliquer et de faire appliquer les règles. Celles-ci émanent des directions, les vraies, la régionale et la nationale. Que les ordres viennent de Montpellier ou de Paris importe peu : il faut suivre les consignes, et gare à elle si les processus ne sont pas respectés à la lettre.

Un des soucis qu'elle rencontre, comme tous les responsables d'agence de cette entreprise, c'est que les nouvelles directives pleuvent, littéralement chaque semaine. Ce matin, Caroline pose ses affaires, allume l'ordinateur, ouvre la boîte de réception et, une fois de plus, c'est l'avalanche d'e-mails. Des rapports où s'affichent des courbes et des graphiques, avec le trio de couleurs qu'elle connaît désormais par cœur. Du rouge pour tout ce qui ne va pas, de l'orange pour ce qui doit quand même être amélioré, et du vert pour ce qui sera, sans doute, bientôt en rouge ou en orange, quand les objectifs auront été revus à la hausse. Il y a aussi des rappels de consignes, des demandes de points individuels. Ce matin, on lui demande notamment de mettre un avertissement à Sarah. Motif ? Pas assez performante. Sur la quinzaine d'e-mails, rien de très positif. Mieux vaut pour Caroline qu'elle les ouvre et les lise tous, car la dernière fois qu'elle s'est justifiée auprès du siège de l'entreprise en disant qu'elle n'avait pas pu lire les messages du matin, elle s'est pris un sacré savon. Pour l'essentiel, ces e-mails ne sont que des répétitions d'e-mails précédents. En clair, les objectifs ne sont pas atteints, pas assez de ventes additionnelles, les chiffres sont trop bas, pas assez d'assurances complémentaires. À les entendre, il faudrait mettre tout le monde à la porte, à commencer par Caroline elle-même.

– Ils sont mignons, dit-elle entre ses dents, son café à la main.

Elle tâche de rester calme pour le moment, la journée est encore longue et vient à peine de commencer.

Passe encore que les chiffres leur soient rabâchés presque tous les jours au lieu de toutes les semaines comme c'était le cas avant, elle connaît la pression, son expérience en restauration et en hôtellerie lui a permis d'en voir d'autres. Toutefois, il ne faudrait tout de même pas qu'ils oublient, ces gros malins, comme elle les appelle, qu'à trop fouetter les gens comme des esclaves, on n'obtient rien d'autre qu'une équipe démotivée et démissionnaire. Alors Caroline essaye d'adoucir les messages, temporise et tâche de ne pas renvoyer toute la pression sur ceux qu'elle encadre. Elle prend son rôle de responsable au sérieux, veut bien faire, et tout le problème se situe là : pour bien faire justement, il faut des moyens. Et ceux-ci n'arrêtent pas de diminuer.

Au niveau des salariés d'abord, puisque plus les semaines passent et plus il faut effectuer le même travail avec toujours un peu moins de personnel. Si à chaque départ la direction reprend son couplet « ce n'est pas une personne en plus ou en moins qui va faire la différence », il est certain qu'au bout du compte, plusieurs personnes en moins font une énorme différence. Alors il faut demander à ceux qui sont encore là d'enchaîner les heures supplémentaires, et Caroline de se faire la plus convaincante possible. Pour que l'agence tourne, que les clients soient servis. Et Caroline de se retrouver à justifier, la semaine suivante auprès de la direction, ces dépassements d'horaires par les gens de son équipe. Au rythme où ça va, ils lui demanderont bientôt de tout gérer elle-même, femme orchestre capable de réceptionner les véhicules de retour de location, de les nettoyer, de compléter les contrats, d'accueillir les clients, de contrôler leurs permis de conduire, et tout ça en vendant toujours plus, du matin au soir.

Le manque de moyens se voit aussi dans le logiciel de réservation, un programme qui semble, mois après mois, se figer un peu plus, planter, voire ne pas démarrer du tout. Continuent-ils à payer une maintenance ? se demandent Caroline et ses collègues. Ils n'en savent rien et s'adaptent. Quand le réseau fait des siennes, chacun met de côté l'ordinateur pour remplir des dossiers papier, à l'ancienne. Comme il faut tout noter au stylo, l'adresse du client, les options choisies, les numéros de permis et de carte bancaire, cela prend un temps fou, et fait patienter encore un peu plus ceux qui sont de l'autre côté du comptoir, valise à la main et déjà très énervés d'avoir à attendre leur voiture de location à la sortie du train.

Les premières fois que c'est arrivé, Caroline a bien cru que tous les employés allaient se lever de leur siège et rentrer chez eux, sous le regard médusé de la file d'attente. Ils ont soupiré, sué, râlé, mais, avec le sourire et l'enthousiasme de Caroline, ils ont fini par faire contre mauvaise fortune bon cœur et dans leur contagion ont presque réussi à transmettre cette bonne humeur aux clients. Désormais, lorsque le logiciel est de nouveau à l'arrêt, l'équipe ressort les stylos et les formulaires, à croire qu'ils prennent même du plaisir dans ces moments difficiles. Caroline est ravie, néanmoins elle pressent venir le moment où l'accumulation de frustrations et de réprimandes finira par dégoûter tous les équipiers. Même si cela permet beaucoup de choses, on ne peut pas tout régler avec le sourire.

Les e-mails du jour insistent sur les résultats personnels. Il lui est demandé, c'est écrit en gras et souligné, de s'entretenir individuellement avec chacun d'entre eux pour leur remonter les bretelles. Même à ceux qui font plus de chiffres que les autres, même à Adel, toujours premier. Il atteint presque cent cinquante pour cent de ses objectifs : il faut croire que ce n'est pas assez pour la direction qui considère qu'il peut et doit faire mieux. Selon eux, qui ne sont pourtant pas sur le terrain (c'est à peine s'ils passent une fois de temps à autre), il se fait entraîner vers le bas à cause du niveau de performance médiocre des autres. Ils demandent aussi à la responsable d'agence qu'elle est de réfléchir à des moyens de mettre fin au contrat de Sarah ou de Kevin. Réfléchir à des moyens, dans leur langage que Caroline commence à bien pratiquer, cela ne signifie rien d'autre que de les pousser à la démission. Car il est bien entendu exclu d'envisager le moindre licenciement.

– Ça va mal finir, soupire-t-elle en terminant la lecture de ce dernier message.

Et encore, si ce n'était que des soucis de personnel manquant ou de logiciel en rade, cela pourrait presque aller. Le vrai souci de cette agence en particulier, c'est que ce qui manque, ce sont justement les voitures. C'est bien regrettable, quand on propose un service de location de véhicules. Inutile d'accuser le logiciel, qui n'empêche pas les réservations si les voitures ne sont pas présentes en nombre suffisant, ce qui donne lieu, certains week-ends d'été, à d'interminables queues devant l'agence de Caroline. Autant de clients persuadés d'avoir réservé. Pour la majorité d'entre eux, ils devront patienter des heures en plein cagnard, en attendant que d'autres véhicules arrivent, rapportés en urgence par d'autres agences. La marque compte aussi sur l'agacement et les moyens de certains qui iront voir ailleurs pour louer dans une agence concurrente et se faire rembourser leur réservation initiale. Dans ces cas-là, inutile de dire que Caroline et son équipe se font parfois copieusement insulter. Ils présentent leurs excuses, sont désolés, face à eux les clients se montrent souvent furieux. Heureusement, beaucoup de situations se règlent dans le calme et quelques sourires forcés. Caroline ne compte plus les familles qui avaient réservé un monospace et doivent se tasser dans une citadine, les petits couples qui comptaient sur leur Mini toute belle et repartent, faute de disponibilités, dans une vieille berline encombrante et fatiguée. Peut-être que cette mésaventure est une occasion de tester la solidité de leur amour ?

Quand toute l'équipe sort en ville pour décompresser, un ou deux soirs dans le mois, certains de ces épisodes malheureux font partie de leurs blagues récurrentes. Ils en rigolent le verre à la main, attablés à une terrasse du centre-ville d'Avignon, mais en journée aux abords de la gare TGV, ils rient jaune et prient pour que les clients ne s'énervent pas trop. Caroline et ses collègues ont ainsi leurs anecdotes préférées, qu'ils n'hésitent pas à ressortir de temps à autre pour faire redescendre la pression. Ils évoquent notamment avec plaisir ce jeune homme prétentieux, descendu de Paris avec ses plus beaux habits, fier d'avoir réservé une catégorie F et paradant dans la queue, tout heureux de croire qu'il avait plus de moyens que les autres. En lieu et place de la Mercedes classe C dans laquelle il pensait débarquer au mariage de ses amis, le pauvre était reparti, vexé et presque humilié, dans une voiture à ses yeux bien moins prestigieuse.

– Mais enfin, je ne vais tout de même pas débarquer au mariage en Renault Talisman !

Il avait fallu se retenir de ne pas rire sur le moment, et attendre le soir pour en reparler et se moquer du jeune homme, qui avait dû ravaler ses rêves de débarquer en prince à la cérémonie. Si ça se trouve, il s'était garé à l'écart pour ne pas montrer, ni à l'église ni à la mairie, son infortune.

Il en est ainsi des voitures à l'agence de Caroline : pour les réserver, aucun souci. Pour les obtenir, c'est une autre limonade. Ces dernières années, les mesures écologiques n'ont rien arrangé : les malus à l'achat trop importants ont achevé de convaincre le groupe d'arrêter d'investir dans de nouveaux véhicules. Alors on bricole, on fait du neuf avec de l'ancien, on maquille comme on peut les kilométrages fatigués, les carrosseries usées et les sièges défraîchis. Hélas, ces stratagèmes finissent souvent par se voir. Même après un ménage intégral, certaines voitures ont l'air définitivement aussi sales qu'anciennes. La peinture s'écaille, les accessoires tombent en rade, le plastique s'effiloche, et tout cela vient rejoindre la cohorte d'avis négatifs. La seule raison pour laquelle ils gardent leurs clients tient à leur positionnement tarifaire très agressif.

Aujourd'hui encore, alors que l'été n'a pas commencé, ce week-end de printemps s'annonce haut en couleur et promet quelques clients passablement énervés, à qui il faudra expliquer qu'une Twingo vaut bien un Espace, ou même, dernière stratégie de la direction régionale, qui ne recule devant rien, qu'il n'y a qu'à proposer deux petites voitures en lieu et place d'une grande. C'est d'un pratique : et s'il n'y a qu'un seul conducteur dans la famille, comment fait-on ? Sans compter que pour respecter les procédures, outre les deux permis de conduire, il faut aussi deux cartes bancaires différentes, et deux cautions au lieu d'une. Inutile de dire que c'est assez rare que les clients acceptent, sans même parler des limites du système : l'agence manque déjà de véhicules, alors en donner deux au même client ne tient vraiment pas de la bonne idée. Pour ceux qui envoient leurs e-mails et leurs rapports depuis les locaux de Montpellier, tout comme pour ceux qui siègent à Paris, il y a toujours une solution possible, et évidemment en respectant les objectifs de ventes additionnelles et un improbable taux de satisfaction client de quatre-vingt-dix pour cent. Ce qui tombe bien, c'est qu'aujourd'hui un des membres de la direction régionale a prévu de passer. *C'est parfait*, pense Caroline.

Elle va lui montrer la réalité du terrain en cette fin de mois d'avril, en plein après-midi de samedi. La file interminable, les clients qui attendent en plein soleil, et bien plus de réservations enregistrées qu'il n'y a de véhicules disponibles. Peut-être qu'à Montpellier la direction va enfin prendre conscience du problème et comprendre que, dans les réunions téléphoniques où tous ont pris l'habitude de lui dire qu'elle exagère, Caroline ne fait que leur dépeindre la triste réalité du terrain : trop de réservations… ce que l'entreprise ne pourra jamais entendre, comment pourrait-on avoir trop de clients ?

Alors, question de point de vue, il faudra bien que le directeur régional adjoint se rende à l'évidence : à l'agence d'Avignon TGV, il n'y a pas assez de voitures.

6

Assurez-vous de n'avoir rien oublié dans le train

Caroline passe en revue son effectif, en sourires et en cafés. On lui donne du « bonjour Caro », « merci Caro ». C'est ainsi qu'ils l'appellent ici, par ce diminutif qui lui plaît. Elle est appréciée par son équipe, pour son énergie, sa bienveillance, son humanité.

Pour les remontrances, ça attendra. Elle les connaît, si elle les torpille d'entrée, ils ne vont pas être très productifs. Et un samedi de printemps, s'il y a bien quelque chose qu'elle veut éviter, c'est une équipe apathique, avançant au ralenti et bougonnant pour chaque problème rencontré. C'est une de ses stratégies, qui a souvent fonctionné. Que les voitures soient en nombre insuffisant, que le logiciel soit en rade, qu'il manque du personnel, ce sont des obstacles qui ne dépendent pas d'elle. En revanche, pour ce qui est de l'enthousiasme de son équipe, elle peut avoir une action et une influence directes. Elle est également convaincue que les clients, aussi insatisfaits soient-ils, ne sont pas idiots et savent faire la différence entre des employés qui font de leur mieux et une entreprise désorganisée. Elle tient cela de ses années de service en restauration. Quand la cuisine n'est pas capable de livrer les plats assez rapidement, garder le sourire et courir d'une table à une autre permet souvent de calmer les mécontents, qui ne peuvent que constater que la serveuse se donne à fond pour eux. Alors, depuis qu'elle a intégré cette agence, d'abord en tant que simple employée avant d'en devenir la responsable, elle a continué d'appliquer cette méthode : si l'équipe se bouge et se montre enthousiaste, il n'y aura pas de regrets à avoir. Cela ne sera pas pour autant une journée facile, mais au moins tous pourront avoir la fierté d'avoir donné le maximum. Quant aux entretiens musclés qu'on lui a demandé de tenir avec Kévin et Sarah, eh bien, qu'il s'en charge, ce cher directeur régional adjoint !

Les premières heures permettent de prendre la température du reste de la journée : qui est en forme, qui a trop fait la fête la veille, qui est fatigué de sa semaine, qui a envie de finir le plus tôt possible et qui est disponible pour effectuer des heures supplémentaires. Avec le temps et de manière assez surprenante, Caroline a aussi compris que certains jours concentrent leur lot de clients très pénibles, tandis que d'autres se révèlent sans problème particulier à gérer. Au vu des premières difficultés de ce samedi, Caroline estime la journée, dans son baromètre personnel, de moyenne à merdique. Pas la catastrophe, mais pas la joie non plus. Sa seule vraie inquiétude réside dans la possibilité, hélas bien réelle, de devoir finir très tard pour compenser une éventuelle absence d'un des équipiers de l'après-midi. Il lui faudra alors rester jusqu'à la fermeture et rater, c'est certain, l'heure de coucher de Maëlys. Elle verra tout à l'heure, pour l'instant il y a une matinée à assurer, et un milieu de journée qui s'annonce très chargé.

Pour l'essentiel, la plupart des clients pensent avoir réservé, pour ce week-end, une Renault Clio. C'est la nouvelle version du modèle, alors forcément ils se voient déjà parcourir les belles routes de la vallée du Rhône au volant d'une voiture flambant neuve. On ne peut pas les blâmer, Caroline a vu passer les dernières campagnes de communication du groupe : des Clio en veux-tu en voilà, sur les sites de réservation et même dans les magazines de la SNCF. Les pauvres clients, les voilà dépités de repartir avec une Opel Corsa plus que fatiguée. La plupart acceptent de mauvaise grâce, le soleil fait le reste, ils n'ont pas trop attendu, c'est déjà ça, et ils ne tiennent pas à débuter la journée avec une engueulade qui déteindra forcément sur l'ambiance du week-end.

Ce qui pourrait faire basculer l'atmosphère dans un sens ou dans un autre tient probablement à la manière dont le directeur adjoint se comportera à son arrivée à l'agence. Et puisqu'il arrive à l'instant, Caroline et son équipe vont être fixées sur leur sort.

Affable, il prend des nouvelles de tout le monde, s'enquiert des vacances des uns et des situations des autres. Il est un peu maniéré, tous les équipiers de l'agence comprennent qu'il passe plus de temps à son bureau que le nez dehors. Le teint blanc et des mains de poète, il est évident qu'il ne viendra pas visiter le parc de voitures d'Avignon TGV en plein hiver, quand le vent fait chuter de plusieurs degrés la température ressentie, ou quand la pluie tombe à grosses gouttes. Gentil, il ne se départit à aucun moment de son sourire, dont on ne sait s'il est naturel ou commandé par les hautes instances de l'entreprise. Même quand il lui est montré, rien qu'aujourd'hui, qu'à l'heure fatidique, quand débarqueront les trains en provenance de Paris Gare de Lyon, le douze heures dix-sept puis le treize heures dix-huit et le quatorze heures dix-sept, il va manquer environ vingt voitures. « Comment on fait, chef ? » lui demande-t-on en substance, et lui ne se démonte pas, explique, statistiques à l'appui, qu'il y aura toujours entre vingt et trente pour cent de clients qui rapporteront leur voiture en avance. Par peur de rater le train ou craignant les nuages dans l'après-midi. Il fait le pari que des véhicules qui doivent être de retour entre dix-sept et dix-huit heures à l'agence le seront finalement plus tôt. « Il n'y a pas à s'inquiéter, c'est quasiment ga-ran-ti », assure-t-il en appuyant sur chaque syllabe.

Sûr de son fait, il ajoute aussi que les dernières études faites au siège, et qui compilent des chiffres au niveau national et même européen, indiquent qu'on sous-estime systématiquement le temps que vont mettre les clients entre la descente du train et l'arrivée à l'agence de location. *Ça alors, elle est bien bonne, celle-là,* pense Caroline. Si ce genre de chiffres est peut-être valable pour des très grandes gares de centre-ville, où les accès sont étroits et les boutiques nombreuses, elle doute franchement, d'expérience, que cela va arriver ici. Il n'y a qu'à regarder le décor pour s'en convaincre : ce n'est pas non plus la rase campagne, mais pas loin.

La gare d'Avignon TGV a été construite en bordure de zone industrielle, à l'écart de la ville. Toute latitude a été laissée aux architectes, qui se sont manifestement fait plaisir, avec un bâtiment surélevé en forme de coque de bateau retournée, une gigantesque esplanade, et l'assurance de pénétrer avec joie dans la modernité. En vérité, ce ne sont pas le point presse et la sandwicherie qui vont permettre aux voyageurs de prendre du bon temps. Le *food truck* qui s'est récemment installé en contrebas de la gare, à côté de l'agence de Caroline et de ses concurrents, est peut-être la principale distraction intéressante des environs.

Le directeur régional adjoint n'en démord pas : qu'on n'oublie pas, aussi, que les trains ne sont plus aussi souvent à l'heure qu'auparavant. Il charge la SNCF, prédit un retard important pour au moins l'un des trois trains parisiens de la mi-journée, peut-être même, avec un peu de chance, ajoute-t-il, qu'aucun de ces trois TGV n'arrivera à l'heure. Ce chef en costume insiste et demande qu'on garde la foi. À l'entendre, cette entreprise est presque une religion. Avec son optimisme de ravi de la crèche, il croit tellement à ce qu'il raconte que la plupart des employés acquiescent et semblent convaincus. Au moins font-ils semblant devant ce grand chef. Pour une fois qu'il vient les voir…

Si tous affichent leur satisfaction en façade, trois d'entre eux attendent le moment où les trains bondés vont se déverser et qu'il faudra gérer et la file d'attente en plein soleil et les réservations faites en surbooking. Ces trois-là sont Caroline, à qui on ne la fait pas à l'envers, Adel, le meilleur vendeur, et puis Adrien, sans doute un des plus malins de l'équipe. Hélas, leur attente de voir ce type en costume impeccable constater les dégâts à l'heure du déjeuner ne sera pas comblée. À midi pétante, il attrape son cartable sous le bras, dit au revoir à tous et file déjeuner, il ne faudrait pas qu'il soit en retard.

Sitôt qu'il a franchi les portes de l'agence, tous éclatent de rire. Quel malin, il a filé juste avant l'heure fatidique ! Quand les salariés devront rapidement avaler un sandwich sur un banc avant de retourner travailler, lui sera donc en terrasse, en train de profiter de son après-midi. *Encore un chef en carton*, pense Caroline, un type en costume, assis bien au frais derrière son bureau climatisé, sur qui on ne peut pas compter quand il faut mouiller la chemise. Eh bien, les grands gagnants du jour seront donc Kévin et Sarah, qui vont passer une journée correcte, sans se faire inciter à quitter le navire. Caroline ne s'inquiète pas, la direction la relancera dès lundi pour faire passer le même message à ces deux-là, qui font pourtant ce qu'ils peuvent, comme le reste des employés.

Quand le train de douze heures dix-sept entre en gare et que l'annonce se fait entendre dans les haut-parleurs, le directeur régional adjoint est déjà loin.

– Avignon TGV, ici Avignon TGV. Assurez-vous de n'avoir rien oublié dans le train.

Les trois TGV attendus sont à l'heure et la cohorte qui se déverse entre les quatre murs de l'agence de location n'en finit pas de mettre les employés sous pression. Pas une minute de repos pendant trois bonnes heures. Aujourd'hui au moins le logiciel fonctionne. Caroline réussit le tour de force de demander et d'obtenir, de la part de l'agence située dans le centre-ville d'Avignon, des véhicules supplémentaires pour les aider à gérer le flux, ce qui permet d'avoir moins de clients à faire attendre. Des bouteilles d'eau, des sourires et des cafés, un bon de réduction pour la prochaine réservation, l'option GPS offerte, et le tour est joué. Enfin presque, car il y en a deux qui continuent, malgré les efforts déployés, de se montrer pénibles et insistants.

La première est une femme à peine plus âgée que Caroline, une jeune quadragénaire pleine d'assurance, qui refuse tout net l'Opel Corsa dont Adel s'apprête à lui donner les clés. Motif ?

– J'ai justement choisi exprès cette location, je tiens à essayer la nouvelle Clio. J'ai besoin d'acheter une voiture prochainement.

Adel fait un signe de tête à Caroline pour lui assurer qu'il gère la situation.

Ah ! Ces chers clients qui confondent l'agence de location avec un concessionnaire automobile ! Que madame se rassure, avec l'Opel Corsa dans laquelle elle va repartir d'ici, elle n'aura qu'un kilomètre ou deux à faire pour aller, au cœur de la zone industrielle, faire le tour de toutes les marques qui l'intéressent : Peugeot, Renault, Citroën, BMW, etc. Ils sont tous là !

Le second est un cadre gonflé de l'importance qu'il se donne. Il a probablement l'habitude de donner des ordres et d'obtenir ce qu'il exige, et demande, insatisfait des explications données par Sarah, à parler au responsable.

– Bon, ça suffit maintenant, appelez-moi le manager !

Caroline, qui du coin de l'œil surveillait déjà l'homme, anticipant que son agacement allait déboucher sur ce genre de scène, vient donc à la rescousse de son employée.

– Bonjour monsieur, comment puis-je vous aider ?

– Eh bien, en allant chercher le responsable.

– C'est moi.

L'autre est visiblement décontenancé par la réponse, mais ne s'avoue pas vaincu aussi vite, persuadé d'être plus malin que les autres, alors qu'il a un bon demi-siècle de retard.

– Vous m'avez compris : je voudrais parler à un homme.

Caroline sourit, elle a l'habitude de gérer ce sexisme ordinaire du quotidien. C'est de moins en moins fréquent, mais il reste toujours des caboches dures pour qui les femmes ne peuvent être que des subalternes. Alors, elle fait semblant de ne pas comprendre, ravie d'énerver ce mal élevé.

– Ah ! Pardon monsieur, au temps pour moi. Je croyais que vous vouliez voir un responsable. Si c'est finalement à un homme que vous voulez parler, je vais demander à un autre employé de venir.

Elle se tourne vers Adel et Adrien, demandant qu'un des deux, quand il en aura fini avec son client, vienne assister Sarah. Et de reprendre, dans un grand sourire qui vaut toutes les insultes :

– Voilà, monsieur, un homme va venir s'occuper de vous dans un instant.

L'autre, déconfit, comprend qu'on se fout de lui, voudrait faire scandale, mais se retient, les autres clients présents dans l'agence risquent sans doute, il doit bien le savoir, de ne pas prendre parti pour lui, le machiste invétéré, mais pour Sarah et Caroline.

Des pauvres types comme lui, Caroline en a vu d'autres, qui réclament « un vrai manager », et par moments elle leur mettrait bien une bonne baffe, mais des années de service lui ont appris à se contenir. La vengeance habituelle des serveurs maltraités par les clients consiste à faire traîner les plats pour qu'ils arrivent froids, ou bien à cracher dans les assiettes. Ici, le meilleur moyen est de leur refiler un des véhicules les plus pourris du parc, ce qui n'est pas bien difficile. Sarah saura gérer ça comme il faut, et lui donner une voiture moins performante ou moins prestigieuse que ce qui avait été réservé. Tant pis pour la satisfaction client, cet homme aurait de toute manière manifesté son mécontentement. Au moins, il aura une bonne raison de se plaindre !

Quand Caroline raconte ce genre d'anecdotes à son amie Roxane, celle-ci monte sur ses grands chevaux, dit qu'il faudrait porter plainte contre ces mecs-là. Contre tous les mecs, même, en fait : à écouter Roxane, il n'y en a pas un pour attraper l'autre. Sans doute, mais la justice, les procédures, Caroline en a un peu assez. Alors porter plainte pour une remarque sexiste, ce n'est pas qu'elle n'a pas envie, elle sait même que, dans un monde idéal, il faudrait le faire, mais l'énergie lui manque. Le licenciement injuste du grand hôtel de luxe dans lequel elle officiait et les prud'hommes qui ont suivi, après deux ans de procédure, elle les a encore en tête, le divorce avec Mika aussi. De ce côté-là, même quand elle pensait que les choses étaient enfin réglées, elle a dû constater, amère, qu'il y aurait toujours des appels à passer à l'avocat, pour une pension non réglée dans les temps ou bien, autre habitude du père de Maëlys, lorsqu'il ne vient tout simplement pas chercher sa fille lors de ses journées de garde.

Des nouvelles de Maëlys, Caroline en a, par les messages de sa mère Valérie toute la journée, puis avec un appel en fin de journée. Épuisée, elle doit garder les larmes qui montent en elle pour dire à sa fille, d'une voix qu'elle veut rassurante, mais qu'elle imagine penaude, qu'elle est malheureusement retenue au travail et ne pourra rentrer que tard, quand Maëlys dormira.

Et comme demain la petite passe la journée avec son père, Caroline constate avec tristesse qu'elle ne verra quasiment pas sa fille du week-end…

7

Devenir expert-comptable à New York

Lorsqu'elle ouvre la porte de la maison de sa mère, Caroline est accueillie par les chiens et par son beau-père Philippe qui, au moment de lui dire bonjour, s'étonne de la présence de la petite à ses côtés.

– Maëlys ne devait pas voir son père ce dimanche ?

– Si. Mais il n'est pas venu.

Philippe lève les yeux au ciel, Caroline fait de même, les deux n'en rajoutent pas, la situation est suffisamment pénible ainsi. La fillette, quant à elle, ne manifeste pas son mécontentement, ce n'est pas dans son tempérament. Elle garde le sourire en toutes circonstances, se tient près de son chien Haribo, ravie d'être là, heureuse et pleine de vie.

Pourtant, il n'y a pas besoin d'être devin pour comprendre qu'elle est déçue. Pas tant de passer la journée avec sa mère, ses grands-parents et leurs trois gros chiens qui l'adorent, parce qu'elle aime jouer avec eux et qu'elle est exactement à leur hauteur. Mais cela fait déjà deux fois d'affilée que son père ne vient pas alors que c'est son jour de garde. Un mois qu'elle ne l'a pas vu ! Il n'est censé la récupérer qu'un dimanche sur deux et il l'oublie régulièrement.

Caroline en éprouve autant de tristesse que de colère : ce n'est pas l'envie qui lui manque de le maudire et de le traiter de tous les noms. Elle n'en fait rien, elle part du principe que ce n'est pas son rôle de critiquer Mika devant Maëlys. Sa fille se fera son avis toute seule. Hélas, en agissant de cette manière, il est certain que son père n'a pas marqué beaucoup de points.

Bousculée par les trois bouviers bernois, et alors qu'elle n'a toujours pas retiré son manteau, Caroline est aussitôt alpaguée par sa mère. Que Maëlys soit là pour le déjeuner du dimanche midi est secondaire, d'autant que ce n'est pas ce qu'elle mange qui va faire défaut dans les autres assiettes. Pour Valérie qui râle déjà, la priorité est de remettre sa fille au travail.

– Caroline, tu tombes bien. Tu peux mettre la table, s'il te plaît ?

– Oui, bien sûr, tout de suite.

Caroline s'en occupe, gentiment et avec le sourire. Que ce soit à l'agence ou avec sa mère et son beau-père, elle s'exécute toujours avec enthousiasme et joie de vivre. Ce qui est bien, quand elle a en main la nappe, les verres et les assiettes, c'est qu'elle n'a pas le loisir de se poser des questions sur le reste. Son esprit n'est ainsi occupé ni par l'infernale journée d'hier terminée tard le soir, ni par le passage surréaliste du directeur régional adjoint. L'absence de son ex-mari ce matin pour récupérer Maëlys, le lit double dans lequel elle dort seule, le petit appétit de sa fille, Valérie aussi envahissante qu'autoritaire, autant de sujets qu'elle évacue, enfin, qu'elle pense évacuer, car ils viennent se loger dans l'ombre, attendant le bon moment pour resurgir de nouveau.

Une fois le couvert mis, elle prend spontanément l'initiative de vider le lave-vaisselle, sachant d'avance que c'est ce que sa mère lui demandera par la suite. Surtout, elle se dit que c'est bien pour Valérie et Philippe, qui n'ont que le week-end pour se voir. À ceux qui voudraient l'envoyer en retraite, son beau-père répond clairement qu'il continuera à travailler tant que ça lui chante. Pas comme salarié, mais en free-lance. Il a même presque plus de travail que lorsqu'il était dans une grosse structure. Elle l'aime vraiment, ce Philippe. Il a pris le temps de les élever, son frère Nicolas et elle. Il a suivi les devoirs, fait les machines à laver, réparé les bêtises et accompagné les deux enfants de Valérie vers leur indépendance. Pour cela, Caroline lui en est reconnaissante, plus qu'à son père qui, une fois séparé et remarié, a brillé par son absence. Un comportement qu'elle retrouve hélas chez Mika.

Mais ce n'est certainement pas le moment d'y penser : elle rejoint les autres au salon, ils ont commencé à prendre l'apéritif. Caroline jette alors un regard à sa fille pour tenter de savoir si cette dernière a mangé quelques biscuits. Pas idéal en termes de nutrition, mais au point où on en est, tant qu'elle avale quelque chose, cette petite, ça sera toujours ça de gagné. Hélas, ni miettes aux commissures des lèvres, ni regard lumineux en direction des chips et des olives : apparemment, ça ne l'intéresse pas le moins du monde. Elle préfère jouer avec les chiens.

Caroline vient à peine de poser un coin de fesse sur un bras de fauteuil que déjà sa mère la relance.

– Ne t'assois pas, Caroline, il y a le lave-vaisselle à vider.

– Déjà fait ! répond-elle, ravie d'avoir anticipé la demande.

Valérie en est presque contrariée, mais se voit contrainte de dire merci du bout des lèvres.

Autour des chips et des biscuits apéritifs, Philippe a servi des Martini blancs à sa femme et à sa belle-fille, et un porto rouge pour lui. Une grenadine attend sur la table pour Maëlys, qui semble n'en avoir absolument aucune envie.

– Ma chérie, tu penses à boire un peu quand même, dis ?

– Oui, ne t'inquiète pas, maman, hier après-midi, avec mamie, j'ai bu un grand verre d'eau.

Cette répartie ne manque pas de faire rire les trois adultes, qui se rassurent les uns les autres en se disant qu'elle boira tout à l'heure, au déjeuner.

Philippe parle de son travail ces derniers jours, un peu, sans rentrer dans les détails, et comme le tour de table s'arrête sur Maëlys et qu'on la questionne sur sa semaine, elle prend le même air détaché que Philippe et donne, à la manière d'une grande, une réponse qui devrait mettre tout le monde à distance :

– À l'école ? Rien de spécial, tout va bien. Et toi, mamie, comment s'est passée ta semaine ?

Puisque tout le monde rit devant ses façons d'adulte, la fillette rayonne de joie, ravie d'être le soleil de la pièce, le clou du spectacle, comme souvent.

Il serait aisé de penser que mamie Valérie n'a rien à dire, mais c'est mal la connaître. Son actualité du moment, justement, c'est qu'elle commence une nouvelle discipline : la méditation.

– Je croyais que tu venais de te mettre au tir à l'arc ?

– Oui, mais je vais faire les deux.

– Ah, d'accord, dit Caroline en surjouant l'étonnement.

– Tu sais bien que ta mère est polyvalente, ajoute Philippe, narquois, à l'intention de sa belle-fille, sachant pertinemment que Valérie ne relèvera pas la pique.

– Mais, reprend Caroline, ce n'est pas un peu la même chose que le yoga, que tu avais essayé l'année dernière ?

– Alors là, ma fille, laisse-moi te dire que cela n'a rien à voir.

– En quoi ça consiste alors ? Tu vas aller dans un groupe de méditation pour apprendre et suivre un enseignement ?

– Justement, non, je vais pouvoir faire ça depuis la maison.

– Ah, c'est quelqu'un qui vient à domicile pour te donner un cours ?

– Non, je fais tout avec une application. Ça s'appelle Petit Banzaï.

Caroline manque d'éclater de rire, car elle imagine déjà la suite de cette activité. Que certains soient capables de se former avec une application, elle n'en doute pas, mais cela suppose sans doute une sacrée autodiscipline, qui est à peu près la qualité qui manque le plus à sa mère. Enfin, ce n'est pas très grave, si ça la rend heureuse, c'est le principal.

On parle de météo, un peu, des nouvelles du village et du dernier fait divers qui a lieu cette semaine à Avignon, qui fait sortir de ses gonds Valérie. Elle estime que la France va mal, définitivement. D'ailleurs, ajoute-t-elle, si elle était jeune, elle ne resterait pas dans le pays : elle chercherait un travail à l'étranger. Heureusement pour Caroline, elle n'a jamais été concernée par cette lubie-là. En revanche, son frère Nicolas (qui a eu le malheur de devenir simple comptable et de s'installer à Nîmes, une ville que sa mère trouve vieillotte et associée à la corrida) entend, très régulièrement, les reproches de Valérie, qui lui assure qu'il aurait pu et même qu'il aurait dû devenir expert-comptable à New York !

Derrière ces échanges sans importance se cachent des questions. Caroline les devine, sur les lèvres de Philippe et Valérie. Cela concerne, forcément, le père de Maëlys. Caroline l'a-t-elle eu au téléphone ? Qu'est-ce qu'il a dit pour sa défense ? Pourquoi n'est-il pas venu chercher sa fille ? Ce n'est évidemment pas la première fois que cela arrive, mais ils sont embêtés pour leur petite-fille, régulièrement abandonnée par son père. Comme la première concernée se trouve avec eux dans le salon, ils se taisent et abordent d'autres sujets, et c'est Caroline qui se retrouve à parler de sa semaine et de sa journée de la veille. Comment s'est-elle encore retrouvée à finir plus tard que prévu ? Valérie demande et sa fille répond, mais cela ne satisfait pas la maîtresse de maison, qui explique à sa fille qu'elle ne peut pas se laisser faire. La voilà même prête, elle qui n'a pas travaillé depuis près de trente ans, à raconter des anecdotes tirées de son vécu personnel !

Entre rire et agacement, Caroline tente de ne pas faire de scandale, il s'agit de faire en sorte que ce dimanche en famille reste agréable pour tout le monde. Alors elle encaisse, opine et demande l'aide du seul autre adulte dans cette pièce qui connaisse le monde du travail. Pas de chance pour elle,

Philippe, bien que d'accord avec sa belle-fille, ne vient pas à son secours, trop inquiet d'avoir à affronter une éventuelle dispute avec Valérie. Il tente, mollement, de changer de sujet, de parler des chiens, du temps qu'il fait, de calmer le jeu. Mais Valérie continue, revient sur le sujet, explique à sa fille que ce n'est pas comme ça qu'il faut encadrer une équipe, qu'il faudra bien qu'elle obéisse aux directives du groupe, que c'est même rendre service à ce Kévin et à cette Sarah (qu'elle ne connaît pas) que de les pousser vers la sortie. Elle argue qu'ils ne sont sans doute pas à leur place, qu'ils feraient mieux de trouver un autre job ailleurs ! La seule chose que Caroline se dit en écoutant les paroles de sa mère, qui n'a évidemment jamais encadré personne de sa vie, c'est qu'elle aurait tout à fait sa place à la direction régionale de l'entreprise, à Montpellier, voire au siège à Paris. Elle est à peu près aussi déconnectée que les types qui l'inondent chaque jour d'e-mails, de directives, de « il faut » et de « tu dois », d'injonctions contradictoires et de nouvelles procédures. Enfin Valérie trouve à se calmer d'elle-même, et surtout l'essentiel s'impose à tout le monde : il est l'heure de déjeuner.

Alors la maîtresse de maison décrète, d'une voix qui ne souffre d'aucune contestation possible :

– Allez, on passe à table. Maëlys, tu te laves les mains. Caroline, je te laisse faire le service.

Le repas se passe sans encombre et comme souvent, avec Caroline qui sert les entrées, débarrasse les entrées, sert les plats, débarrasse les plats, apporte le fromage, et ainsi de suite. Pour ne rien changer à ses habitudes, Maëlys picore, rigole, s'amuse, et a bien du mal à manger au même rythme que les autres. C'est à peine si elle touche au premier melon de l'année, acceptant, du bout des lèvres, un morceau de jambon de pays, que son papi est ravi de finir à sa place. Pour le poulet et la purée, elle retrouve un semblant d'appétit, mais la joie que cela provoque chez sa mère est de courte durée. Sitôt qu'elle a avalé trois minuscules morceaux de blanc de poulet et deux cuillerées de purée, elle pose ses couverts, et d'une petite voix qu'elle mâtine de tout son charme :

– Mamie, je peux sortir de table, s'il te plaît ?

Ce qu'elle sait pertinemment, c'est qu'en s'adressant non pas à sa mère, mais à sa grand-mère, cette dernière, qui ne lui refuse rien, lui dira oui tout de suite pendant que Caroline restera interdite, prenant sur elle et réservant ses critiques pour plus tard, quand elles seront de retour chez elles.

L'enfant va jouer dans le salon avec son chien Haribo et les trois gros bestiaux. Elle sait qu'il faut faire doucement, pas parce qu'elle risque de se blesser, mais parce que si elle excite trop les trois bouviers bernois, il est certain que Philippe ou Valérie, sinon les deux, vont se mettre en colère.

Pour les trois adultes qui vont bientôt passer au fromage, les discussions vont enfin pouvoir porter sur celui qui n'est plus là depuis des années, et qui, comme tout absent, sera dans son tort. C'est ce pauvre Mika dont il est question, cet homme qu'ils avaient appris à connaître et qui, maintenant qu'il ne fait plus partie de la famille, doit avoir les oreilles qui sifflent quand on parle de lui dans cette maison.

Au même moment, le smartphone de Caroline vibre. Il n'est normalement pas question de décrocher quand on est à table, mais c'est un cas de force majeure. La jeune femme se lève pour s'isoler dans une chambre, montrant l'écran de son smartphone aux deux autres et lâchant, comme une évidence :

– Quand on parle du loup…

8

Au moins Maëlys verra son père

De retour dans la cuisine, Caroline est évidemment sommée de débriefer son appel. « Alors, alors ? » demande-t-on. Elle vérifie d'abord que Maëlys est dans le salon, qu'elle n'entende pas ce qui va être dit. Malgré son jeune âge, la petite, l'oreille bien tendue, prête souvent attention à ce que les adultes disent, raison pour laquelle sa mère prend toujours grand soin de s'éloigner avant de parler de son père.

Les sourcils en l'air et la mine décontenancée, Caroline raconte. Que Mika avait des choses plus importantes à régler aujourd'hui, que…

– Plus importantes que venir chercher sa fille ? s'étonne Valérie.

Caroline confirme.

– Mais qu'est-ce qu'il avait donc à faire ?

– Ah ça, on ne le saura pas. Il m'a répondu que ça ne me regardait pas.

– Mais tu lui as dit que ça fait deux fois de suite qu'il ne passe pas la prendre pour sa journée de garde ?

– Bien sûr, il le sait, il s'en fout. Le pire, c'est surtout qu'il m'a demandé de revoir le droit de garde.

– C'est-à-dire ?

– Il dit que le dimanche, ça ne l'arrange plus. Il veut voir Maëlys le samedi maintenant. Chaque semaine.

– Il te demande ça comme ça ? Sans passer par les avocats et le juge ?

Caroline acquiesce. Elle commence vraiment à en avoir marre de son ex-mari. Philippe dit un mot ou deux, qu'il laisse suspendre dans l'air, une manière de ne pas s'engager, de dire qu'il soutient sa belle-fille, qu'il compatit.

Pour Valérie, il est hors de question de dire oui à cette requête. Il y a un canal formel à respecter, faire une demande en bonne et due forme, cela sera étudié par le juge, on ne fait pas n'importe quoi, et on ne change pas les conditions de garde comme ça en claquant des doigts. Caroline est aussi, foncièrement, de cet avis-là, néanmoins il lui semble qu'il lui faut quand même savoir se montrer pragmatique, qu'à tout prendre il vaut mieux céder sur les samedis, peut-être pas toutes les semaines, mais au moins une sur deux, comme dans le rythme actuel. Au moins Maëlys verra son père, ce qui est important. Elle n'a jamais voulu priver sa fille de voir Mika, elle vit dans la hantise que celle-ci lui reproche un jour d'avoir fait obstacle à de bonnes relations entre elle et son père. De toute manière, il est assez doué pour se saborder lui-même, Caroline n'a vraiment pas besoin d'en rajouter.

En face, Philippe a lâché l'affaire, parce qu'il ne veut pas s'engueuler, pas avec Caroline, encore moins avec Valérie : il est trop au fait de la hargne de sa femme pour avoir envie de se pourrir ce qui reste de l'après-midi du dimanche. Alors il dit à sa belle-fille, qu'il connaît et fréquente depuis bientôt trente années :

– Fais au mieux, Caroline.

– Le mieux, c'est de lui dire non, reprend Valérie, qui n'entend certainement pas donner raison à son ancien gendre.

Les arguments continuent, de part et d'autre. Caroline est embêtée : elle a autant envie d'écouter sa mère que de s'assurer de l'équilibre affectif de sa fille. Et même si, sur le fond, Valérie a sans doute raison, force est de constater que Mika vient de rater deux dimanches, et les conséquences sont à craindre pour Maëlys. Que leur couple n'ait pas tenu est une chose, Caroline s'en veut assez comme ça, se demandant chaque semaine pourquoi elle s'est mariée avec ce type, et surtout comment elle a pu envisager de faire un enfant avec lui. Si individualiste, égoïste, lâche et désintéressé. Mais ce qui est fait est fait, il faut aller de l'avant, et penser à cette petite fille de cinq ans qui n'a rien demandé à personne. Il n'est pas question de la perturber plus que nécessaire. Il faut qu'elle puisse voir son père, peu importe que ce soit le samedi ou le dimanche.

– Changer le dimanche pour le samedi, tu n'appelles pas ça la perturber ?

– Peut-être, mais c'est toujours moins grave que des semaines qui se suivent sans qu'elle voie son père.

– Et payer la pension avec des semaines de retard, comme il y a trois mois et aussi l'été dernier, on en parle ?

– Certes, mais ça n'a rien à voir, c'est encore une autre histoire.

– Tu prends sa défense, se plaint Valérie.

– Pas du tout, nous sommes en train de parler de déplacer le jour de garde du dimanche au samedi, pas de changer le montant de la pension.

– Les hommes, je les connais, tu peux me faire confiance. Je t'assure, ma fille, si tu ne leur mets pas un peu la pression, ils te la font toujours à l'envers.

Valérie s'emporte, tance sa fille, lui explique que de toute évidence, aujourd'hui comme il y a deux semaines, Mika n'avait rien de mieux à faire de son dimanche, qu'il est sans doute resté chez lui à zoner devant la télévision, elle le sait bien, elle l'a assez vu faire pendant les années de couple qui ont précédé la naissance de la petite. Il est plus malin que ce qu'il laisse paraître et a fait exprès, appuie la grand-mère de Maëlys, de manquer ces deux rendez-vous de suite, après d'autres déjà ratés durant l'hiver, pour faire culpabiliser Caroline et arriver à ses fins : voir sa fille le samedi et non le dimanche.

Cette fois-ci, Philippe s'en va, parce qu'il a compris ce qui se joue là, dans la cuisine. Il file dans le garage bricoler un truc ou deux, ou bien simplement mettre de l'ordre dans ses outils. Dégager le terrain pour laisser les femmes s'expliquer entre elles et aborder enfin le véritable enjeu de cette discussion. Il reviendra plus tard, pour apaiser la tension. Il est assez doué pour jouer à merveille le rôle de tampon entre Valérie et Caroline. Il est une soupape de sûreté, un tiers à qui l'une comme l'autre n'hésitent pas à se confier.

Il faut quelques minutes de plus à Caroline pour enfin réaliser, prendre conscience de ce que son beau-père a saisi. Valérie a à cœur de protéger sa petite-fille, mais, surtout, elle a en tête, et c'est humain, ses propres intérêts. Accepter de déplacer les jours de garde de Mika du dimanche au samedi, toutes les semaines qui plus est, mettrait surtout en péril… la relation de Valérie et Maëlys, car le samedi est justement le jour où elles peuvent passer des heures entières ensemble, pendant que Philippe vaque à ses occupations et que Caroline travaille à l'agence !

Quand Caroline exprime cette réalité à voix haute et confronte sa mère, elle met le pied dans un piège affectif qu'elle connaît trop bien. Car voilà Valérie qui se met à pleurer, arguant que, oui, on cherche à l'empêcher de voir sa petite-fille, que c'est injuste, et à partir de là, c'est le grand déballage. Elle parle de son ennui, de sa vie où il ne se passe jamais rien, que le tir à l'arc comme la méditation, elle s'en fout pas mal, mais qu'il lui faut bien s'occuper, qu'ils n'en savent rien, ni Philippe ni Caroline, de ce que c'est qu'une existence de femme au foyer, que depuis trente ans elle tourne en rond, comme prisonnière entre ces quatre murs. À l'entendre, sa vie est un enfer, et déplacer ce jour de garde sera l'ultime clou dans son cercueil. Elle se dit épuisée, à bout, inversant la situation et laissant sa fille presque désemparée. Et puis cette tristesse se transforme en vraie colère, tout y passe, elle dit que, vraiment, elle n'est pas aidée, que Caroline pourrait venir faire un peu de ménage ici de temps à autre, qu'elle ne s'en sort pas, que cette maison est trop grande à gérer, que les trois chiens mettent un bazar sans nom, que la poussière et les poils reviennent sitôt qu'on les a aspirés, que si elle s'écoutait, elle prendrait une valise et elle foutrait le camp, là, maintenant, tout de suite.

– Pour aller où ? demande Caroline qui se force à ne pas relever ce qui vient d'être dit sur elle.

– Peu importe, à Bali ou alors dans le village d'à côté, là n'est pas la question. Simplement ici personne n'en a rien à foutre de moi, chacun s'occupe de ses petits problèmes.

– Calme-toi. Arrête un peu d'exagérer, tempère Caroline.

Elle vient d'attraper son paquet de cigarettes et déplace la conversation sur la terrasse, autant pour répondre à son besoin de fumer que pour s'éloigner de Maëlys qui, à force, va finir par tout entendre.

Mais Valérie, maintenant qu'elle est lancée, ne veut certainement pas descendre de ses grands chevaux. Pire, elle hausse le ton, reproche à sa fille, une fois de plus, de ne pas assez aider dans la maison, de se faire marcher dessus au travail, de se complaire dans le célibat : un nouveau père pour élever cette gamine, ça ne serait pas de trop, la grand-mère baby-sitter ne sera pas éternelle. La voilà qui mélange tout et remet pêle-mêle les sujets sur la table.

Pour Caroline, c'est la goutte de trop. Elle s'emporte à son tour, explique que c'est injuste de la dépeindre ainsi, qu'au boulot elle se donne à deux cents pour cent pour que ça fonctionne et que les employés ne ressentent pas toute la pression envoyée par la direction régionale et le siège parisien. Pour les mecs, qu'est-ce qu'elle croit, que ça court les rues, qu'il y en a plein le village ? Il n'y a presque que des vieux ici ! Et pour ce qui est d'aider, elle ne fait que ça, chaque fois qu'elle vient ici, de débarrasser, de nettoyer, de faire le service, ça va, elle n'est pas Cendrillon non plus ! Elle aussi a une maison à tenir, elle aussi a des animaux qui laissent des poils partout ! Deux chats et un chien, ça vaut bien trois chiens en termes de bordel ! Surtout, elle travaille toute la semaine, contrairement à Valérie qui n'en fout pas une et qui a le temps de nettoyer sa baraque tous les jours s'il le faut.

Quand Caroline dit « baraque » au lieu de « maison » et « bordel » au lieu de « bazar », que les gros mots commencent à sortir et qu'elle hausse le ton, ce n'est pas bon. Parce que, comme toutes les personnes foncièrement gentilles, si elle s'emporte, c'est qu'elle estime que la situation et les reproches sont injustes, et qu'elle ne retrouvera pas son calme de sitôt. Même après l'intervention de Philippe, revenu du garage et cherchant à s'interposer dans le conflit entre sa femme et sa belle-fille.

– Valérie, Caroline, vous ne voulez pas vous calmer un peu ?

Les deux femmes se regardent d'un œil mauvais, cherchant à voir laquelle reprendra la parole en premier. Ni l'une ni l'autre, car après ce temps de silence, c'est une autre voix, plus petite, qui demande :

– Maman, ça veut dire qu'à partir de la semaine prochaine je vais voir papa le samedi et pas le dimanche ?

Et voilà, exactement ce que Caroline voulait éviter, que Maëlys participe au débat, qu'elle soit au courant d'affaires qui auraient dû être débattues rien qu'entre adultes. Deux pas plus loin, elle attrape le cendrier, y écrase nerveusement son reste de mégot, puis d'un ton ferme se retourne et assène :

– Maëlys, tu dis au revoir à papi et mamie, on y va.

La petite est maline, n'en rajoute pas, adresse un bisou et un sourire à Valérie qui sèche ses larmes et à Philippe qui tente de cacher un soupir d'agacement. L'instant d'après, il faut trouver le troisième larron, et Caroline d'appeler son chien, aidée par sa fille :

– Haribo ! Viens ici ! On y va !

Le Jack Russell se moque qu'on soit samedi ou dimanche, que la journée de garde se décale ou non. Il est content, quoi qu'il arrive. Il arrive en sautillant et suit ses deux maîtresses, laissant les trois gros chiens dans le salon, affalés sur les canapés.

Caroline, encore énervée, est à deux doigts de claquer la porte et s'avance sur le chemin du retour, pas très long, mais suffisant pour prendre l'eau : voilà qu'il se met justement à pleuvoir ! Il ne manquait plus que ça. Le débit est faible, mais les gouttes sont grosses. Elles s'écrasent dans son cou, et Caroline se maudit de ne pas avoir de manteau. Sa fille, au moins, est couverte. Quant à Haribo, qu'il pleuve ou pas lui est totalement égal. Sa maîtresse regarde le chien et se demande alors si elle ne préférerait pas être un animal plutôt qu'une femme, avec ce boulot infernal et ces mauvais horaires, cette mère qui habite au bout du jardin et qui a toujours besoin de tout ramener à elle, cet ex qui se fout vraiment du monde, et cette solitude sentimentale qui commence à lui peser pour de bon. Heureusement qu'il y a Maëlys, le rayon de soleil permanent. Cette dernière tient la main de sa mère, et soudain se tourne vers elle, ravie de sa remarque à venir.

– Maman, tout à l'heure, je t'ai entendue et tu as dit « bordel ». Ce n'est pas bien, c'est un gros mot.

Désarmée par la fraîcheur de sa fille, Caroline ne peut répondre autrement qu'en éclatant de rire.

9

Encore une chance qu'elle ne sache lire que son nom !

À leur arrivée dans la maison, Caroline et Maëlys sont surprises par le spectacle qu'elles découvrent. En ouvrant la porte, elles constatent que les deux félins s'échappent à toute vitesse, leur filant entre les jambes. En partant ce matin, elles ont totalement oublié de laisser une fenêtre ouverte pour que Cahuète et Bounty puissent aller et venir à leur guise. Mécontents d'avoir été enfermés, les chats se sont vengés sur les objets. Ils ont fait tomber des livres de la bibliothèque, ont déplacé des peluches de Maëlys depuis son lit jusqu'à la salle de bains, ont renversé deux lampes et même cassé une assiette.

– On peut dire qu'ils ont mis un sacré bordel, s'exclame la petite fille qui emploie à dessein le gros mot prononcé tout à l'heure par sa mère.

– Maëlys !

– Un sacré bazar ! Pardon, maman.

Caroline range, aidée par sa fille, elle-même assistée d'Haribo, qui suit sa jeune maîtresse partout, de la chambre au salon, de la cuisine à la salle de bains. Quand elles y voient enfin plus clair et qu'elles sont venues à bout du désordre causé par Cahuète et Bounty, il est temps de passer aux choses sérieuses.

Pas de devoirs, et Caroline songe que l'année prochaine, déjà, cela commencera. Comme si elle réussissait à lire dans ses pensées, Maëlys lui dit alors, très justement :

– Tu sais, maman, l'année prochaine, quand je serai au CP, le week-end il y aura des devoirs à faire !

– Comment tu sais ça, toi ?

– C'est la maîtresse qui nous l'a expliqué.

– Eh bien, elle est en avance, celle-là.

– Ça va arriver vite. Bientôt, c'est l'été, et à la fin des vacances je rentre au CP !

Caroline sourit et se dit que, décidément, sa fille attend cette rentrée à l'école primaire avec impatience. La chance qu'elle a, c'est de pouvoir continuer à aller à l'école en restant à Sauveterre, et donc s'y rendre à pied. Le bus et le ramassage scolaire direction Avignon, ce sera pour plus tard, les années collège dont Caroline ne garde pas un très bon souvenir. Elle s'en souciera dans quelques années, chaque chose en son temps.

Néanmoins, ce n'est pas parce qu'il n'y a pas de devoirs qu'il ne faut pas, pour autant, préparer le sac pour la journée d'école de demain. Maëlys sait ce qu'il faut y mettre, et demande même à sa mère :

– Maman, tu as pensé à acheter un gâteau ? Demain, c'est la journée des anniversaires du mois à l'école.

Oui, Caroline y a pensé. La mort dans l'âme, d'ailleurs. Cette année, les nouvelles consignes de la directrice d'école ont été très claires : pas de gâteau fait maison. Pour des raisons de détection d'allergènes, tous les gâteaux consommés à l'école doivent désormais être achetés dans le commerce, et apportés dans leur emballage d'origine. En cas de problème, il faut pouvoir effectuer une traçabilité immédiate et parfaite de ce qui a été avalé par les enfants. Tant pis pour eux, qui ne pourront plus profiter des tartes faites main, des gâteaux au chocolat des mamans, ou encore du cake au citron que Valérie maîtrise à merveille et qu'elle a pris tant de plaisir à préparer l'année dernière, chaque fois que Maëlys devait apporter un gâteau à l'école. Place aux brioches industrielles, aux brownies sous emballage plastique. Il n'y a vraiment pas de quoi se réjouir.

Mère et fille s'installent ensuite à la table du salon pour dessiner. Enfin, c'est surtout Maëlys qui est affairée à un coloriage de la plus haute importance. Elle tient à réussir Elsa avec les bonnes couleurs, aussi, elle demande à sa mère de lui trouver une image de *La Reine des neiges* pour choisir les bons feutres. Dans la chambre de la petite, Caroline trouve un livre d'histoires autour de ce dessin animé que Maëlys connaît littéralement par cœur.

– Tiens, voilà, ma chérie.

– Merci, maman.

Fatiguée du week-end et de la dispute, la maman en question voudrait bien, exceptionnellement, s'installer sur le canapé pour scroller sur Facebook ou Instagram. Au début, cela lui demandait un effort particulier, mais à présent qu'elle en a pris l'habitude, c'est devenu totalement naturel : Caroline ne tient pas à ce que sa fille la voie en permanence accrochée à son smartphone. Elle prend donc place à côté de Maëlys. Elle attrape un magazine, qu'elle feuillette distraitement.

C'est *Télé-Loisirs*. Elle y est toujours abonnée, il serait temps d'arrêter, cela fait longtemps qu'elle ne regarde plus tant que ça la télévision. Deux soirs par semaine, et encore, en général elle se met devant Netflix. La plupart du temps, elle est trop crevée et file dans son lit, s'endormant en lisant un roman. Elle lit un peu de tout, avec une préférence pour les polars, s'ils ne sont pas trop noirs. Les livres qu'elle bouquine en ce moment mettent en scène une bibliothécaire normande qui résout des enquêtes policières, depuis son salon, en écoutant de la musique, souvent du Céline Dion. Un peu tiré par les cheveux, mais comme elle a parfois l'impression que l'héroïne lui ressemble, elle prend plaisir à continuer cette saga.

La lecture qu'elle affectionne particulièrement se fait à voix haute, près du lit de sa fille. Lui lire des histoires, quand bien même la petite réclame parfois que sa mère lui lise trois fois de suite la même, est un véritable plaisir pour Caroline. Tout à l'heure, elle la bordera, Maëlys choisira trois livres, comme elle le fait souvent, il faudra dire non, négocier, un seul seulement, trois, ça fait trop, et comme d'habitude la petite maline choisira soit le plus volumineux des trois livres, soit le plus petit, mais en exigeant dans ce cas-là qu'on le lise trois fois. La mère attend avec impatience que son enfant sache lire en même temps qu'elle redoute le moment où Maëlys ne voudra plus qu'on lui fasse la lecture à voix haute le soir.

Sous les yeux fatigués de Caroline, les pages du magazine se tournent sans que les publicités ou les articles attirent vraiment son attention. La vérité, c'est qu'elle ressasse en boucle ce qui a été vidé tout à l'heure, entre la cuisine et la terrasse de la maison de sa mère. Les mots de Valérie résonnent, font remonter les pensées mises de côté. Il faudrait faire quelque chose, à l'évidence elle ressent un trop-plein qu'il lui faut déverser quelque part. Ne pas craquer devant sa fille, ne pas se mettre à pleurer, ne pas appeler Mika pour passer ses nerfs sur lui ou, pire, s'épancher et lui laisser croire qu'il peut exercer quelque pouvoir sur elle. Dehors, la pluie s'est renforcée, lui ôtant la possibilité de fuir. Pourtant, c'est exactement ce qu'elle éprouve à ce moment-là. Un besoin d'aller voir ailleurs, de tout envoyer balader. Ce n'est tellement pas dans son caractère qu'elle n'imagine pas un instant mettre la moindre énergie dans un projet de remise en question d'elle-même et de son existence.

Caroline admire ceux qui sont capables de saisir cette invisible liberté, d'aller la chercher coûte que coûte. Elle pense à son cousin Florian, parti se reconstruire à l'autre bout du monde. Lui aussi a commencé, comme elle, dans la restauration. Lui aussi en est parti, mais pour un tout autre projet : il est devenu luthier, et en Australie qui plus est. Pieds dans le sable et lunettes de soleil, il est parti, au départ un an, avec l'idée de revenir. Mais il n'est pas rentré, a refait sa vie là-bas, s'est marié, s'est formé à un nouveau métier, et fabrique désormais des guitares au bord de la mer. Elle se souvient des mois qui ont précédé son départ. Ils avaient passé du temps ensemble. À boire des verres, à rigoler, à refaire le monde. Elle se souvient de ce que faisait Florian durant ses dernières semaines de présence en France. Sur un carnet il notait ce qu'il avait envie de faire, d'essayer, les folies qu'il avait en tête. Une liste sans queue ni tête, poétique et merveilleuse.

Caroline avait essayé, à ce moment-là, de s'y mettre aussi, mais s'était heurtée, un peu à son propre manque de créativité, beaucoup au fait que tout lui semblait en place, que la vie se déroulait en suivant son cours et qu'il n'y avait rien à y redire. Si seulement elle avait su ! Elle songe aux listes des envies du cousin, elle se dit que même aujourd'hui elle en serait incapable. Ce qu'elle voudrait, c'est du calme et rien d'autre, qu'on lui foute la paix au travail, que Mika lui foute la paix, que sa mère lui foute la paix. Hélas, par où commencer ?

Finalement, elle se décide à emprunter un feutre à sa fille, et évidemment ce n'est pas le bon.

– Pas celui-là, maman, tu vois bien que je vais avoir besoin du bleu foncé.

– Pardon, je vais choisir le marron, alors.

– Bah non, je vais aussi colorier Sven le renne tout à l'heure.

– Alors lequel je peux prendre, Maëlys ?

– Tu n'as qu'à prendre celui-là, répond sa fille en lui tendant le feutre rouge.

Eh bien, on peut dire que la petite fille a du flair. Pour ce que Caroline s'apprête à faire, le rouge est vraiment la couleur idéale. Sur une page du programme sur laquelle elle trouve un peu de place pour écrire, elle trace un premier tiret, en face duquel elle note :

– Boulot stressant, horaires compliqués (travail le samedi).

À la ligne suivante, elle inscrit :

– Pas de mec depuis trop longtemps.

Et c'est ainsi qu'elle continue :

– Fille avec problèmes d'alimentation (à surveiller).

Voilà la page bien vite remplie, avec d'autres tirets, d'autres problèmes, écrits en rouge eux aussi :

– Mère envahissante (chantage affectif ?).

– Manque de sorties (rappeler les copines).

– Trop gentille (ne plus se laisser faire).

Tant et si bien que Caroline continue de faire la liste non pas de ses envies, mais de ses soucis sur une autre page du programme télé.

Dresser cette liste ne lui fait pas forcément de bien. Au contraire même, elle prend conscience qu'une sourde tristesse l'envahit un peu plus. Elle renifle et constate que ses yeux deviennent de plus en plus humides. Sa fille, qui jusqu'ici n'a rien dit, n'a pourtant pas perdu ses qualités d'observation et d'attention, et lui adresse, le plus gentiment du monde :

– Tu pleures, maman ?

Caroline répond non dans un sanglot étouffé, et se précipite vers la salle de bains. Trop-plein d'émotion, de fatigue, d'énervement, de ras-le-bol. Contre l'entreprise, son ex, sa mère, elle-même, la vie, bref, rien ne va plus en cette fin de dimanche après-midi. Pourtant, il faut bien quitter ce miroir qui lui renvoie l'image d'une femme de moins en moins jeune et de plus en plus usée. Et puis Maëlys déjà l'appelle, dit qu'elle a terminé de colorier son dessin, qu'elle a envie de jouer. Caroline sèche ses larmes et retourne dans le salon. Maëlys a apporté un jeu de Memory, des paires d'animaux de la ferme à reconstituer. Elle a ouvert la boîte et préparé le jeu et, en attendant sa mère, elle essaye de déchiffrer les lignes tracées par Caroline au feutre rouge sur le *Télé-Loisirs*. Encore une chance qu'elle ne sache lire que son nom, cette petite !

– Maman, qu'est-ce que tu as écrit sur le magazine ?

La mère voudrait répondre quelque chose d'anodin, botter en touche et concentrer l'attention de sa fille sur la partie de Memory à venir. Contre toute attente, elle répond quand même à Maëlys :

– Eh bien, maman… elle a fait la liste de tout ce qui ne va pas dans sa vie !

Elle tente de ponctuer cette affirmation par un sourire. Face à elle, Maëlys ouvre de grands yeux et s'étonne :

– C'est bizarre comme liste. Pourquoi tu ne fais pas plutôt la liste de tout ce qui va bien ?

Elle a prononcé ces mots comme une évidence, sûre de son fait, du haut de ses cinq ans. Touchée, Caroline rejoint sa fille pour un câlin, tout en se disant que cette petite est vraiment très futée. C'est elle qui a tout compris : on ne résout rien en se concentrant sur les problèmes. Il faut regarder le verre à moitié plein plutôt qu'à moitié vide.

Ce dimanche soir, alors que Maëlys dort à poings fermés, Caroline ne reprend pas la lecture de son roman policier, pas plus qu'elle ne se laisse aller à s'endormir sur son canapé devant un film ou une série. Munie d'un stylo bleu, plus adéquat que le feutre rouge trop agressif, elle a dégoté, au fond d'un tiroir, un carnet entamé. Sur les lignes quadrillées, elle note, fière et décidée, tout ce qu'elle va essayer de changer dans sa vie. S'appuyant sur ses forces, ses atouts, les cartes qu'elle peut jouer. Il y a du travail, mais elle se sent armée d'une motivation à toute épreuve.

Sa détermination dépasse l'énergie d'un 1er janvier et de ses résolutions : Caroline va se reprendre en main et pour de bon. Heureuse, certaine d'y arriver, elle se réjouit de l'été à venir.

10

Certains demandent un nom, d'autres une initiale

Depuis quelques semaines, les mardis de Caroline ont changé. Ce n'est que la mi-juin, donc officiellement pas encore tout à fait l'été, mais dans l'air comme dans son esprit, l'atmosphère a pris une tournure bien différente. Le froid a disparu pour de bon, les journées ont gagné en longueur et en ensoleillement. Comme par une heureuse contagion, la météo est aussi au beau fixe chez la mère de Maëlys. Après avoir accepté le propre bilan qu'elle a fait de son existence, elle a en effet décidé de se reprendre en main. Et son meilleur allié pour cette reconquête, c'est justement le mardi. Puisqu'elle dispose d'un jour de repos en semaine, pourquoi continuer à ne rien en faire ?

Désormais, elle voit ce mardi non plus comme une journée de langueur et de pensées qui tournent en rond, après avoir déjeuné avec sa mère, mais bien comme un moment privilégié pour accomplir sa propre révolution. Pour autant, il n'est pas question de délaisser la propreté de sa maison.

Elle a toutefois instauré de la souplesse dans son agenda, anticipant une partie du ménage le lundi soir, terminant parfois le mercredi matin en se levant plus tôt. Avec ces bonnes intentions et cette énergie nouvelle, elle se rend compte de tout ce qu'elle peut accomplir dans cette journée.

Caroline a acheté des chaussures de running et s'est lancée dans la course à pied. Non pas qu'elle en avait spécialement besoin, mais elle s'est dit qu'une séance de jogging hebdomadaire lui serait profitable. Elle s'y met doucement, elle court une petite demi-heure, à allure modérée. À ceux qui lui disent, à commencer par sa mère, que cela ne risque pas d'être efficace, elle leur répond, premièrement, qu'elle ne s'entraîne pas pour une course et qu'elle ne cherche pas à perdre du poids, et, deuxièmement, qu'au contraire ces trente minutes une fois par semaine lui sont très bénéfiques.

Tout d'abord, elle a remarqué qu'Haribo, qui l'accompagne dans ce footing du mardi matin, est en meilleure forme et fugue moins qu'avant. Pour elle, c'est après la douche qui suit ce footing dans les vignes qu'elle ressent le bonheur de ce moment de réconciliation avec le sport, délaissé pendant tant d'années. Elle se sent régénérée, prête à affronter les nombreux rendez-vous qui remplissent sa journée du mardi.

Les plus importants consistent à se trouver un autre boulot. Cela lui a pris un peu de temps pour se lancer, néanmoins, à présent elle réussit à caser au moins un, sinon deux entretiens professionnels chaque mardi. Alors, forcément, elle est convaincue que ça va finir par payer.

Et dire qu'avant elle se disait qu'elle changerait de boulot quand elle trouverait une opportunité. Comment la trouver, cette opportunité en question, si on ne la cherche pas ? Caroline a refait son CV, ressorti ses plus beaux tailleurs et même dépensé un peu pour se sentir plus jolie encore. De manière étonnante, ce dynamisme retrouvé lui procure un allant nouveau les autres jours de la semaine. Parce que son teint clair lui donne une meilleure allure que d'habitude, parce que ses vêtements resplendissent. On la complimente, on lui demande si elle a changé de parfum, quelles sont ces nouvelles crèmes qui la rendent aussi ravissante.

Pour ses collègues, la situation est très claire : Caroline est forcément en train de viser un poste à la direction régionale ! Elle s'en défend, explique qu'elle préfère habiter dans la campagne d'Avignon plutôt qu'à Montpellier, mais les autres sont sûrs de leur fait. D'ailleurs, ils ont expliqué qu'elle pourrait trouver un petit village dans les environs de Montpellier, et peut-être même s'y sentir mieux qu'à Sauveterre. Pour bien faire, il faudrait leur dire qu'elle cherche un boulot ailleurs, loin de cette entreprise qui lui compresse le cerveau, avec ces e-mails quotidiens, ces procédures qui n'arrêtent pas de changer et ces objectifs inatteignables, néanmoins elle ne tient ni à les blesser, ni à ce qu'une telle information remonte jusqu'aux oreilles de ses supérieurs hiérarchiques. Ils sont touchants, tous, Adrien, Adel, Kevin, Sarah et les autres, à la soutenir dans cette ambition qu'ils ont inventée pour elle et qu'elle n'a jamais eue.

La raison pour laquelle ils voient d'un très bon œil une potentielle évolution interne de Caroline dans l'entreprise est pourtant on ne peut plus simple : avec leur future ancienne chef dans les locaux de Montpellier, ils se disent que la pression retombera un peu, qu'elle saura, elle qui vient du terrain, calmer un peu les ardeurs de tous ces types enfermés dans leurs bureaux climatisés. Caroline, c'est certain, ne se laissera jamais aller à ce genre de visite effectuée il y a quelques semaines par le directeur régional adjoint. Partir avant le coup de feu, se sauver juste pour éviter les ennuis qui arrivent, avant que ne débarquent les hordes de clients impatients et mécontents, voilà quelque chose que Caroline ne ferait pas. Alors, forcément, ils la soutiennent, espèrent qu'elle obtiendra ce poste qu'ils imaginent qu'elle brigue.

Si seulement ils savaient ! Caroline rencontre des recruteurs, des cabinets et des entreprises. Pour autant, bien que décidée à changer de poste, elle n'est pas pressée de partir et ne tient certainement pas à accepter la première offre venue. Cette posture lui donne une force supplémentaire, un aplomb qu'elle ne s'imaginait pas, elle qui, jusqu'ici, avait toujours cherché des jobs dans l'urgence, avec la pression du loyer à payer et des crédits Sofinco à rembourser (tout ça, entre autres, pour faire plaisir à Mika qui voulait à tout prix regarder la télévision en se vautrant dans un immense canapé d'angle, qui a fini à la déchetterie après le divorce).

À chaque nouvel entretien effectué, elle repense à ceux d'avant, qu'elle menait à la va-vite et en baissant la tête, quand elle bossait en restauration, qu'elle se sauvait d'un restaurant pour aller se réfugier dans un autre, qui se révélait pire encore que le précédent. Moins payée, avec des horaires toujours plus impossibles et des patrons odieux. Quelle joie de se retrouver de nouveau en recherche d'emploi, mais sans l'obligation de saisir aveuglément n'importe quelle opportunité. Les entretiens réussis, même s'ils ne débouchent pas sur une proposition de poste, renforcent encore l'énergie merveilleuse qui la porte depuis ce dimanche soir où elle a écrit la liste de ce qui allait dans sa vie, des forces sur lesquelles elle pourrait s'appuyer. Elle a compris que s'apitoyer sur son sort ne sert à rien, qu'attendre que les choses tombent du ciel, en restant assise, café et cigarette à la main après le déjeuner du mardi midi avec sa mère, ne la mène nulle part. Fini l'immobilisme dans lequel elle s'était murée, désormais elle s'appuie sur ses qualités et ses atouts, a repris confiance et décidé de bâtir, pour elle et sa fille, une existence plus conforme à ses qualités. Elle est dynamique, souriante, serviable, déterminée : comment ne pourrait-elle pas arriver à ses fins ? Elle y croit et elle veut que les DRH et autres recruteurs qu'elle rencontre y croient aussi.

Ce n'est pas seulement eux qu'elle veut convaincre. De la même façon que le job de ses rêves n'arrivera pas sur un plateau, il ne faut pas espérer que le prince charmant pousse la porte de sa maison et débarque dans sa vie, les dents blanches et un bouquet de fleurs à la main, avec en prime une belle situation, de la gentillesse et de l'humour. Comme pour le nouveau boulot qu'elle souhaite, il va falloir aller le chercher, ce mec !

Cela aussi, ses collègues l'ont remarqué. Et là encore, ils font fausse route. Plutôt que d'imaginer qu'elle se fait belle, prend soin d'elle et provoque les rencontres, ils se sont convaincus entre eux qu'elle a déjà retrouvé quelqu'un. Elle s'amuse de leurs devinettes, et de ses rires en guise de réponse leur intuition sort renforcée : c'est certain, la responsable d'agence est de nouveau en couple et ils veulent savoir qui c'est, à quoi il ressemble, ce qu'il fait dans la vie. Alors ils se laissent aller à toutes sortes d'hypothèses, le décrivent tour à tour brun, blond, avec des origines méditerranéennes ou bien asiatiques comme son ex Mika, formulent le souhait de le savoir riche, voire très riche, l'imaginent avec un job passionnant. Ils tentent toutes sortes d'approches auprès de leur responsable, multipliant les allusions et les questions directes.

– Caro, il ne serait pas vétérinaire, ton nouveau mec, par hasard ?

Dès qu'un client vraiment séduisant passe la porte de l'agence, ils se tournent vers Caroline pour voir si les regards de ces deux-là ne se croisent pas avec intensité. Ils formulent des possibilités, peut-être que c'est un gendarme, un banquier ou un assureur, peut-être qu'elle ne veut mettre mal à l'aise aucun de ses collègues en révélant l'état civil de ce nouveau chéri. Ils n'en démordent pas, ils vont trouver. Reviennent à la charge presque tous les jours.

– Tu sais, Caro, tu peux nous le dire, nous garderons le secret.

Ou bien encore :

– Si ça se trouve ton nouveau mec bosse à la direction régionale de l'entreprise et tu vas aller le rejoindre dans ton nouveau poste à Montpellier !

Elle rit, répond que non, pas du tout. Ils ne croient rien de ses dénégations. Ils insistent au travail et recommencent lors de leurs soirées entre collègues. Ils payent les boissons de Caroline, ne veulent pas qu'elle soit ivre, mais tout de même, si un petit verre ou deux pouvaient aider à délier sa langue… Ils seraient si contents de voir leur curiosité enfin satisfaite. Certains ont demandé un prénom, d'autres juste une initiale. Et comme Caroline, toujours, ne dit rien, sourit souvent, rougit parfois, de plaisir d'être au centre de toutes les attentions, ils s'emballent, se figurent que c'est un type qu'ils connaissent tous, que c'est pour cette raison qu'elle garde le silence à son sujet.

De nouveau mec dans la vie de Caroline, il n'y a pas, enfin, pas encore. Néanmoins elle cherche, activement même. C'est aussi à cela qu'elle occupe désormais son mardi après-midi et même son mardi soir, laissant la garde de Maëlys à Valérie. Toujours ravie de jouer les nounous, la grand-mère s'accroche à cette soirée en semaine, en tête à tête avec sa petite-fille, pour compenser la journée du samedi qui lui a été chipée par son ancien gendre.

Caroline s'est ainsi inscrite sur non pas une, mais deux applications de rencontres ! C'est évidemment avec l'aide de Roxane qu'elle a créé son profil sur deux sites différents.

Sur le premier il faut trier, cela ressemble à une grande foire, un peu comme un salon virtuel où se succèdent les conversations, jusqu'à ce que quelques mots fassent la différence avec un mec plutôt qu'un autre. C'est amusant, souvent, parfois navrant, mais Caroline a déjà eu quelques discussions très intéressantes. Certaines se sont évidemment transformées en rencontres en terrasse, dans des bars où elle a, presque à chaque fois, cru se faire repérer par un ou une collègue de boulot. Elle a rencontré un Franck et un Thomas, un Malik et même un John, Américain ayant grandi sur la Côte d'Azur, mais ces quatre-là n'ont rien donné. Avec Malik, elle s'est un temps imaginé le ramener chez elle, avant de se raviser. Elle ne tient pas à multiplier les tentatives devant Maëlys, préfère avancer quand elle le sentira pour de bon.

Sur le second site, l'ambiance est différente. Au début elle était hésitante, puis elle a vraiment compris que les mecs étaient comme bloqués derrière des parois invisibles. Si les filles ne font pas le premier pas, ils ne peuvent pas envoyer de messages. Alors elle a joué le jeu de ce qu'on appelait, dans les boums du lycée, il y a si longtemps, le quart d'heure américain. Elle trouve que sur cette appli les mecs sont plus polis, plus distants peut-être aussi. Pour les soirs de la semaine, une fois que Maëlys est couchée, où elle s'accorde une heure pour discuter en ligne avec des inconnus par smartphone interposé, elle se sent moins bousculée, plus tranquille. Enfin, de toute manière, l'idée reste toujours la même. Inutile de se parler des heures en se cachant derrière un écran : si le courant passe, rendez-vous en terrasse pour boire un verre.

C'est ainsi que Caroline rentre pleinement dans ce nouvel été, fière d'être en train de se reprendre en main, loin des fantasmes de celles qui répètent qu'il faudrait qu'elles se bougent, qui voudraient se lancer dans un régime, qui aimeraient être en couple : Caroline agit, et de cela elle est ravie ! Voilà plusieurs semaines qu'elle est lancée dans ce chemin qui lui semble s'agrandir encore et encore, aller toujours plus vite vers des horizons nouveaux. Ce chemin est devenu une route et même une autoroute qui devrait la conduire, dès la rentrée de septembre, estime-t-elle, à une toute nouvelle situation.

Elle aura, elle en est certaine, un nouveau mec et un nouveau boulot, et se voit déjà, pour la rentrée en CP de sa fille dans un peu plus de deux mois, au bras d'un type formidable et dans un poste avec des horaires décents et des objectifs atteignables. Vivement septembre !

11

Il n’est pas en train d’arriver, le prince charmant !

Dans deux semaines, c’est la fin de l’été, place à cette rentrée que tout le monde ou presque attendait. Maëlys, plus fière que jamais d’aller au CP, d’avoir une nouvelle maîtresse et d’intégrer, comme elle le claironne, « l’école des grands », est fidèle à elle-même : lumineuse et rayonnante, un vrai Zébulon. Constamment sur ressorts, à bondir et s’extasier. Elle a passé le plus clair du mois de juillet dans la famille de ses autres grands-parents. Partie au Vietnam avec son père, elle a été choyée par ses cousins, ses oncles et ses tantes, et cette arrière-grand-mère encore en pleine forme, qu’elle surnomme affectueusement Mamicha. Elle y a même fait ses premiers tours de vélo sans les roulettes, la voilà qui va pouvoir se joindre aux sorties vélo de Philippe et Valérie dans les vignes, avec les trois bouviers bernois à leur côté, et bien sûr l’incontournable Haribo.

De son côté, le petit Jack Russell de la famille affiche la même forme qui a toujours été la sienne : une vraie pile électrique. Avec les deux chats Cahuète et Bounty, les animaux de Caroline et Maëlys ont passé un été de plus, sans se soucier de ce qui arrivera en septembre ou bien l'année prochaine, dans le simple et évident bonheur animal d'être là, dans l'instant de chaque journée.

Philippe et Valérie, quant à eux, ont profité de trois semaines avec leur petite-fille, et préparent leur prochain voyage d'hiver : cette année, ils partent en Afrique du Sud. Et ils n'emmèneront pas leurs trois gros chiens avec eux. Qui va s'occuper de nourrir et promener ces molosses pendant les semaines de safari de leurs maîtres ? Caroline, bien sûr !

Justement, pour elle, en revanche, le compte n'y est pas. À partir de début juillet, ses entretiens et ses rencontres se sont taris, autant en qualité qu'en quantité. Les agences de recrutement, tout d'abord, ont toutes trouvé quelque chose à redire à sa candidature. Trop ceci, pas assez cela, faisant semblant de ne pas comprendre sa réorientation après sa formation et ses années passées dans la restauration et l'hôtellerie. Mais enfin, qu'y a-t-il donc de si difficile à saisir ? Surtout qu'après un an et demi de covid, il lui semblait pourtant que tout le pays avait pris conscience du problème de fond avec les emplois dans ce secteur : entre les payes misérables, les horaires impossibles et le management archaïque, c'est une évidence qu'il va falloir trouver de nouvelles recettes pour attirer les candidats. Une chose est sûre, elle ne veut pas y retourner. Et puis, Caroline a arrêté les emplois de ce type bien avant la pandémie. Justement, ont dit les recruteurs, sa mobilité se justifie moins.

Des explications bien alambiquées de la part de gens qui n'avaient pas envie de la recruter, voilà tout : c'est le discours que lui a tenu son amie Roxane. Pour elle, ces cabinets de recrutement ne sont rien que des intermédiaires qui ne voient pas plus loin que le bout de leur nez. Ils cherchent des gens qui cochent les bonnes cases, c'est aussi simple que cela. Et puis, ils passent leur temps à rencontrer des candidats, chaque jour, chaque semaine, toute l'année. Ils finissent par être totalement blasés, désabusés, incapables de s'émerveiller pour une candidate aussi rayonnante que Caroline.

– Tant pis pour eux, ils ne savent pas ce qu'ils perdent, a ainsi décrété Roxane.

Caroline a aussi rencontré des services RH d'entreprises qui recrutent en direct. Atermoiements, cycles de décisions trop longs, hésitations, et pour finir pas de recrutement.

– C'est ça la France, a livré Valérie, spécialiste des verdicts fatidiques et des vérités martelées avec tant de conviction que même la détermination de sa fille en a été ébranlée.

Ce que Caroline a aussi compris, c'est qu'Avignon reste une petite ville, avec peu d'opportunités économiques. En clair, si elle veut vraiment trouver un autre poste qui lui convienne, il faudra déménager, avec tout ce que ça implique, à commencer par la rupture du lien filial presque sacré avec sa mère, en même temps qu'elle perdrait une baby-sitter presque toujours disponible pour garder Maëlys. Autrement dit, ça s'annonce très compliqué.

Quant à la possibilité d'aller voir ailleurs, pourquoi pas, mais Caroline aime trop le soleil, et puis elle n'entend pas éloigner sa fille ni de sa grand-mère Valérie, ni surtout de son père, d'autant que ce dernier commence enfin à assumer toutes ses journées de garde. Ils ont l'air de s'être bien rapprochés, Maëlys et lui, pendant les vacances : tant mieux pour eux, Caroline est contente, elle n'a jamais voulu faire obstacle à la relation entre Mika et leur fille.

Par conséquent, si elle veut rester dans la région, les options ne sont pas nombreuses. Aix et Marseille sont déjà un peu loin, Orange est trop petite, et à Montpellier elle ne connaît personne. Peut-être qu'il faudrait creuser du côté de Nîmes. Cela lui permettrait aussi de se rapprocher de son frère Nicolas : une éternité qu'elle ne l'a pas vu, celui-là. Il n'habite même pas à une heure de route, mais il a manifestement décidé de vivre sa vie tranquille, avec sa femme et leurs deux garçons. Caroline la connaît, la raison de cette distance : le pauvre Nicolas en a eu un peu marre, avec les années, d'avoir sa mère sur le dos, à le critiquer pour tout et son contraire, pour ses choix de vie, ses loisirs, sa manière de s'habiller. Il est parti voir ailleurs, il faut le comprendre. Valérie n'a clairement pas développé la même relation avec son fils et avec sa fille. En tout cas, cet éloignement volontaire de Nicolas revient régulièrement dans les conversations de Valérie, avec autant de regrets que de reproches.

Voilà donc Caroline, sur le plan de la recherche d'un nouveau travail, à l'arrêt complet. La situation de cette fin du mois d'août, c'est qu'ils n'ont pas fini de la faire suer, à la direction. Elle s'en voudrait presque. À trop faire la fine bouche avec les premières pistes des mois de mai et juin, la voilà le bec dans l'eau, retour à la case départ, responsable d'agence repartie pour une année pénible après un été encore plus éprouvant que les précédents.

Si le 15 août est tombé un dimanche, le 14 juillet, en revanche, est tombé un mercredi, ouvrant la voie à un interminable pont : Caroline et son équipe ont souffert. En fait, ce sont, comme d'habitude, tous les week-ends qui se sont révélés un véritable enfer, et notamment celui du 31 juillet et 1er août. Certes, ils sont habitués au fameux chassé-croisé des juillettistes et des aoûtiens, « c'est ça, la France », comme dirait Valérie, néanmoins, il a semblé à Caroline, Adrien, Adel, Sarah, Kévin et les autres que c'était particulièrement chargé cette année : il faut croire qu'après deux années compliquées, il y avait chez les Français des envies d'aller respirer un autre air.

Évidemment, le fait de travailler en sous-effectif n'a pas aidé. Il a fallu se consoler en célébrant presque une bonne nouvelle à venir : la direction régionale leur a promis une arrivée courant septembre. Mystère sur le candidat ou la candidate qu'ils vont choisir, cela ne fait pas partie des prérogatives de Caroline. La directrice basée à Montpellier et son directeur adjoint décident de tout. Les connaissant, Caroline se dit que la possibilité est grande qu'ils finissent surtout par ne pas honorer leur promesse de recrutement. Alors avant de fêter le renforcement à venir de l'agence d'Avignon TGV, toute l'équipe a préféré attendre qu'il ou elle arrive vraiment pour se réjouir. Tant que la personne choisie ne sera pas dans les locaux, ils n'y croiront pas…

Pour couronner le tout, ces deux mois d'été n'ont pas permis à Caroline de se trouver un mec, ou plutôt un « garçon », comme dirait Valérie. Oh, il y a bien eu quelques ouvertures, mais elle ne se sentait finalement pas de se mettre avec quelqu'un. Pas l'inspiration, pas le déclic. Pas tombée amoureuse, clairement pas. Alors elle s'est raccrochée au fameux dicton « mieux vaut être seule que mal accompagnée ». Là aussi, il lui a semblé qu'à partir de début juillet les vraies discussions sur les applications de rencontres ont décliné en même temps que les pistes pour un nouveau travail. Partis en vacances, les mecs du coin, et sans emmener Caroline dans leurs bagages !

D'ailleurs, côté vacances, pour la responsable d'agence, c'est à peine si elle est partie durant l'été en week-end à Bordeaux chez sa copine Roxane. Quatre jours, en semaine, pour ne pas laisser les collègues se faire submerger le samedi et le dimanche. À eux aussi il a été demandé de ne partir que quelques jours en semaine. Et tout le monde a joué le jeu, « il faut au moins, dit Caroline, se réjouir de la solidarité dans cette équipe ».

La mère de Maëlys a donc regardé sa fille s'envoler trois semaines en Asie du Sud-Est avec son père. Cela lui a semblé une éternité, et dire qu'elle avait eu un moment l'intention de l'envoyer dans la foulée en colonie de vacances… Heureusement qu'elle s'est ravisée. Pendant l'absence de Maëlys, elle s'est souvenue, un peu, de la famille de Mika, qu'elle est allée visiter plusieurs fois. C'était avant qu'ils ne soient parents, et même avant qu'ils ne se marient. Une éternité ! Elle avait aimé ce pays aux gens simples et souriants, aux bons petits plats et aux journées tranquilles. Peut-être qu'elle y retournera un jour, quand elle aura quelqu'un d'autre avec qui partir, évidemment.

Avec Roxane, c'était une belle, mais très courte parenthèse. Entre filles, elles ont été à la plage et sont sorties dans les bars, deux soirs de suite, mais l'époque n'est plus à la drague facile, à moins que ce soit leur âge qui ait échauffé les garçons, que Roxane a qualifiés de « prétendants désespérants ». Elle a vite fait de dégainer contre la gent masculine dans son ensemble, et pour cause, elle préfère les filles qui, comme le fait remarquer Caroline à son amie, ne sont pas non plus venues les séduire ! « Ce n'est pas le bon endroit pour ça », a répondu Roxane, qui a promis à Caroline de l'emmener un jour dans un bar gay.

Cet été, deux garçons les avaient abordées. Ils avaient dû prendre leur courage à deux mains, non pas que Roxane et Caroline semblaient inaccessibles, mais tout de même, il en faut, de la confiance en soi, pour aborder des inconnues dans un bar !

– Qu'est-ce qui vous amène ici, les gars ? avait tout de suite demandé Roxane.

Draguer avant de se faire draguer, poser les questions plutôt que de répondre, tenir la conversation et ne pas se laisser guider, telles ont toujours été les armes de Roxane. Si seulement Caroline avait le même aplomb qu'elle !

Les deux mecs, qui s'appelaient Théo et Nadir, venaient de la région parisienne. Caroline les avait trouvés plutôt gentils, mais pas forcément mignons, mais elle pouvait envisager de se laisser convaincre s'ils se montraient très drôles ou persuasifs. Peut-être que les deux mojitos qu'elle avait bus l'avaient aidée à voir le bon côté des choses chez ces deux hommes venus tenter leur chance. Roxane, elle, n'était pas de cet avis. Parce que lesbienne, tout d'abord, et ensuite elle avait décidé que Caroline et elle valaient mieux que ça. Alors la Néo-Bordelaise avait dégainé une de ses meilleures répliques pour éloigner Théo et Nadir :

– Dites, les garçons, vous voulez qu'on joue à un jeu ?

– Oui, avaient-ils aussitôt répondu, d'un même élan.

Les garçons aiment jouer, Roxane l'avait toujours compris. Et les Parisiens ne connaissent rien à Bordeaux et pensent même, souvent, assez naïvement, que la ville est située en bord de mer. Alors, quand Roxane leur avait promis que sa copine Caroline et elle suivraient les deux hommes toute la nuit, absolument partout, s'ils leur rapportaient deux beaux coquillages, Théo et Nadir s'étaient précipités en direction de la supposée plage.

Le temps de s'apercevoir qu'il n'y avait pas plus de plage à Bordeaux qu'à Paris, ils étaient revenus à la table des filles… qui étaient évidemment parties.

– En fait, elle est à quelle distance, la plage la plus proche ? avait demandé Caroline sur le chemin du retour.

– Je ne sais pas, avait répondu Roxane, mais certainement pas cinq cents mètres. Plutôt cinquante kilomètres !

Et les deux amies avaient bien ri de ces prétendants gentiment roulés dans la farine. Caroline n'avait pas été très déçue, elle n'avait trouvé aucun de ces deux mecs attirant.

Filles ou garçons, ça semble un peu la même histoire, car Roxane a, elle aussi, passé tout l'été en célibataire. Comme pour la recherche de travail, Caroline se demande si cela vaut la peine de continuer. Elle n'a pas désinstallé les applis de rencontres, mais les ouvre franchement moins souvent. Non pas qu'elle se soit découragée, simplement elle a fini par se nourrir de l'idée que laisser faire le hasard serait peut-être mieux que de forcer le destin. Entre ses collègues qui sont persuadés qu'elle a déjà un mec, Roxane qui lui assure qu'elle va en trouver un au coin de la rue et les conversations de moins en moins nombreuses et qui s'étiolent sur les deux applications de rencontres (elle leur préfère, le soir, la fin de la saga sur les enquêtes policières de cette improbable bibliothécaire normande), il n'est pas en train d'arriver, le prince charmant !

Au fond, ce n'est pas très grave. Si l'été ne lui a pas apporté ce qu'elle voulait, elle n'en a pour autant pas perdu son énergie du printemps. Elle continue de croire que les choses vont aller en s'améliorant, et elle se promet même de reprendre le footing, abandonné en juillet, entre fatigue et fortes chaleurs.

C'est tout à fait ce qu'elle ressent en cette fin de mois d'août : une lassitude physique, un besoin de dormir. Peut-être qu'elle va faire une pause, quelques mois. Elle voudrait hiberner, se mettre en boule dans un terrier, s'enfermer dans un lit douillet et ne plus en ressortir avant l'année prochaine, en sentant contre elle la chaleur de sa fille Maëlys, de son chien Haribo et de ses deux chats Cahuète et Bounty. Malheureusement, adultes, enfants, animaux domestiques n'hibernent pas. Chaque matin, le réveil sonne et il faudra aller affronter les journées, les clients, les e-mails et les directives de la direction.

En elle réside quand même l'espoir que le matin Maëlys soit cette année un peu plus facile à réveiller : après tout, elle n'a pas arrêté, depuis plus de six mois, de répéter haut et fort et à tout le monde qu'elle attend avec impatience le CP. Elle connaît déjà le nom de la maîtresse, qui s'appelle Anaïs. Du temps de Caroline, il fallait appeler les instituteurs monsieur ou madame, et certainement pas par leur prénom. L'époque a changé, mais Caroline se souvient que dans ses années de cours élémentaire – il y a une éternité, comme dirait sa mère – les réveils étaient faciles et joyeux. Alors elle compte sur cette évidence pour que Maëlys réussisse à sortir du lit toute seule, à l'heure et sans râler. Caroline espère, néanmoins, au fond d'elle, elle doute fort que ce sera le cas : aussi joyeuse que soit Maëlys, le matin il a toujours fallu lui ouvrir les paupières et l'extraire du lit.

Alors qu'au début de l'été Caroline se réjouissait, sans doute trop vite, de ce mois de septembre qu'elle imaginait fantastique, la voilà qui se projette avec nettement moins d'entrain dans la rentrée qui vient. Peu de vacances et beaucoup de clients, recruteurs désabusés et prétendants désespérants, autant de raisons qui ont entamé son énergie. L'hiver s'annonce sacrément long…

12

Ton ex a toujours eu mauvais goût

C'est enfin la rentrée, la fameuse année de CP que Caroline a redoutée et que Maëlys a attendue. Si la petite ne craint pas d'aller chez les grands, pour la mère, c'est une étape de plus, voir son enfant grandir, sa perle s'épanouir. C'est comme si cette fille se voyait pousser des ailes dans le dos. Lentement elle les agite et décolle, s'éloigne du foyer, et Caroline de l'imaginer déjà disparaître à l'horizon, dans un nouvel appartement, une nouvelle vie… *Pas de panique, Caroline, ce n'est que le CP !*

En tout cas, la petite est vraiment à l'aise, et même si par la taille elle fait partie des enfants les plus chétifs de l'école primaire, elle est déjà toute fière de se distinguer des autres dès qu'elle en a l'occasion. Car dans cette classe elle retrouve les autres enfants qui étaient avec elle en maternelle, mais aussi de nouvelles têtes que la rentrée a amenées.

– Maman, eh bien, Kylian, c'est un nouveau et il ne sait même pas faire ses lacets !

– Ça arrive, chérie, il ne faut pas se moquer de lui.

– Je ne me suis pas moquée ! Je lui ai même montré comment faire !

Caroline est ravie de cette réponse, elle en vient, une fois de plus, à se demander si sa fille est parfaite.

Il a fallu troquer le petit sac affublé de figurines de chats roses et bleus à paillettes pour un vrai cartable, car il y a déjà des livres scolaires et des fournitures à transporter. Pas encore, loin s'en faut, de ces sacs aussi lourds que les enfants où s'entassent plus de livres qu'il n'est possible d'en porter, mais un début de sérieux dans cette vie de fille encore si petite. Maëlys se réjouit de tout, de la maîtresse, des devoirs, des poésies à réciter, de la lecture à faire, des exercices d'écriture. Dans tous les domaines, elle tient à faire partie des premiers de la classe, sinon à être la meilleure. Elle est fière et fait la joie de sa mère. Caroline se dit que, dorénavant, si toutes les rentrées pouvaient se dérouler aussi bien que celle de Maëlys en CP, alors tout sera pour le mieux dans le meilleur des mondes !

Caroline profite aussi de cette rentrée pour croiser de nouveaux parents d'élèves. Pas de chance, elle ne rencontre, sur le trottoir, les premiers jours, aucun mec qui retienne son attention. Les seuls qui attirent son regard ne sont pas célibataires, et de cela il n'est pas question : Caroline ne tient pas à briser le moindre couple. *C'est dommage*, se dit-elle tout de même en disant bonjour au père de Kylian, un homme fort élégant qu'elle trouvait vraiment à son goût…

De retour après une semaine passée avec son père à la Toussaint, Maëlys retrouve sa mère, qui s'enquiert tout naturellement de ces petites vacances. Les premiers mots de sa fille surprennent Caroline, qui n'était pas préparée à l'entendre annoncer, triomphante :

– Moi, maintenant, j'ai une belle-mère !

Allons donc, voilà que Mika a retrouvé quelqu'un dans sa vie. Devant Maëlys, Caroline tâche de faire bonne figure, néanmoins le coup porté à son ego est rude, elle qui vient d'échouer à séduire, ou plutôt à se faire séduire, pendant ces derniers mois. À vrai dire, elle se doutait que ce moment finirait par arriver, comme une ultime et inutile confirmation que son histoire avec son ex-mari était définitivement enterrée. Non pas qu'elle en espérait encore quelque chose, mais elle ne s'attendait pas non plus à ce qu'il se remette si vite en couple. Elle touche là les limites de son empathie, elle qui d'habitude se réjouit des moindres joies des autres.

Même si une partie d'elle-même rêve de changer de sujet, la curiosité qui la dévore prend le dessus, aussi, la mère s'empresse de poser des questions à son enfant. « Et comment elle s'appelle ? », « Et est-ce qu'elle est gentille ? », « Et ça fait longtemps que ton père et elle se voient ? », et ainsi de suite pour Maëlys qui subit un véritable interrogatoire. Elle n'a que cinq ans et demi, mais elle côtoie déjà, en grande section de maternelle, d'autres enfants dont les parents sont eux aussi divorcés. Et la plupart de ses camarades de classe ont déjà des beaux-parents, de chaque côté. Alors, c'est tout naturellement que l'enfant accueille l'arrivée de cette nouvelle femme dans sa vie avec bonheur. Une belle-mère, ce n'est pas rien, quand même ! Elle n'a pourtant ni l'âge ni la mentalité de calculer que ses chances d'être gâtée à son anniversaire et à Noël viennent probablement de doubler, pense Caroline. Non, c'est vraiment une joie simple et sincère. Contente que son père ait une nouvelle amoureuse, ravie d'avoir une autre adulte prête à s'occuper d'elle. Avec Maëlys, qui fait souvent rire son entourage, l'équation est très simple : plus son auditoire est grand, plus elle rayonne de voir autant de gens rire, lui sourire, lui parler, l'écouter, l'applaudir et en redemander encore.

Caroline apprend ainsi que la nouvelle chérie de Mika s'appelle Cécile et qu'elle est blonde. Au ton employé par sa fille (« tu verrais, maman, comme elle est blonde »), Caroline devine qu'il s'agit d'une blonde platine, et elle se réjouit de cette petite victoire : une fausse blonde, ça atténue un peu le choc. Ce qu'elle découvre ensuite, ou plutôt ce qu'elle croit comprendre dans un premier temps, c'est qu'ils se seraient rencontrés cet été. Ce détail l'amuse moins, elle se dit que Mika est peut-être allé un peu vite en besogne pour présenter cette Cécile à Maëlys, hélas, elle voit mal comment elle pourrait lui en faire part et surtout lui en tenir rigueur. Elle dira bien quelque chose, la prochaine fois qu'ils se parleront au téléphone, pour la forme, pour signifier son mécontentement, pour dire à Mika qu'il faut faire attention, que les enfants s'attachent, que Maëlys n'a même pas six ans. Elle sait déjà pertinemment que son ex-mari l'enverra bouler en lui disant, sur ce ton qui a toujours été le sien :

– Je m'en fous de ton avis, je fais ce que je veux.

En creusant, la temporalité apparaît flottante. La petite hésite, il est bien possible que cette Cécile soit dans la vie de son ex depuis plus longtemps que le mois d'août dernier. Et comme Caroline ne peut se retenir de demander d'autres détails et que sa fille est une vraie pipelette, la voilà qui découvre, un brin étonnée, que les deux ne se sont pas rencontrés au camping ni sur la plage, mais dans une belle résidence de vacances en République dominicaine. Voilà bien le genre de destination où ils n'allaient pas quand ils étaient ensemble, Mika et elle. Elle l'a souvent entendu prononcer :

– On ne part pas, ça coûte trop cher.

Et les quelques fois où ils ont quand même pu prendre de vraies vacances, ils ne sont jamais allés plus loin qu'une capitale européenne pour un week-end. Maintenant qu'il gagne mieux sa vie en vendant de l'immobilier qu'en faisant le commis de cuisine dans des hôtels de luxe, eh bien, monsieur va à l'hôtel, choisit des destinations plus luxueuses et fréquente des endroits chics et des bars guindés. Parce que Maëlys continue de dire ce qu'ils ont dû prendre plaisir à lui raconter, sachant pertinemment qu'elle le répéterait à sa mère. Les mots que Cécile et Mika ont glissés à l'oreille de la petite sentent le luxe et la richesse. Il est question de location de belles voitures, de jet-ski, de homard. On peut dire qu'ils ont dû s'en vanter, de leur rencontre sous les cocotiers, sur une plage privée.

Du temps où il était en couple avec Caroline, ce n'était pas du tout la même histoire ! Tout juste si elle avait le droit, le dernier jour des vacances, à une soirée à la pizzeria du coin, après avoir insisté pour qu'il cède. Elle apprend ensuite que cette dame est un peu plus jeune que Mika, qu'elle est avocate et vit, elle aussi, en plein centre d'Avignon.

– Est-ce qu'elle a des enfants, cette Cécile ? demande Caroline.

– Non, mais elle a un chien. Il est très mignon.

C'est un bouledogue français qui répond au nom de Tyson. Caroline est au moins ravie de savoir que la fausse blonde n'a pas bon goût en la matière. Elle aurait pu choisir un nom un peu plus doux pour son chien. Maëlys s'amuse aussi d'un autre détail inattendu.

– Cécile, quand elle parle, c'est très bizarre, elle ne prononce pas les mots comme nous !

Ah, la belle affaire que voilà : après avoir creusé ce point, Caroline en déduit que la dame est une Parisienne qui s'est installée récemment dans le Sud : il ne manquait plus que ça. Il a décidément changé de standing, son ex-mari. En tout cas, elle se souvient bien qu'il n'avait jamais caché son attirance pour les femmes blondes et aussi pour celles qui ont des tatouages. Sur ces deux critères, avec Caroline, il était mal tombé.

Il y a tout de même, comme toujours chez Caroline, un côté sincère, gentil et plein d'affection et d'empathie. Elle a beau avoir eu une première réaction de crispation et de jalousie en découvrant l'existence de la nouvelle petite amie de son ex-mari, une fois la tension passée, elle éprouve même, spontanément, une forme d'affection polie pour Cécile. Surtout, elle ne veut pas donner à sa fille la mauvaise image d'adultes qui s'écharpent à distance et s'empêchent de se réjouir du bonheur de l'autre.

Alors, à un moment il faut bien ranger le sujet dans un tiroir, mais ce n'est pas aussi simple. Désormais que sa fille est lancée, Caroline va avoir droit à tous les détails. Ainsi, Maëlys ajoute aussi que sa belle-mère a un parfum qui sent la banane (Caroline se dit que cette Cécile a définitivement mauvais goût, mais qu'après tout chacun est bien libre de porter le parfum qui lui plaît), et puis qu'elle a des tatouages. Comme elle se lance dans la description de ces dessins (un dauphin en bas du dos, Caroline aurait pu se passer de cette image), Maëlys apprend à sa mère que cette femme a même un tatouage de fleur sur un doigt. Ah, en voilà un détail croustillant ! Une avocate qui a quitté la capitale et qui a la main tatouée, ça ne sent pas franchement la réussite ! *Comme quoi, inutile de s'alarmer*, conclut-elle pour elle-même : que Maëlys ait une belle-mère, passe encore, mais que Mika ait rencontré une belle princesse, il ne faut quand même pas pousser. Caroline est empathique, gentille et affectueuse, mais elle a encore en elle quelques défenses naturelles envers la nouvelle compagne de son ex.

De toute manière, avec ce qu'elle vient d'apprendre, Caroline serait totalement infoutue de garder ça pour elle. Après avoir été rassurée de savoir que Maëlys a bien mangé pendant les vacances (Mika s'est donc remis à cuisiner, à moins que ce soit une des qualités cachées de cette incontournable Cécile), Caroline a eu toutes les peines du monde à faire changer sa fille de sujet.

Alors, le soir même, elle attend impatiemment que sa fille soit couchée et endormie. Le programme, ce ne sera ni une série Netflix, ni des discussions qui ne mènent nulle part avec des mecs sur une appli de rencontres, ni même de la lecture. Débrief par téléphone, avec Valérie d'abord, avec Roxane ensuite. Dans un monde idéal, Caroline aurait appelé son amie avant, mais elle anticipe une conversation qui risque de durer et une mère qui se couche tôt.

Si Caroline a plus d'empathie que la moyenne et raconte avec pincettes et en essayant d'y mettre le moins d'affect et de perfidie possible, il ne faut pas prier Valérie pour sortir son venin.

– Ah ! Une blonde ! Manquait plus que ça.

Dans cette famille les femmes sont brunes de mère en fille depuis aussi longtemps qu'on s'en souvienne, alors les blondes ne sont jamais les bienvenues, encore moins les blondes platine décolorées qui cherchent à attirer l'attention sur elles.

– Et ça date de quand, cette histoire ? De cet été seulement ?

– Non, répond Caroline.

Maëlys n'a pas su le dire, peut-être que Mika et Cécile ont été volontairement flous, mais il semblerait que ça date de l'été d'avant. Peut-être. Rien n'est moins sûr. Pour ce qui est des tatouages, Caroline était sûre de son effet : sa mère déteste ça ! C'est une demi-heure plutôt amusante, comme prévu. Valérie persifle et critique, dans les grandes largeurs, et en rajoute toujours :

– De toute manière, je te l'ai déjà dit plusieurs fois : désolée, ma chérie, mais ton ex a toujours eu mauvais goût !

Et de repartir sur comment il s'habillait quand il était avec Caroline, vite agacée d'avoir à réentendre les vieilles histoires. En appelant sa mère pour lui raconter l'irruption de cette Cécile dans la vie de Mika et donc aussi dans celle de Maëlys, il était très probable que Valérie crache allègrement sur son ancien gendre. Et il ne tenait pas ses couverts correctement à table, et il ne se lavait pas toujours les mains en sortant des toilettes, et on ne l'a jamais vu avec un livre à la main : en clair, ce Mika de malheur avait, selon Valérie, à peu près tous les défauts du monde. Sans même avoir vu cette Cécile, juste en brodant à partir des détails relatés par Caroline, qui les tient elle-même de Maëlys, voilà Valérie qui dresse d'elle un portrait magnifique. La voilà habillée pour l'hiver !

– Appeler son chien Tyson et se faire tatouer un dauphin en bas du dos, on aura tout vu, se désole Valérie.

Même si elle tempère un peu les ardeurs de sa mère, Caroline est quand même contente d'avoir une alliée de poids dans ces situations. Cette conversation lui fait du bien, et puis médire et dénigrer quelqu'un, si cela n'arrive pas jusqu'aux oreilles de la personne concernée, cela ne peut pas être mauvais pour son karma. Dans le doute, Caroline se promet tout de même de tenir sa langue et de ne pas critiquer plus que de raison cette femme qui ne lui a rien fait. D'ailleurs, il y a de grandes chances que cette Cécile sache pertinemment à quoi s'en tenir. Elle débarque dans la vie d'un homme qui a eu un enfant d'un premier mariage, elle doit bien se douter qu'à un moment ou à un autre il sera question d'une ex qui, selon toute probabilité, ne la portera pas dans son cœur.

Avec Roxane, la conversation est moins acide et moins agressive. Les deux amies en rigolent cinq minutes et se souviennent même, amusant hasard de la vie, d'une fille qui était en études avec elles, qui s'appelait elle aussi Cécile et qui devait avoir à peu près ce look-là ! Elles se demandent ce qu'elle est devenue, et comme elles sont incapables de se rappeler le nom de famille de cette Cécile en question, impossible d'aller la rechercher sur Internet. Finalement, le sujet est évacué assez vite, avec la franchise habituelle de Roxane qui demande à son amie :

– Bon, Mika a retrouvé quelqu'un, fallait s'y attendre. Tant mieux pour lui. Tu ne comptais pas te remettre avec lui, j'espère ?

– Non, évidemment.

– Alors le dossier est classé !

Pour Roxane qui est aussi lesbienne que directe, les mecs ne valent pas qu'on se prenne la tête. Peut-être, mais Mika reste le père de sa fille, alors cela va être difficile de ne jamais y penser et de ne rien savoir de sa vie. Ce qui compte vraiment pour Caroline, c'est que cette Cécile soit gentille avec Maëlys. Tant qu'elle ne représente aucun danger, Caroline peut composer, à bonne distance de son foyer, avec cette belle-mère blonde et parisienne. Gare à elle, en revanche, si elle a le malheur de causer des histoires. Là, elle peut être sûre que ça chaufferait pour elle. Tout avocate qu'elle soit, elle verrait sans doute débarquer Caroline avec Valérie, Philippe et Roxane à la rescousse.

Quand Caroline est sur le point de s'endormir, elle se réjouit d'avoir parlé à sa mère et à son amie, cela a un peu atténué le choc de la nouvelle. N'empêche que le problème reste le même qu'au printemps, il n'est pas en train d'arriver, le jour où Maëlys débarquera chez Mika en disant : « Moi, maintenant, j'ai un beau-père ! »

Caroline tombe dans le sommeil en rêvant de princes charmants avec ou sans tatouages, des blonds ou des bruns, peu importe, si l'un d'entre eux partage sa vie, c'est qu'elle le trouvera forcément beau, et qu'ils connaîtront le bonheur tranquille de former un nouveau foyer, une famille recomposée pour mieux élever cette petite Maëlys, ce rayon de soleil du quotidien.

Ce que Caroline ne sait pas, c'est que le prince charmant, justement, n'est pas très loin. Pas au coin de la rue, comme dirait Roxane, mais bientôt devant elle. Il suffit d'être un peu patiente…

13

Ta femme nous rejoint pour le dessert ?

Le changement que Caroline attend arrive tout naturellement, en passant par les portes de l'agence de location de voitures qu'elle dirige. La voilà, la fameuse recrue promise par la directrice régionale. C'est un type plutôt un peu plus grand que la moyenne, un brun qui répond au nom de Cédric. Il a les cheveux courts et un sourire qualifié « d'ange » par les filles et « d'imbécile » par les garçons : il y a un léger désaccord sur le potentiel de séduction de ce nouveau venu.

La première fois qu'il arrive à Avignon TGV pour découvrir et ses collègues et sa chef, qui n'est autre que Caroline, il est plutôt distant. C'est bien naturel, il faut un peu de temps avant de s'acclimater à une nouvelle équipe. Il dit « nouvelle équipe » plutôt que « nouvelle entreprise ». Il ne leur faut pas beaucoup de temps pour comprendre que son premier jour ici ne correspond pas à une embauche récente. Il connaît les procédures, le logiciel de réservation, a déjà ses vêtements siglés et même, détail qui ne trompe pas, bien usés. Kévin et Sarah pensent que c'est mieux ainsi, d'avoir tout de suite à bord quelqu'un d'expérimenté, cela évitera de perdre des semaines à le former, à le surveiller et à l'assister. C'est évidemment un des points sur lesquels le directeur régional adjoint n'a pas manqué d'insister.

– Vous remarquerez que nous ne vous avons pas envoyé un débutant, mais un vrai renfort de poids !

Adrien et Adel sont plutôt enclins à parler de poids mort. Pour eux, s'il est envoyé à l'agence, c'est soit pour enquêter et remonter des infos au bureau de Montpellier, soit parce qu'il était nul ailleurs, et que, plutôt que de le virer, ils l'ont déplacé ici. Histoire de donner le change et de faire semblant d'avoir recruté quelqu'un. Les deux ne sont pas dupes : ce Cédric, il vaut mieux s'en méfier.

Caroline n'est pas de cet avis-là.

– De quelle enquête parlez-vous ?

– Tu devrais le savoir mieux que nous, la direction cherche des preuves pour tous nous virer !

– Arrêtez un peu la paranoïa, rigole Caroline en entendant cette drôle de version, élaborée un soir autour des derniers spritz en terrasse de l'année.

– Tu es trop gentille, Caro, tu verras qu'on va finir par se faire avoir.

– Je le sais bien, que je suis une gentille, répond-elle, mais il ne faut pas pousser non plus. Expliquez-moi le but de la manœuvre : si la direction régionale voulait tous nous virer, ce serait dans quel but ? Qu'il n'y ait plus personne à Avignon TGV ? On ferme l'agence ? Vous avez l'impression qu'il n'y a plus de clients, qu'on se tourne les pouces ?

Les autres soupirent et sirotent leur verre, et râlent pour la forme. Leur technique, tout le monde la connaît : virer les anciens, trop bien payés et qui gagnent trop de primes, pour les remplacer par des petits jeunes. Caroline n'est pas dupe, mais pour ce Cédric, elle insiste :

– Laissons-lui une chance, c'est tout ce que je vous demande.

C'est d'abord et avant tout, selon elle, une question de respect : est-ce donc une manière d'accueillir les nouveaux, en se méfiant d'eux et en les jugeant d'entrée, sans qu'ils aient pu faire leurs preuves ? Les autres ont fini par dire d'accord, mais ils n'en pensent pas moins. Entre eux, sans Caroline, dont ils se disent alors qu'elle leur cache peut-être quelque chose, qu'ils ne sont pas au bout de leurs peines. Adrien et Adel vont faire profil bas à l'agence, mais en vérité ils n'attendent qu'une chose, c'est que ce Cédric se plante.

Les jours passent et non seulement la nouvelle recrue ne se plante pas, mais il est même plutôt efficace. Il est d'ailleurs, et de loin, bien meilleur que le reste de l'équipe pour se débrouiller à faire fonctionner le logiciel de réservation quand celui-ci commence à dérailler. À croire qu'il a travaillé dessus, c'est d'ailleurs la nouvelle théorie d'Adrien et Adel : ce type bosse à Paris, à la direction informatique de l'entreprise, et il a été envoyé chez eux, déguisé en simple employé, pour les espionner !

Décidément, ces deux-là font preuve d'une imagination à toute épreuve. Ce qu'ils n'avaient pas envisagé, toutefois, c'est que ce Cédric se révèle non seulement un collègue fiable et toujours détendu par rapport à la pression (parfois tellement détendu que c'en est même déstabilisant, comme si les clients en colère et les journées à problèmes ne pouvaient pas l'atteindre), mais en outre il devient aussi un très bon camarade de soirée ! En moins de deux semaines, il a réussi à tous se les mettre dans la poche, ce qui tient lieu du petit miracle dans cette période de novembre où le moral est normalement en berne. Non content de s'arrêter à ces succès, Cédric pousse même ses pions un peu plus loin, en draguant ouvertement Caroline ! Si dans un premier temps la responsable d'agence est déstabilisée, elle se laisse vite conquérir par son charme nonchalant. C'est vraiment un type tranquille, ce Cédric, jamais un mot plus haut que l'autre. C'est tout à fait son genre, elle aime les calmes. Pour le reste, question physique, il est plutôt beau gosse, avec un petit côté Ryan Gosling qui ne lui déplaît pas, loin de là. Son sourire y est pour beaucoup.

Le vrai hic, dans tout ça, c'est qu'elle s'était promis d'arrêter les relations intimes au travail. Elle a déjà donné plusieurs fois par le passé, notamment avec Mika, et de son expérience cela se termine toujours mal. Les exemples qu'elle a observés autour d'elle lui ont aussi confirmé cette règle qu'elle voulait respecter à tout prix : on ne couche pas avec ses collègues ! Comme bien souvent avec les règles qu'on se fixe en se disant *plus jamais*, on finit par craquer à nouveau. Caroline n'a pas d'autre excuse que le désir d'essayer, enfin, de démarrer une nouvelle relation avec quelqu'un. Le corps d'un mec allongé dans son lit au réveil lui manque. La voix grave et rassurante d'un compagnon qui pourra l'aider à fixer les cadres dans le salon, la relayer au volant pendant les longs trajets pour aller en week-ends ou en vacances, un adulte avec qui partager des discussions le soir, avec qui commenter les émissions de télévision, voilà tout ce qu'elle voit en ce Cédric qui lui fait du charme. Alors elle décide de se montrer la plus ouverte possible, jusqu'au soir où le jeune homme tente enfin sa chance, proposant à sa chef d'aller boire un verre en ville après le travail.

– Avec plaisir ! répond Caroline.

Les voici tous les deux partis pour une terrasse, avant que la pluie ne les fasse rentrer à l'intérieur. Et s'il avait fait beau ce jour-là, serait-il advenu ce qui s'est passé par la suite ? Derrière une fenêtre pleine de buée, lui et elle échangent des anecdotes. Elle entend tout ce qu'il lui dit, mais elle n'écoute pas forcément. Les yeux de Caroline se sont accrochés au sourire de Cédric. Quelqu'un qui sourit aussi divinement bien ne peut pas avoir un mauvais fond, pense-t-elle.

Si ce premier rendez-vous entre eux se termine avec la certitude, pour l'un comme pour l'autre, d'avoir passé un bon moment, il est suivi d'un deuxième, puis d'un troisième rendez-vous. Quand ils se voient, ils commandent rarement de l'alcool, par souvenir et par habitude de ce premier rendez-vous autour d'une tasse de chocolat chaud.

Ils se parlent et continuent leur conversation le soir par message, au travail leurs mains se frôlent, leurs regards se chargent de braise, et vient rapidement un jour où il devient compliqué, pour l'un comme pour l'autre, de s'imaginer autrement qu'ensemble. Comme ça, comme une évidence, un rapprochement naturel et spontané.

Et c'est ainsi que Caroline, incapable de résister au beau sourire de Cédric, craque et termine dans les bras du nouveau. La condition suprême qu'elle lui a imposée, c'est de ne rien dire, rien montrer, rien faire au boulot. Il n'est pas question de s'afficher devant les clients, encore moins devant les collègues.

– On est bien d'accord, Cédric ?

– Oui. Tu peux me faire confiance.

Ah, la confiance, cette fameuse confiance qui revient toujours et encore sur le tapis. Se faire confiance, faire confiance à l'autre, ce n'est pas une mince affaire. Quatre ans qu'elle n'a pas fait confiance à un autre type, presque traumatisée par son ex-mari. Ceux qui se sont aventurés à lui faire la cour, jusqu'ici, n'ont récolté d'elle aucun baiser, pas même un regard.

Elle se souvient encore de Manu, le collègue qui bosse au garage et qui l'a draguée l'année précédente. Ouvertement, du vrai rentre-dedans, pas discret, et, surtout, comble du comble, le Manu en question était marié. Roxane avait dit « Ah, les hommes, je te jure », et c'est vrai qu'il y avait de quoi rire de la situation. Caroline lui avait répondu, quand il lui avait demandé si elle voulait dîner avec lui un de ces soirs :

– Tu n'oublies pas quelque chose… ou plutôt tu n'oublies pas quelqu'un ?

– Non, je ne veux pas qu'on y aille avec les collègues de l'agence. Je pensais juste à toi et moi. En tête à tête. En amoureux, si tu préfères, et en disant ça, il avait affiché un vrai sourire d'enfant.

Caroline avait failli lui rire au nez.

– Au restaurant tous les deux ? Pourquoi pas. Et ta femme nous rejoint pour le dessert ?

Bien entendu, Manu était devenu rouge de gêne et de honte, oubliant un peu vite qu'en tant que responsable d'agence Caroline avait accès aux informations d'état civil sur le personnel. C'était bien joué de sa part de ne pas porter son alliance au garage, mais pas suffisant !

Alors forcément, après cette non-aventure et quelques autres non-rencontres du même ordre, Caroline n'y croyait plus. Et ce n'est pas l'été passé à discuter avec des mecs *via* les applis de rencontres qui allait la faire changer d'avis.

Et pourtant, il est là, cet homme qu'elle n'attendait plus, et elle peut même faire grandir cette relation en le côtoyant chaque jour à l'agence. L'un et l'autre jouent le jeu du secret, mais finissent par se faire remarquer. Qu'il est difficile de regarder l'autre, celui ou celle qu'on désire, en affectant une mine neutre et détachée. Sur le moment, elle s'en veut d'être confrontée comme une gamine par Sarah qui les surprend en flagrant délit de clin d'œil. Bientôt, il n'est plus question de nier devant les autres collègues. Il s'agit plutôt de contenir leur excitation, et d'éviter les débordements futurs. Elle profite donc d'un soir où l'équipe prend un verre, dans le pub qui est un peu leur QG nocturne de l'hiver. Elle tient à mettre le sujet sur la table, qu'ils en parlent une bonne fois, rient, posent leurs questions, et ainsi tout le monde pourra ensuite se reconcentrer sur le travail. C'est la meilleure idée qu'elle a eue, jouer la franchise plutôt que de s'attirer des envies et des jalousies de la part des autres. Ce qui vient avec la confidence à ses collègues, bien entendu, c'est qu'ils sont priés de ne rien dire, à personne en dehors de l'agence, de cette relation entre elle et Cédric. Il ne faudrait pas que la direction l'apprenne.

– Ça ne risque pas, tu peux compter sur nous !

Encore une fois, il est question de confiance. Et elle a confiance en eux. Ce sont presque ses enfants, ces employés dont elle a la charge, cinq jours sur sept. Elle se réjouit d'avoir su instaurer une ambiance de travail agréable, dans laquelle tout le monde s'apprécie, sans se tirer dans les pattes. Hélas, elle se doute aussi que tout cela est un équilibre précaire, sur lequel elle devra veiller avec attention. Si le moindre de ses équipiers a une dent contre Caroline, cela risque de retomber sur Cédric et elle. Vraiment pas idéal. Mais comment fait-on quand l'amour s'invite sur le lieu de travail ? Elle voudrait leur dire, à ces journalistes qui écrivent des articles pleins de bon sens dans les magazines. Elle voudrait les voir à sa place, et se doute bien qu'elles ont dû, forcément, elles aussi, embrasser un collègue à un moment ou à un autre.

– C'est là-bas que tu passes tes semaines, c'était certain que ça allait arriver. De toute manière, je l'ai toujours su, que tu allais te mettre en couple avec un de tes collègues.

Puisque sa mère le dit… Elle est coutumière du fait. Un peu comme quand elle a toujours raison pour connaître à l'avance le sexe des bébés à naître ou le temps qu'il fera la semaine prochaine. *Sacrée Valérie*, se dit Caroline, qui laisse bien volontiers cette petite victoire à sa mère. Comme dirait Philippe : « Si ça peut lui faire plaisir… »

C'est ainsi que démarre, tambour battant, la relation entre Caroline et Cédric. En ligne de mire, la rencontre avec Maëlys, bien sûr. Autant qu'il comprenne ça tout de suite : si sa fille exprime le moindre doute sur lui, alors ses beaux yeux verts et son sourire charmeur ne lui seront d'aucune aide pour échapper à la rupture. Entrer dans la vie de Caroline, c'est aussi entrer dans la vie de Maëlys,

Cédric le comprend bien. Alors il se prépare au jour où elle lui présentera sa fille, car de cet entretien dépend la suite de leur histoire d'amour. Et en même temps, il ne risque pas grand-chose. Du haut de ses presque six ans, Maëlys n'est qu'amour et rires, regard qui pétille et mèches dans les yeux. Il ne lui faut pas cinq minutes pour être à l'aise avec le nouvel amoureux de sa mère. *Qu'est-ce que les enfants sont faciles*, pense alors Caroline.

Ce soir-là, lorsque la petite confirme, après la lecture de l'histoire du soir, que ce Cédric a l'air bien et qu'elle est contente que sa mère l'ait rencontré, Caroline est heureuse. Après un message à Cédric pour lui dire que sa fille l'adore déjà, elle rit toute seule dans son lit juste avant de fermer les yeux.

Ce à quoi elle pense, c'est quand Maëlys va débarquer le prochain samedi chez son père et s'exclamer devant Mika et Cécile :

– Moi, maintenant, j'ai un beau-père !

14

Une télévision et un ordinateur, ça n'a rien à voir

– Ce n'est pas un petit peu tôt pour que vous emménagiez ensemble, Caroline ?

– Ça va, maman, nous n'avons plus quinze ans !

– Au bout de trois mois à peine. Excuse-moi de trouver ça un peu précipité.

– Je t'ai déjà expliqué qu'il s'est disputé avec son colocataire, et qu'il cherche un nouvel endroit en urgence.

– Eh bien, aidons-le à trouver un appartement, ce n'est pas ça qui manque à Avignon.

– Ce serait dommage de ne pas profiter de cette opportunité. On s'entend à merveille, c'est vraiment un mec bien.

– À merveille ? Mais vous partagez quoi au juste, à part le même boulot ?

– Je te trouve un peu dure. Toi non plus tu ne partages pas grand-chose avec Philippe.

– Nous, c'est différent, ça va faire trente ans que nous sommes ensemble. Nous avons appris à nous connaître, à faire des compromis.

– Eh bien, nous aussi, nous allons apprendre à nous connaître, avec Cédric.

Caroline a beau être enthousiaste, sa mère n'en démord pas. Cet emménagement précoce ne lui plaît pas. Valérie ne voit pas d'un bon œil cette arrivée de Cédric à Sauveterre et, accessoirement, au bout de son jardin. Mais sa fille semble bien décidée à avoir gain de cause. Elle pourrait passer outre les conseils de sa mère, néanmoins elles sont tellement proches qu'elle ne peut envisager de ne pas avoir son approbation. Même du bout des lèvres, un petit oui lui ferait plaisir, l'encouragerait à continuer dans cette voie. Depuis que Maëlys est née, elle n'a pas eu le droit au bonheur conjugal. Les choses se sont vite étiolées avec son ex-mari, et ensuite elle ne se remémore qu'un long tunnel, des premières années si riches de beaux souvenirs à voir son enfant grandir, mais des années aussi très prenantes. Désormais, il lui semble qu'elle a le droit de se reconstruire, qu'elle a le droit au bonheur, avec un autre homme. Ce Cédric, elle le sent vraiment bien. Certes, il a des défauts, comme tout le monde. Largement compensés par son éternel calme, et puis sa gentillesse. Sans parler de son sourire. Alors elle s'accroche, veut convaincre sa mère, coûte que coûte. Quitte à aller à l'affrontement.

– Caroline, je ne te dis pas qu'il ne faut pas que vous emménagiez ensemble. Je dis juste : pas tout de suite. Et puis c'est lui qui vient chez toi, avec toutes ses affaires, ce n'est pas rien.

– Philippe aussi est venu habiter chez toi, enfin chez nous, si j'ai bonne mémoire.

– C'était il y a une éternité !

– J'étais un peu plus âgée, mais Nicolas devait avoir presque le même âge que Maëlys aujourd'hui.

– Justement, qu'est-ce qu'elle en pense, Maëlys ?

– Elle est ravie, je lui ai posé la question, elle a dit oui. Elle adore Cédric, il passe beaucoup de temps à jouer aux Playmobil avec elle.

– Alors dans ce cas, s'il joue aux Playmobil avec ta fille…

– En tout cas, quand Philippe est venu habiter chez nous, on ne nous avait pas demandé notre avis, à Nicolas et à moi.

– Enfin, tu sais bien qu'on ne peut pas comparer les époques, ma fille.

– Eh bien, ta fille a trente-cinq ans passés…

– Tu peux dire bientôt quarante, Caroline.

– Non, je n'ai pas bientôt quarante, répond-elle, agacée par cette référence au temps qui passe et à cette marque fatidique qui se rapproche à grands pas.

– En tout cas, reprend Caroline, trente-cinq ou quarante ans, ça ne fait pas de différence, ça veut surtout dire que je suis libre de choisir avec qui je veux habiter.

– Tu es libre, ma fille, fais ce que tu veux.

Valérie ne peut pas s'en tirer ainsi ! Trop facile. Caroline ne veut pas que sa mère lui dise qu'elle est d'accord, elle veut aussi la savoir vraiment en phase avec cette décision. Alors elle continue :

– Maman, si je suis ton raisonnement, ça veut dire que si c'est le fait qu'il vienne habiter chez nous qui te déplaît, c'est que tu préférerais qu'on se trouve un autre logement, pour nous trois, Cédric, Maëlys et moi ? C'est ça que tu veux ?

Elle est là, la pique définitive qui va clore la discussion, car Caroline sait tout à fait la puissance de l'argument qu'elle vient d'utiliser. Quitter sa maison serait un chantier colossal, une épreuve à surmonter, mais avec l'aide de Cédric elle pourrait y arriver. En revanche, ce ne serait rien à côté du chagrin de Valérie, qui verrait forcément s'éloigner et sa fille et sa petite-fille. Oh, ils n'iraient pas loin, peut-être un village des environs, mais certainement pas Avignon : pas question d'habiter en ville. Ce qui est certain, c'est qu'alors Caroline et surtout Maëlys ne seraient plus au bout du jardin, peut-être même plus à Sauveterre – presque un coup de poignard pour Valérie qui les voit tous les jours ou presque. Dépitée, cette dernière lâche alors :

– Eh bien, vas-y, Caroline, installe Cédric chez toi. Bien sûr que je n'ai pas envie de te voir partir ailleurs. Qu'il s'installe, c'est bien pour la petite.

– Merci, maman, répond Caroline, soulagée, sans se rendre compte que sa mère ne baisse jamais les armes gratuitement. Elle lui jette donc un dernier sort, histoire de ne pas perdre la face.

– En tout cas, si ça se passe mal et que tu finis par le foutre dehors, tu te rappelleras que je t'avais prévenue.

Caroline lève les yeux au ciel. Inutile d'insister, elle n'obtiendra pas plus. C'est déjà mieux qu'espéré, elle se sent à présent tout à fait légitime à confirmer à Cédric qu'il est le bienvenu chez elle. Elle se dit que le temps fera le reste, que Valérie apprendra à connaître et à aimer son nouveau chéri. Quant à Philippe, c'est vraiment une bonne pâte, il fera en sorte de bien s'entendre avec Cédric, et pourrait même se révéler un précieux allié, comme souvent dans les situations potentiellement conflictuelles entre Valérie et Caroline.

Et c'est ainsi que Cédric s'installe chez Caroline et Maëlys. Il a fait au mieux pour laisser des affaires dans des cartons qui seront entreposés dans le garage, car malgré les efforts des deux filles pour lui faire un peu de place, ce n'est pas aussi simple que ça, dans leur maison, de vider des placards pour ce nouvel habitant. En revanche, outre ses paires de baskets, ses jeans et ses t-shirts, il est venu avec un objet dont ni Caroline ni Maëlys n'avaient jusqu'ici l'usage : un ordinateur.

– Tu en as vraiment besoin ? lui demande-t-elle.

– Quand même, c'est plus pratique.

– Plus pratique pour quoi ?

– Pour jouer en réseau avec les copains.

– Ah. Oui, tu m'avais dit que tu jouais aux jeux vidéo. Je t'avoue que ça me rappelle mon ex-mari, qui passait un peu trop de temps devant la télévision.

– Alors là, Caro, laisse-moi te dire que l'ordinateur et la télévision, ça n'a rien à voir.

– Pour moi, c'est la même chose, et je préfère éviter d'exposer Maëlys aux écrans. Elle sait qu'elle a droit à deux heures de tablette dans la semaine, maximum.

– Qu'est-ce qu'elle fait sur la tablette, des jeux ? demande Cédric.

– Non, pas vraiment. Elle regarde des dessins animés.

– Alors cette tablette, c'est comme une télé. Et c'est justement pour ça qu'un ordinateur, ça n'a rien à voir. Regarder un film, une série, même un dessin animé, c'est être passif devant un écran. Jouer à un jeu, c'est être actif, c'est faire fonctionner son cerveau.

– Si tu le dis. Va juste falloir lui trouver une place, à cet ordinateur. Et je compte sur toi pour ne pas y jouer devant la petite, vraiment je ne tiens pas à ce qu'elle passe tout son temps accrochée à l'ordinateur. La télévision et la tablette, c'est déjà bien suffisant.

– Je te promets que ça va bien se passer, ma chérie.

S'il lui donne du « ma chérie » et use de son sourire charmeur, c'est sûr qu'il va se sortir sans encombre de cette discussion. Il a tout de même entendu ce que Caroline lui a dit à ce sujet. Mais il anticipe son jour de congé en semaine, où il sera seul à la maison. Pour lui, c'est le jeudi. Ils ont parlé, tous les deux, de tenter de négocier les plannings pour faire en sorte d'avoir, outre le dimanche, le même jour de semaine. Mais pour cela il va falloir être patients et la jouer fine. Caroline a beau être responsable d'agence, ce n'est pas elle qui établit les plannings, cela reste à la main de la direction régionale. Pour eux, il est plus simple, disent-ils, d'établir les plannings à l'année. Par conséquent, le jour de repos fixe de chacun des employés ne peut pas être changé au bon vouloir des uns et des autres. Il faut en faire la demande au moment des entretiens annuels… qui viennent de se terminer.

Voilà donc au moins une petite année à passer pour Caroline en continuant d'être seule toute la journée du mardi, pendant que Cédric le sera à son tour, toute la journée du jeudi. Évidemment, cela ne sera le cas que si elle reste travailler dans la même agence de location de voitures que lui, à Avignon TGV. Rien n'est moins sûr, car leur relation a renforcé son désir d'aller voir ailleurs, histoire de ne pas entretenir de relations intimes avec l'un de ses collègues. Plus facile à dire qu'à faire, et en cette période d'hiver, il semblerait que les recruteurs aient décidé de temporiser. Il faudra aussi qu'elle en parle à Cédric, pour l'instant elle n'a pas su trouver le moment propice. Il y a tellement de choses à découvrir et à partager avec l'autre !

Elle continue d'en apprendre sur son chéri, et le fait qu'il vienne habiter avec elle lui a fait découvrir des aspects de sa personnalité dont elle n'avait pas pleinement pris conscience. Si le matin leur permet de se réveiller dans les bras l'un de l'autre, le soir Cédric va rarement se coucher en même temps qu'elle. Il a besoin de moins de sommeil que la moyenne des gens, argue-t-il.

– C'est le métabolisme, on n'y peut rien.

D'accord, pense Caroline, mais les petits yeux au réveil et la difficulté à émerger du lit, ça ressemble fort à quelqu'un qui ne dort pas assez. Il prétend lire, mais ne veut pas le faire dans le lit, pour ne pas la déranger quand elle a besoin de dormir, à cause de la lumière de la lampe de chevet. Il lit dans le salon, sur le canapé. Jusqu'à ce que Caroline se rende compte que son livre en question n'avance pas bien vite. C'est un roman de science-fiction japonais, plutôt épais, néanmoins le marque-page semble être toujours au même endroit. Alors elle lui pose la question. Il rougit un peu pour répondre, pris la main dans le sac. C'est vrai qu'en ce moment il lit moins, avance-t-il.

– Ah, alors tu joues le soir tard à l'ordinateur, avance triomphalement Caroline.

Il confirme, elle ne lui en veut pas : chacun ses loisirs. La seule chose qui pourrait l'inquiéter, ce serait qu'il passe ce temps libre à téléphoner ou envoyer et recevoir des messages à d'autres femmes qu'elle. De ce côté-là, elle a eu plusieurs fois l'occasion d'être rassurée. Il laisse souvent son smartphone sans surveillance, elle connaît son code et n'a pu s'empêcher, prise de curiosité (et aussi parce que son amie Roxane était inquiète), de consulter les messages, les applications. Rien à signaler, et c'est tant mieux. Ce n'est vraiment pas dans son tempérament, lui a-t-il assuré. Alors, peu importe qu'il joue en réseau avec ses amis, conclut Caroline. Tant que Maëlys et elle sont les seules femmes de sa vie, le reste n'est pas bien important. Comme elle a l'occasion de le voir toute la journée au boulot, elle serait la première au courant, s'il venait à en draguer une autre. Cédric n'appartient vraiment pas à cette catégorie d'hommes, infidèles par nature – Roxane est formelle, ce ne sont pas quelques hommes ni la plupart, mais bien tous les hommes qui sont enclins à aller voir ailleurs. Caroline et elle en discutent souvent par téléphone, et pour l'instant, son amie n'a pas réussi à lui démontrer que les femmes sont forcément plus fidèles en amour. Que son amie lesbienne, ou sa mère, qui a vingt-cinq ans de plus qu'elle, aient une vision assez catégorique des hommes, elle peut le comprendre, mais Caroline, quant à elle, refuse les généralités. Et Cédric n'est pas de ces sales types qui trompent leur chérie. Bon, c'est vrai qu'il pourrait parfois être un peu plus romantique. La Saint-Valentin n'a consisté qu'en une courte balade en ville, ponctuée de deux mojitos en terrasse, et d'une rose rouge, proposée par un vendeur à la sauvette.

– Désolé, je ne suis pas très doué pour ces choses-là, concède-t-il à chaque fois que la conversation s'aventure sur le sujet.

Caroline comprend, elle s'en moque, le principal est d'avoir retrouvé une présence au quotidien, quelqu'un à côté de qui se réveiller et puis, comme le réclamait souvent sa mère, une référence masculine dans le quotidien de Maëlys est certainement une bonne chose pour la petite.

En ce milieu d'hiver, sa fille est la meilleure élève de sa classe, ce qui rend Caroline assez fière, chaque fois qu'elle croise Anaïs, la maîtresse d'école. Pourvu que ça dure, même si le chemin des études est encore bien long. C'est tellement facile de se perdre en route, et de se retrouver à galérer pour changer d'emploi, à trente-cinq ans passés. Si Caroline avait parlé anglais, si Caroline avait été plus sérieuse en cours, si Caroline avait eu de l'ambition…

Elle ne regrette pas, car les regrets ne servent à rien : voilà bien une forme de sagesse qu'elle aimerait transmettre à Maëlys.

15

Les plages du Mexique, ce n'est pas pour demain

C'est l'été dans la vallée du Rhône. Les six derniers mois, Caroline ne les a pas vus passer, Cédric non plus. Tous les deux occupés à arranger, à Sauveterre, la maison des filles devenue la demeure de cette famille recomposée. Pour l'instant, on n'en est pas encore à faire de la place pour une nouvelle tête à accueillir sous ce toit, mais cela ne saurait tarder. Clairement, la question commence à poindre dans tous les esprits, à commencer par celui de Valérie :

– Alors Caroline, quand est-ce que vous faites un petit frère ou une petite sœur pour Maëlys ?

Elle vient de poser la question à table, devant tout le monde, bien aidée par les verres de rosé de l'apéro. Philippe a l'habitude des moments de spectacle de sa femme, il trouve évidemment que ce n'est pas ainsi qu'il faudrait aborder le sujet, mais il n'en dit rien, parce qu'il est toujours préférable d'éviter une prise de bec inutile. Il observe la réaction des autres : Maëlys vient d'ouvrir des yeux ronds comme des billes, Cédric regarde le fond de son verre sans rien dire, et Caroline rougit tout en levant les yeux au ciel. Un ange passe, et au lieu que ce soit un adulte qui change de sujet, c'est la petite, du haut de ses six ans, qui libère toute l'assemblée, d'une question innocente et naturelle :

– Papi, est-ce que je peux sortir de table et aller dans la piscine, s'il te plaît ?

Philippe est d'accord, il n'a pas refait trois fois cette piscine pour qu'on ne s'en serve pas, mais la condition, elle la connaît, et c'est non négociable, c'est qu'un adulte la surveille, alors qu'elle aille se mettre en maillot en attendant. Excitée comme une puce, elle est de retour presque aussitôt.

– Prête !

– Déjà ? fait semblant de s'étonner sa mère, qui regarde Cédric pour savoir s'il veut bien sortir de table avant la fin du repas pour surveiller Maëlys.

Oh, c'est sûr, il va y aller, il ne faut pas lui poser la question deux fois. S'il peut se dégager un instant de l'étouffante belle-mère, il ne se fera pas prier, emportant avec lui son verre de vin, tout en suivant la petite déjà en route pour la piscine, qui se situe de l'autre côté du jardin. Il la trouve plus que pesante, cette Valérie, à se demander s'il aurait dragué Caroline, s'il avait su qu'il existait une belle-mère qui se cachait dans l'ombre.

Le beau-père, passe encore, parfois taciturne, mais souvent tranquille, et avec qui on peut parler bagnoles : il a même une belle collection de casques de voitures de course des années 1950. Ces pièces de musée qui prennent la poussière dans l'atelier de Philippe agacent prodigieusement Valérie, et de manière générale, il est manifeste qu'à part un contrat de mariage et un crédit immobilier bientôt terminé de rembourser, ces deux-là ne partagent pas grand-chose. Cédric se demande ce qu'ils ont pu se trouver l'un et l'autre pour qu'ils quittent leurs conjoints respectifs et se mettent ensemble, pour finalement se marier. Les mystères de l'amour, sans doute. Lui-même, concernant Caroline, se pose déjà la question de savoir ce qu'ils font ensemble. Ils s'entendent bien, mais question centres d'intérêt, ils n'ont pas vraiment les mêmes. Il s'en moque, il a l'habitude que les filles ne comprennent pas que les garçons continuent, une fois adultes, de passer des heures devant des jeux vidéo.

Sur la terrasse, les trois adultes restés à table discutent, ou plutôt tentent de discuter, car Philippe et Caroline font des allers-retours pour débarrasser la table, pendant que Valérie, qui n'a pas bougé de sa chaise, commente les dernières nouvelles du monde, depuis son smartphone :

– Encore un accident de bus qui a fait plus de cinquante morts en Inde ! Ça n'arrêtera donc jamais !

Côté cuisine, Philippe et Caroline n'écoutent que d'une oreille, habitués qu'ils sont à cette femme qui est l'épouse de l'un et la mère de l'autre. À son beau-père, Caroline confie, d'une petite voix, le sourire aux lèvres :

– Tu sais ce qu'il m'a demandé, l'autre jour, Cédric ?

– Non. Dis-moi.

– Si ma mère avait arrêté de nous aider pour le repas ou le ménage depuis qu'elle est devenue vieille.

– Oh non, je l'ai toujours connue ainsi !

– Oui, c'est ce que je lui ai dit, confirme Caroline.

– Elle est comme ça. Heureusement, elle a d'autres qualités.

– De toute manière, on ne la changera pas.

L'un comme l'autre aiment ces moments de complicité, entre beau-père et belle-fille. Ils sont à la fois très différents et très similaires, considérant que l'instant est la priorité, que s'énerver ne mène nulle part, ce qui ne les empêche pas d'aborder les sujets qui fâchent. Bien entendu, quand ils le font, c'est dans la cuisine, à l'écart de Valérie qui est restée assise à la terrasse.

– Au fait, tu as des nouvelles de ton frère ?

– Ah, non pas depuis un bout de temps.

– Tu te rends compte, ça va quand même faire deux ans qu'il n'est pas venu.

– C'est triste et c'est dommage. Je t'assure que ce n'est pas faute d'essayer de lui parler, mais tu sais bien que quand il a décidé quelque chose, il n'en démord pas.

– Donc il a décidé de faire la gueule et de ne plus nous parler, c'est bien ça ?

– Voilà.

Même si elle n'y est pour rien, Caroline se sent désolée, comme responsable à distance de ce frère en colère contre sa mère, et qui a donc, de fait, rompu avec toute la famille. Elle est d'accord avec Philippe : c'est du gâchis, elle espère qu'un jour les choses rentreront dans l'ordre, mais cela ne semble encore pas être pour cet été.

Caroline jette un œil par la fenêtre, de là elle voit Maëlys qui a descendu deux marches de la piscine. Elle la regarde s'avancer doucement dans l'eau, rassurée de voir la silhouette de Cédric à côté de sa fille. Prévoyant et sachant très bien, comme chaque dimanche midi depuis qu'il fait partie de la famille, que le déjeuner a lieu ici, chez Philippe et Valérie, il a pensé à prendre quelques bonshommes Playmobil pour Maëlys. Il les sort de sa poche et les lui tend, elle s'extasie. De là où elle est, Caroline ne peut pas l'entendre, mais devine que sa fille doit dire quelque chose comme : « Oh ! Mes p'tits perzonnages ! Merci Cédric ! »

Elle a de l'eau à mi-cuisses, vêtue de son maillot de bain et de deux brassards bleu marine et ciel, aux couleurs de la Reine des neiges. Caroline est à la fois contente de la voir profiter de la piscine et un peu triste que l'endroit ne soit plus aussi animé qu'autrefois. Elle se souvient des années quand son frère venait avec sa femme, et puis aussi les cousins et les voisins, il y avait toujours une dizaine de personnes au bord de l'eau, ça s'arrosait, ça riait, la musique crachait depuis un poste branché dans le cabanon de jardin. L'ambiance festive a disparu, ne reste plus que sa fille, sous le regard des trois chiens, allongés dans l'herbe, et de Cédric, verre de vin à la main et blouson de survêtement sur le dos. Un vrai geek, lui, ça va lui faire du bien de prendre un peu le soleil, tiens ! *Bon, de là à ce qu'il se baigne avec Maëlys, il ne faut pas rêver*, songe Caroline en se dirigeant vers la terrasse. Un verre de rosé, rien de tel pour faire disparaître la nostalgie des moments joyeux d'autrefois.

Tout de même, l'instant d'après, elle n'a même pas eu le temps de ruminer qu'elle se retrouve à savourer le petit bout de chemin parcouru. Et dire qu'il y a un an, à la même place, quand elle sortait du déjeuner avec sa mère et son beau-père, elle s'asseyait au bord de l'eau pour surveiller sa fille dans la piscine, tout en discutant avec des garçons sur des applis de rencontres. Maintenant, il y a non seulement un homme dans sa vie, mais aussi dans sa maison ! Quant à la question de Valérie à laquelle elle n'a pas répondu, elle se demande bien ce qu'elle ferait, si elle se retrouvait demain enceinte de Cédric. La belle affaire ! Là, comme ça, elle aurait sans doute du mal à se plonger de nouveau dans les couches et les biberons, mais il ne faudrait pas longtemps pour la convaincre. Sans compter que d'avoir eu un enfant unique est une forme de crève-cœur pour Caroline, qui se souvient de la belle enfance passée avec son frère Nicolas. Alors, il y a des chances qu'elle aurait envie de le garder. Mais Cédric, qu'en penserait-il ? Elle est troublée par le fait que leur relation est allée à la fois très vite et en même temps nulle part. Ils se sont regardés, ils se sont désirés, et pour ainsi dire quelques semaines plus tard à peine, il débarquait chez elle avec ses affaires. C'était bien la peine de se moquer de la rapidité avec laquelle Mika avait présenté sa blonde de Parisienne à Maëlys. D'ailleurs, cette réflexion lui rappelle que ces deux-là sont partis au Mexique. Ils n'arrêtent pas de voyager, ces deux-là. Forcément, il y a de quoi râler un peu, elle s'en ouvre à sa mère :

– Maman, tu sais où il est parti en vacances, le père de Maëlys ?

– À Dubaï, non ?

– Non, ça, c'était cet hiver. Là, ils sont partis au Mexique.

– Mouais, bof.

– Moi, je veux bien partir au Mexique ! La plage, le soleil, et puis j'adore la gastronomie mexicaine.

– Tout de suite les grands mots, répond Valérie en braillant. Y a pas de gastronomie là-bas, ils mangent tous les jours la même chose.

– N'exagère pas non plus. N'empêche qu'il y a la plage là-bas, et l'océan.

– La plage est pleine de requins, et dans la ville il n'y a que des gangs, des cartels, des filles violées. C'est le royaume de la drogue là-bas ! Non, je t'assure, tu ne rates rien, ma fille.

Philippe éclate de rire, dit que la drogue, il y en a partout, même en France, à Avignon.

– Peut-être pas à Sauveterre non plus ? répond Valérie.

– Partout, je te dis. Pas plus ni moins au Mexique qu'ailleurs.

Puis il demande à sa femme, même s'il connaît déjà la réponse :

– Quand est-ce que tu es allée au Mexique, la dernière fois ?

– Jamais !

C'est maintenant au tour de Caroline de rire. Sur les destinations de voyage, Valérie s'est calée sur quelques pays anglo-saxons, les États-Unis en tête, suivis de près par l'Australie et l'Afrique du Sud. Le reste du monde n'a, selon elle, pas d'intérêt.

Caroline, elle, a aimé tous les voyages qu'elle a eu la chance de faire dans sa vie, même s'il n'y en a pas eu beaucoup, des longs périples en dehors de l'Europe. Le Vietnam, trois fois, avec Mika, le Pérou avec Roxane, pour voir ce Machu Picchu qu'elles n'avaient pas vraiment pu apprécier, la faute à un brouillard infernal. En Australie, partie avec sa mère et Philippe, voir le cousin Florian et son atelier de guitares. Alors oui, le Mexique, elle ne dirait pas non.

Il a été question, très rapidement, avec Cédric, d'envisager de belles vacances au loin, mais les questions d'argent sont vite venues assombrir la discussion. Pour garder le sourire, ils se sont promis d'économiser, chacun de leur côté, pour partir dans un endroit chouette dans un an. Vu qu'ils n'en ont pas reparlé, il semble à Caroline que cet engagement est assez friable : ce n'est encore pas l'été prochain qu'elle découvrira le Mexique ou n'importe quelle autre destination exotique. Tant pis, elle prendra la voiture direction Barcelone, avec Cédric s'il veut bien venir avec elle, sinon elle partira avec Roxane, qui ne dit jamais non.

Les vacances de rêve sont pour d'autres qu'elle, c'est ainsi et ce n'est pas grave ! Rien que le fait de voir sa fille et sa mère heureuses est une belle joie en soi. Les plages du Mexique peuvent attendre, elle préfère cent fois avoir un mec qu'être célibataire et dans un avion pour Cancún. Surtout, les quelques mois qui ont passé ont permis à Cédric de gagner la confiance de Valérie. Les doutes qu'elle exprimait au début à son sujet semblent s'être envolés. Caroline savait que sa mère se rendrait à l'évidence : c'est un garçon simple et gentil, c'est une bonne chose pour elle et pour Maëlys, vraiment.

Bien sûr, et c'est ce qui a fait râler Valérie les premiers temps, il n'est qu'employé d'une agence de location de voitures. Pour sa fille, elle aurait préféré un chirurgien ou au moins un généraliste, et pourquoi pas, avec un peu d'ambition, un trader new-yorkais. Ce n'est pas à la gare d'Avignon TGV qu'elle allait rencontrer ce genre de type.

De cela aussi, Caroline s'en fout : au diable les apparences et les biens matériels, ce qui compte c'est de manger à sa faim tous les jours. Être contente de se lever chaque matin, heureuse chaque soir d'avoir passé une bonne journée, c'est l'essentiel. Et de passer les nuits dans les bras de son chéri…

16

Tout le monde aime Noël, même les chats

Dans le Gard, l'été a filé encore plus vite que d'habitude. Pas de vacances au Mexique ni ailleurs, à peine quelques jours à Bordeaux chez Roxane, et un minuscule week-end à Barcelone. Et deux semaines à buller dans la maison de sa mère, autour de la piscine.

Entre Caroline et Cédric, la monotonie s'est déjà installée, alors qu'ils viennent tout juste de fêter leur premier anniversaire. Aucune méchanceté de part et d'autre, aucun reproche, juste la tranquille indifférence d'amants qui n'ont pas eu le temps de se désirer, devenus colocataires trop vite, avec la petite au milieu, son sourire de clown, ses histoires d'enfants et ses câlins adorables. C'est ce rayon de soleil qui fait tenir son petit monde autour d'elle. En cet hiver où Kévin et Sarah ont définitivement quitté l'agence, laissant les autres encore plus sur les rotules que d'habitude, Cédric et Caroline sont tous les deux à bout des conditions de travail dans cette entreprise de location de voitures, qui continue de privilégier la rentabilité, coûte que coûte.

Caroline ne relève même pas qu'elle a arrêté de chercher un nouveau travail, installée dans sa routine avec son mec le soir et ses collègues la journée. Au fond, elle sait bien qu'elle devrait se remettre en quête d'un meilleur quotidien, hélas elle n'en trouve pas l'énergie. Fatiguée de se remettre en selle, elle veut juste se laisser porter. Les nouvelles sombres prédisent un réchauffement climatique apocalyptique, mais en attendant la fin du monde, les saisons sont là, aussi marquées qu'elles l'ont toujours été. Une luminosité en baisse, des nuits qui tombent vite, et ce foutu vent, bienvenu quand il fait chaud, mais qui en hiver rend la maison gelée et bien difficile à réchauffer. Cédric ne s'en plaint pas. Il est désolé pour sa chérie.

– Vous, les filles, vous êtes toujours plus frileuses.

Bien calé derrière son ordinateur, la soufflerie de ce dernier lui garantit un air chaud pendant qu'il joue en ligne avec ses amis.

– Tu les connais au moins, les gars avec qui tu parles dans ton jeu ?

– Comment ça, je les connais ? Oui, nous faisons partie de la même ligue. Nous accomplissons des quêtes ensemble, nous tuons des monstres et nous affrontons des ligues concurrentes.

– Je te demande si tu les connais dans la vraie vie, si tu les as déjà rencontrés.

– Ah. Euh, non, répond-il, étonné de la question.

Puisqu'il s'agit de se retrouver dans un monde virtuel, pourquoi chercher à se voir dans le monde réel ? Inutile d'en rajouter, ce n'est pas cet argument qui convaincra Caroline de s'y mettre, c'est certain. Elle finira bien par y venir, comme tout le monde, pense Cédric : le métavers, c'est pour bientôt !

Le temps qu'il passe derrière cet écran n'a cessé d'augmenter, depuis qu'il s'est installé ici. Caroline râle, un peu, pour la forme. Fatiguée, elle passe elle aussi plus de temps devant la télévision. Elle voudrait regarder des comédies romantiques avec lui, mais il a bien du mal à s'enthousiasmer pour ces « films de midinette », comme il les appelle, en se moquant.

– Eh bien, moi, ça me détend, répond Caroline.

– C'est toujours les mêmes que tu regardes. Moi, ça ne me donne pas très envie.

– Tu parles. Quand je te propose qu'on aille au cinéma voir les nouveautés, tu n'es pas plus intéressé que ça.

– C'est vrai. Chacun ses plaisirs, moi ce qui me détend c'est de combattre des monstres et de récolter des pièces d'or.

– C'est dommage que ce ne soit pas de vraies pièces d'or, nous serions riches, depuis le temps ! plaisante-t-elle.

Elle en sourit, pour détendre l'atmosphère. Mais pour lui, l'affaire est plus que sérieuse.

– Quand j'arrêterai ce jeu, je revendrai mon personnage.

– On peut faire ça ?

– Oui ! Il y en a même qui en vivent !

– Quand tu vas vendre ton personnage, avec ses accessoires et ses pièces d'or, ça représentera tellement d'argent que tu pourras arrêter de travailler ?

– Non, quand même pas. Mais quelques centaines d'euros, à l'aise.

– Ah.

– Eh bien, ça sera toujours ça de mis de côté pour la cagnotte des vacances.

Elle n'y pensait même plus, Caroline, à ces économies qu'ils sont censés faire pour partir, un jour, dans un bel endroit. Elle sent bien que cette destination lointaine s'éloigne encore un peu plus. Elle voudrait s'en plaindre à quelqu'un, elle n'a pas envie de s'engueuler à ce sujet avec Cédric. Alors, c'est dans ses conversations téléphoniques avec Roxane qu'elle se réfugie.

– Viens donc habiter à Bordeaux, il y a du boulot et puis nous ne sommes vraiment pas loin de l'océan.

– Il faudrait déménager, changer Maëlys d'école, et puis je ne sais pas si Cédric serait partant. Sans compter qu'il y a aussi ma mère, ça me fait quand même de belles économies de baby-sitter.

– Laisse donc ton geek et ta mère dans le Gard. Je te la garderai, ta fille !

Éternelle optimiste, Roxane la Bordelaise lui manque. Elle s'entend bien avec ses collègues de l'agence, mais les fous rires ne sont pas aussi nombreux qu'avec sa meilleure amie. Un jour, il faudrait vraiment que les deux retrouvent la trace de Tiphaine. Elles formaient un trio d'enfer, dans leur petite vingtaine.

Quant à sa mère, Caroline n'ose même pas parler avec elle de ce voyage qui n'en finit pas d'être repoussé : Valérie n'arrête pas de répéter que prendre l'avion est criminel pour la planète… Ce qui ne les a pas empêchés, Philippe et elle, de partir en Islande cet été, et de prévoir un voyage à San Francisco en plein Noël. Caroline les aurait bien accompagnés, avec Cédric et Maëlys. Elle n'aurait même pas eu à insister beaucoup pour que sa mère et son beau-père participent aux frais du voyage pour les trois. Elle sait même très bien comment ça se serait passé. Valérie aurait dit quelque chose dans ce genre :

– D'accord pour prendre les billets d'avion de Caroline et Maëlys, mais Cédric paie le sien !

Dans les faits, comme c'est Philippe qui s'en serait chargé, il aurait, en douce, payé les trois billets, ravi d'aider et de faire plaisir à sa belle-fille et à sa petite-fille.

Un Noël en Californie, voilà bien quelque chose dont Caroline rêve ! Elle sait que prendre l'avion ce n'est pas bon pour la planète, mais elle se dit qu'elle a du retard, par rapport à ceux qui sont déjà partis de nombreuses fois aux quatre coins du monde. Elle ne demande pas beaucoup, rien qu'un petit aller-retour à San Francisco. Flâner dans la ville avec son chéri et sa fille, regarder les décorations de Noël. Surtout, profiter d'un des rares avantages qu'il y a à être salarié de cette entreprise, c'est-à-dire bénéficier de tarifs de location de voitures ultra-avantageux, même à l'étranger. Se balader dans les parcs nationaux. Camper dans la nature et pas dans un camping bondé de la côte espagnole, comme ils faisaient lorsqu'elle était en couple avec Mika.

Pourvu que sa blonde et lui n'aient pas l'idée de partir en Californie, c'est le genre de nouvelle qui la déprimerait pour des semaines. Tout de même, elle est contente pour sa fille, qui peut enfin voir son père régulièrement. Il semble que depuis que son ex-mari s'est mis en couple avec cette

Cécile et Tyson, son bouledogue français, il est bien plus disponible et agréable. Ce n'est pas Caroline qui le pense, c'est Maëlys qui le dit, avec ses mots à elle. Peut-être qu'un jour ils pourraient même, qui sait, partir tous les cinq, lors d'un voyage tous ensemble ? Les deux couples et Maëlys au milieu. Oh, Caroline est si facile à vivre qu'elle pourrait s'accommoder, sans problème, de la présence de son ex et de cette Cécile : si ça se trouve, c'est vraiment quelqu'un de bien. Elle s'imagine avec Mika, Cécile, Cédric et Maëlys, à visiter les pyramides d'Égypte. Hélas, elle est à peu près sûre et certaine que le seul qui trouverait à y redire, ce serait Cédric, qui râlerait en disant qu'il fait trop chaud. Et puis, jaloux comme il est, il se méfierait de Mika. Pour ce qui est des éventuelles vacances en famille à San Francisco, avec Valérie et Philippe, Cédric a tranché tout de suite :

– Oh non, vraiment, ce n'est pas possible.

– Pourquoi ?

– Je t'adore, Caroline, mais deux semaines avec ta mère, ce ne sont plus des vacances.

– Ta mère non plus, ce n'est pas quelqu'un de facile.

– La différence, c'est que ma mère n'habite pas au bout du jardin.

Difficile, pour Caroline, de contester cette vérité. Elle en a bien conscience, que la proximité de Valérie, plus proche voisine de la maison, est un frein à sa vie sentimentale. *Le temps fera son œuvre,* pense-t-elle, *dans quelques années, il sera sans doute d'accord.* Elle préfère s'accrocher à cette idée d'un « plus tard, peut-être » plutôt qu'à celle d'un « non, jamais », parce qu'elle refuse de renoncer aux souvenirs de San Francisco qu'elle s'est déjà fabriqués dans la tête. Et derrière ses paupières dansent de belles photos de famille, devant les cupcakes colorés et les magasins traditionnels, décorés aux couleurs de Noël.

Alors, ce sera pour une prochaine fois. Cette année comme les autres années, ce sera Noël à Sauveterre, avec, bien sûr, du doré, du rouge et du vert. C'est ainsi qu'elle entend sauver la fin de son année, et son couple qui bat de l'aile avec. Ce qu'elle propose à Cédric, c'est un mois de décembre exceptionnel. Puisqu'ils ne peuvent pas se permettre, comme Philippe et Valérie (ou même, comme Mika et Cécile, qui ont réservé un magnifique chalet à la montagne pour les deux dernières semaines de décembre), un Noël sous la neige ou au bord de la mer, eh bien, ils n'ont qu'à enchanter leur maison, le temps des fêtes. Elle parle guirlandes et sapins, dit calendrier de l'avent et bons petits plats, elle enchaîne les idées à toute allure, elle déborde d'envies, et devant elle Cédric écoute, ne sachant à quel moment il aura le droit de dire non, et comment il pourra argumenter.

– Tu sais, ma chérie, dans ma famille, on n'a jamais connu l'esprit de Noël. Les décorations, les repas de famille, même les cadeaux, je ne suis pas habitué.

– Eh bien, justement, laisse-moi te faire découvrir.

– Je crois vraiment que je ne suis pas très fan de Noël.

– Arrête de faire ton Grinch ! Tout le monde aime Noël ! Tu vas voir, même Cahuète et Bounty, nous allons leur faire des jolis nœuds autour du cou, avec des rubans rouges et verts, et nous les ferons poser pour de magnifiques photos.

– Emmener les chats chez le photographe ? Vraiment, Caro ?

– C'est une manière de dire, nous n'allons évidemment pas les emmener au studio de photo, nous n'avons pas le budget, mais ici nous pouvons organiser notre propre shooting photo.

La mine déconfite de Cédric lui offre, hélas, la réponse qu'elle ne veut pas entendre. Elle insiste, elle dit s'il te plaît, je t'en prie, elle répète que Noël est important pour elle et pour sa fille, qu'il va découvrir quelque chose de magique. Du bout des lèvres, parce qu'il est gentil, veut faire plaisir et que cela semble être si important pour Caroline, il dit oui.

– Alors, c'est parfait ! Je vais nous préparer un programme pour tout le mois de décembre ! Tu te rends compte, mon chéri ? C'est notre premier Noël tous les trois, ensemble !

Cédric acquiesce, mais continue d'enregistrer ce qui vient d'être dit par Caroline. Que les festivités s'étalent ainsi, il ne l'avait pas envisagé. Tout le mois ! Et puis quoi encore ? Que Noël dure un long week-end, passe encore, mais quatre semaines de guirlandes, de paillettes et de sapin dans le salon, il ne faut peut-être pas exagérer.

– Mais enfin, Cédric, tout le monde installe le sapin dès les premiers jours de décembre. Il y a même des familles qui commencent à la fin novembre.

Cédric soupire, vivement la nouvelle année, quand il aura l'autorisation d'emporter le sapin mort dans le jardin, pour le débiter en morceaux et en faire du bois pour le feu. D'ailleurs, il ne croit pas si bien dire, puisque, quelques jours plus tard, Caroline lui confie une mission de la plus haute importance.

– Cédric, dimanche prochain, Maëlys est avec nous, donc nous décorerons tous ensemble le sapin.

– D'accord.

– Comme nous travaillons tous les deux le samedi, tu es d'accord pour aller chercher le sapin jeudi, pendant ton jour de congé ?

Cédric le Grinch ne répond rien d'autre qu'une longue inspiration, en fermant les yeux. Caroline argumente, dit qu'elle a fort à faire, notamment préparer tous les gâteaux de Noël. Sans lui laisser le temps de négocier, Caroline lui dépose un baiser dans le cou et lui glisse :

– Merci, mon chéri !

17

Il a intérêt à être parfait, ce sapin !

Quand l'hiver est triste, froid et sombre, le meilleur moyen de retrouver le sourire, c'est encore de se préparer un beau sapin de Noël. De cela Caroline est convaincue, et elle est ravie que Cédric ait enfin compris, après plusieurs discussions, l'importance de ce symbole, les retrouvailles avec la forêt qui s'invite dans le salon, la joie de ressortir du garage les cartons de décorations, d'accrocher les boules et les guirlandes, et voir le sourire de sa fille quand elle aura en main les étoiles, les lutins et les lumières pour les suspendre sur ce magnifique arbre que Cédric va aller leur chercher. Ils ont eu le temps d'en reparler, parce que Caroline n'a eu que ça en tête toute la semaine, et qu'elle tenait à ce que Cédric, non seulement n'oublie pas sa mission, mais en outre l'accomplisse parfaitement.

Pour Caroline, un sapin est forcément vert, d'un vert foncé et véritable, d'un vert qui vient directement de la nature et pas d'une usine à sapins. Par conséquent, Cédric n'a pas le droit de rapporter un sapin peint en blanc ou autres fantaisies modernes de ce genre. C'est important, le respect de la tradition. Bien entendu, il a aussi noté qu'il ne devrait surtout pas s'aviser de rapporter un sapin synthétique. Même si de plus en plus de magasins en vantent le côté économique et écologique, parce qu'il pourra ainsi être ressorti à chaque Noël, il est hors de question que Caroline investisse le moindre euro dans un arbre en plastique. Sans compter que le chien et les deux chats vont aller se fourrer dessous pendant tout le temps où le sapin sera dans le salon, alors qu'ils aillent se frotter aux épines, ça fait partie du folklore, mais elle n'ose pas imaginer leur déception et l'état de leur pelage s'ils ont le malheur d'aller jouer sous les branches d'un sapin synthétique.

Enfin, elle lui a indiqué les dimensions. Pour la largeur, ça ira forcément, de toute manière il faudra pousser le canapé et aussi le meuble de l'ordinateur (oui, Cédric devra jouer dans un coin restreint, pendant cette période de Noël). Pour la hauteur, qu'il prenne presque celle du salon, mais un peu moins grand quand même, juste assez de place pour accrocher, tout en haut, sur sa cime, la belle et grande étoile d'or, qui est la première décoration qu'elle sort des cartons, chaque année. Qu'il n'aille surtout pas acheter un sapin trop petit, ce serait la catastrophe ! Un sapin doit emplir la pièce de son atmosphère, embellir le salon, donner sa pleine mesure. Un sapin doit s'étaler et rappeler à tous les habitants de la maison qu'il est le roi pendant ces quelques semaines.

Pour couronner le tout, et comme le hasard fait parfois merveilleusement bien les choses, ce jeudi est aussi le 1er décembre, le jour où Maëlys pourra ouvrir la première case du calendrier de l'avent. Et cette année, entre celui acheté par Caroline, un autre offert par la voisine et un troisième par sa grand-mère Valérie, ça va faire trois chocolats par jour ! C'est bien trop pour une petite de six ans et demi, qui de surcroît a déjà du mal à finir ses assiettes.

Caroline et Cédric prendront les deux autres chocolats. Un sapin et des chocolats, et c'est déjà Noël dès ce jeudi. C'est dire l'importance que Caroline place dans ce premier jour de décembre.

Cédric dit oui, oui, et encore oui. Il note et confirme qu'il comprend l'importance de ce sapin, du calendrier de l'avent et tout ce qui va avec. Il promet qu'il s'acquittera de sa mission ce jeudi, c'est-à-dire ce soir. Toute la journée au travail, Caroline y pense et réussit même à se retenir de lui envoyer des messages pour lui rappeler son objectif du jour. Enfin, disons plutôt qu'elle ne lui en envoie pas trop.

Un premier message en fin de matinée qui dit « Aujourd'hui, c'est le jour du sapin ! Trop contente ! » auquel il répond avec un émoji sourire, qu'elle prend pour un oui.

Un deuxième au moment de sa pause déjeuner, où elle lui pose la question ainsi : « Cédric, ça va aller, tu sais où le trouver, ce sapin ? ». Il ne répond pas. Elle ne relance pas, ne l'appelle pas, pour ne pas qu'il s'agace. De toute manière, elle se doute bien qu'il n'aura aucun problème à trouver un sapin, en cette période il y en a littéralement dans presque tous les magasins.

Dans l'après-midi, entre deux trains où l'ambiance est un peu triste et grise sur le parvis de la gare d'Avignon TGV, pendant sa pause café cigarette elle veut lui envoyer un troisième message, assez long. Elle rédige un pavé de texte où elle dit la joie qu'elle aurait de rentrer ce soir après être allée chercher sa fille à la garderie, de s'asseoir à la table du salon, près du sapin encore vierge de toute décoration, et de dîner un plat qu'il aurait préparé pour les deux filles avec qui il vit. Elle rajoute des émojis cœurs et, finalement, au dernier moment, se ravise, se dit qu'elle lui a assez ressassé l'importance de ce jeudi 1er décembre comme point de départ d'un nouveau cycle de bonheur. Elle le croit assez intelligent pour avoir compris de lui-même, et est persuadée qu'il est déjà en train de réfléchir au dîner de ce soir.

C'est aussi ça, la magie de Noël : attendre les surprises, les espérer tellement fort qu'elles arrivent toutes seules, comme par enchantement. C'est pour cette raison qu'elle n'envoie pas ce troisième et long message, se contentant d'un court « J'espère que tu as pu trouver le sapin. À ce soir, bisous », et comme il lui répond de ne pas s'inquiéter, elle ne s'inquiète pas.

En fin de journée, Caroline récupère donc sa fille à la garderie. Ce n'était pas prévu ainsi, parce que Caroline n'a jamais aimé les soirs passés à la garderie quand elle était petite, raison pour laquelle elle ne voulait pas imposer cela à Maëlys. Les autres jours de la semaine, c'est Valérie qui la garde, bien entendu, sans que Caroline n'ait jamais eu à lui demander. La grand-mère est trop contente d'avoir sa petite-fille avec elle à ses côtés.

En septembre, Valérie s'est inscrite à un cours de self-défense, persuadée d'en avoir un jour ou l'autre besoin. Puisque le cours en question a lieu chaque jeudi soir, il faut nécessairement que la petite aille à la garderie. Caroline comptait sur la démotivation habituelle de sa mère pour qu'elle se retrouve finalement disponible au bout de deux semaines. Étonnamment, elle n'a pas encore abandonné cette activité. Quant à demander à Cédric de récupérer la petite le jeudi en fin de journée, Caroline n'a tout simplement pas eu le cœur à lui demander de sacrifier une partie de sa journée de congé.

Mère et fille descendent de la voiture, et constatent, comme c'est étrange, que la maison semble plongée dans le noir. Maëlys demande d'ailleurs :

– Maman, il n'est pas là, Cédric ?

– Si, regarde, il y a sa voiture qui est là.

Toutefois, cette absence apparente d'activité est pour le moins inquiétante. D'habitude, il y a au moins la lumière de la chambre ou de la cuisine qui est allumée. Alors Caroline s'avance, tout doucement et en prenant soin de prêter attention au moindre bruit suspect. Elle se rapproche de la porte d'entrée, suivie de sa fille, juste derrière elle.

Une surprise, c'est probablement ça que Cédric prépare, une belle surprise pour lancer décembre et les fêtes de Noël. Quand elles vont ouvrir cette porte, la lumière va s'allumer, et lui va apparaître depuis la cuisine, le dîner déjà prêt, la table mise, en disant : « Bienvenue à la maison, mes chéries ! » Si c'est ça qu'il mijote dans le noir, en cachette, alors ce sera très réussi, et Caroline se promet déjà de ne pas lui avouer qu'elle avait senti la surprise venir.

Sa main posée sur la poignée de la porte, elle tend l'oreille pour vérifier son intuition. Aucun son ne lui parvenant, elle ouvre la porte et pénètre dans sa maison, toujours plongée dans le noir. Et, certaine de bientôt être surprise, à tout moment, par Cédric, elle n'appuie pas sur l'interrupteur de l'entrée, se faufilant dans le salon, où elle tombe de tout son long ! Son pied a heurté une masse indistincte, et en chutant elle a laissé échapper un cri de surprise.

– Ça va, maman ? demande Maëlys restée sur le pas de la porte.

La petite entre à présent et appuie sur l'interrupteur. Sa mère est en train de se relever, elle ne s'est pas fait trop mal, tombant sur le tapis et se raccrochant au bras du canapé. À côté d'elle, Cahuète et Bounty usent de leur miaulement de chats qui attendent qu'on les nourrisse. Et Haribo est là aussi, près de la tête de sa maîtresse, comme pour vérifier que tout va bien.

Aux pieds de Caroline, la chose qui l'a fait trébucher, c'est le sapin, allongé sur le sol, encore emballé dans son filet blanc. Eh bien, au moins Cédric est allé chercher le sapin. Pour bien faire, il aurait pu l'installer, plutôt que de le laisser ainsi par terre. Quel drame de manquer à ce point d'initiative. Il aurait pu le déballer, le fixer sur son socle, en faire un peu plus que simplement acheter le sapin et le déposer en vrac au milieu du salon. Il a intérêt à être parfait, ce sapin !

Autour d'elle, Caroline découvre que le rangement et le ménage qu'il est censé accomplir le jeudi n'ont pas été faits. Tout est dans le même désordre que lorsqu'elle est partie très tôt ce matin pour déposer Maëlys chez Valérie. Pire encore même, car il a commencé à déplacer les meubles, avant de laisser tout en plan.

Mais où est donc Cédric ? Pas dans la cuisine non plus, sale elle aussi, et dans laquelle il est manifeste qu'aucun dîner n'est prêt. Alors les deux filles continuent de le chercher dans le reste de la maison, et c'est dans la chambre de Caroline et Cédric qu'elles le trouvent. C'est là qu'il a déplacé, dans un coin près du lit, en prévision de la place à faire dans le salon pour le sapin, son ordinateur et le meuble qui va avec. Derrière l'écran il est là, casque de gamer vissé sur les épaules, le regard totalement absorbé par son jeu : il ne voit même pas Maëlys et sa mère qui viennent d'arriver dans la pièce !

– Cédric, tu fais quoi ? demande Caroline, passablement énervée par la situation.

Il lui jette un œil en coin, ne veut pas ou ne peut pas interrompre sa partie. Il lui dit juste, très vite :

– Je termine dans cinq minutes. Max.

Caroline est une de ces filles gentilles qui pourraient dire oui à tous les compromis, accepter n'importe quelle destination de vacances. Elle pourrait envisager de vivre ailleurs, de s'habiller autrement, peut-être même de changer d'orientation politique, de faire sous la couette des choses qu'elle n'a jamais faites avant. Il suffit de lui demander gentiment, elle n'a jamais besoin de beaucoup de temps pour être convaincue. C'est une femme de consensus, qui recherche la paix dans ses relations, que ce soit avec ses amis, sa mère, sa fille, ou bien l'homme qui partage sa vie. Mais lui imposer cela, l'ordinateur dans la chambre, pire encore, oser faire ça alors que ce soir devait être un soir de joie et de partage dans ce foyer, c'est vraiment, elle n'a pas d'autre mot qui lui vient, la prendre pour une conne. Elle voudrait hurler, lui dire : « Non, mais Cédric, tu te fous de ma gueule ? »

Aucun son ne sort. Consternée, au bord d'éclater de rire nerveusement. Elle croise les bras et attend de voir s'il va vraiment aller au bout de sa partie, s'il va la faire patienter comme ça, furax, debout devant lui, les bras croisés, le regard noir.

Et ce soir ressortent toutes les frustrations, les attentes, le surplace de sa vie et l'immobilisme auquel elle a cherché à échapper. Ce soir dansent sous ses yeux son ex et sa blonde, et tous ceux d'avant. Qui n'ont pas assuré. Avec qui les choses ont fini en palabres, en critiques, en discussions interminables, en étiolement infini. Elle n'a plus la patience d'emprunter à nouveau ce chemin de la rupture lente, du fil qui se distend tellement qu'il finit par craquer entre deux individus, qui le matin encore se sont réveillés côte à côte dans le même lit, et qui ce soir ne dormiront pas dans la même maison. C'est exactement ça qui va se passer, tout de suite, maintenant, sans discussion. La seule phrase qu'elle réussit à prononcer, c'est en tournant la tête vers sa fille :

– Maëlys, tu vas dans ta chambre, s'il te plaît ?

La petite acquiesce, comprend que ce n'est pas le moment d'argumenter ni de faire le clown. Et s'efface pour laisser seuls sa mère et Cédric. Caroline continue d'attendre, debout devant lui, les bras croisés. Il ne dit toujours rien, ne bouge pas, concentré sur son jeu, sur sa partie à finir, son boss à tuer ou sa quête à accomplir. Alors, enfin, elle prononce ces mots :

– D'accord. Donc tu te fous vraiment de ma gueule.

Le geste d'après, c'est elle qui voudrait sauvagement arracher la prise de courant, mais ce serait prendre le risque que tout dégénère dans la violence. Il y a tellement plus simple, tellement plus facile à faire pour le faire revenir sur terre, ce grand garçon gentil comme tout, mais qui a oublié de grandir. Elle s'approche de la multiprise, et de l'index elle appuie sur l'interrupteur. Le témoin lumineux s'éteint en même temps que la lampe du meuble, les mini-enceintes sur lesquelles est branché le casque, et, bien sûr, l'ordinateur. C'est seulement ainsi qu'elle obtient son attention. Cédric se tourne vers Caroline, abasourdi de ce qui vient de se passer. Il ne crie pas, enlève son casque et lui demande aussitôt :

– Mais pourquoi tu as fait ça, Caro ? Je t'ai dit que j'avais bientôt fini.

– Et la maison dans le noir, le bazar dans le salon, le dîner qui n'est pas prêt, on en parle ?

– J'allais m'y mettre, t'inquiète.

– Ah oui, quand ça ? À vingt-deux heures ?

Bon, c'est vrai, marmonne-t-il, qu'il n'a pas vu l'heure. Il s'est laissé déborder. Il testait un nouveau jeu. C'est pas mal du tout, continue-t-il, commençant d'expliquer le concept à Caroline : pour faire simple, il s'agit d'un jeu avec des tanks, et...

– Tu es au courant que je n'en ai vraiment rien à foutre, de ton jeu ? Et tu as entendu que je me suis pris les pieds dans le sapin et que je me suis vautrée sur le tapis du salon ?

– J'ai pris le sapin, comme tu m'as demandé.

Elle soupire, sidérée.

Il tente de s'expliquer, mais elle n'entend déjà plus sa réponse. Parce qu'elle a pris sa décision. Là, comme ça, instantanément. Elle ne veut plus, au quotidien, se faire marcher sur les pieds. Par la direction régionale de Montpellier, par sa mère envahissante, par ce mec qui n'en fout pas une. Plus le temps passe et moins il en fait. Aucune initiative. Aucune énergie. Aucun projet. La seule solution à ce constat ? Dehors. Ce soir il se casse, embarque ses affaires dans le coffre de sa voiture, viendra chercher plus tard celles qui restent, mais ce soir il ne dort pas là. Hop, du balai. Dehors le geek ! Hors de sa vue !

Elle n'est pas violente, mais fermement décidée à ce que cela se passe comme ça, maintenant, sans attendre une minute de plus. Sans rester pour le dîner, sans manger le chocolat de la première case du calendrier de l'avent.

– Allez, fous-moi le camp, je ne veux plus te voir ici.

Cédric ne se laisse pas faire. Il argumente, proteste, il dit que tout de même, elle exagère, il n'y a pas de quoi s'emporter, ça arrive, de ne pas voir l'heure, de se laisser déborder.

– Mais enfin, Cédric, qu'est-ce que tu ne comprends pas ? Je m'attends à trouver une maison chaude et accueillante, le repas servi, au lieu de ça je rentre dans le noir, il fait froid, rien n'est rangé, rien n'est prêt, et je me vautre en prenant les pieds dans le sapin !

– Laisse-moi me rattraper, je vais installer le sapin.

Mon pauvre, pense Caroline sans lui répondre : un sapin ça se décore en famille en prenant son temps, et là elle vient de décider qu'il ne ferait plus partie de cette famille. Cédric essaye de négocier, cela en devient presque même pitoyable quand il demande, d'une toute petite voix :

– Laisse-moi au moins dormir ici ce soir, et je partirai demain main.

Certaine de se faire convaincre de changer d'avis dans la nuit, Caroline se montre inflexible et insiste :

– Non. Tu pars maintenant. Cela n'est pas négociable.

Ce que Caroline veut, c'est ne plus revoir ce sourire. Maintenant, elle comprend les premières remarques de ses collègues masculins : ce n'est pas un sourire d'ange qu'il a, ce Cédric, mais bien un sourire d'imbécile !

Cinq minutes plus tard, Cédric est au volant, ahuri par la violence de la chute qu'il n'a pas su anticiper. Le voilà sans maison pour la soirée, en train de réfléchir à quel copain va pouvoir l'accueillir sur son canapé. Par la fenêtre, Caroline le regarde, navrée mais froide, sans larmes, sans pitié, tant elle en a marre de se faire balader. La voiture démarre, recule et passe le portail. Pour la suite, pour demain matin, pour le retrouver à l'agence d'Avignon TGV, elle verra bien. Pour la discussion avec sa mère qui lui assènera son habituel « tu vois, je te l'avais bien dit », elle verra plus tard aussi. Elle n'a pas envie de l'appeler, ni elle ni Roxane ni personne.

Ce soir, elle veut juste être tranquille avec sa fille. Protéger ce trésor d'innocence, ne pas la laisser se corrompre à côtoyer cette feignasse d'adolescent attardé qu'est Cédric. Dehors le vilain Grinch, qui ne comprend rien à la magie de Noël !

C'est à ce moment que Maëlys, sortie de sa chambre, s'approche de sa mère. En tendant à Caroline deux figurines de Batman que Cédric, parti précipitamment, a laissées derrière lui, elle lui dit :

– Eh maman, Cédric a oublié ses p'tits perzonnages !

18

Changer de vie en appuyant sur un bouton

Finalement, cette séparation a été aussi brève que fracassante. Cédric est parti sans demander son reste. Il a laissé plein d'affaires derrière lui, n'emportant dans le coffre de sa voiture qu'un sac de vêtements et l'essentiel, à ses yeux : son ordinateur ! Peut-être a-t-il perçu dans l'atmosphère nouvelle de la maison que Caroline, gentille devenue lionne sortant les griffes, serait désormais susceptible de foutre cet ordinateur, le clavier et l'écran qui vont avec à la poubelle. Il a sans doute eu raison, pense Caroline, en tout cas, elle ne se serait certainement pas couchée avec ce machin-là dans la chambre.

Alors Caroline s'active, dans le peu d'heures qui lui reste dans cette soirée. Préparer à manger pour Maëlys, dîner avec elle, lui lire une histoire, et commencer à ranger cette maison en désordre total. Stocker immédiatement le reste des affaires de Cédric dans des cartons au garage. Mieux vaut ne pas remettre cette corvée au week-end. Se coucher plus tard, mais se lever en étant prête pour un nouveau cycle. De fait, lorsqu'elle se met au lit ce soir, elle n'a, bizarrement, aucune pensée noire. Ni triste de devoir s'endormir seule, ni inquiète de ce qui adviendra le lendemain. Elle se sent si libérée ! Presque, même, oserait-elle : délivrée ! Au moins autant qu'Elsa, le personnage de dessin animé préféré de sa fille.

C'est ainsi qu'elle s'endort sans penser une seule seconde aux conséquences de la dispute du soir. Elle ne sait que trop bien que Cédric est un collègue, mais c'est encore elle la chef et surtout la plus ancienne et la plus appréciée. Enfin, une fois de plus, en se brossant les dents, elle a eu le temps de se dire « coucher avec ses collègues, plus jamais » et de rire en mettant du dentifrice plein le miroir de la salle de bains, sachant pertinemment qu'elle s'était déjà dit ça plusieurs fois par le passé. On ne contrôle pas tout dans la vie, raison pour laquelle elle verra bien ce qui se passe demain…

Caroline débarque à l'agence d'Avignon TGV légère, tranquille, comme si rien ne pouvait l'atteindre. Même Cédric qu'elle voit et à qui elle dit bonjour, comme si de rien n'était. Heureusement que depuis le covid, les « bonjour » de loin ou, au pire, les checks de sportifs, ont remplacé les bises, les poignées de mains et autres embrassades. Dans un cas comme ce matin, ça l'arrange bien. Il n'y a qu'à voir la tête de Cédric pour comprendre que c'est surtout lui que ça arrange. Il est penaud, se fait tout petit, tandis que Caroline rayonne. Vraiment, cette séparation lui a fait un bien fou !

Elle s'installe, prend son café et en appuyant sur le bouton de la machine à café elle ressent quelque chose d'étrange, comme un fluide similaire à ce qui a coulé dans ses veines la veille au soir. Elle tente de comprendre, mais comme cette sensation reste mystérieuse, elle se met au travail, derrière son ordinateur de boulot. Là encore, en démarrant le PC, il y a à nouveau cette impression de toucher du doigt quelque chose de pourtant impalpable, comme une forme de magie. Regardant autour d'elle, elle prend soudain conscience de ce qui se passe. Elle se souvient précisément de la sensation originelle, le moment précis où son existence a basculé. Comme ça, presque en un claquement de doigts, ou plutôt, en appuyant sur un bouton. Hier soir, c'était celui de la multiprise sur laquelle était branché l'ordinateur de Cédric. Ce matin, tous les boutons semblent lui parler, lui dire qu'elle a un nouveau pouvoir. Elle voudrait bien savoir lequel, au juste, en tout cas, il se passe quelque chose, c'est indéniable. Et le premier des e-mails qui s'affiche en haut de sa boîte de réception va justement l'aider à comprendre ce que le destin lui offre : changer de vie, comme ça, juste en appuyant sur un bouton.

C'est un e-mail de la direction nationale, il s'affiche en rouge avec importance haute, ce qui n'augure pas forcément d'une vraie information, car tous les e-mails envoyés par Paris sont, de manière systématique, en rouge et en importance haute, que ce soit pour donner les dates de RTT pour l'année ou rappeler les procédures. Cet e-mail-là, en revanche, comporte une belle promesse pour celle qui est en train de le lire, gobelet de café à la main. Afin d'accélérer le développement stratégique de la marque et le repositionnement de l'entreprise sur les marchés les plus concurrentiels, et le blabla continue ainsi sur quelques lignes.

Ce n'est que l'emballage, car le cadeau est écrit quelques lignes plus bas : un plan de départ est lancé, avec conditions très avantageuses et limitées dans le temps, pour négocier une sortie des effectifs d'ici à la fin de l'année civile. Il est demandé aux managers de relayer, par point individuel ou collectif, cette information à tous les employés et dans les meilleurs délais. La liste des personnes intéressées doit être transmise au plus tard le vendredi 9 décembre, pour un départ le 31 !

En clair, ils virent les gens d'expérience pour reprendre, dès l'année prochaine, des petits jeunes, avec des salaires moins élevés et plus faciles à manager. La combine est connue, et ceux qui veulent en profiter auraient tort de s'en priver. Au premier rang des candidats au départ, Caroline elle-même, qui n'en revient pas de ce qu'elle vient de lire et même relire, par deux fois, pour être certaine d'avoir bien compris. Alors qu'elle ne l'attendait plus, ne la cherchait plus, la voilà qui est apparue comme par miracle, la porte de sortie de cette agence qui commence vraiment à lui peser, depuis tant d'années qu'elle s'escrime à bosser avec des moyens toujours plus limités.

Est-il donc vrai cet e-mail, ou bien est-ce que ça pourrait être Caroline elle-même qui l'aurait créé, par quelque pouvoir secret, rien qu'en appuyant sur le bouton de son ordinateur ? Peu importe que ce plan soit l'œuvre d'une main invisible ou bien orchestré par des types dans un bureau à Paris, qui ont décidé d'augmenter encore la marge financière de l'entreprise. Elle s'est levée ce matin en se disant qu'elle accepterait ce qui viendrait à elle, et c'est exactement ce qu'elle va faire : s'inscrire, dès aujourd'hui, à ce magnifique plan de départ. Tout d'abord, avant de penser plus avant à sa propre situation, il convient de réunir tous ceux qui sont présents ce matin. Plus vite ce sera fait, mieux ce sera, aussi parce que si elle attend trop pour l'annoncer, ils l'apprendront d'une autre manière, *via* des anciens collègues à eux, dans d'autres agences. Pas encore de clients à servir, c'est parfait pour une réunion d'information orale de quelques minutes. Pour aller au plus direct, elle leur dit, tout simplement :

– Nous avons reçu ce matin un e-mail de la direction nationale. Il nous est demandé de vous transmettre l'information. Je vais donc vous lire ce message.

Ligne après ligne, les faces s'éclairent et les sourires apparaissent, les yeux se lèvent et les soupirs s'entendent. Globalement, personne n'est surpris, c'est bien dans les méthodes de la marque. Pour ce qui est des intéressés, il faut se déclarer auprès de Caroline, au plus vite et impérativement le vendredi 9 décembre au plus tard. Ici, tout le monde se connaît et parle ouvertement de sa situation devant les autres. Adrien et Adel, qui récoltent régulièrement des primes de performance, sont plutôt bien lotis et préfèrent rester. Pour les autres, ça discute sur les intérêts et les inconvénients d'accepter ce départ. Prendre le chèque, d'accord, mais pour aller où, ensuite ? Ce n'est pas comme si la région regorgeait de boulots.

Caroline s'en moque, de la suite, hypothétique et dans quelques mois. Avec ce qu'ils vont lui donner, elle aura de quoi voir venir, se retourner. Surtout, avec un tel enchaînement de circonstances, après la soirée de la veille, elle ne peut pas faire autrement que d'accepter, c'est un signe du destin ! D'ailleurs, il y en a un autre qui l'a bien compris aussi, c'est Cédric, qui dit, à voix haute et devant tout le monde :

– Moi, je le prends, ce plan de départ. Tu peux m'inscrire, Caro.

– C'est noté, répond sa chef.

Et elle conclut :

– Je vous laisse reprendre vos postes au comptoir et au parking. N'oubliez pas que si vous êtes intéressés, c'est vendredi prochain le dernier délai.

C'est alors qu'Adrien demande :

– Et toi, Caro, tu restes ou bien tu pars ?

– Je pars, confirme-t-elle, ravie de le clamer haut et fort.

Plus encore que la nouvelle envoyée par la direction nationale, le vrai changement à venir, pour ceux qui restent travailler dans l'agence à Avignon TGV, c'est le départ de leur responsable. Qui va remplacer Caroline ? L'un d'entre eux ou bien une personne extérieure choisie par la direction régionale ? Voilà qui va alimenter les conversations des uns et des autres pendant toute la journée, et probablement une bonne partie de la semaine qui vient.

Caroline se demande si Cédric va venir la voir, lui dire que comme il s'en va, elle peut rester, ou quelque chose de cet acabit. Non, toute la journée il l'évite, franc comme un âne qui recule. C'est à peine s'il lui envoie un message, dans l'après-midi : « Si c'est OK pour toi, je passerai prendre mes affaires dimanche après-midi, avec la camionnette de mon père. »

Oh, le voilà qui retourne jouer à l'ordinateur chez papa et maman ! Il aura ses marques là-bas, pense-t-elle. Eh bien, il n'a pas perdu de temps pour se retrouver un toit. En outre, il vient chercher son bazar dès ce week-end : en clair, tout se déroule à la perfection ! Elle lui répond donc immédiatement :

« C'est noté. J'ai tout mis dans des cartons, au garage. Tu penseras à me rendre le double des clés dimanche avant de repartir avec tes affaires. »

Et c'est ainsi que cette rupture, démarrée en appuyant simplement sur le bouton d'une multiprise, se clôt, en envoyant un message par smartphone et en appuyant sur le bouton « envoyer ». Ah ! Si la vie pouvait toujours être aussi simple, en appuyant sur des boutons pour obtenir ce qu'on souhaite. C'est déjà un peu le cas, se dit Caroline, régulièrement envahie de ces appareils électroniques en nombre croissant autour d'elle. Néanmoins, qu'il y ait des boutons pour faire le café, lancer une machine à laver le linge, faire tourner sa brosse à dents électrique, démarrer sa voiture, et tant d'autres choses encore, c'est une chose intéressante et merveilleuse que ces machines inventées pour faciliter le quotidien, mais qu'il y ait désormais aussi des boutons pour rompre avec son mec et quitter son boulot, ça, Caroline ne le savait pas !

D'un coup d'œil, elle regarde ses jambes, pense au reste de son corps et se dit que s'il y avait aussi un bouton pour se muscler, perdre du poids, changer de taille de pantalon, ce serait bien pratique aussi. À ce niveau, elle sait qu'il n'y a pas d'autre recette que de se remettre à courir. Ce qui est bien, c'est qu'elle va avoir le temps, elle va même pouvoir y aller plusieurs fois par semaine. En prenant son deuxième café de la journée, elle songe alors à tous ces petits bonheurs qui la comblent déjà de joie, et qu'elle va pouvoir multiplier à l'envi pendant les semaines et les mois qui viennent. Flottant dans cette journée du vendredi aussi parfaite qu'inattendue, elle attrape un feutre dans son pot à crayons, une feuille de papier, et dresse la liste de ces petits bonheurs qu'elle aime tant :

– se balader dans les vignes, à pied ou à vélo, avec son Jack Russell Haribo à ses côtés ;

– câliner avec ses chats Cahuète et Bounty dans le canapé ;

– s'asseoir sur une chaise à côté de Maëlys qui prend son bain et la regarder jouer avec ses p'tits perzonnages ;

fumer une cigarette au soleil ;

– papoter avec Roxane au téléphone ;

– chanter et danser en faisant le ménage ;

– discuter avec sa mère, de tout et de rien ;

– rester allongée dans un transat au bord de la piscine ;

– boire un café, capsule dorée, de bon matin ;

– préparer le sapin de Noël ;

– feuilleter un vieil album photo ;

– cuisiner des tartes et des gâteaux, avec Valérie et Maëlys, toutes les trois dans la cuisine ;

– aider Philippe à surveiller les viandes qui grillent sur le barbecue ;

– boire un verre de rosé au soleil.

À cette liste, elle aurait volontiers ajouté :

– partir en vacances à l'autre bout du monde avec mon mec ;

– me réveiller dans les bras de mon mec ;

– regarder une comédie romantique déjà vue et revue avec mon mec et dans un bon canapé.

Pour l'instant, elle va réussir sans problème à se passer de ces trois points-là. Les mecs, elle a donné, elle va faire une pause, parce qu'elle ne se sent absolument pas de repartir dans une nouvelle relation. Certainement pas tout de suite.

Pour le reste, elle parcourt sa liste des yeux et constate que tout tient en quelques mots ou presque : boire, manger, passer du temps au soleil et avec les gens qu'elle aime. Finalement, la vie est on ne peut plus simple et agréable, il suffit de saisir ces petits bonheurs !

19

Ça devrait être simple, le bonheur

Cette année, le mois de février se montre particulièrement clément, ce qui permet à Caroline et à Valérie de partager un café, sur la terrasse, face au jardin. Philippe n'est pas loin, ne travaille pas cet après-midi. Enfin, pas pour ses clients. Comme il ne peut jamais rester tranquille très longtemps, il s'affaire à bricoler de nouvelles charnières pour les volets du cabanon de jardin. Il passe donc de temps à autre vérifier que sa femme et sa belle-fille ont tout ce qu'il leur faut. Avec un café et une bonne discussion, non, elles ne manquent de rien !

Une fois de plus, la mère s'inquiète pour sa fille, quand va-t-elle donc retrouver un travail ? L'intéressée répond qu'elle n'est pas pressée, qu'elle veut prendre le temps de bien choisir avant de se précipiter.

– C'est un luxe que tout le monde ne peut pas se permettre, de choisir son boulot. Surtout de nos jours, Caroline.

– Je ne suis pas inquiète, je retrouverai.

– Il me semble qu'il y a des offres, en ce moment, non ?

– Surtout en restauration. Plus personne ne veut y retourner, dans ces restaurants et ces bars qui payent mal et font travailler jusqu'au bout de la nuit. Les horaires décalés, j'ai déjà donné. Si c'est pour ne pas pouvoir border ma fille le soir, non merci...

– Enfin, Caroline, ça va bientôt faire deux mois que tu as arrêté de travailler !

En temps normal Caroline garderait sa répartie pour elle, mais en ce moment elle se sent de tout assumer, à commencer par rembarrer un peu plus souvent sa mère, sans attendre que la discussion s'envenime pour exprimer ce qu'elle voulait dire. Alors Caroline répond, d'un ton qu'elle veut le plus doux possible, même si elle sait que ça risque de ne pas plaire à sa mère :

– Deux mois ! Eh beh. Toi, ça va faire combien... Trente ans que tu as arrêté de travailler ?

Valérie n'est pas du genre à se laisser abattre, surtout dans une joute verbale où il n'y a que sa fille et personne d'autre susceptible de s'allier contre elle.

– Moi ? Mais voyons, ça n'a rien à voir, je suis retraitée.

– Retraitée ? Mais retraitée de quoi ? Être en retraite, ça signifie qu'on se retire d'une activité professionnelle.

– Par extension, je suis retraitée. Philippe est à la retraite, je suis sa femme, donc je suis retraitée aussi. C'est comme ça.

Entre un mari officiellement à la retraite, mais qui continue de travailler, même plus qu'avant, et une femme qui se dit retraitée alors qu'elle n'a quasiment pas travaillé de sa vie, difficile de savoir qui est à la retraite et qui ne l'est pas dans cette famille.

Caroline sourit, sort son paquet de cigarettes et relance Valérie sur un autre sujet. L'idée n'est pas de la pousser dans ses retranchements, juste de passer du bon temps avec sa mère qu'elle aime tant, malgré ses défauts, et notamment sa mauvaise foi légendaire.

C'est ainsi qu'elles parlent des chiens, du village, des horaires des éboueurs qui ont changé, de tout et de rien, des notes de CE1 de Maëlys, qui sont toujours excellentes.

– Anaïs, l'institutrice, est dithyrambique ! confirme Caroline.

– Eh bien, je vois qu'il te reste quand même un peu de vocabulaire de tes études. Tu n'auras pas fait que glander, finalement.

– Et toi, elles ressemblent à quoi tes études, maman ?

– De mon temps c'était différent, et tu le sais très bien.

Caroline a envie d'éclater de rire, elle se retient, s'accroche au plaisir simple d'être ici, en pleine nature, dans ce village de Sauveterre qu'elle aime tant, à attraper un des premiers rayons de soleil de l'année. Café, cigarette, et sa mère pour discuter, que demander de plus ?

Valérie renvoie la conversation sur un de leurs éternels sujets :

– Et les garçons, tu en es où ?

– Nulle part. Et c'est très bien ainsi.

– Je comprends, c'est sûr qu'après Cédric ça ne donne pas envie d'en rencontrer un autre. En même temps, je t'avais prévenue que tu faisais une bêtise de lui proposer d'emménager avec Maëlys et toi.

– Oui, c'est vrai, tu l'avais dit, avoue Caroline à sa mère, pour le seul plaisir de la voir savourer une petite victoire.

– Ah bah quand même. Je le savais, depuis le début, que ce n'était pas un type bien. Quand même, tu devrais m'écouter un peu plus souvent. Je ne raconte pas que des âneries.

Sans laisser à sa fille le temps de répondre, parce que, quand même, elle préférerait la savoir en couple plutôt que célibataire, Valérie propose :

– Tiens, tu devrais venir avec moi le jeudi après-midi, au cours de poterie. Il y a un « mec », comme tu dis. Il a ton âge, je suis sûre que vous pourriez bien vous entendre.

La fille décide de ne pas relever la proposition. Cela ne l'intéresse vraiment pas du tout de s'ouvrir à la possibilité d'une nouvelle relation. Alors elle répond à côté, exprès :

– Et ça te plaît, la poterie ?

– Ah oui, beaucoup. J'ai toujours rêvé d'en faire.

– Tu as déjà réussi quelques beaux modèles ?

– Non, pas encore. Je débute.

– Ah. Si tu veux me faire un cendrier pour que je m'en serve dans le jardin…

– Tu ferais mieux d'arrêter de fumer.

Caroline soupire et contre-attaque :

– Et la self-défense, ça donne quoi ? Tu te sens de te battre dans la rue si quelqu'un t'agresse ?

– Non, j'ai arrêté. Le professeur n'était pas très rigoureux dans ses méthodes.

Mère et fille continuent de discuter ainsi, en profitant des rayons du soleil d'hiver. Et Caroline d'évoquer une envie de voyage qui grandit en elle. C'est une destination qui l'a toujours fait rêver, et elle compte bien, non seulement y aller dès cet été, mais aussi emmener Maëlys, pour lui faire découvrir cette ville incroyable.

– Laisse-moi deviner, tente alors Valérie.

Elle marque un temps d'arrêt, regarde sa fille, puis dit :

– New York ?

– Évidemment ! répond Caroline, enchantée.

– Eh bien, je crois que ça me dirait bien de venir avec vous deux.

Caroline ne répond pas, elle ne veut pas se fâcher avec sa mère, pas maintenant, pas dans ce moment de tranquillité retrouvée. New York, elle s'y voyait plutôt juste avec Maëlys, et pas avec un mec, encore moins avec sa mère ! *Bah, on verra d'ici là*, pense-t-elle, pas certaine d'arriver à organiser ces vacances de l'autre côté de l'océan.

Puis la conversation bascule sur le grand absent, Nicolas, ce fils et ce frère qui manque. Cela tombe bien, Caroline a de bonnes nouvelles à annoncer, enfin, il ne faudrait pas se réjouir trop vite, car dans ce domaine toute avancée relationnelle est très délicate. Elle pense quand même avoir réussi à créer une ouverture, lors du dernier coup de téléphone avec son frère, pour le faire revenir, ne serait-ce que le temps d'un déjeuner, un dimanche, en famille.

– Enfin pour l'instant, il n'est pas là ! râle Valérie.

– Un peu de patience, maman, répond Caroline.

– C'est fou quand même, il habite le même département que nous, mais nous ne le voyons jamais !

C'est tout sauf une affaire de distance. Si le sujet dure, le ton va empirer, et Valérie va perdre sa bonne humeur. Alors la fille entreprend d'expliquer à la mère sa vision d'une vie agréable, c'est-à-dire ponctuée de petits bonheurs.

– Comme fumer une cigarette, une fois de temps en temps, par exemple. Ou bien boire un café. Ou encore prendre le soleil. Ou même discuter avec toi. Voire les quatre à la fois !

Valérie n'est pas certaine d'être d'accord. Elle a une vision plus nébuleuse du bonheur, comme un état perpétuel qui serait là, ou pas. Elle ne saurait même pas dire, à sa fille qui lui pose alors la question, si elle se sent heureuse, là maintenant. C'est trop compliqué d'apporter une réponse simple.

– Justement, dit Caroline, ça devrait être simple, le bonheur. Mes petits bonheurs, à savourer, à grappiller un peu chaque jour, ça ne te dit pas d'essayer ?

– Comment on s'y met, à tes petits bonheurs ?

– Rien de plus simple. Tu prends un papier et un stylo, tu fais la liste des petites choses simples et accessibles qui te plaisent, et tu essayes d'aller chercher un peu de ces petits bonheurs, chaque jour. En tout cas, quand ils se présentent, tu les savoures d'autant plus que tu sais qu'il est là, le bonheur.

– Partir à New York en vacances, ça n'est pas du bonheur, alors ? demande Valérie.

Caroline sourit. Oui, indéniablement, ces vacances à New York, si elle arrive à les organiser, ce sera du pur bonheur. Mais « les petits bonheurs », c'est autre chose. Une sagesse du quotidien, qu'elle continue d'expliquer à sa mère, qui finit par comprendre, qu'il est en effet question de philosophie.

– Oui, ça me parle un peu. Il y avait quelques séances à ce sujet dans l'application.

– Quelle appli ? Petit Bonheur ?

– Mais non, ce n'est pas Petit Bonheur, c'est Petit Banzaï ! répond Valérie en riant.

– Tu t'en sers encore, de Petit Banzaï ?

– Non. J'ai arrêté assez vite en fait. Je n'ai pas trouvé ça très pratique.

Ma mère, c'est vraiment un poème à elle toute seule, pense Caroline. Définitivement, discuter avec Valérie est bien un vrai petit bonheur !

Désormais disponibles toutes les deux dans l'après-midi, elles vont chercher Maëlys à la sortie de l'école, traînant dans leur sillage les trois bouviers bernois de Valérie et le Jack Russell de Caroline.

Cette belle tribu, par les sentiers entre les vignes, rentre le cœur tranquille et l'âme légère. Que ce soit les trois filles, les quatre chiens ou bien les deux chats qui ne sont jamais très loin, tous profitent du soleil du Gard et du bonheur simple d'être ensemble, de savourer le temps qui passe...

Liste des personnages

Caroline, l'héroïne de ce roman
Maëlys, la fille de Caroline
Haribo, le chien de Caroline
Cahuète & Bounty, les chats de Caroline

Mika, ex-mari et père de Maëlys
Cécile, nouvelle compagne de Mika
Mamicha, mère de Mika et grand-mère de Maëlys

Valérie, mère de Caroline et grand-mère de Maëlys
Philippe, second mari de Valérie et beau-père de Caroline
Nicolas, fils de Valérie et frère de Caroline
Florian, un cousin de Caroline

Adrien, Adel, Sarah, Kévin, les collègues de Caroline

Anaïs, la maîtresse d'école de Maëlys

Kylian, un camarade de classe de Maëlys

Roxane, la meilleure amie de Caroline
Tiphaine, une ancienne amie de Caroline

Franck, Thomas, Malik, John, les prétendants de Caroline
Théo, Nadir, des rencontres de vacances
Cédric, le nouvel amoureux de Caroline

Je remercie Bénédicte Barbier, Agnès Panquiault et Ambre Rouvière pour leur confiance.

Je remercie Emma Guillaume pour son enthousiasme et son travail sur le texte.

Je remercie Annie-Rose Pichonnier et Cécile Sarabia pour leur indéfectible soutien.

Sous la direction de : Ambre Rouvière
Assistante éditoriale : Emma Guillaume
Correction : Nord Compo
Composition : Nord Compo
Conception graphique de la couverture : Nord Compo

Depuis 2009, Prisma Media met en place une politique d'achat éco-responsable. Ainsi, près de 100 % du papier de nos magazines est certifié PEFC (gestion durable des forêts). La fabrication des livres des Éditions Prisma s'inscrit également dans cette démarche.

Dépôt légal : juin 2023 – n° d'impression : 102 336
Achevé d'imprimer en France par : Imprimerie Floch

An letzter Stelle ziehen die Utopier ihre eigenen Bürger zur Kriegführung heran.

Thomas Morus, 1516[1]

Wozu dieses Buch?

Eine Einführung in seinen Zweck und seinen Inhalt, nebst einigen Anmerkungen für den eiligen Leser

Seit Februar 2022 ist ein offener Krieg zwischen Russland und der Ukraine Realität. Er dauert jetzt über zwei Jahre an, und es ist nicht abzusehen, wann er ein Ende haben wird. Indessen: Diesen Krieg zu beenden, und zwar schnell, muss das Bestreben aller sein, die ihren Verstand nicht am Eingang in die Märchenwelt der Propaganda abgegeben haben.

In diesem Buch geht es darum, einen speziellen deutschen Standpunkt zu diesem Krieg zu formulieren. Die Notwendigkeit hierfür folgt aus der Tatsache, dass Deutschland innerhalb kürzester Frist nach dem offenen Ausbruch des Krieges durch beide Kriegsparteien ins Kriegsgeschehen einbezogen worden ist. Das geschah zunächst ohne sein aktives Mittun, was daran gelegen haben mag, dass in Deutschland erst wenige Wochen vor

1 Thomas Morus: *Utopia*, hier aus dem Kapitel: »Vom Kriegswesen«, S. 88–97 (93). Die *Utopia* gilt seit Jahrhunderten und noch heute als die theoretische Grundlage für die Außen- und Militärpolitik der angloamerikanischen Seemächte. Hierzu eingehend: Ritter: *Die Dämonie der Macht*, passim.

Kriegsausbruch eine neue Bundesregierung ins Amt gelangt war. Diese hatte sich bis dahin mit allem Möglichen, vor allem aber der Rettung der Welt vor einer herbeiphantasierten Klimakatastrophe beschäftigt.

Doch bereits Anfang Februar 2022 stellte sich unübersehbar heraus, dass die Koalitionäre der SPD, Grünen und FDP, die auf Bundesebene zusammengefunden hatten, zwar in ihren Weltrettungsideen übereinstimmten, nicht aber in der praktischen Außenpolitik, die nach Lösungen zum Erhalt des Friedens in Europa verlangte. Zur Überraschung der einheimischen und der ausländischen Beobachter der politischen Arena wurde nach zunächst verhaltenem Palaver deutlich, dass es nicht einmal einschlägige politische Konzepte gab. Und schlimmer noch: Es wurde unübersehbar, dass unüberbrückbare Trennlinien durch die Reihen der Akteure liefen. Um es milde auszudrücken, zwischen der Amerikahörigkeit der Grünen und der Russlandaffinität der SPD liegen Welten.[2] Diese Gegensätze durchzogen auch bald die gesamte deutsche Gesellschaft.

Ein untrüglicher Hinweis auf diese Trennlinien in der Gesellschaft war das alsbald ausgebrochene propagandistische Trommelfeuer in den deutschen Medien, die einseitig und meist vollkommen kenntnisfrei für die Belange eines ukrainischen Freiheitskampfes Stellung bezogen.[3] Aus der Schärfe dieser Dauerbeeinflussung folgte fast notwendig, dass aus den Trennungslinien gesellschaftliche Bruchlinien wurden.

2 Vgl. z. B. nach dem Stand von 2021 Seipel: *Putins Macht,* S. 322–324.

3 Eine detaillierte und gut belegte Beschreibung findet sich bei Florian Zollmann: »A war foretold. How Western mainstream new media omitted NATO eastward expansion as a contributing factor to Russia's 2022 invasion of the Ukraine«, https://doi.org/10.1177/17506352231216908.

Die Deutschen haben seit einigen Jahren Erfahrungen mit mutwillig erzeugten gesellschaftlichen Bruchlinien machen müssen. Erinnert sei an die sogenannten Klima- und die mutwillige Corona-Krise, als der sprichwörtliche Herr Jedermann in der Folge von trommelnder Propaganda und, dieser folgend, administrativer Repression gezwungen wurde, sich zu beugen. Und damit nicht genug: Er musste ein Bekenntnis ablegen, wollte er nicht ins gesellschaftliche Abseits geraten.

Es zeigte sich bereits ab dem Monatswechsel von März auf April 2022, dass die Ukraine-Krise mit den selben Instrumentarien gemanagt wurde. Durch einseitige und gleichförmige Informationskaskaden wurden Stimmungen erzeugt, Ängste geschürt, Gegenmeinungen unterdrückt und störende Tatsachen beiseite gelassen. Aufgesattelt wurde strafrechtliches Vorgehen gegen sogenannte Volksverhetzer, Landes- und Hochverräter.

In allen mutwillig erzeugten Krisen der vergangenen Jahre nahm die politische Führung billigend in Kauf, dass sich ihre Entscheidungsprozesse von den Meinungen des Volkes um Meilen entfernten. Im Falle der Ukraine-Krise ist dieses Phänomen besonders deutlich geworden. Ich behaupte, dass die Masse des deutschen Volkes einer Kriegsbeteiligung gegen Russland ablehnend, wenn nicht sogar feindselig gegenübersteht. Diese Ablehnung mag weitgehend gefühlsmäßig begründet sein. Aber es gibt auch handfeste rationale Gründe, sich aus dem Kriegsgeschehen herauszuhalten und ein deutsches Interesse festzustellen, in dem dieses Heraushalten und der Versuch, Frieden zu stiften, zum Ausdruck kommt.

Bei dieser gedanklichen Vorgabe vermag es den Leser kaum zu überraschen, dass es der Zweck dieses Buches ist, ein solches deutsches Interesse möglichst leicht verständlich zu formulieren und zu begründen. Um dies zu verstehen und den Leser mit Argumenten zu bestücken, wird er den Ukraine-Krieg in diesem Buch nach zwei Richtungen beschrieben finden. In einem ersten Teil geht es darum, Tatsachen, die der Entscheidungsfindung dienlich sind, unmissverständlich darzustellen und diese Tatsachen von der überwuchernden Propaganda beider Seiten zu trennen. Zu den zu beschreibenden Tatsachen gehören:

- die Vorgeschichte des Krieges seit der Auflösung der Sowjetunion 1992/93
- die unterschiedlichen und miteinander unvereinbaren Auffassungen der Konfliktparteien
- der Kriegsverlauf und seine propagandistische Begleitung
- die spezielle Involvierung Deutschlands in diesen Konflikt einschließlich der Beziehungen zwischen Deutschland und Russland
- der mögliche Ausgang des Konflikts angesichts unterschiedlicher Interessen der Weltmächte.

Zu den speziellen Auswirkungen des russisch-ukrainischen Krieges auf Deutschland gehört ein Propagandageschehen, das seit Sommer 2022 breiten Raum einnimmt. Es handelt sich um die Behauptung, dass fast alles, was schief läuft im Lande, *wegen dem Putin sein Angriffskrieg*[4] geschieht. Das ist selbstredend eine grobe Lüge, denn die industrielle und landwirtschaftliche Zerstörung

4 Diese grammatisch falsche Formulierung »dem Putin sein Angriffskrieg« habe ich erstmals während einer Diskussion mit Mainstream-Gläubigen benutzt, um diese nachzuäffen und mir selbst ein Ventil für den hochkochenden Ärger zu schaffen. Später habe ich die veralbernde Floskel einfach weiterbenutzt. Sie wurde vielfach aufgegriffen und nachgeahmt.

Deutschlands beruht nicht auf den Handlungen des russischen Herrschers, sondern ist selbstgemacht und die notwendige Folge des bizarren ideologischen Tanzes um das goldene Klimakalb.

Die Abdrängung dieser simplen Wahrheit auf die Ausrede des Fremdverschuldens hat tiefe Spuren im deutschen Selbstverständnis hinterlassen. Sie gipfeln in der Vorstellung, dass die eintretende Verarmung weiter Teile des deutschen Volkes notwendiges Durchgangsstadium zur Bewahrung diffuser westlicher Werte sei, für die halt Opfer gebracht werden müssten. Die Verzerrung der Beurteilung von Ursache und Wirkung geht mittlerweile so weit, dass die mutwillige Zerstörung der gesicherten Rohstoff- und Energieversorgung, ausgelöst durch das Sprengen der Gaspipelines Nord Stream 1 und 2 in der Ostsee durch die Kriegsmacht der USA, verdrängt wird, so als habe sie gar nicht stattgefunden.

Neben dem soeben skizzierten ersten Teil des Buches, der systematisch geordnet ist und innerhalb der Gliederungsthemen soweit wie möglich der Chronologie folgt, gibt es einen zweiten Teil. Dieser zweite Teil ist streng chronologisch geordnet, denn er enthält diejenigen Eintragungen aus meinem öffentlichen Tagebuch (»Das Sudelbuch«), die sich mit dem Ukraine-Konflikt und späteren Ukraine-Krieg sowie der wirtschaftlichen Selbstzerstörung Deutschlands inhaltlich im weitesten Sinne befassen. Diese Eintragungen mögen dazu dienen, dass sich der Leser erinnert, was alles an Nachrichten auf ihn eingestürzt ist, als er versuchte, sich von dem fremden Krieg und der Situation im eigenen Lande ein Bild zu machen.

Dieser zweite Teil meines nicht veränderten Tagebuchs enthält – fast notwendig, möchte ich sagen – einige schiefe Bilder und Fehlschlüsse. Meine Irrtümer erscheinen mir umso eher entschuldbar, wenn man später den Mut aufbringt, sich zu korrigieren. Meine gelegentlichen Fehlschlüsse sind für mich der Ausweis dafür, wie sehr man sich irren kann. Vielleicht ist es dem einen oder anderen Leser ja ähnlich wie mir ergangen.

Zu beiden Teilen des Buches gibt es unterschiedliche Quellen: Während der erste, der systematische Teil, sich auf Tagesmeldungen aus den unterschiedlichsten Medien bezieht und auf einer schier überbordenden Vielzahl von Buchveröffentlichungen beruht, die ich soweit wie möglich in meine eigene Meinungsbildung habe einfließen lassen, beruhen die Tagebuchnotizen des zweiten Teils vor allem auf den Medienveröffentlichungen beider Kriegsparteien sowie deren Echo in der Mainstream-Presse und den sogenannten Alternativen Medien und einer ganzen Reihe von Interviews, die ich mit Beteiligten geführt habe, einschließlich solcher, die mir als Russland- und Ukrainereisende Rede und Antwort standen. Im Gegensatz zu meiner sonstigen Übung beim Schreiben habe ich in diesem speziellen Fall auf die Namensnennung und den Ort meiner Interviews verzichtet. Das Versäumte mag nachgeholt werden, wenn man sich wieder in Ruhe über diese Vorgänge unterhalten kann.

Ich hoffe, dass ich meinen deutschen Landsleuten einen Dienst erweise, indem ich ihnen Tatsachen zur Verfügung stelle, auf dass sie sich selbst ein Bild machen können. Meine eigene Absicht ist es, einen Standpunkt zu formulieren, der es Deutschland auch möglichst bald ermöglicht, als dritte Partei an der Wiederherstellung des Friedens mitzuwirken.

Eine abschließende persönliche Anmerkung sei mir gestattet. Ich habe mir in den letzten zwei Jahren üble Bemerkungen anhören müssen. Deren harmloseste war der Putin-Versteher. Hierzu mag der Hinweis genügen, dass man stets gut daran tun, jemanden zu verstehen – auch wenn er Dinge tut, die einem nicht gerade angenehm oder einleuchtend erscheinen. Den in der NATO verfolgten Ansatz, dem russischen Herrscher mit der künstlichen Intelligenz auf die Schliche zu kommen und ihn so zu bekämpfen, finde ich lächerlich. Der bisherige Kriegsverlauf zeigt deutlich, dass dieser Ansatz gescheitert ist.

Auch was *der Russe* als solcher für einer sei, wird durch mich bestenfalls zurückhaltend beantwortet. In den beiden letzten Kriegen 1914 – 18 und 1939 – 45 hat meine Familie keine guten Erfahrungen mit Russen als Kriegsgegnern gemacht. Die Familiengeschichte mit der beträchtlichen Zahl ihrer Kriegs-Toten und des für immer verlorenen Eigentums im Osten haben mir die Lehre erteilt, dass es in jedem Fall besser war bzw. besser gewesen wäre, mit diesem Nachbar-Volk im Frieden zu leben. Da ich bei meinen Eltern, die das Glück und die Kraft hatten, das Flucht-Desaster des Jahres 1945 zu überleben, und die den Mut aufbrachten, neu anzufangen, nie den Hauch von Revanchegelüsten kennengelernt habe, wüsste ich nicht, was mich veranlassen könnte, von deren Lehren abzuweichen.

Und schließlich: Wir leben seit fast 80 Jahren mit unsern Nachbarn im Frieden. Wir haben keinen Anlass, dies zu ändern, wer immer auch von dem Krieg, in den wir geschickt werden sollen, profitieren mag.

Weimar, im Frühsommer 2024
Helmut Roewer

Erster Teil

Deutschland und der Ukraine-Konflikt –

eine Bilanz nach dem Stand vom Frühsommer 2024

In diesem ersten Teil des Buches geht es um eine systematische Darstellung des Ukrainekonflikts, beginnend mit der Auflösung der Sowjetunion und endend mit dem Abschluss des Manuskripts im Sommer 2024.

Kurze Vorgeschichte

Der im Februar 2022 zwischen der Ukraine und Russland offen ausgebrochene Krieg hat eine lange Vorgeschichte. Ich versage es mir, bis ins Mittelalter zurückzugehen, überspringe auch die Zeiten der allmählichen Besiedlung des riesigen, weitgehend leeren Landes in der beginnenden Neuzeit und den energischen russischen Zugriffen unter der Zarin Katharina der Großen. Interessant für die heutige Situationsbestimmung wird es erst gegen Ende des 19. Jahrhunderts, als zwei feindliche Prinzipien in diesem Teil des zaristischen Großreichs aufeinanderprallen: Zum einen handelt es sich um das fast überall im Zarenreich aufkommende Prinzip der Russifizierung der Randprovinzen und zum andern um den erwachenden, dem Russischen feindlich gesinnten Nationalismus in eben denselben Landstrichen.

Das Erwachen des ukrainischen Nationalismus geht Hand in Hand mit der schriftlichen Fixierung einer ukrainischen Volkssprache einschließlich der dazu gehörigen Grammatik. Zur Besonderheit der Ukraine-Nationalbewegung gehört, dass deren Kern nicht im Zarenreich, sondern in der damaligen Donaumonarchie zu einiger Blüte gelangte. Das Zentrum befand sich an der Universität von Lemberg. Dieses Lemberg (Lwiw, Lwów) lag seit Ende des 18. Jahrhunderts im österreichisch beherrschten Galizien.

Der Erste Weltkrieg (1914 – 18) mischte während seines Verlaufs und in seiner Folge die nationalen Karten auch in dieser Weltgegend neu. Mit deutscher militärischer Hilfe entstand zunächst rund um Kiew 1918 ein sich für selbstständig erklärender ukrainischer Staat, der aber den Abzug der Deutschen zu Kriegsende kaum überdauerte. Die nächsten Jahre versank das Land in dem von den russischen Bolschewiki geführten und schließlich siegreich zu Ende gebrachten Bürgerkrieg sowie dem gleichzeitig erfolgten polnischen Vorstoß von Westen her. Aus Lenins Herrschaftsgebiet entstand die Sowjetunion, als deren Teilstaat die Ukrainische Sozialistische Sowjetrepublik eingegliedert wurde.

Dieser Zustand dauerte im großen Ganzen bis zur Implosion der Sowjetunion 1990 – 92 an. Er wurde nur kurzfristig während des deutsch-sowjetischen Krieges 1941 – 45 unterbrochen. In dieser Zeit ließ die deutsche Wehrmacht einen rudimentär wirksamen ukrainischen, anti-stalinistischen Nationalismus wieder aufleben und sorgte für dessen Bewaffnung. Diese Episode ist insofern in dieser Abhandlung erwähnenswert, weil sich aus eben dieser Zeit nationalsozialistische Symbolik und eine militante antirussische Ideologie erhalten haben. Wenn also Russen heutzutage vom ukrainischen Nazitum sprechen, das es auszurotten gelte, hat die einschlägige Propaganda hier ihre durchaus handfeste Wurzel.

Mit dem Zerfall der Sowjetunion 1990–92 entstand rund um Russland eine Reihe neuer selbstständiger Staaten, die territorial gesehen mit den ehemaligen Sowjetrepubliken identisch waren. Das Hauptmotiv der Flucht aus dem russisch dominierten Sowjetreich war die Hoffnung der Machtelite in den neuen Staaten, auf diese Weise dem sowjetischen Wirtschaftskollaps entgehen zu können.[5]

Beim Austritt der erstmals selbstständig werdenden Ukraine gab es einige Stolpersteine, die den jetzigen Konflikt erst plausibel werden lassen: (1) Das heutige Staatsgebiet verdankte seine Grenzen einigen Federstrichen des seinerzeitigen Nationalitäten-Kommissars Josef Stalin, der keine Rücksicht darauf nahm, welche Nationalitäten er zur Ukrainischen SSR zusammenschusterte. Mehr als die Hälfte der Bewohner dieses Gebietes waren mit Sicherheit keine Ukrainer, sondern ethnische Russen, was dem Georgier Stalin indessen gleichgültig war. (2) Die Industrie- und Bergbaugebiete der Ukraine lagen fast ausschließlich in den von den Russen bewohnten Gebieten östlich der Linie Charkow–Mariupol, dem sogenannten Donbass. Diese Feststellung russischer Dominanz gilt auch für den Süden der Ukraine, in einem breiten Streifen am Asowschen Meer entlang bis zur Krim und weiter bis zur Hafen- und Handelsstadt Odessa. (3) Die Krim geriet erst in den 1950er Jahren unter der Herrschaft von Nikita Chruschtschow ins Territorium der Ukraine, vorher gehörte sie

5 Eine Momentaufnahme aus dem sowjetischen Alltag während des Umbruchs 1990–92 bei Fisher-Ruge: *Überleben in Russland,* passim.

seit mindestens zwei Jahrhunderten zu Russland.[6] Sie war mit ihrem Kriegshafen Sewastopol unverzichtbarer Bestandteil der russischen Schwarzmeerpolitik. Diese langfristige Politik im Blick, und, dieser dienend, zur Rettung der sowjetischen Schwarzmeerflotte unter russischem Kommando pachtete Russland beim neuen Staat Ukraine den Kriegshafen von Sewastopol. (4) Der russischen Führung der frühen 1990er Jahre gelang es zudem, bei allem im Land vorherrschenden Chaos, die Atom-Streitkräfte der Roten Armee in die eigene Hand zu überführen, so dass nur das heutige Russland und nicht die anderen ehemaligen Teilstaaten der Sowjetunion Atommacht sind.

Die neue Rolle von USA und NATO ab dem Beginn der 1990er Jahre

Mit dem Zerfall der Sowjetunion und der daraus folgenden Auflösung des Militärblocks des Warschauer Pakts, hatte sich Anfang der 1990er Jahre der Zweck der NATO als ein Verteidigungsbündnis gegen den kommunistisch beherrschten Teil der Welt erledigt.

Es war, wie man sagte, das Ende der Bi-Polarität. Doch entgegen aller großartigen Prognosen, war damit weder das Ende der Geschichte[7], geschweige denn das Ende der kriegerischen Konflikte erreicht. Das lag nicht zum wenigsten daran, dass das Selbstverständnis der US-Amerikaner über ihre Rolle in der Welt sich

6 Vgl. die Zeittafel bei Melvin: *Sevastopols's Wars,* S. 636 f.

7 So expressis verbis 1992 der US-Politologe Francis Fukuyama in seinem gefeierten Bestseller: *The End of History and the Last Man.* Kritisch hierzu Guérot/Ritz: *Endspiel,* S. 41 f.

änderte. Aus der Führungsmacht des Westens wurde die *Einzige Weltmacht*.[8] Diese sah sich befugt, an beliebigen Stellen der Welt ihre Interessen mit Kriegen durchzusetzen.[9]

Mit Bezug auf Russland hatte diese amerikanische Selbsteinschätzung gravierende Folgen: Entgegen den Absprachen mit der Sowjetunion, die im Jahre 1990 zur deutschen Einheit führten und unter anderem den Abzug der Roten Armee aus der Ex-DDR zum Gegenstand hatten, machten die Amerikaner an der Oder und Neiße als östlicher Grenze nicht halt, sondern inkorporierten in zwei Wellen zum Jahrhundertwechsel die ehemaligen Staaten des Warschauer Pakts und die abgespaltenen baltischen Republiken in die NATO.[10] Dies gelang umso einfacher, weil die betroffenen Länder mit fliegenden Fahnen in das Westbündnis übergingen. Russische diplomatische Interventionen, dass dies weder dem Vereinbarten noch den russischen Sicherheitsinteressen entspräche, blieben fruchtlos.

Dieses Vorgehen mit dem offensichtlichen Ziel, Russland einzuschnüren, war nur möglich, weil sich das erheblich verkleinerte Land im Zustand inneren Zerfalls befand. Die misslungene Auflösung des Volkseigentums zugunsten einer fragwürdigen Privatisierung beschleunigte die Verelendung der Massen und das Aufkommen einer Kaste von Oligarchen, von denen etliche durch

8 Der Begriff stammt vermutlich vom polnisch-stämmigen US-Politologen Zbigniew Brzeziński, vgl. ders.: *Die einzige Weltmacht*, passim.

9 Eine besonders kritische Sicht auf diesen amerikanischen Strategiewandel zur Jahrhundertwende findet sich bei Pilger: *The New Rulers of the World*, passim.

10 Siehe hierzu z. B. Vortrag der ehemaligen Osteuropa-Korrespondentin Cornelia Krone-Schmalz vom ? [o. Dat., ca. März 2024 oder vorher], https://www.instagram.com/reel/C4dkF_uNBwo/?igsh=MzhhZGQzbmcwYW4x.

ihre westlichen Pendants gesteuert wurden.[11] Am Ende der 1990er Jahre war der Ausverkauf der russischen Volkswirtschaft in vollem Gange.

Zum Jahreswechsel 1999 auf 2000 wurde dieser Vorgang abrupt gestoppt. Dass dies aus russischer Sicht gelang, lag an der Machtübernahme des Wladimir Putin, der das Präsidentenamt durch einen Verfassungstrick vom desolaten Boris Jelzin geerbt hatte.[12] Für die im Hintergrund wirkenden US-Oligarchen war dieser Machtwechsel ein herber Schock. Wie sehr sie sich enttäuscht und gekränkt sahen, lässt sich an den vom US-Kongress ab 2002 erneut beginnenden Russlandsanktionen ablesen.[13] Nebenbei bemerkt: In jenem Jahr konnte noch gar keine Rede von einem russischen Angriff auf die Ukraine sein.

Es zeigte sich dann in den auf Putins Machtübernahme folgenden Jahren unmissverständlich, dass das Ziel der Sanktionen, das Tor nach Russland für unkontrollierte Investitionen und Übernahmen wieder aufzubrechen, scheiterte. In den USA wurde folglich erwogen, die Auseinandersetzung mit Gewalt zu suchen. Zur psychologischen Vorbereitung erklärte US-Präsident Obama (Amtszeit 2009 – 17) den russischen Staat zur Regionalmacht, bzw. sogar zur regionalen Mittelmacht.

Wie diese Brüskierung auf die oft und gern zitierte russische Seele wirkte, kann man bestenfalls vermuten. Ich nehme an, dass auf diese Weise nicht zum Wenigsten der russische politische Wille, als Welt- und Militärmacht wieder eine bedeutende Rolle

11 Zum Verfall der russischen Volkswirtschaft z. B. Ruge: *Weites Land,* S. 363 – 393.

12 Zum Machtwechsel vgl. Wagensohn: *Russland,* S. 175 – 184.

13 Russian Democracy Act von 2002, zu den Einzelheiten und Nachweisen bei Roewer: *Unterwegs,* Bd. 3, S. 282 f.

zu spielen, angereizt worden ist. Interventionen im eigenen Vorhof sowie im Nahen Osten sollten diesen Willen alsbald für jedermann sichtbar unter Beweis stellen.

In der Ukraine liefen die Dinge anders, nachdem dort allerdings zu Beginn der Staatentrennung die selben Vorgänge der Desorganisation wie in Russland zu beobachten waren. Das bedeutet, es wurde das Volksvermögen an einige Wenige verscherbelt. Korruption und fremde Einflüsse bestimmten von Anbeginn an das Leben. Jedoch fand in der Ukraine im Gegensatz zu Russland zu Beginn des 21. Jahrhunderts keine Machtkonzentration unter einer drastisch ordnenden Hand statt.

Eine Ende 2004 durch die USA inszenierte *Orangene Revolution* machte die Verhältnisse nur noch schlimmer.[14] Das Land versank im Chaos und im Ausverkauf alles Wertvollen an US-Investoren, die beispielsweise riesige Landstriche in ihren Privatbesitz überführten.[15] Und als ob das noch nicht genug sei, wiederholten die amerikanischen Eindringlinge zum Jahreswechsel 2013 auf 2014 ihren Staatsstreich, diesmal gegen einen gewählten Präsidenten, der ihnen zu russlandfreundlich erschien. Diesmal jedoch sollten die US-Putschisten Folgen auslösen, an die wohl niemand ernsthaft gedacht hatte, nämlich den bewaffneten Konflikt mit Russland. Dazu gleich mehr.

Diese Entwicklung gilt es im Auge zu behalten. Sie erklärt, warum den USA und seinen dort Mächtigen heute daran gelegen

---

14 Einen journalistischen Einblick in die Ereignisse gibt der in Deutschland vielfach angefeindete Peter Scholl-Latour, vgl. ders.: *Russland im Zangengriff*, S. 384 – 417. Eine andere Sicht, nämlich die der demokratischen Hoffnung, vermittelt Wolfgang Templin: *Farbenspiele*, passim, der die Ukraine als Gegensatz zur russischen Entwicklung darstellt

15 Vgl. z. B. Tagebuch-Eintragung vom 27. 7. 2022.

sein muss, dass in der Ukraine keine nach russischem Muster geordneten Verhältnisse entstehen. Dies ist auch letztlich der Grund, warum die USA Unsummen in den Krieg gegen Russland hineinstecken. Es geht um amerikanische Privatinteressen, die auf der Kippe stehen.

Noch im März 2024 brachten die sogenannten Demokraten im Kongress in Washington D. C. nahezu ungeschminkt zum Ausdruck, worum es ihnen geht, nämlich um den aus ihrer Sicht zwingend notwendigen wirtschaftlichen Erfolg ihrer reichen Männer: Sie könnten es nicht zulassen, dass Putin in der Ukraine gewinne, denn dann wäre die Wahrscheinlichkeit groß, dass Amerika mit Soldaten eingreifen müsse.[16] Das ist zwar logisch nicht eben stringent, aber man versteht, was gemeint ist.

Du hast angefangen, nein du – die unvereinbaren Standpunkte

Es mag verwundern, mit welcher Verbissenheit die Parteien im Ukraine-Krieg fechten. Der Grund hierfür ist, dass unvereinbare Standpunkte aufeinandergetroffen sind. Für die Russen ist die Sache vergleichsweise einfach: Die Ukraine gehört zu Russland, so sagen sie. Soweit Russen im Lande betroffen sind – das sind ziemlich viele –, macht es keine Mühe, diesen Standpunkt zu verstehen.[17]

16 Der Minderheitsführer der Demokraten im US-Repräsentantenhaus, Hakeem Jeffries, am 13. 3. 2024 bei CBS News, hier wörtlich zit. nach RT-Deutsch vom 6. 5. 2014, N.N.: »Den Krieg zu Ende bringen.«

17 Eine weitaus differenziertere russische Sicht der Dinge findet sich z. B. in der Ansprache des russischen Außenministers Sergej Lawrow am 12. 4. 2024 am Runden Tisch

Bei den Ukrainern selbst macht es Mühe, deren Besitzanspruch, der sich auf die Grenzziehung der frühesten Sowjetunion durch den Nationalitäten-Kommissar Stalin beruft, nachzuvollziehen. Das Unverständnis gilt jedoch nicht für den westlich des Djnestr aufgetretenen Nationalismus. Er wurde in den letzten 100 Jahren durch polnische und russische Unterdrückung angestachelt. Allerdings ist zu beachten: Je mehr man nach Westen gelangt, desto weniger hat dieser ukrainische Nationalismus mit den Russen als Gegnern, sondern mit den Polen zu tun. Es wird daher, das sei am Rande bemerkt, bedeutende Schwierigkeiten geben, wenn man in naher Zukunft versuchen sollte, die Grenzen neu zu ziehen.[18]

Und schließlich der US-amerikanische Standpunkt.[19] Es wurde bereits angedeutet, dass dieser auf der geänderten und nach der Wende in der Sowjetunion eingeführten Einzige-Weltmacht-Doktrin beruht. Diese Doktrin hat die Vorstellung entwickelt, dass die USA als einzige Weltmacht zur Landnahme schreiten können,

---

der Botschaften zur Lage in der Ukraine, in welcher er auf die Vorgeschichte des Kriegsausbruchs eingeht und – aus seiner Sicht – zu den Fehlinterpretationen des Völkerrechts durch den Westen Stellung bezieht. Im Wortlaut und der deutschen Übersetzung wiedergegeben: https://uncutnews.ch/rede-des-aussenministers-der-russischen-foederation-sergej-lawrow-am-runden-tisch-der-botschaften-zur-regelung-der-lage-um-die-ukraine/.

18 Es wundert nicht, dass russische Propagandabemühungen an der polnischen expansionistischen Haltung ansetzen, vgl. z. B. Interview mit dem Direktor des russischen Auslandsdienstes SWR, Sergej Naryschkin, Auslandsgeheimdienst: Revision der polnischen Grenzen wegen der Ukraine-Krise immer akuter, RT Deutsch vom 25. 4. 2023 [Kopie im Arch. d. Verf.].

19 Eine detaillierte und gut belegte Beschreibung der Rolle der US-amerikanischen, britischen und deutschen Medien bei der Verzerrung von Sachverhalten zu Gunsten US-geführter Aggressionen findet sich bei Florian Zollmann: »A war foretold. How Western mainstream new media omitted NATO eastward expansion as a contributing factor to Russia's 2022 invasion of the Ukraine«, https://doi.org/10.1177/17506352231216908.

wenn das ihren strategischen Vorstellungen entspricht. Es liegt auf der Hand, dass den Russen dieser Standpunkt nicht gefällt. Das von russischer Seite mehrfach angekündigte Vorgehen hiergegen ist im Februar 2022 Wirklichkeit geworden. Westliche Experten hatten vertreten, dass die Russen bloß bluffen. Diese Ansicht hat sich als folgenschwerer Irrtum erwiesen.

Ein weiterer Grund für die Rücksichtslosigkeit der Auseinandersetzung ist, dass das Land über wertvolle Bodenschätze[20] und unermesslich reiche Ackerflächen verfügt, von denen große Teile fest in der Hand westlicher Eigentümer sind. Wegen der engen Verzahnung von Kommerz und Militärpolitik in den USA kann nicht davon ausgegangen werden, dass die USA ihren Reichtum dortzulande freiwillig aufgeben werden. Aus deutscher Sicht ist in diesem Zusammenhang zu berücksichtigen, dass beispielsweise der Pflanzengift-Konzern Monsanto zu diesen Großgrundbesitzern zählt. Die Firma gehört seit einigen Jahren der Bayer AG, und diese befindet sich wenigstens nominal in deutscher Hand. Auch das wäre einzukalkulieren, wenn man sich fragt, woher plötzlich die deutsche Liebe zur Ukraine stammt.

20 Nach Egon W. Kreutzer sind es die Uran-Lager der Ukraine (derzeit auf 41 000 Tonnen geschätzt), die den Kern der Auseinandersetzung zwischen den USA und Russland bilden, vgl. ders.: *Links abgebogen,* S. 58 f.

Der Beginn der Gewalt, die Krim-Besetzung und der Krieg im Donbass

Vor ziemlich genau zehn Jahren begann das Blutvergießen in der Ukraine. Es wurde von den hieran Beteiligten ganz unterschiedlich bezeichnet, ebenso von den Interessenten, die aus aller Welt zusahen oder sich aktiv einmischten. Am Anfang stand 2014 ein Umsturz in Kiew, dessen Initiatoren – wie wir aus dem von den Russen abgehörten und später veröffentlichten Telefonverkehr zwischen Washington D.C. und Kiew wissen – im US State Department saßen. Die Namen der Beteiligten wurden auf diese Weise auch bekannt: An deren Spitze die Leiterin der Europa-Abteilung im State Departement, Victoria Nuland.[21] Von ihr wissen wir heute, dass sie während der Trump-Jahre pausieren musste, um dann im Januar 2021 erneut in Aktion treten zu können, befördert zur Vertreterin des US-Außenministers.

Der Weg der Victoria Nuland ist für unser Thema von Bedeutung, weil manch ein Amerika-Beobachter sie für diejenige Person hält, deren Handeln auf geradem Wege in den Ukraine-Krieg führte.[22] Einige betonen zudem, dass sie als Ehefrau des Chefdenkers der Neocons, Robert Kagan, dessen Sprachrohr in die US-amerikanische Außenpolitik gewesen sei. Von diesen Neocons

---

21 Vgl. N.N.: »US official apologises to EU Counterparts for undiplomatic language«, The Guardian vom 7.2.2014, https://www.theguardian.com/world/2014/feb/06/us-ukraine-russia-eu-victoria-nuland. Andererseits zum Lob für Nulands ruppiges Auftreten gegenüber den Russen und den verbündeten Europäern: John Hudson: »The Undiplomatic Diplomat. Russia Hawks in Washington love Victoria Nuland«, Politico vom 18.6.2015, https://foreignpolicy.com/2015/06/18/the-undiplomatic-diplomat/.

22 Vgl. Tagebuch-Einträge vom 30.9.2022 und 9.2.2023.

sollte man wissen, dass sie eine überparteiliche Denkschule bilden. Sie sind der Auffassung, dass es das gute Recht der USA sei, zur Durchsetzung eigener Interessen Kriege zu führen – mit anderen Worten: sie, die Neocons, gerieren sich als Propaganda-Arm des amerikanischen militärisch-industriellen Komplexes.

Noch einmal Nuland: Ihr Wiederauftauchen in der Spitze der US-Administration ließ keinen Zweifel aufkommen, dass Biden & Co unverzüglich militärisch gewaltsame Lösungen anstreben würden. So geschah es auch, wie wir sogleich sehen werden. Dass Nuland dennoch im Frühjahr 2024 von ihrem Posten weichen musste, sieht nach der Bestrafung eines Sündenbocks aus, denn der vielfach mit großem Propaganda-Pomp angekündigte militärische Sieg der Ukraine blieb aus.[23]

Doch zurück zu dem von Nuland inszenierten Umsturz in Kiew zu Jahresbeginn 2014: Er führte zur gewaltsamen Absetzung des gewählten Präsidenten Wiktor Janukowitsch und zur Installation des den Amerikanern genehmeren Petro Poroschenko.[24] Dieser kündigte umgehend das nahe Ende des Pachtvertrages mit Russland über den Marinestützpunkt von deren Schwarzmeerflotte in Sewastopol, auf der Halbinsel Krim gelegen, an. Die russische Reaktion erfolgte eher nach Tagen denn nach Wochen durch die militärische Besetzung der Krim, das Abhalten eines Referendums über die Zugehörigkeit der Krim zu Russland und deren förmliche Eingliederung ins russische Staatsgebiet.

Mit kurzer zeitlicher Verzögerung bahnte sich im Donbass, so heißt das östliche Staatsgebiet der Ukraine, eine ähnlich gelagerte

---

23 Vgl. Tagebuch-Einträge vom 25. 2. 2024 und 9. 3. 2014.

24 Der Putsch in Kiew zum Jahreswechsel 2013/14 wird in der offiziellen ukrainischen Diktion als »Revolution der Würde« bezeichnet, vgl. Plokhy: *Der Angriff*.

Abspaltung an, indem dort zwei unabhängige Republiken ausgerufen wurden, die von Lugansk und Donjezk. Die neue Führung in Kiew ging mit Waffengewalt gegen die Abspaltungsbewegung vor, die zumindest verdeckt von der russischen Führung unterstützt wurde. Während der Krim-Besitz bevorzugt seestrategische Bedeutung hat, ging es beim Donbass vor allem um wirtschaftspolitische Erwägungen, weil hier der Schwerpunkt der ukrainischen Schwerindustrie lag und liegt.

Während der Eskalationsphase der gewaltsamen Auseinandersetzungen um den Donbass schalteten sich Spitzenpolitiker von EU-Mitgliedsländern ein, namentlich der französische Staatspräsident Hollande und die deutsche Kanzlerin Merkel. Unter deren Vermittlung wurden 2015 zwischen den Beteiligten zwei Streitschlichtungsabkommen abgeschlossen, die nach dem Verhandlungsort als Minsk I und Minsk II bezeichnet wurden.

Die friedensstiftende Wirkung dieser Abkommen hielt nicht lange. Spätestens 2018 gingen die gewaltsamen Auseinandersetzungen weiter. Sie wurden dadurch angeheizt, dass die ukrainische Führung das Russische als Behörden- und Schulsprache verbot. Gegen die deswegen offen aufrührerische Bevölkerung im Donbass ging die ukrainische Regierung mit militärischen Mitteln vor.

Seit einem knappen Jahr (2023) wissen wir über das angeblich friedensstiftende Eingreifen von Frankreich und Deutschland aus den Mündern von deren damaligen Führern Hollande und Merkel, dass die Abkommen von Minsk nicht in der behaupteten friedensstiftenden Absicht initiiert wurden, sondern um den Machthabern in Kiew Zeit zu verschaffen, gegen die sich abspaltenden Republiken im Donbass militärisch aufzurüsten. Die Lage war in Berlin und Paris nämlich so eingeschätzt worden, dass die

Sezession in den späten Zehner Jahren sonst nicht mehr zu verhindern gewesen sei.[25]

Der Sprachenstreit und die kulturelle Spaltung der Ukraine

Um den Sprachenstreit richtig einzuordnen, sollte man berücksichtigen, dass beträchtliche Teile der auf dem Staatsgebiet der Ukraine lebenden Bevölkerung das Russische als Muttersprache benutzen, so dass die Folgerung zulässig erscheint, dass diese Männer und Frauen sich als Russen fühlen. Ohne diese Grundannahme ist die Tatsache des bewaffneten Widerstands im Donbass kaum zu erklären. Vor allem ist der wohlfeile Hinweis, dass Putin die Leute aufwiegele, etwas kurzatmig, denn selbst wenn es so wäre, so bleibt doch die unverrückbare Tatsache, dass die Aufzuwiegelnden hierzu bereit sein müssen. Das ist offensichtlich der Fall.

Einen Fingerzeig, um welche Gebiete es hier geht, zeigt eine Erhebung aus den Nuller Jahren, die in der *Zeitschrift für Ostpolitik* im Jahre 2010 veröffentlicht wurde.[26] Ich nehme an, dass diese Karte einigermaßen realistisch ist, da sie zu einer Zeit erstellt wurde, als von deutscher Seite noch nicht für die ukrainisch-nationalistische Führung Partei ergriffen worden war.

25 Interview von Zeit-online mit Angela Merkel am 7.12.2022, »Hatten Sie geglaubt, ich komme mit Pferdeschwanz?«, https://www.zeit.de/2022/51/angela-merkel-russland-fluechtlingskrise-bundeskanzler.

26 Osteuropa 2-4/2010; die Karte wurde in den Zehner Jahren durch die BzB über deren Website verbreitet, ich habe sie als Kopie von dort übernommen.

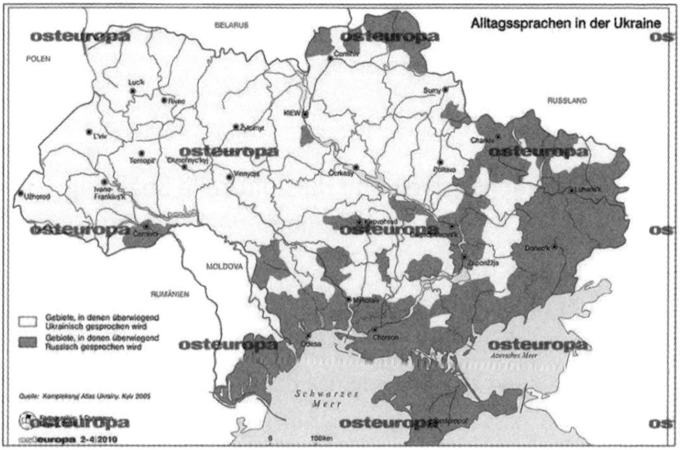

Allerdings schält sich bei genauerer Betrachtung der Sprachenkarte heraus, dass diese vermutlich insofern irreführend ist, als sie suggeriert, dass die Ukraine dort, wo das Ukrainische als Umgangssprache dominiert, ein einheitlicher Block des Anti-Russischen zu Hause ist. Diese Annahme ist höchstwahrscheinlich unzutreffend. Für das Gegenteil werden zwei Argumente ins Feld geführt:

a) Das Ukrainische bestehe aus mindestens zwei einander in den Wortstämmen unterschiedlichen Varianten, die eine Spielart sei mehr dem Russischen ähnlich, die andere dem Polnischen. Die dem Russischen ähnliche Variante werde in der Mitte, die dem Polnischen ähnliche im Westen des Landes gesprochen. Nur dort sei ein seit über hundert Jahren bestehender ausgeprägter Russenhass festzustellen. Ich kann mangels einschlägiger Sprachkenntnisse nicht beurteilen, ob diese sprachanalytischen Annahmen stimmen.

b) Das ukrainisch-sprachige Gebiet sei zudem kulturell zweigeteilt, was sich auch an den unterschiedlichen religiösen Bekenntnissen ablesen lasse, der russischen Orthodoxie und dem römischen Katholizismus. Legt man solche Maßstäbe zugrunde, landet man unversehens bei den alten Grenzen zwischen dem zaristischen Russland und der Donaumonarchie wie sie vor dem Ersten Weltkrieg bestanden. Diese Grenze lag westlich des Dnjepr, zwischen diesem und dem Dnjestr. Jene vergangene Staatsgrenze ist mit der derzeitigen Frontlinie der Konfliktparteien nicht identisch, denn diese liegt östlich des Dnjepr.

Unmittelbare Vorgeschichte des russischen Angriffs und dessen erste Phase sowie der missglückte Waffenstillstand

Am 24. Februar 2023 hat Russland die Ukraine überfallen. So tönten die West-Medien noch am selben Tag unisono.[27] An der Richtigkeit der Aussage in dieser Schlichtheit sind Zweifel angebracht:

a) Dass Russland für diese militärische Attacke aus seiner Sicht gute Gründe hatte, wurde ebensowenig erwähnt,[28] wie

b) dass in den Führungszentren der USA bekannt war, was da passieren würde.

---

27 Den Auftakt machte die *New York Times* mit »No Justification for a Brazen Invasion« vom 24.2.2022.

28 Eine rare Ausnahme war der US-Politologe John Mearsheimer, der bereits 2014 auf die geradezu notwendigen Folgen des amerikanischen Eingreifens ebenso zutreffend wie erfolglos hingewiesen hatte (»Why the Ukraine Crisis is the West's Fault«, *Foreign Affairs* 5/2014, S. 77-89). Er wiederholte diese Hinweise 2022 nach dem Beginn der vorhergesagten russischen Invasion (»The Causes and Consequeces of the Ukraine Crisis«, *The National Interests* vom 23.6.2022).

Zu a): Durch die von der NATO vorangetriebene Aufrüstung des Regimes in Kiew wurde dieses in die Lage versetzt, mit militärischer Gewalt gegen die Abtrünnigen im Donbass vorzugehen. Diese Angriffe erreichten 2020/21 einen bemerkbaren Höhepunkt, der unter der Zivilbevölkerung im Donbass Tausenden das Leben kostete. Warnungen der russischen Führung, dass man dieses Vorgehen gegen die in der Ostukraine wohnenden ethnischen Russen nicht hinnehmen werde, wurden in den Wind geschlagen und in den Westmedien als russische Propaganda abqualifiziert. Dies galt auch für die zur Jahreswende 2021/22 stattfindenden russischen Militärmanöver in der Nähe der russisch-ukrainischen Staatsgrenze.

Zu b): Auf Seiten der US-amerikanischen Führung war laut später in die Öffentlichkeit lancierten Meldungen der US-Dienste wohlbekannt, dass den russischen Drohungen alsbald Taten folgen würden. Hierauf nicht reagiert und der ukrainische Führung bei ihrem gewalttätigen Tun nicht in den Arm gefallen zu sein, legt den Verdacht nahe, dass ein Pearl-Harbor-Effekt erzielt werden sollte, also eine öffentliche Empörung über den unerwarteten Überfall durch einen rücksichtslosen Aggressor. Dieser Effekt trat unverzüglich ein.

Wochen später straften Aussagen aus den US-Diensten die Überfall-Legende Lügen. Die Meldungen insbesondere des militärischen Dienstes DIA ließen erkennen, dass die US-Dienste sich nicht als blinde Idioten öffentlich vorführen lassen wollten. Ich kann nicht beurteilen, ob die Dienste-Meldungen zutrafen, insbesondere jene, dass man genügend viele zuverlässig aus der russischen Führung berichtende Quellen gehabt habe, um die Lage genau einschätzen zu können, oder ob es sich hier um Zwecklügen handelte, um nicht als Sündenbock für die Ereignisse dazustehen, die kurz drauf stattfanden. Wie dem auch sei, auf jeden Fall blieben diese Einlassungen auf die von Anbeginn an gepflegte Überfall-Propaganda ohne jede Einwirkung.

Das russische Eindringen in die Ukraine erfolgte in drei unterscheidbaren Schwerpunkten: Das Vorrücken einer von Norden, auf Kiew zusteuernden Kolonne, der Zusammenstoß mit den im Donbass versammelten ukrainischen Hauptkräften in der Mitte und das Vorrücken im Süden entlang des Asowschen Meeres Richtung Cherson. Die nördliche Marschkolonne zog sich im März 2022 aus dem Weichbild von Kiew wieder zurück.[29] Hiermit hängen zwei für diesen Krieg bedeutsame Ereignisse zusammen, die erst allmählich in ihrer Bedeutung offenbar wurden: die Ereignisse von Butscha und die geplatzten Waffenstillstandsverhandlungen.

Kriegsgräuel-Propaganda von Butscha und der geplatzte Waffenstillstand

Man erinnere sich: Der Rückzug russischer Truppen nördlich von Kiew Ende März/Anfang April 2022 wurde in der Westpresse mit zwei Schwerpunkten begleitet: einem strahlenden ukrainischen Sieg über den russischen Angreifer und dem Begehen schrecklicher Kriegsgreuel in dem Ort Butscha durch die zurückflutenden

29 Nach Auffassung von Walter Post diente das russische Vordringen mit relativ schwachen Kräften in erster Linie dazu, die Führung der Ukraine an den Verhandlungstisch zu zwingen, wie es dann auch tatsächlich im März 2022 geschah, vgl. ders.: *Die russische Winteroffensive*, S. 1 f.

russischen Truppen. Einschlägige Leichen-Bilder rasten um die Welt.

Die Kombination beider Meldungen kann gar nicht überschätzt werden. Sie sollten zeigen (und sie taten es auch), dass die Russen schlagbar sind und Schweine zudem. Die noch zögernden Staaten des Wertewestens warfen ihre Zweifel ab und reihten sich in die Phalanx der US-geführten Ukraine-Unterstützer ein. Es entstand das Polit-Schlagwort des Ramstein-Formats. Dieses verdankt seinen Namen dem Umstand, dass der US-Verteidigungsminister seine NATO-Kollegen zu Geber-Konferenzen auf den US-Stützpunkt Ramstein einlud. Manche sagen auch: einbestellte. Dass dieses Geschehen aus eigener amerikanischer Machtvollkommenheit sich in Deutschland zutrug, störte offenbar niemanden, zumindest habe ich von deutschen Einsprüchen nichts gehört.

So und nur so wurde der uns heute bekannte Ukraine-Krieg ins Laufen gebracht. Wir betonen, dass die Kiew- und Butscha-Meldungen die auslösende Rolle spielten. Doch beide waren falsch. Mit Butscha zu beginnen: Wir finden hier eine ebenso ruppige wie erfolgreiche Propaganda-Lüge vor. Die Toten von Butscha hat es entweder gar nicht gegeben oder, wo doch, waren es mit hoher Wahrscheinlichkeit sogenannte Kollaborateure, die kurzerhand von den vorrückenden ukrainischen Sicherheitskräften ermordet wurden. Einschlägige Erkenntnisse verdanke ich dem Duo Dirk Pohlmann und Markus Fiedler, die ihre Recherchen auf dem Kanal »Neues aus Wikihausen« veröffentlicht haben.[30] Hieraus ergibt sich, dass es für die Gräuelszenen letztlich nur eine einzige

30 Nr. 70, https://datenarche.de/db/media/wikihausen-serie-n70-wikipedia-und-das-informations-massaker-von-butscha/; siehe auch Tagebuch-Eintrag vom 1. 6. 2022.

Quelle gibt, eine britische Firma namens Bellingcat, der wir die Weltnachricht von Butscha verdanken.

Wie schon angedeutet, ist das Problem zweigliedrig. Das Sieges- und das Empörungsgeschrei, sollte neben dem Mobilisierungseffekt für die Unterdrückung einer anderen Nachricht sorgen – und tat dies auch. Es handelt sich um die gegen Ende März 2022 durch Vermittlung der Türkei begonnenen und abgeschlossenen Waffenstillstandsverhandlungen zwischen Moskau und Kiew, die von beiden bevollmächtigten Unterhändlern bereits unterzeichnet waren, welche unter anderem den russischen Rückzug aus der Region von Kiew zum Inhalt hatten.

Um es klar zu sagen: Der Krieg wäre mit dem Einhalten dieser Vereinbarung zu Ende gewesen. Ist er aber nicht, weil eigens, um dies zu verhüten, der britische Premier Boris Johnson nach Kiew eilte, der dem ukrainischen Führer für den Rückzug vom Rückzug offenbar goldene Berge versprach.[31] Dieses kriegstreiberische Tun galt es vor der westlichen Öffentlichkeit abzuschirmen, daher die Meldungen aus Butscha. Sie waren, wie schon erwähnt, falsch und von Erfolg gekrönt.

Wenn etwas an diesem Vorgang verwundert, so ist es das Verhalten der russischen Führung, der offenbar nichts Adäquates einfiel, um zum propagandistischen Gegenschlag auszuholen. Immerhin bleibt zu erwähnen, dass Putin über ein Jahr später auf einer Konferenz in Moskau seinen afrikanischen Amtskollegen die einschlägigen Dokumente vorlegte und diese kommentierte.[32]

31 Bruno Bandulet hat es so ausgedrückt, dass Johnson Kiew mit dem Entzug aller westlichen Hilfe gedroht habe, ders.: »Kiew und das eigentliche Problem. Geopolitik und die Lehren der Geschichte«, *eigentümlich frei* Nr. 230 vom März 2023, S. 8 – 10 [Kopie im Arch. d. Verf.].

32 Vgl. Tagebuch-Eintragung vom 7. 8. 2023.

Die Öffentlichkeit musste noch etwas länger warten, bis der russische Chef-Unterhändler Wladimir Mendinskij im Fernsehen den Vorgang ausführlich beschreiben konnte. Da allerdings war der westliche Propaganda-Zug lange abgefahren.

Russische Operationen und die Entstehung des Frontbogens

Der anfänglich festzustellende russische Bewegungskrieg war nach dem russischen Rückzug nördlich von Kiew und einem zweiten beiderseits von Charkow zurück nach Osten bald zu Ende. Die Fronten verhärteten sich, was in den Oblasten von Lugansk und Donjezk kaum verwundern konnte, denn hier trafen die russischen Truppen bei der Verwirklichung des Kriegsziels, diese beiden Provinzen von der Ukraine zu lösen, mit dem Gros der ukrainischen Streitkräfte aufeinander. Letztere hatten die Jahre zuvor sogenannte Polizeiaufgaben gegen eine aufständische Bevölkerung zu erledigen gehabt. Jetzt standen sie richtigem Militär gegenüber.

Es zeigte sich bereits im März und April 2022, dass es die Russen bei der Besetzung der beiden bekannten Oblaste von Lugansk und Donjezk nicht beließen, sondern sie stießen weiter südlich in breiter Front entlang des Ufers vom Asowschen Meer nach Westen Richtung der Stadt Cherson am Unterlauf des Dnjepr vor. Die Stadt wurde nach Überschreiten des Flusses im Mai 2022 eingenommen.

Im Rücken dieses besetzten Südstreifens blieb die am Asowschen Meer gelegene Stahlstadt Mariupol in ukrainischer Hand. Sie wurde mit großem propagandistischen Aufwand zum

Freiheitssymbol aufgebaut, hielt aber letztlich der Einschnürung und dem Dauerbeschuss der russischen Artillerie nicht stand. Zum Sturm auf die festungsartig ausgebauten Industrieanlagen waren Legionärstruppen aus Tschetschenien angetreten. Die überlebenden Verteidiger von Mariupol ergaben sich diesen schließlich auf Gedeih und Verderb.[33]

Die russische politische Initiative zur Einverleibung des Donbass

Im September 2022 ließ die russische Führung nach entsprechender Ankündigung Volksabstimmungen in vier bis dahin ukrainischen Oblasten durchführen und zwar in Donjezk und Lugansk sowie Saporoshje und Cherson. Diese unterschieden sich insofern, als es in den beiden erstgenannten – den beiden sogenannten Rebellen-Provinzen – um die Angliederung der bislang aus russischer Sicht selbstständigen Republiken an Russland und bei den beiden anderen um die unmittelbare übergangslose Angliederung ukrainischer Verwaltungsbezirke an Russland ging. Alle vier Abstimmungen führten nach dem offiziell mitgeteilten Ergebnis zu einer hohen Zustimmung für den Anschluss an Russland. Dieses Ergebnis wurde vom russischen Zentralparlament, der Duma, alsbald mit einem Angliederungsgesetz bestätigt.

An diesem Vorgang fiel auf (und tut es noch immer), dass die Abstimmungsgebiete mit den Frontlinien nicht identisch waren. Mit anderen Worten: es befanden sich noch Teile aller vier Oblaste in ukrainischer militärischer Hand. Russische

33 Siehe Tagebuch-Eintragungen vom 12., 20. und 22. 4. 2022.

Offensivbemühungen der folgenden Wochen waren darauf gerichtet, vor allem die noch nicht vollständig besetzten Oblaste Donjezk und Lugansk unter militärische Kontrolle zu bringen. Dies ist bis heute nicht vollständig gelungen.

Spekulationen wollen wissen, dass es die Russen ebenfalls auf die beiden westlich angrenzenden Oblaste von Charkow und Dnjepro abgesehen hätten.[34] Hierfür gibt es bislang keine Belege. Allerdings lässt sich sicher sagen, dass, wenn das der Fall wäre, die geopolitische Lage Russlands an seiner Westflanke grundsätzlich anders aussähe, ebenso wäre die Bedeutung der heutigen Ukraine gemindert.

Bedeutende Sabotagehandlungen, Luft- und Artillerieschläge nebst politischen Reaktionen

Im Kriegsgeschehen 2022–24 ragten sechs Sabotagehandlungen heraus, deren Folgen weit über die sonst üblichen hinausgingen. Hierbei handelt es sich um a) die Zerstörung der russisch-deutschen Erdgas-Pipelines Nord Stream 1 und 2, b) die Sprengung der Ammoniak-Pipeline bei Charkow, c) die Zerstörung des Dnjepr-Staudamms nördlich von Cherson, d) die Sprengung der Fahrbahn der Kertschbrücke, und e) den Dauerbeschuss des Kernkraftwerks von Saporoshje. Schließlich kam f) 2024 der Terrorangriff auf eine Musikhalle in Krasnogorsk hinzu.

34 Siehe Tagebuch-Eintragung vom 30.12.2023.

Zu a) Die Zerstörung der beiden Ostsee-Pipelines (Nord Stream 1 und 2) für den Erdgas-Transport zwischen Russland und Deutschland südlich der dänischen Insel Bornholm erfolgte Ende September 2022. Obwohl sich noch kein Land offiziell zu diesem Kriegsverbrechen bekannt hat, lässt eine Bewertung der Ankündigungen und der Maßnahmen bei der Durchführung nur ein einziges Land für die Täterschaft in Frage kommen. Das sind die USA. Es mag offenbleiben, ob sie sich hierbei der Hilfe anderer Staaten bedienten.

Zu diesem einzig möglichen Ergebnis der Täterschaft durch die USA konnte man bereits innerhalb von Tagen nach dem Ereignis gelangen. Ich tat es.[35] Im Frühjahr 2023 kam der bekannte US-Journalist Seymour Hersch zum gleichen Ergebnis. Sein Beitrag war angereichert um die Feststellung der persönlichen Täterschaft von US-Präsident Joe Biden. Das vielbeachtete Essay des Star-Journalisten setzte die US-Regierung in Zugzwang. Anfang März 2023 wurde Bundeskanzler Scholz nach Washington D. C. einbestellt – aus welchem Grunde, das wusste kein Mensch zu sagen. Dann begann mit Donnergetöse die propagandistische Gegenoffensive von Mainstream, also die Story der aus dem Ruder gelaufenen ukrainischen Saboteure mit einer Segelyacht, auf der sie ihre Reisepässe vergaßen. Es war die *New York Times,* die am 12. März 2023 den Startschuss gab. Viele andere folgten, vor allem auch in Deutschland, obwohl die Story fachlich und politisch so abwegig ist, dass man Mühe hat, etwas Idiotischeres zu erdenken.

---

35 Siehe Tagebuch-Einträge vom 28. und 29. 9. 2022 sowie 2. und 3. 10. 2022. In ähnlicher Weise äußerte sich der bekannte US-Ökonom Jeffrey Sachs im Interview mit der *Berliner Zeitung* am 5. 10. 2022, https://www.jeffsachs.org/interviewsandmedia/ebbxl9yyfys5s53nd3zx37s3bgeje3.

Doch inzwischen ahnen wir, dass es tatsächlich eine aufwendige CIA-Proxi-Operation gab, um für den Fall der Fälle vom eigenen Tun ablenken zu können. Diese wurde von der US-Botschaft in Kiew aus organisiert, welche die angeblichen Pipeline-Attentäter aus handverlesenen Einzelpersonen der ukrainischen Geheimdienst-Szene rekrutierte, schulte, mit dem üblichen geheimdienstlichen Schnickschnack versah und auf Umwegen in die Nähe des Tatorts entsandte. Dass wir heute die Namen und weitere Details kennen, verdanken wir einem Überläufer, dem ukrainischen Ex-Abgeordneten und ehemaligen Geheimdienst-Obristen Andrej Derkatsch, der seine einschlägigen Erkenntnisse im weißrussischen Fernsehen am 14. Mai 2024 in die Öffentlichkeit transportieren durfte.[36] Dass die zahlreichen Einzelheiten dieser und anderer gemeinsamer US-ukrainischer Operationen zuvor dem russischen Dienst – ich vermute als Eintrittskarte – offeriert wurden, erwähne ich lediglich am Rande.

Zurück in die Realität des Anschlags: Einzig die Analyse des schweizerischen Physikers und Geologen Hans Benjamin Braun verdient zusätzliche Beachtung. Er kam nach Auswertung der ausgelösten Erderschütterungen und des Seebebens in der Ostsee und dem Vergleich mit dem hierfür benötigten Sprengstoff zu dem Ergebnis, es habe der Einsatz thermonuklearer Kampfmittel stattgefunden.[37] Mainstream schweigt hierzu eisern und hofft offenbar auf Vergessen, denn dieses wäre das gigantischste

---

36 Siehe Tagebuch-Eintrag vom 19. 5. 2024. Sie beruht u. a. auf der genannten, über RT Deutsch transportierten Fernsehsendung vom 14. 5. 2024, vgl. https://odysee.com/@RTDE:e/Schmutzige-Bombe-und-Pipeline-Sprengung-durch-Kiew-in-Bidens-Auftrag--Ex-SBU-Mitarbeiter-ermittelt:3?r=5YwAktQ2apwqYQ4tCfDbnrBEv6RckvPp.

37 https://www.youtube.com/watch?v=q-Z1gegDGvs; siehe auch Tagebuch-Eintrag vom 7. 8. 2023.

Kriegsverbrechen seit den Atombomben von Hiroshima und Nagasaki. Nur nebenbei bemerkt: Die deutschen angeblichen Verbündeten waren und sind das Angriffsziel.

Das Misstrauen gegenüber den allein für die Täterschaft in Frage kommenden US-Amerikanern hat sich durch das Agieren der Bundesregierung verstärkt. Nicht nur stieg diese auf einer gemeinsamen deutsch-skandinavischen Ermittlungsgruppe aus, sondern begründete diesen Schritt auch noch durch die angebliche Notwendigkeit der Geheimhaltung.[38] In dieselbe Kategorie unbegreiflicher Schritte fällt die plötzliche Dienstreise des Bundeskanzlers zu US-Präsident Biden, für die eine nachvollziehbare Begründung außer jener der Geheimhaltung nicht genannt wurde.

Zu b) Die Sprengung der russischen Ammoniak-Pipeline in der Höhe von Charkow-Charkiv auf ukrainischem Territorium führte nicht nur zur Unterbrechung des Exports von unverzichtbarem Ammoniak für die auch im Westen lebensnotwendige Düngemittel-Produktion, sondern – wenig überraschend – zur Aufkündigung des russisch-ukrainischen Getreideabkommens vom November 2022, das es der Ukraine ermöglicht hatte, ihren Weizen per Schiff durch die russische Blockade im Schwarzen Meer zu schleusen. Beide Seiten bezichtigten sich hernach, hierfür die Verantwortung zu tragen.[39]

Zu c) Die partielle Zerstörung des in russischer Hand befindlichen Dnjepr-Staudamms nördlich von Cherson führte zu langandauernder Überschwemmung am Unterlauf des

38 Siehe Tagebuch-Eintragung vom 20. 10. 2022.

39 Siehe Tagebuch-Einträge vom 10. 6. 2023, 17. und 24. 7. 2023.

Flusses. Der Sabotageakt schadete beiden Seiten und führte wie gewohnt zu wechselseitiger Schuldzuweisung.[40]

Zu d) Die Beschädigung der kombinierten Bahn- und Strassenbrücke vom Festland zur Halbinsel Kertsch führte zur mehrtägigen Unterbrechung des Versorgungsverkehrs von und zur Halbinsel Krim.[41] Die Explosion erfolgte durch Zündung einer auf einen LKW geladenen Sprengladung. Eine dauerhafte Wirkung blieb aus.[42] Der ukrainische Militärgeheimdienst bezichtigte sich selbst der Täterschaft.[43]

Zu e) Mit dem Dauerbeschuss des Kernkraftwerks Saporoshje durch Artillerie und Drohnen wurde monatelang die Gefahr einer Großkatastrophe heraufbeschworen. Das Kernkraftwerk befindet sich – im Gegensatz zur gleichnamigen

---

40 Siehe Tagebuch-Einträge vom 20. und 28. 10. 2022, 1. 11. 2022 sowie 7., 8. und 9. 6. 2023.

41 Siehe Tagebuch-Einträge vom 9., 11. und 13. 10. 2022.

42 Eine detaillierte Beschreibung der Anschlagsvorbereitungen unter Anleitung britischer Geheimdienstler und sog. privater Sicherheitsunternehmer findet sich bei: Kit Klarenberg: »Durchgesickerte Dokumente: Britische Geheimdienstler bauen Terrorarmee in der Ukraine auf«, vom 3. 11. 2022, https://thegreyzone.com/2022/11/03/british-spies-terror-army-ukraine, [als Word-Dok., Kopie im Arch. d. Verf.]. Etliche der dort genannten Personennamen sowie andere Einzelheiten in den widergegebenen Emails konnten durch mich nicht verifiziert werden. Siehe auch meinen Tagebuch-Eintrag vom 8. 4. 2023 über Chris Donelly, einen der im Hintergrund mutmaßlich beteiligten Briten und dessen Selbstbeschreibung.

43 Deren Leiter Kyrylo Budanov (*1986) wurde aus diesem Grund von Russland als gesuchter Verbrecher ausgeschrieben; vgl. Roman Kravets/Valentyna Romanenko: »Ukraine's Intelligence Chief reacts to ‚Arrest in Absentia' in Russia: ‚I'm pleased'«, *Ukrainska Pravda* vom 21. 4. 2023. Budanov soll für zahlreiche Abschläge in Russland verantwortlich sein, vgl. mein Tagebuch-Eintrag vom 10. 5. 2023 (dort unter der russischen Schreibweise Kirill Budaow), und wurde mehrfach – offensichtlich zu unrecht – für tot gemeldet, vgl. Tagebuch-Eintrag vom 3. 6. 2023.

Provinzhauptstadt – seit dem Frühjahr 2022 fest in russischer Hand. Es wurde von den Russen aus Sicherheitsgründen abgeschaltet. Die ukrainische Behauptung, die Russen würden sich aus propagandistischen Gründen selbst beschießen, klingt wenig glaubwürdig.[44]

Zu f) Aus zahlreichen MORDANSCHLÄGEN, die 2022–24 von ukrainischen Sicherheitskräften auf russischem Territorium verübt wurden und deren Ziele russische Vordenker oder deren Angehörige waren,[45] ragt am 22. März 2024 der Anschlag auf eine Musikhalle (Crocus City Hall in Krasnogorsk, nördlich von Moskau) bei laufendem Konzertbetrieb heraus. Dieser Anschlag trug die Handschrift reinen Terrors, denn die 140 bis 150 Todesopfer hatten keine andere Verbindung zur russischen Kriegführung gegen Ukraine, als dass sie Russen waren, die es bei Musik und Tanz zufällig traf.[46] Ziel des Anschlages und des in seinem Verlauf verübten Massenmordes war es, Panik und Regimefeindlichkeit zu erzeugen. Ob dies gelungen ist, lässt sich zuverlässig nicht beantworten. Einschlägige, dies bestätigende veröffentlichte

44 Siehe Tagebuch-Einträge vom 10. 8. 2022 und 5. 9. 2022.

45 Z. B. auf die Tochter des russischen Rechtsaußen-Publizisten Alexander Dugin, vgl. Tagebuch-Eintrag vom 23. 8. 2022.

46 Ein bezeichnendes Beispiel ablenkender Quasiberichterstattung lieferte der Deutschlandfunk ab, der sich und die Hörer mit der Frage beschäftigte, ob die Band, die dort auftrat, zu Putins aktiven Kriegsunterstützern gehörte, N.N.: »Wer ist die russische Band Picknick«, Sendung vom 25. 3. 2024, https://www.deutschlandfunkkultur.de/anschlag-in-region-moskau-wer-ist-die-russische-band-piknik-dlf-kultur-eb1dcb01-100.html; die Nachrichtenagentur dpa setzte noch eins drauf, in dem sie verbreitete, der Lead-Sänger der Band solle 2022 an der Lieferung von russischem Kriegsmaterial beteiligt gewesen sein, vgl. ebd.

Stellungnahmen aus der russischen Bevölkerung sind mir jedenfalls nicht bekannt geworden.

Das von mir vermutete Ausbleiben einer tiefgreifenden, länger anhaltenden Wirkung mag auch an einem Planungsfehler der Anschlags-Initiatoren liegen: Gleich nach dem tödlichen Geschehen kam in den Westmedien die Meldung auf, es habe sich um ein Vorgehen der islamischen Terrormiliz Isis gehandelt. Diese Behauptung ist denkbar unwahrscheinlich, denn es handelte sich gerade nicht um das einschlägig bekannte Vorgehen der Selbstmord-Attentäter-Truppe, sondern die Mordschützen versuchten, nach getaner Tat mit einem PKW in Richtung Ukraine zu entkommen. Dabei wurden sie von russischen Sicherheitskräften gestellt und in unmissverständlicher Form zu Aussagen gezwungen.

Man kann das hieraus Mitgeteilte bestreiten, wie in den Westmedien vielfach geschehen, aber eine sinnvolle Erklärung des verbrecherischen Geschehens folgt hieraus nicht. Am wenigsten überzeugend – oder am überzeugendsten, je wie man will – fand ich Meldungen, dass die US-Botschaft in Moskau Anfang März 2024 US-Amerikaner davor gewarnt habe, öffentliche Veranstaltungen zu besuchen. Es bestehe Anschlagsgefahr. Wohl wahr. Ganz nebenbei: Die Gewarnten scheinen sich an die Hinweise gehalten zu haben.

Mit Ausnahme der Sprengung der Ostsee-Pipelines führten alle vorgenannten Anschläge zu heftigen russischen Aktionen, die als Reaktionen bezeichnet wurden. Sie entluden sich namentlich in Luftangriffen mit Drohnen und Gleitbomben, deren Ziele bevorzugt Bahnknoten, die Elektroversorgung und befestigte ukrainische Führungseinrichtungen waren. Begleitet wurden sie von meist unmittelbar vorausgegangenen Raketen-Angriffen auf Luftabwehreinrichtungen und die dort stationierten einschlägigen

Waffensysteme. Über den Erfolg oder Misserfolg dieser Maßnahmen gibt es keine zuverlässigen Nachrichten.[47]

Die ukrainische Gegenoffensive 2023 – gescheitert

Im gesamten Jahr 2023 wurden die weltweiten Schlagzeilen über den Ukraine-Konflikt durch die groß angekündigte, mehrfach verschobene und schließlich im Juni 2023 anlaufende Gegenoffensive bestimmt. Kriegsziel dieser Maßnahmen sollte die Rückgewinnung der von russischer Seite seit Februar 2022 besetzten Gebiete sowie die Rückeroberung der Halbinsel Krim sein.

Der Erfolg dieser ukrainischen Offensive wurde in den Westmedien als sicher dargestellt. Hierbei stützte man sich auf die Aussagen sogenannter Experten, vor allem aus Militär und Rüstungswirtschaft, welche die Aufrüstung der Ukraine mit westlichen Waffen und die Ausbildung von Soldaten an diesen Waffen als Notwendigkeit darstellten und diese Kombination als *Game Changer* bezeichneten. In diesem Zusammenhang spielten folgende Waffensysteme propagandistisch eine hervorgehobene Rolle: Die Kampfpanzer Abrams (USA) und Leopard 2 (Deutschland), die Panzerhaubitze 2000 (Deutschland), Himars-Raketenwerfer (USA) und Patriot-Luftabwehrsysteme (USA/Deutschland).

Die Öffentlichkeit erfuhr über die Zahl und die Lieferanten dieser Waffen nichts Genaues. Bei den Lieferungen von Kampfpanzern fiel auf, dass die ersten Leopard 2, die propagandistisch

47 Vgl. Tagebuch-Einträge vom 21. 3. 2022, 12., 20. und 22. 10. 2022, 1. 11. 2022, 13. 3. 2023, 16. und 17. 5. 2023, 4. 4. 2024, 21. 5. 2024.

wirksam an die Ukraine übergeben wurden, aus der polnischen Armee stammten. Zudem wirkte es merkwürdig, dass die Lieferung der aus den USA stammenden Abrams-Tanks weitgehend widerrufen wurde. Hieraus wurden von den Kritikern des Krieges Schlussfolgerungen gezogen, die weder für Deutschland noch für die USA besonders schmeichelhaft waren.

Die im Juni 2023 zum Teil mit neuesten Waffen vorgetragenen Angriffe brachten der ukrainischen Armee nicht nur keine Erfolge, sondern sie führten nach meiner vorsichtigen Einschätzung in eine strategische Niederlage, denn: a) vom Durchbrechen der russischen Front konnte keine Rede sein, vielmehr liefen sich die Angreifer in tiefgestaffelten russischen Verteidigungsanlagen fest. b) das Nichteintreten des groß angekündigten Erfolges führte bei der ukrainischen Armee zur Selbst-Beschädigung der Kampfmoral und bei den westlichen Unterstützern zum Überdenken der Unterstützungsmaßnahmen (dazu gleich mehr). Nicht zuletzt kam es c) zu Verlusten auf der ukrainischen Seite, vor allem im personellen Bereich, die vermutlich nicht mehr ersetzt werden können, während dieses Manko für die russische Seite offenbar nicht gilt.

Es fiel auf, dass die ukrainischen Truppen zu schwach waren, um mehrere operative Schwerpunkte zu bilden. Gemessen an der Länge des gesamten Frontbogens gelang es ihnen lediglich in drei winzigen Abschnitten im Oblast Saporoshje einen leichten Geländegewinn zu erzielen.[48] Im Propagandasprech der westlichen Seite wurde dieses Manko durch den Hinweis kompensiert, dass es den ukrainischen Truppen bereits gelungen sei, soundsoviel Prozent

48 Vgl. mein Tagebuch-Eintrag vom 9. 9. 2023 nebst Kartenskizze.

des von den Russen anfänglich besetzten Territoriums zurückzugewinnen. In diese verblüffende Erfolgszahl wurden diejenigen Geländestreifen nördlich Kiew, beiderseits Charkows und das rechte Dnjepr-Ufer von Cherson eingerechnet, aus denen sich die Russen im Verlauf des Jahres 2022, ohne direkt angegriffen worden zu sein, wieder zurückgezogen hatten.

Im Gegensatz zu diesen Scheinerfolgen stand die Tatsache, dass die russische Armee im Mittelabschnitt des Frontbogens den ukrainischen Verteidigern der Städte Bachmut und Awdejewka einen blutigen Abnutzungskrieg aufzwangen, indem sie beide Städte seitlich umgingen, aber den an sich möglichen Kessel nicht schlossen. In beiden Fällen ging die ukrainische Seite in diese Falle, indem sie – wie schon im Falle von Mariupol im Vorjahr (2022) – das Verteidigen beider Siedlungen zur nationalen Sache aufblies, so dass man bei russischer Feuerüberlegenheit dort Reserven verheizte, die bei der angeblichen Großoffensive nicht zur Verfügung standen. Den Fall beider Städte konnte man auf diese Weise letztlich nicht verhindern.[49]

49 Vgl. Tagebuch-Einträge vom 18. 1. 2023, 28. 1. 2023, 3. 3., 4. 3., 8. 3., 9. 3., 13. 3., 17. 3., 20. 3. 2023, 6. 4. 2023, 2. 5., 5. 5., 8. 5., 11. 5., 12. 5. 2023 (Bachmut), 27. 10. 2023, 18. 2. 2024 (Awdejewka). Siehe auch: Sergei Strokan: »Das globale Awdejewka«, RT-Deutsch vom 24. 2. 2024, https://rtde.live/meinung/196871-das-globale-awdejewka/, wobei der Autor die Meinung vertritt, die westliche Welt würde den Tatsachen ausweichen, indem sie irrationale Gründe für die Niederlage anführe, so die Weigerung des US-Kongresses Geld für Waffenlieferungen zur Verfügung zu stellen.

Gashahn dicht – der wirtschaftliche Effekt des Ukraine-Konflikts und speziell: der Anti-Deutschland-Aspekt

Gleich nach dem russischen Angriff auf die Ukraine im Februar 2022 verhängten die USA weltweit wirkende Sanktionen gegen Russland, um dieses durch den alsbald zu erwartenden wirtschaftlichen Zusammenbruch zum Rückzug zu zwingen. Das Gewünschte trat nicht ein.[50] Hierfür gibt es mehrere Gründe.

Zum besseren Verständnis ist vorab zu klären, dass Wirtschaftskriegs-Führung zur erprobten amerikanischen Kriegsmethodik gehört, nämlich als eine Kriegführung unterhalb der militärischen Gewaltschwelle durch Ausübung von ökonomischem Zwang gegen den Feindstaat. Beide Weltkriege begannen 1914 bzw. 1939 für die USA als Wirtschaftskriege, der erste gegen Deutschland, der zweite gegen Deutschland und Japan. Erst nach Jahren (1917 bzw. 1941) waren die USA gezwungen, militärisch einzugreifen, wollten sie und ihre Verbündeten diese Kriege nicht verlieren. Diese eingeübte Methode gilt es im Auge zu behalten, will man bei der Bewertung des Ukraine-Konflikts nicht zu vorschnellen Fehlschlüssen gelangen. Die USA müssten, so wird neuerdings

50 Der US-Ökonom James Galbraith geht im Interview mit Simon Zeise so weit, dass Russland von den Sanktionen profitiert habe, seine Volkswirtschaft sei vom Westen effektiv entkolonialisiert worden, zudem drohe Deutschland ein Absturz; vgl. Berliner Zeitung online vom 13. 5. 2024, https://www.berliner-zeitung.de/politik-gesellschaft/geopolitik/oekonom-james-k-galbraith-russland-wurde-durch-die-sanktionen-effektiv-entkolonialisiert.

erneut vertreten, mit Soldaten in den Krieg eingreifen, wenn aktuell die Gefahr bestehe, dass Putin in der Ukraine siegt.[51]

Bei der Berichterstattung über die Verhängung von Sanktionen gegen Russland als Reaktion auf dessen Angriff vom Februar 2022 wird zumeist beiseite gelassen, dass die USA bereits im Jahre 2002 und dann fortlaufend Sanktionen gegen Russland verhängt hatten.[52] Sie waren aus amerikanischer Sicht angezeigt, um die gleich nach Putins Amtsantritt als Präsident (Jahreswechsel 1999/2000) zurückgeschraubten Investitionsmöglichkeiten in Russland – aus russischer Sicht: den Ausverkauf der russischen Volkswirtschaft – rückgängig zu machen. Der Wirtschaftskrieg zwischen den USA und Russland ist also bereits erheblich älter als der russische militärische Angriffskrieg.

Eher nach Wochen als nach Monaten sollte es sich zeigen, dass der Wirtschaftskriegs-Plan der USA auf ganzer Linie gescheitert war. Das lag nicht zum Wenigsten daran, dass eine der Grundannahmen in kürzester Frist dem Praxistest nicht standhielt, nämlich dass die Staaten dieser Erde sich am wirtschaftlichen Vorgehen gegen Russland wie ein Mann beteiligen würden. Vielmehr trat das Gegenteil ein. Bereits im März 2022 trafen erste hochrangige Delegationen in Moskau ein, die wirtschaftliche Verabredungen mit Russland über die Lieferung russischer Rohstoffe und Energieträger abschlossen. An deren Spitze China und Indien. Für die Amerikaner völlig überraschend traten auch die arabischen Staaten, in Sonderheit Saudi Arabien, an die Seite der aktiven

51 Der Minderheitsführer der Demokraten im US-Repräsentantenhaus, Hakeem Jeffries, am 13.3.2024 bei CBS News, hier wörtlich zit. nach RT-Deutsch vom 6.5.2014, N.N.: »Den Krieg zu Ende bringen«.

52 Russian Democracy Act von 2002, zu den Einzelheiten und den zugehörigen Nachweisen vgl. bei Roewer: *Unterwegs*, Bd. 3, S. 282 f.

Anti-USA-Unterstützer. Übrig blieben an der Seite der USA nunmehr die NATO-Staaten, die Schweiz und Australien sowie Neuseeland. Die EU trat daneben mit etlichen eigenen Sanktionsprogrammen an die Öffentlichkeit.

Neben dieser Spaltung der Wirtschaftswelt bezüglich der Russland-Ukraine-Frage bildeten sich Allianzen, die eindeutig anti-amerikanisch waren, wie zum Beispiel das dichtere Zusammenrücken der BRICS-Staaten[53] sowie Abstimmungsgremien zwischen Russland und etlichen Staaten Afrikas. Letztere beruhten auf einem geschickten diplomatischen Agieren Russlands, das unter der Flagge des Anti-Neo-Kolonialismus stattfand.

Zu allem Überfluss und für die Amerikaner völlig überraschend reagierte die nichtwestliche Welt auf das sogenannte Einfrieren russischer Vermögen in den USA sowie die Aussperrung Russlands aus dem Dollar-dominierten Welthandels- und Währungssystem mit dem schrittweisen Ausstieg aus dem Dollar beim Abschluss von bilateralen und internationalen Handelsgeschäften. Dieser Vorgang läuft seit etwa zwei Jahren. Wie er ausgehen wird, ist äußerst umstritten. Sicher ist lediglich, dass der vorangetriebene Ausstieg aus dem Dollar als Welthandelswährung den USA à la longue innenpolitisch schweren Schaden zuzufügen droht.

Eine parallele Entwicklung, die niemand zutreffend voraussah, fand bezüglich des russischen Rubels statt. Während die US-Finanzexperten und die einschlägigen Verwalter von Großvermögen bei Jahresbeginn 2022 auf einen baldigen Einbruch des Rubels gewettet hatten, zeigte sich bereits im März 2022, dass dieser sich schnell wieder erholte, so dass etliche Großanleger empfindliche

53 BRICS = Brasilien, Russland, Indien, China, Südafrika. 2006 erstmals in Erscheinung getretener Wirtschaftsverbund, heute um etliche Staaten erweitert.

Verluste erlitten. Parallel entwickelte sich auch der russische Aktienmarkt – angeblich unvorhersehbar – günstig.[54]

Alles in allem erwiesen sich die von den US-Amerikanern gegen die Russen verhängten Sanktions- und Boykottmaßnahmen als Flop, weil sich außer den engsten Verbündeten der USA niemand hieran beteiligte und die Lust dieser Verbündeten dadurch geschmälert wurde, dass die USA von anderen Ländern Importstopps gegenüber russischen Bodenschätzen verlangten, die sie selbst nicht einzuhalten bereit waren.

Zu den soeben geschilderten Misserfolgen der Wirtschaftskriegs-Führung gibt es – je nachdem, welchen Standpunkt man einnimmt – nur eine gewichtige Ausnahme: Das ist das Vorgehen der USA gegen Deutschland. Durch die Sprengung der russisch-deutschen Gas-Pipelines Nord Stream 1 und 2 im September 2022 durch die USA wurde Deutschland vom direkten Bezug russischen Erdgases abgeschnitten und gezwungen, vielfach teureres Flüssig-Gas (LNG) in den USA und anderswo einzukaufen.

Von diesem brutalen militärischen Vorgehen gegen den angeblich einst wichtigsten Verbündeten wurde sogleich mit propagandistischen Scheinargumenten abgelenkt. Deren wichtigstes, geradezu gebetsmühlenhaft wiederholtes, war und ist die Behauptung, das russische Erdgas sei infolge des russischen Angriffskriegs von den Russen selbst abgestellt worden. Dies ist eine dreiste Lüge, denn Russland hat wiederholt erklärt, es wäre bereit und in der Lage, durch die versehentlich intakt gebliebene vierte Röhre B (also die zweite von Nord Stream 2) Erdgas nach Deutschland zu liefern.

---

54 Vgl. z. B. die Notiz in der *Preußischen Allgemeinen* vom 26. 4. 2024, S. 7.

Die Bundesregierung hat dies 2023/24 wiederholt abgelehnt,[55] obwohl ihr die prekäre Lage im Bereich der Gasversorgung bekannt ist. Das scheinbare Gegenargument, man könne das Erdgas bei der Stromgewinnung durch Windstrom ersetzen, ist nicht nur falsch in Bezug auf das Volumen der Stromerzeugung, sondern erst recht bezüglich des Erdgases als Rohstoff für die chemische Industrie. Dieser Rohstoff kann nicht durch das Windmachen ersetzt werden. Überhaupt nicht.

Der Vorstandsvorsitzende der BASF, Martin Brudermüller, hat 2022–24 mehrfach öffentlich auf diesen Missstand hingewiesen und deutlich gemacht, dass wegen der hohen Verluste, die seine Firma 2023 am deutschen Standort in Ludwigshafen bei der Grundstofferzeugung erlitten habe, betriebliche Konsequenzen jetzt unaufschiebbar würden.[56] Ich interpretiere das so, dass die Firma verklausuliert den Abzug aus Deutschland mitgeteilt hat. Das bedeutet allein an dieser Stelle den Verlust von ca. 40 000 Arbeitsplätzen und einen Kahlschlag in einer weiteren ehemals prosperierenden Industriesparte.

Neben der BASF wird die deutsche chemische Industrie von der in Leverkusen ansässigen Bayer AG dominiert. Diese wird derzeit durch gigantische Schadensersatzprozesse, die in den USA gegen deren Tochter, den Pflanzengifthersteller Monsanto, mit Erfolg geführt werden, sturmreif geschossen. Man mag dies für selbstgemachtes Leid halten, denn niemand hat Bayer gezwungen, Monsanto aufzukaufen. Allerdings darf man das plötzliche

---

55 Das entspricht dem Programm der Grünen zur Bundestagswahl 2021, vgl. Kreutzer: *Das totale Grün*, S. 145 f.

56 Vgl. die Tagebuch-Einträge vom 2. 4. 2022, 22. 6. 2022, 6. 9. 2022, 20. 1. 2023, 23. 5. 2023, 21. 12. 2023

Aufkommen von Prozesslawinen in den USA gegen deutsche Weltkonzerne nicht für blanken Zufall halten. Soviel Zufall gibt es normalerweise nicht. Die Erfahrungen mit dem VW-Konzern lassen grüßen.

Der Krieg gegen Deutschland wurde zeitgleich an der Öl-Front eröffnet. Zum Jahreswechsel 2022 auf 2023 schloss der Eigentümer des Mundstücks der deutsch-russischen Öl-Pipeline Drushba (Freundschaft) die Ölzufuhr aus Russland. Dieser Eigentümer ist ein halbstaatlicher französischer Ölkonzern (vermutlich Elf Aquitaine), der kurz nach der Wende 1990 in der Ex-DDR auf Schnäppchenjagd gegangen war. Und zwar erfolgreich, denn er sackte nicht nur dieses Einfalltor für Russen-Öl ein, sondern auch das, was daraus zu machen war, sprich die Raffinerie PCK in Schwedt an der Oder und das gewaltige Arsenal im Chemie-Dreieck von Halle-Bitterfeld. Wieviele Subventionsmilliarden die Franzosen bei dieser Gelegenheit aus der Bundeskasse via Treuhandanstalt abgreifen konnten, habe ich nicht herausfinden können.

Ab dem 1. Januar 2023 war mit dem billigen Russen-Öl, das an Ort und Stelle seit den 1960er Jahren geflossen war, Schluss. Und auch hier nicht, weil die Russen dies wollten, sondern der französische Eigentümer, und weil es eine Bundesregierung in Berlin gab, die dies duldete, anstatt einzuschreiten. Das Herunterfahren der Benzin-, Diesel- und Heizölproduktion war die Folge, gepaart mit dem üblichen drastischen Preisanstieg für diese Produkte, denn auch die zweite große Raffinerie MiRO, am Oberrhein gelegen, war durch den Stopp des Russen-Öls betroffen.

Auch in diesem Fall war es so, dass die Bundesregierung nicht nur keine Maßnahmen gegen das Aus dieses wichtigen Industriezweiges nebst den hieraus abzuleitenden Folgeschäden ergriff, sondern sie ließ unverhohlen Behagen erkennen, dass man dem

Ende des Verbrenner-Motors einen guten Schritt näher gekommen sei. Hinter all diesem Tun steckt der von einigen Oligarchen der USA ausgehende Klimawahn,[57] denen das Abwracken des Industriestandorts Bundesrepublik ideologisch (und aus Profitgründen) erwünscht ist.

Eine Addition der soeben geschilderten Vorgänge hat bei einigen kritischen Beobachtern den Verdacht aufkommen lassen, das eigentliche Ziel der Auslösung des Ukraine-Konflikts sei eine Aktion gegen den Erfolgsstandort Deutschland gewesen. Wer dies schlankweg behauptet, darf sicher sein, als Verschwörungstheoretiker abgestraft zu werden. Angesichts der materiellen Werte, um die es den USA im Ukraine-Krieg geht, halte ich die schlichte Behauptung, es gehe in Wirklichkeit nur um Deutschland, für reichlich kühn.

Ich sehe es für näherliegend an, dass der Ukraine-Krieg den US-Oligarchen eine Deutschland-Eindämmung auf dem Präsentierteller mitgeliefert hat, denn man sollte sich keinen Illusionen hingeben, dass die Wirtschaftsmacht Deutschland der US-Geld- und Machtelite – um es milde zu formulieren – unangenehm ist. Sie bremst sich lediglich zuweilen selbst aus, wenn es darum geht, mit Hilfe der deutschen Industrie Geld zu verdienen. Doch aufs Ganze gesehen sind die Deutschen den amerikanischen Bestimmern unangenehm.

Wer diese Aussage nicht glauben mag, der greife zu dem in den USA meistverkauften Lehrbuch über US-Außenpolitik, *Rise to*

57 Ursache und Inhalt de Klimawahns werden in diesem Buch nicht erörtert. Alles Wissenswerte ist neuerdings gut verständlich im Blog »Der Klimabote« nachzulesen, www.klimabote.de

Globalisms, dort wird er einschlägig fündig.[58] In den Köpfen dieser Weltenlenker ist Deutschland im Vergleich zu den USA nicht nur (immer noch) unangemessen erfolgreich, sondern es schwebt wie ein Damokles-Schwert über den US-Transatlantikern, dass Deutschland sich entschließen könne, gemeinsam mit Russland eine stabile Wirtschaftsverbindung einzugehen oder – in den Worten der Geopolitiker – einen euro-asiatischen Land- und Wirtschaftsblock zu bilden. Dies zu verhindern, ist seit dem Eingreifen der USA in den Ersten Weltkrieg feststehendes Ziel amerikanischer Außen-, Sicherheits- und Handelspolitik gewesen.[59] Es versteht sich am Rande, dass die deutschen Transatlantiker, derartige Gedanken wütend als Hirngespinste abtun.

Stand der Dinge nach über zwei Jahren Krieg

Im Oktober 2023 zeigte es sich selbst für den von westlicher Propaganda Zugedröhnten unübersehbar, dass die zwei Jahre lang genährten Hoffnungen auf einen militärischen Sieg der Ukraine über Russland Phantasie-Produkte waren.[60] Gleichzeitig began-

58 Ambrose/Brinkley: *Rise to Globalism,* S. 379 f.

59 Ein pointierter Vertreter dieser Auffassung ist der US-amerikanische Strategieberater George Friedman, vgl. ders. z. B. in: *Die nächsten hundert Jahre,* passim; speziell auch in einem Vortrag, hier: https://www.youtube.com/watch?v=vln_ApfoFgw.

60 Ein Haupt-Agitator für die US-Propaganda innerhalb der Westmedien ist die *FAZ* mit ihrem Ukraine-Blog, der Tag für Tag erscheint; siehe z. B. https://www.faz.net/aktuell/politik/ukraine-liveticker-russland-will-bereitschaft-von-atomstreitkraeften-testen-faz-19030454.html. Allerdings scheint bei der deutschen Militär-Elite allmählich Ernüchterung einzutreten, vgl. z. B. Thomas Fassbender: »Ex-NATO-General Harald Kujat: Ukrainischer Sieg oder Kriegsgewinn völlig ausgeschlossen«, Guten Morgen Berlin vom 24. 3. 2024 der berliner-zeitung.de. pdf, 3 Seiten [Kopie im Arch. des Verf.].

nen die US-Medien an ihrem Hauptverbündeten in diesem Kriege Kritik zu üben. Diese erstreckte sich sowohl auf die Art und Weise der Kriegführung, die den Vorgaben der US-Berater nicht gefolgt sei, als auch an der politischen Führung selbst, die es zulasse, dass ungeheure Mengen von Kriegsmaterial, welches die NATO-Staaten angeliefert haben, in dunkle Kanäle verschwänden.[61]

Kulissenwechsel: Zeitgleich fand der angeblich überraschende Hamas-Überfall auf Israel statt, welcher den Blick der USA von Osteuropa abzog und auf den Nahen Osten lenkte. Das US-Establishment glaubte sich durch massive pro-palästinensische Unterstützung im eigenen Land genötigt, zugunsten Israels sichtbar Partei zu ergreifen. Gleichzeitig geriet an der Südgrenze der USA angesichts einer in die Millionen gehenden Zahl illegaler, anscheinend durch nichts zu stoppender Zuwanderer die Politik der von den Demokraten vertretenen schrankenlosen Einwanderung ins Wanken.

Erstmals nach ihrem Wahlsieg bei den Midterm-Wahlen 2022, der ihnen zum Jahreswechsel 2022/23 eine knappe Mehrheit im Repräsentantenhaus brachte, nutzten die Republikaner im Herbst 2023 ihre Möglichkeit, praktische Politik zu machen, indem sie der US-Bundesregierung zur Verringerung des Haushaltslochs eine Streichung der Ukraine-Hilfen verordneten. Dieses Vorgehen erstaunte insofern, weil nach wie vor bemerkbar viele Republikaner Befürworter des Ukraine-Kriegs sind.

Die Auseinandersetzungen über Etatfragen, den Ukraine-Krieg betreffend, dauerten über den Jahreswechsel 2023/24 an. Hierbei hatten sich die zugrunde liegenden Motive insofern

61 Vgl. Tagebuch-Eintragung vom 23.11.2023.

gewandelt, als der Stopp der Ukraine-Unterstützung, welche von den US-Demokraten nicht aufgegeben werden wollte, als Hebel genutzt wurde, um eine Änderung der Einwanderungspolitik (die der offenen Südgrenze) zu erzwingen. Erfahrungsgemäß enden solche Kongress-Blockaden mit Kompromissen. Wie die im speziellen Fall aussahen, zeigte sich dann im April 2024, als ein Paket mit über 90 Milliarden sogenannter Auslandshilfen durchgewunken wurde, dessen Hauptbestandteile für Israel *und* die Ukraine vorgesehen waren.[62]

Hierbei schoss die Ukraine mit 61 Milliarden Dollar den Vogel ab. Diese überraschende Beilegung des Haushaltsstreits war ein Sieg der US-Waffenindustrie, die der eigentliche Nutznießer dieser Brachialausgabe ist. Diese 61 Milliarden Dollar sind so ungewöhnlich viel Geld, dass Gedanken zulässig erscheinen, wie es wohl zur 180-Grad-Wende bei so vielen Republikanern in der Ukraine-Sache kommen konnte. Es ging halt um viel Geld, könnte der Zyniker antworten und mit unschuldigem Augenaufschlag hinzufügen, wie teuer Wahlkämpfe in den USA seien.[63] Nichts für ungut.

Derweil zurück in Europa: Obschon die US-Regierung die Ukraine trotz der verhängten Haushaltssperre seit Oktober 2023 weiter, wenn auch deutlich knapper unterstützt hatte, waren in Kiew offenbar innenpolitische Risiken entstanden, die ein Ende des Selenskyj-Regimes nicht unwahrscheinlich gemacht hatten. Bei dieser für die weitere Kriegführung riskanten Lage war die

62 Vgl. Tagebuch-Eintragungen vom 29.1.2024 und 22.4.2024.

63 Genau diesen Zusammenhang zwischen Sponsoren und US-Abgeordneten, die Wahlkampfkosten auflistend, stellt Lewis Lapham her, siehe ders.: *Age of Folly*, S. 3–17 (besonders: S. 9: Wahlkampfkosten eines Parlaments-Mandats).

deutsche Bundesregierung zur Deckung des Finanzierungslochs der Ukraine – zunächst verbal – eingesprungen. Die Erklärungen, die aus dieser Richtung abgegeben wurden – vor allem durch die Bundesminister Habeck und Baerbock auf der Jahrestagung des WEF in Davos im Januar 2024[64] –, lassen indessen die Vermutung zu, dass beide ohne einschlägige haushaltsrechtliche Ermächtigungen gehandelt haben.

Ob das von der FDP geführte Finanzministerium entgegen der verhängten Haushaltssperre und ohne ein einschlägig verabschiedetes Haushaltsgesetz die Mittel freigegeben hat, lässt sich nicht mit Bestimmtheit beantworten. Klar ist lediglich, dass entsprechende Zahlungen eine massive Straftat wären, was aber seit der Merkel'schen Politik der Grenzöffnung 2015 in der deutschen Verfassungswirklichkeit keine Rolle mehr zu spielen scheint. Das strafbare Tun einer Haushaltsuntreue liegt im besonderen Maße nahe, falls die Ukraine-Hilfe aus der Kreditermächtigung zum Wiederaufbau der Bundeswehr entnommen worden sein sollte.

Fest steht, dass die deutsche Politik der offenen Tasche bei der ukrainischen Führung angekommen ist. Nach zwei Jahren übelster Beschimpfungen[65] aus dieser Richtung kommen aus Kiew jetzt Töne, in denen von der deutschen Führungsrolle die Rede ist.

Gleichzeitig bemüht sich die deutsche Führung – unterstützt von der CDU-Opposition im Deutschen Bundestag – die

---

64 Vgl. Tagebuch-Eintragung vom 16. 1. 2024 unter Bezugnahme auf die Berichterstattung der *FAZ* vom Vortage.

65 Der in den USA lehrende, angebliche Wissenschaftler ukrainischer Herkunft, Serhij Plokhy, hält, wenn ich ihn recht verstehe, diese Beschimpfungen Deutschlands für gerechtfertigt, vgl. ders.: *Der Angriff.*

deutsche Bevölkerung auf einen scheinbar unausweichlichen Krieg mit Russland einzustimmen. Hierbei werden zwei nicht zusammenpassende Argumentationsmuster bemüht. Zum einen soll es so sein, dass die Kräfte Russlands aufgebraucht seien, so dass das Land auf längere Frist militärisch schlagbar sei. Zum andern wird die Behauptung gepflegt, dass sich nach einer militärischen Einnahme von Kiew die russische Dampfwalze in Bewegung setzen werde, der man ein Ende machen müsse, bevor sie, wie seit langem in Moskau geplant, über Warschau nach Berlin rolle.

Zum Beleg ihrer kriegerischen Entschlossenheit entlässt die Bundesregierung seit Sommer 2023 militärische Strategiepapiere in die Öffentlichkeit,[66] die bei nüchterner Betrachtung Zweifel aufkommen lassen, ob deren Autoren bewusst ist, dass Deutschland keine Streitkräfte besitzt, mit denen eine einschlägige Kriegführung auch nur vage zu realisieren wäre. Die Wirklichkeit sieht dagegen ernüchternd aus. Der vermutlich einzige Kampfverband des Heeres von bemerkbarer Größe sollte ab Januar 2024 in Brigade-Stärke in Litauen stehen. Im März 2024 zeigte es sich dann, dass es sich hierbei in Wirklichkeit um ein Vorauskommando von 18 (!) Soldaten handelte.[67]

66 Z. B. die nationale Sicherheitsstrategie »Wehrhaft, Resilent, Nachhaltig: integrierte Sicherheit für Deutschland« vom 14. 6. 2023; hierzu die Kritik von Kerber: *Führung und Verantwortung*, S. 44 – 46. Siehe auch Tagebuch-Eintrag vom 15. 6. 2023.

67 Ob sich hieran etwas geändert hat, kann bestenfalls vermutet werden, wenn auch genauere Angaben über den deutschen Kampfverband nicht zu finden sind, sondern lediglich, dass Kanzler Scholz in Litauen im Mai einen Übungsplatzbesuch unternahm, vgl. Mona Jaeger: »Scholz verspricht Baltischen Staaten Schutz«, *FAZ* vom 6. 5. 2024, https://www.faz.net/aktuell/politik/ausland/scholz-verspricht-baltikum-unterstuetzung-gegen-russland-19701472.html.

Ähnlich wirklichkeitsfremd sind die Nachrichten aus der Bundesluftwaffe. Diese ist seit ihrer Gründung 1956 ohne aktive US-amerikanische Lenkungssysteme nicht einsatzfähig. Ich habe nirgends gelesen, dass dieser Missstand geändert werden soll. Bei diesem Befund bedarf es schon einer gesteigerten Abwesenheit von Scharfblick und militärischer Kompetenz, wenn führende Luftwaffenoffiziere im März 2024 über das Telefon zwischen Asien und Europa die Möglichkeiten diskutieren, die sich aus dem Einsatz von Taurus-Marschflugkörpern gegen Ziele in Russland ergeben könnten. Nicht nur machten die deutschen, bislang verhinderten Lufthelden damit öffentlich, wie viele der Wunderwaffen es in den Beständen der Bundeswehr gibt (etwa 100), sondern auch, wie lange es dauern werde, bis man 50 davon abzugebende in der Ukraine einsatzbereit habe – nämlich Monate später und das auch nur, wenn die Herstellerfirma eigenes Personal in die Ukraine entsende. Die Herren vergaßen nicht zu erwähnen, dass man sich vorbereite, die Kertsch-Brücke zur Krim mit Hilfe dieser Waffe zu zerstören.

Wie es scheint, gibt es für Dummheit und Inkompetenz keinen Maßstab mit Blick auf ein unüberschreitbares Maximum. Es wäre aus meiner Sicht allerdings falsch, das Palaver der Offiziere nur wegen des Vorwurfs, sie hätten sich erwischen lassen,[68] zu rügen, denn das, was sie taten, stellte bis vor Kurzem nach deutschem Recht, eine massive Straftat dar, die nach § 80 Strafgesetzbuch (Vorbereitung eines Angriffskrieges) mit lebenslanger

68 Die öffentliche Debatte wurde sogleich auf die Frage abgelenkt, dass das Öffentlichmachen den feindlichen Russen zu verdanken sei, anstatt den eigentlichen Skandal, nämlich den Inhalt der Plauderei zu würdigen, vgl. insoweit Stephan Paetow: Spaet-Nachrichten vom 24. 3. 2024, https://www.spaet-nachrichten.de/2024/03/leise-feind-hoert-mit/.

Freiheitsstrafe bedroht war. Diese Norm war der Ausfluss eines einschlägigen Gesetzgebungsbefehls aus Art. 26 Abs. 1 Grundgesetz, und sie war, wie böse Zungen meinen, nicht ohne Absicht zum 1. Januar 2017 aus dem eher soliden und ziemlich bekannten deutschen Strafgesetzbuch entfernt worden.[69]

An Stelle des überaus klaren § 80 StGB trat die verbotene Teilnahme an einer völkerrechtswidrigen Aggression nach § 13 des Völkerstrafgesetzbuches. Den während des Gesetzgebungsverfahrens behaupteten Zwang, die für jeden Möchtegern-Krieger unangenehme Norm des § 80 StGB zu beseitigen, kann man glauben, aber besser lässt man das, denn kein irgendwie bestehendes Völkerrecht schreibt Deutschland vor, Angriffskriege innerstaatlich strikt zu verbieten – die Streichung war vielmehr zweckdienlich, Grundgesetz hin oder her.

Nun nimmt es nicht wunder, dass wegen der Selbstbezichtigung der deutschen Offiziere, einen Angriff auf Russland vorzubereiten, Strafanzeige gegen diese erstattet worden ist. Was dabei herausgekommen ist, nämlich nichts, ist weniger verwunderlich, als das, was dem deutschen Generalbundesanwalt am 25. April 2024 einfiel, um sein Nichtstun zu begründen. Die Tat sei nicht strafbar, da sich Deutschland auf einen Krieg gegen Russland

69 Diesen Sachverhalt in erstaunlicher Weise verunklarend, äußerte sich 2020 der Wissenschaftliche Dienst des Deutschen Bundestages – es habe wegen des Vorrangs der allgemeinen Regeln des Völkerrechts vor den Normen des Grundgesetzes eine Anpassung an das internationale Kriegsvölkerrecht erfolgen müssen – veröffentlicht: Deutscher Bundestag (Hg.): »Angriffskrieg [Gutachten des Wissenschaftlichen Dienstes], Drucksache WD2 -3000 – 83/20« [ohne Datum]; drei Jahre zuvor hatte man noch vorsichtiger argumentiert: Mandatierung von völkerrechtlich umstrittenen Auslandseinsätzen der Bundeswehr im Lichte völkerstrafrechtlicher Verantwortlichkeit, Gutachten vom 17.11.2017, WD2 – 3000 – 104/17.

vorbereite.[70] Diese Begründung ist so bodenlos hanebüchen, dass man zunächst einmal sprachlos ist.

Ist diese Sprachlosigkeit überwunden, so darf man feststellen, dass nicht Deutschland sich auf einen Krieg gegen Russland vorbereitet, sondern dass es Politiker fast aller Parteien sind, die sich abseits der Verfassungslage zusammengetan haben, um Russland anzugreifen. Das jedoch sagt keiner dieser Maulhelden, sondern man schwurbelt von den westlichen Werten, die es in der Ukraine zu verteidigen gelte. Das ergibt sich woraus? Angeblich aus dem Recht jedes Staates (also auch Deutschlands) zur völkerrechtlich verankerten Nothilfe (zugunsten der Ukraine). Also aus dem Nichts – ebensowenig wie Deutschland ein Nothilferecht zugunsten des Irak hätte ergreifen können oder müssen, als dieser 2002/03 von den USA überfallen wurde.[71] Also bleibt nur, den wahren Grund fürs Kriegsgeschrei zu verschweigen, denn der lautet: Wir wollen einer Weisung aus Washington Genüge tun. Peinlich aber wahr.[72]

70 Einzelheiten, auch zur Strafanzeige und mit dem Einstellungsschreiben des GBA im Original: Alexander Wallasch: »Generalbundesanwalt legitimiert deutschen Truppeneinsatz auf der Krim«, vom 2. 5. 2024; https://www.alexander-wallasch.de/gesellschaft/generalbundesanwalt-legitimiert-deutschen-truppeneinsatz-auf-der-krim.

71 Zum Irak-Krieg und der amerikanischen Unfähigkeit, diesen zu gewinnen, vgl. z. B.: Ricks: *The Gamble,* passim.

72 In diesem Sinne z. B. Verteidigungsminister Boris Pistorius am 10. 5. 2024 in den USA: »[Wir] dürfen nicht einfach zusehen und abwarten, wie Völkerrecht, unsere Ordnung und unsere Werte zerstört werden«, zit. nach Stephan Paetow: Spaet-Nachrichten vom 10. 5. 2024, https://www.spaet-nachrichten.de/2024/05/boris-der-zaubertrank/. Die Originalrede (auf englisch) am 9. 5. 2024 an der Johns Hopkins University befindet sich hier: https://www.bmvg.de/de/aktuelles/rede-des-verteidigungsministers-an-der-johns-hopkins-university-5782324?utm_source=substack&utm_medium=email.

Es bedarf keiner besonderen Anstrengung, um zu begründen, dass dieses Verhalten mit den Belangen des deutschen Volkes unvereinbar ist, denn dieses will den Krieg erkennbar nicht nur nicht, sondern weiß zumindest intuitiv, dass Deutschland keine Mittel hat, ihn zu führen, oder anders ausgedrückt: dass es sich mutwillig der Zerstörung preisgibt. Deutsche Politiker, die das sehr wohl auch wissen, haben daher die Floskel erfunden, Deutschland müsse in fünf Jahren kriegstüchtig – wie sie das nennen – sein. Auch hier begegnen wir einer Fata Morgana, denn die Kriegstüchtigkeitsformel setzt voraus, dass die Russen sich fünf Jahre lang gelangweilt zurücklehnen und zusehen, wie die Nachbarn einen Krieg gegen sie ins Werk setzen. Nochmals: das ist pures Wunschdenken.

Wenn Politiker sich dennoch auf diesen Kriegskurs begeben haben, müssen sie sich die Frage gefallen lassen, ob sie aktiv und absichtlich an der Zerstörung Deutschlands mitwirken.[73] Gab es in den Machtjahren von Angela Merkel (2005 – 21) in ihrer zweiten Hälfte an diesem Selbstzerstörungswahn kaum noch begründete Zweifel, so ist heutzutage offensichtlich jede Hoffnung auf ein Abrücken der aktuellen Polit-Aktivisten vom Merkel'schen Zerstörungskurs nach deren Abgang vergebens.

In dem Augenblick, als ich diese Zeilen schreibe, erfreut sich die im dritten Jahr an der Macht befindliche, Ampel genannte Koalition einer denkbar geringen Zustimmung. Doch bei Lichte betrachtet, wird die von der Mainstreampresse Tag für Tag herbeigeschriebene Nachfolgelösung Schwarz-Grün den Zustand

---

73 In jüngster Zeit bezüglich der Grünen unter Nennung etlicher Beispiele Bernd Kallina: »›Nie wieder Deutschland‹. Claudia Roths Geschichtspolitik löst Deutschland und die Deutschen auf.«; *Zur Zeit* 18/24, S. 16 f.

verschärfen.[74] Dies gilt nicht nur für die Lage Deutschlands ganz allgemein durch Fortsetzung des Klima-Wahns und der daraus folgende Ruinierung von Wirtschaft und Gesellschaft, sondern es werden die letzten Hemmnisse fallen, die derzeit von einem SPD-Kanzler Scholz und dem SPD-Fraktionsvorsitzenden Mützenich ausgehen, sich auf das große Kriegsabenteuer gegen Russland einzulassen.

So kommt es im Jahre 2024 zur haarsträubenden Perspektive, dass in Deutschland diejenigen, die dem Frieden das Wort reden, zu Feinden des Staates avancieren, welche mit den Mitteln der Repression und der Diffamierung bekämpft werden. Diese Bemerkung gilt uneingeschränkt für den polit-medialen Umgang mit der Partei AfD.

Bleibt noch ein abschließender Blick auf das Prognose-Dreieck von Kriegslage, feindlichen Absichten und handelnden Akteuren. Aus Russland sind zwei wesentliche, miteinander zusammenhängende Meldungen aus dem Mai 2024 festzuhalten: Der Beginn der fünften Amtszeit von Wladimir Putin als Präsident des Landes und die hiermit laut Staatsverfassung notwendige Neubildung der Regierung ist in eine unübersehbare Säuberung der Kader des Verteidigungsministeriums übergegangen.[75] Gleichzeitig sind Erdkampf-Truppen angetreten, um den Nordzipfel des Frontbogens im Umfeld der Industriestadt Charkow unter Kontrolle

74 Mit dieser Einschätzung übereinstimmend der Journalist Peter Hahne anlässlich eines Interviews bei Weltwoche.ch am 26.4.2024 in einem Auszug bei Instergram, https://www.instagram.com/reel/C6JFUa_M3dv/?igsh=bjFoaGN6bjEwMzNm.

75 Simplicius: »Putin Cleans House as Volchansk Comes to the Brink«, Sitrep 14/5/2024, https://simplicius76.substack.com/p/sitrep-51424-putin-cleans-house-as, mit Abdruck des Präsidenten-Erlasses über die Neubesetzung des Postens des russischen Verteidigungsministers mit Andrej Remowitsch Belussow.

zu bringen. Ob das nur ein Vorspiel für eine Generaloffensive ist, kann man nicht sagen. Möglich wäre es.

Die westlichen Unterstützerstaaten versuchen, den von ihnen befürchteten Zusammenbruch der Ukraine abzuwenden.[76] Deren Konzept ist es, den Krieg mit eigenen weitreichenden Waffen nach Russland hineinzutragen. An der Spitze dieser Bewegung stehen der französische Präsident Macron und der britische Außenminister Cameron. Beiden wird nicht ohne Grund nachgesagt, dass sie sich von innenpolitischen Vorstellungen leiten lassen, die darauf gerichtet sind, ihre wacklig gewordene heimische Macht zu erhalten.[77] Die anderen NATO-Staaten verhalten sich uneinheitlich. So wie die Polen und die baltischen Republiken kriegerisch sind, sind es Ungarn und die Slowakei nicht. Die USA und Deutschland nehmen Sowohl-als-auch-Positionen ein.

Bei dieser Schieflage dürfte es am schwierigsten sein, die ukrainische Führung (unter der Anleitung von US-Diensten) von nationalen Selbstmordaktionen zur Erweiterung des Krieges abzuhalten. Als bedrohlich sind in diesem Zusammenhang die

---

76 Sogenannte westliche Experten versichern sich und anderen, es sei gar nicht Russlands Ziel, die gesamte Ukraine unter seine Kontrolle zu bringen, vgl. z. B.: Simon Zeise: »Welche Ziele hat Russland in der Ukraine? Prägnante Analyse aus den USA«, *Berliner Zeitung* vom 11. 5. 2024, www.berliner-zeitung.de/politik-gesellschaft /Geopolitik/Ukraine-amerikanischer-think-tank-skizziert-nachkriegsordnung-russlands-interesse…

77 Vgl. z. B. die dahingehende Analyse von MK Bhadrakumar: »The Countdown for Russia's Ukraine-Offensive begins«, Strategic Culture Foundation (Hg.): *Indian Punchline* vom 14. 5. 2024, www.indianpunchline.com/countdown-begins-for-russias-ukraine-offensive/ [in Orig. auf Englisch]; daselbst: Pepe Escobar: »Eine Geschichte von zwei Herrschern, einem Laien und einem Kindermädchen« vom 8. 5. 2024, wo der Autor auf die Nutzlosigkeit der Versuche Macrons hinweist, den chinesischen Führer Xi bei dessen Frankreich-Besuch im Mai 2024 auf die anti-russische Seite zu ziehen, vom 8. 5. 2024, https://strategic-culture.su/news/2024/05/08/tale-two-sovereigns-lackey-and-nanny/.

bislang lediglich verschwommen aufgelaufenen Informationen zu bewerten, die auf die Produktion einer sogenannten schmutzigen Bombe hinweisen. Hier sollen dubiose Geschäftsleute aus dem Umfeld der ukrainischen Nuklearindustrie, die in Verbindung mit dem Militärgeheimdienst in Kiew stehen, tätig sein.[78] Das berechtigte Misstrauen verstärkt sich, wenn man berücksichtigt, dass die gegenwärtigen Herrscher in Kiew mittlerweile mit dem Rücken zur Wand kämpfen. Sie werden dazu neigen, vor nichts mehr zurückzuschrecken.

Der Mordanschlag auf den slowakischen Ministerpräsidenten, Robert Fico, am 15. Mai 2024[79] mag andeuten, wohin die Reise gehen könnte. Bei Fico handelte es sich um einen Politiker, dem offene Feindschaft entgegenschlug, weil er sein Land nicht in den Krieg verstricken mochte. Allzu leicht könnten in naher Zukunft Nachfolge-Täter auf den Plan gerufen werden. Es gehört zu den intellektuellen Geheimnissen des deutschen grünen Vizekanzlers, wenn er am Tag des Attentats durch einen bekannten Linksextremisten auf den slowakischen nationalistischen Premier im Bundestag öffentlich zum Besten gab, dass die geistigen Urheber des Verbrechens in der AfD säßen.[80]

---

78 Siehe Tagebuch-Eintragung vom 19. 5. 2024. Sie beruht u. a. auf der genannten, über RT Deutsch transportierten Fernsehsendung vom 14. 5. 2024 mit dem Ex-Abgeordneten und Überläufer Andrej Derkatsch, vgl. https://odysee.com/@RTDE:e/Schmutzige-Bombe-und-Pipeline-Sprengung-durch-Kiew-in-Bidens-Auftrag--Ex-SBU-Mitarbeiter-ermittelt:3?r=5YwAktQ2apwqYQ4tCfDbnrBEv6RckvPp. Der Name des verdächtigten Geschäftsmannes ist dort mit Andrej Burgomistrenko angegeben.

79 N.N.: »In Lebensgefahr: Schüsse auf den slowakischen Premierminister Robert Fico«, https://www.epochtimes.de/politik/ausland/eil-schuesse-auf-slowakischen-premierminister-robert-fico-a4703909.html.

80 Siehe Tagebuch-Eintrag vom 18. 5. 2024.

In Deutschland zeigt sich derzeit hinsichtlich der Kriegsfrage im Ergebnis – sonst nicht – eine seltsame Allianz zwischen Teilen der SPD und der AfD, während sich die übrigen im Bundestag vertretenen Parteien beim Kriegsgeschrei gegenseitig zu übertreffen suchen. Falls die Bremse in der SPD wegfällt, würde Deutschland schneller Kriegspartei sein, als sich die Protagonisten und die deutsche Bevölkerung das vorzustellen vermögen.[81]

Diesseits und jenseits der Vernunft – Wie hältst du's mit Russland? Und vice versa

Die in diesem Buch behandelten, in Deutschland zu beobachtenden massiven Gegensätze, die den Krieg um die Ukraine zum Gegenstand haben, beruhen letztlich auf einer einzigen Streitfrage. Es ist die Einstellung zu Russland.

Hierbei zeigt sich eine simple Frontstellung: Die eine Seite hält Russland – ohne in Liebesschwüre auszubrechen – für einen großen und wichtigen europäischen Nachbarn, mit dem in Frieden und zu beiderseitigem Vorteil auszukommen sei,[82] die andere Seite hält Russland für das Böse in der Welt schlechthin, gegen das die freie Welt um jeden Preis zusammenstehen müsse. Die

81 Zu den russischen Reaktionen z. B.: Der russische Senator Dolgow nennt die Idee einiger Abgeordneter des Deutschen Bundestags selbstmörderisch, die Ukraine vom Hoheitsgebiet der Nachbarländer aus mit Luftabwehrsystemen zu verteidigen, zit. nach: Rafael Rachutdinow: »Selbstmörderische Idee: Deutsche Abgeordnete wollen Polen und Rumänen russischen Raketen ausliefern«, RT-Deutsch vom 14. 5. 2024, https://freedert.online/international/205682-deutschland-will-polen-und-rumaenien-ausliefern/.

82 In diesem Sinne wird z. B. durchweg in dem Sammelband von Alexander von Bismarck *Begegnungen zwischen Russen und Deutschen* argumentiert.

einen gehen von deutschen Interessen aus, die es zu definieren und umzusetzen gelte, die anderen von westlichen Werten, die man verteidigen müsse. Die einen sprechen von Russland, ganz ohne schmückende Zusätze, die anderen von Putins Reich oder der wiederbelebten Sowjetunion, die mit Gewalt an ihrem erneuten Aufstieg gehindert werden müsse.[83] Die einen halten dies für boshafte US-Propaganda, die anderen für die Realität.

In der Wirklichkeit unseres Landes beherrschen die Vertreter des antirussischen Vorgehens in den aus den USA gelenkten Massenmedien die Szenerie.[84] Wie das aus dieser Richtung kommende Propaganda-Feuerwerk auf das deutsche Volk wirkt, ist äußerst umstritten.[85] Umfragen helfen zur Klärung wenig bis nichts, da sie ebenso wie die Medien selbst fest in den Händen ihrer Finanziers sind. Kritiker dieses Zustands sind oft ratlos.

Indessen: Dieses Buch hätte seinen Zweck erfüllt, wenn es dazu beiträgt, die Kriegsbegeisterten abzubremsen und – im

---

83 Als ein typischer Vertreter dieser Denkrichtung mag hier der emeritierte Ordinarius Markus Kerber genannt werden, der in seinem Strategie-Text unter Verzicht auf eine inhaltliche Begründung die Floskeln »Eindämmung der imperialen russischen Politik« und das »neosowjetische Russland« als Prämissen jeglicher deutscher Strategie verwendet (*Führung und Verantwortung*, S. 35 f.). Das ist jammerschade, denn man hätte diesen Grundpfeiler des strategischen Denkens gerne etwas näher kennengelernt.

84 Eine detaillierte und gut belegte Beschreibung der Rolle der US-amerikanischen, britischen und deutschen Medien bei der Verzerrung von Sachverhalten zu Gunsten US-geführter Aggressionen findet sich bei Florian Zollmann: »A war foretold. How Western mainstream new media omitted NATO eastward expansion as a contributing factor to Russia's 2022 invasion of the Ukraine«, https://doi.org/10.1177/17506352231216908; siehe auch: https://journals.sagepub.com/doi/10.1177/17506352231216908?utm_source=substack&utm_medium=email#bibr55-17506352231216908.

85 Siehe z. B. Tagebuch-Eintragung vom 3. 3. 2023.

Idealfall – auszubremsen. Es gilt eine vernunftgesteuerte Politik zu formulieren und zu betreiben, die Deutschlands Interessen an dem Wohlergehen seiner Bevölkerung misst, sprich: dem Wohl des deutschen Volkes dient. Dazu wird es als erstes dringend notwendig sein, vor der eigenen Haustür zu kehren und die Kriegshetzer zum Teufel zu jagen.

Doch lösen wir uns zum Schluss aus dieser deutschen Nabelschau und fragen nach dem Gegenüber, also danach, wie es denn die Russen mit den Deutschen so halten. Da kommt man unversehens auf erstaunliches Terrain. Vergeblich sucht man nämlich unter den meinungsbildenden Russen das grundlegend Deutschfeindliche – ganz im Gegensatz zur Gegenrichtung, die vom deutschen polit-medialen Mainstream und einer massiven Russenphobie dominiert wird.

Dieser Gegensatz ist doppelten Ursprungs: Zum einen handelt es sich um die Vorgaben aus Washington D. C., die in Deutschland mit geradezu atemberaubender Naivität und hündischer Ergebenheit umgesetzt werden, zum andern ist es der Unterschied in der Sichtweise auf den Faktor Zeit. Während in Deutschland eine gewisse Kurzatmigkeit, die vom politischen Tagesgeschäft diktiert wird, das strategische Denken überlagert, ist die russische Sicht unaufgeregter, eher eine solche in langen Schwüngen. Diese, die russische Sicht, hat sich offenbar entschieden, in den anglo-amerikanischen Lebensformen den eigentlichen, den Russland tangierenden Feind zu erblicken, und sie unterstellt, dass sich Deutschland wieder normalisieren werde. Viele der grundlegenden Ausführungen des russischen Herrschers deuten in diese Richtung. Ausgesprochen Deutschfeindliches hat man aus Putins Mund bislang nicht gehört.

Es mag erstaunen, dass ausgerechnet der im Mai 2024 ernannte neue Verteidigungsminister Andrej Beloussow[86] diese Linie fortschreibt. Er äußerte sich soeben wie folgt: Russland werde den Weg des modernen Konservativismus beschreiten. Es sei wichtig, die westlichen Werte zu bewahren, denn sie seien die Grundlage der europäischen, der christlich-abendländischen Zivilisation.[87] Beloussow und andere, wie Sergej Karaganow,[88] Dekan an der Moskauer Hochschule für Außenwirtschaft und internationale Beziehungen, und auch Wladimir Putin unterstellen,[89] dass sich Deutschland in einigen Generationen auf diese Werte rückbesinnen werde, weil es gar nicht anders könne. Wenn man's als Deutscher vernimmt, denkt man für einen Moment, sich verhört zu haben. Doch tut man gut daran, so meine ich, die Worte auf sich wirken zu lassen. Sie beinhalten die Geste der beiden Alternativen, die der offenen Hand und die der Faust.

---

86 Андрей Рэмович Белоусов (*1959).

87 Steven Karganovic: »Moscow as a Third Europe, and a Fourth there will never be…«, Strategic Culture Foundation vom 23. 5. 2024, https://strategic-culture.su/news/2024/05/23/moscow-as-the-third-europe-and-a-fourth-there-will-never-be/.

88 Siehe Tagebuch-Eintragung vom 11. 1. 2024.

89 Ansprache bei den Weltjugend-Festspielen in Sotschi, siehe Tagebuch-Eintragung vom 8. 3. 2024; siehe auch die deutliche Rede auf dem Waldai-Forum, vgl. Tagebuch-Eintragung vom 25. 6. 2022.

Zweiter Teil

Chronologie der Ereignisse – Notate aus meinem Sudelbuch

Der folgende Text ist ein Auszug aus meinem Sudelbuch, in dem ich Tag für Tag Gedanken zu allem Möglichen notiere. In dem vor dem Leser liegenden Konvolut habe ich nur Eintragungen stehen gelassen, die mit dem Ukraine-Krieg im Zusammenhang stehen, alles andere wurde gestrichen, denn merke: Mir waren auch ganz anderes aufgefallen, was ich tagesaktuell für notierenswert hielt.

Das Jahr 2022

18. JANUAR 2022

Анналена (Annalena) im Kreml. Da werden die Russen aber zittern, wenn sie Sergej Lawrow erklärt, wie man in Deutschland die Streitkräfte von den Ungeimpften säubert.

4. FEBRUAR 2022

Russia today in Deutschland zu verbieten, ist eine Maßnahme von Leuten, die Widerspruch zu ignorieren gewohnt sind. Nun bemerken sie zu ihrem Ärger, dass ihr Handeln erste massive Folgen hat: die Schließung der Deutschen Welle in Moskau. Da sie zum Lernen in ihrem Leben nie gekommen sind, pöbeln sie wie gewohnt weiter, was neuerliche Folgen, die sie nicht beherrschen können, nach sich ziehen wird.

10. FEBRUAR 2020

Annalena macht Wintersport. Die Alternativen mokieren sich, dass sie nach nicht einmal zwei Monaten im Amt Urlaub nimmt. Ich hingegen kann das, falls es stimmt, nur loben, denn in der Urlaubszeit kann sie kaum viel Unheil anrichten. Allein mir fehlt der Glaube, bis ich sie das Wort Spezialslalomskipiste habe aussprechen hören.

Annalena (2): Setzte angeblich in der Ukraine einen Helm auf und zog die Schutzweste über anstatt unter. Die einzigen Scharfschützen auf der Schneefläche weit und breit waren die Profis des Foto-Shootings. Sie wurde immer wieder getroffen. Der Weste sei Dank.

Annalena (3): Jetzt holt sie die Vorsteherin von Greenpeace ins Auswärtige Amt. Als Staatssekretärin und Beamtin auf Lebenszeit. Doch die muss erst mal Deutsche werden. Diese ärgerliche Verzögerung verdankt die treue Kampagnenschwester ihren amerikanischen Landsleuten, denn die änderten als Besatzungsmacht 1945 das deutsche Beamtenrecht, in dem es bis dahin hieß, dass der Betreffende mit der Ernennung zum Beamten ein Deutscher werde. Davon hatte 1932 der spätere Führer Gebrauch gemacht, den die Regierung von Braunschweig zum Regierungsrat ernannte. Die waren noch bescheiden, die damaligen Nazis.

12. FEBRUAR 2022

In Deutschland bleibt die Macht der Obrigkeit unangefochten. Variationen zeigen sich lediglich im Vokabular, um sich aus dem selbst angerichteten Corona-Desaster herauszuschleichen. Der Begriff der Lockerungen feiert Triumphe. Nur die Bundesregierung und die Lügenpresse sind weiterhin auf Linie. Das ist verständlich, befinden sie sich doch im Schlepptau amerikanischer

One World-Imperialisten. Die soeben erfolgte Ernennung einer US-Amerikanerin aus diesem Stall zur deutschen Staatssekretärin lässt keinen Zweifel aufkommen.

Die ukrainische Karte zu ziehen, ist nichts weiter als ein Spielzug der Todesfurcht-Propaganda, um die Seuchengefahr durch die Kriegsgefahr zu ersetzen. Merke: Durchregieren ohne Todesfurcht ist kaum möglich.

Ukraine (2): Wenn man sich erinnert, dass die Familie Biden bis vor Kurzem noch in die Kabalen des korrupten Landes insofern involviert war, dass sie sich die Taschen füllen ließ, macht die Vorstellung keine Mühe, dass auch heutzutage ein familiäres Interesse die politischen Entscheidungen im Weißen Haus beeinflusst.

15. FEBRUAR 2022

Seit einer Woche wissen wir aus den US-Verlautbarungsquellen, dass morgen der russische Angriff auf die Ukraine beginnt. Sollte es morgen tatsächlich Grenzschießereien geben, dürfen wir vertrauensvoll nach Washington blicken.

Russland, sagt der Kreml, hat heute seine Manöver im Grenzgebiet beendet. Wird nicht lange dauern, bis wir gesagt bekommen, dass wir das aufgrund unserer festen Haltung erreicht haben. Meine Haltung zu unserer Haltung ist die, dass unsere weibliche Laienriege in Russland nichts bewirkt hat, nicht einmal Gelächter.

16. FEBRUAR 2022

Meine Behauptung von gestern, dass im Kreml über das Auftreten von Annalena nicht mal gelacht worden sei, muss ich nach Ansehen des Videos der einschlägigen Pressekonferenz korrigieren. Voila: Kreml-Sprecher Dmitrij Peskow: »Was mich sehr beunruhigt. Sie [Annalena] möchte Wasserstoff-Infanterie liefern. Diese neue Waffe könnte –« Putin: »Sergej, Wasserstoff-Diplomatie. Nicht Infanterie.« Peskow: »Achso. Ähh, dann habe ich sie überschätzt. Dennoch sollten wir aufpassen Hör auf zu lachen, Wladimir.«

Auch lächerlich: »Wird Moskau in der Ukraine eskalieren?« fragt die Bundeszentrale für politische Bildung soeben bei mir nach und kündigt eine Politikstunde mit dem Politologen Umland an. Was sprechen diese pädagogischen Politruks nur für ein verknautschtes Deutsch? Jemand eskaliert, nee, etwas eskaliert, aber was ist es?

Ukraine (2): So ganz nebenbei. Heute sollte der russische Einmarsch stattfinden. Die weltweite Meldung war schließlich von nicht genannten US-Diensten mitgeteilt und von Fakten-Checkern geprüft. Der Demenzkranke im Weißen Haus hat die Sache heute noch mal bekräftigt, oder sah ich bloß eine Konserve, die mit dem heutigen Datum versehen war?

17. FEBRUAR 2022

Westfälisches: Am Wochenende trifft sich Bertelsmanns Atlantikerclub (»die Münchner Sicherheitskonferenz«) zu Speis und Trank, um den Ukraine-Krieg zu retten. Doch merke: Es sind nicht die Menschen, die den Krieg wollen – die ganz gewiss nicht.

19. FEBRUAR 2022

Was Bill Gates auf der Münchner Sicherheitskonferenz zu suchen hat, wissen nur er und der Veranstalter allein.

Der US-Präsident(endarsteller) klingt beim täglichen Aufsagen des russischen Angriffs auf die Ukraine wie eine defekte Schallplatte, die man zum Pläsier des Publikums einfach weiterlaufen lässt. Diese Art der Beschallung trägt nicht dazu bei, den Sachstand ausloten zu können.

22. FEBRUAR 2022

Während die NATO noch im Sandkasten spielt, erkennt Putin die beiden östlichen Oblaste der Ukraine als selbstständige Staaten an. Ich tippe mal, dass als nächstes die Volksabstimmung stattfindet, woraufhin die Selbstgerechten von Annexion sprechen werden. Die missglückte Krim-Strategie lässt grüßen.

[Wer sich über die jetzt folgende Lücke in den entscheidenden Tagen des Kriegsbeginns wundert: Ich bin am 23. Februar 2022 ernsthaft an Corona erkrankt und fing mir zu allem Überfluss auch noch eine Lungenentzündung ein. Die Folge war ein Totalausfall von über einer Woche, in der ich vom Geschehen rundum nichts mitkriegte und folglich auch nichts aufzeichnete].

8. MÄRZ 2022

Die Hetzmeute tobt: Die letzten Tage des Wladimir P., tönt es landauf, landab. Wir, d.h. in diesem Fall: ich nicht, liefern ausrangierte Waffen aus den Beständen der NVA. Damit sollen Russen in einem Krieg, an dem wir uns nicht beteiligen, totgeschossen werden.

Wir (2): Sind uns sicher, dass die Russen, die mit unsern schrottreifen Waffen totgeschossen werden, sich das klaglos gefallen lassen. Ein pensionierter deutscher General namens Domröse erklärt mit der Herablassung des globalen Strategen hierzu, dass die Russen auf dem Niveau von 1918 Krieg führen. Will sagen, der böse Wlad versteht nix von moderner Kriegführung, Massen-Vernichtungswaffen, Tabula rasa und so. Vermutlich hat der vorlaute

Herr seinerzeit in Kriegsgeschichte gepennt, als Verlauf und Ergebnis des Russischen Bürgerkriegs auf der Offiziersschule besprochen wurden. Vielleicht hat er auch nur zu lange bei der Einzigen Weltmacht gedient und dort das nüchterne Denken verlernt.

Wir (3): Wissen nix Genaueres, denn eins ist sicher: Man kann noch nicht sagen, wo das hinführen wird. Derweil schießen Spekulationen ins Kraut, die bereits morgen vergessen sein werden. Beim Durchforsten des Gestrüpps verdient diese Schlagzeile hier die Krone der Dummheit: »Pekings Schulterschluss mit Russland isoliert China«.[90] Darauf musste erst ma kommen.

9. MÄRZ 2022

Erster ukrainischer Flüchtling in Schilda in meinem Wahrnehmungsfeld aufgetaucht: Junge Frau mit Kind. Wurde vom Ehemann, dem man die Ausreise nach Polen verweigerte, bis an die dortige Grenze begleitet. Kostenlose Weiterfahrt mit der Bahn durch Polen an einen deutschen Bestimmungsort eigener Wahl. Dreijähriges bedingungsfreies Aufenthaltsrecht. Ankerpunkt war ein seit Jahrzehnten hier lebender ukrainischer Musiker – ein echtes Opfer der Katastrophe von Tschernobyl.

Tanken: 2,09 € der Liter Diesel. Am exakt selben Ort vor genau einem Jahr, zwei Monaten und neun Tagen kostete er 0,999 €. Die Verdoppelung des Spritpreises gilt auch für Dienstwagen, aber die werden bekanntlich nicht von ihren Nutzern befüllt.

Erkenne deine Vorurteile: Wenn ich das Gesicht von Klaus Schwab abgebildet finde, kann ich mich eines spontanen Widerwillens nicht erwehren. Diese Attitüde des Möchtegernweltmannes

---

90 *Epoch Times*, dt. Ausg., vom 7.3.2022.

im 2000-Dollar-Zwirn, herausgewachsen aus dem konspirativen Dunst eines besudelten Schreibtischtäters namens Henry Kissinger, der ohne das absichtsvolle Sponsoring der selbsternannten Weltenlenker Nelson und David Rockefeller ein verdienter Niemand geblieben wäre.

Vorurteile (2): Vor Jahren beschlich mich schierer Unglauben, als die Russen die Telefonate zwischen dem State Department in Washington DC und der US-Botschaft in Kiew in die Öffentlichkeit schoben. Der pöbelnde agitatorische Ton erinnerte an die Fäkalsprache eines Richard Nixon, aufgezeichnet im Oval Office. Doch diesmal war der aggressive Agitator eine Frau, Victoria Nuland. Sie gilt als die Architektin des Umsturzes in Kiew im Frühjahr 2014. In den Trump-Jahren war sie stillgelegt. Jetzt ist sie wieder da. Gestern gab die stellvertretende Außenministerin im Capitol triumphierend zu Protokoll: Nord Stream 2 ist tot, nur noch ein Stück Blech im Wasser, das dort verrotten wird.

10. MÄRZ 2022 [PRIVATES TAGEBUCH]

Fast ein ganzer Monat ist ohne Eintragung vergangen. Er war persönlich insofern ereignisreich, als ich mir eine Corona-Infektion einfing, deren Folgen mittlerweile im Abklingen sind. Das klingt viel erfreulicher, als es die Wirklichkeit war. Bei solcher Lage ist es nicht verwunderlich, dass ich in Sachen Schriftstellerei nichts hingekriegt habe. Buchstäblich nichts. Lediglich das Sudelbuch habe ich vor drei Tagen wieder weitergeschrieben. Es hatte mehrere Anfragen gegeben, was mit mir los sei. War hierüber mehr als erstaunt.

Bei all den persönlichen Kalamitäten habe ich ausgeblendet, dass wir seit zwei, drei Wochen einen echten Krieg in der Ukraine haben. Die russische Armee ist dabei, das Land Schritt um Schritt einzunehmen. Die sogenannte westliche Welt steht vor Empörung Kopf. Alle Heuchler haben gemeinsam ihr Maul geöffnet, denn wir sind angeblich verpflichtet, die angebliche Demokratie in der Ukraine zu retten. Ob ich hierzu einen kurzen Text schreibe, das weiß ich noch nicht. Ich bin einfach zu müde und zu unkonzentriert.

Es sind ohne Zweifel die US-Amerikaner, die den ganzen Blödsinn eingerührt haben. Jetzt spielen sie die moralische Instanz und versuchen die ganze Welt zu veranlassen, Russland mit Hilfe eines totalen Wirtschaftskrieges zu Boden zu werfen. Die Propaganda bei uns schlägt hohe Wellen. Die Regierung ruft blau-gelbe Demonstrationen auf die Straßen, an denen sich angeblich Zehntausende beteiligen. Corona-Schutzmaßnahmen sind für diesen guten Zweck suspendiert. Das will man doch wohl hoffen. Gleichzeitig werden die Anti-Impfdemonstrationen runtergerechnet bzw. gewaltsam beendet. Der gewalttätige Maßnahme-Staat gegen den Bürger bewährt sich jeden Tag aufs neue.

11. MÄRZ 2022

Schwachsinn des Tages: The United States is absolutely prepared to do what we can (Die USA sind vollkommen vorbereitet, um zu tun, was wir können), US-Vizepräsidentin Harris. Passt immer, bedeutet nichts.

Natürlich lügt der russische Außenminister Lawrow, wenn er behauptet, die russische Armee habe US-amerikanische Biowaffenlabors in der Ukraine unter ihre Kontrolle gebracht. So jedenfalls die deutschen Wahrheitsmedien unter Berufung auf anonyme Fakten-Checker.

Lügen (2): Das harmoniert nicht so ganz mit den Aussagen der stellvertretenden Ministerin im State Department, The

Honorable Victoria Nuland, die vor dem US-Senat dieses hier zum Ausdruck brachte: Die angeblichen Biowaffenlabors seien keine solchen, sondern humanitäre Einrichtungen, an denen zum Schutz der Menschheit vor Biowaffen geforscht werde. Sie stammten aus dem Biowaffen-Arsenal der ehemaligen Roten Armee und seien 2004 übernommen worden, um sie abzubauen. Jetzt sei es darauf angekommen, sie vor der Übernahme durch die russische Armee zu schützen. Klingt total logisch.

12. MÄRZ 2022

Dummheit des Tages: »Diejenigen, die Putins Kriegsmaschinerie am Laufen halten, sollen nicht länger ihrem pompösen Lebensstil frönen können, während Bomben auf unschuldige Menschen in der Ukraine fallen«, so die blonde Ursula von der EU-Kommission wegen des beschlossenen Exportverbots von Luxusgütern nach Russland. Woran mag die Allmächtige gedacht haben? Goldene Nasenringe für Oligarchen?

Das russische Außenministerium kündigt die Veröffentlichung einer Liste mit sogenannten Gegensanktionen an. Da werden deutsche Firmen noch staunen, die im überholenden Gehorsam ihrer Werkstore geschlossen haben. Könnte sein, dass sie in wenigen Tagen ohne Beteiligung der dann ehemaligen Eigentümer wieder geöffnet werden.

Eine Tupolew-Drohne fliegt nach Zagreb, wo sie abstürzt und 20 Autos ruiniert. Eine Stunde Rundflug über NATO-Gebiet, keiner merkt was, keiner tut was. Über Nacht wird aus Wahrheits-Gründen der Wikipedia-Eintrag gelöscht. Da stand bis dahin, dass solche Fluggeräte nicht mehr von den Russen, dafür aber von den Ukrainern benutzt werden.

13. MÄRZ 2022

Schlechter Witz oder viel Feind, viel Ehr: Annalena ruft die Serben zur Ordnung. Die Tschetniks sollen mit den Russen brechen. Habe selbst nix verstanden, womit sie gedroht haben will, denn sie trug eine schwarze Windel vor dem Mund.

15. MÄRZ 2022

Das Weiße Haus droht China mit Konsequenzen, falls es Russland unterstützt. Das klingt geheimnisvoll, aber sicher nicht sehr beeindruckend für den Herrn Xi. Für den geht es, hört man, um Kohle und Öl, die er in Russland recht günstig einkaufen kann. Ganz ohne Dollar.

Weißes Haus (2): Gleichzeitig werden die führenden Influencer von TikTok empfangen, um sie für den Ukraine-Krieg zu briefen. TikTok? Chinesisch, soweit ich weiß – meine Übersetzung: balla-balla. Sicher werden wir bald die allgemeinverbindliche Russland-böse-Grimasse kennenlernen.

16. MÄRZ 2022

Anstatt eines Kommentars zu meinem vorgestrigen, vier Seiten umfassenden Artikel zum Hintergrund des Ukraine-Konflikts[91] erhalte ich von einem Bürgerkomitee eine Mail mit Dutzenden von Links ohne jeden Begleittext. Die Auflistung füllt zweieinhalb Bildschirmseiten. Das erinnert sehr stark ans Füllen eines informationellen Schweinetrogs. Kein ernst zu nehmender Mensch

91 https://www.globkult.de/geschichte/zeitgeschichte/2181-abseits-von-mainstream-in-der-ukraine-%E2%80%93-einige-gedanken-zu-den-ursachen-und-zur-ausloesung-des-jetzigen-waffengangs; auch: https://www.world-economy.eu/nachrichten/detail/ukraine-einige-anmerkungen-zu-den-grundlagen-des-konflikts/.

kann annehmen, dass ich mich für den Rest der Woche durch Internet-Adressen mit unbekanntem Inhalt klicke.

17. MÄRZ 2022

Der Tankterror geht ungeschmälert weiter. Mainstream weiß auch warum: Der böse Putin ist schuld. Selbst dies hier wird als sogenannter Bericht behauptet: Die Menschen sind mit dem exorbitanten Spritpreis einverstanden – in Deutschland. Tankt deswegen, wer kann, in Polen?

18. MÄRZ 2022

Vor unsern Augen spielt sich der Krieg des Thomas Morus *(Utopia)* ab: Du bis dank deiner moralischen Überlegenheit berechtigt, Kriege zu führen. Doch kämpfe nicht selbst. Lass Minderwertige diese Arbeit erledigen.

Utopia (2): Was nun, wenn wir in diesem amerikanischen Kriegskonzept zu den Minderwertigen gehören?

Der Vorsitzende des Gesprächskreises der Nachrichtendienste schreibt einen Brief. Darin ist neben dem heute bei den Diensten offenbar unvermeidlichen Soziologen-Gestammel Erstaunliches zu lesen: »Der Schock des russischen Angriffs auf die Ukraine am 24. Februar 2022 hat die Bedrohungswahrnehmung weltweit, besonders aber in Europa und Deutschland, grundlegend gewandelt. Krieg im Herzen Europas ist wieder eine Realität geworden.« Ich übersetze das mal: a) Wir sind durch den russischen Einmarsch komplett überrascht worden. b) Die Kriege auf dem Balkan in den 1990er Jahren haben offenbar nicht in Europa stattgefunden.

Dienste (2): Der Rest ist eher banal. Der Zustand unserer Dienste und der Bundeswehr seien erbärmlich. Kein Wort darüber, dass und womit und wann man hiervor gewarnt habe.

21. MÄRZ 2022

Die Russen setzten am Wochenende eine ihrer neuen Hyperschall-Raketen in der Ukraine ein. Sie zerstörte dort einen ehemaligen sowjetischen Atomwaffenbunker, der weiterhin als ukrainisches Waffendepot genutzt wurde. Für diesen Einsatz gibt es nur einen nachvollziehbaren Grund: In der Ganovenwelt nennt man das: dem Gegner die Waffen zeigen. Die Gegner sind in diesem Fall nicht die Ukrainer.

Hyperschall (2): Es ertönt der Chor der Experten. Ich erinnere mich, vor etlichen Monaten einen russischen Film gesehen zu haben, als das Ding in Putins Gegenwart abgefeuert wurde. Er selbst gab hernach Erklärungen ab, was die Waffe für Russlands Kriegsdoktrin bedeute. Der Chor der Experten erhob auch damals seine Stimme und sprach von Bluff.

Beschallung: Längst verrentete Musikanten untermalen in Berlin (wo wohl sonst?) unser aller Bemühen, den nicht mehr vorhandenen Frieden zu erhalten. Wir spenden Lebensmittel für die Ukraine, nur kein Speiseöl, denn das ist grade aus, weil es aus Russland und der Ukraine nicht geliefert wird. Leider muss man sagen, dass der Lieferausfall nicht vollständig dadurch kompensiert werden kann, wenn jeder der Demonstranten eine Sonnenblume in seinem Wohnzimmerfenster zieht. Selbst der verkümmerte Wallnussbaum in Nachbars Garten wird nicht reichen.

Wie nennt man das bloß, wenn man in Friedens-Tönen schwelgt und gleichzeitig an Kriegsparteien Waffen liefert?

Richtig, das ist moralin-verbrämte Heuchelei. Von einem Aufruf Heucheln für den Frieden habe ich allerdings noch nicht gehört.

Heuchelei (2): »Gerade wir als Deutsche« tönt es aus Mainstream. Bis gestern gab es diese Kategorie gar nicht. Wer's dennoch sagte, war ein Nazi. Jetzt lässt sich folgern: Soviel Nazismus wie heute war nie, nicht einmal im Dritten Reich.

Heuchelei (3): In den Gazetten windige Berichte, ab welcher Entfernung ein Tanken im Ausland lohne. Auf den Gedanken, dass es nur auf den Vergleich des Literpreises ankomme, können nur radfahrende Journalisten kommen. Denn: Wer eine fünfstündige Autofahrt auf sich nimmt, nur um zu tanken, hat sonst nichts zu tun oder ist nicht gescheit. Oder beides.

Heuchelei (4): Spreche mit einem Mann aus Altenburg. Er: Ich fahre einmal die Woche nach Karlsbad zum Tanken. Vor dem Rückweg decke ich mich dort ein. – Ich: Womit? – Er: Mit Karlsbader Oblaten.

Präsidentendarsteller Biden kündigt seinen Besuch bei den säbelrasselnden Polen an. Man kann sich des dummen Gefühls nicht erwehren, dass er dort etwas in Bewegung setzt, was ein nüchterner Mann vermeiden würde. Die atlantische Annalena kündigt derweil weitere Waffenlieferungen in die Ukraine an. Da die Bundeswehr allen Schrott bereits los zu sein scheint, spricht sie von Waffen aus Europa.

Staatsbesuch (2): Die Vielschichtigkeit des Ukrainekonflikts ist kein Grund, ihn ausgerechnet diesen Leuten zu überlassen.

22. MÄRZ 2022

Litauen verlangt in Brüssel schärfere Boykott-Maßnahmen gegen Russland. Hätten wir eine Regierung, die das deutsche Interesse hörbar verträte, so käme diese wohl auf den Gedanken, weiteren

Boykott-Ansinnen nur unter der Bedingung zuzustimmen, dass Deutschland hierbei nicht Schaden litte und den hiergegen mit Stimmgewalt aufbegehrenden EU-lern anzubieten, in der Höhe des von ihnen anzurichtenden Schadens auf die deutschen Ausgleichszahlungen zu verzichten.

Boykott (2): Fast immer zeigt sich, dass das, was mit Hurra-Geschrei verkündet wurde, eine vorher nicht bedachte Rückseite hat. Seit dem Wochenende ist es der Nickel-Markt. Russland ist der fast einzige Großexporteur, und ohne Nickel keine Elektrospielzeuge mehr. Schon tönt es weltauf, weltab, Nickel sei nicht gemeint gewesen. Was nun aber, wenn der bitterböse Wladimir jetzt die Nickelausfuhr stoppt? Dann ist er erst recht böse.

Boykott (3): Nicht ohne Schadenfreude lese ich, dass die Finanzganoven für dieses Frühjahr auf fallende Nickelpreise gewettet haben. Gestern schloss die einschlägige Londoner Börse, um die Ärmsten vor dem Schlimmsten zu bewahren.

Boykott (4): Bin neugierig, wo der Herr Tesla, der jetzt die Elektrospielzeug-Großfabrik in Brandenburg ans Laufen bringen will, den Nickel für seine Batterien herholt. Aus dem märkischen Sand sicher nicht.

24. MÄRZ 2022

Putins Ansage vom Vortag, dass feindselige Staaten ihre Rechnungen in Russland fortan in Rubel bezahlen müssten, ist ein Schuss gegen den Dollar, dessen Auswirkungen noch nicht absehbar sind.

Dollar (2): Staatenlenker, die nach der Jahrhundertwende den Ausstieg aus dem Dollar versuchten, haben dieses Tun mit ihrem Leben bezahlt.

Dollar (3): Die FED versucht, durch Zinsanhebungen den Dollar attraktiv zu erhalten. Angeblich sei das notwendig, um der

Inflation gegenzusteuern. Man wird sehen, ob sich die Währungsspekulanten davon beeindrucken lassen. Seit heute Nacht sieht es so aus, als hätten sie die Attraktivität des Rubels entdeckt.

Dollar (4): Wenn, was sich andeutet, Staaten wie Saudi-Arabien den Währungsschwenk mitmachen, ist das ein Schritt, der in Washington-New York die Alarmglocken rasseln lässt. Neben Israel ist Saudia-Arabien der unangefochten wichtigste Stützfeiler der USA in Nahost. Was braut sich hier zusammen? Man muss nur mal mit etwas Abstand auf den Atlas schauen, dann sieht man ein völlig neues Gebilde, einem Riegel gleich: Moskau-Ostukraine-Türkei-Syrien-Arabien. Im unteren Drittel ein leicht zu kontrollierendes Schlupfloch: der Suezkanal.

Der Ukraine-Konflikt gibt täglich neue Rätsel auf. Während die Hauptstadt Kiew der Einschließung durch die russische Armee entgegensieht, kommen die staatlichen Anrainer aus ihren Löchern und stellen territoriale Forderungen für Gebiete, an deren Eroberung sie nicht beteiligt waren. So blicken polnische Nationalisten gen Lemberg und ukrainische gen Ungarn.

Ukraine (2): Die reichlich vorhandenen Flüchtlinge werden zur politischen Manövriermasse. Die überwiegende Mehrzahl davon in Polen, was nur bedeuten kann, dass sie für eine Gegenbewegung genutzt werden sollen.

Ukraine (3): Wer bei uns anlandet, will – so höre ich – arbeiten und mehr oder weniger bald zurück. Das ist für Gutmensch eine neue Erfahrung. Witzig ist, dass in diesen Fällen plötzlich das Wort Flüchtling wieder gebraucht wird, während der Flüchtende auf Vorderasien und Nordafrika beschränkt ist. Westdeutsche Fortschrittler plädieren dafür, dass (nicht-schwarze) Ukraine-Flüchtlinge in Ostdeutschland untergebracht werden sollen.

Ukraine (4): Ob die hier Anlandenden wirklich wieder zurück wollen, wird sich dereinst noch weisen. Sie werden in jedem Fall für Mainstream zum Ärgernis werden. Wer's nicht glaubt, betrachte den Einwanderungsschub aus der Ukraine und Umgebung, den uns Josef Fischer und seine Gang zur Jahrhundertwende durch Visa-Manipulationen bescherte. Das war letztlich eine Fehlkalkulation der Manipulateure. Empfehle einen Rundgang durch Hellersdorf und Marzahn und die Analyse der dortigen AfD-Wähler.

Ukraine (5): Während das Volk gebannt den Kriegsspielen der Medien folgt, setzt auf der Hinterbühne das Establishment die Zwangsimpfung durch. Warte täglich auf die Meldung, dass Omi Kron eine Mutation des bösen Wlad sei.

25. MÄRZ 2022

Das Kohlekraftwerk Jänschwalde soll dichtmachen. Die sogenannte Deutsche Umwelthilfe hat geklagt und recht bekommen. Man sieht also: der Rechtsstaat funktioniert. Was er anrichtet, bleibt unerörtert. Die Leute werden erst zur Vernunft kommen, wenn das Licht ausgeht. Und selbst dafür verbürge ich mich nicht.

Bis gestern hatten wir Corona, jetzt haben wir Putin. Und es dröhnen die Experten. Ob es die selben sind, weiß ich nicht. Jedenfalls ist der Ton derselbe.

26. MÄRZ 2022

Leser B. weist mich dankenswerterweise darauf hin, dass ich die gestrige Meldung zu Jänschwalde missverständlich verkürzt habe. Richtig ist: Es ist die wasserrechtliche Genehmigung für den dortigen Braunkohle-Tagebaubetrieb, die von der sogenannten Deutschen Umwelthilfe angegriffen wurde. Das Ergebnis allerdings ist das gleiche. Ohne Abbau keine Kohle und ohne Kohle kein Strom. Wie belehren uns unsere grünen Vordenker stets: Nachhaltigkeit geht vor, vor allem vor Logik. Und die heißt: Kraftwerk aus, Licht aus. Zumal wir vom bösen Putin nix mehr nehmen. Der soll seine Kohle nach China verkaufen oder Indien oder sich sonst wo hinstecken.

Der französische Energiekonzern Total kündigt an, die russische Öl-Pipeline, an derem deutschen Spundloch er sitzt, zum Jahresende dicht zu machen. Das dürfte das Aus für das Chemiedreieck Leuna bedeuten. Hier wird eine Krise mit der Brechstange herbeigeführt.

Leuna (2): Der Anhaltinische Ministerpräsident, ein Herr Haseloff, sieht – falls die Postillen das richtig wiedergeben – hierdurch die Versorgung der Bevölkerung nicht gefährdet. Produktion und Arbeitsplätze spielen im Lande Wünsch-dir-was offensichtlich keine Rolle. Soviel Stuss hätte auch Erich Honecker von sich geben können.

Leuna (3): Jetzt haben wir es den Russen aber gegeben. Kriegen ihr Öl nicht mehr los bei uns.

Leuna (4): Am besten gefällt mir der Vorschlag, dass, wenn wir wirklich Öl brauchen sollten, wir dieses statt durch die Pipeline aus Tankern, die in Danzig gelöscht werden sollen, beziehen mögen. Dass zu einem Wirtschaftsstandort auch dessen Wirtschaftlichkeit gehört, entzieht sich den Vertretern der Plapperökonomie.

Suchbild: Beim Betrachten der Bilder des NATO-Gipfels am 24. März 2022 in Brüssel stelle ich mir die Frage, ob Deutschland nicht bis neulich Mitglied in diesem Staatenclub war, denn auf dem offiziellen Beweisfoto fehlt der Kanzler offensichtlich.

28. MÄRZ 2022

Herr Scholz aus dem Kanzleramt spricht: Kein Embargo gegen Russland, wozu habe man sonst die Sanktionen. Ich übersetzte das mal: Was wir brauchen, das kaufen wir. Was die Russen brauchen, sollen sie nicht kaufen dürfen.

Herr Scholz aus dem Kanzleramt verspricht: Keine Steuererhöhungen zur Finanzierung der Krise. Wusste bis gestern gar nicht, dass man Krisen finanzieren muss. Trotzdem übersetze ich mal: Wir werden wie üblich Geld drucken.

Herr Scholz aus dem Kanzleramt kündigt an: Russenkohle, Russenöl und Russengas werden in Kürze kein Problem mehr sein. Stimmt, für Russland sicher nicht. Den zusätzlichen Hinweis von Herrn Scholz, dass man jetzt die seit Langem vorbereiteten Pläne umsetze, halte ich – man vergebe mir diese Offenheit – für eine Lüge. Es sei denn, er meint, den deutschen Industriestandort abzuwracken. Das begann spätestens, wenn auch zunächst nur halbherzig, unter der Regierung von Schröder und Josef Fischer.

Neben mir, der Mann mit dem Bier, sagt: Steht schlimm um Deutschland, wenn der russische Präsident besser deutsch spricht als die Außenministerin. Ich mustere den Mann heimlich von der Seite. Sieht unauffällig aus.

31. MÄRZ 2022

Die Lage im Ukraine-Konflikt bleibt undurchsichtig. Wenn man versucht, das ganze Drumherum etwas zurücktreten zu lassen, dann sieht es so aus, als habe die russische Armee ihre Kriegsziele nahezu alle erreicht. Der Landhalbmond im Osten bis in den Süden zur Krim ist weitgehend in russischer Hand. Die noch bestehenden Widerstandsnester werden unter schlimmen Verlusten fallen.

Ukraine (2): Es ist zu bezweifeln, ob Selenskyj erkannt hat, dass seine Rolle nicht mehr die eines den Präsidenten spielenden Schauspielers ist, sondern im wirklichen Leben die eines Staatspräsidenten, der wie eine Marionette an amerikanischen Drähten hängt. Erstaunlich ist in jedem Fall, dass sowohl die Russen wie die Amerikaner sich in dem Mann getäuscht haben. Er gibt der Weltöffentlichkeit eine Solovorstellung an Unbeugsamkeit. Noch folgen ihm die Landsleute verbissen. Das wird bestenfalls so lange funktionieren, bis in Washington ein anderes Spielzeug mehr Interesse erzeugt.

Währenddessen in Deutschland (aus der Serie Das kannst du dir nicht ausdenken):

Putin macht ernst. Ab morgen ist die Zahlung der Gasrechnung bei der Gazprom-Bank in Rubel zu tauschen. Das wird teuer. Klimaminister Habeck droht darauf weitere Sanktionen an. Mein Vorschlag: Dem Russen keinen Ostwind mehr abnehmen.

2. APRIL 2022

Konsequenz: Jetzt haben sich die Russen von ihrer deutschen Firma Gazprom Germania, einer hundertprozentigen Tochter der Gazprom, getrennt. Ja, das kommt davon, wenn man unüberlegte Sanktionen in die Welt schreit und russische Auslandskonten beschlagnahmt (»einfriert«). Was das für Folgen hat, wird in den nächsten ein, zwei Wochen sichtbar werden.

Konsequenz (2): Klimaminister Habeck hat offenbar schon Ideen, wie er dem russischen Rückzug gegensteuern will, nämlich durch Verstaatlichung der beträchtlichen russischen Vermögenswerte, z. B. Gasleitungen, Gasspeicher, Gaslieferungsverträge. Wie dem auch sei, eine weitere Woche später wird man feststellen, dass man enteignen kann, was immer man will, Gas aus Russland wird dadurch nicht nach Deutschland fließen.

Konsequenz (3): Die leitenden Angestellten von BASF und Siemens bemerken öffentlich, dass bei Wegfall des Russengases schwere Wirtschaftsschäden eintreten werden. Guten Morgen, meine Herren. Oder handelt es sich hier lediglich um den Ruf derjenigen, die zu groß sind, um zu sterben?

4. APRIL 2022

Schreibt mir ein deutscher General, Putin gehöre vor das Kriegsverbrechertribunal in Den Haag. – Rege an, er möge zur Festnahme schreiten.

General (2): Einer schreibt auf einem Blog, Putins Plan, die Ukraine von Nordwesten anzugreifen, sei gescheitert, weil der weißrussische Diktator Lukaschenko einen Rückzieher gemacht habe. Forsche nach der Quelle dieser famosen Meldung: eine vom Pentagon finanzierte Webseite.

In Deutschland pöbelt ein Mann namens Melnyk gegen die Deutschen als solche und gegen spezielle Deutsche im Besonderen. Den Gazetten entnehme ich, dass das der ukrainische Botschafter in Berlin sei. Ich kann mir beim besten Willen nicht vorstellen, dass er auf eigene Kappe in einer Weise handelt, die im normalen diplomatischen Betrieb zur Ausweisung des Botschafters geführt hätte.

5. APRIL 2022

Die westliche Welt hat ein gemeinschaftsstiftendes Thema: Die Toten von Butscha, einem Vorort von Kiew. Der hiesige Tenor ist klar: Das war Putins Soldateska. Solche Meldungen nebst anschließendem Wir-alle-Gerede sind weder neu, noch tragen sie zur Wahrheitsfindung und schon gar nicht zu einer nüchternen Lagebeurteilung bei. Dieselbe ist, so fürchte ich, unerwünscht.

In einem schon älteren Buch rief einst die Masse: Kreuziget ihn. Man tat es.

Masse (2): Es ist verstörend, dass ganz normale Leute hysterisch reagieren, wenn das Wort Ukraine fällt. Argumente sind sinnlos. Sie werden innerlich abgeblockt. Frage mich selbstkritisch, ob auch ich diesem Mechanismus unterliege. Vermutlich ja, indem ich ab einem bestimmten Informationspegel einfach für ein, zwei Tage abschalte. Das ist dann wie Fasten.

Masse (3): Genügend aufgeputscht lyncht sie Männer, die bloß daneben stehen und die Stirn runzeln. Der jetzige Schlachtruf lautet: Verurteile den russischen völkerrechtswidrigen Angriffskrieg, sonst machst du dich wegen der Befürwortung desselben strafbar. Da wird nüchternes Denken zum Wagnis, zum Beispiel dieses hier: Ich verfolgte die internationalen Schachzüge und ihre Spieler, bis es zum russischen Einmarsch kam, den ich – wenn denn schon Bekenntnis die Voraussetzung für Forschungsgedanken ist – nicht gutheiße, sondern ganz im Gegenteil.

Ukraine und die Welt: Mit Interesse habe ich zur Kenntnis genommen, dass der spanische Außenpolitik-Profi Augusta Zamora Rodrígez sich in einem bemerkenswerten Artikel (»Der Tod Europas und die neue Weltordnung«) zu den Ursachen und zum Konflikt selbst als einem Weltmachtereignis geäußert hat. Seine Prognose: Nachdem sich dereinst die Einzige Weltmacht zerlegt haben wird, wird es immer noch Russland geben. Übersetzt ins Deutsche hat den Aufsatz, wie ich vermute, der Sender RT-Deutsch. Wegen meiner mangelhaften Spanischkenntnisse räume ich ein, dass ich nicht beurteilen kann, ob die Übersetzung korrekt ist.

Ansichtssachen: Das Gerücht, dass im russischen Besetzungsplan der Ukraine ein Element enthalten gewesen sei, ortsansässige

Oligarchen in eine russische Militärverwaltung des Besatzungsgebiets zu integrieren, tauchte letzte Woche auf. Ich weiß nicht, ob das stimmt. Nur falls es so war, hat es nicht gut funktioniert. Mit diesem Gerücht harmoniert ein zweites: Es besagt, dass vor Kurzem leitende Funktionäre des FSB abgeräumt worden seien, weil sie in der Ukraine-Sache versagt hätten. Der FSB ist der russische Inlandsdienst (entstanden aus dem 1992 zerschlagenen KGB). Deutsche Experten wussten hierzu sogleich anzumerken, dass der FSB mit der Ukraine nichts zu tun habe, sondern dafür sei der russische Auslandsdienst SWR zuständig, was in mir Frohsinn auslöste, weil die Russen dies offenbar anders sehen. Wenn also wirklich der russische Kriegsplan so war, wie eingangs beschrieben, dann ist der Teil der Einsetzung einer Marionettenverwaltung augenscheinlich misslungen, und die hierfür Zuständigen wurden in die Wüste geschickt. So passen die beiden Meldungen zusammen, bleiben aber unterm Strich mit Skepsis zu betrachten.

6. APRIL 2022

Der Herr Müller von der Bundesnetzagentur ermahnt die Deutschen, mit dem Gas sparsamer umzugehen, da sich die Speicher bis auf den nicht abpumpbaren Rest leeren. Danach ist Sense, wie man so sagt. Gut beobachtet, Herr Müller. Vielleicht kommt seine Erkenntnis ja daher, dass er seit gestern von Klimatiker Habeck zum zwangsweisen Treuhänder des Bundes über das Russenvermögen in Sachen Gas eingesetzt wurde. Das wird von Mainstream gefeiert, aber Gas bezieht man auf diese Weise nicht, wie man sieht.

Herr Müller (2): Das ist, wenn ich nicht irre, derselbe Mann, der vor zwei, drei Monaten öffentlich verkündete, Nord Stream 2 sei nicht genehmigungsfähig – und zwar in dem Moment, als die Pipeline fertig war und mit Gas befüllt wurde. Schon vergessen,

Herr Müller? Da wäre das Gas, das jetzt fehlt. Ist durch einfache Dreisatzrechnung herauszufinden.

Herr Müller (3): Warum sind die den Russen gehörenden Gasspeicher von Rheden leer? Weil sie letzten Sommer nicht aufgefüllt wurden. Warum wurden sie nicht aufgefüllt? Weil kein Wind wehte und das Gas zur Erzeugung von Strom verwendet wurde. So was nennt man in der christlichen Seefahrt auf Sicht fahren. Dumm nur, wenn unerwartet Nächte dazwischen kommen, in denen man nichts sieht. Diese Prinzipien sollten in der Bundesnetzagentur bekannt sein.

Herr Müller (4): Man muss nicht lange nachdenken um festzustellen, dass die Gasklemme, in der wir jetzt stecken, durch aktuelle Regierungsstellen mutwillig herbeigeführt wurde. Meine höchst persönliche Wertung: Leute die so handeln, haben auf ihren Posten nichts verloren. Sie müssen entfernt werden.

Herr Müller (5): Ich will ja nicht unken, aber der laut Mainstream grün-kompatible Mann gäbe sicher ein prächtiges Bauernopfer ab, wenn es dunkel wird.

7. APRIL 2022

Der Herr Scholz hat gestern gesagt, es käme für ihn – er sagte: für uns – darauf an, dass Putin den Krieg nicht gewönne. Tja, aber was bedeutet das? Ich glaube, er wollte sagen: Leute, wir müssen aufpassen, dass wir nicht eine klatschende russische Ohrfeige kriegen. Jedenfalls wird die Nichtbezahlung des russischen Gases, der russischen Kohle, des russischen Öls, der russischen seltenen Metalle – habe ich was vergessen? – nicht dazu führen, dass Russland den Krieg nicht gewinnt.

Herr Scholz (2): Sein Auftritt im Wahlkampf in NRW wurde dortzulande bei den Genossen als nicht hilfreich empfunden. Das

Publikum pfiff. Das erinnert ein wenig an die A.M.-Auftritte in den Wahlkämpfen vergangener Jahre. Dem letzten Kanzler, den ich von Amts wegen wahlkämpfend sehen musste, begegnete ich 1999 in Erfurt. Gerhard Schröder war heiter, das Publikum gelangweilt.

11. APRIL 2022

Bei Tichy finde ich die Ansicht des Herausgebers aufgeschrieben, dass die jetzigen Helden an der Spitze der SPD Russland-hörige Genossen seien. Das war mir bislang nicht aufgefallen. Die zur Begründung der Ansicht vorgetragene weitere Ansicht, dass Putins Herrschaft mit der Sowjetherrschaft gleichzusetzen sei, weil dieser mal ein KGB-Offizier gewesen sei, finde ich abwegig. Der Rest ist dann nur noch ein inhaltsloser Zirkelschluss. Der geht so: Die Genossen der Schröder-Generation und der auf diese folgende Generation seien DDR-affin gewesen, deshalb Russland-hörig, weil das mit Sowjet-hörig gleichbedeutend sei.

Genossen (2): Das mit der DDR mag stimmen. Bei meinen Aufräumungsarbeiten in Fünfneuland 1990 ff. stießen meine Mitarbeiter immer wieder auf die Kameraderien von SED und SPD, wobei sich später prominente Genossen (West) nicht scheuten, sich in der brüderlichen DDR ihre akademischen Schmuckstücke anfertigen zu lassen. Zur Entschuldigung des damaligen Verhaltens lässt sich anführen, dass es damals noch nicht die Möglichkeit gab, die Grundlagen des akademischen Grades aus dem Internet zu kopieren.

Genossen (3): Dies vorausgeschickt, bleibt die Frage, woran man denn erkennt, dass die Spitzengenossen in der politischen Praxis von heute, Russland-hörig handeln? Wenn dem so wäre, müsste der Herr Scholz beschleunigt die grünen Vorleute aus dem

AA und dem Wirtschaftsministerium zum Teufel jagen, denn dort lässt man an der Russland-Feindlichkeit keinen Zweifel aufkommen.

12. APRIL 2022

Es kristallisiert sich bei aller Widersprüchlichkeit der Nachrichten heraus, dass der Endkampf um die am Asowschen Meer gelegene Großstadt Mariupol in vollem Gange ist. Es sieht nicht so aus, als könnten sich die Verteidiger gegen die russische Armee noch lange halten.

Mariupol (2): Die unvereinbaren Interessen der beiden Kriegsparteien sind offensichtlich: Der Hafen, das Asow-Stahlwerk und die angestrebte russische Landbrücke zur Krim.

Mariupol (3): Im Bunkerteil, tief unter dem Stahlwerk, sollen sich Labors für biologische und chemische Massenvernichtungsmittel befinden. In denselben zahlreiche Ausländer. Das macht die Aufregung der westlichen Wertegemeinschaft verständlich und deren Bestreben, die Leute außer Landes zu schaffen. US-Friedenskräfte, im russischen Fernsehen vorgeführt, würden mit Sicherheit keine gute Figur machen.

Mariupol (4): Asow-Stahl soll einem einzelnen Mann gehören. Mir fehlt das Vorstellungsvermögen, dass er das Werk durch seiner Hände Arbeit erworben haben könnte. Zeitgleich ist zu lesen, dass auch die Dünger-Produktion sich in den Händen eines einzelnen Mannes befindet. Nur diesmal handelt es sich um die russische Industrie und der bedauernswerte Eigentümer, der unter den Sanktionen schrecklich leidet, sitzt mit einem britischen Pass in England.

14. APRIL 2022

Grundlinien deutscher Politik sind nicht erkennbar. Nur auf die grünen Idioten ist weiterhin Verlass: Weltrettung und Kriegshetze, beides aus Servilität gegenüber der atlantischen Kolonialmacht.

15. APRIL 2022

Im Schwarzen Meer versinkt das Flaggschiff der dortigen russischen Flotte. Da dortzulande Krieg geführt wird, stellt sich die Frage der Feindeinwirkung. Sollten US-gesteuerte Fernlenkwaffen im Spiel gewesen sein, steht die Erweiterung des Konflikts auf die NATO-Staaten unmittelbar bevor. Stellt sich die nächste Frage, wem das nutzt? Deutschland jedenfalls nicht. Und dem, was man neuerdings das ukrainische Volk zu nennen beliebt, sicher auch nicht.

In Deutschland gab es in den vergangenen 20 Jahren den merkwürdigen Konsens einer winzigen Minderheit, nämlich der von Vernunft gesteuerten Zeitgenossen. Diese lehnten mit guten Gründen das Gelddrucken, den Atomausstieg, die Totalabrüstung, den Klimablödsinn und die Massenzuwanderung von Analphabeten ab. Die Front bröckelte ein wenig, als vor zwei Jahren Corona zur Massenhysterie anschwoll, stabilisierte sich aber nach einem Jahr wieder. Jetzt wird der öffentliche Wahn durch den Ukrainekonflikt bestimmt. Plötzlich blasen ganze Kohorten in die Kriegstrompete, die man bis gestern für normal gehalten hatte.

16. APRIL 2022

Der samstagnachmittägliche Großeinkauf belehrt darüber, dass verschiedene Dinge aus sind, wie man so sagt. Vor allem die Sonderangebote. Neu ist, dass bei einzelnen Warengruppen, wie dem landläufigen Speiseöl, steht: Derzeit nicht lieferbar.

20. APRIL 2022

Ukraine, mon amour: Mainstream meldet: Russische Offensive überall erfolgreich abgewehrt. Mainstream im selben Atemzug: Die Kämpfer von Mariupol bitten um Evakuierung. Hinweis für die Nachrichtenfälscher: Mädels, eure Meldungen passen nicht zusammen. Es sind ukrainische Siegesfanfaren gepaart mit der Verzweiflungsgeste einer zumindest örtlichen totalen Niederlage.

Ukraine (2): Falls ich mir das richtig zusammenreime, findet in der Industrie- und Hafenstadt Mariupol das statt, was man in der militärisch-gnadenlosen Sprache als Säuberung vom Feind bezeichnet. Der sitzt unter dem auf elf Quadratkilometern recht ausgedehnten Asow-Stahlwerk in Gängen und Bunkeranlagen und wird dort von tschetschenischen Söldnertruppen Mann um Mann niedergemacht. Was im Rest der Ostukraine derzeit passiert, lässt sich kaum beurteilen.

Ukraine (3): Wenn man überhaupt historische Schlachten für vergleichbar erachtet, fällt einem die deutsche Niederlage von Stalingrad ein. Es war ein Häuserkampf Mann um Mann. Die Verteidiger gaben nach Wochen auf, als sie nichts mehr zu fressen und zu schießen hatten. Historische Vergleiche hinken stets, auch dieser, schon wegen der Größe des Kessels und der beidseits eingesetzten Truppenkontingente. Allerdings: Goebbels hielt hernach vor begeisterten Volksgenossen seine berüchtigte Wollt-ihr-den-totalen-Krieg?-Rede. Schon vergessen?

Ukraine (4): Die Landeszentrale für politische Bildung von Baden-Württemberg gibt eine Handreichung für Lehrer über den Ukraine-Krieg heraus: Putins Angriff auf den Frieden. Auf der Zeichnung des Covers unterhalten sich russische Soldaten auf dem Weg nach Kiew. Sagt einer von ihnen: »Sie sehen aus wie Menschen, aber es sind hasserfüllte blutrünstige

Monster.« – Preisfrage: Ist das Dargestellte eine von Strafe bedrohte menschenverachtende Hetze, oder wird derjenige strafrechtlich verfolgt, der sagt, dass dies so sei?

21. April 2022

Man kann die russischen Darstellungen über den Ukraine-Krieg für plumpe Propaganda halten und sie dementsprechend aus der eigenen Lagebeurteilung ausblenden. Westliche Medien tun dies, doch klug ist es nicht. Geradezu töricht wird solche Abstinenz, wenn man ignoriert, was die Russen in diesem Zusammenhang über uns, die Deutschen, zu sagen haben. Sie geben zu diesem Zweck eins zu eins wider, was deutsche Politiker über die Art und den Umfang unserer Kriegsunterstützung zugunsten der Ukraine verlautbaren. Die russische Schlussfolgerung, dass Deutschland sich mit Russland im Krieg befinde, ist weder abwegig noch harmlos.

Propaganda (2): Die deutsche Seite geht einen anderen Weg. Zwei Jahrzehnte halsbrecherischer Energie-, Geld- und Einwanderungspolitik nebst zweijährigem Corona-Wahn zeigen unübersehbar ihre Bremsspuren in der deutschen Wirtschaft. Das Land verarmt zum Zukucken für jedermann. Hierfür gibt es seit acht Wochen eine einförmige Erklärung: Putin. Doch das ist Quatsch und nur deswegen bei Michel wirksam, weil die Botschaft bei aller Lüge einen wahren, leicht wiedererkennbaren Strang enthält, das ist der Krieg des Wladimir Wladimirowitsch. Er findet wirklich statt und hat auch dem Dümmsten offenbart, wie eng unsere wirtschaftliche Verzahnung mit Russland war und (!) ist: Gas weg – Licht aus.

Propaganda (3): Das Sprachrohr des feministischen Zeitgeistes konnte einen Tag lang, in Abweichung zu seinem Namen *(taz,*

Die Tageszeitung), nicht erscheinen. Der Grund: ein Stromausfall. Das bestärkt mich in meiner Ansicht, dass unfreiwillige Komik die beste ist.

22. APRIL 2022

Ich kann es nicht lassen. Nachts habe ich einige Dutzend Meldungen über den Kriegsverlauf miteinander verglichen. Die leicht gekippte Mondsichel der Ostukraine vom Norden (ohne die Großstadt Charkow) bis zur Landbrücke auf die Krim scheint fest in russischer Hand zu sein. Die Lagedarstellung anhand einer russischen Karte von gestern widerspricht zumindest den westlichen Angaben über den Frontverlauf nicht. In Einzelheiten gibt es enorme Divergenzen.

Ukraine (2): In den Katakomben unter dem Asow-Stahlwerk von Mariupol befinden sich immer noch Kämpfer und ggf. Zivilisten, von denen unklar ist, ob geflüchtet oder als Geiseln gehalten. Die Erstürmung dieser Anlagen wurde nach russischen Angaben abgebrochen, um eigene Verluste zu vermeiden. Bilder von gepanzerten Feldhaubitzen zeigen – falls sie tatsächlich aktuell an Ort und Stelle gefilmt wurden –, dass diese, wie im Manöver auf offener Fläche aufgefahren, das Werksgelände aus sicherer Distanz systematisch zusammenschießen.

Ukraine (3): Man kann über die russischen Offensivabsichten nichts sagen, es sei denn, man ist Kreml-Experte oder Prophet. Eine Absicht auf Eroberung der Gesamt-Ukraine ist nicht zu erkennen.

Ukraine (4): Was mit der Großstadt Odessa, dem Tor der Ukraine zum Schwarzen Meer, wird, mögen die Götter wissen. Wenn der Krieg so endet, wie jetzt der Frontverlauf ist, hängt die Stadt strategisch in der Luft. Die Stadt Odessa hat in der russischen wie in der ukrainischen Sichtweise einen Stellenwert, der ebenso grundlegend wie wechselseitig unvereinbar ist.

Gefährliche Muskelspiele: Dem *Preußen-Kurier* entnehme ich, dass Bundeswehreinheiten am Kurischen Haff stationiert wurden. Blick auf den Nordteil Ostpreußens, der einschließlich Königsberg seit 1945 zu Russland gehört, zeigt, dass dieser bei Anziehen der Daumenschrauben kaum zu halten wäre. Direkte Anrainer sind Polen und Litauen. Es lohnt sich, deren Exponenten zuzuhören.

Muskelspiele (2): Auch sonstige Meldungen aus Polen lassen nichts Gutes erwarten. Ich weiß jedoch nicht, ob diese Meldungen zutreffen, dass die polnische Armee sich zu einer Offensive Richtung Lemberg-Odessa rüstet. Falls ja, richtet sich der dann entfachte Krieg primär nicht gegen Russland, sondern gegen die Ukraine. Da bahnt sich ein Konflikt im Konflikt an. Ob unsere Polit-Obertanen dieses Spiel auch nur vage erahnen?

Muskelspiele (3): Die West-Ukraine als polnisch zu betrachten und lautstark zu beanspruchen, ist weder neu noch originell. Die 1920er/30er Jahre lassen grüßen. Zwischen damals und heute liegen Jahrzehnte, in denen die Polen nichts zu beanspruchen hatten. Es gehört zu diesem Auf und Ab, dass dieses Volk permanent fehleingeschätzt worden ist. Jetzt jedenfalls ist es mit seinem Streitpotenzial wieder da.

23. APRIL 2022

Man muss auch loben können. Dass der Herr Scholz einen Dritten Weltkrieg verhindern will, finde ich anerkennenswert. Seine Bemerkung, dass deutsches Aufrüsten der Ukraine der Weg in diesen Krieg ist, finde ich zutreffend.

Herr Scholz (2): Von Kabinettsdisziplin ist nichts zu spüren. Grüne und Liberale zetern, was das Zeug hält, und versuchen, den Kanzler öffentlich zu desavouieren. Bei den Grünen kein Wunder, denn sie können mit Deutschland nichts anfangen. Über die Kriegstreiberei der FDP darf man sich schon wundern. Spötter bemerken, die Liberalen würde sich an ihre Anfänge erinnern, als sie die Parteineugründung mit den meisten Ritterkreuzträgern war.

Herr Scholz (3): Es riecht nach Kanzlersturz. Warte darauf, dass Mainstream feststellt, der heutige Kanzler habe in seiner Hamburger Zeit in der Elbphilharmonie Tschaikowski gehört. Das wäre dann der Tupfen auf dem i für seine Russenhörigkeit.

Herr Scholz (4): Diesen durch den Mann von Black Rock abgelöst zu sehen, wäre der Wunschtraum der vereinigten Atlantiker.

25. APRIL 2022

In Frankreich hat der kleine Mann erwartungsgemäß, wenn auch knapp, die Präsidentschafts-Wahl gewonnen. Die Bürger, die dies bewirkt haben, entschieden im Sinne des Großkapitals. Entsprechend fiel die Erleichterung bei den westlichen Politikern aus, die ebenfalls auf dem Finanz-Ticket reisen. US-Präsidenten Biden ließ man sagen, dass dies für die Ukraine, die Demokratie und die Klimarettung gut sei. Mehr muss man dazu nicht anmerken.

Liberales Zwiesprech: Während der Herr Lindner am Wochenende dem Kanzler Nibelungen-Treue schwört, feiert der Parteitross der Lindnerpartei diese etwas maskulin wirkende Dame, die den Militärflügel repräsentiert und deren Namen ich mir nicht merken kann.

Ungeplanter Fund eines Titels von 1919 in meiner Weltkriegsbibliothek: *Mit den deutschen Truppen in der Ukraine. Ein Beitrag zur Geschichte des deutschen Zusammenbruchs.*

26. APRIL 2022

Klare Ansage: »Wir wollen, dass Russland so weit geschwächt wird, dass es zu so etwas wie dem Einmarsch in die Ukraine nicht mehr in der Lage ist.« So die US-Minister Blinken (Auswärtiges) und Austin (Krieg) bei einem Besuch in Kiew und in Ramstein. Die Einzige Weltmacht lässt grüßen, doch die Einzige Weltmacht existiert nur in den Köpfen derer, die sie für real halten.

Ansage (2): Der russische Außenminister Lawrow hat zur amerikanischen Ankündigung, die ukrainische Armee so lange hochzurüsten, bis sie gesiegt habe, mitgeteilt, dass die NATO sich am Rande des Dritten Weltkriegs befinde. Mir geht durch den Kopf, dass man die Hinweise dieses Mannes seit Jahr und Tag in den Wind geschlagen hat, was regelmäßig zu späterem Klagegeschrei führte. – Dies ist einer der raren Fälle, in denen ich nicht recht behalten mag, denn im Gegensatz zu unsern politischen Leuchten und deren Claqueuren lege ich keinen Wert darauf, in einen Krieg hineingezogen zu werden – weder bewusst, noch blind stolpernd.

27. APRIL 2022

Stopp: An Polen und Bulgarien liefert Russland ab heute kein Gas mehr. Offizielle Begründung: Die beiden Länder hätten nicht in Rubel bezahlt. Der russische, oft genug angekündigte Vorstoß ist ein Versuchsballon. Sowohl für die Russen wie für die Deutschen, die 55 Prozent des Import-Gases aus Russland beziehen. Wir seien, so hört man aus Berlin und Brüssel, auf alle Eventualitäten vorbereitet. Soso. In der Stilllegung des Landes und seiner Wirtschaft haben die Damen und Herren ja in den letzten beiden Jahren reiche Erfahrungen sammeln können. Kurzarbeitergeld statt Produktion. Geht doch.

Die gebündelte Kriegshetze der deutschen Medien, die ich durch den Filter der sogenannten alternativen Medien zur Kenntnis nehme, offenbart, dass *Tichys Einblick* mit fliegenden Fahnen im Gleichschritt marschiert. Ein einschlägiger Beitrag des Journalisten Georg Gafron erfährt in der vergangenen Nacht im Minutentakt ätzende Leserkommentare. Als ich ihn heute Morgen zu Zwecken der Dokumentation des absurden Geschehens kopieren will, finde ich ihn nicht mehr wieder.

Gafron (2): Ich weiß nicht, ob dieser verbale Kämpfer an der Seite der USA derselbe ist, den ich in den 1980ern in Berlin als etwas skurrilen Streiter für *democracy* beim RIAS kennenlernte. Andere ehemalige Mitarbeiter des amerikanischen Senders fand ich später als Mitkämpfer bei den Grünen angedockt. Damals wunderte ich mich. Das hat sich mittlerweile gelegt.

28. APRIL 2022

Wenn's Absicht war, kommt es der Quadratur des Kreises gleich: Deutschland liefert Flak-Panzer Gepard, für die es keine Munition mehr gibt. Also: Selenskyjs Wunsch nach schweren Waffen erfüllt und Putin hierdurch nicht bedroht. Wie wär's als nächstes mit dem Leo 2 ohne Motor. Ist absolut umweltfreundlich (kein Feinstaub, CO_2 und so) und für den Transport auf der Schiene geeignet.

Gepard (2): Die Schweiz weigert sich, für die Oerlikon-Kanonen Munition zu liefern. Sie hat die Bundesregierung darauf hingewiesen, dass Deutschland die Munition seinerzeit unter striktem

Weiterexportverbot bekam. Jetzt will, man höre und staune, Brasilien den Ukrainern aus der Munitionsklemme helfen.

Den Gafron-Hetzartikel im Bauchladen von *Tichy* wiedergefunden. Dem Leser H. sei Dank. Auch Hinweise auf den Journalisten, für den ich mich nie sonderlich interessiert hatte. Er sei einer, der zuvor rübergemacht habe, wie die Berliner das nannten. Für einen winzigen Moment meldet sich der alte Jagdhund zu Wort, der einst von Amts wegen auf den Spuren von eingeschleusten Presse- und Parteien-Unterwanderern wandelte. Einen winzigen Moment nur, dann verfliegt der Eindruck wieder im ablenkenden Interesse am gegenwärtigen Geschehen.

1. MAI 2022

Fiedler und Pohlmann haben erneut bei »Neues aus Wikihausen« zugeschlagen. Sie untersuchten die Angaben der Plattform Wikipedia bezüglich des angeblichen Massakers von Butscha in der Ukraine Anfang April 2022. Die Einträge in der deutschen, englischen und russischen Version sind in der Tendenz gleich: Täter waren russische Soldaten auf dem Rückzug nach Norden. Hieran sind – allein wenn man die Wikipedia-Daten zugrunde legt – Zweifel mehr als angebracht: Die angegebenen Quellen sind letztlich eine einzige, nämlich die britische Firma Bellingcat, bekannt oder, wie etliche meinen, berüchtigt aus anderen zweifelhaften Medienkampagnen. Anderslautende Quellen und Hinweise wurden bei Wikipedia gelöscht, die Diskussionsseiten abgeändert und die ohnehin bereits mit Decknamen versehenen Texter nochmals anonymisiert – mit dem Hinweis, man müsse sie vor Repressalien schützen.

Die Russland-Hetze auf *Tichys Einblick* nimmt erstaunliche Formen an. Den Lesern wird nahegelegt, die Angst vor dem

Atomkrieg endlich sein zu lassen. Erneut ist hierfür der ehemalige Rias-Mann Georg Gafron als devoter amerikanischer Propagandist tätig geworden. Leser fragen, wie lange das noch so gehen soll.

Hetze (2): Gafrons Kollege, der Christunionist Josef Kraus, stellt derweil die mecklenburgische Ministerpräsidentin an den Pranger des Landesverrats. Ihre Missetat: Sie ließ in ihrem Land mit Geldern der Gazprom eine Stiftung zu, deren Ziel die propagandistische Begleitung des Nord-Stream-2-Gasleitungsvorhaben war. Die Reaktionen des Publikums sind gemischt. Da gibt es jene, denen jegliche Attacke gegen die Genossen der SPD recht ist, und die anderen, denen der Ton missfällt, aber auch Inhaltliches, weil sie die Torpedierung der Gasleitung für ein Übel ansehen.

3. MAI 2022

Zum Tee bei Freunden, wir schwätzen wie gewohnt durcheinander. Sie stellt eine Schüssel mit Russisch Brot auf den Tisch. Keiner sagt was, aber alle lachen. Anschließend schwätzen wir weiter.

4. MAI 2022

Nachts das Russland-Buch von Thomas Fassbender *Freiheit statt Demokratie* gelesen. Sinnvolle Lektüre. Das Buch stammt aus dem Jahre 2014 und schlummerte seit Jahr und Tag unbeachtet im Russland-Regal in einer zweiten Reihe außerhalb meiner Sichtweite. Vor- und Nachteile einer großen Bibliothek.

5. MAI 2022

Ein, wie er sagt, Sprecher der Werteunion erklärt den Umsitzenden, dass wir nicht abseits stehen dürfen. Hierzu nickt er, sich selbst zustimmend. – Zuhörerin: Und warum nicht? – Er, die Stimme senkend: Oder wollen Sie, dass Putin in Deutschland einmarschiert? – Die Umsitzenden entschließen sich spontan, über die Spargelsaison zu reden.

Neu im Angebot der Nationalen: Wer den US-Kurs kritisiert, ist ein vaterlandsloser Geselle. Daraus folgt, dass, wer ungefragt ein deutsches Interesse formuliert, erst recht ein vaterlandsloser Geselle ist.

Die Bezeichnung als völkerrechtswidrig hat keine weitere Bedeutung als diese hier: Der Sprecher befindet sich auf der richtigen Seite. – Ich zum Krim-Annexionsverurteiler: Wie war das denn 1941 mit der Besetzung Islands durch die Amerikaner? – Er: Die mussten Hitler zuvorkommen. – Ich: Wie die Deutschen im Jahr zuvor in Norwegen? Sie mussten Churchill zuvorkommen. –Er, bevor das Gespräch erstirbt: Werden Sie nicht unsachlich.

Meister Tichy schreibt gestern einen Riesenriemen über Bündnistreue. Natürlich fügt er seinem Sermon bei jedem dritten Satz ein Einerseits-Andererseits hinzu. Hat er aus den Kommentaren der letzten zwei, drei Wochen bemerkt, dass ihm die Leser davonlaufen? Vermutlich das Werk von Putin, denn einer muss es ja gewesen sein.

Der Putin war's: Benzinpreiserhöhung, Energieknappheit, Exodus der deutschen Industrie, Mietraummangel, Inflation, Facharbeitermangel, Auswanderung Hochqualifizierter, Massenzuzug von Analphabeten. Na also. Fehlt noch was? Ach ja: Feinstaub und CO_2. Und über Corona schweigen wir besser.

Schurke (2): Seit gestern weiß ich, dass die seit zwei Monaten andauernde, ganz untypische Ostwindlage im Wechsel mit völliger Windstille von Putin verursacht wurde. Er hat das Wetter verändert, um der westlichen Wertegemeinschaft beim Erreichen der Klimaziele zu schaden. Früher hätte man in solchen Fällen von

Verschwörungstheorie gesprochen. Jetzt treten Experten auf den Plan und wackeln bedeutungsvoll mit den Köpfen.

Schurke (3): Nur eines war Putin offenbar nicht: Derjenige, der anordnete, russische Generäle im Dutzend von Ferne zu orten und mit Präzisionswaffen amerikanischer Bauart zu töten. Aufregung ist nicht angesagt, denn seit Obama ist dies US-Staatspraxis. Es ist den Drohnen egal, wer der Feind ist, der geschlachtet werden muss.

6. MAI 2022

Eine Geberkonferenz hat stattgefunden, die den weiteren Krieg in der Ukraine ermöglichen soll. Es lohnt sich, den Teilnehmern zuzuhören. Der polnische Vertreter sagte, das Geld solle an diejenigen Staaten gehen, die von dem Krieg betroffen seien. Man kennt diese Methode aus der polnischen EU-Mitgliedschaft: Mehr aus dem Topf herausholen, als man selbst hineingegeben hat.

Geldnehmer (2): Polen und Litauen plädieren dafür, den Krieg zu nutzen, um die diversen Gebietsverluste aus dem vergangenen Jahrhundert (oder noch früher) rückgängig zu machen. Das bedeutet das Entstehen etwas anderer Kriegskonstellationen, nämlich: Polen gegen die Ukraine, Polen und Litauen gegen Weißrussland, und – natürlich – Polen gegen Litauen. Vor allem letzteres entbehrt nicht einer gewissen grimmen Komik. Man kann verstehen, dass solche Ansinnen in Russland mit galligem Humor kommentiert werden.

8. MAI 2022

Nach dem Abräumen von Mariupol geht es in Kürze offenbar um den Angriff gegen Odessa. Das Mobilisieren von Streitkräften in der im russischen Sinne abtrünnigen Provinzen von Moldawien nötigt zu dieser Folgerung. Es war zu naheliegend, um nicht begonnen zu werden. In wenigen Tagen wird bei dem jetzt üblichen mäßigen Tempo der russischen Landnahme die Ukraine vom Schwarzen Meer abgeschnitten sein.

Ukraine (2): Die entscheidende Frage ist: Was werden die USA unternehmen, um das Einschnüren des Landes zu verhindern, denn es passiert im Augenblick das Gegenteil des Gewünschten, nämlich die Russen vom Schwarzen Meer zu vertreiben. Was also werden die Amerikaner den Rumänen bieten, damit sie sich in den Kampf gegen Russland einmischen? Zur Zeit sind sie, ohne was dazugetan zu haben, die Kriegsgewinner, weil aus ihren Schwarzmeerhäfen neuerdings der ukrainische Weizen in die Welt verschifft wird.

11. MAI 2022

Im Osten nichts Neues. Die Langsamkeit des russischen Vordringens erregt die westlichen Gemüter. Man schwelgt in der russischen Niederlage. Wie das Bedächtige auf die russische Seele wirkt, vermag ich nicht zu sagen. Vermutlich jedoch weniger, als man es sich hierzulande einzureden versucht.

Schreibt mir einer aus Hamburg, es werde höchste Zeit, sich für die Ukraine konkret zu engagieren. Rate ihm, sich eine Fahrkarte nach Odessa zu kaufen.

Der Klimatiker Robert H. versucht in Schwedt an der Oder die aufgebrachten Leute wegen der russischen Ölpipeline, deren deutsches Endstück von den französischen Eigentümern am Jahresende dicht gemacht werden soll, zu beschwichtigen. Woran denkt der Mann aus Berlin? An Zwangsverwaltung? Enteignung zugunsten des Bundes? Übung hat er ja mittlerweile mit der deutschen Gazprom-Tochter Germania.

Pipeline (2): Der Gasdurchfluss in der Ukraine in Richtung Europa ist gestern ins Stocken geraten. Russen und Ukrainer zeigen wechselseitig mit dem Finger aufeinander. Das ist eine Entwicklung, die das Zeug hat, eskalierend aus dem Ruder zu laufen. Waren es die Russen, ist es eine massive Drohung. Waren es die Ukrainer, grenzt es im US-Auftrag an Selbstmord.

12. MAI 2022

Wieder einmal ist es so, dass ich mit Lesernachhilfe zum Kern eines Problems vordringe. Das ist wohl das Schicksal des Vorlauten. Im Speziellen habe ich gelernt, dass die Öl-Pipeline Freundschaft (дружба – hoffentlich habe ich das richtig transkribiert) nicht nur in Schwedt an der Oder dem Aufbau des Sozialismus diente, sondern auch im sächsischen Chemiedreieck. Die Details ergeben sich aus einer jahrzehntealten Briefmarke der Deutschen Post. Das Problem, das aufzuklären bleibt, ist der Verkauf der (DDR)-Minol nach Frankreich durch die Treuhandanstalt in der Nachwende-Wildostzeit. Im Klartext formuliert: Was musste der deutsche Steuerbürger draufzahlen, damit das heutige Leuna-Ufo wieder zum Leuchten gebracht wurde? Interessiert mich, weil ich altmodisch bin. Vor allem, wo jetzt fragwürdige Interessenverbünde dort das Licht ausknipsen wollen. Ich sag es deutlich: Ich hab was dagegen.

13. MAI 2022

Zukunft: Wann und unter welchem Vorwand werden polnische Truppen in der Ukraine einmarschieren? Sicher wäre nützlich, wenn der Kreml wieder einmal die abgehörten Telefonate der Kriegsstrategin im US-State Department, Victoria Nuland, veröffentlichen würde. Auch für die Freunde des Gossen-Amerikanisch ein Hochgenuss.

Zukunft (2): Dem polnischen Einmarsch könnte ein Hilferuf slawischer Brüder aus Kiew vorausgehen. Wahrscheinlich wird dort noch der Schwarze Peter herumgereicht, wer brüderlich rufen soll. Stelle mir vor, dass der Rufer danach seines Lebens nicht mehr sicher ist.

Der alberne Begriff der Gegensanktionen gewinnt allmählich Konturen. Der Kreml verbietet russischen Firmen, mit den im Westen gelegenen, nunmehr ehemaligen russischen Firmen Geschäfte abzuwickeln. Ein Blick auf die stillgelegten und unter deutschem Kuratel sogleich fortgeführten deutschen Töchter von Gazprom verspricht, dass es zumindest zu einem riesigen Durcheinander kommen wird.

Grünen-Vormann Robert H. kennt das Gegenrezept zum jüngsten Putin-Rezept: Sparen, sparen und nochmals sparen. Der Aufruf trifft auf Leute, die der Regierung, welcher er angehört, beim Geldrausschmeißen zusehen können (»Wir sind ein reiches Land«, schon vergessen?). Dennoch wird sich Widerstand kaum regen, denn Michel weiß, dass er durch Verzicht dem Russen den Überfall auf Deutschland vermiesen kann. Man sage jetzt nicht, diese hirnverbrannte Ansicht sei auf meinem Mist gewachsen. Ich referiere lediglich Erklärungen aus der Christunion, die ich mit eigenen Ohren gehört habe.

Bedenke das Ende: Wenn in den USA die Lebensmittelpreise drastisch steigen, so liegt das, wie der Amerikaner weiß, an den Russen. Denn diese blockieren – selbstredend völkerrechtswidrig – den Weizenexport über das Schwarze Meer. So hatte man sich in Washington D. C. die Russland-Sanktionen nicht vorgestellt. Was mir dabei auffällt: Früher lebten – so stand's in meinem Erdkundebuch – die Amerikaner im Weizen-Überfluss. Wohin mag der entschwunden sein?

14. MAI 2022

Aus unerwarteter Ecke gibt es Gegenwind beim beabsichtigten NATO-Beitritt von Finnland und Schweden. Und zwar aus der Türkei. Das wird teuer für den Rest der sogenannten Wertegemeinschaft, da nicht damit gerechnet werden kann, dass Joe im Weißen Haus jetzt zusätzlich zum Ukraine-Konflikt einen Krieg um den Bosporus lostritt. Solche Abstinenz von einer Kriegsdrohung gegen die Türkei ist indessen daran geknüpft, dass der amerikanische Größenwahn auf ein einigermaßen überschaubares Maß von Logik beschränkt bleibt.

Spieler (2): Der türkische Querschuss lässt vermuten, dass Ankara in Moskau Freifahrscheine Richtung Syrien und Irak einkaufen konnte. Falls das stimmt, wird deutlich, dass auch auf der anderen Seite des Schachbretts ernst zu nehmende Gegner sitzen.

17. MAI 2022

Die Nachrichtenlage zum Thema Ukraine-Konflikt ist nach wie vor sehr unsicher. Bei beidseitigen Erfolgsmeldungen kann man von gar nichts ausgehen. Die Kämpfe um das Gelände von Asow-Stahl (Mariupol) neigen sich offenbar dem Ende zu, falls es stimmt, dass sich am Wochenende dort 500 Personen den russischen Belagerern ergeben haben.

Ukraine (2): Es geht um Minimalia bei Geländeverlusten und -gewinnen. Es bleibt allerdings bei meiner Annahme, dass der Halbmond im Osten des Landes von Charkow im Norden bis zur Krim im Süden das Ziel der russischen Aktion ist. Die Frage steht weiter im Raum, wie es die Russen mit Odessa halten. Die Großstadt ist für beide Seiten von strategischer Bedeutung. Schwarzes Meer oder nicht, das ist hier die Frage – vor allem für die USA und die Ukraine.

Ukraine (3): Die Langsamkeit, manche sagen: Schwerfälligkeit, der russischen Operationen ist Anlass für viele Spekulationen. Deren wichtigste ist: den Russen geht technisch die Puste aus. Eine andere: Sie können mit der westlichen Militärtechnik nicht mehr mithalten. So herrsche zum Beispiel akuter Chip-Mangel. Kann das nicht beurteilen. Nur eines scheint sicher: russische Spitzenmilitärs werden gelernt haben, sich der westlichen Telefontechnik zu enthalten.

Ukraine (4): Habe seit Ewigkeiten nichts mehr von diesem elenden europäischen Schlager-Wettbewerb mitgekriegt. Jetzt hat man, lese ich, eine Ukraine-Show daraus gemacht. Soll man nur. Zur dortigen Folklore gehört es, wie jedermann, der zusah, sehen konnte, dass die Sieger mit Hitlergruß von der Bühne gehen. Wenn ich das jetzt befürworte – was ich nicht tue –, machte ich mich nach § 86 a StGB strafbar. Wenn das deutsche Fernsehen das zeigt und finanziert, dient es hingegen der *democracy* oder so.

Die Gerüchte über den Gesundheitszustand von Putin sind außer Rand und Band. Ich halte es für Wunschdenken, seinen möglichen Totalausfall als potenziellen Sieg einzuplanen. Ein Interview mit dem Vorsitzenden des russischen Sicherheitsrats,

Nikolaj Patruschew, sollte man zumindest gelesen haben, bevor man sich in Illusionen ergeht.

Patruschew (2): Die Führung Russlands betreibt nach eigener Aussage eine umfassende, sich vom amerikanisch dominierten Westen abgrenzende Strategie. Sie reicht vor allem nach innen und über die Abwehr dessen, was man als mutwilligen Angriff der Globalmacht USA versteht, hinaus. Die russische Strategie sei ebenfalls global, was auf eine vom Rubel dominierte Finanzpolitik hinauslaufe, deren Stabilität, gestützt auf den Rohstoffreichtum und solide Binnenfinanzen, Tag um Tag an Attraktivität gewinne.

Patruschew (3): Man vertue sich nicht. Die Ausführungen des Russen sind zugleich eine Kampfansage. Die russische Führung hält die westliche Wertegesellschaft für verrottet und für nicht überlebensfähig. Man wendet sich daher den 3,5 Milliarden Menschen in Asien und Afrika zu.

19. MAI 2022

Das westliche Propagandagetöse verstellt den Blick auf die Ereignisse, die mir bedeutsam erscheinen. Das ist das Platzgreifen der russischen Herrschaft am Schwarzen Meer. Der Kampf um Mariupol ist praktisch beendet, unabhängig von der Möglichkeit, dass sich weiterhin versprengte Reste der Asow-Kämpfer in den Kellern des Stahlwerks verbarrikadiert haben. Die Masse jedenfalls hat sich auf Gedeih und Verderb den Russen ergeben.

Schwarzmeerküste (2): Die eigentliche Neuigkeit stammt aus Cherson. Mit der russischen Machtübernahme in der Stadt am Unterlauf des Dnjepr hat diese Binnenwasserstraße keinen unkontrollierten Ausgang zum Meer mehr. Nebenbei: Von hier bis zur ukrainischen Westgrenze nach Moldawien sind es knapp 250 km Luftlinie. Auf dieser liegen noch die Großstädte Nikolajew und Odessa. Werden diese nach Norden hin von der Ukraine abgeschnitten, ist der Krieg für keine der Seiten mehr vertretbar.

Schwarzmeerküste (3): Das amerikanische Kriegsziel sah genau andersherum aus, nämlich die Russen endgültig vom Schwarzen Meer zu verdrängen. Das ist, wenn nicht das Wunder an der Marne passiert, in weite Ferne gerückt. Selbst J. P. Morgan, die Bank der Banken, die seit drei Monaten auf ein Einknicken der russischen Volkswirtschaft spekuliert hatte, stellte gestern klar, dass man seine Negativ-Prognosen deutlich nach oben korrigieren müsse. Wenn man sich vorstellt, dass hinter solchem Prognosegerede massive Wetten verborgen waren, kann man sich ein Grinsen kaum verkneifen, denn hier muss sog. Anlegern klar gemacht werden, dass man sich verzockt hat.

Schwarzmeerküste (4): Von Wall Street ist der Weg zur *New York Times* nicht weit. Dort wurde nunmehr an prominenter Stelle beschrieben, dass das ukrainische Pferd nicht den Einlauf der Sieger dominieren wird. Und aus dem Pentagon ist zu vernehmen, dass es Zeit wird, sich in Somalia zu engagieren. Das liegt, soweit ich weiß, nicht am Dnjepr.

20. MAI 2022

In unterschiedlicher Tonlage fragen Konsumenten meines Gesudels bei mir an, wie ich auf den Gedanken verfallen könnte, frivole Bemerkungen zum Fortgang des Ukraine-Konflikts zu machen, so wie gestern geschehen. Die Antwort ist vielleicht verblüffend: Ich versuche, mir die Kriegsziele der Konfliktparteien vorzustellen, und zwar so:

a) Das US-Kriegsziel ist es, Russland vom Schwarzen Meer abzudrängen und die Verbündeten so aufzustellen, dass eine geopolitische euro-asiatische wirtschaftliche Zone unmöglich gemacht werden kann. Ein Nebenkriegsziel ist das Domestizieren des als unsicher geltenden deutschen Verbündeten. Manche Leute sagen, das Letztere sei das Hauptziel. Ich halte das eher für ein Abfallprodukt.

b) Das russische Kriegsziel ist es, die US-Strategie zu unterlaufen und strategische Manövrierfreiheit Richtung Orient zu gewinnen. Die Geländegewinne im Donbass sind hierbei nur ein Abfallprodukt. Der eigentliche strategische Schlag findet an der Südfront statt, er betrifft die Einnahme der Städte am Asowschen und am Schwarzen Meer. Falls das richtig ist, wäre der nächste konsequente Schritt, an den Städten Nikolajew und Odessa nördlich vorbei eine Landverbindung bis zur Grenze nach Moldawien zu errichten. Dass die russische Führung sich freiwillig auf einen Straßenkampf in beiden Großstädten einlässt, mag ich mir nicht vorstellen. Wenn sie es doch tut, kann ich auch nichts daran ändern.

c) M.E. würde es genügen, beide Städte nach Norden hin von der Ukraine abzuschneiden. Sie fallen dann von selber. Das wissen auch die Amerikaner, von denen ich derzeit nicht weiß, ob und, wenn ja, wie sie das verhindern wollen. Eine Luftbrücke käme jedoch beim Stand der Dinge nicht in Frage. Ein ernsthaftes Eingreifen mit eigenen Truppen im Moment wohl auch nicht. Man wird daher zu beobachten haben, ob ein europäisches NATO-Mitglied bereit sein wird, diese Rolle zu übernehmen. In Betracht käme wohl nur Polen. Rumänien dagegen wohl eher nicht. So kommt es zu meiner derzeitigen Lagebeurteilung, dass, wenn es den Russen gelingt, den Sack von Odessa oben zuzumachen, die ganze Sache für den Moment gelaufen ist, denn es müsste andernfalls jemand willens und in der Lage sein, ihn wieder aufzumachen.

d) Kriegsziele der Ukraine spielen in meinen Überlegungen so gut wie keine Rolle, da das Land vollständig von der Gnade der USA und seiner Verbündeten abhängig ist. Es gehört zu den Gepflogenheiten der US-Strategie, eine Sache mit Hauruck wieder aufzugeben, wenn sie sich nicht mehr lohnt. Bei Beobachtung der amerikanischen innenpolitischen Debatte deute ich erste Schritte in diese Richtung. Ich räume ein, dass ich mich irren mag.

21. MAI 2022

Nachtarbeit: Der Vergleich von amerikanischen und russischen Quellen bezüglich des unterschiedlich aufgebauschten punktuellen Kampfgeschehens in der Ukraine nötigt zur Folgerung, dass eine Gesamtlage-Schilderung aus dem russischen Verteidigungsministerium, die auch von den Generalstäblern aus der Schweiz und aus Österreich für zutreffend gehalten wird, Grundlage für eine Momentaufnahme sein kann. Danach sieht der Frontverlauf mit einer zeitlichen Verzögerung von einer halben Woche in etwa so aus (Karte nächste Seite).

Nachtarbeit (2): Nach nochmaligem Kartenstudium halte ich für denkbar, – entgegen meiner Annahme von vorgestern – der russische Offensivstoß von Cherson nach Westen zwischen Nikolajew und Odessa stattfinden könnte. Das wäre wohl der direkte Weg, den Sack zuzumachen, spräche aber gegen den bisherigen russischen Ansatz, nördlich der Küste von Asowschem und Schwarzem Meer ein deutlich tieferes Territorium unter Kontrolle zu bringen. Falls meine Überlegung stimmt, müssten die russischen Angriffskräfte rechts und links an Nikolajew vorbei nach

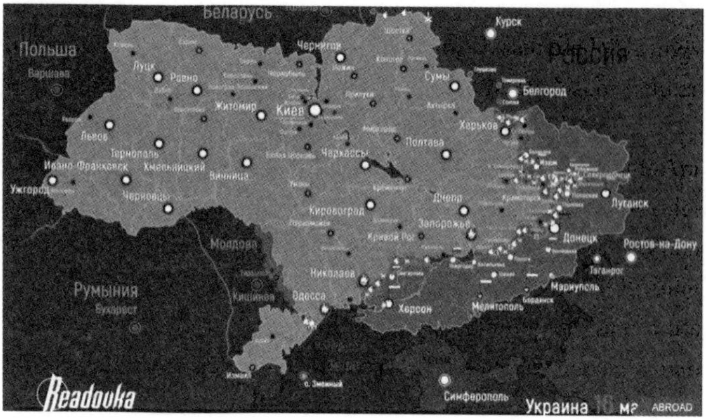

Westen vordringen. Was die Stadt selbst anbelangt, wird sich zeigen, ob sie ebenso geräuschlos fällt wie Cherson.

Nachtarbeit (3): Es zeigt sich nach Wochen des Kampfes, dass der amerikanisch-ukrainische Ansatz, die Masse der bewaffneten Kräfte im Januar und Februar 2022 in die damalige Ost-Ukraine zu verlegen, zwar im Sinne der Unterwerfungsabsicht konsequent war, aber dass er das psychologische Moment der einfachen Soldaten unterschätzt hat. Solange man als Bürgerkriegstruppe eindeutig überlegen war, war man erfolgreich. Jetzt, wo es ans Kämpfen mit einem entschlossenen Feind geht, sieht der einfache Mann seinen Einsatz nicht mehr ein.

Nachtarbeit (4): Der längst stillgelegte Jagdhund fragt sich, wo eigentlich die vielbeschworenen Speznaz-Einheiten der GRU stecken? Das sind jene Truppen, die für die verdeckte bewaffnete Kriegführung vorgehalten werden. Dass man von denen nichts hört und nichts sieht, kann aus russischer Sicht sowohl ein gutes wie ein schlechtes Zeichen sein. Das Einerseits-Andererseits lautet: Die können es nicht, oder sie tun es, und ihr kriegt nichts davon mit.

22. MAI 2022

Davos ist immer noch eine Reise wert. Da tagt jetzt wieder der Schwab-Zirkus WEF. Habe noch im Ohr, dass der Guru vom Zauberberg vor zwei Jahren tönte, die Schweiz läge für ihn nicht mehr im Zentrum, sondern er rief: Adieu in Südostasien. War wohl nix.

Davos (2): Aus Russland ist niemand da, dafür aber Elfe (= 11) aus der Ukraine. Wenn die jetzt den Sieg beschließen, hat dieser Putin schlechte Karten.

Davos (3): Die alles dominierende Figur ist der abwesende Herr P. Jahrelang hat man mit Russland die tollsten Geschäfte gemacht, jetzt macht man Verluste, weil dieser Mann im Traum nicht daran denkt zusammenzuklappen.

Davos (4): Der Dollar ist auch nicht mehr, was er mal war. Daher die hohe Teilnehmerzahl aus den USA.

Der Witz der ausklingenden Woche: Mainstream verdächtigt Tichys Plattform, Putin-hörig zu sein. Komischer geht's kaum. Der einzige, der dort in der Ukraine-Russland-Frage noch den Kurs der Vernunft hält, ist Stephan Paetow.

23. MAI 2022

Polen will einen Freundschaftsvertrag mit der Ukraine abschließen. Ich hielt Freundschaft bislang für eine beidseitige Beziehung. Was also ist das Gegenstück zu: Freund gib mir Lemberg?

Freundschaft (2) Der Herr Wolodomir scheint von den neuen Freunden ganz überwältigt zu sein – welch herrlicher Doppelsinn. Was die Leute, die er noch beherrscht, dazu meinen, spielt offenbar keine Rolle.

Freundschaft (3): Man beruft sich auf die Historie. Da muss man wohl vorsorglich die gemeinsamen Jahre von 1920 bis 1950 löschen.

28. MAI 2022

Das Kraftwerk Schwarze Pumpe steht majestätisch in der sonnenbeschienenen Lausitzer Landschaft. Der weiße, aus den Kühltürmen quellende Wasserdampf lässt keinen Zweifel am Kraftwerksbetrieb zu. Geht es nach dem Willen der grünen Totalitären, wird das Bild bald der Vergangenheit angehören.

Grüne Zerstörungen (2): Nach der Aussage des Klimatikers Robert H. sollen die Ferngasleitungen eliminiert werden.

30. MAI 2022

Mit der Einnahme von Sjewerodonjezk – in der Mitte des Westrandes des Halbmonds der Ostukraine – durch russische Truppen, die vermutlich im Moment stattfindet, dürfte die Zielsetzung des russischen Vorgehens weitgehend erreicht sein: Das Territorium der beiden sogenannten abtrünnigen Provinzen ist fest unter russischer Kontrolle.

Kriegsziele (2): Die Frage des Sacks von Odessa bleibt weiterhin im Dunkeln. Es ist allein eine Frage der russischen Initiative, wie es dort weitergeht.

Kriegsziele (3): Der auf der Jahrestagung des WEF in Davos zugeschaltete Henry Kissinger hat der Versammlung der Selbstgerechten einen schweren Schlag verpasst. Der Westen müsse die fraglichen Gebiete der Ukraine freiwillig an Russland herausgeben, weil er sonst hierzu gezwungen werde und sich zudem selbst eine langfristig wirksame strategische und wirtschaftliche Niederlage verpasse.

31. MAI 2022

Was muss man tun, um Klima-Wahn in Politik zum Schaden Deutschlands umzusetzen? Man ist weiblich, wird, wenn man es nicht schon ist oder war, blond, lässt sich jugendlich wirken sollende Löckchen drehen, zieht sich einen feinen Zwirn an, posiert vor einem Hintergrund, der dem des WEF bis auf die Buchstabenfolge zum Verwechseln ähnlich ist und lässt sich vom deutschen Steuerzahler mit einem Beamtengehalt der höchsten Stufe (B 11) besolden. So die sogenannte Aktivistin von Greenpeace und …, und … , und …, Jennifer Morgan, eine US-Bürgerin.

Morgan (2): Die ehemalige Schwab-Angestellte ist eine Globalismus-Korsettstange in der Einewelt-Welt der Annalena Naiva.

3. JUNI 2022

Falls die Meldung stimmt, dass die Russen in der Ukraine bedeutende Mengen Plutonium sichergestellt haben, wäre das in zweifacher Weise bemerkenswert: a) der Marktwert der Beute muss immens sein, b) die beabsichtigte und womöglich verhinderte Herstellung von A-Waffen wäre aus russischer Sicht ein Wert an sich.

Ukraine (2): Wenn der dortige Präsident mitteilt, die ukrainische Armee verliere jeden Tag 80 bis 100 Mann, so ist das nicht nur ein Appell, dass die westliche Wertegemeinschaft endlich mit Truppen eingreifen möge, sondern auch ein Eingeständnis der Selbstauflösung der eigenen Streitkräfte, denn ich nehme an, dass die Zahl der Deserteure um ein vielfaches höher sein dürfte. Das ist ein Effekt der eigenen Propaganda, denn die Parole vom siegreichen Kampf mag zwar im Westen Eindruck geschunden haben, bei den Eigenen kam sie, je länger sie andauerte, als Lüge an, denn man sah, dass die Wirklichkeit vor Ort anders war.

Ukraine (3): Die Meldungen aus dem Pentagon und dem Weißen Haus widersprechen einander diametral: Entweder stimmt es, dass man weitreichende Raketen liefern will, oder es stimmt, dass man das nicht will. Vielleicht war auch die Absicht, das eine zu sagen und das andere zu tun. Aber was von beidem ist was?

5. JUNI 2022

Die Konfliktlinien auf der Karte der Ukraine gewinnen erst die notwendige Farbe, wenn man die wirtschaftliche Potenz der Regionen einbezieht. Bodenschätze und Schwerindustrie sind jetzt in russischer Hand. Der übergroße Rest ist die einstige Kornkammer, von der schon dereinst deutsche Herrscher träumten.

Ukraine (2): Wenn der Status quo so bleibt, ist die Restukraine für die EU bestenfalls ein vergrößertes Rumänien oder, schlimmer noch, ein Fass ohne Boden, oder, je nach Sicht, eine polnische Kolonie. Trifft Letzteres zu, ist der nächste Konflikt programmiert.

7. JUNI 2022

Nachrichten zum Ukraine-Konflikt aus mehreren Tagen nachsortiert. Es ist das Übliche: Heldenhafte ukrainische Abwehrkämpfe, die mit den feststellbaren Frontlinien nicht harmonieren. Die Landkarte lehrt: Die Russen arrondieren Schritt um Schritt ihren Besitz im Halbmond der Ostukraine. Es ist nicht von der Hand zu weisen, dass sie derzeit Charkow, ganz im Norden, nicht stürmen, sondern zunächst einkesseln wollen. Mit jedem Tag schmilzt die Möglichkeit einer Verhandlungslösung. Am Ende wird vermutlich ein Diktatfrieden stehen.

Ukraine (2): Das jüngste Gerücht will wissen, dass Putin Kiew erobern wolle. Wenn er klug ist, wird er das lassen, denn die Stadt wird, wenn der Krieg noch weiter in die Länge gezogen wird, von selbst fallen.

Ukraine (3): Die deutsche Journaille zetert, dass der Herr Scholz die Waffenhilfe rauszögere, weil er nicht mehr an einen

Sieg glaube. Falls das stimmt, beweist der Mann Realitätssinn, denn ein solcher stand vor Ort nie auf der Agenda. Jetzt versuchen die westlichen Propagandisten aus ihrer Märchenwelt zu fliehen und suchen nach Schuldigen.

Ukraine (4): In einem Wust von widersprüchliche Meldungen bleibt der tatsächliche Stand der angeblichen Freundschaftsbezeugungen zwischen der Ukraine und Polen im Dunkeln. Es lässt sich bestenfalls vermuten, dass die heimlichen polnischen Übernahmebemühungen des Gebiets von Galizien in eine – möglicherweise geduldete – offene Besetzung übergehen werden. Was der Noch-Präsident Selenskyj dazu sagt, halte ich für irrelevant. Seine Lage ähnelt derjenigen der polnischen Führung im späten September 1939. Man geriet nicht ohne eigenes Tun zwischen die Mühlsteine.

In London übersteht Boris Johnson einen Misstrauensantrag aus den Reihen seiner konservativen sog. Parteifreunde im britischen Unterhaus. Äußerer Anlass waren fröhliche Feste in Downing Street No. 10 während des von der Regierung für das Volk verfügten Lockdowns.

Johnson (2): Ob es ihm in Osteuropa wie beabsichtigt gelingt, eine eigenständige, die EU konterkarierende Politik in die Tat umzusetzen, lässt sich noch nicht sagen. Zur Zeit probiert er es mit bilateralen Vereinbarungen und mit Waffenlieferungen. Auch hier drängt sich der Vergleich zum Herbst 1939 auf.

14. JUNI 2022

Das Verschwinden des Ukraine-Konflikts aus den Weltschlagzeilen bedeutet dreierlei: a) Das Publikum soll die Ursprungsfanfaren allmählich vergessen (Sieg auf der ganzen Linie gegen den bösen, aber unfähigen Aggressor). b) Das Publikum soll von dem

Umstand abgelenkt werden, dass es die mit der westlichen Wertegemeinschaft als Zuwendungs-Weltmeister verquickten Polen sind, die den Marsch auf Kiew antreten (Wer macht mit, wer hält sich bedeckt?). c) Das Publikum soll auf einen neuen apokalyptischen Reiter eingestimmt werden (Impfen bis der Tod eintritt).

16. JUNI 2022

Die deutsche Waffenschmiede Rheinmetall hat vorgestern den Prototyp eines nagelneuen Kampfpanzers präsentiert. Lässt man den Werbeblödsinn mal beiseite, handelt es sich um ein Vollkettenfahrzeug von 59 Tonnen Kampfgewicht mit einer nagelneuen 13-Zentimeter-Bordkanone, einem koaxial angebrachten 13,5-Millimeter-Maschinengewehr sowie Abwehrgerätschaften gegen Drohnenangriffe. Der Panzer hat den Namen Panther verpasst bekommen. Er ist bis unter die Lukendeckel vollgestopft mit Elektronik, die – so die Firmenanpreisung – von allen vier Besatzungsmitgliedern bedient werden kann.

Panther (2): Der Name ist Programm. Sein Vorgänger war die deutsche Antwort auf eine unangenehme Überraschung auf den Schlachtfeldern der Ostfront, wo die Wehrmacht mit dem sowjetischen T 34 konfrontiert wurde, dessen Existenz 1941 von der deutschen Auslandsaufklärung, dem Amt Ausland/Abwehr, verpennt worden war. Erst ab 1943 mit dem Panther und dem zugleich gefertigten Tiger hatte die Wehrmacht Kampfpanzer, die den russischen und später den westalliierten Paroli bieten konnten, ja deutlich überlegen waren.

Lob des Globalen: Russland hat angekündigt, die Zufuhr von Gas durch die Pipeline Nord Stream auf 40 Prozent zu reduzieren. Der Grund: eine Gasturbine müsse repariert werden. Das erledigt die Firma Siemens mit ihrer Dependance in Canada. Von dort kann die Turbine wegen der von Canada gegen Russland verhängten Sanktionen nicht zurück.

Lob des Globalen (2): Der deutsche Energieminister Robert H. sagt, die Gasreduzierung sei eine politische Entscheidung. Da hat er ausnahmsweise recht, wenn er auch mit dem Finger in die falsche Himmelsrichtung zeigt, denn nicht Russland, sondern Canada ist der Verursacher.

Lob des Globalen (3): Die Klima-Lügen-Quäke Luisa N. hat angekündigt, Anschläge auf Versorgungsleitungen vorzunehmen. Nur mal so: Terrorismus jeglicher Begehungsform ist in Deutschland nach wie vor mit happigen Strafen bedroht (§ 129 a StGB). Zuständig für die Verfolgung solcher Verbrechen sind GBA und BKA.

Lob de Globalen (4): Wir lernen, damit wir uns verfassungsschutzrelevanter Kritik enthalten: Russisches Gas ist klimaschädlicher als arabisches, norwegisches, US-amerikanisches. Ist alles durchgerechnet und wissenschaftlich belegt.

17. JUNI 2022

Mit Zahlen ist das so eine Sache. Diese hier habe ich bei Egon Kreutzer gelesen: Sechs deutsche Kernkraftwerke – die drei kürzlich abgeschalteten und die drei letzten am Jahresende abzuschaltenden – ersetzen zumindest theoretisch 25 000 Windmühlen. Natürlich nur, wenn der Wind weht. Deswegen brauchen wir die Atommeiler nicht mehr, denn bei Windstille sind die Franzosen, die Tschechen und die Polen gefragt.

Der existenzbedrohende Gasengpass in Deutschland wäre mit einem Federstrich zu beseitigen: Inbetriebnahme der flammneuen und mit Gas befüllten Leitung Nord Stream 2.

Immer noch Kreutzer: Man kann in Frankfurt soviel Geld drucken wie man will, die nicht mehr angelieferten Rohstoffe Gas, Öl, Kohle, Uran, Seltene Erden kann man hierdurch nicht ersetzen. Wohl wahr. Wäre hinzuzufügen: Selbst wenn man das Frischgedruckte sofort verbrennt, wäre die Energieausbeute zu gering, um damit die EZB zu beheizen.

Der Klimaminister kündigt ein Gesetz über die Energiezuteilung an. Als nächstes wäre dann unausweichlich ein Gesetz über die Wohnraumzuteilung, die Lebensmittelzuteilung, die Kleidungszuteilung. Habe ich was vergessen?

22. JUNI 2022

Einen gewissen schwarzen Humor kann man der Regierung des Herrn Scholz nicht absprechen. Sie beantwortet die Frage nach der laufenden Ukraine-Hilfe, indem sie zwei Kategorien bildet: letal und nicht-letal. Fragt sich, wo die 270 000 EPA – das sind Fresspakete pro Soldat pro Tag – hingehören. Erfahrung meiner Dienstzeit: Es gab Soldaten, die die Eintopfkonserve aus dem EPA auf den Spirituskocher stellten, ohne sie zuvor zu öffnen. War in mehreren Fällen letal. Wissen die Ukrainer das? Vor allem diejenigen, die die EPAs auf dem schwarzen Markt erwerben?

Nächste Woche soll der Gasnotstand in Deutschland beginnen. Heute noch mal heiß geduscht.

Gas (2): Mit Interesse einen Mann namens Brudermüller zur Kenntnis genommen. Der leitet die BASF. Im April stand er noch voll hinter dem Green Deal der EU. Jetzt lässt die Firma verlauten, dass bei Gas-Ende die Firmenschließung in Ludwigshafen drohe. 40 000 Mitarbeiter. Ob die im Zweifel nächstes Jahr Deutschland noch für ein reiches Land halten werden, erscheint mir zweifelhaft.

Gas (3): Dass dieser Stoff ein Grundprodukt der chemischen Verfahren ist, entzieht sich grünem Vorstellungsvermögen und zeigt den Schwachsinn, dieses durch Windräder ersetzen zu wollen. Windräder, so könnte man in einfacher Sprache sagen, machen Wind, aber kein Gas.

23. JUNI 2022

Vor wenigen Tagen haben mich gute Menschen wegen meiner Hinweise auf die deutsche Panzer-Schmiede Rheinmetall empört beharkt. Panzer seien nun wirklich kein zeitgemäßes Thema. Stimmt, wenn man der Bundeswehr-Oberin Christine glauben darf, die mitteilte, dass Deutschland keine Panzer in die Ukraine liefere. Auf Rückfrage: Der Flak-Panzer Gepard, den es allerdings liefere, sei, so verfügte sie, kein Panzer, weil er nach oben schieße. Das ist wirklich zum Schießen.

Christine (2): Allerdings irrt die Dame, wenn sie annimmt, der nach oben schießende Gepard sei im Erdkampf nicht einsetzbar. Spätestens seit 1941 weiß man das bei der deutschen Armee besser. Die Acht-Acht-Flak war zunächst eine pure Notlösung, um den sowjetischen T 34 zu bekämpfen. Das bürgerte sich dann ein, und der Tiger bekam eine Acht-Acht als Standartkanone.

Christine (3): Da war sie noch nicht auf der Welt, als die drei Gepard-Vorgänger Ostwind, Möbelwagen und Wirbelwind in der Ukraine in alle denkbaren Richtungen schossen.

Christine (4): Sie ist nun schon unsere dritte Friedensdividende in Folge.

24. JUNI 2022

Das sind kuriose Allianzen, die sich da bilden, um am 2. Juli 2022 in Berlin auf die Straße zu gehen. »Wir zahlen nicht für eure Kriege!

100 Milliarden für eine demokratische, zivile und soziale Zeitenwende statt für Aufrüstung«, so schreibt der sogenannte Friedensratschlag. Die Ur-Initiatoren jetzt als ausgemachte Feinde. Wirklich interessant. Das Fußvolk beim einstigen Kampf gegen die Nation muss etwas missverstanden haben, denn es ging niemals um Frieden. Jetzt sitzen die vormaligen System-Stürzer in der Regierung.

Jetzt hat die Wertegemeinschaft Kaliningrad-Königsberg ins Visier genommen. Litauen bläst die Backen auf, und die Polen sind verdächtig leise.

Königsberg (2): Zwei historische Parallelen fallen mir ein. a) Der Versuch, Danzig und Ostpreußen vom Reich abzuschneiden. Das war 1919–39 und ging nicht gut aus. b) Der Versuch, Leningrad einzukesseln und auszuhungern. Das war 1941–44 und ging nicht auf. Es schuf den Russen einen tiefsitzenden Mythos, den der Unbesiegbarkeit.

Königsberg (3): Mein Fazit: Beschäftige dich auch mit den Glaubenssätzen deines Gegners, bevor du ihn angreifst.

25. JUNI 2022

Rede von Wladimir Putin gelesen, die er vor wenigen Tagen auf dem Wirtschaftsforum in Sankt Petersburg gehalten hat. Sie ist ein Zwitter, eine offene Hand und eine Faust.

Putin (2): Seine Rede ist ziemlich lang, und sie ist recht klar. Die Länge bewirkt, dass kein westlicher Politiker sie lesen wird. Aus der Klarheit wird man nur den einen von beiden inhaltlichen Schwerpunkten herauspicken, den der Drohung eines Mannes, der mitteilt, dass sich seine US-gelenkten Gegner verzockt haben und nun feststellen, dass Russland unbeirrt seinen eigenen Weg geht. Die offene Hand präsentiert, wie er Russlands Rolle im

Gefüge der Weltwirtschaft sieht. Man wird sie hierzulande tunlich ignorieren.

Putin (3): Ich würde ihn versuchsweise beim Wort nehmen, denn seine Auffassungen sind für Deutschland erwägenswert, auch und gerade wenn er mitteilt, dass er sich nur noch um souveräne Staaten kümmern werde. Um nicht missverstanden zu werden: Ich rede weder von billigem Applaus noch von Unterwerfung, sondern von den Interessen meines Landes, so wie ich diese verstehe. Nebenbei bemerkt: diese liegen nicht in der Ukraine.

27. JUNI 2022

Die Wertegemeinschaft hat soeben die Sanktionierung von russischem Gold beschlossen. Stelle mir vor, wie der böse Putin jetzt zähneknirschend im Keller des Kreml auf seinen Goldsäcken sitzt, mit denen er sich nichts mehr kaufen kann.

Aus dem Meldungschaos bastele ich mir zusammen, dass die Kämpfe in der Ukraine jetzt einen Schwerpunkt im Süden am Schwarzen Meer haben. Es geht demnach um Odessa, selbst wenn in der Stadt noch kein Schuss gefallen sein sollte. Im Norden rund um Charkow ist es verdächtig ruhig.

28. JUNI 2022

Fracksausen: Nach einer unerprobten Quelle sei es so, dass Selenskyj ausschließlich von einem britischen Kommando bewacht werde. Falls das so ist, würde ich mich nicht wundern. Seine einstige Vermittlerrolle zwischen Russen und Ukrainern ist geplatzt. An deren Stelle ist aus Sicht etlicher Ukrainer der von Selenskyj zu verantwortende Ausverkauf an Polen getreten. Von denen, die ich kenne, findet das keiner akzeptabel.

Kommando (2): Wer bewacht wird, steht stets zugleich unter Aufsicht.

29. JUNI 2022

Die Türkei einigt sich mit der NATO über den Beitritt von Schweden und Finnland. Das wird garantiert teuer für die Wertegemeinschaft. Auch werden die Neuen nichts mehr gegen die friedlichen Bruderschaften unternehmen dürfen.

Der Elysee veröffentlicht ein Telefonat zwischen Putin und Macron vom 20. Februar. Beide reden aneinander vorbei. Der eine will den ukrainischen Militäreinsatz stoppen, der andere den russischen Einmarsch verhindern. Es ist ein Schwarzes-Peter-Spiel. Die Würfel waren längst gefallen.

4. JULI 2022

Bücherkataloge eines Berliner Verramschers im Briefkasten. Ein angeblicher Bestseller ist eine brandneue Selenskyj-Biographie: »Eine spannende Annäherung an diese spannende Persönlichkeit«. Kann warten, bis das Buch auf dem Ramsch erscheint. Das kann nicht mehr lange dauern.

6. JULI 2022

In fünf Tagen schalten die Russen die Gaszufuhr über Nord Stream komplett ab. Reaktion der Bundesregierung: Ab 2024 ist Deutschland vom Russengas unabhängig. Die Zwischenzeit wird weniger diskutiert. Mir geht ein zweijähriger Lockdown durch den Kopf. Wie der geht, wissen wir ja nun.

Der Hauptgaslieferant in Deutschland macht Pleite. Der finnische Eigentümer schmeißt hin. Die Bundesregierung übernimmt. Heißt zu deutsch: Der Steuerbürger zahlt für etwas, was sich wirtschaftlich, selbst bei exorbitanten Preiserhöhungen, nicht mehr trägt. Jetzt beginnt der Wettlauf von Hase und Igel: Gelddrucken gegen Gaspreis.

8. JULI 2022

Waffenhilfe: Eine der in die Ukraine gelieferten Panzerhaubitzen (PzH 2000) befindet sich offensichtlich in russischer Hand. Es wird diskutiert, wie die da hinkommen konnte. Ich frage mich hingegen, wo die anderen sind.

Waffenhilfe (2): Die Kommentare zum Waffenwechsel sind durchweg von kaum zu überbietendem Zynismus, zum Beispiel so: Der Übergang zu den Russen sei eine Entscheidung der an Bord befindlichen Künstlichen Intelligenz gewesen.

11. JULI 2022

Annalena ist wieder aufgetaucht. Mein Gott, was bin ich erleichtert. Natürlich sind wir alle begeistert, dass sie jetzt Pazifik-Atolle rettet.

Annalena (2): Bei soviel Badefreuden vergaß sie, mit dem russischen Außenminister Lawrow beim G 20 in Bali zu reden. Wozu auch, wo wir jetzt auf Panzerhaubitzen setzen. Stelle mir vor, dass sie von der bedrohlichen Schlachtordnung der BRICS-Staaten nichts mitgekriegt hat. Vermutlich ist kein Platz im Kopf frei bei all den Fototerminen.

Annalena (3): Kleideranprobe ist schön, Diplomatie wäre das Gebot der Stunde.

14. JULI 2022

Herr Müller von der Netzagentur lässt uns wissen, dass sich die Gasverbraucherpreise bis 2023 verdreifachen werden. Recht so, wenn man bedenkt, wie froh wir darüber sind, dass wir auf diese Weise den bösen Putin bestrafen können. Man nickt zufrieden und sagt: Darf's nicht noch ein bissl mehr sein?

19. JULI 2022

Gaskrieg: Der Begriff hat einen Bedeutungswandel durchgemacht. Im Ersten Weltkrieg war's die Schlächterei mit Giftgas. Dann bezeichnete das Wort journalistisch zunächst die Vorgehensweise der Länder der westlichen Wertegemeinschaft gegen Russland als Maßnahme der Wirtschaftskriegsführung. Neuerdings hat sich der Begriff wiederum gewandelt und benennt nun den Zank der Länder der westlichen Wertegemeinschaft untereinander, um sich den Zugang zu (russischen) Gasimporten zu sichern.

20. JULI 2022

Der Herr Müller von der Netzagentur hat mich mit einem neuen Gaga-Wort versorgt. Man habe, so wird er zitiert, in den letzten Wochen mehr Gas ausgespeichert, als man eingespeichert habe. Das Wort ausspeichern erinnert mich stark an die Gewohnheit der Hiesigen im Kleinstaat, das Auftauen des Tiefgekühlten als Ausfrieren zu bezeichnen. Ich sollte erwägen, das Leeren des Glases als Ausfüllen zu bezeichnen.

Speicher (2): In der selben Zeit wurden aus Deutschland die polnischen Gasspeicher bis zur Halskrause gefüllt und gleichzeitig in Deutschland der Gasnotfallplan ausgerufen.

Speicher (3): Der Herr Müller betont, dass der augenblickliche Füllstand der Gasspeicher ein Erfolg der Politik der Bundesregierung sei. Falls er damit die deutschen Speicher meint, wäre zu ergänzen, dass die jetzige versuchte Befüllung, die dank verschleuderter Steuermilliarden stattfindet, da die Hiesigen dank ihrer Sanktions- und Abschaltpolitik sonst gar nichts mehr auf dem Weltmarkt bekämen.

Speicher (4): Die prekäre Lage verdanken wir offenbar den hochsommerlichen Temperaturen, die Anlass geben, die Klimaanlagen und den veganen Gasgrill einzuschalten.

Während rundum die Regierungen über die Energieversorgung nachdenken – Spanien kauft munter in Russland –, hält die Bundesregierung den Petersberger Klimagipfel ab. Hier geht es um ein seit Jahren eingeführtes Quatsch-Wort: Klima-Neutralität. Niemand konnte mir bislang schlüssig erklären, was das eigentlich sei, stattdessen werde ich ermahnt, dass dergleichen bis 2045 erreicht sein müsse (so Annalena Bb.). Und was, wenn nicht?

Klima (2): Der Herr Scholz wird so zitiert, dass der erneut verstärkte Gebrauch von Kohle nur ein vorübergehender sein könne. Das trifft, aufs Ganze gesehen, zu, denn die Kohlevorräte sind endlich, ist aber ziemlich sicher anders gemeint.

21. JULI 2022

In Russland hat Außenminister Lawrow mitgeteilt, dass man zu weiterer Landnahme schreiten werde. Hier werden die beiden gegnerischen Kriegsprinzipien erneut deutlich: Die USA setzen auf Abnützungskrieg, die Russen auf eine nichts überstürzende Beharrlichkeit der kleinen Schritte.

Russland (2): Die Strategie der Aufspaltung der Gegner geht munter voran. Das gilt länderbezogen (z. B. Ungarn, Slowakei, Spanien), aber auch innerstaatlich, wie man am Beispiel Deutschland beobachten kann. Die deutsche Politik hängt an einem seidenen Faden, dessen eines Ende in Moskau festgemacht ist. Zur Zeit wird an diesem Faden milde gewackelt. Gleichzeitig wird zugeguckt, ob wir von selbst runterfallen.

22. JULI 2022

Der Herr Müller von der Bundesgasanstalt teilt mit, dass durch Nord Stream 1 mehr Gas nach Deutschland ströme, als von ihm angenommen. Ich dachte, es gäbe Messgeräte, oder nutzt er Wünschelruten?

Mainstream vermeldet mit Stolz, dass die Bundesbürger weniger duschen. Michels Lust an der Notlage wird sich irgendwann in Luft auflösen. Vermutlich in sehr kalter Luft.

26. JULI 2022

Wie du mir, so ich dir: Eintreffen erster deutscher Flakpanzer in der Ukraine führt zu drastischer Reduzierung der gelieferten Gasmenge nach Deutschland durch Nord Stream 1. Die Rechnung ist einfacher, als man denkt – auch wenn niemand darüber spricht.

Gas (2): Ist keine Satire, sondern die Reaktion aus dem Wirtschaftsministerium: »Wir haben die Ankündigung zur Kenntnis genommen. Wir beobachten die Lage im engen Austausch mit der Bundesnetzagentur und dem Krisenteam Gas genau«.

Gas (3): Da kann nix passieren. Wir haben ein Krisenteam Gas. Ich weiß zwar nicht, was das ist, weiß aber aus langer Erfahrung, dass man Gremien gründet, wenn man nicht weiter weiß.

Gas (4): Es ist die jeweilige Ankündigung der dann auch tatsächlich durchgeführten Abschaltungen, die den Hebel der psychologischen Kriegführung gegen Deutschland bilden. Das Krakeel über den bösen Putin bei Mainstream verstärkt die Sache noch wider Willen. Ursache und Wirkung lassen sich nicht mehr sehr lange verkleistern. – Erinnert sich noch einer an die Ankündigungen vom Februar? Wir wollten die Sanktionen, jetzt sind sie da.

Mecklenburg meldet Nichtbelegung zahlreicher Urlaubsquartiere. Man wird kaum davon ausgehen können, dass die ehemaligen Stammgäste nach Acapulco ausgewichen sind.

27. JULI 2022

Neues aus der Ukraine (wenigstens für mich): Dass wir die Demokratie dort mit Boykotts des Bösewichts Wladimir Putin verteidigen, wissen wir seit Anfang März. In wessen Händen sich diese und das Land, auf dem sie stattfindet, befindet, wird weniger erörtert. Hier ein Detail: Von der landwirtschaftlich genutzten Fläche dort (die Kornkammer) gehören 17 Millionen Hektar (= 170 000 Quadratkilometer) drei Großgrundbesitzern: Cargill, Dupont und Monsanto. Diese weltweit agierenden Multis wiederum gehören sog. Großanlegern der Hauptspekulanten Vanguard, Blackrock und Blackstone. Viel mehr muss man zu dieser Form der Demokratie nicht wissen. Nur zum Vergleich: Die genannte Fläche entspricht der Hälfte der Fläche von ganz Deutschland (= 357 000 Quadratkilometer).

Landnahme (2): Wieviel Land sich die eben aufgezählten üblichen Verdächtigen bereits in Deutschland gesichert haben, fand ich noch nirgends seriös erörtert. Dennoch hätte ich das gerne gewusst – einfach so und vielleicht auch deswegen, weil krasse Ungleichgewichte beim Landbesitz die Grundlage für den Feudalismus sind.

28. JULI 2022

Die Einzige Weltmacht: »Es ist wichtig, dass wir daran arbeiten, den globalen Normen gegen die eigenmächtigen Handlungen wieder Geltung zu verschaffen«, US-Außenminister Antony Blinken zum amerikanischen Verhalten gegenüber Russland.

Robert: Wegen dem russischen Angriffskrieg in der Ukraine muss bei uns weniger Energie (gemeint ist Gas) verbraucht werden.

29. JULI 2022

Das dankbare Volk begrüßt die für Oktober 2022 angekündigte Gasumlage. Und da wir gerade beim Umlegen (hüstel) sind: Wie wäre es mit der Windumlage, der Dieselumlage, der Kohleumlage, der Uranumlage (nee, falsch – oder doch richtig?), der Sauerstoffumlage (Atemsteuer) und dergleichen. Kann beliebig erweitert werden.

Interessant finde ich Mainstream-Animationen, dass wir zusammenstehen müssten. Wer ist Wir? Zu beachten ist, dass das Zusammenstehen keine Spaziergänge erlaubt, außer mit Hund, aber dann nur einzeln (= 1 × Herrchen/Hund).

31. JULI 2022

Werde durch einen Menschen, den ich als gut unterrichtet einschätze, auf ein Interview mit dem Wissenschafts-Guru Hans-Werner Sinn hingewiesen, das zu konsumieren er mir ans Herz legt. Das übliche Katastrophengerede wird mit dem Satz eingeleitet, dass wir – gemeint ist Deutschland – uns in den Händen von Putin befinden. Danach kommt nur noch Ökonomen-Gestelze. In einfachen Worten: Man kann nichts Genaues vorhersagen. In noch einfacheren Worten: die pure Zeitverschwendung, denn wenn der Eingangssatz – die Putin-Formel – stimmt, so erwarte ich, wie man als Chefdenker diese Formel auflöst. Jedoch falsch gedacht: kein Wort hierzu, nur der alberne Hinweis, dass wir uns trotz der zu recht gewährten Ukraine-Hilfe nicht in den Krieg hineinziehen lassen dürfen. Doch genau dies liegt wegen des vorangegangenen Tuns unserer Staatslenker nicht mehr in unserer Hand. Einfach aber wahr.

3. AUGUST 2022

Logik aus der Bundeszentrale für politische Bildung: »Die russische Invasion hat durch die Zerstörung hunderttausender Wohnungen und eine massiven Migrationswelle die bestehende Wohnraumkrise in der Ukraine noch weiter verschärft.« Verschärft heißt: die missliebigen Umstände waren vorher schon da.

6. AUGUST 2022

Ostpreußen, die nördliche Hälfte: Aus Polen verlautet nun offiziell, dies sei seit jeher polnisches und preußisches Land gewesen. – Wann war eigentlich Königsberg polnisch? Ich komme einfach nicht drauf.

Ostpreußen, die nördliche Hälfte (2): Zwischen Crantz und Rauschen haben die Russen die Arbeiten in Prokuhren an einen Seeterminal Pionjeskij mit Hochdruck wieder aufgenommen. Das sieht nicht danach aus, als hätten sie vor, die Gegend zu räumen, die sie im April 1945 besetzt haben.

8. AUGUST 2022

Falschmeldung vom Vortage: Nicht nur der Seeterminal, den die Russen in Prokuhren in ehemals Ostpreußen bauen, heißt Pionjerskij/Pionerski/Пионерский, sondern der Ort selbst wurde so nach Kriegsende von den Eroberern getauft. Namenspate war die kommunistische Kinderorganisation. Bei meinem Hinweis auf einen strategischen Schachzug durch den Ausbau allerdings bleibt es: Der solide Anlandungsausbau so weit westlich wie möglich als Pfeiler einer Doktrin von der offensiven Landkriegsführung. Der einstige strategische Ausbau von Mukran (Sassnitz) auf Rügen lässt aus den vergangenen Jahrzehnten grüßen.

Landkriegsführung (2): Wie die russischen Strategen sich diese vorstellen, haben sie seit den 1920er Jahren mehrfach durch einschlägige militärtheoretische Werke mitgeteilt.

Landkriegsführung (3): Wenn die anglo-amerikanische Seemacht die russischen Anrainer-Staaten Polen und Litauen anstiftet, die Russen in Ostpreußen per Blockadepolitik anzugreifen, so wie vor wenigen Wochen begonnen, so testet sie aus, wie weit sie noch gehen kann, ohne sich ernsthaft selbst zu gefährden. Das Wie-Weit? hat Grenzen dort, wo die Russen zu strategischen Fernwaffen greifen. Die Ansage aus Moskau, die britischen Inseln durch ein künstliches Seebeben untergehen lassen zu können, sollte in Washington als eine Mahnung verstanden werden. Ich zweifele indessen, dass diese Mahnung angekommen ist.

Landkriegsführung (4): Indessen: Der Vormarsch (besser: das kontinuierliche Vorrücken) der Russen findet in der Mitte des Frontbogens statt. An dem Vorgehen, kleine Kessel zu bilden, hat sich nichts geändert. Ob im Norden des Frontbogens ein größerer Kessel um Charkow gebildet werden soll, kann man bestenfalls erahnen. Die Flut der Meldung über Einzelgefechte macht es nahezu unmöglich, ein widerspruchsfreies Lagebild zu erstellen.

Landkriegsführung (5): Ein Ex-Bundeswehrgeneral schreibt mir, die Entscheidungsschlacht um Cherson habe begonnen. Das sieht aus wie eine Ente. Klar ist lediglich, dass, nachdem die Stadt vor Wochen von den Russen offenbar kampflos besetzt worden ist, die Lage von Nikolajew und Odessa prekär geworden ist. Hieran hat sich wenig bis nichts geändert.

9. AUGUST 2022

Das ist wirklich der Witz des Tages: Was brauchen wir noch Russengas, wo wir jetzt das Gas aus der Türkei beziehen. Sieht man dem Türkengas ja nicht an, dass es aus Russland kommt.

10. AUGUST 2022

Der Beschuss des Kernkraftwerkes von Saporoshje wird mit Kamikaze-Angriffen am Ende des Zweiten Weltkriegs an der Pazifik-Front verglichen. Der Vergleich hinkt insofern, als sich die heutigen Angreifer kaum selbst zu gefährden scheinen – im Gegensatz zu jenen japanischen Selbstmord-Piloten. Doch ein wirksamer Volltreffer nebst ausgelöster Kernschmelze wäre ein Ereignis, dessen Folgen kaum vorherzusagen sind – außer, dass sie auch den Angreifer treffen würden.

Saporoshje (2): Das Kraftwerk befindet sich praktisch seit Kriegsbeginn unter russischer Kontrolle. Warum jetzt ausgerechnet russische Streitkräfte – wie in Westmedien durchweg behauptet – den Beschuss durchführen sollen, ist schlecht nachzuvollziehen. In jeden Falle handelt es sich hier um das Prinzip der verbrannten Erde. Die Erfahrung lehrt, dass es Armeen auf dem Rückzug sind, die zu solchen verbrecherischen Mitteln greifen. Der deutsch-sowjetische Krieg von 1941–45 bietet hierfür überreichlich Anschauungsmaterial.

11. AUGUST 2022

Propaganda und Desinformation haben stets einen Pferdefuß. Sie bringen Dinge an den Tag, an die der normale Zeitgenosse noch gar nicht gedacht hat. So ergeht es mir mit der Schwarzen Liste angeblicher russischer Propagandisten, die vom Zentrum für Desinformations-Bekämpfung der Ukraine unter der Schlagzeile

Спікери, які просувають співзвучні російській пропаганді наративи verbreitet wird [ist unter dieser kyrillischen Buchstaben-Kombination im Internet zu finden].

23. AUGUST 2022

In Putins Kopf: Beeindruckend ist es, was die Experten zu wissen vorgeben, wie es in Russlands Herrscher so zugeht. Hierzu zählen auch die Quellen, aus denen das Hirn des Mannes schöpft. Alexander Dugin sei so ein Stichwortgeber. Von seinen Schriften las ich keine, nur dass dessen Tochter soeben mit einer Autobombe ins Jenseits befördert wurde. Iwan Iljin sei ein anderer. Von diesem russischen Emigranten las ich kürzlich ein Buch aus den 1930er Jahren und fand es unlesbar (merkwürdiger sprachlicher Widerspruch).

Die Ratten und das Schiff: Die US-Regierung hat soeben alle ihre Staatsbürger aufgefordert, unverzüglich die Ukraine zu verlassen. Hierfür kann ich mir zwei unterschiedliche Gründe vorstellen:

a) Das Selenskyj-Regime wird sich selbst überlassen;

b) es wird einen massiven US-Angriff auf eines oder mehrere ortsansässige Kernkraftwerke geben, für die diejenigen, die vor Kurzem stattfanden nur ein Präludium darstellen.

Der Generalinspekteur der Bundeswehr spricht sich dezidiert gegen die Wehrpflicht aus: a) Die Wehrdienstzeit sei zu kurz, um die komplizierten Waffen beherrschen zu lernen; b) die Bundeswehr sei auch ohne dieselbe in der Lage, ihrem Verteidigungsauftrag nachzukommen. Soso. Zu a: nicht jeder Soldat ist ein Jet-Pilot; zu b: Las ich nicht kürzlich, dass das Personal-Soll der Kampftruppen ums Verrecken nicht zu erreichen ist? Fazit: die Sicherheit unseres Landes befindet sich nicht in den Händen verantwortungsbewusster Generale. Zudem scheint ihnen die Verbundenheit von Volk und Armee fremd zu sein.

25. AUGUST 2022

Wir segeln bei meteorologischer Flaute in den stürmischen Verbotsherbst. Die Verlagerung der Befugnisse auf Private zur Gängelung der Bevölkerung mit Hilfe des sogenannten Hausrechts wird zu bislang ungeahnten Exzessen führen. Niemand weiß mehr genau, was erlaubt ist und was nicht. Ein Traum für den Totalitären und ein Alptraum für den arbeitenden Bürger.

Der Herr Scholz und sein Kabinett sind von der Gas-Beschaffungstour aus Canada zurück. Das Einkaufsnetz blieb leer. Ins tägliche Leben übertragen: Das Mobiliar wurde auf den Sperrmüll gestellt, um hernach festzustellen, dass Gewünschtes nicht lieferbar ist.

Scholz (2): Wenn der Kanzler die Gas-Beschaffung zur Chefsache erklärt, zeigt dies, dass er den beiden grünen Paradiesvögeln eine tragfähige Lösung nicht zutraut. Jetzt ist er selbst in deren Beisein gescheitert. Falls er klug ist – was ich nicht beurteilen kann –, wird er das Scheitern als Hebel benutzen, die vormals gewohnten Kohle- und Kern-Kraftwerke wieder anzufahren. Viel Zeit bleibt ihm nicht mehr beim Spiel mit seinem Amt – und mit dem Wohl und Wehe der Bürger.

26. AUGUST 2022

Die jüngste Ausgabe der *Foreign Affairs* ist gestern eingetroffen. Die im Council on Foreign Relations zusammengeschlossene US-Geld- und Macht-Elite erklärt hier auf über hundert Druckseiten, wie Russland unter den jetzigen Bedingungen zu besiegen sei. Es geht im Grundtenor, um dies zu wiederholen, um Herrschaft zu amerikanischen Bedingungen und nicht etwa um Frieden unter Ausgleich der divergierenden Interessen. Die Stolpersteine auf diesem Weg werden klar markiert und zwar so: Die unerwartete Stabilität Russlands, in Sonderheit seiner Währung, und das partielle Zusammengehen von Russland mit China, respektive mit Indien. Vor allem hier müssten die Staaten des Westens ansetzen. Zudem sei durch noch rigorosere Boykotts sicherzustellen, dass Russland auf dem High-Tech-Sektor den Anschluss verliere, was im Ergebnis bewirken werde, dass die russische Führung die ohnehin nur fragile Zustimmung der eigenen städtischen Intelligenz einbüße, welche prowestlich eingestellt sei.

Platz und Sieg (2): Niemand, der bei Verstand ist, kann voraussagen, ob die unmissverständlich vorgetragene US-Strategie von Erfolg gekrönt sein wird. Nur sollte sich niemand darüber Illusionen machen, was die Umsetzung bedeutet, zumal Russlands Herrscher nicht an Klarheit gespart hat, dass sein Land mit dem Wertewesten nichts mehr zu tun haben wolle. Da tut sich ein Abgrund auf, an dem – nebenbei bemerkt – wir selbst stehen.

Wenn man die Fahrgäste des Ausflugsdampfers bestimmen lässt, wie die Stromschnellen des Rheins beim Binger Loch zu passieren seien, wird es ein Ergebnis geben, aber kaum das erwünschte.

Weiß auch nicht, warum das Binger Loch durch meinen Kopf geht. Vielleicht, weil Annalena Bb. soeben äußerte, sie wisse nicht, ob die Ukraine den Krieg gewinnen könne. Ich weiß es. Die Antwort heißt: Nein.

29. AUGUST 2022

Im Osten nichts Neues: Die polnischen Spitzenpolitiker beschimpfen seit dem Ende der letzten Woche Deutschland wegen angeblicher Hegemonialbestrebungen und verlangen, um diese einzudämmen, die physische Vernichtung der Gasleitung Nord Stream 2. Man könnte auf den Gedanken kommen, solche Injurien als Unverschämtheit gegenüber dem größten Geldgeber Polens zu empfinden. Tut man aber nicht, da man 1990 bereits verabsäumt hat, mit den Polen Klartext zu reden: Geld nur bei wohlwollender Nachbarschaft.

Im Osten (2): Bemerkenswert ist es, dass die Nachrichten über das polnische Verhalten nicht aus deutschen, sondern aus russischen Medien sprudeln. Natürlich muss es die russische Führung freuen, wenn sich die polnischen Nationalisten unverschämt gegenüber ihrem westlichen Nachbarn äußern. Die Russen erinnern ganz unverhohlen an 1939.

Im Osten (3): Zuverlässig lässt sich vorhersagen, dass der 1. September erneut genutzt werden wird, um dreiste finanzielle Forderungen gegen Deutschland zu formulieren.

1. SEPTEMBER 2022

De mortuis nihil nisi bene (über die Toten nichts als Gutes): Michail Gorbatschow gilt den Russen heute eher wenig. Er war ihnen zu sehr ein Verlierer, weil er die Auflösung der Sowjetunion nicht verhindern konnte. Ich bezweifle, dass es ein anderer gekonnt hätte. Und dennoch: Er hat sich mit einer Stahlfeder in seinen wenigen Herrschaftsjahren in die Analen der Weltgeschichte eingetragen. Seine Reform-Bemühungen sind im Ergebnis die Konsequenzen eines folgenreichen Irrtums.

De mortuis (2): Als ich Mitte der 1980er seine Schriften las, schüttelten meine Kollegen die Köpfe und der damalige Kanzler verglich den Mann mit Josef Goebbels. Dass der Russe diese massive Beleidigung wegsteckte, ist für mich das eigentlich

Überraschende seiner Persönlichkeit, der die Deutschen die Wiedervereinigung verdanken.

2. SEPTEMBER 2022

Manchmal ist es keine Freude, mit einer Prognose richtig gelegen zu haben, als ich nämlich vor wenigen Tagen mutmaßte, polnische Offizielle würden den Jahres-Tag des Kriegsbeginns erneut für irrwitzige Forderungen an Deutschland nutzen. Ist in der Tat gestern geschehen. Die Höhe des Betrages habe ich mir nicht gemerkt. Ist auch nicht wichtig. – Nur mal so: Gegenrechnen, was rund ein Fünftel des Reichsgebiets wert ist, das man 1945 gratis und franko erhielt, einschließlich der rein deutschen Großstädte Danzig, Stettin und Breslau.

Reparationen (2): Soweit ich weiß, wurde auch nie die Vernichtung des Deutschen Ordens in der ersten Schlacht von Tannenberg und das Einkassieren seines märchenhaften Besitzes im Jahre 1410 gesühnt. – Wer nicht so weit zurückblicken will, mag Gefallen am Einsacken des oberschlesischen Kohlereviers 1919 – 21 finden oder Westpreußens mit der Stadt Posen.

Annalena reist auf Kosten des Steuerzahlers nach Prag. Dort äußert sie – in meinen Worten –, dass ihr die Ansichten desselben schnuppe seien. Besser kann man die vorherrschende Grundauffassung des politisch-medialen Komplexes (sprich: der Eliten) nicht zum Ausdruck bringen. Niemand sage also, er sei über dessen gegenwärtiges Treiben überrascht.

Stellvertreterkrieg: Andere für sich sterben zu lassen, ist eine beliebte Strategie, bei den anglo-amerikanischen Seemächten spätestens hoffähig seit der Grundsatzschrift *Utopia* von Thomas Morus. Der jetzige Ukrainekrieg ist aus Sicht der westlichen Wertegemeinschaft so ein Fall: Man lässt Ukrainer verrecken, um Putin zu züchtigen. – Hierdurch offenbar angeregt, zeigt nun auch China seine Drachenzähne, indem es dem Wunderkind Elon Musk androht, dessen Satellitenflotte im All zu zerstören. Musk als Stellvertreter der USA, so sehen die Chinesen ihn, wird eliminiert.

3. SEPTEMBER 2022

Annalena und Mainstream in zwei Varianten: a) Sie hat mit ihrer Aussage, dass sie der Wählerwille nichts angehe, recht und habe sich lediglich ein bisschen unglücklich ausgedrückt. So beispielsweise die Neue Züricher. b) Die Russen haben das Video mit ihren Aussagen verfälscht. – Ja, was denn nun? Das eine oder das andere? Doch falls beides richtig ist, hätten ja die Russen recht.

4. SEPTEMBER 2022

Die Kommissare der grünen Kriegspartei beschließen: Mehr Waffen für die Ukraine. Die grünen Wir-haben-Platz-Haber auf Länder- und Kommunalebene beschließen: Wir haben keinen Platz mehr. – Das nenne ich Stringenz.

5. SEPTEMBER 2022

Die in der letzten Woche groß angekündigte Entscheidungsschlacht der Ukraine hat sich bei Lichte betrachtet als der Versuch eines Kommandounternehmens erwiesen, das Gelände des Kernkraftwerks Saporoshje, das sich seit Kriegsbeginn unter russischer Kontrolle befindet, zurückzugewinnen. Das ist gescheitert. Mainstream hat das noch nicht mitgekriegt und kündigt stattdessen an, die Ukraine werde in Kürze Deutschland mit Atomstrom versorgen. Wer denkt sich bloß diesen Mist aus?

Zur Gedenkfeier für Gorbatschow in Moskau reist kein deutscher Politiker an, nicht einer. So geht das, wenn eine Kaste Schiss hat, Flagge zu zeigen. Besser lässt sich ihre Geschlossenheit kaum demonstrieren.

Der Maßnahme-Plan des Bundeskabinetts vom vergangenen Freitag wird mit einer bösen Lüge eingeleitet: Alles liegt an Putins Angriffskrieg, deswegen müssen wir sparen, sparen, sparen. Nach den Maßnahmen kommen die Versprechungen: Einmalzahlungen an Rentner und Studenten. – Indessen: Der riesige rosa Elefant mit den rotierenden Flügeln steht mitten im Raum.

Am Nachmittag: Nein, der Tag hat es wirklich in sich. Putin – diesmal wirklich er selbst – spricht öffentlich aus, was jedem nüchternen Betrachter als selbstverständlich erscheinen muss: Nord Stream 1 wird zugedreht und bleibt zu, bis die Sanktionen gegen Russland fallen. Was er nicht explizit erwähnt, sagt sein Lehnsmann Dmitrij Medwedjew: Es ist Deutschland, das wg. seiner Kriegshandlungen jetzt die Knute kriegt.

Ceterum censeo: Die Energiekrise wurde von der Bundesregierung und der sie stützenden Partei (SPDFDPGrüneCDUCSU) seit einem Jahrzehnt mutwillig herbeigeführt. Konsequenzen zu ziehen, ist unaufschiebbar.

6. SEPTEMBER 2022

Es entbehrt nicht der Komik, dass Mainstream die Ansage Putins vom Vortage schlecht ignorieren kann, am Donnerstag Nord Stream 1 dichtzumachen, bis die Sanktionen aufgehoben werden. Er habe jetzt, so lese ich, sein wahres Gesicht gezeigt, nämlich seine teuflische Fratze. Ich denke mal, er hat lediglich wahr gemacht, was er seit Wochen mal mahnend, mal drohend angekündigt hatte. Unklar ist lediglich, ob Putins Worte, die jetzt in Taten umgesetzt werden, letztlich durch das kriegerische Gequatsche der grünen Annalena Bb. in Prag am Ende der letzten Woche ausgelöst wurden, wo sie großspurig ankündigte, unbeschadet des deutschen Wählerwillens Waffen in die Ukraine zu liefern, solange die von dort angefordert würden.

Gas (2): Mir geht durch den Kopf, was BASF-Chef Brudermüller vor wenigen Wochen bezüglich des Gas-Stopps sagte: Seine Firma müsste in Deutschland dichtmachen. Wurden diese Worte ernst genommen? Kann ich nicht erkennen.

12. SEPTEMBER 2022

Fluch der bösen Tat: Nachdem ich gestern Abend nach langem Schweigen meine dritte Ukraine-Epistel auf den elektronischen Weg gebracht habe,[92] gibt es Lob und Tadel aus ungeahnten Ecken. Ich hätte, so lese ich, die Entwicklung im Raum Charkow nicht richtig berücksichtigt, wo die russische Armee am Vortag Gelände in einer Tiefe von ca. 50 Kilometer aufgegeben habe. – Stimmt. Das ist der Nachteil, wenn man versucht, neun Monate Kriegsgeschehen in den Griff zu bekommen. Beim Blick auf Google Maps gerate ich ins Träumen und entdecke zu meiner Verblüffung, dass Russland und Nord-Korea südlich von Wladiwostok eine gemeinsame Landgrenze haben. Wer hätte das gedacht? Ich nicht.

13. SEPTEMBER 2022

Mainstream meldet phantastischen Sieg der Ukrainer über die Russen südöstlich von Charkow. Es ist kaum zu sagen, ob das stimmt. Die Russen sprechen von bis zu 50 Kilometer tiefem Geländeverlust durch Rückzug. Das Kartenstudium ermöglicht keine abschließende Beurteilung.

---

92 https://www.globkult.de/politik/welt/2240-krieg-und-unfrieden-%E2%80%93-einige-bemerkungen-zum-ukraine-konflikt.

Sieg bei Charkow (2): Die Russen melden die Teilnahme von ca. 3000 Mann britischer und US-Amerikanischer Kampftruppen an der Seite der Ukrainer. Vielleicht werden spätere Geschichtsinterpreten einmal sagen, sie hätten durch ihr Auftauchen östlich des Dnjepr den Rubicon überschritten.

Sieg bei Charkow (3): Irgendjemand hat in der Stadt den Strom ausgeschaltet. Das legt die Vermutung nahe, dass die Russen die Kampftaktik forcieren. Arme Einwohner. Bisher hatten die Russen das offensichtlich vermieden.

Sieg bei Charkow (4): »…der Gegenangriff [wurde][…] gestern durch einen bedeutsamen Erfolg gekrönt. Nach tagelangen harten Kämpfen haben Verbände der Waffen-SS, […] die Stadt Charkow im umfassenden Angriff zurückerobert. Die Verluste des Gegners […] sind nicht zu übersehen.« (Bericht des Oberkommandos der Wehrmacht vom 15. 3. 1943). Aber ach: zwei Jahre drauf hatten die Russen die Oder überschritten.

14. SEPTEMBER 2022

Schreiben einige zu meinen Ukraine-Kommentaren, ich hätte keine Ahnung – okay Leute, wie sieht denn die Wirklichkeit aus, und woher wissen Sie das? Andere meinen gar, ich wolle etwas vertuschen. Das wiederum finde ich blöd, denn worüber reden wir hier eigentlich, ohne selbst dabei gewesen zu sein? Es geht um den Besitzwechsel des wochenlang von den Russen besetzten Verwaltungsbezirks Charkow. Militärstrategisch bedeutet der Besitzerwechsel nichts – bestenfalls eine schlechtere russische Position, falls geplant war, Charkow einzukreisen und dadurch nach bewährtem Muster zur Aufgabe zu zwingen.

Angriff und Rückzug (2): Neben dem rein Militärischen gibt es eine psychologische Seite der Angriffsaktion: Dieser Punkt geht eindeutig an die Ukraine. Wie lange das dortige Hochgefühl anhalten wird, vermag niemand vorherzusagen. Unklar ist auch, wie sich der Rückzug auf die Moral der russischen Truppen auswirkt. Nimmt man Maß an historischen Beispielen, so bedeutet ein Rückzug für die Russen nicht viel.

15. SEPTEMBER 2022

Autounfälle mit Selenskyj und Putin. Aber nicht am selben Ort.

18. SEPTEMBER 2022

Zweifrontenkrieg: Deutschland hat reichlich Erfahrung in dieser Art verfehlter Politikgestaltung. Zwei gründlich verlorene Weltkriege mit anschließendem wirtschaftlichem Desaster waren die Quittung dafür, dass seine Politiker nicht in der Lage waren, das Land aus der Kriegführung insgesamt rauszuhalten. Ob kluge Leute das geschafft hätten, ist umstritten.

Zweifrontenkrieg (2): Nunmehr sind wir Zeuge des dritten Versuchs. Nachdem unsere Regierung das Land nahezu irreversibel in den Krieg gegen Russland verstrickt hat, verkündet der Wirtschaftsminister den Beginn des Wirtschaftskriegs gegen China, das bis heute Mittag weltweit unser größter Handelspartner gewesen ist. Nach Angaben der entsprechenden Lobbyorganisationen sind 1,1 Mio. Arbeitsplätze hierzulande unmittelbar betroffen. – Wieder geschieht das Unbegreifliche: Die verantwortlichen Wirtschafslenker rufen nach dem Staat, anstatt den Murks zu beenden. Die nötige Power dazu hätten sie.

Ukraine-Konflikt: Der Rückzug der Russen bei Charkow vor zehn Tagen erregt nach wie vor die Gemüter. Die einen sprechen vom Vormarsch auf Moskau, die anderen von Sabotage im russischen Lager. Beide einander feindlichen Auffassungen lassen den Blick fürs Reale vermissen.

Ukraine (2): Schwer zu verstehen ist allerdings, warum die Russen nicht die weiche Flanke der Blau-Gelben attackieren. Diese ist das elektrifizierte Eisenbahnnetz im Lande. Dort den Strom gewaltsam abzustellen, rechnet mir Leser H. detailliert vor, bringt die ukrainische Streitmacht um die Versorgungs-Nabelschnur und damit das Aus für jegliche militärische Operation. Es sei, so erfahre ich, praktisch ausgeschlossen, die E-Loks, die dann stillstünden, durch Diesel-Lokomotiven zu ersetzen, denn es gäbe derzeit keine solchen Breitspur-Lokomotiven im Lande und auch nicht westlich der Ukraine. – Immerhin, so geht es mir durch den Kopf, versuchten sich die Deutschen bei ihrem Ost-Vormarsch im Sommer 1941 in der Kunst des Umnagelns, wie man damals sagte, also das Lösen und Verschieben der existierenden Schienen auf die Normalspur.

Ukraine (3): Von Westen aus betrachtet, gibt es genau zwei Nadelöhre, durch die alle Nachschub-Bahnen hindurchmüssen. Sie liegen dicht hinter der polnisch-ukrainischen Grenze in Kowel (Ковель) und Lemberg (Lviv, Lwów, Львив).

Ölhahn zu: Die Bundesregierung dreht weiter an der Energieschraube. Jetzt ist ihr die Treuhandverwaltung (sprich Enteignung) des russischen Ölkonzerns Rosneft eingefallen. Dieser ist Miteigentümer der bedeutenden Raffinerien in Deutschland. Man darf nun stündlich erwarten, dass Russland die Ölzufuhr über die Pipeline Drushba nach Schwedt an der Oder beendet.

Ölhahn zu (2): Deutsche Windstrom-Barone wollen die Raffinerie-Anteile von Schwedt erwerben, um, wie sie verkünden, den Menschen der Region eine Perspektive zu eröffnen (vermutlich durch den Aufbau von Hamsterrädern zur Stromerzeugung).

Gleichzeitig spricht der Klimaminister von der günstigen CO_2-Bilanz. Zynischer geht es kaum.

Ölhahn zu (3) – Nebenkriegsschauplatz: Polen will die Anlage von Schwedt übernehmen, aber nur, wenn Deutschland dem russischen Öl abschwört. Man könne das benötigte Öl aus Danzig und Rostock anliefern. Wusste gar nicht, dass dort bedeutende Ölfunde angefallen sind. Es fällt schwer, nicht an die polnische Politik der Jahre 1938/39 erinnert zu werden.

19. SEPTEMBER 2022

Klassenkampf: Während in den besseren Lagen von Schilda die Verteilerkästen in blau-gelb angepinselt sind, überwiegt in den schlichteren Ecken das rot-weiß, kombiniert mit der Buchstabenfolge RWE. Hinweis für Auswärtige: das ist das Kürzel des Fußballvereins Rot-Weiß Erfurt.

20. SEPTEMBER 2022

Die Berufs-Kriminellen der sogenannten Klima-Bewegung drangen gestern in den Tagebau von Jänschwalde ein. Hallo, verehrte Kollegen, das sind schwere Straftaten, blättern Sie ruhig mal im StGB, Abschnitt über gemeingefährliche Straftaten, da werden Sie fündig. Einschlägig ist auch die Vorschrift über das Bilden krimineller Vereinigungen (§ 129). Das Wegsehen der Sicherheitsbehörden bedeutet eine Strafvereitelung im Amt. Zudem: die finanzielle Unterstützung dieser Kriminellen durch Bundesbehörden ist als Mittäterschaft bzw. Beihilfe strafbar.

22. SEPTEMBER 2022

Marie-Agnes, die FDP-Frau mit der Sturmhauben-Frisur, als Stimmungskanone zu bezeichnen, erscheint insofern nicht abwegig, als sie bei Mainstream unablässig deutschen Waffenlieferungen ins Kriegsgebiet das Wort redet. Dass man sie zudem hinter vorgehaltener Hand als Waffenlobbyistin tituliert, erinnert an das alte deutsche Sprichwort: Wer bezahlt, bestellt die Musik.

Die Lage im Kriegsgebiet spitzt sich so zu, dass man sie unmöglich in ein, zwei schnoddrigen Sätzen abhandeln kann. Ich werde heute nach Einsammeln weiterer Informationen darüber nachdenken müssen.

24. SEPTEMBER 2022

Ukraine-Konflikt: Es hat in den zwei Wochen ab dem 9. September an drei Stellen des Frontbogens militärische Auseinandersetzungen am Boden gegeben. Es handelte sich um ukrainische Angriffe, im Folgenden von Nord nach Süd aufgezählt.

a) Im Raum südöstlich von Charkow gelang den Ukrainern ein Vorstoß, der zu einem Geländegewinn von bis zu 35 Kilometer Tiefe führte. Er verringerte die russische Möglichkeit, die Stadt durch Einschließung zu Fall zu bringen.

b) Bei Saporoshje griffen ukrainische Streitkräfte Richtung Süden an. Es ist die Vermutung zulässig, dass sie versuchten, die russischen Streitkräfte durch einen Vorstoß bis zum Meer zu zweiteilen. Dieser Versuch ist offensichtlich gescheitert. Die Beschießung des Kernkraftwerks von Saporoshje hält an. Da sich das Kraftwerk in russischer Hand befindet, kann die Behauptung westlicher Medien nicht stimmen, die russische Seite trüge hierfür die Verantwortung.

c) Der groß angekündigte Angriff auf das russisch besetzte Cherson, den südöstlichen Eckpfeiler der Front, ist ohne jeden Erfolg geblieben.

Ukraine (2): Die Rückgewinnung des Geländestreifens im Bezirk Charkow (siehe oben a) hat zu einem bemerkenswerten Propagandaerfolg geführt. In den westlichen Medien wird erneut vom bevorstehenden Sieg der Ukraine gesprochen.

Ukraine (3): Die Russen haben mit zwei politischen Maßnahmen auf die Ereignisse reagiert:

a) Es wurde eine Teilmobilmachung der Armee angeordnet, die 300 000 Soldaten betreffen soll, bevorzugt ehemalige Zeit- und Berufssoldaten sowie gediente Reservisten. Wann und in welchen Formationen diese auf dem Schlachtfeld erscheinen, ist noch nicht zu erkennen.

b) Es wurden Volksabstimmungen in Angriff genommen. Sie betreffen die russisch besetzten Verwaltungsbezirke von Cherson und Saporoshje (beide am südlichen Frontbogen), wo die Bevölkerung zu einer Sezession von der Ukraine befragt werden wird, und die beiden für selbstständig erklärten Dauerzank-Bezirke von Donjezk und Lugansk (beide in der Mitte des Frontbogens), wo die Bevölkerung über die Möglichkeit des Anschlusses an die Russische Föderation befragt wird.

Ukraine (4): Der Geländegewinn bei Charkow als ukrainischer moralischer Sieg und die russische militär-politische Reaktion lassen es derzeit nicht zu, den eigentlichen Sieger des ukrainischen Offensiv-Versuches festzustellen. Die drei ukrainischen Angriffs-Handlungen haben vielmehr gezeigt, dass deren Streitkräfte offenbar keine operativen Reserven besitzen, um an drei Stellen des Frontbogens gleichzeitig erfolgreich zu operieren, ja nicht einmal Teilerfolge operativ ausnutzen zu können. – Nach meiner Einschätzung handelt es sich hier um ein massives Personalproblem, ganz sicher der Zahl nach, aber womöglich auch bei der Kampfmoral. Es zeigt sich, dass dieses Problem zwar durch westliche Waffenlieferung gemildert werden kann, aber nicht zu beseitigen ist. Mit anderen Worten: Es fehlen die Kämpfer.

Ukraine und die Welt: Die Konferenz von Samarkand hat alle gewichtigen Länder zusammengeführt, die sich dem Kurs der US-Administration, Russland mit einem Wirtschaftskrieg in die Knie zu zwingen, nicht anschließen. Die Tendenz der Spaltung der wirtschaftlich potenten Staaten der Erde hatte sich schon vor wenigen Wochen beim letzten G20-Gipfel gezeigt. Jetzt, in Samarkand, waren die anti-amerikanischen Staaten unter sich. Das Treffen der russischen und chinesischen Staatsführung bei dieser Gelegenheit dürfte mehr als nur plakative Bedeutung haben, zumal die USA tagtäglich an der Sanktionsschraube gegen China drehen.

27. SEPTEMBER 2022

Ukraine-Konflikt: Heute soll die Volksbefragung in den vier südöstlichen Bezirken von Cherson, Saporoshje, Donjezk und Lugansk abgeschlossen werden. Wie diese Volksbefragung ausgehen wird, kann kaum zweifelhaft sein.

Ukraine (2): Die russischen Gesetzgebungsgremien werden der Gebietsänderung der russischen Föderation in aller Kürze zustimmen. Der Wertewesten wird von völkerrechtswidriger Annexion sprechen. Beides halte ich für sicher. Interessant wird die genaue Grenzziehung sein, denn die russisch kontrollierten Gebiete stimmen mit den Verwaltungsgrenzen nicht überein. Das gilt vor allem im Bezirk Saporoshje und das westliche Donjezk. Sollte sich der russische Beschluss auf die Verwaltungsgrenzen beziehen, werden wir in aller Kürze eine russische Offensive erleben.

28. SEPTEMBER 2022

Verbrechen mit Ansage: Die Zerstörung der beiden Ostsee-Pipelines Nord Stream 1 und 2 bei Bornholm durch mehrere gleichzeitig erfolgte massive Sprengstoffanschläge hat ungezählte Kommentare nach dem Wer? und Warum? ausgelöst. Dabei ist nach meinem Dafürhalten ebenso dringlich die Frage nach dem Was-nun? Das lässt sich aus der Hand kaum beantworten.

Verbrechen mit Ansage (2): Die Betrachtung der Chronologie lässt keinen Zweifel aufkommen, wer hier tätig wurde, denn diese sieht so aus: a) Februar 2022: Präsident Biden erklärt in einer Pressekonferenz in Gegenwart des Bundeskanzlers, dass die USA die Eröffnung von Nord Stream 2 nicht dulden würden und – auf Nachfragen – dass sie die Mittel hätten, ihre Auffassung durchzusetzen. b) Biden wiederholt im Juli 2022 öffentlich seine Bemerkungen vom Februar.

Verbrechen mit Ansage (3): Es gehört zu den Gepflogenheiten von Berufsverbrechern vor der Gewaltanwendung, dem Gegner –wie es in diesen Kreisen heißt – die Waffen zu zeigen. Ich erinnere mich deutlich an den veränderten Gesichtsausdruck von Scholz vor und unmittelbar nach seiner USA-Reise im Februar. Er wirkte sichtlich erschüttert, als er hernach – für mich überraschend – das endgültige Aus von Nord Stream 2 verkündete. Man hatte ihm in Washington etwas gesagt, nur was?, das war unklar. Zudem unterlag ich, wie wohl manch ein anderer auch, der Fehlvorstellung, die Zerstörungsankündigung durch Biden für das verwirrte Gerede eines Senilen zu halten. – Senil mag zutreffen, sonst hätte er nicht öffentlich bekannt gemacht, was für den Empfang des Bundeskanzlers und nur für dessen Ohren auf dem Sprechzettel stand. Er sprach also die Wahrheit, wenngleich nicht geplant.

Verbrechen mit Ansage (4): Wie man angesichts der für Deutschland fatalen Ereignisse glauben kann, die Russen hätten ihre eigenen Pipelines mit militärischer Gewaltanwendung zerstört, ist mit Mitteln der Logik nicht nachzuvollziehen. Dass man dergleichen glauben machen will, hingegen schon, denn die einflussreichsten Mainstreammedien befinden sich in Deutschland fest in US-amerikanischer Hand.

Verbrechen mit Ansage (5): Wenn polnische Offizielle jetzt den USA für die Zerstörung danken, so zeigt das, dass aus Polen meiner Einschätzung in dreierlei Weise beigepflichtet wird: a) Die Amerikaner waren die Täter. b) Die Polen hatten die Tat jahrelang öffentlich gefordert und sind nun stolz darauf, dass die Sache erledigt wurde. c) Sie sind ein fragwürdiger Verbündeter, weil sie Befriedigung zeigen, wenn uns jemand schadet. – Fazit: Das Gespenst der Einkreisung grinst erneut über die Oder-Grenze.

Marsch auf Rom: Entgegen dem EU-Untergangsgeschrei bei Mainstream bezüglich der italienischen Rechtskoalition, die sich tatsächlich bildet, sehe ich eher die internen Bruchlinien. Sie beziehen sich auf die Einstellung zu Russland. Der Streit wird ausgetragen werden müssen, wenn auch in Italien das Aus des europäischen Stromverbundes auf dem Kabinettstisch liegt.

29. SEPTEMBER 2022

Pünktlich zu den Ereignissen in der Ostsee weist mich das britische Nationalarchiv in Kew darauf hin, dass in Kürze die Ausstellung »Treason: People, Power & Plot« (Verrat: Volk, Macht & Verschwörung) eröffnet werde. Der englische Humor war mir immer schon sympathisch.

Die Nachtarbeit in Sachen Bornholm hat sich gelohnt. Meine Vermutung, dass es sich um einen US-Anschlag handelt, erfährt aus allen Richtungen Bestätigung, denn

(1) Es war keine Gurkentruppe à la Kindergarten Neubauer & Co, denn das Sprengstoffverbrechen von Bornholm bedurfte sachkundiger Erkundung, Logistik und Manpower.

(2) Die Total-Sprengung eines von Beton ummantelten Stahlrohrs ist ein professionelles Kunststück. Sie bedarf großer Mengen von hochexplosivem Sprengstoff, vermutlich im Tonnenbereich, da es ziemlich sicher keine Möglichkeit zur Verdämmung gab, sodass die Sprengladungen aufgelegt werden mussten. Die Menge des benötigten Sprengstoffs verweist die Fabel vom Schlauchboot-Abenteuer ins Reich der Greenpeace-Märchen und erklärt zudem die enorme Druckwelle, die in der Ostsee erzeugt wurde.

(3) Die Täter legten Wert darauf, dass die Sprengstellen nicht im Hoheitsbereich eines der Anrainerstaaten lagen. Die Umsetzung erforderte exakte Aufklärung und Navigation.

(4) Die Durchführung der Sache unter Wasser bedurfte eines professionellen Taucherteams mit allem Zubehör fürs Tieftauchen und den Munitionstransport. Nochmals: Die Annahme eines Schlauchboot-Teams ist Blödsinn.

(5) Ein US-Flottenverband fuhr wenige Tage vor den Sprengungen vom Fehmarnbelt kommend südlich an Bornholm vorbei Richtung Osten. Er berührte, um es höflich zu sagen, die späteren Sprengstellen.

(6) Zur Zeit der Sprengungen flog ein großes, nicht identifiziertes Flugobjekt (mit Sicherheit kein Ufo) von Polen kommend über die Insel Bornholm, wo es aus der konventionellen Flugsicherung entschwand. Da dies nicht das Bermuda-Dreieck ist, wird es seine Ortungssysteme abgeschaltet und irgendwo hingeflogen

sein. Bekannt ist zudem, dass es zuvor aus Richtung der Färöer-Inseln über den Atlantik gekommen war, in Polen in der Luft durch ein Flugzeug der US Air Force aufgetankt wurde, bevor es dann seinen Rätselflug ins Zielgebiet unternahm. Ich denke mal, es sollte nicht den dänischen Schollenfischern Demokratie und Menschenrechte bringen, sondern die Ergebnisse der Sprengungen in Echtzeit nach Washington liefern.

30. SEPTEMBER 2022

»Wenn Russland in die Ukraine einmarschiert, wird Nord Stream 2 in der einen oder anderen Weise nicht weitergehen.« So die stellvertretende US-Außenministerin Victoria Nuland am 27. Januar 2022 in Washington DC. Am 9.3.2022 wurde sie bei einer Befragung im Kongress noch deutlicher: »Ich denke, dass Nord Stream 2 jetzt tot ist.«

Nuland (2): Als ich mir vor über einem Jahr nach einem intensiven Blick auf Biden und Blinken die Frage stellte, wer seit dem Machtwechsel eigentlich die Leitlinien der US-Außenpolitik bestimmt, war ich ratlos. Jetzt habe ich einen Vorschlag: diese hier.

Kannste dir nich ausdenken: »Wenn wir das jetzt akzeptieren, dass man mit vorgehaltener Hand am Kopf der Menschen, so isses ja bei den Referenden, sie werden erschossen, sie werden vergewaltigt und sollen sie innerhalb von drei Tagen Kreuze machen, weil neben ein Soldat steht mit Kalaschnikow in der Hand« [Zeichensetzung zum besseren Verständnis des Textes von mir]. So Annalena Bb. in einem Interview bei dem Fernseh-Clown Lanz. [Dank an den mir unbekannten Zusender an mich, den notorischen Gebühren-zahlenden Nichtfernseher].

Lanz (2): Einer solchen Quelle verdanke ich, dass der selbe reichlich besoldete Volkspädagoge an Sahra Wagenknecht maßzunehmen versuchte. Ging aber nicht, sooft er und seine Streithelfer auch versuchten, sie zu unterbrechen. Ihre Botschaft konnte nicht missverstanden werden: Sofortige Beendigung des Wirtschaftskriegs gegen Russland, inklusive der kontraproduktiven Waffen-Lieferungen in die Ukraine, um den deutschen Mittelstand zu retten, welcher der Motor und Garant des hiesigen Wohlstands sei. Deswegen seien unverzüglich Friedensgespräche mit Putin zu beginnen und Nord Stream 2 zu öffnen. Zum Zeitpunkt des Interviews existierten beide Nord Stream-Pipelines noch. Kurz drauf nicht mehr. Nun wäre es vermessen zu behaupten, die Aussagen einer ziemlich machtlosen PDS-Politikerin würden unsern Kolonialherrn beeindrucken. Aber dass sie als pars pro toto wahrgenommen wurden, darf man unterstellen.

1. OKTOBER 2022

Die Woche geht erwartungsgemäß mit der Unterzeichnung der Beitrittsurkunde der vier Oblaste von Cherson, Saporoshje, Donjezk und Lugansk zur Russischen Föderation zu Ende. In Moskau wird es in überschaubarer Kürze die Ratifikation durch die Gesetzgebungs-Körperschaften geben. Der Völkerrechts-Chor des Wertewestens singt seine gewohnten Weisen. Interessant hingegen wird sein, wann und wie welche Staaten außerhalb Russlands den neuen Zustand anerkennen werden. Hieran wird sich zugleich ermessen lassen, ob der russische Schachzug eine kluge Finesse genannt werden kann, die unipolare Welt zu sprengen.

Unterdessen: Deutschland genehmigte gestern Waffenexporte nach Saudi-Arabien (Ausrüstung für Kampfflugzeuge). Scholz war da in dieser Woche auf Goodwilltour. Da wird man ihm wohl gesagt haben, dass er sich mit der Genehmigung beeilen möge. Nebenbei: Das ist der arabische Staat, der seit Wochen Schritt um Schritt auf die Linie der BRICS-Staaten, an deren amerikafeindlichem Handeln nicht mehr gezweifelt werden sollte, offen eingeschwenkt ist. Doch solange die Atlantiker selbst Waffen in beträchtlichem Umfang auf die arabische Halbinsel liefern, wird man dem deutschen Vasallen seine Geschäfte durchgehen lassen. Jedenfalls bis Lockheed, Boeing & Co Einspruch erheben.

2. OKTOBER 2022

Ein reiches Land: Monatelang habe ich Daten zu lesen gekriegt, wie die Bundesregierung die Gasspeicher füllen lässt – dank einer Sonderermächtigung zu irrwitzig teuren Einkäufen. Heute erfahre ich, dass das Speichergas keineswegs, so wie behauptet, dazu dient, der Bevölkerung über Krisenlagen hinwegzuhelfen, sondern dass sich dort jedermann bedienen kann, der den Höchstpreis zahlt. Mehr muss man dazu nicht sagen, wiewohl ich gestehe, dass ich einen Moment lang fassungslos war.

Ukrainekonflikt: Die Nachrichten überschlagen sich wieder einmal. Während der Westfunk von ukrainischen Geländegewinnen weiß, melden die Russen Luftschläge gegen strategische Ziele im Landesinnern.

Ukrainekonflikt (2): Während Präsident Biden dem ukrainischen Selenskyj in einem Telefonat in der vergangenen Woche Nibelungentreue bis zur Rückeroberung der Krim geschworen hat, mehren sich in den USA die Stimmen, die das Engagement wo nicht eben als nutzlos, doch auf jeden Fall als zu teuer bezeichnen.

Der Stromausfall auf der Insel Bornholm lässt vermuten, dass ein Unbefugter nach der heilgebliebenen Röhre B von Nord Stream 2 gesucht hat. Vielleicht passierte das Missgeschick auch bei der Beseitigung von Beweismitteln, welche die Anschläge betreffen. Die Russen jedenfalls sollen nach dem Willen der NATO den Anschlagstellen fern bleiben. Im Netz werden Witze gemacht, dass in Kürze Ausweispapiere an den Anschlagorten gefunden werden. Diese stammen – so wollen es die Spötter – von Wladimir Wladimirowitsch P.

3. OKTOBER 2022

Wörtlich: »Der Angriff auf Nord Stream ist eine enorme Chance, ein für allemal die Energie-Abhängigkeit von Russland loszuwerden.« Sagt vorgestern US-Außenminister Blinken. Er meint uns Deutsche, denn sein Land bezieht weiterhin Rohstoffe zum Eigengebrauch aus dem Reich des Bösen.

Blinken (2) und zugleich Nachtrag zur Notiz vom 29. September 2022: Das unbekannte Flugobjekt kommt in den ersten Stunden des 26. September von den Färöern, überquert Dänemark und die Ostsee, wendet in Nordpolen, wo es in der Luft aufgetankt wird, und kehrt in das Anschlagsgebiet zurück, wo es die eigenen Ortungseinrichtungen abstellt. Mit hoher Wahrscheinlichkeit ein Fernaufklärer der US Air Force. Nun, wie passt der in den angeblichen Anschlag durch den bösen Putin? Jetzt müsst ihr die nächste Lüge erfinden, um das Geschehen zu erklären. Doch halt, ist vielleicht aber gar nicht mehr nötig, sobald sich die Attentäter öffentlich ihres Vorgehens rühmen werden. Blinken hat eine vortreffliche Vorlage gegeben.

Bei Ansehen und Anhören der Putin-Rede zur Unterzeichnung der Beitrittsakte der vier Bezirke von Lugansk, Donjezk, Saporoshje und Cherson fällt mir der ungewöhnliche Ernst des Herrschers und des Publikums auf. Erst ganz zum Schluss, nach der Nationalhymne, stehen die fünf Männer händehaltend vor dem Publikum beisammen, das in »Russland, Russland«-Rufe ausbricht. Putin lächelt für ein oder zwei Sekunden. Alles, was davor lag, war eine Kriegserklärung an den Westen, speziell an die USA.

Vor Tagen habe ich mir Gedanken gemacht, welches Gebiet Russland beanspruchen wird, das besetzte oder das der Verwaltungsgrenzen, was größer ist. Es ist das Letztere, wie ein Ultimatum des Verteidigungsministeriums heute ausweist. Es verlangt den Abzug der ukrainischen Truppen binnen 14 Tagen, sonst werde man der gesamten Ukraine die Energie entziehen. Jetzt ist die Zeit der Spezialoperation zu Ende. Die Amerikaner sind am Zug – aber womit? Es ist wie der Blick in die Glaskugel an meinem Küchenfenster.

5. OKTOBER 2022

Zwei Dinge gleichzeitig machen, die einander widersprechen, so als hätte man zwei Köpfe, nennt man schizophren. Das ist der Ausdruck für eine spezielle Geisteskrankheit. Geht mir durch den Kopf, wenn ich unsere Polit-Lenker über den Wirtschaftskrieg gegen Russland reden höre. Sie liefern Waffen an dessen Feind und behaupten zugleich, sie selbst seien friedlich, weswegen man ihnen nichts anhaben könne.

6. OKTOBER 2022

Deckel: Die Eurokraten haben soeben das achte Russland-Sanktionspaket geschnürt. Die sieben Vorgänger haben offenbar den bösen Putin nicht hindern können, die bislang zur Ukraine gehörigen Oblaste Cherson, Saporoshje, Donjezk und Lugansk heim-ins-Reich zu holen. Jetzt soll er mit dem Öl-Preis-Deckel zur Rückgabe gezwungen werden. Wie soll das gehen?

Deckel (2): Brüssel legt den Höchstpreis fest, zu dem Ölkäufe noch zulässig sein sollen. Und wenn sich die Verkäufer dem nicht beugen? Dann kaufen wir halt kein Öl mehr, bis sie sich eines besseren besinnen. Wird das funktionieren? Die Antwort steht fest, und sie heißt Nein. Und schließlich: Was hat der Ölboykott mit den einkassierten Gebieten zu tun? Nichts, denn die Deckeler haben die Rahmenbedingungen nicht im Griff. Diese lauten: Die Russen sind auf die EU-Staaten als Abnehmer nicht angewiesen, diese jedoch auf das Russen-Öl.

Deckel (3): Die Idee ist älter als der gestrige EU-Beschluss. Sie mündete in die Entscheidung der französischen Elf Aquitaine ein, den Russen ab dem kommenden Jahreswechsel kein Öl, das durch die Pipeline Drushba nach Schwedt an der Oder gepumpt wird, mehr abzunehmen. Einer unüberprüfbaren Internetmeldung entnehme ich, dass die hiervon abhängige Leuna begonnen hat, ihren Betrieb runterzufahren. Ich lasse das mal im Raum stehen, denn es ist einen eigenen Aufsatz wert.

Deckel (4): Vor einigen Tagen hat die russische Regierung den diplomatischen Vertreter der EU in Moskau nach Hause geschickt. Den brauche man dort nicht. Wer Ohren hat zu hören, wird das feine Ritze-Ratze am Brüsseler Gebäude wahrnehmen.

Der Ton wird rau: »Die deutsche Außenministerin Annalena Baerbock sagte: ›Wir befinden uns in einem Kriegszustand‹. Mit wem? Wie lange? Weiß Scholz davon? Ich verstehe, dass Annalena Baerbock in ihrer Jugend Trampolinsprünge trainiert und in diesem Sport gute Ergebnisse erzielt hat. Aber es ist Zeit zu landen«, so gestern die Sprecherin des russischen Außenministeriums Maria Sacharowa.

7. OKTOBER 2022

Seit gestern wissen wir, wie die etwas schwammigen Äußerungen von Saudi-Arabien und sein Einschwenken auf die BRICS-Staaten beim G20 im Sommer sowie seine Anwesenheit in Samarkand zu verstehen sind: Die OPEC drosselt ab sofort die Ölförderung. Dies geschieht so deutlich, dass US-Präsident Biden – so lässt das Weiße Haus verlauten – zum zweiten Mal in diesem Jahr die nationale Ölreserve anzapfen lässt. Das erste Mal im Sommer geschah das, um durch Ölverkäufe den inländischen Preisanstieg für Benzin zu dämpfen, diesmal wohl eher, um einem akuten Mangel abzuhelfen.

Ölhahn zu (2): Man erinnert sich, dass dies der US-amerikanische Schlachtruf im Frühjahr war, um die Russen in die Knie zu zwingen. Wenn die Forderung nun mit halbjähriger Verzögerung wortwörtlich aufgenommen wird, schadet das Ergebnis einem mit Sicherheit nicht: Das ist Russland. – Drum bedenke, was du verlangst, es könnte dich selber treffen.

Ölhahn zu (3): Wenn das Weiße Haus jetzt von einem feindlichen Akt spricht, wird das den Arabern zu denken geben. Mir geht das einstige deutsche Größenwahn-Sprichwort durch den Kopf: Viel Feind, viel Ehr. Russland, China, jetzt auch Arabien und seit gestern ebenfalls der Iran, dem die Verhängung von Sanktionen angekündigt wurde.

Zur See: Die widersprüchlichsten Nachrichten über den Grad der Zerstörung bzw. die Reparierbarkeit von Nord Stream 2 bestimmen in D die Meldungen. Sie sind wie üblich an der Frage ausgerichtet: Wer war das? Und: In welcher Zwickmühle steckt Deutschland hier eigentlich?

Zur See (2): Die Russen melden, ein U-Boot der Bjelgorod-Klasse in den Pazifik entsandt zu haben. Seine mitgeteilte Bewaffnung ist in der Tat furchteinflößend: Mehrere Reaktor-getriebene Langstrecken-Torpedos mit Kern-Sprengköpfen. Das sind – in konventionelle Vorstellungen übertragen – fahrende

Kriegsschauplätze, weltweit. Nebenbei: Wer jetzt immer noch von nuklearer Erstschlag-Kapazität fantasiert, sollte beschleunigt eingesperrt werden.

9. OKTOBER 2022

Mit der gestrigen Sprengung der Brücke zur Halbinsel Kertsch zeigt sich womöglich eine systematische Änderung der Kriegführung gegen Russland. Nachdem offenbar geworden ist, dass die ukrainische Armee gegen den russischen Koloss auf dem Schlachtfeld nichts ausrichten kann, um dem Kriegsziel der Rückgängigmachung der Annexion der Krim auch nur vage nahekommen zu können, wird russische Infrastruktur angegriffen und ohne Rücksicht auf die naheliegenden Folgen zerstört. Nach den Anschlägen auf die Pipelines Nord Stream 1 und 2 und die Kertsch-Brücke rechne ich mit durchgreifenden Schlägen gegen Kernkraftwerke innerhalb und außerhalb der formellen Grenzen der Ukraine.

Ukraine (2): Bei einer solchen veränderten Kriegführung kommt es vor allem auf den propagandistischen Effekt an. Ziel dieser Propaganda ist weniger der Wertewesten, dessen Siegestaumel sich in überschaubaren Grenzen hält, als vielmehr die russische Bevölkerung – und innerhalb dieser bevorzugt die dem Westen eventuell zuneigende Intelligenzija –, der suggeriert werden soll, dass dem russischen Herrscher das Wasser bis zum Halse steht. Ob diese Rechnung aufgeht, lässt sich zur Zeit nicht sagen. Zumindest fiel mir auf, dass – ganz im Gegensatz zum Vorhergesagten – nunmehr russische Hardliner ganz unverhohlen Kritik an der angeblichen Laschheit der russischen Führung zu äußern beginnen.

12. OKTOBER 2022

Ich habe zwei Tage gebraucht, um, was den Ukrainekonflikt anbelangt, aus dem Nachrichtenmüll seit dem Sonntag eine brauchbare Aussage destillieren zu können: Auf den Anschlag auf die Kertsch-Brücke folgten als russische Antwort am Montag und Dienstag (10./11.9.2022) Luftschläge gegen ukrainische Infrastruktur-Zentren.

Ukraine (2): Der Anschlag gegen die Brücke wurde durch die Zündung eines großen Sprengstoff-Pakets auf einem über die Brücke fahrenden LKW ausgelöst. Der Schaden ist, wie es heute aussieht, überschaubar, weil es sich um eine sogenannte aufliegende Sprengung handelte. Eine professionelle Sprengung hätte die Brücke weggerissen. Hierzu fehlten den Attentätern im Feindesland offensichtlich die Zeit und die Mittel.

Ukraine (3): Die einschlägige ukrainische Siegesmeldung kann nicht klug genannt werden. Sie ermöglichte dem Kreml das Verkünden einer Vergeltung. Zugleich gab sie der russischen Führung die Möglichkeit in die Hand, nachvollziehbar zu einem – sicher schon längst erwogenen – größeren Schlag gegen die Ukraine selbst auszuholen. Der findet derzeit statt.

Ukraine (4): Es macht Mühe, die zahlreichen Orte der russischen Luftschläge genau zu bestimmen und – vor allem – die Wirkung der Treffer zu beurteilen. Es hat den Anschein – was sich allerdings erst in den nächsten Tagen genauer sagen lässt –, dass die Strom- und Fernwärme-Infrastruktur das Hauptziel der russischen Angriffe war. Nach meiner vorsichtigen Einschätzung ragen (Bahn)-Umspannwerke und das Kohlekraftwerk von Kriwoi Rog/Krywyj Rih aus den Treffern heraus. Es kann sein, dass ich mich irre, denn die Zahl der aus der Ukraine selbst gemeldeten Schäden ist unübersehbar. Bezeichnend sind indessen die zahlreichen

Stromausfälle, die zudem bewirken, dass der Nachrichtenverkehr teilweise lahmgelegt ist.

Ukraine (5): Auffällig erscheint mir erneut, dass der russische Luftschlag offenbar fast ausschließlich auf Raketen-Beschuss beruht. Das bedeutet, dass nach wie vor vom Einsatz der russischen Luftstreitkräfte abgesehen wurde. Das Ausbleiben russischer Flugzeuge hatte bereits bei Beginn des Konflikts zu leichtfertiger Fehleinschätzung bezüglich der russischen Fähigkeit zur strategischen Luftkrieg-Führung geführt. Es wird Zeit, diese Einschätzung zu korrigieren, falls die jetzige Trefferwirkung so ist, wie es auf ersten Blick den Anschein hat.

Ukraine (6): Erneut ist es so, dass die militärische und militär-politische Initiative allein bei den Russen liegt. Sie ermöglicht es ihnen, zunächst die Wirkung des Beschusses abzuwarten oder damit nach Belieben fortzufahren. Zum Erstaunen der westlichen Dienste scheint der russische Raketen- und Munitionsvorrat unerschöpflich.

13. OKTOBER 2022

Leser B. weist mich auf eine mir bis dato unbekannte Nachrichtenplattform namens VisualPolitikDE bei YouTube hin, die nach seiner Ansicht sehr sachkundige Beiträge zum internationalen Geschehen bringe. Der letzte Beitrag dort, drei Tage alt und angeblich bereits von 400 000 Leuten angesehen, beschäftigt sich mit dem sicher zu erwartenden Sieg der ukrainischen Armee über Russland. So was macht neugierig. Und in der Tat, ein Schnellsprecher in einem bunten Hawaii-Hemd erklärt eine halbe Stunde lang, dass die vortrefflich geführte ukrainische Armee dank US-amerikanischer Himars-Raketen gegen die vertrottelten Russen gerade einen Sieg nach dem anderen einfährt. Das ist US-Propaganda pur – brandneu und insofern sehr bemerkenswert.

US-Propaganda (2): Der Vortrag des Schnellschwätzers ist mit sekundenschnellen Schnitten von Kriegsgerät hinterlegt, die Masse davon stammt aus gefilmten Manövern der russischen Streitkräfte. Interessant fand ich, dass kurze Sequenzen eingestreut waren, in denen aus mindestens fünf Perspektiven die Explosion und der anschließende Brand auf der Kertsch-Brücke zu sehen ist.

US-Propaganda (3): Young Leader Annalena Bb. war, so sagt sie selbst, vor einigen Tagen in der Ost-Kokaine. – Kann man sich nicht ausdenken. Das steht für sich.

15. OKTOBER 2022

Dreiklang: a) Wunderkind Elon kommt mit einem Friedensplan für die Ukraine an die Sonne (man wundert sich). b) Ein ukrainischer Spitzenmann beschimpft ihn (man wundert sich nicht). c) Elon will die von ihm gespendeten rund 20 000 StarLink-Internet-Terminals von SpaceX in der Ukraine nicht weiterbetreiben, die dort die Basis des Nachrichtenverkehrs sind (man sagt aha und erinnert sich an das alte Sprichwort: Hüte dich, in die Hand zu beißen, die dich füttert).

16. OKTOBER 2022

Elon schon wieder: Er hat es sich, meldet Mainstream, umüberlegt, so dass die Ukraine weiterhin für lau sein StarLink-Internet nutzen könne. Kann nur bedeuten, dass a) jemand nachgeholfen hat oder b) ihm klar wurde, dass sein Ausstieg mit einem Schlag den Krieg der Ukraine ganz ohne die von ihm geforderten Verhandlungen hätte beenden können, denn Führung und Militär des Landes wären von jeder Kommunikation abgeschnitten worden.

Mit einem Schlag (2): Es erscheint denkbar, dass die Russen vor vier Tagen eine EMP-Waffe über Charkow ausprobiert haben. Ob es wirklich so ist oder die nächtliche Videoaufzeichnung[93] ein Fake, kann ich nicht beurteilen. Man sieht einen Lichtblitz über einer Stadt, hört Bruchteile von Sekunden darauf den Detonationsdonner, worauf die Stadt komplett im Dunkeln liegt.

Mit einem Schlag (3): Erinnere mich deutlich, dass auf einer Übung in Bonn Anfang der 1980er Jahre die Frage des Elektromagnetischen Impulses (EMP) diskutiert wurde, als dessen Auslöser allerdings eine atomare Hohe-Luft-Detonation angenommen wurde. Falls das Ereignis von Charkow tatsächlich die Verursachung eines EMP ist, war die Explosion mit hoher Wahrscheinlichkeit nicht durch einen Kernwaffeneinsatz bedingt.

Mit einem Schlag (4): Falls die Russen tatsächlich eine solche Waffe haben und auch einsetzen, dreht sich die Eskalationsschraube um eine weitere Windung. Wie soll der NATO-Westen darauf antworten? Mit Kernwaffen?

17. OKTOBER 2022

Am Wochenende war in Bonn großer Partei-Thing der Grünen. Was da geredet und beschlossen wurde, muss man sich nicht merken. Ich nehme an, das Übliche in gewohnt schlechtem Deutsch. Was man sich hingegen merken sollte, sind die Zahlmeister dieses Aufmarsches, 47 an der Zahl. Darunter viel Bekanntes und wenig Verwunderliches, aber auch das hier:

---

93 https://t.me/barantchik/6821.

a) vom produzierenden Gewerbe: Bayer und Linde. Letzterer baut weltweit Kühlsysteme. Hoffen diese Leute auf die Erderwärmung? Und die Leute aus Leverkusen sind ein Chemie-Gigant, der über sein amerikanisches Mündel Monsanto ein ukrainischer Großgrundbesitzer ist. Das Sponsoring von Bayer deute ich als Interesse an der Fortführung des Krieges in der Ukraine. Muss nicht stimmen, aber was ist es sonst?

b) Gewerbliche Interessenvertretungen: Hier springen die Wirtschaftsvereinigung Stahl und das Deutsche Baugewerbe ins Auge. Habe keine Ahnung, was diese veranlasst, ihre Abschaffung zu finanzieren. Wissen die beteiligten Firmen, was ihre Lobbyisten da treiben?

c) Der Handelsmann: Dachverband Pipapo, geschenkt, aber was machen Kaufland und Lidl dort? Liege ich etwa richtig, wenn sich die Proletenversorger für den Preisschub, dem niemand entgehen kann, bedanken wollen?

d) Und Sonst? Versicherer, Gewerkschaften, Pharma, Post und Bahn. Auffällig abwesend Autobauer und ihre Stiftungen sowie die Bertelsmänner & Co, die stets am Start sind, wenn es den großen Blödsinn zu fördern gilt. Vielleicht erbaten sie ja auch ihre Nichtnennung.

18. Oktober 2022

Rein in die Kartoffeln, raus aus die Kartoffeln. Kaum beschließt ein grüner Parteitag, dass das Atom-Aus endgültig sei, verkündet der Herr Scholz, dass die drei verbliebenen Reaktoren am Netz bleiben. Natürlich nur vorläufig und so und nicht länger als bis April. Großes Olaf-Ehrenwort.

19. OKTOBER 2022

Einem Mann namens Schönbohm wurden die Dienstgeschäfte als Präsident des Bundesamts für Sicherheit in der Informationstechnik (BSI) verboten. Er habe Kontakte zu einem von ihm mitgegründeten Verein gehabt, in dem auch Russen ein- und ausgegangen seien. Das ist offensichtlich eine Quatsch-Begründung. Das ergibt sich schon daraus, dass man den Fernseh-Clown Böhmermann mit dieser bewegenden Nachricht vors Loch geschickt hat.

20. OKTOBER 2022

Die Nachrichtenlage aus der Ukraine ist chaotisch. Bei Mainstream lese ich, dass die Russen vor der Niederlage bei Cherson stehen, ihre Truppen westlich des Dnjepr seien nach einer Brücken-Sprengung abgeschnitten. Das wäre der Südwest-Pfosten des Frontbogens. Der Rückzug hinter den Fluss wäre zumindest propagandistisch bedeutsam. – In der Ost-Variante der Kriegsberichte lese ich, dass ein erfolgreicher russischer Raketenangriff auf die Hauptbodenstation des Satelliten-Internets von Master Elon in Paljewka-Paliivka-Паліївка, knapp 30 Kilometer nordwestlich von Odessa, stattgefunden habe. Regierungs- und Militär-Kommunikation der Ukraine seien damit praktisch tot. Falls die russische Behauptung der Zerstörung der Zentralsteuerung von NATO-Informationen über Paljewka in Richtung Ukraine und zurück zutrifft, müsste das alsbald sichtbare Folgen zeitigen.

Ukraine (2): SpaceX, der Satelliten-Internet-Dienst von Elon Musk, wird für ihn plötzlich rentierlich, denn das Pentagon hat angekündigt, die Kosten zu übernehmen, einschließlich Mietzahlungen. Damit zeigt sich ein weiteres Element dieses Krieges: Er verschiebt sich ins Weltall. Der Begriff der Luftherrschaft[94] muss neu überdacht werden. Während früher zum Ausdruck gebracht wurde, dass eine zahlenmäßig überlegene Luftwaffe mit ihren Flugzeugen das Geschehen am Boden entscheidend beeinflussen konnte, wird man heute sagen können, dass einer nur dann die Luftherrschaft innehat, wenn er den Gegner zwingen kann, seine Luftflotte am Boden zu halten.

Ukraine (3): Nur noch der Vollständigkeit halber: Die Bundeswehr bildet in Deutschland ukrainische Soldaten an deutschen Flugabwehr-Systemen aus. Bis vorgestern galt regierungs-offiziell, dass dies unmittelbare Kriegsbeteiligung sei.

Ostseefront: Die angepeilte Ermittlergruppe von Deutschland, Schweden und Dänemark ist wieder auseinandergefallen, bevor es mit der Aufklärung der Sprengstoff-Anschläge auf die Gas-Pipelines North Stream 1 und 2 ernst wurde. Schweden sieht bei dieser Zusammensetzung die notwendige Geheimhaltung gefährdet. Wer misstraut hier eigentlich wem? Ich denke mal, die Schweden wollen als NATO-Neu-Mitglied nicht anecken, denn sie haben jahrzehntelange Erfahrungen in der Unterwasser-Überwachung der Ostsee. Und da ist ihnen was aufgefallen. Oder so.

Ostseefront (2): Die Bundesregierung will hierzu nichts sagen – aus Geheimhaltungsgründen. Das klingt so kurios, das man sprachlos ist. Egon Kreutzer hat gestern alle notwendigen Argumente pro und contra auf seinem Blog erörtert.[95] Das Ergebnis: Man schüttelt noch mehr den Kopf. Anders ausgedrückt: Die

94 An dieser Stelle stand zunächst der Begriff »Lufthoheit«. Oberst Manfred Backerra wies mich dankenswerter Weise darauf hin, dass es militärfachlich korrekt an dieser Stelle »Luftherrschaft« heißen müsse. So sei es.

95 https://egon-w-kreutzer.de/strategien-der-geheimhaltung.

wissen nix und wollen es nicht zugeben. Oder sie wissen was, und das würde selbst den stärksten Trottel auf die Palme bringen.

Heimatfront: Die USA haben auf deutschem Boden eine militärische Kommandobehörde für die Kriegführung in Europa errichtet. Das ist eine Paralleleinrichtung zur bestehenden NATO-Struktur. Fällt das eigentlich nur mir auf?

23. OKTOBER 2022

Der Zusammenhang ist denkbar einfach: Schwäche deinen Konkurrenten fürs eigene Wohlergehen. Ins Verhältnis USA-Deutschland übertragen: Schneide ihn von der bezahlbaren Energie ab, indem du ihm die Zufuhr-Pipelines in die Luft sprengst. So wirst du dein eigenes Gas zu Wucherpreisen los und kannst deine seit Jahren angehäuften Dollar-Milliarden, die aus der Nullzins-Politik stammen, in Schnäppchen beim Unternehmens-Aufkauf in D anlegen. – Eine erstaunlich klare Schilderung aus der Feder eines deutschen Ökonomen, der an einer der Münchner Hochschulen lehrt, Christian Kreiß. Immerhin traut sich einer, das Offensichtliche in Worte zu fassen.

24. OKTOBER 2022

Im Wirtschaftskrieg der USA gegen China hat, wenn denn die eher spärlich fließenden Nachrichten stimmen sollten, die Biden-Regierung die nächste Stufe gezündet. Danach soll der Know how-Fluss in Sachen *advanced computing* radikal unterbunden, mithin die dortzulande stattfindende Chip-Herstellung pp. zum Stillstand gebracht werden. Falls das kein Fake ist, wage ich zu behaupten, dass sich Uncle Joe ins eigene Bein schießen wird: Zwar mag es gelingen, diesen chinesischen Industriezweig zu ruinieren, jedoch mit unabsehbaren Auswirkungen auch und gerade für die USA, deren verlängerte Werkbank China seit Jahrzehnten ist.

Das von der russischen Regierung in den besetzten und angegliederten Oblasten der Ukraine verhängte Kriegsrecht mag militärisch zweckmäßig sein, psychologisch bedeutet es das Eingeständnis einer schwachen Position. Es verbreitet sich der außerrussische Eindruck: Die können's nicht.

Die Nachrichten vom Wochenende zusammengefasst, zeigen die rapide Beschädigung der jahrzehntealten deutsch-französischen Achse. Macron bringt Deutschlands Umfeld-Staaten bedenkenlos in Stellung. Und der Herr Scholz? Ich kann die bürokratischen Floskeln nicht deuten. Mich deucht, er hat keinen Plan. Das wäre nicht nur sein, sondern auch unser Problem.

Die Wirtschaftsdaten aus D sind so grottenschlecht, dass einem die Haare zu Berge stehen. Ernsthafte Gespräche mit Leuten aus dem Dienstleistungssektor, aus dem sich bei uns zu meinem Grimm der politisch-publizistische Komplex rekrutiert, sind völlig sinnlos. Dort regiert noch immer die Überzeugung, dass die Industrie die Umwelt verschmutzt und das Geld vom Konto kommt. Das Resultat: Man führt Geisterdebatten, weil die Gegenseite sofort dicht macht, wenn man auf die Lage auf dem Stahl-, dem Metall-, dem Chemie-, dem Energie-, dem Landwirtschafts-Sektor zu sprechen kommt.

28. OKTOBER 2022

Die sich wechselseitig widersprechenden Gerüchte über die Lage in Cherson (Südwestecke des Front-Bogens) lassen keine zuverlässig Beurteilung zu. Klar ist nur, dass die Russen dazu übergegangen sind, die Zivilbevölkerung aus der Stadt und ihrer Umgebung nach Osten zu evakuieren. Das kann einen militärischen

Rückzug bedeuten, wie auf westlicher Seite behauptet, oder eine im Wortsinn Evakuierung der vom Tode bedrohten Einwohner. Diese Bedrohung geht vom nördlich der Stadt gelegenen Dnjepr-Staudamm aus, dessen Sprengung das Land stromab in eine Wasserwüste verwandeln würde. Beide Seiten bezichtigen einander, genau dies im Sinne zu haben. Wieder gilt: Dass die Russen dergleichen planen könnten, halte ich für absurd, es wäre ein Akt der Selbstschädigung. Dass indessen ein in den Abgrund taumelndes Regime zu solchen Mitteln greift, liegt im Bereich des Vorstellbaren.

Staudamm (2): Gegenwärtige Expertenstimmen verweisen darauf, dass es für die Biden-Regierung notwendig sei, eine derartig schwerwiegende Eskalation des Kriegsgeschehens zu bewirken, um Fakten zu schaffen und bei dem zu erwartenden Wahlsieg der Republikaner bei den Midterm-Wahlen deren Zurückrudern im Ukraine-Engagement zu verhindern. Ich glaube weder das eine noch das andere – aber was will das schon heißen?

Kaum frühmorgens geschrieben, wandelt sich mittags das Verlautbarungsbild via US-Presse insofern, als die ukrainische Führung entdeckt hat, dass das regnerische Wetter der eigenen Offensive bei Cherson im Wege steht. Radfahrzeuge versinken im Schlamm. Ein Blick in die deutschen Wehrmachtsberichte von 1941 hätte gegebenenfalls geholfen, Verluste zu vermeiden, die derzeit immens sein sollen. – Nebenbei: Wir haben schon so von so vielen Siegesmeldungen gehört, dass eine gewisse Ermüdung eingetreten ist.

Wetter (2): Was genau passiert, wenn die Frostperiode beginnt, ist noch nicht ausgemacht. Auch hier lehrt ein Blick auf die deutschen Kriegserfahrungen in jenen Gegenden, dass die Russen sehr wohl zu entscheidenden Offensiven in der Lage waren. Warum sollte sich das geändert haben? Ebensowenig wird das Auftreten von Väterchen Frost ausbleiben – allem Klima-Geschwätz zum Trotz.

30. OKTOBER 2022

In einem sogenannten Buch-Laden in Leipzig, Abteilung Fremdsprachiges, Harry Potter auf Kyrillisch entdeckt (Гарри Поттер). Die Beschriftung am Regalbrett »Ukrainisch«. Gestutzt, geblättert und sicher gewesen: Russisch geht gar nicht, wie man in diesen Kreisen formulieren würde.

1. NOVEMBER 2022

Die Meldungen vom Vortag zeigen eine neuerliche Eskalationsstufe des Krieges. Nachdem am Wochenende Schiffe der russischen Schwarzmeerflotte beschossen wurden, haben die Russen gestern auf doppelte Weise reagiert: a) Aufkündigung des im Sommer abgeschlossenen Getreide-Ausfuhr-Abkommens, b) massive Angriffe auf die ukrainische Versorgungs-Infrastruktur.

Zu a): Es war jetzt wochenlang möglich, Handelsschiffe mit ukrainischem Export-Getreide durch die russische Seeblockade in alle Welt zu entsenden. Die neuerlich Unterbrechung trifft vor allem Schwarzafrika. Diese Verschärfung der Lage wird die dortige Völkerwanderung Richtung Europa anheizen.

Zu b): Die russische Aktion war erneut ein massiver Raketen- und Drohnenbeschuss. Zu den Ergebnissen meldet die Ukraine Fakten, die nicht zusammenpassen: Ein Großteil der Flugobjekte sei abgeschossen worden. Aber: In nahezu allen Städten und Gemeinden ist der Strom ausgefallen, in Kiew gibt es kein Wasser mehr. Skeptischer Blick auf die Wetterdaten: Noch hat der Frost nicht Einzug gehalten. Die russische Aktion zeigt, dass von

Raketen- und Munitionsmangel keine Rede sein kann. Sie zeigt zudem, dass die US-Strategie des Abnutzungskrieges vor allem die ukrainische Bevölkerung trifft. Wie das ausgeht, wenn es in den Winter hinein andauert, kann kaum zweifelhaft sein.

Dnjepr-Staudamm und die Krim (Nachtrag zu den Zerstörungsgerüchten): Das Bauwerk hat eine Stauseefront von ca. 3,5 Kilometern Länge und eine maximale Fallhöhe von 16 Metern. Seine wirtschaftliche Bedeutung folgt aus dem Wasser-Kraftwerk und dem Wasser-Reservoir, aus dem bis 2014 die Krim versorgt wurde. Die Wasserador der Krim wurde nach der russischen Annexion der Halbinsel unterbunden.

2. NOVEMBER 2022

Ein unbekannter Hacker will Telefonate der britischen Ex-PM Liz Truss mitgeschnitten haben. Danach soll sie unmittelbar nach den Anschlägen auf die Ostsee-Pipelines Nord Stream 1 & 2 den US-Außenminister Blinken angerufen haben, um ihm zu sagen: Die Sache ist erledigt. Das Foreign Office hat sogleich dementiert und die Meldung als Propaganda russischer Behörden abgetan, die lediglich von den eigenen Kriegsverbrechen ablenken wollten. Tja.

3. NOVEMBER 2022

Die USA haben eine Auswahl aggressiver Maßnahmen *(range of aggressive actions)* ergriffen, um die Protestbewegung im Iran zu unterstützen. Das zumindest sagte kein Verschwörungsphantast, sondern Jake Sullivan, der Nationale Sicherheitsberater von Präsident Biden.

Iran (2): Zugleich wurde Saudi Arabien darüber in Kenntnis gesetzt, dass ein Angriff des Iran bevorstehe. Arabien? Das ist das

Land, das sich erst kürzlich von der amerikanischen Schutzmacht distanziert hatte. – Das amerikanische Vorgehen erinnert stark an das Ende der 1970er Jahre, als beide, der Irak und der Iran, mit amerikanischer Waffenhilfe aufeinander losgingen. Krieg als Mittel der Domestizierung von vormaligen Vasallen.

6. NOVEMBER 2022

Sie hat es schon wieder getan, Frau Guérot, einstige Heldin der Mainstream-Europäer. Nachdem sie vor Wochen schon über den Corona-Schwindel wider den Stachel löckte, stellt sie nunmehr in Buchform den Putin'schen Angriffskrieg in Frage. Klar: Sie mag keinen Krieg, findet allerdings die Alleinschuld der Russen fraglich. Das ist Leugnung in seiner modifizierten, aktuellen Variante (§ 130 StGB). Jetzt ist die frühe Morgenstunde nicht mehr fern, wo das SEK mit vermummten Nasen Einlass verlangt, um dem frevelhafte Tun der Dame Einhalt zu gebieten.

Guérot (2): Interessant wird sein, wie sich die semi-alternative Presse zu dem neuesten Spektakel verhält. Corona-Lügen zu entlarven, mochte angehen, um Applaus zu spenden, doch beim verbalen Angriff auf das große und gute Amerika werden die Helden à la Tichy & Co zurückzucken.

Die Spaltung der Alternativen: Beim Blog Conservo konnte man vor einigen Wochen beispielhaft erleben, wie die einstige alternative Einheitsfront nun wegen des Ukrainekonflikts zersplitterte. Die Amerikatreuen blieben unter dem neuen Herausgeber bei dem ungestalteten Conservo, während die Skeptischen zur neuen Plattform Bei Schneider abwanderten – soweit ich erkennen kann in der sich artikulierenden Mehrzahl und auf Nimmerwiedersehen.

7. NOVEMBER 2022

Kann das mal wer in ein verständliches Deutsch übertragen: »Die [ostdeutschen] Innenministerinnen und Innenminister haben sich zum Demonstrationsgeschehen zu den Auswirkungen des völkerrechtswidrigen russischen Angriffskrieges auf die Ukraine – allen voran gegen die steigenden Energiepreise – ausgetauscht. Das Demonstrationsgeschehen ist von Bundesland zu Bundesland sehr unterschiedlich, generell aber in den letzten Wochen stark rückläufig.« – Worüber genau haben die sich ausgetauscht? Im übrigen also Entwarnung. Soso. Mir ist hingegen aufgefallen, dass die Masse der Leute, die sich in ansteigenden Zahlen demonstrierend auf den Straßen tummeln, die Regierungspolitik anprangern, weil sie sich weigern, der einschlägigen Propaganda zu glauben, wonach Energie-, Sprit- und Lebensmittelpreise und Arbeitsplatzverlust dem bösen Putin geschuldet sind, sondern ganz im Gegenteil nachvollziehbar annehmen, dass diese Missstände hausgemacht sind und ein Ergebnis der grünen Klimalüge.

Kleiner Scherz am Rande: Unter den sieben Anwesenden befand sich genau eine Frau. Wie man angesichts dieses Umstandes von Ministerinnen reden kann, bleibt dem Betrachter überlassen. Wenn allerdings die Beteiligten im Zahlenraum bis sieben bereits Zeichen von Überforderung erkennen lassen, sollte man sich Sorgen machen.

Fachliches aus der Spaßecke: Wenn die besorgten Minister expressis verbis den Extremisten und den Reichsbürgern das Feld nicht überlassen wollen, zeigt das zweierlei: Reichsbürger sind keine Extremisten. Und: Was ist hier mit den Frauen? Mein lieber Schwan, soviel Ungleichberechtigung war nie.

9. NOVEMBER 2022

In GB wetteifern die Kommentatoren in ihrer Empörung darüber, dass britische Soldaten Offiziere der chinesischen Volksbefreiungsarmee ausbilden. Während dies bis zum Frühjahr 2020 ganz offiziell geschah, traten sodann pensionierte Briten in die Fußstapfen der aktiven britischen Streitkräfte, indem sie sich von und nach China anwerben ließen. Jetzt wundern sich alle und sprechen von Verrat.

GB (2): Seit langem sind in England schwer bewaffnete private Kriegsunternehmer tätig, die weltweit für gewaltsame verdeckte Aktionen verantwortlich sind. Selbstredend weiß das offizielle Großbritannien hiervon nichts. Bis dann plötzlich und unerwartet Details in die Öffentlichkeit gelangen, aus denen zu entnehmen ist, wie eng die privaten Krieger an das UK-Verteidigungsministerium (MOD) angebunden sind. So kommt die dortige Mit-Verantwortlichkeit für die Anschläge auf die Ostsee-Pipelines Nord Stream und die Kertsch-Brücke – trotz wortreicher Dementis – ans Licht.

12. NOVEMBER 2022

Die russische Armee hat sich gestern im Oblast von Cherson vollständig auf das linke (südöstliche) Dnjepr-Ufer zurückgezogen und die noch intakten Brücken gesprengt. Die Operation deutete sich an, nachdem die Zivilbevölkerung der Region in den letzten Tagen nach Russland evakuiert worden war. Der Sinn dieser Maßnahme erschließt sich mir nicht. Es sieht wie das Beziehen eines Winter-Quartiers aus. Falls das stimmt, steht jedenfalls die oftmals beschworene Bedrohung der westlich von Cherson befindlichen Großstadt Odessa offenbar im Moment nicht mehr auf dem Programm.

Cherson (2): Früher hätte man von dem von der russischen Armee besetzten westlichen Ufer von einem Brückenkopf gesprochen. Seine Aufgabe sieht nicht nach geplanter Offensive aus. Der Rückzug hinter den Dnjepr mag aus Gründen der Kräfteersparnis militärisch sinnvoll sein, propagandistisch geschickt ist er hingegen nicht, denn er räumt der Ukraine wieder Gelegenheit zum Siegesgeschrei ein. Dabei scheint die Lage des Landes nach den Angriffen auf die Energie-Infrastruktur eher eine bescheidene zu sein.

16. NOVEMBER 2022

Raketeneinschlag auf der westlichen Seite der polnisch-ukrainischen Grenze – und zwar pünktlich zum Gipfeltreffen der G20-Staaten auf Bali. Sogleich läuft das sattsam bekannte Ritual ab: Der böse Putin hat einen der NATO-Staaten angegriffen. Polens Führung dreht freischwebend im Raum: Quasi-Mobilmachung, Botschafter einbestellen, NATO-Konsultationen verlangen. Doch ach, für Waffenexperten keine Neuigkeit: Die Rakete stammt aus der Ukraine und wurde von deren Armee abgeschossen. – Ein Ironiker könnte auf die Idee kommen, dass Polens nationalistische Führung jetzt der Ukraine den Krieg erklärt.

19. NOVEMBER 2022

G20 in Bali: Nachdem der ukrainische Raketenbeschuss des polnischen Grenzdorfs sich beim besten Willen nicht den bösen Russen in die Schuhe schieben lässt, kann der Wertewesten noch nicht einmal die Verurteilung Russlands wegen dem Putin seinen Angriffskrieg im Abschlussdokument durchsetzen.

23. DEZEMBER 2022

Von der Ostfront wie üblich nur Widersprüchliches, das genauerer Recherche bedarf. Derweil schießt sich der Bund mit dem schwangeren-tauglichen Nobel-Schützenpanzer Puma selbst ins Knie. Diese Armee bedarf eines Scharnhorst (und eines Königs, der ihn machen lässt). Ich weiß schon, man ließ in Preußen den Mann erst aufräumen, nachdem die hochgelobte Armee vor 216 Jahren eine deklassierende Niederlage einkassiert und der große Napoleon das Land zerstückelt hatte.

Das Jahr 2023

1. JANUAR 2023

Das neue Jahr beginnt mit einer haarsträubenden Neujahrsbotschaft der Bundesregierung. Sie passt auf einen schwarz-rot-gelben Flyer: Gute Nachrichten gibt es auch beim Thema Energie: Seit dem 1.1.2023 bezieht Deutschland kein russisches Öl mehr per Pipeline – ein weiterer wichtiger Schritt auf dem Weg zu einer sicheren Energieversorgung!

3. JANUAR 2023

Ich bin von Klima-Experten umgeben. Diesmal geht es nicht um den Untergang des Kölner Doms in der Nordsee, sondern den Beginn der Winteroffensive der Russen in der Ukraine, die für die Periode des Dauerfrosts herbeiorakelt wird. Mag sein, dass es so kommt.

Krieg (2): Wir sind Zeugen einer Auseinandersetzung von historischen Ausmaßen. Der Konflikt wird erst zu Ende gehen, wenn einer der beiden Seite die Luft ausgeht. Für den Fall, dass dies die

US-Amerikaner sind, werden sie nichts unversucht lassen, Europa mit in den Abgrund zu reißen.

Krieg (3): Eine amerikanische Niederlage ist deswegen nicht ganz auszuschließen, weil die Yankees im jetzt vergangenen Jahr eine bittere Pille schlucken mussten: Entgegen ihrer Annahme, dass die ganze Welt ihren Kreuzzug gegen Russland unterstützen werde, weigerte sich die Masse der Staaten dieser Erde, für die USA zu kämpfen und sei es nur, am Russland-Boykott teilzunehmen. Das Ergebnis: Wall Street produzierte 2022 denkbar schlechte Zahlen. Es ist deswegen nicht von der Hand zu weisen, dass der Geldadel den Kriegsbegeisterten in den Arm fallen wird, denn – wie sagt das deutsche Sprichwort? – beim Geld hört die Freundschaft auf.

Krieg (4): Die seit vorgestern geänderten Mehrheitsverhältnisse im US-Repräsentantenhaus haben für die Kriegstreiber zunächst keine Konsequenzen. Die siegreichen Republikaner sind mit internen Grabenkämpfen beschäftigt, weswegen sie nicht einmal in der Lage waren, den einflussreichen Posten des Sprechers (Speaker of the House) zu besetzen.

12. JANUAR 2023

Die Mineralölraffinerie Oberrhein (MiRO) in Karlsruhe ist die größte ihrer Art in Deutschland. Sie reduziert seit Jahresbeginn wegen des nicht mehr angelieferten Russenöls ihre Produktion. Offenbar drastisch. Das ist gut und schlecht zugleich. Schlecht ist, dass jetzt Benzin und Heizöl nicht mehr ausreichend produziert werden, um den gewohnten Bedarf zu decken. Gut ist, dass die Konsequenzen des Wirtschaftskriegs gegen Russland jetzt auch den Wohlstandsbürger im Westen Deutschlands erreichen, den es bislang nicht gejuckt hat, dass seit Monaten aus Schwedt an der Oder, dem zweiten großen Raffinerie-Standort in D, eindringliche Warnrufe laut wurden. – Schwedt, wo ist das denn? Dort wurde pünktlich zum Jahreswechsel, ganz so als sei das ein unabwendbares Naturereignis, die Pipeline Drushba abgeklemmt.

Wirtschaftskrieg (2): Selbstverstümmelung wird bei allen kriegführenden Nationen drastisch bestraft. Doch neu ist, wenn der Kriegführende selbst zu solchen Maßnahmen greift. Das geht mir durch den Kopf, als ich die Siegesmeldung des Bundespresseamtes vom 1. Januar (siehe oben) lese.

Selbstverstümmelung (3): Es treten sogenannte Engpässe bei der Versorgung mit Medikamenten auf. Die Apothekerin aus der Nachbarschaft sagt bei ihrer Schilderung der Lage, Penizillin sei nicht mehr zu bekommen.

17. JANUAR 2023

In Davos tagt mal wieder der woke Zirkus des Klaus Schwab. Der Kreis der Anreisenden ist deutlich kleiner geworden. Nur 1500 Privat-Jets in Zürich. Russland und Asien sind nicht mehr am Start. Da fällt es schwer, in die Posaune des Globalen zu blasen. Der Wertewesten ist plötzlich unter sich.

Davos (2): Von Frieden dank Abschaffung der Nationalstaaten redet keiner mehr, dafür aber so manch einer vom Ukrainekrieg und der Notwendigkeit, Russland zu besiegen.

Davos (3): Kaum einer trägt zum Deutschenhass soviel bei, wie dieser obskure Herr Schwab. Noch 2020 hatte er großspurig angekündigt, dass der Januar-Treff der letzte in der Schweiz sei, denn man werde sich ab 2021 in Südostasien treffen. War wohl nix. Die infrage kommenden Länder wollen sich offenbar eine solche Laus nicht in den Pelz setzen lassen.

18. JANUAR 2023

Die Nachrichten von der Ukraine-Front sind widersprüchlich. Es sieht so aus, als würde um einzelne Dörfer in der Mitte des Frontbogens gerungen. Im Augenblick geht es um Soledar, nördlich der Stadt Bachmut gelegen. Das sieht alles nach Klein-Klein aus. Der strategische Nutzen dieser Bodenkämpfe ist nicht zu erkennen.

Ukraine (2): Auffällig ist das völlige Ausbleiben ukrainischer Siegesmeldungen. Vermutlich haben deren Initiatoren erkannt, dass diese für die Forderung nach noch mehr NATO-Waffen contra-produktiv sind.

Ukraine (3): Das Oberkommando der Invasionskräfte hat erneut gewechselt. Jetzt steht der russische Generalstabschef Gerassimow an der Spitze. Da seit Zaren-Zeiten der Generalstabschef ein unmittelbarer Untergebener des Kriegs- bzw. Verteidigungs-Ministers ist, sind die Befehlswege von Moskau zur Front radikal verkürzt worden.

19. JANUAR 2923

Der US-Verteidigungsminister ist, biologisch gesprochen, ein großer Mann. Erneut hat er zur großen Geber-Konferenz nach Ramstein eingeladen. Mir geht durch den Kopf, dass dieser Ort früher einmal in Deutschland lag. Dass sich die Amerikaner von solchen diplomatischen Petitessen nicht beeindrucken lassen, konterkariert das seichte Gequatsche von der Wertgemeinschaft.

Ramstein (2): Es geht um die Lieferung schwerer Waffen an die Ukraine. Auf deren Wunschliste steht ganz oben der Leopard 2 der neuesten Bauart. Noch sträuben sich die Deutschen Polit-Heroen, aber vermutlich nicht mehr lange. Die beste Nachricht hierzu kam vom Panzerbauer Rheinmetall: Man bräuchte mindestens bis 2024, um die Fahrzeuge einsatzbereit zu machen. Das sagt alles um den Zustand Deutschlands und seiner Bundeswehr: Kampftruppen als Illusion.

Ramstein (3): Den Luxusschützenpanzer Puma will anscheinend keiner mehr haben, nachdem in der vorigen Woche bei einer Lehrvorführung von den 18 eingesetzten Geräten 18 ausfielen und zwar so gründlich, dass sie weder fahren noch einen Schuss abgeben konnten. Jetzt drängt sich alles um den Marder, der vor fünf Jahrzehnten in die Truppe eingeführt wurde. Wir schwimmen in einem Stausee von Unfähigkeit und Schlamperei.

Ramstein (4): Wenn alle Geberländer weiterhin auf das Abschieben des Vorletzten setzen, entstehen bereits aus Gründen der Typenvielfalt unlösbare Logistik-Probleme und das bei einer Armee, die vermutlich keinen einzigen richtig ausgebildeten Soldaten mehr besitzt.

20. JANUAR 2023

In Russland hat Gasprom die Anteile von Wintershall stillschweigend übernommen. Damit ist die BASF als der Eigentümer von Wintershall raus aus dem russischen Gasbohr- und Liefer-Geschäft. Das ist nicht nur ein Milliardenverlust, sondern auch fatal für den Bezug von Erdgas, auf das die BASF zwingend angewiesen ist.

BASF (2): Im vergangenen Jahr hat der Chef der Firma, Brudermüller, mehrfach darauf hingewiesen, dass bei solchem Verlauf der Dinge die 40 000 Arbeitsplätze in Ludwigshafen zur Disposition stehen. Es hat offensichtlich niemanden gejuckt.

BASF (3): Ich nehme an, dass die Firma den Umzug in die USA vorantreiben wird. Unter dem Strich wäre es ein amerikanischer Sieg auf der ganzen Linie.

21. JANUAR 2023
Die Skyline der PCK-Raffinerie bei Schwedt an der Oder taucht plötzlich aus dem Morgennebel über dem Nadelwald auf. Die Schlote rauchen noch und eine Gasflamme tänzelt über der Szenerie. Der Ort hingegen wirkt wie ausgestorben, Samstagmittag im Oderbruch.

22. JANUAR 2023
Es schneit an der polnischen Grenze, das Land östlich der Oderbrücke von Schwedt wirkt trist. Ich mache kehrt. Mir ist nicht nach Ramschkauf, und ich bin zu faul, den Dieselpreis umzurechnen. Die A9-Raststätte Fläming, jahrelang ein Routinehalt von und nach Berlin, wirkt verwahrlost und stinkt nach Fäkalien. Der Schweizer Betreiber hat sich offenbar verpisst. Dafür ist der Toilettenpreis kräftig angehoben worden. Pecunia non olet (Geld stinkt nicht), sagten die alten Römer.

24. JANUAR 2023
Nun ist er wie erwartet umgefallen, der Herr Scholz: Leoparden 2 aus deutschen Beständen gehen an die Ostfront. Die Lage wird brenzlig und wird sich kaum noch von der deutschen Seite beherrschen lassen. – Der Jubel der US-Speichellecker ist nur noch ekelhaft zu nennen.

26. JANUAR 2023
Ein großes Heftpflaster würde Wunder gewirkt haben. Es hätte verhindert, dass Annalena Bb. öffentlich erklären konnte, Deutschland befinde sich mit Russland im Krieg. Blättere sicherheitshalber im Grundgesetz. Die Dame ist für Kriegserklärungen absolut unzuständig. Mithin ist ihr Tun eine Amtsanmaßung, was nach

deutschem Recht strafbar wäre, doch in ihrem Fall steht die Vermutung der Schuldunfähigkeit im Wege. Als Jurist weiß ich allerdings, dass es bei zweifelhaften Erklärungen auf den sog. Empfängerhorizont ankommt (zu Deutsch: Wie muss es derjenige, bei dem es ankommt, verstehen?). Es könnte also durchaus sein, dass es Russen der Entscheidungsebene gibt, die ernst nehmen, was da gequatscht worden ist.

28. JANUAR 2023

Die Beschäftigung mit den Landkarten des Kampfgebietes und deren Vergleich mit den Meldungen beider Seiten bringt keine Klarheit. Unstrittig erscheint nur, dass sich die Kriegführenden in den Orten Soledar und Bachmut (= russ. Artjomsk) ineinander verbissen haben. Angreifer sind ohne Zweifel die russischen Streitkräfte. Das Kampfgelände bietet durch seine Bergwerksanlagen für die Ukrainer Möglichkeiten des Kampfes bis zur letzten Patrone, wie das Meister Goebbels genannt hätte. Selenskyj scheint in dessen Schule gegangen zu sein.

Ostfront (2): Ob dieser Krieg Meter um Meter einer nachvollziehbaren Strategie dient, vermag ich nicht zu erkennen. Anders wäre es, wenn es sich tatsächlich um eine Durchbruchs-Schlacht handeln würde, der ein Durchmarsch massiver russischer Panzerverbände folgen würde, die dann nach rechts und links eindrehen und die Gesamtverteidigung zum Einsturz bringen. Ich habe keine Ahnung, ob das als die vielbeschworene Winteroffensive geplant ist. Bis jetzt jedenfalls ist es nicht kalt genug.

29. JANUAR 2023

Die Lektüre des jüngsten Heftes der *Foreign Affairs* beglückt den Leser mit zwei Artikeln von lange vermisster Aggressivität: In

Mexiko wird das Verschwinden der Demokratie angezeigt, und dem ungarischen Ministerpräsidenten wird die Ehre zuteil, ihn als Diktator zu bezeichnen. Da die USA seit 1917 für sich in Anspruch nehmen, die Welt *safe for democracy* zu machen, sollten sich die Mexikaner und auch die Ungarn auf baldige gewaltsame Beihilfe einstellen.

Safe for democracy (2): Der Herr Scholz hat sich gewagt, die Leoparden-Lieferung in die Ukraine von der gleichzeitigen Anlieferung US-amerikanischer Abrams-Panzer abhängig zu machen. Er hat damit öffentlich eine ungenehmigte Selbstständigkeit an den Tag gelegt, die zu einer harschen und beleidigenden Äußerung des Präsidenten-Darstellers Joe B. im Weißen Haus geführt haben soll. – Darüber abends bei Tisch gestritten. Wird überwiegend für Desinformation gehalten.

Safe for democracy (3): Nach einer jüngeren Studie der Rand Corporation wird der US-Regierung geraten, nicht auf Teufel komm raus in der Ukraine auf Sieg zu spielen, da die Kosten des Russland-Krieges die chinesischen Herausforderer begünstigen könnten. Zu deutsch: Es ist nicht genügend Geld da, um gleichzeitig aggressiv gegen China vorgehen zu können. Bei genauerer Lektüre wird klar, dass man in den USA über Eck gedacht hatte, nämlich dass der Ukraine-Krieg Russland so schädigen werde, dass China seine Überlegenheit gegen Russland ausbauen und ausnützen könne (anstatt gegen die USA vorzugehen?). So müsste Russland letztlich zusammenbrechen. Das ist offensichtlich Wunschdenken. Die Chinesen werden als lachende Dritte den Konflikt für ihre Zwecke nutzen – und sie werden den Zeitpunkt bestimmen.

3. FEBRUAR 2023

Vor nicht einmal einer Woche war mir der verbale Angriff aus dem US-amerikanischen Council on Foreign Relations auf den ungarischen Ministerpräsidenten Orbán aufgefallen. Jetzt hat er im Gegenzug deutliche Worte gefunden. Eine Zusammenfassung seines einschlägigen Pressegesprächs lese ich bei Tichy. Zugegeben, ich bin verblüfft, dass dessen Plattform von ihrer bislang treuen US-Gefolgschaft abweicht. Hunderte von Leserbriefschreibern teilen sich in zwei Lager: a) Wie können Sie es wagen? Und: b) Das wurde auch Zeit. Damit spiegeln diese Kommentare die Zerrissenheit einer intelligenten, nicht radikalen Bevölkerungsschicht wider.

Orbán (2): Der Ungar findet deutliche Worte. Geschickt fädelt er ein, dass niemand einem Ungarn nach den Erfahrungen von 1956 erläutern müsse, wie sich russisch-dominierte Fremdherrschaft auswirke, einschließlich der Hinrichtung eines seiner Amtsvorgänger. Doch dann spricht er Klartext über den Ukrainekonflikt, dessen Auslösung durch die USA er beim Namen nennt, ebenso das nahezu notwendige gewaltsame Eingreifen der Russen. Doch wer nun denkt, hier spricht der Putin-Versteher, der irrt sich. Orbán blickt viel weiter voraus. Nur ein sofortiger Waffenstillstand könne irgendwann Frieden bringen. Angesichts der angerichteten Verheerungen werde es Jahre dauern.

Orbán (3): Der eigentliche Verlierer des Konflikts sei Deutschland, dessen Wirtschaftskraft von außen und innen mutwillig ruiniert werde. An die Stelle des einstigen engsten US-amerikanischen Verbündeten sei Polen getreten. Tja. Was das für das deutsch-polnische Verhältnis bedeutet, sagt er nicht. Dazu ist der Mann zu klug.

Orbán (4): Eine verantwortungsvoll handelnde deutsche Regierung würde sich diesen Mann warmhalten. Aber wo wäre die?

6. FEBRUAR 2023

Schickt mir einer einen Artikel aus der Welt, dessen Autor gibt Entwarnung. Er behauptet dieses hier: Die Nichtlieferung von Öl und Ölprodukten aus Russland könne nicht zur Knappheit bei Benzin und Diesel in D führen, denn a) Russland hätte ohnedies nie Benzin, sondern nur Diesel geliefert, und b) es habe niemand ein Interesse an der Verknappung des Treibstoffes, was auch ein ADAC-Experte bestätige. Fazit: Da dichtet einer, der nicht bei Trost ist, denn er hätte auch schreiben können: Das Abholzen der Apfelbäume in Baden könne nicht zu einem Einbruch auf dem Obstmarkt führen, denn zum einen hätten die Apfelbäume niemals Birnen getragen, und zum andern hätte niemand Interesse an einer Verknappung, wie ein Veganismus-Experte jetzt nachgewiesen habe. Klar. Oder?

8. FEBRUAR 2023

Leopard: Nunmehr will die Bundesregierung eingemottete Leopard-1-Panzer in die Ukraine abgeben. Das ist die Hauptwaffe gewesen, an der ich vor Jahrzehnten junge Soldaten ausbildete. Um den Leo einigermaßen sicher zu beherrschen, war eine dreimonatige Ausbildung nach absolvierter dreimonatiger Grundausbildung der Mindest-Standard.

9. FEBRUAR 2023

Lese einen fundierten Aufsatz von Semour Hersh über den US-amerikanischen Anschlag auf die Nord-Stream-Pipelines. Es ist der erste seiner Art, der zu mir über den Atlantik kommt. Er enthält dieselben Ansichten, die ich in den letzten sieben Monaten nach dem Angriff durch Nachdenken gewonnen und im Sudelbuch Stück um Stück kommentiert habe. Neu ist für mich lediglich der Einsatz einer Tieftaucher-Gruppe der US Navy, die ihren Trainingsstützpunkt in Panama City/Florida hat. Die Mariner wurden gewählt, damit es nicht nach einer verdeckten Aktion der Dienste aussah, die der Präsident einem speziellen Kongress-Gremium hätte anzeigen müssen. Ein klarer Fall von Gesetzesumgehung.

Nord Stream (2): Ein Trio infernale plante und beschloss den Einsatz: Außenminister Antony Blinken, seine Vertreterin Victoria Nuland und der Sicherheitsberater des Präsidenten Jake Sullivan. Der CIA-Chef und die Vereinigten Stabschefs der Streitkräfte waren eingebunden. Sonst wäre der spezielle Zuschnitt des Angriffs unter dem Cover des ohnehin stattfindenden Sommer-Ostseemanövers 2022 nicht möglich gewesen.

Nord Stream (3): Die Auslösung des Angriffs lag beim Präsidenten. Sein Zögern machte es notwendig, von der Zeitschaltung der Sprengungen abzusehen und eine heikle Funkauslösung vom Flugzeug aus in den Ablauf einzubauen. Alle Beteiligten waren sich einig, dass dies eine nach amerikanischem Recht ungenehmigte Kriegshandlung (gegen Deutschland) durch den Präsidenten sei, der der Zustimmung des Kongresses bedurft hätte. Allerdings droht Biden von diesem keine Gefahr, da die tonangebenden Republikaner mit der Zerstörung der Pipeline einverstanden sind.

10. FEBRUAR 2023

Versuche festzustellen, wer den Artikel von Semour Hersh erwähnt, und, wenn ja, wie, und wer ihn ignoriert. Vor allem in den USA gibt es eine scharfe Trennlinie zwischen Mainstream und den reichweitenstarken Alternativ-Kanälen. Einer davon ist The Duran, dessen Beitrag innerhalb von Stunden über 100 000-mal aufgerufen wird.[96] Zwar reut mich die Zeit, die ich mit dem Anhören zubringe, nehme aber mit, dass es in Washington D. C. Leute gibt, die in der Lage sind, den Anschlag auf die Pipeline und den Abbruch der Waffenstillstands-Verhandlungen auf einen Nenner zu bringen. Er lautet, eine Handvoll namentlich bekannter Personen an der Spitze der USA wollen den Krieg gegen Russland mit allen Mitteln. Ich wundere mich über die Ansicht, dass die Zerstörung des Bundes-Verhältnisses mit Deutschland mittelfristig deswegen für die USA katastrophale Folgen zeitigen werde, weil die Deutschen dann die Konsequenzen ziehen würden. – Das glaube ich zwar nicht, dennoch wird der amerikanische Kriegsangriff gegen Deutschland in anderen Ländern Europas zum Nachdenken Anlass geben – auch in Polen, doch da anders als in den übrigen Ländern.

14. FEBRUAR 2023

Lese ohne Erstaunen, dass in Ungarn jetzt USAID zum Einsatz kommt. Hierbei handelt es sich um eine US-Einflussnahme-Organisation, die im Bereich des US State Departments agiert und zur Vorbereitung von Umstürzen *(regime change)* genutzt wird. Hier findet also die Vorbereitung von Zwangsmaßnahmen gegen die

---

96 https://www.youtube.com/watch?app=desktop&v=ySNyAaw4VEI.

US-kritischen Ungarn statt. Genau das, was ich vor zwei Wochen nach dem einleitenden Essay in der Foreign Affairs vermutet hatte. Ich denke mal, es wird Tote im Namen der Menschenrechte geben. Nicht zu vergessen die *democracy.*

USAID (2): Beim Lesen des Namens der Chefin Samantha Powers, die soeben in Budapest ihren Auftritt hatte, stutze ich. Ich blättere sicherheitshalber in meinem Buch *Spy Gate* nach. Und richtig, das ist dieselbe Person, durch deren Account als US-Botschafterin bei der UNO 2016 die Abfragen bei den Sicherheitsbehörden gegenüber den Mitarbeitern des damaligen Trump-Teams stattfanden, die dann den Grundstock für negative Pressekampagnen und Schein-Strafverfolgung dienten. Natürlich wusste Mrs. Powers nichts vom Missbrauch ihrer Abfragestation. Natürlich nicht.

15. FEBRUAR 2023

Seit zehn Tagen gilt das Einfuhrverbot der EU-Kommission für russischen Treibstoff. Vorgestern war an den Tankstellen noch nichts zu bemerken. Kann aber nicht mehr lange dauern. Das alles hat, entgegen den langjährigen Behauptungen mit dem Putin seinem Angriffskrieg nichts zu tun, sondern man nutzt die Gunst der Stunde, um das seit Langem geplante Verbot des Autofahrens einen Schritt weiter zu bringen.

Die neueste Foreign Affairs ist eingetroffen. Ein erstes Überblättern des Inhalts bringt folgende Erkenntnisse:

a) Russland – und speziell Putin – werden besiegt werden, aber das große und gute Amerika müsse aufpassen, dass der Sieg nicht andere Regionen der Erde destabilisiere, z. B. Kasachstan mit seinen Bodenschätzen.

b) Der Herr Scholz verantwortet einen Beitrag unter der Überschrift »The Global Zeitenwende«. Der will mit Sorgfalt gelesen sein, denn neugierig bin ich schon, wie der Kanzler die Rolle Deutschlands in aller Welt beschreibt.

c) Der Herr Steinmeier wurde mit dem Henry-Kissinger-Preis bedacht. Die Laudatio hielt Condoleezza Rice. Man erinnert sich der einstigen Sicherheitsberaterin des jüngeren Bush, die dieser versehentlich als seine Frau bezeichnete.

18. FEBRUAR 2023

Der Streit um die Sprengung von Nord Stream geht weiter. Das ist erst mal nicht schlecht, sondern ganz im Gegenteil: Die Meldung, dass die USA mit Waffengewalt Deutschland angegriffen hat, ist nicht mehr vom Tisch zu bringen. Die Amerika-Fraktion in den Medien versucht jetzt, ihr Lügengebäude mit der Behauptung zu retten, die amerikanische Täterschaft sei nicht bewiesen, aber sie hütet sich jetzt vor dem wohlfeilen Gegenangriff der Marke der-böse-Putin-war's. Die deutschen Bundesminister widersprechen sich mit Keine-Erkenntnisse und Schweigen aus Staatswohlerwägungen. Ja, was denn nun? Denn wenn ich aus Gründen des Staatswohls schweige, kenne ich den Sachverhalt, dann aber war der Hinweis auf keine Erkenntnisse gelogen.

US-Kriege (2): In der bayerischen Hauptstadt tagt zur Zeit die Münchener Sicherheitskonferenz, eine Show der Firma Bertelsmann. Gegner des amerikanischen Russland-Krieges wurden flugs wieder ausgeladen, so die Vertreter der AfD-Bundestagsfraktion. Der Hegemon duldet keinen Widerspruch aus der Kolonie. Den aalglatten Gehorsam der Veranstalter zu zelebrieren, war der neue Vorsitzende berufen, ein Mann namens Heusgen, bis vor kurzem deutscher Botschafter bei der UNO in New York.

Heusgen (2): Der war mir in den Merkel-Jahren als Hintergrundfigur im Kanzleramt aufgefallen, ein B 9-Mann an der Spitze der außenpolitischen Abteilung. Gegen Ende der Amtszeit der A.M. wurde er mit dem Botschafterposten in New York belehnt. Es waren zwei Fotos, die ihn wieder in mein Gedächtnis zurückbrachten. Eins zeigte ihn mit George Soros in der deutschen Botschaft, ein anderes mit dem deutschen Außenminister Maaß und dessen Gefolge in der UNO-Hauptversammlung, feixend während einer Rede des damaligen US-Präsidenten Trump, der die Deutschen bezichtigte, sich vom Russengas abhängig zu machen.

19. FEBRUAR 2023

Um den rheinischen Namen Heusgen richtig zu schreiben, bemühe ich mich für einen Moment ins Internet. Dabei fällt mir ein sicher ungewolltes Bonmot des Sicherheits-Vorsitzers auf: Man müsse die Reihen fest schließen. Leute mit etwas historischem Wissen denken unwillkürlich an die gleichlautende Zeile aus dem Horst Wessel-Lied. Dort allerdings folgt auf das Feste-Reihen-Schließen: SA marschiert mit ruhig festem Schritt.

Sicherheits-Show (2): Die Russen konnte man ausladen, die Chinesen aber kaum. Aus dieser Ecke kamen dann Töne, die der USA kaum gefallen konnten. Die US-Boys revanchierten sich durch den Mund ihres Außenministers Blinken mit einer verbalen Attacke wegen Chinas Spionageballons, von denen Präsident Biden vor drei Tagen sagte, sie seien keine solchen. Ja, was denn nun?

Sicherheits-Show (3): Den Vogel schließt Annalena Bb. ab. Sie verlangt von Putin eine 360-Grad-Wende. Alle Welt lacht. – Ununterbrochen schadet sie Deutschland massiv durch ihre Dummheit und Dreistigkeit. Ihre Entfernung aus der Bundesregierung ist unaufschiebbar. Der Herr Scholz könnte sie entlassen, die Befugnis dazu hat er. Zudem riskiert er nichts. Falls die Grünen den

Bettel hinwerfen, steht der tüchtige Herr Merz Gewehr bei Fuß. Das ist zwar keine echte Alternative, aber immerhin.

20. FEBRUAR 2023

Die offizielle Stadtchronik von Schwedt an der Oder weist darauf hin, dass das Dach der Schwimmhalle einstürzte, doch es kam niemand zu Schaden (außer dem Steuerzahler), da wegen Corona alle öffentlichen Einrichtungen geschlossen waren. Dette is Dialektik.

Schwedt (2): Ein rundes Dutzend meiner Leser müht sich nach meiner Schwedt-Epistel,[97] mich zum Russen-Öl- und PCK-Experten aufzubauen. Allen freundlichen Zulieferern sei Dank. Ich muss die Details erst mal verdauen und werde dann einen zweiten Anlauf unternehmen.

Ss'Maul, sagt der Leipziger Prolet. Damit bringt er zum Ausdruck, dass er beabsichtige, jemandem eins aufs Maul zu geben. Einer ähnlichen Verkürzung bediente sich jüngst – wenn ich das Russische richtig deute – der Tschetschenen-Führer Kadyrow. Zielperson seiner verbalen Attacke war der deutsche Kanzler.

Kadyrow (2): Der 46-jährige ist seit anderthalb Jahrzehnten in der Republik Tschetschenien, die zur Russischen Föderation gehört, an der Macht. Seit einem Jahr tourt er mit seiner Söldnertruppe auf Seiten der russischen Armee durch die Ost-Ukraine. Die Einnahme der Stahlstadt Mariupol am Asowschen Meer im vergangenen Mai soll auf seine Kappe gehen.

Kadyrow (3): Mir ist nicht klar, was solch ein militanter, islamgläubiger Mann (drei Frauen und ein gutes Dutzend Kinder) an

97 https://beischneider.net/2023/03/04/reise-in-eine-oestliche-randlage-einige-bemerkungen-ueber-den-oel-standort-schwedt/.

der Seite der Russen im Donbass tut. Hoffentlich weiß Putin hierauf eine schlüssige Antwort – zumal, wenn der Tschetschene in absehbarer Zeit die Dividende für sein Handeln einfordern wird.

21. FEBRUAR 2023

Wo er recht hat, da hat er recht, der NATO-Generalsekretär Stoltenberg. Er äußerte sich am 13. Februar gegenüber Journalisten so: »Tatsächlich hat die NATO seit 2014 die größte Verstärkung der kollektiven Verteidigung seit einer Generation durchgeführt, weil der Krieg nicht letztes Jahr im Februar begann. Er begann 2014.« Gemeint hat er mit Sicherheit die sogenannte völkerrechtswidrige Annexion der Krim durch Russland. Wenn man böswillig ist – ich bin es – könnte man auch an den Sturz des gewählten ukrainischen Präsidenten durch die USA denken, wodurch die russische ad-hoc-Reaktion ausgelöst wurde. Denken könnte man auch an die sogleich beginnenden Russen-Säuberungen im Donbass.

NATO (2): Sicher hatte der Jens nicht den kollektiven Panzer-Deal vor Augen, der sich nun als Flop für die Bundesregierung erweist. Von allen Geberländern, die sich großspurig aus dem Fenster gelehnt haben, ist Deutschland über Nacht zum einzigen Lieferanten von Kampfpanzern geworden. Das erinnert an den alten Barras-Spruch: Vorwärts ihr Feiglinge, lasst mich hintern Baum.

NATO (3): Ich werde den Verdacht nicht los, dass hier der Waffenbauer Rheinmetall vorgeführt werden soll, denn hässliche Bilder von zerschossenen Panzern sind für die Werbung denkbar ungeeignet. Seht her, Leute, die Wunderwaffe Leo ist kaputt zu kriegen. – Da lob ich mir den Abrams-Tank. Er ist so geheim, dass er nicht in die Ukraine geschickt werden darf, weil ihn dort der böse Russe einsacken könnte.

NATO (4): Was macht eigentlich der US-Präsidentendarsteller im Moment in Polen? Welche unverschämte Forderung werden wir morgen aus dieser Richtung zu hören kriegen?

Ostfront: Die Kämpfe in der Mitte des Frontbogens halten unvermindert an. Es wird um jede Ortschaft erbittert gerungen. Der russische Vormarsch nach Westen geht zentimeterweise voran. Ein strategischer Durchbruch ist nicht zu erkennen. Falls das von russischer Seite so gewollt ist, handelt es sich um eine Abnutzungsschlacht – à la Verdun oder Somme 1916.

Ostfront (2): Fragt sich, wie lange die Russen unter den gegebenen Bedingungen ihre Kampfmoral aufrecht erhalten können. Falls sie zudem darauf setzen, dass dem Westen die Munition ausgeht, betreiben sie den Krieg als Lotteriespiel.

Ostfront (3): Der Wertewesten glaubt – jedenfalls lauten seine propagandistischen Aussagen so –, dass der Nicht-Zusammenbruch der Ukraine ein Sieg sei. Die einzige Wunderwaffe, die der Westen noch hat, ist dieser Selenskyj. Sollte es zu einem Waffenstillstand kommen, ist sein Leben keinen Pfifferling mehr wert. Er wird selbst ahnen, dass es so ist.

23. FEBRUAR 2023

Die Eloge von Scholz in der jüngsten Foreign Affairs gelesen. Es ist eine Unterwerfungs-Erklärung angereichert mit futuristischem Klima-Schnickschnack. Schlimm.

24. FEBRUAR 2023

Beide Feldherren haben vor zwei Tagen eine öffentliche Grundsatzerklärung abgegeben, Putin in Moskau, Biden in Polen. Beide haben übereinstimmend erklärt, dass sie keinen Schritt zurückweichen werden. Doch inhaltlich unterscheiden sich beide Reden insofern, dass Putin die Russen zum Kämpfen ermahnt, während Bidens Worte an die Polen gerichtet sind.

Polen (2): Das Land ist in der US-Militärdoktrin an die Stelle Deutschlands getreten. Polnisches Militär soll das Kämpfen übernehmen. Es ist wie die Wiederkehr des Jahres 1939.

Polen (3): Ob diese nach den schlechten Erfahrungen vor, während und nach dem Zweiten Weltkrieg diesmal die Vernunft zu Rate ziehen, wage ich zu bezweifeln. Täten sie es, würden sie sich zurückhalten, bis das Ende des Ukraine-Konfliktes da ist und sich dann am Beute-Machen beteiligen.

Ich lese viel, wer in diesem Konflikt jetzt was machen wird. Das ist alles Gerede von Leuten, die zu keiner Entscheidung berufen sind. Klar erscheint mir nur, dass Putin jetzt die Bedingungen deutlich benannt hat, dass und wann er einen Atom-Krieg auslösen wird. Hätte ich die Möglichkeit, einen Rat zu erteilen, würde ich raten: Nehmen Sie das ernst, der Mann blufft nicht.

25. FEBRUAR 2023

Das sind alles nur Behauptungen, sagt am Vorabend der Mann, nachdem ich eine gute halbe Stunde über die Ursprünge des Ukraine-Konflikts vor einem totenstillen Publikum referiert habe. Bevor ich zum Antworten komme, entspinnt sich ruck-zuck unter der Zuhörerschaft eine Auseinandersetzung, die in eine Prügelei auszuarten droht. Paradoxe Welt: Es muss einer in Schutz genommen werden, weil die Menge sich mit mir solidarisiert.

26. FEBRUAR 2023

Im Nachhinein einige Bilder von der gestrigen Friedens-Demo in Berlin angesehen, die am Vortag in Berlin stattfand. Bin ratlos, ob die Bewegung, die sich hier zeigt, stark genug sein wird, um eine Rückkehr vom Pfad des Kriegswahns zu bewirken. Immerhin zeigt sich eine erstaunliche Breite des Spektrums derjenigen, die offen zum Protest bereit sind. Die Medien trommeln, um die Teilnehmen zu marginalisieren, zu spalten und zu verunglimpfen.

Demo (2): Ich bin nicht im Krieg mit Russland, ist eine Parole, welche die Dinge am besten zusammenfasst.

28. FEBRUAR 2023

Dieses sei, so erklärt mir ein im übrigen unauffälliger Verkäufer, der Leopard unter den Eierschneidern. Ein echter WMF. – Wo er denn gedient habe, frage ich den sachkundigen Mann. – Wie ich das denn meine? fragt er zurück. – Schon gut, keine weiteren Fragen.

Leo (2): Der Namensgeber selbst ist in der Ukraine eingetroffen. Er stammt aus Polen. Nicht, dass er dort gebaut worden wäre, i bewahre, die dortige Armee hatte ihn.

1. MÄRZ 2023

Der US-Heeresministerin ist aufgefallen, dass die Army ihren Bedarf an jungen Soldaten nicht decken kann. 90 Prozent der Männer zwischen 18 und 24 Jahren seien wehruntauglich. Was mit den Frauen ist, wird nicht erwähnt.

Untauglich (2): Mit einer solchen Armee gegen Russland oder China oder sogar gegen beide in den Krieg zu ziehen, dürfte wenig aussichtsreich sein.

Die Deutsche Bank orakelt, dass es im vierten Quartal in den USA eine Rezession geben werde. Der Zeitraum ist geschickt gewählt, denn im Oktober erinnert sich garantiert kein Mensch mehr an diese Vorhersage.

In Wien trifft sich die OSZE, eine Parlamentarier-Versammlung, die sich seit Jahrzehnten der Zusammenarbeit und Sicherheit in Europa verschrieben hat. Österreich, das zur Zeit den Vorsitz innehat, lud auch die Russen ein, sie sind dort Mitglied. Nun sorgen die USA und ihr Mündel, die Ukraine, durch einen lautstarken Boykott des Treffens für einen Eklat, der durch die Begleitpresse beklatscht wird. Im Stummel-Neudeutsch: Reden geht gar nicht – jedenfalls nicht mit denen da.

2. MÄRZ 2023

Die USA lehnen den Friedensplan Chinas für den Ukraine-Konflikt ab. Das war fast zu erwarten, doch der rüde Ton, in dem sie das tun, verblüfft schon. Sie hätten, wird der Sprecher des US-Sicherheitsrats zitiert, nicht vor, den Russen das Töten von Ukrainern zu erleichtern. Bin ziemlich sicher, dass die Chinesen eine solche Beleidigung, offen auf der Weltbühne ausgesprochen, nicht ungestraft hinnehmen werden.

3. MÄRZ 2023

Letzte Tage im Bundestag: Die Kriegskoalition von CDU-CSUSPDFDPGrüne hat die Reihen fest geschlossen – ganz so, wie es der Bertelsmann-Angestellte Heusgen jüngst in München forderte. Nur eine merkwürdige Allianz aus AfD und Teilen der Linken hält dagegen. – Falls die veröffentlichten Umfragen auch nur vage stimmen, sehen die Mehrheitsverhältnisse im deutschen Volk, was den Waffengang anbelangt, genau entgegengesetzt aus.

Krieg (2): Das Kartenstudium der Ostfront offenbart nichts grundlegend Neues. An zahlreichen, nicht miteinander verbundenen Stellen des rund tausend Kilometer langen Frontbogens wird geschossen. Die Einschließung der Industriestadt Bachmut schreitet Meter um Meter voran. Es gibt vom Westen her nur noch eine Zufahrtsstraße. Die liegt im Bereich der Wirkung der russischen Artillerie.

Krieg (3): Neu sind die gewalttätigen Auseinandersetzungen in Transnistrien. Das ist der östliche, zu Sezession neigende Teil von Moldawien. Ob die Meldungen stimmen, dass die Aggressionen von der östlich angrenzenden ukrainischen Seite ausgehen, vermag ich nicht zu beurteilen.

4. März 2023

Der Herr Scholz ist gestern überraschend nach Washington D. C. geflogen, um …, ja, um was zu tun? Gut, er trifft Joe B. Fragt sich, was denn Unerwartetes geschehen ist, um diesen Blitzbesuch zu rechtfertigen. Ich nehme an, dass der alte Mann eine Weisung erteilen will, für die er keinesfalls die Russen als Mithörer am Telefon haben mag. – Einbestellen des Deutschen zur Befehlsausgabe. Noch geht das.

Blitzbesuch (2): Wackelt der Vasall in Kiew so stark, dass die Strategie geändert werden muss? Nebenbei: Die Karte des Kriegsschauplatzes von Bachmut zeigt eine für die Verteidiger aussichtslos erscheinende Lage.

Und auch noch dies: Während die EU das zehnte (oder ist es das elfte?) Sanktionspaket beschließt, gehen die Mitgliedsländer, außer Deutschland, eigene Wege. So entfroren – das müsste in etwa die richtige neudeutsche Vokabel sein – Belgien und Luxemburg offenbar russische Vermögenswerte in Höhe von ca. 43 Milliarden Euro, zumeist Aktien von Amazon, Alibaba, Netflix e tutti quanti, was nebenbei zeigt, welche sogenannten Werte wirklich reiche Russen auf dem Weltmarkt schätzen.

Und auch dies fällt auf: Meister Billyboy und sein Weltkonzern Microsoft sind reumütig und ohne Klamauk nach Russland zurückgekehrt. Ebenso die sportlichen Herren von Puma (die Sportklamotten, nicht die gleichnamigen Schützenpanzer).

Und noch was: Dem Vernehmen nach kürzt Russland die Rohölförderung ab dem 1. März um fünf Prozent. Das trifft vor allem die Diesel- und Heizöl-Produktion. Entweder steigt deswegen erneut der Preis, oder er stabilisiert sich, weil der Rückgang im Verbrauch im Wertewesten aufgefangen werden soll.

5. MÄRZ 2023

Wie stets sind unfreiwillige Scherze die besten. Panzerbauer Rheinmetall will nach den Worten seines Vorstandes näher zum Verbraucher ziehen (sprich: dort ein Werk bauen). In diesem Fall in die Ukraine. Da kann man nur sagen: Recht so, denn die hat im Laufe eines einzigen Jahres über 1000 Panzer verbraucht.

Rheinmetall (2): Meldet voller Stolz, dass man jetzt in den Dax aufsteigt. Absteigen tut dafür ein Medizingerätehersteller, die Firma Frisenius. Wo geschossen wird, geht es den einschlägigen Branchen besser als denen, die fürs anschließende Flickwerk sorgen müssen.

Rheinmetall (3): Will dieses Jahr noch 250 Leos aufarbeiten und in die Ukraine liefern und dann ab kommendem Jahr 500 von den neuen Kampfpanzern Panther pro Jahr, die das Werk in der Ukraine ausspucken soll. Für diese Dinge besteht nach dem Kriegswaffen-Kontrollgesetz ein absolutes Produktions- und Lieferverbot mit speziellem Genehmigungsvorbehalt. Gilt das eigentlich noch? Und auch dies: Wer hat eigentlich die über 400 Leopard-2-Panzer für Polen genehmigt?

8. MÄRZ 2023
Aktuelle Videos zeigen die ostukrainische Gips- und Salz-Stadt Bachmut aus Sicht einer (russischen?) Drohne. Vor allem die Draufsicht erinnert an eine Horror-Dystopie aus Hollywood, ist aber Realität. Auch sieht es nicht danach aus, als würde noch ein Mensch in den Häusern leben, aber man kann es nicht mit Bestimmtheit ausschließen. Die Schlacht wirkt wie ein ukrainisches Stalingrad im Kleinformat – empfehle der grünen Jugend einen Betriebsausflug. Mädels, vergesst die Windeln nicht.

Ostfront (2): Bilder aus dem Frontgebiet weiter südlich zeigen, wie Rad- und Kettenfahrzeuge im Schlamm versinken. – Fühle mich einen Moment lang an das im Kurt Vowinckel Verlag erschienene Buch von Otto Carius erinnert: *Tiger im Schlamm.* Das war 1960 ein Bestseller … auf Jahre hinaus. Heute vergessen.

Haltet den Dieb: Meldet die *New York Times* in einem großen Artikel unter Berufung auf US-Geheimdienst-Kreise, dass es die bösen Buben aus Kiew waren, die Nord Stream 1 und 2 im September 2022 zerstörten. Joe sei schon ganz ärgerlich über die Alleingänge in Kiew und habe bei seinem jüngsten Besuch dort ein ernstes Wort gesprochen. – Füge hinzu (Exklusiv-Meldung): Die Kampftaucher bestiegen in Kiew ein noch fahrfähiges Sturmboot aus Wehrmachtsbeständen, fuhren den Dnjepr runter, der bekanntlich in die Ostsee mündet, hoben bei Posen kurz ab, um sich in der Luft betanken zu lassen, machten ihr Ding, pausierten kurz auf einen Aquavit in einer Røgeri auf Bornholm und fuhren unerkannt zurück.

9. MÄRZ 2023

Das Internet raunt vom Fall von Bachmut. Die ukrainischen Verteidiger, wenige Tausend, sollen durch die Einkreisungslücke abgezogen sein. Und jetzt? Und was? Großes Offensiv-Finale? Ziemlich unwahrscheinlich.

Nachrichten aus der Schweiz: Sie denke gar nicht daran, Leopard 2 an Deutschland zurück-zu-verkaufen, damit sie in die Ukraine geschleust werden können, denn da gibt es kein zurück, weil die Panzer in der Schweiz in Lizenz gebaut wurden, also sind das schweizerische Waffen, für die ein Exportverbot in Kriegsgebiete gilt. Pech für unsere Berliner Helden.

Erleichterung in den Mainstream-Medien und bei den Alternativen, sofern zur Amerika-Fraktion gehörig: Die-Ukrainer-waren's-Lüge aus der *NYT* wird gespielt. Allgemein wird so getan, als sei das kein Problem, wenn die Kriegspartei, die wir seit einem Jahr mit Geld und Waffen vollpumpen, unsere Erdgaszufuhr ruiniert und unsere Wirtschaft zum Absturz bringt.

11. MÄRZ 2023

Die Korruption in Deutschland hat einen Namen: polit-medialer Komplex. Dort werden Journalisten, bevorzugt aus den öffentlichen Anstalten, – eine Antwort der Bundesregierung auf eine Anfrage der AfD-Fraktion belegt dies – gegen satte Honorare in die Regierungs-Propaganda einbezogen. Ein deutsches Sprichwort sagt: Wer zahlt, bestellt die Musik.

Zahlemann & Söhne (2): Meine Erfahrung im Geheimdienst besagt, dass Geldgier (MfS-Deutsch: finanzielles Interessiert-Sein) eine von beiden Seiten geschätzte klare Angelegenheit ist: Ich zahle, du tust es.

Zahlemann & Söhne (3): Alle Beteiligten wissen um das Illegale ihres Tuns, aber sie trösten sich mit dem Hinweis: einer musste es schließlich auf sich nehmen. Das kennt man von den Gestalten, die Führerbefehle und Beschlüsse des Politbüros umsetzten.

Dieser Hinweis verdient festgehalten zu werden (stammt von Science Files): Das von uns genutzte Erdgas besteht zu hohem Anteil aus Methan (CH_4). Vom Robert wissen wir, dass sich ab und an ein russisches Molekül des begehrten Gases in unser politisch korrektes Gas untermischt (hat er wirklich gesagt).

13. MÄRZ 2023

Die Meldungen von der Ostfront bleiben widersprüchlich. Der gemeldete Totalabzug der Ukrainer aus Bachmut hat nicht stattgefunden. Die Wagner-Legionäre der Russen dringen von Norden her in die Stadt ein. Mir bleibt unklar, warum die russische Seite nicht mit der Total-Einkesselung der Stadt fortfährt. Die ukrainische Seite meldet siegreiche Offensiven bzw. geplante Offensiven. Das kennen wir bereits.

Ostfront (2): Der noch nicht besetzten Ukraine im wahrsten Sinne des Wortes den Stecker zu ziehen, wie aus russischen Absichtserklärungen herauszulesen war, erweist sich in der Praxis als schwieriger denn gedacht. Im Moment scheinen die Elektro-Anlagen für Kiew, Charkow und vor allem Odessa den Schwerpunkt der einschlägigen Raketen- und Drohnen-Angriffe zu bilden. Über die Auswirkungen fehlen verlässliche Hinweise.

Ostfront (3): Noch fehlen einigermaßen nachvollziehbare Nachrichten über den Einsatz von Leopard & Co.

14. MÄRZ 2023

Es ist zu lesen, dass der Boss der Wagner-Söldner, Jewgenij Prigoshin, angekündigt hat, als Präsident Russlands kandidieren zu wollen.[98] Da bahnt sich ein Konflikt an, denn ich kann mir im Moment nicht vorstellen, dass er im Einvernehmen mit Putin gesprochen hat. – Falls nicht, wovon ich ausgehe, wird interessant sein, wie Putin den Rivalen zur Raison bringt.

Prigoshin (2): Falls dieser sich durchsetzen sollte, wird der Wertewesten sich eines Tages mit Wehmut an die Herrschaft des Wladimir P. erinnern. Woher ich das weiß? Ich weiß es nicht, habe aber mit Muße das Gesicht des selbsternannten Rivalen betrachtet.

15. MÄRZ 2023

Es sieht so aus, als sei die beabsichtigte Präsidentschafts-Kandidatur des russischen Kriegsunternehmers Prigoshin ernst gemeint. Fühle mich an Vorgänge im Alten Rom erinnert. Dort gab es die strikte Regelung, dass die in die Hauptstadt heimkehrenden siegreichen Feldherren ihre Truppen bei Überschreitung des Flusses Rubicon aufzulösen hätten. Man wusste um den Reiz des Staatsstreichs, wenn einer bei seinen Soldaten beliebt und zudem schwer bewaffnet ist.

16. MÄRZ 2023

Und als gestern die Sonne im Westen aufging, da waren es schon drei. Die Bankenpleiten in den USA mehren sich und die Finanzkrise schreitet munter voran. Geldexperten blasen die Backen auf,

98 Der Eintrag beruht auf einer Falschmeldung. Gemeint war vermutlich ein Amt in der zu besetzenden Ukraine.

um wie üblich das Vergangene im Nachhinein mit mathematischem Floskelgerede zu erklären.

Pleiten (2): Keiner sagt das Naheliegende: Joe & Friends haben sich verzockt, als sie im vergangenen Frühjahr Russland aus dem internationalen Währungssystem schmissen, und die potentesten Staaten dieser Erde (außerhalb des Wertewestens) ihnen die Gefolgschaft des Dollar-zentrierten Welthandels Schritt um Schritt aufkündigten. Fazit: Wenn die Welt den Dollar nicht mehr braucht, um grenzüberschreitende Geschäfte zu machen, besteht fürderhin kein Anlass, US-Anleihen aufzukaufen. Und wenn niemand diese Papiere kauft, fehlt es an Geld, um das US-Defizit weiterschleppen zu können.

Pleiten (3): Die Welle schwappt nach Europa, wo die Crédit Suisse, wie man lesen kann, zwar nicht in den Konkurs, jedoch in schwere Wasser geraten zu sein scheint.

Pleiten (4): Es ist noch nicht konkret zu beschreiben, aber ein erstes Muster schält sich heraus. Die smarten Banken-Boys sind auf der Null-Zins-Welle der beiden einschlägigen Notenbanken (Fed & EZB) gesurft. Jetzt ist die Welle ausgelaufen und es werden Zinsen fällig. Geschäftsmodell und Wirklichkeit passen nicht mehr zusammen. Davor war seit Jahren gewarnt worden. Mal in die Gegend spekuliert: Wir sind erst im Auftakt-Geschehen.

Pleiten (5): Das alles ähnelt fatal dem Geschehen von 2007/08. Jetzt fehlt nur noch, dass wie damals die sogenannten Experten kaltschnäuzig von Marktbereinigung reden.

17. MÄRZ 2023

Straßenkampf in Bachmut. Der Sinn dieser russischen Aktionen erschließt sich mir nicht. Jeder Heerführer, der bei Verstand ist, vermeidet so etwas. Also geht es hier um Symbole. Die Ukrainer kämpfen bis zur letzten Patrone, das tun sie seit einem Jahr. Aber die Russen? Will Putin, dass sich die Wagner-Söldner, die dort Straße um Straße vordringen, auf diese Weise dezimieren? Will deren Führer Prigoshin der Eroberer von Bachmut sein?

18. MÄRZ 2023

Mainstream-Legenden: Es werden immerzu neue Details über die angeblich ukrainischen Täter der Nord-Stream-Sprengungen herbeigelogen. Am besten hat mir gefallen, dass der Sabotage-Segler im Yacht-Hafen von Wieck auf dem Darß gesichtet worden ist. Was wollten die Navigations-Profis dort? Die Frage stellt sich, denn der Ort liegt nicht an der Ostsee, sondern am Bodden (jedenfalls bis vor Kurzem). Immerhin, man kann dort sehr gut Fisch essen (Geheimtipp von mir).

Nürnberg lässt grüßen: Der Internationale Strafgerichtshof in Den Haag stellt einen Haftbefehl gegen Biden, nein Quatsch, gegen Putin aus.

20. MÄRZ 2023

Ostfront: Das Kartenstudium zeigt, dass die Salz- und Gipsstadt Bachmut in den letzten sechs Wochen Meter um Meter eingeschnürt wurde. Längst ist der verlustreiche Häuserkampf entbrannt. Eine Straße nach Westen ist nach wie vor offen. Frage mich zum wiederholten Male, warum die russische Führung sich nicht zu einer großzügigen Einkesselung entschlossen hatte. Ich nehme an, dass es sich um Kräftemangel handelt.

24. MÄRZ 2023

Männerfreundschaft: »Und pass auf dich auf«, sagte Xi zu seinem Freund Wladimir zum Abschied am Ende seines dreitägigen

Besuchs in Moskau. Ich versuche mich zu erinnern: Sagt man so was unter Freunden? Und wenn ja, in welcher Situation?

Männer (2): Die Chance, die Welt zu verändern, wie schon seit 100 Jahren nicht mehr, sei jetzt da, bemerkte Xi. Putin hat dem nicht widersprochen. Westliche Experten mutmaßen vor sich hin, dass solche Worte lediglich die Differenzen verkleistern sollen. Ist man, so wie ich, kein Experte, so hört man raus: Das Ende des amerikanischen Jahrhunderts (1917–2022) ist da. Und wir werden es herbeiführen. – Ist das realistisch? Ich fürchte: Ja.

Männer (3): Ist es möglich, dass jemand mit Putin befreundet ist, vor allem auch in Gegenrichtung: er selbst mit irgendwem? Es scheint denkbar, alles Weitergehende wäre Spekulation. Nebenbei: Dies ist ein Problem all jener, die es an die Spitze katapultiert hat. Nur zur Kontrolle: Ich kann mir nicht vorstellen, dass jemand mit Merkel befreundet ist – okay, ich weiß, sie ist kein Mann.

Männer (4): »Ich sei, gewährt mir die Bitte, in eurem Bunde der Dritte«, lässt Schiller den geläuterten Tyrannen in der Ballade *Die Bürgschaft* ausrufen. Wohin man in D auch blickt, es ist keiner zu sehen, der infrage käme. Nicht einer.

27. MÄRZ 2023

Ostfront: Zum wiederholten Mal will Selenskyj zum großen Schlag ausholen. An Geld und Waffen fehlt es ihm eher nicht. Aber an Männern. Sie werden angeblich von der Straße weg zwangsrekrutiert. Stimmt das, dürfte ihr Kampfwert gegen Null tendieren, wenn sie in den Schlauch von Bachmut geschickt werden, um dort zu sterben.

28. MÄRZ 2023

Ostfront: In der Ukraine sind die ersten Leopard-2-Kampfpanzer aus D eingetroffen. Die aus PL sind schon seit Wochen da.

Ukraine (2): Der Herr Scholz spricht im Zusammenhang mit der Panzerlieferung von unseren ukrainischen Freunden. Mir kommt es so vor, als sei das Freunde-Etikett bislang unserm amerikanischen Kolonialherrn vorbehalten gewesen.

6. APRIL 2023

Bin am Vorabend notgedrungen Augenzeuge einer ZDF-Nachrichtensendung. Breiten Raum nimmt der Staatsbesuch der Selenskyjs in Polen ein. Man küsst sich ab (wie herrlich waren doch die Corona-Zeiten, als das unterblieb) und wechselt Treueschwüre. Ich ertappe mich dabei, wie ich unwillkürlich herauszufinden versuche, ob die Beteiligten die linke Hand mit gekreuzten Fingern hinter den Rücken halten. Vergeblich. Weggelassen wird, dass – von Polen losgetreten – zwischen den beiden Staaten ein ruppiger Streit über die Getreidepreise ausgebrochen ist.

ZDF (2): Auftritt eines streng blickenden Kriegsexperten. Er vertritt allen Ernstes, dass sich aus dem Verlust von 30 gepanzerten Fahrzeugen ergibt, dass die Russen den Krieg im Oktober verloren haben werden. Die Sache kommt auf die Wiedervorlage. – Weggelassen wird, dass die Russen dem Vernehmen nach mit einer Kinshal-Rakete das in einem Tiefbunker gelegene NATO-ukrainische Kommandozentrum zerstört oder zumindest schwer beschädigt haben.

Ostfront (2): Der Häuserkampf im Innenstadtbezirk von Bachmut geht mit unverminderter Härte weiter. Es sieht so aus, als hätten die russischen Angreifer einen Keil in die

Verteidigungsstellungen getrieben. Die Bilder, die man zu sehen kriegt, übermitteln Zerstörung und Chaos.

7. APRIL 2023

Ostfront: Der deutsche Klimaminister gibt in Kiew bekannt, dass er die dortigen Kernkraftwerke für zuträglich halte, weil sie schließlich einmal gebaut worden seien. Zudem gibt er das Garantieversprechen zu Lasten des deutschen Staates für die Reparatur von Schäden aller Art aus dem gegenwärtigen Krieg. Das Erstgenannte (Bestandsgarantie für Atommeiler) ist pure Heuchelei, denn dieselben bekämpft er mit Inbrunst im eigenen Land. Das Zweitgenannte (Zugriff auf die Staatskasse) dürfte nach allen meinen Erfahrungen eine Amtsstraftat sein (Haushaltsuntreue in einem besonders schweren Fall, mindestens im Versuchsstadium) – jedoch wird sie nicht geahndet werden, was eine weitere Straftat (Strafvereitelung), diesmal der zuständigen Staatsanwaltschaften, darstellt.

8. APRIL 2023

Es ist knapp über Null bei grauem Himmel. Liegt vermutlich an dem Putin sein Angriffskrieg (erhalte mehrere belehrende Hinweise, dass die von mir gewählte Formulierung grammatisch falsch sei. So what).

Krieg (2): Sehe ein Video von Chris Donnelly und seinem Institute of Statecraft. Er spricht angeblich über das Erkennen von Falsch-Informationen. Hört man genau hin, spricht er über die Herstellung eben solcher. Merke: Wer das eine kann, kann auch das andere. Dem Vernehmen nach soll dieser Brite bei der Erstellung von Infos aus der Ukraine eine sehr spezielle Rolle spielen. Werde mir den Namen merken müssen.

10. MÄRZ 2023

Washington Post und *Wall Street Journal* bringen die Story vom großen Datenklau im Dreieck Pentagon-CIA-Weißes Haus. Die amerikanischen Ukraine-Kriegserwägungen vom Februar und März sind praktisch offengelegt. Die Jagd auf den Verräter – nach meiner Einschätzung kommt nur ein Innentäter in Frage – ist damit eröffnet. Die Diskussion über Inhaltliches unterbleibt auf diese Weise wie üblich.

Presse (2): Lediglich aus der Informations-Plattform Bellingcat kommen Hinweise, dass die Dokumente in bestimmten Fällen gefälscht oder verfälscht wurden. – Bellingcat? Ich muss lachen, wenn ich diesen Hinweis lese. Nach meiner unmaßgeblichen Einschätzung würde zu dieser Firma das Motto passen: Traue keiner Fälschung, die du nicht selbst hergestellt hast.

Presse (3): Es fehlt bislang jegliche westliche Diskussion, ob das Pentagon, die CIA oder das Weiße Haus selbst für das Freisetzen des Konvoluts die Verantwortung tragen. Wäre möglich, es ist nur so ein Gedanke, dem jedoch die Substanz fehlt.

12. APRIL 2023

Staatsfeinde: US-Verteidigungsminister Austin kündigt an, für die Entdeckung des Informationslochs in Sachen Ukraine-Krieg im Sicherheitsapparat sämtliche Steine umdrehen zu lassen, bis man des Täters habhaft sei. – Nehme an, dass es genügt, eine Zusammenstellung aller geleakten Geheim-Dokumente der Kategorie Top Secret aufzustellen und zu kontrollieren, wer – personengenau – sie in Händen hielt. Das Ergebnis könnte zu höchst unangenehmen Erkenntnissen führen.

13. APRIL 2023

Man versteht allmählich, warum die US-Regierung so hektisch auf das Daten-Leck reagiert. Es liegt am Inhalt. Die Stärke der ukrainischen Armee für die vielfach angekündigte Offensive bei Saporoshje wird so beschrieben, dass, selbst wenn es gelänge, die Brigaden, so wie geplant aufzustellen, diese bei dem Angriff nach Süden keine Chance hätten. Es fehlen sowohl die gepanzerten Fahrzeuge als auch die mobile Flugabwehr. Eine strategische Offensive bei gegnerischer Luftherrschaft? Das riecht nach der deutschen Ardennenoffensive im Dezember 1944. Da ging es einigermaßen vorwärts, bis der bedeckte Himmel aufriss und die amerikanischen Jabos das Geschehen bestimmten.

Leck (2): Die Verbündeten der USA finden es, wie ich annehme, nicht witzig, wenn der Hegemon deren Leistungsbereitschaft und -fähigkeit schmäht. Nicht jedes Land ist so devot wie unser eigenes. Was die Nicht-Verbündeten dazu meinen, liegt noch nicht offen da. Ich nehme an, sie sagen: Die können es nicht.

Kriegsgeschehen: Lese bei Walter Post, dass der Ukraine-Krieg der erste seit Jahrzehnten sei, wo zwei gut gerüstete Militärmächte aufeinandertreffen. Die satellitengestützte Echtzeit-Aufklärung mache großräumige Operationen praktisch unmöglich, bis, ja bis eine der Seiten so schwach sei, dass sie mit den Daten über den Feind nichts Substanzielles mehr anfangen könne. Ein interessanter Gedanke. Wir werden die Richtigkeit dieser Erwägungen womöglich nach dem Scheitern der ukrainischen Frühjahrsoffensive life betrachten können. Allerdings bezweifle ich, dass wir einen solchen ukrainischen Angriff, der diesen Namen verdient, bis zum Mai erleben werden.

14. APRIL 2023

Gestern wurde ein junger Mann namens Teixeira in Massachusetts von einer FBI-Combo in Kampfanzügen pressewirksam festgenommen. Er soll der Geheimnisverräter des US-Regierungs-Dokumenten-Konvoluts über den Ukraine-Krieg sein. Wer's glaubt. Zu widersprüchlich sind die Angaben aus der US-Regierung: Einerseits Fälschungen, andererseits schwerer Schaden für die nationale Sicherheit. Ja, was denn nun? Falls die Dokumente echt sind, weisen sie u.a. aus, dass die US-Administration die Öffentlichkeit über US-Militär in der Ukraine und über die ukrainischen Verluste belogen hat.

17. MÄRZ 2023

Lügen: Während das große und gute Amerika die Festnahme des einundzwanzig-jährigen Datenverräters feiert, melden sich die Ex-Agenten verschiedener US-Dienste zu Wort. Die Dienststellung des jungen Mannes auf einer Airbase in der Provinz hätte ihm niemals die Möglichkeit gegeben, auf diese Dokumente zuzugreifen. Es komme angesichts der verschiedenen Hersteller der Originale und der Abschottung der Dienste gegeneinander nur eine wissende Stelle für das Konvolut in Betracht: die Behörde des Geheimdienstkoordinators (DNI). Oder der Sicherheitsberater des Präsidenten. Es sei daher ein *controlled leak,* ein beabsichtigtes vorgebliches Leck, sehr wahrscheinlich. Der Grund: Die Öffentlichkeit soll mit der Wahrheit über die verfahrene Lage im Ukraine-Krieg konfrontiert werden. – Dann wäre der junge Luftwaffen-Mann nur der ahnungslose Prügelknabe.

Lügen (2): Mainstream feiert Annalena Bb., die es den Chinesen aber gegeben habe. Fragt sich, was? Demokratie und

Menschenrechte. Ihr Abgang ähnelte mehr einem Rauswurf, denn einer Verabschiedung.

18. APRIL 2023

Beim Geld hört die Freundschaft auf: Polen, die Slowakei und Ungarn verhängen einen Einfuhr-Stopp für Getreide aus der Ukraine. Die Dumping-Preise würden die eigene Landwirtschaft ruinieren. In Brüssel hat das Schnappatmung ausgelöst, schließlich sei Landwirtschaft eine Sache der EU, hört man von dort.

19. APRIL 2023

Bei einer neuerlichen spontanen Recherche in Sachen Schwedt-Raffinerie PCK aufgrund eines Telefonats mit einem Dortigen tun sich Abgründe auf. Die rufen nach einer kalten Beschreibung. Ich gerate in Zweifel, ob sie etwas nutzen kann. Wenn ich hier aufschreibe, was mir aufgrund langer beruflicher Befassung mit Anarcho-Sprüchen gerade durch den Kopf geht (Auf der Ostseeinsel Poel | heizt man mit Kasachen-Öl), halten mich die Leute für übergeschnappt. Es ist ein Ventil, Leute, sonst nichts.

21. APRIL 2023

Defender heißt das NATO-Militärmanöver, das momentan an der Ostgrenze des Bündnisses stattfindet. Defender – was gibt's denn da zu verteidigen? Nun, Demokratie und Menschenrechte. Gegen wen? Gegen den Russen. Greift er die NATO gerade an? Im Moment nicht so direkt, aber in aller Kürze, wenn ihn die Gegenoffensive der Ukraine bis hinter den Ural zurückgeworfen hat. Dann bestimmt.

Defender (2): Einen militärische Sinn hat der NATO-Aufmarsch nur, wenn man damit rechnet, dass die seit langem angekündigte ukrainische Offensive in einem Desaster endet, und die russische Armee, einmal in Bewegung geraten, an den bekannten Grenzen nicht Halt machen wird. Realistisch? Wohl kaum.

Nach Auskunft des Chefs der JP Morgan Chase Bank ist die Lage zahlreicher amerikanischer Banken prekär. Frage mich gerade, wer eigentlich die Gläubiger der Ukraine-Schulden sind? Ist wohl auch dem neu besetzten Repräsentantenhaus aufgefallen, das Biden bei weiteren einschlägigen Ausgaben in den Arm zu fallen droht.

22. APRIL 2023

Lerne ein neues Wort aus dem Polit-Sprech: Ramstein-Format. Damit wird die Einbestellung in den Hunsrück (vormals Deutschland) zur Befehlsausgabe an die NATO-Wehrminister durch den mächtigen Häuptling Lloyd bezeichnet.

Ramstein (2) Der deutsche Teilnehmer am letzten großen Tamtam hat mitgeteilt, dass der Ukraine-Krieg erst beendet sein wird, wenn diese gesiegt hat. Rege an, dass er seinen Hintersassen in den Hintern tritt, damit diese ihn etwas breiter mit Infos aus dem Osten versorgen. Sonst könnte es sein, dass wir immer noch Leos für den Endsieg entmotten, während die Amis längst über alle Berge sind.

23. APRIL 2023

Foreign Affairs: Dort kommt Samantha Powers, Chefin von US AID, der amerikanischen Demokratie-Bringer-Organisation, ausgiebig zu Wort. Wo immer sie auftritt, liegt ein *regime change* in der Luft, zu deutsch: ein US-gesteuerter Umsturz. In Russland scheiterte man vor Jahren, in der Ukraine war man erfolgreich, in Weißrussland scheiterte man erneut, in Georgien und den angrenzenden Ländern waren die Ergebnisse so so, in etlichen Ländern des Nahen Ostens ebenso. Jetzt scheint Afrika das Zielgebiet Nr. 1 zu sein. Und nicht zu vergessen: das unbotmäßige Ungarn.

Foreign Affairs (2): Purer Zufall, aber gleichzeitig traf das jüngste Heft der *Sezession* per Post ein. Andere Sprache, andere Welt. Würden die im Rittergut zu Steigra/Sachsen-Anhalt sich der amerikanischen Injurien und der unverblümten Sprache der US-Eliten bedienen, das gäbe ein Mainstream-Hass-Fest. Aber sie tun es nicht. Stattdessen der für ewig gehaltene Ernst Jünger, aber wer versteht den schon, geschweige denn Carl Schmitt oder Gottfried Benn. Man sieht, die Zahl der Götter ist begrenzt und zeitlos. Man könnte auch sagen: Sie sperren sich – wie schon zu ihren Lebzeiten – gegen die Gegenwart.

26. APRIL 2023

Von dem Mann hatte ich, mangels Interesse, bis gestern nichts mitgekriegt: Sergej Nagyschkin. Er ist der Chef des SWR, des russischen Auslandsdienstes. Er berichtet jetzt über eine polnische Stabsübung, in der der Feind vom Westen kommt und Stettin einnehmen will. – Entweder der Mann betreibt Desinformation, wovon ich ausgehe. Oder die Übenden haben den Verstand verloren, was sie gefährlich macht, denn sie sind mit deutschen Waffen ausgestattet.

Denkspiele (2): Ein deutscher Angriff gegen Polen ist ebenso wahrscheinlich, wie das plötzliche Intelligent-Werden von Annalena Bb. Kurzum, ganz ausgeschlossen.

Ostfront: Es lässt sich beim besten Willen aus den zahlreichen Einzelmeldungen kein operativer Zusammenhang für die eine oder andere Seite herauslesen. Experten, zu denen ich nicht zähle, rücken vorsorglich die Entscheidung ins Jahr 2024. Das ist aus Sicht der US-Regierung verständlich.

2. MAI 2023

Ostfront: Alles redet über die unmittelbar bevorstehende ukrainische Offensive. Es ist immer noch dieselbe, die vom März, vom April, vom Mai, diesmal aber bestimmt am 9. Mai, um dem Putin die Parade auf den Roten Platz zu vermiesen. Nun, wir werden sehen. Einstweilen ist es ein Nervenkrieg um Worte, während der verlustreiche Häuserkampf um Bachmut weiter fortschreitet, Straßenzug um Straßenzug. Zum westliche Stadtrand sind es nur noch wenige hundert Meter.

4. MAI 2023

Hose runter, Schwanzkontrolle: Die Fortschrittskoalition präsentiert den Regierungsentwurf für das Transgender-Trallala. Aber ach, wenn Krieg droht, wird's ernst, dann stellt der Musterungs-Arzt fest, ob Didi, Hansi und Juliane in Wirklichkeit Kerle sind, die die Freiheit am Dnjepr verteidigen müssen. – So viel Heuchelei war selten. Es sind die Kriegsfurien von Grünen und FDP, die dies vorantreiben. Niemand hindert dieselben, der Polnischen Legion beizutreten. Und Tschüss.

5. MAI 2023

Das kann auf Dauer nicht gut gehen. In einem Video aus Bachmut äußert sich der Chef der Wagner-Söldner Prigoshin vor der Kulisse von Dutzenden seiner gefallenen Männer gegenüber der russischen Öffentlichkeit, wobei er schwere Vorwürfe gegen den Verteidigungsminister und den Generalstabschef, der an der Ukraine-Front zugleich der Oberbefehlshaber ist, erhebt: Die herben Verluste seien die Folge von Munitionsmangel gewesen, während sie und ihresgleichen nur an ihrem abgehobenen Wohlleben in Moskau interessiert seien.

7. MAI 2023
Ostfront: Auf russischer Seite findet der Kampf der Giganten ums Fell des Bären statt. Aber unter uns: Für die Verteilung ist es noch zu früh. Ob der nächtliche Drohnen-Zwischenfall über dem Kreml in diese Rechnung gehört, vermag ich nicht zu sagen.

Ostfront (2) Derweil wartet die Welt auf die gigantische ukrainische Offensive. Ich denke mal, da kann sie lange warten.

Ostfront (3): Die Übergabe des Kampfabschnitts in dem nahezu eroberten Bachmut vom Wagner-Chef Prigoshin an den Tschetschenen-Führer Kadyrow kann nach den Erfahrungen mit dessen Männern in Mariupol im vergangenen Jahr nur bedeuten, dass dort in Kürze Tabula rasa gemacht wird.

8. MAI 2023
Ostfront: Die Drohnenaufnahmen vom Wochenende zeigen, dass der Kampf um Bachmut sich dem westlichen Stadtrand nähert. Ein Straßenzug nach dem anderen fällt in Schutt und Asche. Danach bleibt nach meiner Einschätzung den überlebenden Verteidigern nur noch die Flucht über weitgehend freies Gelände nach Westen.

9. MAI 2023
Richtigerweise wird heute – und nicht gestern – in Russland der Jahrestag des Sieges über Deutschland begangen, denn als Feldmarschall Keitel in Berlin Karlshorst die Kapitulationsurkunde für die deutsche Wehrmacht unterzeichnete, war der 8. Mai 1945

bereits seit über einer Stunde ins Land gegangen, und in Moskau war es noch zwei Stunden später. Gut, auf einen Tag soll es uns nicht ankommen, doch darauf schon: Ein Tag der Befreiung war dieser Tag für meine Eltern nicht, denn sie hatten lediglich das nackte Leben und das von einem ihrer Kinder gerettet. Von allem, was sie ihr eigen nannten, waren sie bereits in den Wochen zuvor befreit worden. Jetzt besaßen sie nichts mehr außer dem, was sie auf dem Leibe trugen. Wie sie den Mut aufbrachten, trotzdem weiterzuleben, ist mir bis heute ein Rätsel.

10. MAI 2023

Europäische Werte: Ich hielt das erst für eine Ente, dass Wolodymyr S. mit dem Karlspreis der Stadt Aachen ausgezeichnet werde. Scheint aber zuzutreffen. Wird er dafür ausgezeichnet, dass er uns Millionen seiner Landsleute hat zukommen lassen, Flüchtlinge und Fahnenflüchtige?

Europäische Werte (2): Ein Mann in einer Operettenuniform erklärt uns derweil, dass er damit fortfahren werde, Russen in aller Welt zu töten. Der Mann heißt Kirill Budanow, und er ist der Direktor des ukrainischen Militärgeheimdienstes. Er hat bereits eine stolze Strecke vorzuweisen.

11. MAI 2023

Übern Teich: Das nunmehr mit republikanischer Mehrheit agierende Aufsichtskomitee des US-Repräsentantenhauses präsentierte die Ergebnisse der für illegal gehaltenen Biden-Familienclan-Einkünfte: Mindestens zehn Mio. US-Dollar aus China während Bidens Amtszeit als Vizepräsident. Die Zahlungen aus der Ukraine warten noch der Bezifferung. Für die wirklich Reichen sind das Peanuts, über die man nicht groß reden muss.

Ostfront: Wie gehabt rabiate Häuserkämpfe in Bachmut. Die ukrainische Gegenoffensive soll den großen Entlastungsschlag bringen, aber es sieht bisher nicht danach aus. Die zum Symbol des Kampfes erhobene Stadt (bzw. deren Ruinen) befinden sich fast vollständig in russischer Hand.

12. MAI 2023

In der Schlacht um Bachmut ist den Ukrainern gestern erstmals ein Einbruch in die russischen Flankenstellungen gelungen. Die Meldungen beider Seiten stimmen überein, wenn auch im Umfang des Geschehens differierend.

15. MAI 2023

Über Nacht das im Vorjahr in fünfter Auflage erschienene Buch über den polnisch-sowjetischen Krieg 1919–21 (*Der vergessene Sieg* von Stephan Lehnstaedt) gelesen. Der Inhalt und der Umstand, dass mein nagelneues Exemplar vom Ramsch stammt, verlangen nach einer ausführlichen Kommentierung. So erzeugt der Wunsch nach Verbesserung des eigenen Kenntnisstandes unerwartet viel Arbeit.

16. MAI 2023

Ostfront: Falls es stimmt, dass die Russen mit einem Raketenangriff ein ukrainisches Munitionslager mit großen Mengen britischer abgereicherter Uran-Munition getroffen haben, die daraufhin in einer gigantischen Explosion in die Luft flog, stellt sich die Frage, ob die Angreifer den fatalen Inhalt des Ziels genau gekannt haben. Denn jetzt ist eingetreten, was sie seit einem Jahr – so ihre Verlautbarungen – vermeiden wollten: die massenweise Verwundung der Einwohner. Nunmehr wird die wechselseitige Schuldzuweisung in die nächste Eskalationsstufe münden.

Eskalation (2): Falls die anliefernden Briten genau auf den eingetretenen Effekt gesetzt haben, haben sie erreicht, was sie wollten.

Eskalation (3): Die Meldungen aus dem Kampfschwerpunkt von Bachmut passen nicht zusammen. Falls das die lange angekündigte Gegen-Offensive gewesen sein soll, stimmt entweder der russische Abwehrerfolg so nicht, oder aber die Angriffskräfte können kaum als ernsthaft bezeichnet werden, um die russischen Einschließungskräfte ihrerseits zu umfassen. Ich bezweifle allerdings, dass sich die ukrainischen Streitkräfte angesichts ihrer mehrfach bestätigten Schwäche einen Scheinangriff zur Täuschung des Gegners leisten können.

Übern Teich: Sonderermittler John Durham hat gestern seinen Bericht über das Fehlverhalten des FBI in Sachen Trump-Ermittlungen wegen dessen angeblicher Russland-Verstrickung vorgelegt. Er bescheinigt den obersten US-Ermittlern, sie hätten sich von *bias* (sprich: beijääs = Parteilichkeit) leiten lassen. Eine kursorische Lektüre zeigt, dass ich an meinen Aussagen im Buch *Spygate* nichts Substanzielles zurücknehmen oder ändern müsste. Das ist weniger als Eigenlob zu verstehen, denn als Feststellung, dass das, was ich vor knapp drei Jahren herausfand, längst Gemeingut hätte sein können.

17. MAI 2023

Schlag: Es wird behauptet (und bestritten), dass eine russische Hyperschall-Rakete Kinshal in Kiew in eine Flugabwehr-Batterie Patriot eingeschlagen sei. Ohne Näheres über die Folgen sagen zu können, wird man nicht umhin können, darüber zu spekulieren, dass, falls die Meldung zutrifft, die aus D angelieferte

Wunderwaffe den Endsieg womöglich nicht zu garantieren vermag.

Schlag (2): Die Raketensache von Kiew noch einmal in Ruhe durchdacht. Kann es sein, dass die Russen in zwei Wellen angegriffen haben? Die erste führte zur vorhergesehenen Abwehr in Kiew, in die die zweite dann absichtsvoll und ungehindert hineinplatzte?

23. MAI 2023

Ostfront: Mit der vollständigen Eroberung von Bachmut durch die Russen ist der Kampf dort zu Ende. Das wirkt auf mich wie das Eintreten einer gewissen Ratlosigkeit der Sorte: Wie weiter? Von der großen ukrainischen Offensive redet im Moment niemand mehr.

Ostfront (2): Es verdichtet sich der Eindruck, dass die Russen im Raum Kiew eine Patriot-Batterie mit Hilfe der Kinshal-Hyperschall-Waffe fast vollständig vernichtet haben. Sie sprechen von fünf (von sechs) Abschussrampen und dem Feuerleitsystem. Wie eine Bestätigung klingt es aus Washington, man müsse den Sachverhalt ermitteln.

Ostfront (3): Ist das, was wir derzeit bestenfalls sehen können, ein Luftholen oder ein ratloses Innehalten?

Großes Welttheater: Als deutsche Teilnehmer am aktuellen Bilderberger-Treffen werden von den Veranstaltern diese Sechse hier genannt: die Vorstandsvorsitzenden von BASF (Martin Brudermüller), von Merck (Bélen Garjo) und vom Axel-Springer-Konzern (Mathias Döpfner), daneben Globalisten-Veteran Norbert Röttgen (CDU) sowie ein Herr Schmidt, Wolfgang, von dem ich bei der Gelegenheit zum erstem Mal mitbekomme, dass es der Chef des Bundeskanzleramtes sei, und der grünfaschistische

Chef-Ausraster Anton Hofreiter. So wird die Hochzeit von Kapital und Volksfront zelebriert. Wenn überhaupt etwas daran erstaunt, so ist es dies: die Offenheit, in der dies geschieht.

25. MAI 2023

Ostfront: Nach dem Fall von Bachmut nennt der Chef der Wagner-Legionäre grausame Details, einschließlich der fünfstelligen eigenen Verluste. Nebenbei enthüllt er, wo er die eigenen Kämpfer rekrutierte: in russischen Gefangenenlagern für ukrainische Soldaten. Das erinnert an das Vorgehen der Wehrmacht 1941/42 im Mittelabschnitt der damaligen Ostfront.

Ostfront (2): Nach dem Verlust der zur Festung erklärten Stadt Bachmut ist die ukrainische Seite zur Politik der militärischen Nadelstiche übergegangen, indem sie den Krieg mit kleinen gepanzerten Einheiten über die Grenze nach Russland trägt.

28. MAI 2023

Ja-Nein: Die USA will nun doch F-16-Kampfjets in die Ukraine liefern. Allerdings, so sagte der zuständige Staatssekretär, dauere es Jahre, bis ein Pilot diese Maschine beherrsche. Nach einem Crash-Kurs könne er sie frühestens nach 14 Monaten fliegen. – Die Russen können nun das Auftauchen der F 16 am Himmel über der Ukraine abwarten. Kommen sie schon bald, so hat die Ausbildung der ukrainischen Piloten bereits vor Jahr und Tag begonnen, oder aber die Maschinen werden von geleasten US-Piloten geflogen.

29. MAI 2023

Ostfront: Aus der verwirrenden Vielzahl der Einzelmeldungen schälen sich einige wenige heraus, die nach meiner Vorstellung Bedeutung haben:

a) Die Zahl funktionstüchtiger Militär-Flugplätze in der Ukraine scheint drastisch abgenommen zu haben. Sie waren bevorzugt das Ziel russischer Gleitbomben, die aus einer Entfernung von 70 Kilometern vom Flugzeug abgeworfen und sodann punktgenau ins Ziel gesteuert werden. Die Zahl dieser Bomben im russischen Munitionsvorrat soll beträchtlich sein.

b) Die russische Elektronik-Abwehr soll in die Steuerungssysteme der von der Ukraine verwendeten und in sehr großer Stückzahl eingesetzten Motorola-Drohnen eingedrungen sein, so dass diese in Echtzeit bekämpft, d. h. abgeschossen werden können.

Ostfront (2): Immer noch wird auf ukrainischer Seite der vollständige Verlust der zur Festung erklärten Stadt Bachmut bestritten, und von der behaupteten Großoffensive zeigt sich keine Spur.

1. JUNI 2023

Glückliches Finnland: Mit der Inbetriebnahme des neuen, gigantischen Kernkraftwerkes ist dortzulande der Strompreis um 75 Prozent gesunken.

Finnland (2): Ist der NATO beigetreten und (wie war das noch gleich?) hat das neue Superkraftwerk mit russischer Hilfe errichten lassen. – Sicherheitsbedenken? … keine.

2. JUNI 2023

Really woke: Washington wechselt den Generalstabschef aus. Dass der grimmige Milley gehen muss, ist kein Wunder, schließlich hat er in letzter Zeit oft genug die Führung seines Landes unmissverständlich aufgefordert, den Ukrainekonflikt so schnell wie möglich am Verhandlungstisch zu lösen. Sein freundlich lachender Nachfolger wird dafür gerühmt, dass er der erste farbige Gay auf diesem Posten sei. Er wird so zitiert: Für ihn komme es darauf an, die Zahl der weißen Offiziere in den Stäben durch Einführung einer Quote zu reduzieren. Bleibt die Frage, ob Netflix jetzt auch in den Streitkräften das Personal-Management übernommen hat.

3. JUNI 2023

Ostfront: Ein Kartenvergleich zwischen den Muttersprachgebieten der Ukraine (2010 erstellt bei der Zeitschrift Osteuropa und veröffentlicht durch die Bundeszentrale für politische Bildung) mit den jetzigen Gebietsansprüchen Russlands zeigt eine erstaunliche Übereinstimmung, ja, fast Zurückhaltung der Russen – wenigstens im Augenblick.

Ostfront (2): Es wird diskutiert, ob es den Russen gelungen ist, dass verbunkerte Hauptquartier des ukrainischen Militärgeheimdienstes in Kiew mit Hilfe einer Kinshal-Hyperschall-Rakete zu vernichten. Das wäre eine ziemlich prompte grausame Antwort auf die Ankündigung von dessen Leiter, weltweit – wie bislang – Russen töten zu wollen.

4. JUNI 2023

Nachtarbeit: Einzelaktionen auf beiden Seiten der Ostfront: Russische lokale Vorstöße über den gesamten 1000 km langen Frontbogen verteilt und ukrainische Versuche, den Krieg nördlich Charkow-Charkiv in den Raum Bjelgorot auf russisches Territorium auszuweiten. Nach wie vor ist kein Plan und kein Schwerpunkt zu erkennen. – Nerven- und Abnutzungskrieg.

6. JUNI 2023

Ostfront: Leser H. berichtet gestern früh von der Durchfahrt eines Güterzuges auf der Strecke Stralsund – Berlin Richtung

Süden, beladen mit frischgestrichenen Leopard-Panzern. Bleibt die Frage: Sind es die Dänen oder die Norweger, die hier ihre Alt-Bestände abbauen? Nebenbei: die ersten ihrer Art sind gestern an der Front im Einsatz gesichtet worden. Wir werden sicher bald mehr davon hören.

Ostfront (2): Landauf, landab wird von der im Gange befindlichen ukrainischen Offensive gesprochen. Außer ungezählten Gefechten auf dem gesamten Frontbogen und ukrainischen Versuchen, die Grenze nach Russland unsicher zu machen, kann ich nichts erkennen, was ich mit dem Namen einer militärischen Offensive belegen würde. Das ist bestenfalls Nervenkrieg, wenn auch ein äußerst unschöner, denn er erzeugt Tag für Tag Tote und Verwundete.

Ostfront (3): Das anstehende NATO-Großmanöver ab nächster Woche in Osteuropa rechne ich auch unter das Rubrum Nervenkrieg. Nur hat die Bewegung von massenhaft Luftstreitkräften mehr als jeder gelieferte Leopard das Potenzial, aus dem Ruder zu laufen.

7. JUNI 2023

Dammbruch: Gestern wurde der Überlauf des Dnjepr-Damms nördlich von Cherson zerstört. Beschossen wurde das seit über einem Jahr in russischer Hand befindliche Bauwerk bereits seit Monaten. Die westliche Wertegemeinschaft beschuldigt die Russen dieser Tat. Man muss nicht einmal zwei Minuten nachdenken, um das auszuschließen, denn es ist das von den Russen besetzte Hinterland, das überflutet wird, und es ist die Wasserversorgung der Krim, die schwere Einbußen zu erleiden droht. – Die Medien, die die russische Täterschaft behaupten, sollten ihren Alkohol- und Drogenkonsum in den Griff kriegen.

Medienkonsum (2): Dass man auch bei Tichy nach Erholungspausen der letzten Wochen die Gelegenheit nutzt, auf die Russen (sanft) einzuprügeln, überrascht nicht. Kaum habe ich den Satz geschrieben, korrigiert mich der Abendeintrag bei Stephan Paetow: »Auch wenn unser Chef Olaf ›in der Sprengung eines Staudamms im russisch besetzten Teil der Ukraine eine gezielte Aktion Russlands‹ sieht, müssen wir Ukraine-Führer Selenskij ganz deutlich sagen: Unsere SPD-Stimmungs-Kanone Olaf ist unverkäuflich und wird auch nicht ausgeliehen!«.[99]

Medienkonsum (3), diesmal von der Gegenseite: Wie vorgestern gemutmaßt, sorgt das russische Verteidigungsministerium dafür, dass man bei den Leopard-2-Panzern deutscher Fertigung auf dem Laufenden gehalten wird. Die kurze Sequenz, die es ins Internet gestellt hat, zeigt die Drohnenaufnahme der Vernichtung eines Kampfpanzers. Dass es sich hierbei um einen Leo 2 handelt, kann ich bestenfalls glauben. Sicher werden die Panzerexperten von nah und fern mir in den nächsten Stunden passende Kommentare liefern.

8. JUNI 2023

Tucker Carlson, der geschasste Nachrichten-Star bei Fox News, hat seine ersten zehn Minuten bei Twitter absolviert. Innerhalb von einer Stunde brachte das über zehn Mio. sogenannter Clicks. Sein ehemaliger Sender Fox News hat im Gegenzug durch seinen Abgang einen rabiaten Zuschauerabsturz erlebt, dessen Ende noch nicht absehbar ist. Gleiches gilt für die zugehörige Aktie. Es

99 https://www.spaet-nachrichten.de/2023/06/der-spezialdemokraten-problemmit-digitalisierung-und-kopfrechnen/.

ist kaum zu glauben, wie die Firmenbosse das Vermögen ihrer Anleger aus Gründen der Wokeness verbrennen.

Carlson (2): In seinem ersten Twitter-Auftritt lobte er in ironischem Ton die Mainstream-Medien für ihre Leistung, die Sprengung des Dnjepr-Staudamms den sich selbst schädigenden Russen zuzuschreiben und nannte den Herrscher in Kiew einen, dem es gelungen sei, vom Schmierenschauspieler zum Oligarchen aufzusteigen. Er wäre buchstäblich ein lebender Heiliger, der ohne Sünde sei.

9. JUNI 2023

Ostfront: Die seit drei, vier Tagen veröffentlichten Meldungen beider Seiten über ukrainische lokale Angriffe stimmen insofern überein, als sie zwei Schwerpunkte nennen: den Raum Saporoshje Richtung Süden und die Region des auf russischem Territorium gelegenen Bjelgorod Richtung Norden. Beide Angriffsoperationen lassen nunmehr eine strategische Idee erkennen. Die Erfolge von Angriff und Abwehr werden unterschiedlich dargestellt. Die Verluste indessen müssen erschreckend hoch sein.

Ostfront (2): Die westliche Erzählung über den Dnjepr-Staudamm hat sich geändert: Nunmehr soll es sich nicht mehr um einen russischen Angriff zur Zerstörung des Überlaufes gehandelt haben, sondern es soll strafbar fahrlässige russische Schlamperei die Katastrophe ausgelöst haben. Man sieht also, dass die ursprüngliche Erzählung (Russen greifen sich selbst an) so hanebüchen war, dass sie korrigiert werden musste.

Ostfront (3): Die Verlautbarungen beider Seiten hinsichtlich des Dammbruchs konzentrieren sich jetzt auf die Ergebnisse. Die ukrainische Seite zeigt Evakuierungsmaßnahmen in der Stadt Cherson (rechts des Dnjepr), um zu belegen, dass sie selbst die

Geschädigte ist, während die russische Seite wenig überzeugend darauf verweist, dass sich die Fluten bis zum Sommer verlaufen haben werden.

Ostfront(4): Der von russischer Seite gestern veröffentlichte Video-Schnipsel über die Vernichtung eines Leopard-2-Panzers zeigt – falls er keine Fälschung ist – zunächst eine ohne jeden Abstand marschierende Panzerkolonne, die gleich nach Beginn des russischen Angriffs auf engstem Raum zusammenfährt. – Ich mag kein Besserwisser sein (wirklich nicht, denn ich steckte nicht in diesen Panzern), aber das Geschehen mag ein auf menschlichen Urinstinkten beruhendes Verhalten des Rotte-dich-bei-Gefahr-zusammen dokumentieren, doch taktisch richtig ist es nicht.

10. JUNI 2023

Die ukrainische Kriegführung zeigt alarmierende Elemente der Selbstzerstörung. Ihr jüngstes Sabotageunternehmen traf die russische, über ukrainisches Territorium verlaufende Ammoniak-Pipeline Richtung Schwarzem Meer, die vorgestern in der Gegend von Charkow-Charkiv zerstört wurde. Jetzt wackelt das Getreideabkommen, das es der Ukraine seit letztem Herbst ermöglicht, Weizen per Schiff durch das Schwarze Meer zu exportieren – und Russland im Gegenzug das Ammoniak.

Ammoniak (2): Ist eine Grundsubstanz für Pflanzendünger. Seine unterbrochene Ausfuhrmöglichkeit schadet den Empfängerstaaten deutlich mehr als dem exportierenden Russland. Es ist nun die Frage, wie die zukünftig Geschädigten reagieren werden. Ob die Rechnung Kiews aufgehen wird, dass diese jetzt die Ukraine kompromissloser unterstützen werden, um Russland besiegen zu können, erscheint mehr als fraglich.

13. JUNI 2023
So wird die Weltkrise unumkehrbar: Der ehemalige Generalsekretär der NATO, der Däne Anders Rasmussen, hat die Auffassung öffentlich gemacht, dass jedes einzelne Mitgliedsland durch Entsendung von Truppen in den Ukrainekrieg eingreifen könne, wenn die Allianz sich auf dem nächsten Treffen am 11./12. Juli 2023 in Vilnius-Wilna/Litauen nicht auf eine Mitgliedschaft der Ukraine in der NATO einigen könne. Der Däne fungiert jetzt als Berater von Selenskyj. Er teilte mit, dass vor allem Polen zu diesem Schritt bereit sei, möglicherweise auch die baltischen Staaten. Was das zu bedeuten hat, erscheint mir offensichtlich: Sobald die Polen nach Einrücken in die Ukraine auch zu Hause unter russisches Feuer geraten, werden sie verzweifelt nach der NATO rufen. Der September 1939 lässt grüßen.

15. JUNI 2023
Der Minister, der den Heiz-Wahn verantwortet, weiß auch Rat, wenn die Nachbarn dank auslaufender Russenverträge den Energie-Bedarf nicht mehr decken können. Wir geben ihnen gerne. Und um das zu können, fahren wir unsere eigenen Industrieanlagen runter. Ein genialer Plan. Gewiss.

Die große Einigkeit der Koalitionäre wird im erstmalig erstellten und gestern vorgestellten deutschen Sicherheitskonzept demonstriert. Russland ist der Feind, und – wenn ich mich nicht täusche – der Bürger ist es auch. Muss ich das wirklich lesen? Ich fürchte: jein.

Ansichtssache: Der kurze Handy-Film aus dem Seitenfenster der startenden Maschine bestätigte die russische Luftbildauswertung: Auf dem polnischen Flughafen von Rzeszów-Jasionka steht eine Patriot Flugabwehr-Batterie mit sieben Abschussrampen und einem Feuerleitsystem. Was haben die US-Boys vor? Schießen vom bislang sicheren Staatsgebiet aus oder Demonstration der Marke Ihr-könnt-uns-gar-nichts? Von diesem Hauptumschlagplatz Richtung Osten bis zum ukrainischen Grenzort Krakowez sind es rund 90 Kilometer.

18. JUNI 2023

Fluch der bösen Tat: Vor fünf Wochen brüstete sich der Chef des ukrainischen Militär-Geheimdienstes damit, weltweit Russen getötet zu haben und hiermit fortzufahren. Zwei Wochen später traf eine russische Kinshal-Rakete sein Hauptquartier. Das wurde wie gewohnt bestritten. Jetzt liegt er schwer verwundet in einem Berliner Krankenhaus.

19. JUNI 2023

Im Osten nichts Neues: Zerfasernde Gefechte mit hohen Verlusten entlang des Frontbogens und vermutlich gezielte russische Raketenschläge gegen Kommando- und Infrastrukturzentren.

Osten (2): Immer noch nächtlicher NATO-Fluglärm über Deutschland und Polen zwischen Elbe und Weichsel.

20. JUNI 2023

Chuzpe: Der kleine Mann aus Kiew examiniert öffentlich die US-Präsidentschafts-Kandidaten: *Are you ready to go to war* (Sind Sie bereit, in den Krieg [gegen Russland] einzutreten)? Mutmaße mal, dass den einen oder anderen das in seiner Selbstherrlichkeit stören könnte und die sogenannte öffentliche Meinung nicht minder.

23. JUNI 2023

Größenwahn: Für die Winzigkeit von 480 Billionen Dollar soll nach dem Willen von J. P. Morgan und Blackrock ein Wiederaufbau-Fonds für die Ukraine aus dem Nichts geschaffen werden. Jetzt benötige man nur noch die Zustimmung von Selenskyj. Muss nicht vorher noch der Krieg gewonnen werden? Nach Auffassung der Geldsäcke bestenfalls eine Frage der Zeit.

25. JUNI 2023

Es sieht so aus, als habe sich der russische Söldnerführer Prigoshin mit der Staatsmacht angelegt. Man kann zur Ursache noch nichts sagen: Unzufriedenheit, Geld, Cäsarenwahn? Zu den Auswirkungen auch noch nicht. Das ist deshalb eine Sache für Mainstream.

26. JUNI 2023

Der Aufstand der Wagnerianer ist vorbei, bevor er noch so recht begonnen hatte. Es haben sich mehr Leute zu Wort gemeldet, als man hätte anhören müssen. Einzig der Chef aus Weißrussland Lukaschenko scheint einen ernsthaften, d. h. von Putin akzeptierten Beitrag beigesteuert zu haben. Der Mann mit der Riesenmütze übernimmt den Abtrünnigen Prigoshin und dieser wiederum befiehlt seinen Leuten, schleunigst aufzugeben. Die tun es.

Wagner & Co (2): Gibt es Lehren? Für uns nicht. Für die russische Führung und für diejenigen, die die Sache angezettelt haben schon. Nur welche? Das weiß derzeit kein Mensch außerhalb der beiden Zirkel – und, natürlich, die Experten.

Wagner & Co (3): Mainstream ist die Enttäuschung über den Ausgang der Sache anzumerken. Um wenigsten überhaupt noch etwas mäkelndes melden zu können, behaupten die Miet-Experten jetzt vollmundig, Putin sei nunmehr angeschlagen. Gütiger Himmel.

27. JUNI 2023

Joe spricht: *The White House was not involved* (Das Weiße Haus war nicht involviert). Hatte das jemand bezüglich der bizarren Wagner-Aufführung in Russland behauptet? – Jetzt wissen wir also Bescheid. Oder so.

5. JULI 2023

Deutsche Kampfbrigade in Litauen: Was tut die da? Die Litauer vor den Russen schützen? Oder vor den Polen? Die gewaltsame Auseinandersetzung um die kurzzeitige litauische Hauptstadt Wilna ist genau 100 Jahre her, danach war sie polnisch. Stalin korrigierte das 25 Jahre später, dabei blieb es. Bislang.

Litauen (2): Zwischen 1923 und 1939 war das Verhältnis zwischen Deutschland und Litauen denkbar schlecht. Der Grund war die litauische – heute würde man sagen: völkerrechtswidrige – Annexion des Memellandes. Schöne Gegend, schöne ex-deutsche Stadt dieses Klaipéda (Memel).

11. JULI 2023

Ostfront: Vom NATO-Gipfel in Wilna-Vilnius nichts Konkretes bislang, was man sich merken müsste.

Ostfront (2): Weiterhin verlustreiche Einzelgefechte, die keinen Kriegsplan erkennen lassen. Sollte es die Absicht sein, die Russen durch Nadelstiche zu ermüden, dürfte eine solche Rechnung kaum aufgehen.

Ostfront (3): Putin hat sich mit dem Ex-Chef der Wagner-Truppe Prigoshin im Kreml getroffen. Der hatte mehrere Dutzend seiner Unterhäuptlinge mitbringen dürfen, während sich das Gros seiner Wagnerianer-Legionen in Weißrussland aufzuhalten scheint. Was die Herren beschlossen haben, weiß ich nicht. Nur sollte die westliche Berichterstattung endlich auf die Behauptung verzichten, der Kreml-Chef sei geschwächt worden. Das ist pures Wunschdenken, vielleicht auch die Enttäuschung, dass in Moskau nur einer das Sagen hat, und das ist Wladimir P.

12. JULI 2023

Was in Wilna-Vilnius vorgeht, wird hinter dem Vorhang der Macht in Washington D. C. entschieden. Und was dort vorgeht, ist ein Kampf auf Biegen und Brechen, ob die Geldleute endgültig übernehmen, oder ob sie noch einmal gehindert werden können. Die Dinge stehen nicht gut für uns.

Wilna (2): Joe verkündet, dass v. d. L. NATO-Generalsekreteuse werden soll. Überlege gerade, mit wem sie da ihre Geschäfte machen kann. US-Waffenindustrie?

13. JULI 2023

Das bombastische öffentliche Geschwätz über den großen Thing zu Wilna kann nicht darüber hinwegtäuschen, dass Substanzielles mit Bezug auf den Ukraine-Krieg nicht beschlossen wurde.

15. JUNI 2023

Ist es Wehrkraftzersetzung, wenn man feststellt, dass der neue Generalinspekteur lustig aussieht? Oder liegt das an dem Foto, welches durch dpa verbreitet wird? Er will die Bundeswehr kriegstüchtig machen. Soso, will er das? Früher hätte man im Anschluss an den Wortlaut des Grundgesetzes gesagt: Sicherstellen, dass sie ihren Verteidigungs-Auftrag erfüllen kann, denn von Kriegführen in aller Welt ist dort nicht die Rede.

17.JULI 2023

Ursache und Wirkung: Das russisch-ukrainische Getreideabkommen endet heute. Da wird in Kürze das übliche Feuerwerk des Russenhasses entzündet werden. Über die Ursache der Beerdigung, den ukrainischen Sprengstoffanschlag auf die russische Ammoniak-Pipeline, wird weniger berichtet werden.

18. JULI 2023

»Die Zusammenarbeit zwischen der NATO und der Ukraine wird auf eine neue, auf eine noch tiefere Stufe gehoben.« So die deutsche Außenministerin Annalena Bb. gestern zum Ergebnis des zu Ende gegangenen NATO-Gipfels in Wilna-Vilnius. – Kannste dir nich ausdenken.

NATO-Gipfel (2): a) direkte Konfrontation mit Russland vermeiden, b) weiter Waffen liefern, c) dem Iran drohen.

24. JULI 2023

Ostfront: Die Lage wird kompliziert, weil die Russen nach dem Aufkündigen des Getreide-Abkommens die Seeblockade von Odessa wiederaufgenommen und zudem die Stadt mit Drohnen und Raketen beschossen haben. Getroffen wurde auch das chinesische Konsulat dort. Die US-Boys sind empört, dass die Chinesen bislang keine Verurteilung dieses Angriffs vorgenommen haben.

Ostfront (2): Seit Tagen nichts Bemerkenswertes an den üblichen Fronten. Das Töten geht weiter. Indessen: Von der ukrainischen Offensive redet niemand mehr.

25. JULI 2023

Vor Tagen beschrieb ich die Ukraine als eine zynische Waffenschau – mir fiel kein treffenderes Bild ein. Jetzt tauchte erstmals die russische Riesendrohne S 70 Hunter am Himmel dort auf, von einer Su 35 begleitet. Aus der Nähe betrachtet sieht sie aus, als hätte der amerikanische Tarnkappenbomber Pate gestanden – nur eben viel kleiner. Bei einer Geschwindigkeit von bis zu 1400 Kilometer pro Stunde soll sie eine Reichweite von 6000 Kilometer haben. Das reicht locker bis Berlin oder Ramstein.

28. JULI 2023

Tollhaus Washington: Seit März 2022 arbeiten das FBI und der ukrainische Geheimdienst SBU eng zusammen, um die *social media* bezüglich des Ukraine-Kriegs von unerwünschten Inhalten zu reinigen. Bei der jetzigen Untersuchung im Kongress kam heraus, dass die Löschungsattacken nicht nur Russen-Kritisches betreffen, sondern ganz im Gegenteil auch Ukraine-Freundliches getilgt wurde. Nicht nur zeigte sich, dass das FBI völlig unkritisch die Angaben aus Kiew übernahm, sondern dass dort auch Leute das Sagen haben müssen, die ich früher als russische Einflussagenten bezeichnet hätte.

Washington (2): Antony Blinken, der US-Außenminister, hat soeben folgende Sentenz geprägt. Die siegreichen ukrainischen Truppen hätten bereits die Hälfte der von den Russen okkupierten Ukraine zurückerobert. So werden Legenden produziert, die begründen sollen, warum soeben weitere 400 Mio. US-Dollar für Waffen bereitgestellt wurden.

29. JULI 2023

Deutschland und die NATO: Nun wollen wir keinesfalls Krieg gegen den Russen führen, jedenfalls nicht so richtig – so, dass die Fetzen fliegen –, denn was unsere Leos in der Ukraine leisten, kann bestenfalls auf dem Markt für Stahlschrott zu einem frustrierenden Überangebot beitragen. Reden wir besser nicht drüber.

Und die NATO (2): Dafür macht der Verteidigungsminister, der unsrige, mal eben 20 Milliarden locker, um Munition für die Ukraine einzukaufen. Bloß wo? Meine letzten Besuche bei Aldi und Lidl haben mich überzeugt: Der Chef-Soldat muss seine Sachen woanders einkaufen. Diska, Netto, Rewe, Edeka, Rheinmetall? Nebenbei bemerkt: Das ist ein Fünftel des Geldes, das der Bundestag für die Wiederherstellung der Bundeswehr vorgesehen hatte.

Und die NATO (3): Während die Vasallen noch rätseln, wie sie die mehrhundertseitigen Beschlüsse von Wilna-Vilnius umsetzen sollen, hat der Russe einen Raketen- und Drohnenangriff auf die Infrastruktur im heiklen Länderdreieck Rumänien, Moldawien, Ukraine geflogen. Punktgenau aufs ukrainische Ufer beschränkt. Grenzüberschreitende NATO-Luftabwehr? Fehlanzeige. Will man nicht, oder kann man nicht? Ich vermute: beides.

Und die NATO (4): Wie lautete deren zynischer Beschluss von Wilna? Erst musst du den Krieg für uns gewinnen, dann reden wir weiter.

1. AUGUST 2023

Ostfront: Die Meldungen mehrerer Tage nachsortiert. Hierbei bemerkt, dass bei den Erdkämpfen die Aussagen beider Seiten nicht einmal vage zusammenpassen. Hieraus die Folgerung gezogen, dass Entscheidendes nicht stattgefunden hat, vor allem nicht der mehrfach groß angekündigte strategische Durchbruch der Ukrainer im Raum Saporoshje in Richtung Asowsches Meer.

Ostfront (2): Beide Seiten drohen einander mit politischen Gesten, Polen durch Zusammenziehung von Kampftruppen an seiner südöstlichen Staatsgrenze, Russland und Weißrussland durch gemeinsames Auftreten ihrer Führer und einer unmissverständlich harten Sprache gegen Polen. Man werde deren Einmarsch in die westliche Ukraine nicht hinnehmen.

Ostfront (3): Der tschechische Präsidenten-General Pavel mischt sich ein und verlangt Internierungslager für die in Europa lebenden Russen.

Ostfront (4): Russland verstopft mit Gewalt die Löcher für die Verschiffung von ukrainischem Export-Weizen. Der Aufschrei der Welt hierüber beschränkt sich auf den Wertewesten.

3. AUGUST 2023

Es ist ungerecht, dass alle auf Annalena Bb. herumhacken. Ich hingegen möchte sie und ihre Eloquenz nicht missen. Erst heute Morgen habe ich mich halb totgelacht. »I believe I spider«, so las ich (für Engländer hier in meiner Übersetzung: Ich glaube, ich spinne). Das ist natürlich ein Fake.

Annalena (2): Gut fand ich auch, dass sie von den »Nigerern und Nigererinnen« schrieb oder sprach. Ich weiß nicht, ob das stimmt, aber zuzutrauen wäre es ihr schon. Gewiss nicht, obwohl sie undeutlich spricht, sagte sie: Negerer und Negererinnen – jedenfalls meinte sie es nicht so.

Annalena (3): Früher hatten Minister einen Pressesprecher, dessen Aufgabe es war, dem Pressepöbel deutlich zu machen, was der Minister gesagt haben könnte. Im Fall der Annalena Bb. ist es genau umgekehrt. Die Hauptaufgabe ist mitzuteilen, was sie keinesfalls gesagt hat.

Annalena (4): Unzutreffend ist übrigens auch die weit verbreitete Ansicht, unser Bundeskabinett bestehe nur aus Clowns, so dass die echten Satiriker daneben keine Chance hätten. Die gestrige *Zeller-Zeitung* beweist das Gegenteil. Und in seiner Leserbriefspalte finde ich dieses hier: »Heiz-Tipp für den Winter: Da es sowieso nicht genug Strom gibt, sollten Sie einfach Ihr E-Automobil verbrennen. Aktuelle Schiffsunglücke beweisen: Es brennt sehr lang und heiß!«

Nach soviel Information schalte ich früh halbsieben das Internet aus, um mich den Tag über mit Seriösem zu beschäftigen (Lesen und Schreiben). Kann nicht verhindern, dass ich im Briefkasten, im echten, ein Buch vorfinde, eingeworfen ohne jeden Kommentar: Alexander von Bismarck: *Begegnungen zwischen Russen und Deutschen.* Geblättert und verblüfft festgestellt, dass ich darin einen mir bekannten Autoren-Namen vorfinde, meinen.

5. AUGUST 2023

Sehe gewohnheitswidrig ein längeres Interview auf YouTube an, das Dirk Pohlmann mit dem schweizerischen, in den USA lehrenden Physiker Hans Benjamin Braun führt. Es geht um den Anschlag der USA auf die Nord Stream-Pipelines im September 2022. Es sei ein thermonuklearer Waffeneinsatz gewesen, so Braun. Erst denke ich: Wieder so eine dolle Theorie, doch von Minute zu Minute werde ich nachdenklicher. Die Aussagen sind nachvollziehbar, und sie sind sehr gut belegt.[100]

100 https://www.youtube.com/watch?v=q-ZigegDGvs.

Nord Stream (2): Dass die Amerikaner die Täter sind, schrieb ich bereits Tage nach dem Anschlag. Alles, was man an Fakten zusammenraffen konnte, sprach eine eindeutige Sprache. Doch dass sie Atomwaffen einsetzten, wäre mir im Traum nicht eingefallen.

Nord Stream (3): Die das planten und ausführten, sind Kriegsverbrecher der Sonderklasse. Ihr Motto lautet: Wir können das, und wir tun es auch. Selbstredend sind die Beteiligten auch feige, denn, natürlich, es traut sich keiner von ihnen an die Sonne.

7. AUGUST 2023

Nach nur 48 Stunden des Abschaltens frühmorgens aus dem Fenster und auf den Nachrichtenstau geblickt: Draußen biegen sich die Bäume im Sturm und drinnen schiebt sich Afrika vor alle Quasi-Neuigkeiten.

Afrika (2): In Niger bahnt sich ein Weltkonflikt an, denn es geht um die Herrschaft über unermesslich wertvolle Bodenschätze. Meine letztjährige Rundreise taucht aus dem Nebel der Erinnerung auf. Hitze und Uranabbau im Wüstensand.

Muskelspiele: Vor Alaska findet ein koordiniertes russisch-chinesisches Flottenmanöver statt. US-Strategen sind empört. Jungs, jetzt bekommt ihr einen Eindruck davon, wie die Russen sich fühlen, wenn ihr hochgerüstet in der Ostsee herumschippert.

Muskelspiele (2): Währenddessen hat sich Putin mit den afrikanischen Big Bosses getroffen. Mainstream belehrt uns, dass das nur Wind vor der Hoftür sei. Ich denke, da unterschätzt man die Cleverness der Afrikaner. Sie haben gelernt, mit ihrem Pfund zu wuchern – und tun's, wie man sieht.

9. AUGUST 2023

Es schickt der Herr den Jockel aus: Tichy weiß, dass der *Business Insider* weiß, dass das Kanzleramt weiß, dass der BND weiß, dass die ukrainische Segelyacht das Tatwerkzeug der Nord Stream-Sprengungen war. Jungs, die Geschichte war schon vor Wochen eine lächerliche Lüge, sie wird nicht dadurch wahrer, dass man ihr jetzt Glaubwürdigkeit dadurch unterzujubeln versucht, es würden beim Bund genau deshalb Ermittlungen wegen der Preisgabe von Dienstgeheimnissen stattfinden. Es sei denn, es wäre ein Dienstgeheimnis, die Bevölkerung mit der Yacht-Story hinter den Baum zu führen. Eine Lüge zu Staatswohlzwecken, sozusagen. Das blöde Volk soll's nicht mitkriegen, dass es die amerikanischen Kriegsverbrecher – unsere Verbündeten – waren, die uns mit der thermonuklearen Waffe angriffen.

19. AUGUST 2023

Erste Konsequenzen des Wachtwechsels bei den Soros-Menschen-Verbesserungs-Stiftungen: Der angekündigte Rückzug aus der EU. Glaub ich kein Wort von. Wäre nämlich zu schön, um wahr zu sein. – Ist vielleicht auch der Erkenntnis geschuldet, dass andere mildtätige US-Familien-Stiftungen auch ohne Soros-Sohnemann die allfällige Gemeinnützigkeit gegen die hiesigen Völker walten lassen.

Soros (2): Die Früchte der von ihm gesponserten Wahlen der Bezirksstaatsanwälte (sogenannte Demokraten) in den USA zeigen sich beim scheinbar unkoordinierten, in Wirklichkeit jedoch dezentralen Vorgehen gegen Trump. Neuerlich in Georgia. Bald wird der Mann so von Anklagen der abenteuerlichsten Art zugeschüttet sein, dass an die Präsidentenkür nicht mehr zu denken ist.

Ostfront: Sie hat sich, wie von Wunderhand gesteuert, aus den Nachrichten geschlichen. Nur noch ab und an ein zerbombter ukrainischer Getreidespeicher, damit wir die Empörung nicht gänzlich verlieren.

Ostfront (2): Was mag da vorgehen? Erschöpfung auf der einen und Beharren auf dem Erreichten auf der anderen Seite. Langsam ahnt man im Wertewesten, dass es aus Sicht der Russen nichts zu verhandeln gibt. Halte das für falsch, denn die russischsprachigen Brennpunkte der Industrie von Charkow, der Werften von Nikolajew und des Hafens von Odessa sind nicht vom Tisch, sondern bestenfalls aufgeschoben, was zur russischen Mentalität des Schritt für Schritt passen würde. Wir werden noch davon hören, wenn auch nicht heute.

Ostfront (3) Was ist mit den Polen und ihrem Rüstungs- und Einmarsch-Geschrei? Sind dort offenbar mit innenpolitischem Wahlkampf-Getöse ausgelastet.

Ostfront (4): Der Kolonialherr blickt versuchsweise nach Afrika. Das wäre eine Erklärung für die Stille, die sich wie ein Leichentuch über die Ukraine senkt. Schlimmer noch: Es wirkt, als würde ein verwöhntes Kind ein benutztes Spielzeug wegwerfen.

Ostfront (5): Nur noch Soros (siehe oben) will erklärtermaßen in dem unglücklichen Land weiter wirken – im Ersten Weltkrieg sprach man frontübergreifend von den Hyänen des Schlachtfeldes. Der Arnstädter A. Paul Weber hat sie genial portraitiert.

20. AUGUST 2023

Der Ex-Chef des BfV, Hans-Georg Maaßen, werde, so lese ich, nachrichtendienstlich überwacht. Willkommen im Club.

Maaßen (2): Das ist, falls sein Nachfolger hierfür in überholendem Gehorsam verantwortlich ist, keine kluge Entscheidung im Sinne des Machterhalts, denn der Ex-Verfassungsschutz-Chef stellt so etwas wie einen Rettungsring für seine Partei, die CDU, dar. Er hält Altwähler bei der Stange, die noch der Illusion einer konservativen CDU anhängen und deswegen das gewohnte Kreuzchen machen sollen. Wenn man die vergrault, wird die Luft um die Funktionärskaste dünn. – Nun ja, man kann nicht alles haben.

Maaßen (3): Urkomisch ist die Meinung seiner Mitfunktionäre in der Werteunion bezüglich des Ukraine-Konflikts. Ein Mitvormann erklärte mir unter Berufung auf den Ex-Geheimen, es sei gesicherte Erkenntnis, dass der Putin nach der Ukraine Warschau einnehmen und dann auf Berlin marschieren werde. Dem vorzubeugen, sei die Kriegsbeteiligung unerlässlich. Ich riet ihm, sich rasch eine Fahrkarte nach Kiew zu kaufen.

23. AUGUST 2023

Als 1913 in Moskau ein Mann das Ölgemälde Iwan der Schreckliche und sein Sohn des russischen Malers Ilja Repin mit dem Messer zerschnitt, witzelten die russischen Kritiker des Meisters: Iwan der Schreckliche leistet seinem Sohn Erste Hilfe.

Russischer Witz (2): Über alle Hochs und Tiefs der politischen Epochen hinweg begleiten solcherart Äußerungen die uns oft kaum zu begreifende Hinnahme der Ereignisse. Dabei sind sie von schneidender Schärfe – vermutlich ein Gegengewicht zur Knute.

Russischer Witz (3): Ich lese das Mammut-Buch *1913* des Schweizers Felix Philipp Ingold – nein, ich versuche es nur, denn es ist unlesbar. Hängen bleibt, dass die seinerzeit dortzulande agierenden Künstler alles das vorwegnehmen, was uns heute noch als künstlerische avantgardistische Ausdrucksform, in welcher

Sparte auch immer, unverständlich ist. Das Unbegreifliche hat dem Nachruhm ihrer Schöpfer nicht geschadet, aber schön zu nennen ist es nicht.

Russischer Witz (4): Wenn du zwischen zwei Herren wählen kannst, so nimm den, der deine Sprache spricht.

24. AUGUST 2023

Über Nacht: Ein Privatflugzeug mit dem russischen Söldnerführer Prigoshin an Bord soll bei Moskau abgestürzt sein. Spätestens im Laufe des Tagen werden wir hören, dass das der böse Putin war. Das ist natürlich Blödsinn, aber es klingt gut.

Über Nacht (2): Derweil besucht der Gescholtene die Stadt Rostow am Don. Da befindet sich das HQ der Operationen. Die Experten wissen deswegen, dass jetzt die Gegenoffensive zur Gegenoffensive starten wird. Ob ich will oder nicht: Vor meinem inneren Auge zieht der Bewegungskrieg in dieser Gegend in den Jahren 1942/43 vorbei. Nein, so wird es sicher nicht zugehen. Schon deswegen nicht, weil die ukrainische Armee über keinen Rückzugsraum nach Westen verfügt. Jenseits des Dnjepr beginnt das Ende der jetzigen Staatlichkeit.

25. AUGUST 2023

Einen Zufall kann man auch herbeiführen. Ich suche beim Schreiben einer Geschichte über die russische Militäraufklärung (Raswjedka) nach einem Mann, der vor dem Ersten Weltkrieg den Spionagestützpunkt in Skandinavien gegen Deutschland leitete, Oberst Assanowitsch (Асанович). Ich finde ihn, aber ganz wo anders, in einer Fotosammlung aus dem Oktober 1914 über den russischen Vormarsch, respektive den Rückzug der k.u.k. Armee in Galizien. Da begleitet er westliche Korrespondenten.

Kein Zufall (2): Danach habe ich gar nicht gesucht, aber das Auge bleibt an der schier endlosen Leere des Landes hängen. Seltsamer Widerspruch. Es sind die Flüsse, die eine sichtbare Unterbrechung darstellen. Auf den entdeckten Fotos der Dnjestr. Ich suche ihn auf der Karte. Heute durchtrennt er die westliche Ukraine und das östliche Moldawien. Wie lange wohl noch?

Kein Zufall (3): Im eroberten, offenbar unzerstörten Lemberg dominierten ordentliche Gebäude und buntes Volk auf den Straßen, ein Teil der Läden geschlossen, die Aufschriften noch deutsch.

Kein Zufall (4): Um die gestrige Orakel-Kirmes zum Absturz von Prigoshin vorherzusagen, musste man kein Prophet sein. Gewundert habe ich mich nur über die Stellungnahme aus dem Pentagon, das Flugzeug sei nicht mit einer Rakete abgeschossen worden. Hatte das jemand gefragt?

27. AUGUST 2023

»Mit Verlaub« ist eine herrliche Füllsel-Floskel, die ganz aus der Mode gekommen ist. Komme, drauf, weil ich über ein russisches »с увашением« stolperte, was ich nicht zu deuten wusste. Jetzt weiß ich es: mit Verlaub.

1. SEPTEMBER 2023

Heute ist wieder ein zentraler Feiertag der deutschen Schuld, an welchem Gutmensch jammernd die Geschichte vom deutschen Überfall auf Polen auswalzt. Halte dies für verfehlt, wiewohl ich den Angriffsbefehl des großdeutschen Führers für eine schwachsinnige Tat halte, denn er machte genau das, was sich Amerikaner und Briten und auch die von ihnen angestifteten Polen ausgedacht hatten: Lass ihn bitte, bitte anfangen. Er tat's, und nicht mal sechs

Jahre später war Deutschland von der Landkarte verschwunden. Wie man angesichts dieses Ergebnisses nach einer Rechtfertigung für den Angriff suchen kann, wie dies einige Unbelehrbare (sogenannte Revisionisten) heute noch tun, ist mir rätselhaft.

Revisionist (2): Es handelt sich hierbei um ein wohlfeiles Schimpfwort, denn es bezeichnet zuvörderst denjenigen, der den anglo-amerikanischen Geschichtsmythen nicht folgen mag, deren Hauptinhalt darin besteht, dass der großdeutsche Führer auf seinem Weg der Welteroberung gestoppt werden musste. Das ist nun wahrlich fraglicher Stoff, dessen Einzeltöne mit der Gesamtmelodie nicht harmonieren.

Revisionist (3): Wie so manches ist dieser Begriff und sein Inhalt aus dem großen und guten Amerika über uns gekommen. Dabei bedeutete *revisionism* dortzulande zunächst etwas ganz anders. Es war die Selbstbenennung einer durchaus seriösen amerikanischen Historiker-Gemeinde, die sich mit den englischen Propagandalügen über den Ausbruch des Ersten Weltkriegs und die Notwendigkeit des amerikanischen Eingreifens nicht zufrieden geben mochte, wonach es unausweichlich gewesen sei, *the kaiser* auf dem Weg der Welteroberung zu stoppen.

Revisionist (4): Das Forschen dieser Leute nach den tatsächlichen Ereignissen wurde dann gestoppt, als Franklin Roosevelt 1933 die Macht ergriffen hatte und zur Überzeugung gelangt war, dass ein neuerlicher Krieg gegen Deutschland für Amerika gut sei. Rasch war der Auftrag an die gut bezahlten Hofschreiber erteilt, den *revisionism* zu verunglimpfen. Dabei ist es – bei Ausweitung des Stoffs auf *the fuhrer* – bis heute geblieben.

3. SEPTEMBER 2023

Altmark: Dem Roland auf dem Marktplatz zu Stendal eignet vor allem Größe, stattlich hingegen wird man den Kerl kaum nennen können, eher auf zu großem Fuß bei knapper Kost lebend. Das Café gleich nebenan zu Füßen des Rathauses lädt nicht zum Verweilen, es schließt kurz vor sechs. Ein zweites, ums Eck gelegen, erweist sich bei näherem Erkunden als großes Griechenlokal mit ausuferndem Gewölbekeller, was man von außen nicht erahnen kann – natürlich nicht. Dort vor der Tür treffe ich per Zufall zwei Teilnehmer der Buchvorstellung, der ich gerade entschlüpft war.

Altmark (2): Der Hausherr der Veranstaltung, Alexander von Bismarck, hatte den Besuchern sein Herrenhaus Döbbelin, querab auf dem Lande, im buchstäblichen Sinne geöffnet. Dort lebt der Mann mit seiner Familie, man erkennt es.

Altmark (3): Das Haus leuchtet in der Septembersonne in warmem Gelb hinter hoher Einfriedung. Der Erbauer ließ es auf schon lange der Familie gehörendem Grund in den 1730er Jahren errichten. Wir würden heute nicht mehr darüber reden, wenn ein Nachfahre, der heutige Hausherr, es nicht 1990 in Besitz genommen und von Grund auf saniert hätte. Das ist – Kuriosität am Rande – nur deswegen sogleich möglich gewesen, weil die sozialistische Obrigkeit vergessen hatte, Gebäude und Grundbesitz zu enteignen, und dann für allerlei kommunale Zwecke genutzt hatte.

8. SEPTEMBER 2023

Ostfront: Die Ukrainische Rada entlässt gestern den Verteidigungsminister Олексий Резников und wählt einen Ersatzmann. Nach einem großen Sieg bei der sogenannten Gegenoffensive sieht das nicht gerade aus, sondern eher nach der Bestrafung eines Sündenbocks. Sollte der Mann überdies auch noch Zweifel am Endsieg geäußert haben, wie mir einer heimlich weismachen wollte, so würden auch die Amerikaner ein ernstes Wort mitgeredet haben. Nebenbei: Wusste gar nicht, dass das dortige Parlament solche Personalia entscheidet.

9. SEPTEMBER 2023

Die Selbstisolierung Deutschlands schreitet munter voran. Derweil lullen sich die Wohlmeinenden durch Wahlwetten und ähnlichen Stuss ein.

Ostfront: Auch das hartnäckige Verschweigen des Misserfolgs der großmäulig angekündigten kriegsentscheidenden Sommeroffensive 2023 macht die Sache nicht ungeschehen. Die Lage-Karte des Oblasts Saporoshje zeigt an drei dunkel eingefärbten Stellen das Ausmaß des Desasters: Wenige Quadratkilometer Wald und Feld gegen (geschätzt) 70 000 Tote.

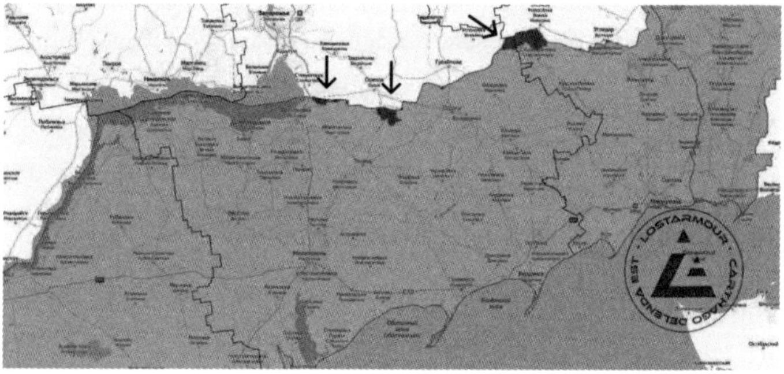

18. SEPTEMBER 2023

Das beredte Schweigen über die Ostfront zeigt an, dass die Zeit der Maul-Siege vorüber ist. Scharfe Beobachter bemerken, dass der Kolonialherr sich den ehemaligen Südstaaten der Sowjetunion zugewandt habe. Auf die Notwendigkeit, dies zu tun, haben die Altmeister der Weltherrschaft schon vor Jahrzehnten hingewiesen, Kissinger und Brzeziński – interessant finde ich, dass Word meine Schreibweise für zutreffend hält.

20. SEPTEMBER 2023

Übern Teich: Das Weiße Haus gibt bekannt, dass die US-Weltraum-Armee (Space Force) so aufgerüstet werden soll, dass sie Russland und China Paroli bieten könne.

Übern Teich (2): Derweil stürzt – eine Etage tiefer sozusagen – über South Carolina ein Super Fighter F 35 ab und muss mit Hilfe der Bevölkerung gesucht werden. Teuer, teuer, diese Wunderwaffe, nein, nicht des Führers, sondern von Lockheed Martin. Hat bis heute über zehn Milliarden Dollar gekostet, 1,7 Billionen sind noch eingeplant. Wir werden – so mutmaße ich mal vor mich hin – in Kürze hören, dass beim Absturz der böse Putin seine Hände im Spiel hatte, so dass die Inlands-Überwachung in den Staaten und gegen ihre Verbündeten verstärkt werden müsse.

21. SEPTEMBER 2023

Wenn jetzt im Netz der Name Nanzy F. zunehmend mit Z geschrieben wird, so finde ich das irgendwie konsequent, weil, wie ich vor etwa anderthalb Jahren etwas mühsam lernen musste, dieser Buchstabe, den es im Kyrillischen (Ц) angeblich gar nicht gibt, ein verfassungsfeindliches Symbol sei. Wüsste allerdings auch gerne, wer auf den kuriosen Gedanken kam, die russischen Militär-Fahrzeuge mit dem weißen lateinischen Z zu bemalen, und wer auf den ukrainischen Panzern ein Balkenkreuz anbrachte, das dem deutschen, vor gut 80 Jahren gebrauchten, verdammt ähnlich sieht.

22. SEPTEMBER 2023

Die Dinge an der Ostfront ändern sich schleichend, so langsam, dass es wie Stillstand aussieht. Doch in Wirklichkeit, so wie ich sie sehe, liegt die Initiative nach wie vor bei den Russen. Sie sind aus der sogenannten ukrainischen Gegenoffensive als eindeutiger Sieger hervorgegangen. Sie haben den Gegner sich zu Tode angreifen lassen. Seine Erdkampf-Kapazität scheint erschöpft zu sein.

Ostfront (2): Die US-gestützten Raketenangriffe gegen die Festung Sewastopol auf der Krim haben mehr als nur symbolische Bedeutung. Niemand, der bei Trost ist, glaubt, dass die Ukrainer hierzu in der Lage waren. Nur Mainstream glaubt das, aber da glaubt man ja auch, dass die Ukrainer die Nord-Stream-Pipelines mit einer Segelyacht angreifen konnten. Gut, man kann solchen Stuss glauben, aber man muss nicht, und man sollte auch nicht.

Ostfront (3): Den wertewestlichen Angriff auf Sewastopol begrenzt zu haben, verdanken die Russen nicht zum Wenigsten Elon Musk, dem eigenwilligen Wunderkind, das sein Starlink-Satellitensystem bei den einschlägigen Navigations-Bemühungen seiner Landsleute einfach abschalten ließ. Mal sehen, wie lange er noch leben wird.

Ostfront (4): Die Raketeneinschläge in Russland werden die Führung dort zur Entscheidung zwingen, in absehbarer Zeit die Ukraine von der Landkarte zu räumen. Dazu ist ein militärischer Gewaltakt notwendig. Der Wertewesten glaubt, die Russen seien hierzu nicht in der Lage – alle möglichen Gründe werden als wohlfeil gehandelt. Ich fürchte, man irrt sich.

Ostfront (5): Die Notwendigkeit, die Ukraine abzuräumen, ist ziemlich verrückt, denn das war gar nicht das russische Kriegsziel. Jetzt wird es ihnen von den US-Boys aufgenötigt, denn diese brauchen die Ukraine, um den Kriegswahnsinn weitertreiben zu können. Das ist paradox, gewiss.

24. SEPTEMBER 2023

Novosti meldet, dass russische Aufklärer im Raum Saporoshje einen Leopard-Panzer angegriffen und zerstört hätten. Von der Besatzung habe einer noch kurz gelebt und zur Überraschung der Russen kurz vorm Sterben offenbart, dass er und die jetzt toten Kameraden im Fahrzeug Deutsche seien. Falls das stimmt, wäre es eine spektakuläre Novität, die erklären würde, was die sprachholpernde Frau, deren Namen ich nicht mehr nennen will, sagen wollte, als sie davon radebrechte, dass D mit allen Mitteln und 560 Tage im Jahr die Ukraine unterstütze.

Ostfront (2): Der Vorgang erinnert vage an das Kriegsjahr 1918, als die deutsche Führung unsere Soldaten bis tief in die Ukraine, auf die Krim und in den Kaukasus vorrücken ließ, sich in eine Auseinandersetzung einmischend, die uns nichts anging.

Ostfront (3): Der heutige Vorgang zeigt zudem, dass die Russen seit über 100 Jahren die erprobte Taktik der bewaffneten Tiefenaufklärung fortführen, die darin besteht, mit gut getarnten Kampftrupps weit jenseits der Front aus dem Hinterhalt überraschend anzugreifen, um Gefangene zu machen.

25. SEPTEMBER 2023

Fragt einer per Mail nach: Warum stecken Sie soviel Zeit in historische Themen? – Ich: Um die Gegenwart zu begreifen.

Fragen (2): Ein anderer, ein Autor, den ich zu Tisch lud, halb klagend: Wissen Sie eigentlich, wie schwer es ist, ein Buch zu schreiben? Ich: Nein, keine Ahnung. Die anderen blieben ernst, schauten aber in ihre Gläser.

26. SEPTEMBER 2023

Wie würde die Naive vom Werderschen Markt formulieren? Polens Präsident Duda machte eine Wende um 360 Grad, als er vorgestern in New York die Ukraine mit einem Ertrinkenden verglich, der seine Lebensretter mit in den Tod zu reißen drohe. Soso. Bis vor Kurzem saßen beide noch im selben Boot. Angeblich. Man könnte in der Draufsicht auch formulieren: Jetzt ist einer von beiden überflüssig an Bord. Oder noch anders: Wenn einem das Haus abbrennt, tummeln sich die Plünderer in nächster Nähe.

27. SEPTEMBER 2023

Habe ich das falsch im Ohr, dass wir – wer immer das sei – seit dem Putin sein Angriffskrieg aus dem Reich des Bösen kein Öl und kein Gas mehr importieren wollten und zu diesem Zweck im Januar 2023 das Spundloch in Schwedt an der Oder dichtmachten? Jetzt sind wir empört, dass der böse Mann ein Exportverbot für Kraftstoffe verhängt hat. So ernst hatten wir – noch immer unklar, wer das sei – das nicht gemeint. Derweil wird der Sprit wieder teurer zum Zukucken. Ach herrje, wie seltsam.

Sprit-Stopp (2): Wird sich was ändern? Nein, denn der Wir – diesmal weiß ich, wer das ist – muss nicht tanken, sondern fährt mit dem Dienstwagen. Und wenn wir – ich eingeschlossen – nicht mehr fahren können, ist das gut wegen Klima und so.

28. SEPTEMBER 2023

Mühsame Lektion: Die SS als verbrecherische Organisation einzuschätzen, brachte man den Deutschen in den Nürnberger Kriegsverbrecherprozessen 1946 bei. Sie haben diese Lektion brav gelernt, wiewohl in den Anfangsjahren beider Republiken einfach zu viele von deren Angehörigen noch lebten, um bei jedem ein

Fass aufzumachen. Das änderte sich erst, als die noch lebenden Objekte rar wurden. Jetzt lernen wir, dass sie auch Gutes taten, weil sie gegen den Russen kämpften. Mehr Heuchelei geht kaum.

SS (2): Ich kann mir nicht helfen, aber Täter und Opfer werden offenbar uralt. Wäre das so gesteuert, könnte man an den Racheakt einer fernen Gottheit denken. Das wäre dann eine flotte Verschwörungstheorie.

1. OKTOBER 2023

Komplett verrückt: Während der Westen vor sich hin schweigt, kündigen die Russen eine letzte Offensive in der Ukraine vor der Schlammpause an. Gleichzeitig lässt sich der russische Außenminister Lawrow so zitieren: Es wird Zeit für die Ukraine zu kapitulieren.

2. OKTOBER 2023

Übern Teich und anderswo: Der US-Kongress hat, wie zu erwarten, einen Nothaushalt beschlossen, damit die Regierung bis November weitermachen kann. Was wurde zu diesem Zweck gestrichen? Die Ukraine-Beihilfe. Ich kann's nicht glauben. Derweil gibt die Unterwanderungsbehörde USAID im Kaukasus verstärkt Dollar aus, pardon, sie schult in Sachen Demokratie.

4. OKTOBER 2023

Kann mir mal einer in einem verständlichen Satz erklären, was wir, die Deutschen, mit dem Endloskonflikt in und um Bergkarabach zu tun haben?

Verständlich: Eine Randmeldung (angeblich von der Rand-Corporation) weckt mein Interesse. Das Personal-Reservoir der US-Streitkräfte reiche nicht mehr aus, um Krieg zu führen, deshalb müsse über die Wiedereinführung von Wehrpflicht nachgedacht werden. In den 1970ern war sie abgeschafft worden, als der Vietnam-Krieg auch wegen der unwilligen Wehrpflichtigen in die Hose ging. In den Nuller Jahren zog die Führerin gehorsam nach. Und jetzt? Jedenfalls habe ich nichts davon gehört, dass die Bundeswehr aus allen Nähten platze.

6. OKTOBER 2023

Unpassend: Wir wissen dank unserer Wahrheitsmedien, dass in Moskau ein Unhold herrscht und die Not des gemeinen Russen groß ist. Schreibt mir Leser A. gestern aus einer russischen Universitätsstadt: »Es ist traumhaft. Von Sanktionen ist nichts zu spüren. Die Geschäfte sind voll. Auch mit Waren aus der EU.«

8. OKTOBER 2023

Krieg im Nahen Osten, diesmal zwischen Hamas und Israel. Hat man schon oft gehört. Vielleicht zu oft, um überrascht zu sein. Überraschend war lediglich, dass Israel völlig überrascht gewesen sein soll. Früher habe ich gelernt, dass man dortzulande den besten Auslandsdienst der Welt haben soll. Entweder sie wussten von dem Angriff, dann ist die Meldung von der Überraschung eine Lüge, oder sie wussten nichts, dann wären wohl die Qualität und die Zielrichtung des Mossad zu überdenken.

10. OKTOBER 2023

Die Experten haben zu tun: Sie erklären mit starker Stimme, wer für die Zündung des Hassausbruchs in Palästina verantwortlich ist. Sie kommen zu dem Ergebnis, die Spannungen sind es. Aha, sehr ausgewogen, sehr aufschlussreich. Die Nichtexperten wispern hingegen: Moskau war's, nein Washington, wispern die Gegenwisperer.

Verantwortlich (2): Nur einer weiß es mit Nachdruck: Der US-Außenminister verurteilt Peking für seine laue Haltung. Derweil läuft der größte Flugzeugträger der Welt ins Mittelmeer ein. Hoffentlich passt er rein. Auch fragt sich: Was soll er da? Zumindest hat er das Potenzial, die wüste Gegend dort in den vorbiblischen Zustand zurück zu versetzen.

Verantwortlich (3): Dass dank der Bilder aus Nahost die Ukraine unsichtbar wird, lässt den dortigen Konflikt nicht verschwinden. Kuckt nur keiner hin. Das schafft Platz für erstaunliche Lösungen.

11. OKTOBER 2023

Die Israelis üben erwartungsgemäß furchtbare Rache im Gaza-Streifen. Jetzt sind die Experten sich klar darüber: Der Iran war's. Linksgestrickte – und wer ist das nicht – halten daneben Israel selbst für verantwortlich, das einen Pearl-Harbor-Effekt wegen der desaströsen inneren Lage inszenieren wollte. Ja, was denn nun? Den Vogel schießt der Ukrainer-Führer Selenskyj ab: Der Putin war's, sagt er. Was wohl sonst? Mir fällt auf, dass er aktuell auf das lang getragene Olivgrün verzichtet, und sich in kleidsames SS-Schwarz hüllt. Die Modefritzen werden es ihm danken.

19. OKTOBER 2023

Noch immer ist unklar, wie die Wahlen in Polen letztlich ausgegangen sind. Hieran interessiert bestenfalls, was das Land künftig bezüglich der Ukraine anzettelt. Selbst wenn der Linke Tusk jetzt die Regierung bilden sollte, bleibt dies für Deutschland riskant. Wer das Gegenteil annimmt, ist ein Fantast. Tusk ist ein sogenannter Europäer, vor allem aber ist er ein Pole, nur dass er es auf einen Bruch mit der EU nicht ankommen lassen würde. Und dann gibt es noch den Präsidenten, der heißt Duda. Er ist Mitglied der polnischen Um-jeden-Preis-Nationalisten (PiS).

20. OKTOBER 2023

Die Einzige Weltmacht: zwei US-Flugzeugträger und 2000 Mann Marine-Infanterie (Marines) befinden sich jetzt im Mittelmeer. Mit 2000 Männeken in die Erdkämpfe eingreifen zu wollen, klingt nicht als Drohung, sondern wie eine Pleiteerklärung. Die würden nicht mal reichen, um einen Abzug militärisch abzusichern.

Derweil spielt der Wertewesten die Reise nach Jerusalem. Das ist das Spiel, bei dem bei jeder Runde einer hinten runterfällt. Grad eben war's der Ukrainer-Führer Selenskyj.

Ukrainer-Führer (2): Wäre also kein Wunder, wenn man sich wieder an uns wendet. Schließlich haben wir reichlich Bandera-Erfahrung.

23. OKTOBER 2023

Deutscher Oktober: Heute von 100 Jahren sollte der bewaffnete Aufstand der KPD beginnen. Tat er aber nicht, nachdem der Gesalbte aus Moskau, Karl Radek, ihn abgeblasen hatte. Ihm war aufgefallen, dass es die Proletarischen Hundertschaften, die das Schießen übernehmen sollten, nur auf dem Papier gab.

Oktober (2): Das große Abblasen erreichte die Hamburger Kommunisten nicht. Der Ex-Leutnant und Führer des dortigen M(ilitär)-Apparats, Hans Kippenberger, überfiel daraufhin mit ein paar Hanseln ein Polizeirevier, um Waffen zu beschaffen. Danach begann ein blutiges Räuber-und-Gendarm-Spiel, das die Polizei binnen dreier Tage beendete. Der Aufrührer floh auf Umwegen nach Moskau. Seine Hinrichtung war dadurch nur aufgeschoben. Sie erfolgte nach weiteren Umwegen 1937, erneut in Moskau.

Oktober (3): Fast alles, was man über den sogenannten Hamburger Aufstand weiß, entsprang den Lügengeschichten aus der Feder der bolschewistischen Abenteurerin Larissa Reissner, die in Hamburg am Meer auf den Barrikaden stand. Jaja, die Barrikaden am Meer. Es war der Linken-Abgott Kurt Tucholsky, der für die Konservierung der Frühvollendeten und ihrer Lügen sorgte: »Du bist für Russland zu früh gestorben. So eine wie dich haben wir nie gehabt. So eine wie dich möchten wir so gerne haben. Eine, die liebt und hasst ... Wir grüßen dich, Larissa Reissner. Du bist eine Erfüllung gewesen und eine Sehnsucht.«

24. OKTOBER 2023

Solange sich Konfliktparteien für ihre vermeintlichen Ansprüche auf Ereignisse berufen, die lange zurück liegen, kann es keine friedliche Lösung geben. Die jetzigen Kriege um die Ukraine und Palästina belegen diese Aussage.

Krieg und Frieden (2): Erst die Einsicht in die Notwendigkeit, mit dem Töten aufzuhören, kann einen Krieg beenden, es sei denn, eine der beiden Seiten ist ohne Wenn und Aber unterworfen worden, dann geht das Töten weiter.

Krieg und Frieden (3): Die beiden vorstehenden Regeln auf die aktuellen Kriege übertragen, lassen nichts Gutes erwarten.

27. OKTOBER 2023

Ostfront: Plötzlich ist sie wieder da, mit Meldungen, die widersprüchlicher kaum sein könnten. Der Ort heißt Awdejewka (ukr. Avdiika), nordwestlich von Donjezk gelegen. Der Frontverlauf zeigt starke Ähnlichkeit mit dem von Bachmut vor einigen Monaten, wo die ukrainischen Kräfte eingeschnürt und letztlich unter verheerenden Verlusten zum Aufgeben genötigt wurden. Aber es bleibt dabei: Man kann aus dem statischen Karten-Bild nicht erkennen, ob es das Ergebnis eines ukrainischen Vorstoßes oder einer russischen Einschnürung ist. Sieht, wenn man's mit den Auslassungen bzw. Verschweigen in den Lügenmedien vergleicht, eher nach Letzterem aus.

3. NOVEMBER 2023

Übern Teich und anderswo: Der derzeitige Präsidentendarsteller verkündet den Krieg in Palästina. Das wäre dann, falls ich recht sehe, nicht nur der Gaza-Streifen. Auch sagt er: Wenn es Israel nicht gäbe, hätten die Amerikaner es erfinden müssen. Das ist insofern richtig, als es die Briten und nicht die Amerikaner waren, die es 1916 erfanden. Sie trugen zu diesem Zweck 1917/18 den Krieg ins Heilige Land. Dort ist er bis heute geblieben.

17. NOVEMBER 2023

Die scheinbare Ruhe an der Ukraine-Front bedeutet, dass Selenskyj & Co den Krieg vergeigt haben und seine Unterstützer im Wertewesten jetzt händeringend versuchen, aus dem entstandenen Schlamassel herauszukommen. Ihre Forderung, die plötzlich erschallt, man müsse einen Verhandlungsfrieden suchen, benötigt Zweie, die es tun. Es hängt nur von dem Einen ab, ob so was stattfindet. Die Vorstellung, er könnte auf dem Verhandlungswege die jetzige Frontlinie aufgeben, beruht auf blanker Illusion.

21. NOVEMBER 2023

Im Abfertigungsbereich des Flughafens sieht man Leute, die für ein leichenblasses Brötchen mit einem fragwürdigen, herauslappenden Belag den Preis eines frischen Hummers bezahlen und

– schlimmer noch – das Erworbene aus einer heruntergekrempelten Papiertüte essen.

Unangemessen (2): Bin stattdessen versucht, das jüngste *Time Magazine* als Fluglektüre zu kaufen. Zwölf Dollar für ein dünnschlappes Heftchen mit Ukraine-Aufmacher. Lese den Artikel stattdessen gleich im Stehen am Regal: Dezidiert Unfreundliches zur Korruption dort – angeblich als Geständnis vom Chef Selenskyj: »Nobody believes in victory like I do. Nobody.« Das behauptet jedenfalls der Journalist Shuster. Is nix Neues. Wenn so was jetzt in den USA als Sensation verkauft wird, kann das nur eine Einstimmung auf den Rückzug von Biden & Co bedeuten – oder wer auch immer dortzulande jetzt das Sagen hat.

27. NOVEMBER 2023

Der Zeitgeist schwankt ein wenig, wenn in Schweden und Holland durch die Wahlsieger über den EU-Austritt öffentlich nachgedacht wird. Beide Länder haben ein Islam-Problem, und beide sind EU-Nettozahler. Habe seit langem gedacht, dass Dänemark als nächstes die Mücke macht. War offenbar falsch, denn ich hatte nicht geglaubt, dass dort die Sozis Wahlen mit ausländerfeindlichen Sprüchen gewinnen.

Schwankungen (2): Nach der vom US-Kongress erzwungenen Drosselung des Dollar-Segens denken führende Faschisten in der Ukraine, die dort unsere demokratischen Werte verteidigen, über den Kriegsaustritt öffentlich nach, weil sie ziemlich enttäuscht sind und wohl auch um ihr Leben zu fürchten beginnen. Der Chef der deutschen Scheinarmee ist deswegen soeben nach Kiew gereist. Was mag er in seinem Köfferchen haben? Schwarzgeld?

Schwankungen (3): In den USA melden sich die partei-übergreifenden Neocons vorlaut zu Wort. Sie wollen nur denjenigen

Präsidentschafts-Kandidaten aus ihrer strammen Lobbyisten-Kasse unterstützen, der weiteres Kriegführen garantiert. Der Ort ist ihnen egal. Ihr Favorit ist derzeit die Republikanerin Nikki Haley.

30. NOVEMBER 2023

Frühmorgens Blick aus dem Fenster ins Dunkle. Der vor drei Tagen des Nachts gefallene Schnee ist immer noch da. Eines Tages wird er geschmolzen sein. Es sei denn, was im Moment keiner weiß, dass wir unbemerkt in die nächste Eiszeit geschlittert sind. Und das nach dem wärmsten Oktober seit Beginn der Wetteraufzeichnungen vor 160 000 Jahren oder so.

Auch nicht ewig (2): Nu is hei dood. Gestern, nach mehreren Fehlmeldungen der letzten Jahre, endgültig gestorben in seinem Heim in Connecticut, der hundertjährige ehemalige Deutsche Heinz Kissinger, besser bekannt unter der amerikanisierten Namens-Version Henry. Wenn je einer auf der Welt Unheil angerichtet hat, dann wohl er – jedenfalls für viele, denen der American Way of Life nicht gut tat. Seinen Entdeckern und Förderern sei Dank.

6. DEZEMBER 2023

Tempora mutantur: Bis vor Kurzem noch reiste er mit großem Medien-Pomp an, wenn irgendwo der politische Hund mit dem Schwanze wackelte. Jetzt wurde er vorgeladen, der ukrainische Chef Selenskyj, und zwar zur Befragung per Video durch den US-Senat hinter verschlossenen Türen. Das riecht nicht gerade nach der vielbeschworenen unverbrüchlichen Treue.

Neue Töne (2): Das Mündel soll u. a. Auskunft darüber geben, wie sein eigener Stand in Kiew ist. Das ist besonders perfide, denn dem Kolonialherrn in D. C. kann nicht verborgen geblieben sein, dass er nicht einmal mehr die Armeeführung seines Landes hinter sich hat und sich nicht traut, die aufmüpfigen Generale in die Wüste zu schicken. Nehme an, dass diejenigen, die ihn jetzt anzuhören vorgeben, ihm das zuvor untersagt haben, weil sie ahnen, dass bei Enthauptung der Streitkräfte niemand mehr da sein wird, der für sie kämpft.

Neue Töne (3): Nehme an, dass Chef Selenskyj, selbst wenn er gewollte hätte, nicht nach Washington reisen konnte, weil er fürchtet, dass der Rückflug nach Kiew ohne ihn stattfinden könnte. Die Zeichen dort stehen auf Putsch. Die Expertin hierfür heißt Nuland und befindet sich seit zwei Jahren erneut im US-State Departement in Amt und Würden.

7. DEZEMBER 2023

Freundschaftlicher Rat: »Wir haben keinen Grund zur Freude, wenn wir sehen, wie die Deutschen sich selbst in den Ruin treiben und das in rasender Geschwindigkeit. Und was das Tempo angeht, werden sie es wahrscheinlich schneller schaffen als Hitler. Hitler brauchte dafür zwölf Jahre. Jene, die dort derzeit an der Macht sind, werden nicht mehr so lange brauchen, um Deutschland im wahrsten Sinne des Wortes niederzuschlagen – sowohl wirtschaftlich als auch gesellschaftlich.« László Kövér, ungarischer Parlamentspräsident.

Rat (2): Wir, die Deutschen, haben keinen Grund, dem Ungarn für seine bittere Schelte böse zu sein, sondern nur uns selbst, die wir uns nicht ermannen können, diesen Wahnsinn zu beenden.

9. DEZEMBER 2023

Tumult: Die Zeitschrift für Konsensstörung liegt frisch gedruckt auf meinem Schreibtisch. Die Russin Sonja Margolina sei, so lese ich, eine seit Jahrzehnten in Deutschland ansässige Schriftstellerin vielbeachteter Werke. Nicht alles, was ich nicht kenne, schließt die Richtigkeit des vorangegangenen Satzes aus. Hier nun berichtet sie vom Wirken der Russen auf ihrem Weg zur Hegemonialmacht. Sie hat erkannt, dass Putin einen Wirtschaftskrieg gegen Deutschland und den Rest der Welt führe. Er setze die fossilen Bodenschätze gezielt ein, um den Klimabemühungen des Westens zu schaden. Als ich an dieser Stelle angekommen bin, überlege ich, ob es wohl lohnt, den Aufsatz zu Ende zu lesen. – Hat sich nicht gelohnt. Schade.

Tumult (2): Kurz, aufschlussreich und vor allem verständlich ist das Interview mit dem Kerntechnik-Ingenieur Bruno Merk (Jg. 1970), der 2015 wegen der Chancenlosigkeit einschlägiger Forschung in Deutschland nach England emigrierte. Er berichtet über Forschungsstand und Realisierungsversuche des Flüssigsalz-Reaktors – ein Kernreaktor, der kaum radioaktive Abfälle hinterlassen werde. Zu meiner Überraschung merkt er an, dass a) die bislang in Deutschland zwischengelagerten sogenannten Reaktorabfälle geeignet seien, die Stromversorgung für die nächsten 300 Jahre sicherzustellen und b) sich die Russen als einzige bereits in der Phase praktischer Erprobung befänden. – Blättere noch mal zu den drastischen Aussagen der Kämpferin Margolina zur Öl-, Gas-, Kohlepolitik von Putin zurück und verdrehe unwillkürlich die Augen.

Also doch: Seit gestern ist es amtlich: Putin tritt zum fünften Mal als Kandidat für die Präsidentschaftswahlen an. Sie sollen im März des nächsten Jahres stattfinden. Ausnahmsweise betätige ich mich mal als Wahlprophet: der Sieger wird der Amtsinhaber sein.

10. DEZEMBER 2023
Die Gerüchteküche will von bilateralen Verhandlungen zwischen der russischen Führung und der ukrainischen Militärführung (General Waleri Salushnyj) wissen. Daran knüpfen sich viele Spekulationen, die ich für verfrüht halte.

Verhandlungen (2): Falls die Sache stimmt, ist vorstellbar, dass die Russen an einem beschleunigten Stillstand des Waffengangs Interesse haben, und was sie dafür als Minimum fordern werden: Neben der selbstverständlichen Abtretung der vier östlichen Oblaste ein stabiles nicht-amerikanisches Regime.

Verhandlungen (3): Das erreichen zu wollen, klingt wie die Quadratur des Kreises. Klar ist nur: Es wird keine Stunde Null geben. Zu sehr sind die US-Boys mit den alles besitzenden Oligarchen verknüpft. Mit der Schritt um Schritt aufgedeckten Korruption der Familie Biden sehen wir erst die Spitze des Eisbergs. Und diese nur deshalb, weil die Beteiligten es so doll getrieben haben, dass man nicht mehr vorbeisehen konnte.

Biden (2): Er hält sich nur deswegen auf seinem Präsidentenstuhl, weil die sog. Eliten noch niemanden aufbauen konnten, der den Ersatzmann geben kann. Die aktuelle Vizepräsidentin jedenfalls ist es nicht, das dürfte auch den Steuermännern in D. C. inzwischen klar sein. Und sonst aus der zweiten Reihe: Samantha Power, Jake Sullivan, Victoria Nuland, Anthony Blinken? Kaum zu glauben. Bleibt eigentlich nur die Rückkehr der Obamas oder des ober-woken Gouverneurs aus California, Gavin Newsom. Manche sagen, er sei es.

Biden (3): Der Beginn des Absetzungsverfahrens soll kommende Woche im Repräsentantenhaus per Abstimmung beschlossen werden. Wenn das die Reps mit ihrer dortigen knappen Mehrheit nicht durchsetzen, können sie einpacken.

Warum sollten sie das tun? Das ist die Standard-Antwort von intelligenten Leuten, mit denen ich über die Exzesse spreche, die von Politikern, Staatsdienern, Medienmob und Industriellen gegen unser Land losgetreten werden. – Meine, von den Intelligenten mit Abscheu entgegengenommene Antwort lautet: Weil sie Handlanger sind. – Danach wird es meistens laut.

Der Russlandreisende A. raubt mir die Illusion, das Ukraine-Problem anhand von – wenn auch vagen – Sprachgrenzen zweiteilen zu können. Zu sehr hatte ich mich auf die Aussagen deutscher Sprachwissenschaftler aus dem Jahre 2010 verlassen. Zwar fanden die heraus, wo auf dem Staatsgebiet der Ukraine das Russische dominant ist, doch ist damit das Sprach- und Zugehörigkeitsgefühl nur unvollkommen abgebildet, denn das dem Ukrainischen zugerechnete Gebiet ist keineswegs einheitlich, sondern mindestens seinerseits zweigeteilt. Es besteht aus dem Ukrainischen des Mittelgebietes, das dem Russischen ähnlich ist, und dem des westlichen Gebietes, was eher Anklänge ans Polnische hat. Nur das Letztgenannte, so vertritt es A., sei von Bewohnern dominiert, die mit dem Russen nichts zu tun haben wollen. Hält man diese Variante für zutreffend bzw. friedensstiftend, so läge eine sich notwendig abzeichnende Demarkationslinie irgendwo zwischen Dnjepr und Dnjestr (für weniger von der Geografie Beleckte: der Letztgenannte liegt ziemlich weit westlich vom Ersterwähnten). Es geht demnach gar nicht um die oft beschworene Dnjepr-Grenze, sondern um einen Zustand, der an die Aufteilung des Raumes zwischen der zaristisch-russischen und der kaiserlich-österreichischen Herrschaft erinnert.

Russland-Illusionen (2): Ich lerne aus den Ausführungen von A., der sich des Russischen wie einer zweiten Umgangssprache bedient, dass die Einheimischen zum Krieg in der Ukraine nur mit großer Zurückhaltung äußern. Kriegsbegeisterung gibt es wohl keine, ganz im Gegenteil, wiewohl die Furcht, sich zu äußern, unübersehbar sei. – Wie bei uns jetzt wieder, sagt A.

Russland-Illusionen (3): Einen besonderen Platz in unsrer Aussprache nimmt das Phänomen der religiösen Orthodoxie ein. Ich höre mit einigem Staunen, dass diese nach 1992 die Partei ersetzt habe. Das ist amüsant und bezüglich des russischen National-Charakters nachdenklich stimmend zugleich. Und schließlich: Zu einem bemerkenswert hohen Stand an Wohneigentum stehe die Tatsache in einem schwer zu erklärenden Gegensatz, dass gleich oberhalb der einfachsten Grundbedürfnisse der Luxus beginne. – Und zu guter Letzt: Nachrichten über das Gendern in Deutschland halte man dortzulande für russische Propaganda. Tja.

Russland-Illusionen (4): Die EU, so verordnet es Mainstream in D, habe jetzt die konkreten Beitrittsverhandlungen mit der Ukraine begonnen. Damit solle es unumkehrbar gemacht werden, dass die Ukraine ein Teil von Europa sei. Zwei Dinge sind anzumerken: a) dieser Teil der Welt ist auch ohne EU ein Teil von Europa, und b) ich warte auf den Tag, wo man das Wort Ukraine nur noch in Anführungszeichen schreibt.

Russland-Illusionen (5): Nachdem die US-Mainstream-Medien ein großes Geheul über das Scheitern der sogenannten Gegenoffensive erhoben haben: »Man ist unsern Ratschlägen nicht gefolgt« (zu deutsch: das ukrainische Militär konnte die US-Angriffs-Doktrin nicht umsetzten), ist nun auch der US-Kongress nachgerückt: Zwar gilt immer noch, wie es der neue Speaker of the House sagt: »Wir können Wladimir Putin nicht erlauben, durch Europa zu marschieren, und wir verstehen die Notwendigkeit, dort zu helfen. Aber die Biden-Administration hat es versäumt, eine Strategie, einen Weg zur Lösung des Konflikts oder einen Plan zur angemessenen Gewährleistung der Rechenschaftspflicht für die Hilfe der amerikanischen Steuerzahler zu liefern.« – Alles klar? Es wird das Unterstützungs-Budget gestrichen, bis die eigenen, die US-Grenzen dicht gemacht würden, kurzes Räuspern: America First? Hatten wir das nicht schon mal? Gewiss, doch sein Vertreter steht derzeit vor Gericht, nein richtiger: vor beliebig vielen, von den Dems dominierten Gerichten.

13. DEZEMBER 2023

Der nackte Mann im Weißen Haus: Nachdem der Kongress ihm die Ukraine-Hilfe gestrichen hatte, lud Präsidentendarsteller Biden seinen Darstellerkollegen Selenskyj vorgestern zum Besuche nach Washington D.C. Doch aller Pomp nutzte nichts, die Abgeordneten ließen sich – trotz schöner Gruppenfotos – nicht erweichen. Heute Nacht musste der Noch-Präsident die Heimreise antreten – mit leeren Händen und dem Versprechen, dass man im kommenden Jahr über alles reden werde. Da, so denke ich, wird er nicht mehr im Amte sein.

14. DEZEMBER 2023

Vor Tagen stellte ich mir die Frage, wer angesichts der Biden-Krise aus dem Reigen der sogenannten Demokraten aus deren zweiter Reihe der Schreibtisch-Krieger nach vorne geschoben werde. Es ist der US-Sicherheitsberater Jake Sullivan, dem jetzt der Council on Foreign Relations die Titelseite und den Leitaufsatz (»Die Wurzeln der amerikanischen Macht«) in seinem Verkündungsorgan *Foreign Affairs* einräumte.

Krieg (2): Die Realität in der Ukraine sieht vermutlich so aus, dass sich Offensivschläge jetzt gegen die Ukrainer richten. Das liegt deswegen nahe, weil nur noch die russische Seite berichtet und der Westen schweigt. Ich male mir aus, dass die Russen derzeit an zahlreichen Stellen des Frontbogens gleichzeitig angreifen. Das tut ein kompetenter Stratege nur, wenn er einen Kompletteinsturz des Gegners zu erreichen sucht.

Krieg (3): Während die Amerikaner den Geldhahn zudrehen, hat das Trio Scholz-Lindner-Habeck gestern erneut versichert, einspringen zu wollen. Im Falle der weiteren Verschlechterung der Lage in der Ukraine, will man die verfassungsrechtliche und finanzpolitische Notlage erklären. Heißt zu deutsch: Vorantreiben des Krieges bis zur letzten deutschen Patrone. Das klingt wie das NS-Propagandageschwätz des Jahres 1944/45. Es wurde bekanntlich von der Realität beiseite gewischt.

Krieg (4) den Palästen: So verkündeten es die Möchtegern-Revoluzzer von Göttingen seit den 1970er Jahren, die Woche für Woche des Mittwochs randalierten. Der sogenannte Rechtsstaat ließ ihnen den Raum, den sie nutzten, um durch die Instanzen zu marschieren. Vormann dieser Studierer, ein gewisser Jürgen Trittin, der zum Anzugmann und Minister mutierte und jetzt nach den Meldungen von Mainstream in den Ruhestand will. Die Pensionen der – wie Insider behaupten – grauen Eminenz der Grünen dürften locker fürs Wohlleben reichen.

15. DEZEMBER 2023

Der Sicherheitsberater des US-Präsidenten, Jake Sullivan, der uns bereits gestern wissen ließ, wo die Wurzeln der amerikanischen Machtpolitik zu suchen sind, darf sich nun glücklich schätzen, von mir gelesen worden zu sein. Ihm zufolge – ich verkürze – sei es so, dass man nach neuen Allianzen streben müsse, um die alte Vormacht zu restaurieren und gegen die – hüstel – unprovozierte russische Aggression sowie die Klima- und die Pandemie-Herausforderung erfolgreich vorzugehen. Beispielhaft nennt der Stratege das Bündnis AUKUS (schönes neues Wort für: Australien, GB und USA). Meint er das ernst? Ich fürchte: ja. – Na, dann siegt mal schön.

Sullivan (2): Dieser selbe Mann mit dem Äußeren eines irischen Musterschülers ist gestern nach Israel gereist, um dort… Ja, um was zu tun?

16. DEZEMBER 2023

Ich lese, dass der Robert nicht mehr als Kinderbuchautor bezeichnet werden will. Nicht einmal das. – Hätte Verständnis, wenn Kinderbuchautoren das verlangt hätten.

Propaganda ist der Transport von Lügen, die um einen glaubwürdigen Kern gruppiert sind. Erweist sich dieser Kern für die zu beeinflussende Masse ebenfalls als Lüge, muss eine Ablenkungslüge her: die Präsentation eines Sündenbocks. Diese Phase erleben wir derzeit in der Ukraine. Angefeuert durch die Westmedien findet ein angeblicher Machtkampf um die vergeigte Gegenoffensive des Jahres 2023 statt. Diese war von Anbeginn an aussichtslos.

Propaganda (2): Wie die vielbeschworenen Ukrainer darüber denken, wissen wir nicht. Schon deswegen nicht, weil es das seit Jahren herbeigeschwafelte einheitlich-nationale Ukrainertum nicht gibt. Diese Quasi-Nationalstaatlichkeit beruht auf Selbstbetrug westlichen Machtstaatsdenkens und war bereits in Afghanistan, Palästina, Irak, Libyen und anderswo zu betrachten. – Wie der vielbeschworene Ukrainer denkt? Eine Nachfrage im Statistischen Bundesamt würde für Klarheit sorgen.

17. DEZEMBER 2023

Ein anderer Robert: Das ist ein Mann namens Kagan. Er ist nicht irgendwer, sondern der Chefdenker der Neocons, einer US-amerikanischen Pressure-Group, die der Meinung ist, es sei das gute Recht des großen und wunderbaren Amerika, überall auf der Welt Krieg zu führen. Nun prophezeit der Mann mit großem medialen Nachhall, dass die Diktatur Trump zunehmend unausweichlich sei und wie man den aufkommenden Diktator stoppen könne. Wie gesagt, die Neocons sind nicht irgendwer, Roberts Ehefrau heißt Victoria Nuland, und die lenkt im Moment die außenpolitischen Geschicke des Landes. Ihr verdankt die Welt den Ukraine-Konflikt.

21. DEZEMBER 2023

Ampel-Rettung: Das Bundesverfassungsgericht hat seine Nützlichkeit erneut unter Beweis gestellt, indem es die Skandalwahl in Berlin nur insoweit wiederholen lässt, dass Änderungen des Gesamtergebnisses nicht zu erwarten stehen – schon weil die Leute zu Hause bleiben werden. Die Entscheidung ist ein bisschen wie das Du-du-das-tut-man-nicht, wo schallende Ohrfeigen ein demokratisch-rechtsstaatliches Minimum gewesen wären. Doch dann wäre die Ampel perdu. Trittbrettfahrer ist die PDS-Linke, die eine Gnadenfrist erhalten hat.

Ampel (2): Nun können der Heiz-Wahn und das Klima-Irresein, die Unterwanderung der Republik und die Verschleuderung des Bürgervermögens weiter gehen. Lieb Vaterland magst ruhig sein.

Alles beim alten auch bei den Industriegiganten. BASF wechselt soeben seine Führungsmannschaft aus. Pflichtfrauen suchen eine andere Aufgabe und der Chef, Martin Brudermüller, geht mit 62 in Rente. Keine Angst, der fällt nicht ins soziale Loch, sondern wird Aufsichtsrats-Vorsitzer bei Daimler. Alles fest in fremder Hand.

22. DEZEMBER 2023

Ostfront: Ein Mann hat in Polen erneut die Macht übernommen, Donald Tusk, Mainstreams Darling. Gestern hat er mit Polizeigewalt den Staatssender vom Personal räumen lassen. Da kann man nur sagen: Geht doch.

Ostfront (2): Ein Mann aus der CDU-Fraktion, dessen Namen man nicht kennen muss, will den Donbass zurückerobern, um dort Lithium abzubauen. Das ist bekanntlich der Stoff, aus dem die Demokratie gemacht wird. Warte darauf, dass die Werbebüros der Waffen-SS in beiden Frankfurts wieder ihre Pforten öffnen.

Ostfront (3): Derweil verrät Blöd, pardon: *Bild,* wie die Offensivabsichten der Russen in der Ukraine bis 2026 seien. Sicher, sicher, was sonst? Nein, ich lege die Meldung nicht auf Wiedervorlage.

Südostfront: Präsident und Regierungschef von Israel erklären unisono, dass der Gaza-Streifen komplett erobert werden müsse. Dass die dann real existierenden Überlebenden nach D abgeschoben werden sollen, haben sie noch nicht gesagt, kann aber noch kommen.

23. DEZEMBER 2023

Seemacht: Die Dänen waren mal eine, bis 1807. Da überfiel ein britisches Geschwader die in Kopenhagen vor Anker liegende Flotte und führte sie von dannen. Im Englischen hat sich für derartige Überfälle mitten im Frieden das Verb *to copenhagen* eingebürgert.

Seemacht (2): Im Frühjahr 1941 überfiel die US-amerikanische Kriegsmarine das zu Dänemark gehörende Grönland, angeblich um die bösen Nazis von einer unmittelbar bevorstehenden Invasion der USA abzuhalten. Die US-Boys blieben dann dort, bis heute.

Seemacht (3): Ebenfalls dauerhaft, aber erst seit heute, dürfen sie Militärstützpunkte im dänischen Mutterland unterhalten, um die Skandinavier vor dem bösen Putin und dem russischen Erdgas zu schützen.

24. DEZEMBER 2023

Wirklich: Vor Tagen habe ich noch – mit der notwendigen nichtdiskriminierenden Zurückhaltung, versteht sich – gelacht, als einer über den Robert sagte, man könne ihm beim Denken zusehen. Jetzt kann man es sogar nachlesen, in seiner Dissertation Die Natur der Literatur, nämlich in deren erstem Satz: »Wenn das, was Kant als Allgemeine Anschauungsformen a priori definierte, medial gebunden und mit konkretem Gehalt gefüllt wird, sind die Ergebnisse der Interpretation von den verschiedenen Strukturqualitäten der zu unterscheidenden Gattungen abhängig.« – Hieran ist weniger interessant, dass das kompletter Nonsens ist als vielmehr, dass eine deutsche Universität diesen mit dem Doktor der Philosophie honorierte. Das kann weg.

25. DEZEMBER 2023

Es gibt vereinzelt Frauen, von denen sich die Blicke entsetzt abwenden, wenn sie den Mund aufmachen. Aber es gibt auch den umgekehrten Fall: Man starrt die bislang Übersehene ungläubig an. Zu dieser Kategorie zähle ich die Vorsitzende der sogenannten Wirtschaftsweisen. Sie fordert eine allgemeine Zwangsabgabe bei allen, die Einkommensteuer zahlen, einen sogenannten Soli für die Ukraine.

Ukrainekrieg (2): Aber es gibt auch Männer, die den Anspruch erheben dürfen, ungläubig angestarrt zu werden. So der sogenannten Unternehmensberater Roland Berger, der soeben in der *Neuen Zürcher* den Herrn Scholz als unfähigen Zauderer beschrieben hat. Das zustimmende Nicken bleibt einem im Kragen stecken, wenn man die Begründung liest: Sein Zögern in Sachen Ukraine im vergangenen Jahr haben Tausenden das Leben gekostet. – Ich weiß wirklich nicht warum, aber mir geht durch den Kopf, wie viel Tausenden das segensreiche Tun dieses Herrn in den vergangenen Jahrzehnten den Arbeitsplatz gekostet haben mag.

27. DEZEMBER 2023

Es sei, so wird die alte Frau Allensbach zitiert, nicht einmal jeder Dritte in Deutschland der Auffassung, seine Meinung frei äußern zu können. Seit der Vereinigung 1990 habe sich das seinerzeit gemessene Hochgefühl der Freiheit in sein Gegenteil verkehrt. Es entbehrt nicht der grimmigen Komik, dass die Grünen-Anhänger gegenteiliger Auffassung sind. Das bildet zugleich, wenn die Meldung nur einigermaßen zutrifft, die Wirklichkeitsverweigerung jener Kaste vortrefflich ab.

28. DEZEMBER 2023

Der Blogger Hadmut Danisch macht mal wieder ein Fass auf.[101] Seine Konstanten: Er ist erneut Opfer einer Geheimdienst-Operation geworden. Diesmal dubiosestes Ermittlungsverfahren der

101 https://www.danisch.de/blog/2023/12/27/erledigen-die-russen-olaf-scholz-als-kanzler/.

Justiz, weil er Ricarda L. als dick bezeichnete, anschließend Kontosperrung bei der Deutschen Bank. So weit, so normal, jetzt kommt sein Universum: Die Grünen, die er schon vielfach angegangen hat, werden aus den USA gesteuert, die SPD hingegen aus Russland. Mit solchen Behauptungen befindet er sich in guter Gesellschaft. Allein, mir fehlt der Elan, zu zahlreich sind die Fälle, die seit Anfang der 1980er Jahre über meinen Schreibtisch wanderten. Deswegen tendiert meine Lust, dies Kapitel anzufassen, gegen Null.

Gegen Null (2): Noch zum Vorigen, der mir eine Weile lang als Minister vorgesetzte Wolfgang Schäuble ist diese Woche gestorben. Bin zu faul, nach meinen Aufzeichnungen über Begegnungen zu suchen. Vermutlich sind sie vernichtet.

29. DEZEMBER 2023

Ostfront: Russische Streitkräfte haben in der Mitte des Frontbogens die Stadt Marjinka im Bezirk Donjezk eingenommen. Sie gilt als Verkehrsknotenpunkt. Westliche Quellen bestreiten den Verlust der Stadt, während der ukrainische Oberbefehlshaber Salushnyj lapidar mitteilt, so etwas komme im Kriege vor.

Ostfront (2): Es bleibt dabei, die Russen bewegen sich trotz winterlicher Verhältnisse und dem Schweigen der Medien mit Schneckengeschwindigkeit nach Westen.

Ostfront (3): Nach dem ungarischen Einspruch vor einigen Tagen liegt das 50 Milliarden-Geschenk der EU für die Ukraine erst mal auf Eis. Jetzt wollen sich die Eurokraten mit Krediten behelfen, für deren Vergabe man die Einstimmigkeit nicht benötigt. Für die braucht man aber nationale Gläubiger. Wollen wir wetten, dass D sich bereit erklärt, während andere zuschauen?

Ostfront (4): Washington fordert angeblich von Kiew die bereits übergebenen Abrams-Kampfpanzer zurück und bietet hierfür im Tausch Leopard an. Sehr merkwürdig.

30. DEZEMBER 2023

Dem Rätselraten um Moskaus Kriegsziele wird durch eine von russischer Seite veröffentlichte Landkarte neue Nahrung gegeben, auf welcher nicht nur der aktuelle Frontverlauf, sondern auch die sechs östlichen – zum Teil ehemaligen – Oblaste der Ukraine zu sehen sind. Falls diese das Ziel der russischen Einverleibungspolitik sind, sähe die Ukraine hernach in der Tat ganz anders aus. Der Dnjepr jedenfalls wäre nicht mehr eine Art natürlicher Grenze. Fazit: Es bleibt Spekulationen Tor und Tür geöffnet. Nur sollte man nicht annehmen, dass sich der Kreml mit dem Rückzug zum Status quo ante bequemen könnte.

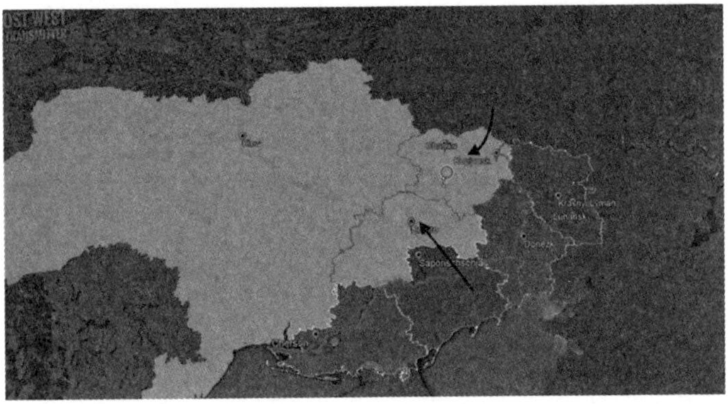

Ostfront (2): Der Wertewesten nimmt propagandistischen Anlauf, russische Auslandsvermögen radikal zu enteignen. Wie sich das praktisch auswirkt, weiß kein Mensch, auch wenn sogenannte Finanz-Experten das Gegenteil behaupten.

Das Jahr 2024

3. JANUAR 2024

Die herrschende polit-mediale Kaste – nicht nur in Deutschland – schätzt zutreffend ein, dass sie auf friedliche Weise nicht von der Macht entfernt werden kann. Die Demokratie, so wie sie diese versteht, wird es zu verhindern wissen, denn alle Schaltstellen des Staates sind von Partei- und Kostgängern besetzt.

Demokratie (2): Dort, wo dieses Schema gesprengt zu werden droht, werden wirksame Maßnahmen ergriffen. Hierzu gehört vor allem die Kriminalisierung abweichender Meinungen und das Pampern des Zustimmungsmobs, einschließlich der Finanzierung von wohlbekannten Gewalttätern.

Demokratie (3): Im Zentrum der Beeinflussung von Multiplikatoren steht das Einüben einer anderen Sprache. Die willigen Handlanger dieses Tuns treiben ihr Unwesen an den Hochschulen. Ihre selbstgewählte Aufgabe ist das Entdenken ihrer Studenten, also das methodische Wegführen vom kritischen Selberdenken. Der Unterschied zu früheren denkbefreiten Kirchenchören besteht im heutzutage produzierten Missklang einer bis zur Lächerlichkeit verhunzten Sprache.

5. JANUAR 2024

Zeitgeist: Ihn zu ignorieren, kann nicht klug genannt werden. Sich hinter ihm zu verbergen, riecht nach Feigheit.

Anrüchig (2): Gäbe es Geruchsfernsehen, würde sich beim Ansehen der politischen Schnellschwätzer intensiver Güllegeruch im Wohnzimmer von Michel verbreiten.

Glaskugel: Der Blick in dieselbe ist zum deutschen Denksport geworden. Wer wird wie abstimmen? Nach der gestrigen Gründung der Maaßen-Truppe als eigenständige Partei ist im hiesigen Ländchen die Zahl der Formationen der Unterfünfprozent um eine weitere angewachsen, neben: Bürger für Thüringen, Freie Wähler, Wagenknecht-Embryo, Grüne, FDP, SPD. Kuriose Konsequenz: Je näher sie an die Fünfprozente herankommen, desto wahrscheinlicher wird die absolute Mehrheit der AfD im hiesigen Landtag, denn keine der Genannten wird der AfD Stimmen abjagen können. Der Zug ist abgefahren.

11. JANUAR 2024

Unserm politischen Personal genügt es, will mir scheinen, sich entzückt im Spiegel zu betrachten. So bleibt ihm der Blick auf die Wirklichkeit erspart. Man redet vom Wir, meint aber Die-da.

Ein Kerl ist ein Kerl, denkt er, und so benimmt er sich. Wäre er klug, würde er auch berücksichtigen, was seine Gegner über ihn denken. Das gilt auch für das Mit- und Gegeneinander der Staaten dieser Erde. Ein kluger deutscher Politiker würde zum Beispiel fragen: Was denkt eigentlich der Russe über uns oder gar über mich?

Der Vorhang ist gefallen. So jedenfalls beurteilen Exponenten der russischen Führung das Verhältnis ihres Landes zum Westen. Ein Interview mit Sergej Karaganow, Dekan an der Moskauer Hochschule für Außenwirtschaft und internationale Beziehungen, auf dem russischen Propagandasender RT Deutsch bringt das ungeschminkt zum Ausdruck. Die übrigen Aussagen in Kurzform: a) die russischen Eliten stehen voll hinter dem Kurs des Kreml. Die ehemals westlich Orientierten wurden liquidiert. b) Die westlichen Eliten sind dekadent. Sie brauchen den Krieg mit Russland als notwendiges Element der Sinnstiftung, um ihren

Untergang zu übertünchen. Eine Änderung ist nicht vor 20 Jahren zu erwarten. – Muss man nicht teilen, aber kennen sollte man sie schon, diese Auffassung.

14. JANUAR 2024

Realsatire: Seit dem 15. November 2023 gibt es bei der Bundeswehr die Taskforce Drohne, von der leider nicht mitgeteilt wird, wieviele Generale an ihrer Spitze stehen. Wohlgefällig nickend nimmt der Leser die Nachricht zur Kenntnis, dass die Streitkräfte sich mit Drohnen zu beschäftigen als dringlich empfinden, aber ach: Es geht gar nicht um die Bewaffnung des Michel, sondern um »verdächtige Drohnen«. Diese überfliegen ungefragt seit 2022 Bundeswehrliegenschaften, insbesondere wenn sie Übungsplätze sind und noch insbesonderer, wenn dort unsere ukrainischen Waffenbrüder zu Soldaten herangebildet werden. Noch sei es nicht gelungen, auch nur einen dieser von unbekannter Hand gelenkter Flugkörper vom Himmel zu holen.

Waffenhilfe (2): Interessieren würde mich, wieviele ukrainische Rekruten, die per Militärfahrkarte nach Deutschland gekommen sind, die Rückfahrkarte haben verfallen lassen, denn ein gefahrloserer Weg zur Fahnenflucht ist kaum vorstellbar, da bei uns-zulande weder dies Tun strafverfolgt wird, noch die Delinquenten an den Entsendestaat rücküberstellt werden. Die Zahl der bei solchem Entkommen mitgenommenen Schusswaffen nebst Munition würde mich aus alter Gewohnheit interessieren.

Waffenhilfe (3): Dass der polnische Nachbar nunmehr in ein post-kommunistisches Regime gerutscht ist, finden nur seine hiesigen Gesinnungsgenossen sympathisch. Andere werden sich die Frage stellen, gegen wen die dank deutscher Großzügigkeit gelieferten Waffen jetzt Verwendung finden. Den Waffen ist es jedenfalls gleichgültig, ob sie gegen den Russen oder gegen die eigenen Landsleute gerichtet werden.

15. JANUAR 2024

Ostfront: Das beredte Schweigen geht in die fünfte, sechste Woche. Selbst der Unflat aus dem Munde des ukrainischen Diktators dringt nur noch mühsam in die Westpresse vor. Man übt Zurückhaltung, jetzt wo die amerikanischen Kolonialherrn den Rückzug, wenn auch unter dem Deckmantel des Aufbruchs zu orientalischen Ufern, antreten.

Ostfront (2): Raketenbeschuss der russischen Stadt Bjelgorod führt zu Raketen-Reaktionen, die kaum klug zu nennen sind, während der Vormarsch nach Westen millimeterweise weitergeht. Kiew wackelt noch nicht sichtbar. Dessen Bürgermeister Klitschko zeigt sich zwar jetzt in Oliv, ist aber offenbar mit dem Immobilienkauf an Elbe und Alster voll ausgelastet. Der Putsch, so mag er rechnen, kann warten. Vielleicht hofft er auch auf eine Nachricht aus der Botschaft Unter den Linden.

Ostfront (3): Unklar ist derweil die Position des neuen Warschauer Diktators. Da er Pole ist, wird er sich die Mitwirkung am Fall der Ukraine nicht entgehen lassen, schon um das heterogene Feld seiner durchaus diversen Unterstützer durch Morgengaben abfinden zu können. Der offizielle Abzug der Amerikaner wird das Startsignal sein. Da wird dann der EU-Beitritt der Galizien-Ukraine auf Polnisch gefeiert werden. Bestenfalls mit der Hauptstadt Lemberg. – Nebenbei: Ich bin kein Hellseher. Es ist lediglich eine Variante, die mir durch den Kopf geht, und die Russen werden sie nicht mögen. Das ist klar. Fragt sich lediglich, wo deren Truppen zu jenem Zeitpunkt stehen werden.

16. JANUAR 2024

Man muss sich der *FAZ* von gestern bedienen um nachzuvollziehen, was der Westen über den Stand des Ukraine-Konflikts glauben soll: »Kiew erhält Unterstützung für den Friedensplan«. Danach sei es so, dass Selenskyj klar an seinen Kriegszielen festhalte – nämlich der Rückeroberung des verlorenen Terrains einschließlich der Krim und Reparationen für die angerichteten Schäden und noch ein paar Kleinigkeiten –, während sich seit Tagen westliche und sonstige Geberländer in Genf und Davos versammelt haben, um Nägel mit Köpfen hierfür zu machen.

FAZ (2): Man nennt es Framing, wenn man das Publikum unter Weglassen alles Störenden glauben machen will, dass dort in Davos internationale, dass heißt Staaten vertretende Gremien in der Ukraine-Sache tagen würden. In Wirklichkeit ist es nur der Oligarchen-Zirkus unter dem Vorsitz des WEF-Kaspers Klaus Schwab. Ich unterstelle hiermit keinesfalls dessen Einflusslosigkeit, ganz im Gegenteil: der dort versammelte Reichenklub wird die Weichen zu stellen versuchen, wie es mit der Ukraine weitergehen soll. Die Geld-Bosse haben dortzulande viel zu verlieren.

19. JANUAR 2024

Sie hat es schon wieder getan: »Ceasefire [Waffenstillstand] doesn't fall from the sky.« Soso, *she speaks like her the beak* [Schnabel] *grown is.* – Wer? Na, wer wohl. Fremdschämen ist gar kein zutreffender Ausdruck mehr. Man sage nicht, sie hat nichts gelernt, und sie kann auch nichts, denn eins beherrscht sie perfekt: Sie macht Deutschland zum Gespött der Welt.

Merkwürdige Mitteilung (2): Der russische Verteidigungsminister Schoigu hat mitgeteilt, dass die Streitkräfte 2023 das gesteckte Kriegsziel erreicht hätten. Das war? Die Abwehr der groß angekündigten ukrainischen Gegenoffensive. Meint er das ernst?

26. JANUAR 2024

Das russische Transportflugzeug, das vorgestern im Raum Bjelgorod vom Himmel geholt wurde, hatte einige Dutzend ukrainischer Soldaten für den Gefangenenaustausch an Bord. Jetzt findet das berühmte Spiel Wer-war-das? statt. Waren das die Russen , um was zu tun? Oder waren es die Ukrainer, wie die Russen sagen. Dass sie zudem behaupten, es seien Luftabwehrraketen gewesen, die in Deutschland oder den USA produziert wurden, sollte man wenigstens zur Kenntnis nehmen, bevor man alles als Blödsinn abtut.

Abschuss (2): Lerne bei dieser Gelegenheit die deutsche Sicherheits-Expertin Claudia M. zur Kenntnis zu nehmen, die vor russischer Desinformation warnt. Geboren wurde die Politologie- und Soziologie-Absolventin 1976 in Ost-Berlin, Abitur 1996 an der Berliner Hans-und-Hilde-Coppi-Oberschule in Berlin. Warum nur muss ich bei diesem Detail grinsen? Ach so, die Coppis waren in der DDR gefeierte Widerstandskämpfer. Später in der antifaschistisch werdenden Gesamtrepublik auch noch. Manche sagen, sie seien sowjetische Agenten gewesen.

29. JANUAR 2024

Zusammenwirken: In den Staaten versuchen die beiden Staatsparteien des Kongresses die Finanzierung des Ukraine-Krieges und die Grenzsicherung Richtung Mexico miteinander zu verbinden. Das Signal des Senats an den Präsidenten: Du darfst weiter Krieg spielen, wenn du den Zustrom ein wenig drosselst. Derweil droht Biden dem weiterhin aufmüpfigen Texas.

»Aus Respekt vor den russischen Verlusten haben sich die Ukraine-Kämpfer weiter zurückgezogen« (aus den Leserbriefen der *Zeller-Zeitung*). Da steht zudem: »Auch an diesem Wochenende demonstrieren wieder Milliarden Menschen gegen Rechts. Dies geht aus der neuesten Höherrechnung des ZDF hervor…«

2. FEBRUAR 2024

50.000.000.000 Euro für Selenskyj & Co, beschließt die EU. Was soll damit bezahlt werden? Keiner weiß es, und niemand sagt, wie lange das reichen soll. Klar nur: das muss noch gedruckt werden. Unklar hingegen, woher die Bundesregierung die Legitimation nahm, dem zuzustimmen. Nur zur Erinnerung: Sie hat keinen rechtmäßig gültigen Etat. – Weiß schon, das sind kleinliche Einwendungen, typisch Verfassungsjurist, denn merke: Große Zeiten verlangen große Taten und nicht das kleinliche Blättern im Regelwerk.

Ostfront (2): Es findet eine transatlantische Verschiebung statt. Das klamme Amerika schickt die Europäer an die Front. Noch ist es nur die Bezahlfront, dabei wird es kaum bleiben.

Ostfront (3): Es ist unüberhörbar, die Sprache des Kalten Krieges kehrt zurück und mit ihr der altböse Feind. Er lauert hinter jedem Computer-Knoten. Sagt das Auswärtige Amt. Dachte, die machen jetzt einen auf Feminismus.

7. FEBRUAR 2024

Star-Journalist Tucker Carlson interviewt den Erzschurken P. in Moskau. Der Wertewesten hält die Luft an, dann, nach der Schrecksekunde, brabbelt alles durcheinander. Besser kann man die Neugierde kaum wecken. Das Ergebnis ist das, was man schon vorher wusste: Der Mann ist ein Fuchs.

9. FEBRUAR 2024

Sündenbock: Selenskyj hat gestern den ukrainischen Oberbefehlshaber Salushnyj entlassen. Der hatte im Herbst unüberhörbar Kritik an der politischen Kriegführung des Landes geübt, die für den Präsidenten nicht schmeichelhaft war. Doch für die Entlassung des Aufmüpfigen fehlte offenbar das grüne Licht aus Washington. Dort hatte man überlegt, den erfolglosen Kriegspräsidenten durch den General zu ersetzen. Das scheint sich erledigt zu haben.

Sündenbock (2): Ersatzmann für Salushnyj wird ein General namens Syrsky. Dem werden die Siege 2022 an der Nordfront zugeschrieben. Wir erinnern uns: Seinerzeit hatten sich die Russen vor Kiew und Charkow nach Nordosten bzw. Osten zurückgezogen. Das war im Westen als großer Sieg gefeiert worden. In Wirklichkeit ein taktisches Manöver.

Laienspielschar: Das Russenöl in Schwedt zum Jahreswechsel 2022/23 abzudrehen, war leicht. Passendes Öl in die Raffinerie zu pumpen, ist eine ganz andere Nummer. Jetzt versuchen Habeck & Co die Schuld auf den russischen Eigner Rosneft abzuwälzen und planen nun dessen endgültige Enteignung. Doch ach: Auch Lieschen Müller kann die Anlage nicht ohne geeignetes Öl betreiben. Vom großen Getöne des letzten Jahres, dass die Polen oder die Windbarone die Anlage übernehmen würden, hört man nichts mehr.

10. FEBRUAR 2024

Man kann nicht alles haben: Der US-Sonderermittler in Sachen strafbarer Umgang mit Geheimsachen durch den damaligen Vizepräsidenten Joe Biden hat sein Tun mit einem 400-Seiten-Bericht an den Justizminister beendet. Doch die Freude darüber, dass gegen den Delinquenten und jetzigen Präsidenten nichts zu unternehmen sei, ist den führenden Demokraten im Halse stecken geblieben, denn die Begründung ist diese hier: Der Mann sei übermäßig gealtert, könne sich selbst an Selbstverständliches kaum erinnern, mithin: er sei nicht zurechnungsfähig.

Zurechnungsfähig (2): Derweil war der Herr Scholz zu seiner dritten Befehlsausgabe nach D.C. beordert worden. Der Amtsinhaber hielt den Angereisten für Helmut Kohl, und was er von diesem wollte, weiß niemand so genau. Jedenfalls erfährt man nichts als Vermutungen, und die lauten so: Deutschland muss von den USA die Rolle des Zahlmeisters der Ukraine übernehmen. Dass auch die Befehlsgebung abgetreten wurde, kann man hingegen ausschließen. Wieder kommen die Grundsätze des Thomas Morus zum Einsatz: Lass Minderwertige für dich kämpfen. Nunmehr ergänzt durch das Zwischenschalten des Tributpflichtigen.

11. FEBRUAR 2024

Es war zu erahnen: Die Debatte über das Putin-Interview von Tucker Carlson hat sich von dessen Inhalt verselbstständigt, so sehr, dass ich versucht bin, das, was in Wirklichkeit gesagt worden ist, zu repetieren. Doch das erscheint sinnlos, weil es die Meinungswolke nicht zum Abregnen zu bringen vermag. So bleibt nur, für die eigene Erinnerung Pflöcke einzuschlagen, damit nicht aus dem Blick gerät, was er tatsächlich sagte: Er beschrieb seine Gedanken über Russlands Stellung in der Welt, abgestützt auf seine Sicht auf eine tausendjährige russische Geschichte. Das ist nicht ganz so unbedeutend, wie die Plapper-Interpreten es glauben machen wollen, denn es spricht einer, der über den Quell seines Handelns öffentlich Auskunft erteilt und zugleich die Herrschaft über eine

Großmacht in Händen hält, angereichert um die Erfahrung einer zwanzigjährigen Praxis.

Putin (2): Überraschend sind die Äußerungen des russischen Herrschers bestenfalls für diejenigen, die es für überflüssig erachtet haben, seine Grundsatzerklärungen der letzten zehn Jahre zur Kenntnis zu nehmen. Da wurde alles Wesentliche bereits zum Ausdruck gebracht, einschließlich der Verknüpfung des russischen Herrschaftsgedankens mit der eigenen Geschichte.

Putin (3): Man stutzt und lacht, wenn man die Frage zulässt, wann sich zum letzten Mal ein deutscher Herrscher auf seine Vorgänger berufen hätte. Da klafft eine Lücke von nun beinahe 80 Jahren, orchestriert von einem dumpfen Nie-wieder, was bei Lichte betrachtet auch nichts anderes ist als die Berufung auf den Einen, den man besser – und zu recht – nicht beim Namen nennen will. Aber man stelle sich zum Spaß den Herrn Scholz vor, wie er in Washington D.C. Karl den Großen erwähnt, oder wenigstens die neue Hoffnung Pistorius, der seine Entschlüsse mit Hindenburg und der Schlacht von Tannenberg garniert. Das wäre zum Schreien komisch. Gewiss.

13. FEBRUAR 2024

Bärendienst: Noch immer wabert die Empörung über das Carlson-Putin-Interview durch die Szenerie der professionell Erregten. Trump müsste nicht Trump sein, wenn er nicht noch eins draufsetzte: Wenn denn die Europäer nicht ihren Verteidigungs-Beitrag leisten wollten, würde er sie mit Kusshand den Russen überlassen. Ja, da staunen und zetern sie, selbst die selbsternannten Trump-Versteher.

14. FEBRUAR 2024

Ein CDUler namens Kiesewetter will den Krieg nach Russland tragen. Muss man nicht kommentieren, auch nicht, dass er ein Oberst a. D. ist und ein Bundestags-Abgeordneter.

Vom selben Kaliber: Ampel will Schulden machen, mehr als das Grundgesetz erlaubt, um die desaströse militärische Lage der Ukraine zu ändern. Sind denn die Russen, wie seit zwei Jahren sicher vorhergesagt, immer noch nicht am Ende?

Und das noch: Nanzy F. will mit dem Volk jetzt andere Seiten aufziehen, wenn es nicht bei Fuß gehen will. So macht Faschismus wieder Spaß.

15. FEBRUAR 2024

Ich ahnte doch, dass man das Gequatsche über das Putin-Interview noch steigern kann. Die Vier-Namen-Frau mit der Sturmhauben-Frisur tat's mit der Behauptung: hat überhaupt nicht stattgefunden, ist alles KI. Aber Krieg führen will sie gegen den, den es in Wirklichkeit gar nicht gibt. Ich wüsste das nicht, wenn das Autoradio beim Einsteigen nicht losgebrüllt hätte. Sah nur zur Bestätigung meines soliden Vorurteils auf das Display: Deutschlandfunk. Das kommt davon, wenn man sein Auto verleiht.

17. FEBRUAR 2024

Wenn nunmehr der Ex-Outsider Thilo Sarrazin für den Krieg gegen Russland öffentlich plädiert, zeigt er, dass seine Fähigkeit im Umgang mit Statistischem offenbar überschätzt wurde. Mir waren solche Zweifel bereits gekommen, als er den Kampf gegen die herbeifantasierte menschengemachte Erderwärmung in seine Anweisungen über die als notwendig erklärten politischen Handlungen hineinstrickte. Merke: Jede brillante mathematische Exegese wird

Mist, wenn die Basiszahlen nicht stimmen. Jetzt fehlt nur noch, dass er den wirtschaftlichen Nutzen der Flutung Deutschlands vorrechnet, dann ist er wieder auf Linie.

18. FEBRUAR 2024

Ostfront: Die Eroberung von Awdejewka durch die Russen nach Wochen der Umfassung und Belagerung wird mit Tagen der Verzögerung im Westen als »ukrainische Truppen ziehen sich aus Avdiivka zurück« gemeldet.

Ostfront (2): Amerikas Mannen im Kiewkrieg, die Herren Scholz und Selenskyj, posieren gemeinsam vor der Kamera, um den nächsten Waffen- und Munitionsdeal zu feiern. Weitere Milliarden zum Fenster raus. Nun, Demokratie à la Washington ist nicht umsonst zu haben. Früher hörten wir als Zwecklüge, Deutschland werde am Hindukusch verteidigt, jetzt ist es der Dnjepr.

Ostfront (3): Wenn denn in fünf Jahren, also in der Zeit, wo der Herr Scholz die Bundeswehr kriegstüchtig haben will, immer noch von der demokratie-brüderlichen Ukraine die Rede sein sollte, was ich bezweifle, würde der Dnjepr wohl durch den Dnjestr ausgetauscht sein. Und das nicht wegen Umbenennung des Flusses Dnjepr.

Ostfront (4): Polen sind Polen sind Polen. Der alt-neue Mann in Warschau, der polnische Donald, will auch fürderhin keine Emigranten in seinem Land haben. Die Eurokraten reiben sich erstaunt die Augen, weil sie nicht auf dem Schirm hatten, dass die Polen halt Polen sind. Als nächstes werden sie, die Eurokraten, versuchen, die Polen mit dem Zurückhalten deutscher Euros auf Vordermann zu bringen. Das Spiel kennen wir schon. Es wird erst aufhören, wenn die Deutschen zahlungsunfähig sind.

Ostfront (5): Die Gerüchte über die Todesursache des in Russland eingesperrten Nawalnij spiegeln die ganze Breite der westöstlichen Propaganda. Wenn, wie am Hort der Demokratie, in München, vielfach behauptet, der Herrscher im Kreml das veranlasst haben sollte, ist er nicht bei Trost. Bei seinem letzten Interview wirkte er jedenfalls nicht so.

23. FEBRUAR 2024

Jetzt haben die Kriegstreiber Schiss. Keine Taurus-Marschflugkörper für die Ukraine, sagt der Bundestag gestern mehrheitlich. Nur CDU und Grüne wollen, dass es endlich so richtig knallt. Merke: Hier merkelt Herr Merz.

Kriegstreiber (2): Auch die katholische Bischofskonferenz will seit gestern gegen den bösen Iwan zu Felde ziehen. Das Segnen der Waffen hatten wir meines Wissens letztmalig im Sommer 1914. Nebenbei: Denke mal, dass dies eine Ersatzhandlung ist, nachdem der Papst den deutschen Klerikal-Funktionären das Nachdenken über das Absterben der Kirche verboten hatte.

Kontaktschuld: Im September folgte ich einer Einladung zur Buchvorstellung ins Schloss Döbbelin bei Stendal. Hausherr Alexander von Bismarck, den ich bis dato nicht kannte, ist der Herausgeber des Sammelbandes *Begegnungen zwischen Deutschen und Russen.* Jetzt lese ich, dass die Hansestadt sich anschickt, auf dem Bismarck-Anwesen nicht mehr wie bisher Trauungen zuzulassen, da dieser im November an dem von den staatlich subventionierten Desinformanten der Firma Correctiv herbeigelogenen Geheimtreffen teilgenommen habe (à la Wannsee 2.0). Wat nu? Nix is. Ich erkläre gerne öffentlich, dass ich Bismarck als einen nüchtern denkenden und zudem charmanten Mann kennengelernt habe, und beabsichtige, die Bekanntschaft weiter zu pflegen.

24. FEBRUAR 2024

Während sich auf der amerikanischen politischen Bühne alles versammelt, was reich und schön ist, trifft sich in Sankt Petersburg, was reich und mächtig ist. Das Motto der Dortigen: Kampf gegen den US-geführten Neokolonialismus. Es gibt genügend viele Afrika-Chefs, die das sympathisch finden. Jetzt droht der Wertewesten diesen mit Wirtschaftssanktionen. Jungs, das ist keine besonders gute Idee, denn diese Typen sind eitel. Und sie sind clever. Und sie sitzen auf unvorstellbaren Vorräten von wertvollen Dingen.

25. FEBRUAR 2024

»Wenn wir Putin in der Ukraine nicht stoppen, wird der weitermachen [If we don't stop Putin he will keep going]«, so die sympathische stellvertretende US-Außenministerin Victoria Nuland bei CNN.

Kriegführen macht Spaß (2): Wenn wir jetzt nicht abhauen, müssen wir alle ins Gras beißen [If we now not up knock, must we all in the gras bite], hätte die sympathische deutsche Außenministerin angesichts einer russischen Aufklärungsdrohne bei einem sogenannten Frontbesuch in der Ukraine gesagt haben können, um ihre prompte Flucht zu begründen.

27. FEBRUAR 2024

Es ist eigentlich kein Novum: Führungsfiguren der US-Streitkräfte setzen sich seit geraumer Zeit argumentativ vom Ukraine-Konflikt ab. So neuerdings Joe Buccino, ehemals in der Kommando-Behörde Centcom, mit einem Namensartikel für *The Hill* in Washington D. C.: Die Bataille sei militärisch nicht mehr zu gewinnen. Das »nicht mehr« ist eine Art Selbstschutz, denn vor einem Jahr noch war man offenbar ganz wirklichkeitsfremd anderer Meinung und berauschte sich an den selbsterzeugten Siegesmeldungen einer herbeifantasierten großen Gegenoffensive.

Ostfront (2): Ich füge hinzu: Die beiden im Donbass gelegenen Industriestädte Bachmut-Artjomowsk und Avdiivka-Awdejewka zu Symbolen der ukrainischen Sache aufzublasen und Bis-zum-letzten-Mann-Befehle zu erteilen, war ein schwerer Führungsfehler. Die psychologischen und die Mannschafts-Verluste sind sehr wahrscheinlich nicht wiedergutzumachen.

Ostfront (3): Die Nachrichten aus dem Innern des politischen Kiew sind so widersprüchlich, dass im Moment nicht zu erkennen ist, wer dort wirklich das Sagen hat. Vielleicht keiner.

2. MÄRZ 2024

Nein nein, die Einflussoperationen amerikanischer Oligarchen sind nichts als Verschwörungs-Gerede. Beispiel Deutsche Bank. Ich kupfere die Pressemitteilung ohne Kommentar ab: »Eveline Y. Metzen übernimmt ab Mai die Position des Head of Government & Public Affairs Germany bei der Deutschen Bank. Sie folgt auf Sven Afhüppe, der zum Ende des letzten Jahres das Unternehmen verlassen hat. Eveline Y. Metzen arbeitete in gleicher Funktion zuvor seit 2020 für Google. Davor fungierte sie als General Manager der American Chamber of Commerce in Germany und als geschäftsführendes Vorstandsmitglied der Atlantik Brücke.« (*Business & Diplomacy*, Monatsbrief März 2024).

Transatlantisches (2): Das Impeachment gegen Joe Biden schreitet munter fort. Gestern war Sohn Hunter zum Vorsingen vor den Kongress geladen. Er stritt jegliche Beteiligung seines Vaters in die eigene Verstrickung mit dem ukrainischen Gas-Multi Burisma ab. Das passt mit anderen Aussagen kaum zusammen, vor allem mit jener eines Ex-FBI-Agenten nicht, der mitgeteilt hatte, Vater und Sohn seien von Burisma mit je fünf Mio. Dollar geschmiert worden, um den Generalstaatsanwalt der Ukraine aus dem Amt zu kippen, der gegen den Gasriesen zu Ermittlungen geschritten war.

Transatlantisches (3): Dass Biden als Vize den ukrainischen Präsidenten erpresst hatte, den Chefermittler in die Wüste zu schicken, damit hatte er sich vor etlichen Jahren in einem denkwürdigen Vortrag selbst gebrüstet. Dass dem ein Honorar beigegeben war – ob vorher oder hinterher, ist noch offen –, war allerdings eine Sensation. Bidens Unterstützer im Kongress behaupten nunmehr, sein Tun war dem Kampf gegen Putin geschuldet. Geht's noch ein bisschen irrer?

3. MÄRZ 2024

Mit der Weigerung von Scholz, Taurus-Raketen und Erdkampftruppen in die Ukraine zu senden, steuert Deutschland in eine handfeste Kanzlerkrise. Hinter den Kulissen zählen die US-Einflussagenten an den Knöpfen ab, wie sie ihn stürzen können. Bleiben zwei Wege: SPD-intern oder konstruktives Misstrauensvotum. In beiden Fällen benötigt man einen neuen Kanzler und für diesen die Kanzlermehrheit.

Taurus (2): Derweil debattieren führende Luftwaffenoffiziere Lieferung und Treffgenauigkeit der deutschen Marschflugkörper. Bei der Gelegenheit erfährt die Öffentlichkeit, dass wir von der Wunderwaffe der Führerin maximal 100 Stück besitzen. Dass wir es überhaupt bemerkten, verdanken wir dem russischen Abhördienst.

4. MÄRZ 2024

Die Büchsenspanner aus der Berliner Blase scharren mit den Füßen: Boris, der Wehrminister, räumt das Taurus-Gespräch seiner Luftwaffenleute ein und meint, man dürfe dem bösen Putin nicht in die Karten spielen. Der grüne von Notz – in der unfassbaren Position eines Vorsitzers des Parlamentarischen Kontrollgremiums für die Nachrichtendienste – will ein internes Fass aufmachen. Ebenso sein christlicher Mitkontrolleur, der selbsternannte Russland-Fahrer Kiesewetter. Jungs, ihr bewegt zwar die Luft, aber die weht am Thema vorbei, denn hier waren die Dienste, soweit ich weiß, überhaupt nicht involviert, jedenfalls die deutschen nicht.

Taurus (2): Die Erkenntnisse aus dem veröffentlichten Offiziers-Palaver sind vielmehr bedeutsam zur Frage von Deutschlands militärischer Hilflosigkeit, denn die Herren erörterten, dass man ohne die Herstellerfirma gar nichts machen könne, und selbst dann, wenn diese mitmache, Monate ins Land gehen würden, bis man die Friedens-Raketen in der Ukraine einsatzbereit habe.

Taurus (3): Zudem bestätigten die taubenblauen Wehrmannen, was Kanzler Scholz bereits rausgelassen hatte, nämlich dass die Briten mit ihrem Taurus-Pendent bereits vor Ort und bei dessen Montage seien. Das entspricht alter britischer Tradition, bei anderen Leuten Kriege zu befeuern. Der Kanzler hatte das vor wenigen Tagen etwas schwammiger ausgedrückt, indem er von unterschiedlichen verfassungsrechtlichen Voraussetzungen sprach. Vor etwa einem Jahr sagte Medwedjew, Putins Mann fürs Grobe, überaus deutlich, sein Land sei in der Lage, London im Bedarfsfalle in einem künstlich erzeugten Seebeben verschwinden zu lassen. Hat an der Themse offenbar niemand ernst genommen. Wer dort je das Phänomen der flussaufwärts laufenden Wassermassen bei Flut beobachtet hat, macht sich so seine Gedanken.

Ostfront: Wieder ist die seltsame Nachrichtenlosigkeit aufgetreten, während die sogenannten Experten die Transnistrien-Frage in den Fokus ihrer Glaskugel-Betrachtungen rücken. Andere sehen bereits Charkow, Nikolajew und Odessa in russischer Hand. Die letzten Monate sahen jedoch so aus,, als wollten die Russen zunächst die Gebiete der beiden ursprünglich beanspruchten Oblaste (Donjezk, Lugansk) in der Weise unter Kontrolle bringen, dass sie durch konventionellen Artilleriebeschuss nicht mehr erreicht werden können.

Ostfront (2): Jetzt kommt die Schlammperiode. Das ist sicher. Auch kommt keine ukrainische Gegenoffensive. Das ist ebenso sicher. Auch keine französische.

5. MÄRZ 2024

Er hat – man höre und staune – von der Richtlinienkompetenz Gebrauch gemacht, der Herr Scholz. Keine Marschflugkörper in die Ukraine. Wie er's tat, ja, da lächelt man vor sich hin. Er benutzte eine Antwort, die er in einer Befragung durch Schüler gab. Expressis verbis unter Berufung auf seine Stellung als Kanzler.

Kanzler (2): Seinen Gegnern und seinen Nochverbündeten ist zunächst der Schreck in die Knochen gefahren. Sie hüsteln in die vorgehaltene Hand. Aber das wird sich geben. Dann werden die Telefondrähte des Atlantikkabels glühen. Es beginnt das große Nachzählen, denn CDU und Grüne reichen für den Scholz-Sturz nicht aus. Man braucht auch die FDP und zwar ziemlich komplett. Man kann also abwarten, wann die Kriegs-Rebellen dort die Oberhand haben. Nämlich dann, wenn sich die Meinung durchsetzt, die russische Drohung sei nicht ernst gemeint. Man kann deswegen nur hoffen, dass der deutsche Botschafter Lambsdorff (FDP) bei seiner gestrigen Einbestellung in den Kreml den

Russen wenigstens unter Beiseite-lassen seiner Vorurteile zuhört und danach akkurat Bericht erstattet.

Kanzler (3): Von der Kanzlerpartei traute sich gestern nur ein gewisser Kevin K. an die Mikrofone, um einen Treueschwur zu leisten. Wird man sehen, wie lange der hält, denn merke: Alle drei bisherigen SPD-Kanzler wurden von der eigenen Partei gestürzt.

7. MÄRZ 2024

Wie vorauszusehen hat der Generalangriff auf den deutschen Kanzler begonnen. Das sogenannte liberale Urgestein Kubicki hat zum Angriff geblasen. Die Melodie, die diese Flöte bläst, heißt Taurus. Und dahinter steht der Koalitionsbruch.

Scholz (2): Es hätte in den letzten zwei Jahren mehr als einen sachlichen Grund gegeben, den Mann von seinem Posten zum Wohle Deutschlands zu entfernen, doch jetzt, wo sich eine Koalition der Sturzbeflissenen zusammenfindet, ist der Kitt des Manövers der Wille, Deutschland in den Krieg mit Russland unwiderruflich hineinzuführen. Diese Männer und Frauen regiert der Wahn. Sie müssen beschleunigt aus ihren formalen Positionen entfernt werden und zwar schnell. Bleibt die Frage: Wie?

Scholz (3): Ungläubig schaut man auf das Treiben der neuen Verbündeten, die in aller Öffentlichkeit einen Angriffskrieg gegen Russland vorbereiten. Das ist nach deutschem Recht strafbar. Hört man was vom Generalbundesanwalt? Ich weiß selbst, dass diese Frage blöd ist, weil sich in mir immer noch eingeübte Rituale des Rechtsstaats zu Worte melden.

Rechtsstaat ade (2): Wird nur mit Mühe von Mainstream bagatellisiert: Der Anschlag auf die Stromversorgung im Brandenburgischen, wodurch das Tesla-Werk zwangsweise stillgelegt wurde. Man eiert rum, es seien Unbekannte am Werke. Das ist gelogen, denn es sind handfeste gewalttätige Linksextremisten. Und die sind bekannt. Die Saat der Klimalügner hat Früchte getragen.

Klimalügner (2): Zuspruch zu den Verbrechern von Grünheide schwappt durch das Internet. Die strafbare offene Befürwortung des terroristischen Verbrechens findet, wenn überhaupt, verständnisvolle Erwähnung. Das Großmaul aus Bayern dagegen findet ausnahmsweise keine Worte. Seine Polizei hat offenbar anderes zu tun, als bei den sogenannten Klima-Kindern und den sie hätschelnden Unterstützern des Bayerischen Rundfunks unmissverständlich Besuch abzustatten.

8. MÄRZ 2024

Und sie wiederholt sich doch, die Geschichte: Mit der Erklärung des tschechischen Staatspräsidenten Petr Pavel – er ist ein ehemaliger NATO-General –, sich mit Truppen in der Ukraine zu beteiligen, hat er einen Krieg in Europa in die dichteste Nähe gerückt. Schon im Mai 1938 war die damalige Tschechoslowakei unter dem Präsidenten Benesch mit dem Zündeln äußerst zielstrebig und letztlich erfolgreich. Der Unterschied zu damals: Deutschland war der Erzfeind, heute ist es Russland. Völlig gleich dagegen: Antreiber waren die anglo-amerikanischen See-Mächte.

Derweil in Sotschi: Da sind nicht nur Weltjugend-Festspiele, sondern auch Grundsatzbemerkungen des russischen Herrschers zu betrachten. Er meint, dass in absehbarer Zeit in Deutschland Politiker an die Macht kämen, die wieder friedliche Beziehungen zu Russland im beiderseitigen Interesse pflegen würden. Neigt der Mann neuerdings zum Wunschdenken? Denke mal nein. Aber die Horde der Kriegslüsternen wird andere Schlüsse ziehen, nämlich: der tut nichts, der will nur spielen.

Russisch Roulette (2): Hier könnte ein jähes Aufwachen folgen, zum Beispiel wenn, wie Egon W. Kreutzer es auf seinem Blog formuliert, der Einschlag einer Kinshal-Rakete im Herstellerwerk in Schrobenhausen dem ganzen Taurus-Spuk ein Ende setzt. Muss ja nicht so deutlich ausfallen. Genügen würde auch der drastische Stopp von russischem Gas, Öl und anderen wertvollen Dingen, die nach wie vor unser Land auf Umwegen erreichen.

Russisch Roulette (3): Ab Fünf Uhr fünfundvierzig wird zurückgeschossen? Die Pistole ist leer. Da kucksdu.

9. MÄRZ 2024

In dieser Woche wird die stellvertretende US-Außenministerin Victoria Nuland entlassen. Ihr Chef Blinken spricht beschönigend von ihrem Rücktritt. Sie gilt vielen als die Macherin des Ukraine-Konflikts, spätestens seit dem Präsidentensturz in Kiew im Frühjahr 2014, der eng mit ihrem Namen verknüpft ist. In der Trump-Ära hatte sie Pause, danach war sie wieder die Aktivistin auf dem Kriegspfad. Die Experten rätseln, was sie wohl falsch gemacht habe. Ich denke, es musste jemand her, der als Sündenbock dient, dass die zwei Jahre lang verbreiteten Propagandalügen korrigiert und die Aufdeckung von Kriegsverbrechen weggelogen werden mussten. Mag auch sein, dass die jüngsten öffentlichen Taurus-Widerworte des Herrn Scholz das Fass zum Überlaufen brachten. Nichts ist für den Vormund peinlicher, als wenn das Mündel nicht pariert.

11. MÄRZ 2024

Die Reise von dem Herrn Scholz zum Oberhaupt der Katholiken fühlt sich wie ein Winkelzug an. Bei Franz hat man seine Fehde mit dem deutschen Spitzen-Klerus zu berücksichtigen, dem er soeben öffentlich mitgeteilt hat, dass dieser seine rosarote Wolke verlassen möge. In der sind lustige Dinge enthalten wie die Priesterehe und – der Herr sei mit ihnen – Weiber im Priesterrock. Um die Fortschrittler zu demütigen und zu zeigen, wer der Herr im Hause ist, war es fast folgerichtig, dem deutsch-bischöflichen Kriegsgeschrei ein Nein entgegenzusetzen. Aus dieser Ecke also weht des Franzens Friedensbotschaft, die letztlich zum Inhalt hat, die jetzige ukrainische Führung zur Kapitulation aufzurufen. Der Scholz-Besuch diente dem Papst, so denke ich mal, als Mittel zum Zweck.

Ostfront (2): Des Papstes Initiative hat im offiziellen Kiew – mal milde formuliert – wenig Zustimmung erweckt. Wie die vom Krieg wenig begeisterten Ukrainer darüber denken, kann man noch nicht erkennen.

Ostfront (3): Gleiches lässt sich von möglichen Reaktionen in Polen sagen. Für die neue, wenig kirchenfromme Regierung war es sicher ein Schlag, denn deren frisch ernannter Außenminister hat zeitgleich verlautbart, dass für ihn ein Truppeneinsatz in der Ukraine denkbar sei. Was werden wohl die polnischen Soldaten sagen, wenn der Papst ihnen anbefiehlt, dergleichen zu unterlassen? Ich bin ratlos.

Ostfront (4): Den Papst als Konfliktpartei hatten wohl nur die wenigsten auf dem Schirm. Dass Ankara ihm sogleich seine Vermittlerdienste angeboten hat, darf zu den Überraschungen der ganzen verqueren Geschichte gerechnet werden.

Derweil übern Atlantik: Der nach dort gejettete Robert wird vor dem Auditorium als Kanzler aus Germany vorgestellt. Das, hüstel, war nicht ganz korrekt, denn noch hält sich der Herr Scholz in seinem Amte. Aber immerhin mag die Fehlbenennung der Gewohnheit geschuldet sein, bei der Spitzenbesetzung der

Vasallen ein Wörtlein mitzureden. Doch die Begrüßungs-Euphorie, ach, sie schmolz dahin, als der deutsche Gast seine Gastgeber darüber belehrte, dass sie in Sachen Klimawahn endlich Nägel mit Köpfen machen sollten. Er verstieg sich zu der Behauptung, die Amerikaner möchten sich an Deutschland ein Beispiel nehmen. So was hören Herren der Welt von niemandem gern.

12. MÄRZ 2024

So ein Irrtum: Leser S. schreibt mir, meine Anmerkungen von gestern, den heiligen Franz betreffend, seien unzutreffend. Der Papst habe nicht die Ukraine aufgefordert zu kapitulieren, sondern lediglich um Verhandlungen nachzusuchen. So und nur so sei seine Metapher von der weißen Fahne gemeint. Mag sein, dass das zutrifft. Was die Sache nur noch schlimmer macht, denn die Kritiker des Mannes mit der Dienstbezeichnung der Heiligkeit wollen nicht einmal Friedensverhandlungen, sondern sie setzen auf den Endsieg.

Endsieg (2): Da nimmt es kaum noch wunder, dass Annalena so zitiert wird, sie verstehe gar nicht, was der Franz wolle. Ich hingegen kann mir das, was sie sagt, gut vorstellen.

13. MÄRZ 2024

Volkes Stimme: »Stell dir vor der Russe kommt, und ich war nicht beim Friseur«, stand 1988 in großen Lettern an der Westseite der Berliner Mauer, Höhe Kochstraße. Ob Chef Tichy das im Kopfe spukte, als er seinen Grundsatzartikel mit »Stell dir vor der Putin kommt und keiner geht hin« überschrieb, vermag ich nicht zu sagen. Dass ich den Artikel wider Gewohnheit dann doch las, lag an der überbordenden Vielzahl der zugehörigen Zuschriften. Diese Lesererregung ist der Spiegel der Teilung der Leserschaft.

Ein Teil will die gute alte Ludwig-Erhard-Republik zurück, der andere Teil macht sich keine solche Illusionen und wirft dem Herausgeber vor, solche zu pflegen, indem er Putin als Bedrohung schildert. Man merkt an, wie Tichy alles mögliche für wünschbar hält, doch in den Krieg ziehen, das will er nicht. Das ist ein interessantes Stimmungsbild unter Leuten, die noch lesen können. Sonst nichts.

15. März 2024

Vergleicht man die Kernaussagen des russischen Herrschers aus den letzten Monaten, so ist eine allmähliche Verschiebung hin zum Anti-Neokolonialismus festzustellen. Diese Grundtöne werden in der Welt außerhalb des Wertewestens gut verstanden. Sie sind antiwestlich und haben etwas Friederizianisches an sich: Man möge jeden Staat und jede Gesellschaft nach eigener Fasson selig werden lassen. Bleibt die Frage, ob dieses Beginnen dem Smartphone die Schau stehlen kann. Hollywood zumindest hat in Asien seinen Glanz verloren.

Fast übersehen: Merzels Angriff auf Scholz mit der Taurusrakete ging daneben. Nicht mal rechnen kann der Mann. Als die Russen noch Einfluss auf solche Entscheidungen nahmen, bestachen sie die erforderliche Zahl von Abgeordneten. Nicht mal darauf ist mehr Verlass.

Apropos Russen: Was hat man denen eigentlich auf ihr Ultimatum zum Taurus-Exzess unsrer selbsternannten Russlandfahrer mitgeteilt? Falls nichts, sind sie jetzt am Zuge.

Aber es gibt auch gute Nachrichten: Peru fördert Lama-Trampelpfade in Berlin (*Zeller-Zeitung* von heute Nacht).

22. MÄRZ 2024

Der kleine Mann aus dem Elysee-Palast macht ernst. Eigene Truppen in die Ukraine. Sie sind ohnedies schon da, sagt er neuerdings. Das wiederum würde in erstaunlicher Form mit dem zusammenpassen, was die russische Propaganda seit geraumer Zeit von sich gibt.

Ostfront (2) und anderswo: Gleichlautendes Kriegsgeschrei kommt aus Tschechien (nunmehr verstärkt), Polen (wie gehabt), Estland (neu im Choral) und – natürlich – aus Großbritannien. Bei letzterem muss man hinzudenken, dass dessen konservativer Premier bedenklich wackelt, wie auch seine Partei, die den Anschein erweckt, sich in Kleinteile aufzulösen.

Ostfront (3): Hierzulande bleiben die Grünen und die Christunion zuverlässige Kriegstreiber. Deren Exponenten haben noch nicht geschnallt, dass der Hegemon dabei ist, sich aus der Affäre zu ziehen.

24. MÄRZ 2024

Der vorgestrige Anschlag bei Moskau hat mindestens 140 Männern und Frauen das Leben gekostet. Wie viele der Angreifer getötet wurden, ist nicht zu überblicken. Die Täter, behauptet die Presse, seien Isis-Leute. Soso. In Moskau. – Amerika kondoliert. Ich frage mich, warum die US-Botschaft in Moskau Anfang des Monats Amerikaner davor warnte, Massen-Veranstaltungen, zum Beispiel Musik-Darbietungen wegen Anschlagsgefahren aufzusuchen. Zufall? Wohl kaum.

25. MÄRZ 2024

Übern Teich: Bleibt aus der letzten Woche nachzutragen, dass Wunderkind Elon Musk in einem veröffentlichten Rundschlag die Verursacher und Nutznießer der illegalen Massenzuwanderung beim Namen nannte: 30 Konzerne, Stiftungen, NGOs. Es geht um billigste Arbeitskräfte und den zugehörigen Profit. Nun werden dort wie üblich die Gerichte sprechen.

26. MÄRZ 2024

Es begann vor vier Jahren: Es ist bezeichnend, dass die Bundesregierung der Öffentlichkeit die herbeigefälschten Daten der sog. Corona-Pandemie vorenthalten wollte. Das Gerüst des Geschehens liegt jetzt vor jedermanns Augen. Nein, halt, nur vor dem, der es sehen möchte. Jetzt bleibt den beteiligten Verbrechern nur noch, sich durch Schwärzungen in den berüchtigten Protokollen vor der Strafverfolgung zu schützen. Doch bald schon werden diese Schleier fallen. Dann stehen sie nackt da, doch keiner sieht hin.

27. MÄRZ 2024

Na endlich: Es waren die russischen Geheimdienste, die die Offenlegung des Corona-Skandals zu verantworten haben. Sagt zumindest der Gesundheitsminister. Er gab schon öfters Anlass, an seinem Verstand zu zweifeln. Doch denken wir mal seinen originellen Standpunkt zu Ende. Entweder er meint: Die Ereignisse in Deutschland, die wir selbst erlebt haben, sind nur fiktiv gewesen, Erfindungen der russischen Dienste. Oder: Die Aufklärung des Corona-Desasters wäre ohne die Mitwirkung der russischen Dienste nicht möglich gewesen. Beide Varianten sollten als frisch erkannte Impfschäden registriert werden.

Ostfront: Die geradezu unwahrscheinlich schnelle öffentliche Präsentation der behaupteten Täter des Anschlags von Moskau wirft Fragen auf. Keine Illusionen mache ich mir über deren jämmerlichen Zustand. Hier wurde nach der Festnahme unmissverständlich auf Antworten gedrungen. Widersprüchlich und bislang wenig tragfähig sind die umlaufenden Gerüchte über die Rekrutierung der Desperados (Türkei oder ehemalige muslimische Randstaaten der Sowjetunion).

Ostfront (2): Die aktuellen Raketenschläge gegen die Entscheidungszentren in Kiew sind nach meinen Aufzeichnungen nicht die ersten dieser Art. Über die Wirksamkeit der jüngsten kann man bestenfalls spekulieren. Enthauptungsschläge pflegen eine Eskalation eigener Art zu sein. Die Taurus-Träumer sollten sich noch mal Zeit zum Überlegen nehmen, bevor sie unser Land jetzt ins Kriegsgetümmel stürzen. Jungs, ihr könnt euch gar nicht so tief eingraben, um vor Treffern der Kinshal-Waffe sicher zu sein.

Ostfront (3): Möglicherweise meint das auch der Ex-General Kujat, der die Kriegshetzer à la Kiesewetter als Romantiker bezeichnet und vor der Taurus-Lieferung in ein Land warnt, das den Krieg bereits verloren habe. Wie er den Salto mortale vollzieht, dass deswegen der Herr Scholz richtigerweise die Ukraine nach dem Ade der USA unterstützen müsse, bleibt rätselhaft – jedenfalls mir.

28. MÄRZ 2024

Nichts wirklich Neues: Auf der ukrainischen Seite kommen jetzt fremde Legionäre mit zum Teil bombastisch klingenden Namen (Freies Russland und so) zum Einsatz. Sie unterstehen, wie man hört, dem Kiewer Militärgeheimdienst, so wie 1941 das ukrainische Bataillon Nachtigall der deutschen Abwehr. Der militärische Kampfwert war gering, das gilt wohl auch heute. Die angekündigte Offensive in diesem Monat waren bestenfalls lokale Angriffsaktionen, durch welche russische Kräfte gebunden wurden, während die Masse des russischen Heeres am eingeschlagenen Weg nach Westen festhält – mit aufreizender Langsamkeit, einst Dampfwalze genannt.

29. MÄRZ 2024

Ansage: Der Chef des russischen Inlandsdienstes FSB, Alexander Bortnikow, wird so zitiert: »Ich kann Ihnen sagen, dass wir erste Informationen erhalten haben, die darauf hindeuten, dass die Aktion [der Anschlag am vergangenen Freitag bei Moskau] von westlichen Geheimdiensten vorbereitet und von radikalen Islamisten ausgeführt wurde und der ukrainische Geheimdienst direkt daran beteiligt war.« Gesagt hat er das. Das stimmt. Ob es inhaltlich stimmt, weiß ich nicht zu sagen. Zumindest wirkt es plausibel, denn die Auftaktgeschichte von der Isis-Täterschaft klang allzusehr nach Tausendundeiner-Nacht.

31. MÄRZ 2024

Wo immer man hinhört, quatschen die Leute vom Krieg. Der polnische Tusk redet vom Anbruch der Vorkriegszeit und sein Außenminister Sikorski beruft sich hierfür auf das polnisch-litauische Großreich aus dem 14. Jahrhundert, Kiew und die Schwarzmeerküste inklusive. Mal sehen, wann der erste deutsche Kriegshetzer auf den Gedanken kommt, sich auf das großdeutsche Großreich von 1942 zu berufen, von der Atlantikküste bis zum Kaukasus. Oberst Kiesewetter, übernehmen Sie.

4. APRIL 2024

Niemand ist davor gefeit zu erschrecken. Mir ging es gestern Abend so, als ich das Gesicht der sogenannten Wirtschaftsweisen Ulrike Malmendier zum ersten Mal mit Bewusstsein studierte.

Anlass war, dass ich bei *Science Files* eine Äußerung von ihr las: Die Wirkung der Sanktionen auf Russland sei enttäuschend, deswegen seien sie auszuweiten. Zugleich, so wird sie zitiert, warne sie vor einer technischen Rezession in Deutschland. Technische Rezension? Das ist akademisches Blabla und bedeutet: Vernichtung der Industrie. Das Doppel-Geschwätz der weisen Dame klingt wie das Lallen eines Trinkers, dem eine Flasche Köm nicht mehr reicht und der sich gleichwohl davor fürchtet, dass der Getränkemarkt an der Ecke dicht macht. Würden Sie einer solchen Frau das Rausstellen Ihrer Mülleimer anvertrauen? Na? Na also.

Ostfront (2): Der Luftkrieg der Russen gegen die Versorgungs-Infrastruktur der Ukraine nimmt bedrohliche Formen an. Für uns. Es ist die Flüchtlingswaffe, die auf uns niedersaust, denn es wird das Land zwischen Dnjepr und Dnjestr, das ohnehin nicht sonderlich dicht besiedelt ist, entvölkert. Frage mich gerade, ob das die neue Pufferzone werden soll. Also im ursprünglichen Wortsinne: Ukraine = das leere Land.

8. APRIL 2024

Ostfront: Die Meldungen sind schwer verständlich. Er sieht danach aus, als finde ein Exodus aus Charkow statt. Ob das stimmt, erscheint im Moment fraglich. US-Großraumdenker haben bereits auf die Notwendigkeit hingewiesen, das linke Dnjepr-Ufer zu räumen. Sie sollten vielleicht eine etwas genauere Landkarte beiziehen.

Ostfront (2): Derweil bietet US-Außenminister Blinken der Ukraine die NATO-Mitgliedschaft an. Tags drauf rudert er zwei Schläge zurück. Das sei nicht militärisch gemeint gewesen. Soso. Krieg ohne militärisches Gehabe. Das kennen wir bereits seit 1914.

Fast übersehen: In der Slowakei wird einer vom Volk zum Präsidenten gewählt, der nicht die Zustimmung der Eliten hat, sprich: mit Russland Frieden halten will. Da hat die Soros-Combo versagt. Liegt vermutlich an deren Überarbeitung, denn sie hat alle Hände voll im benachbarten Ungarn zu tun, dort den bösen Orbán wegzuputschen.

Slowakei (2): Nunmehr droht die EU-Mafia, den Slowaken die deutschen Finanzmittel zu entziehen. Merke: So geht Demokratie: Verhält sich das Volk ungezogen, wird es auf schmale Kost gesetzt.

10. APRIL 2024

Kriegsmannen aus der Christunion schlagen vor, Ungarn und die Slowakei aus er EU auszuschließen. Eins lässt sich sagen: Strategen sind sie nicht. Wenigstens das ist beruhigend.

Polen bleibt Polen: Die katholischen Nationalisten haben die Kommunalwahlen gewonnen. Das Tusk-Bündnis konnte nur in den vier großen Städten reüssieren: Warschau, Danzig, Krakau, Breslau. Das weite Land hingegen bleibt papsttreu. Hat das Auswirkungen auf den nationalistischen Nationalkurs? Ich denke: nein.

Und die Tschechen: Sind derzeit bemüht, den AfD-Mann Bystron zu Fall zu bringen. Haben den angeblich bei Geldabsprachen mit den Russen abgehört. Bystron? Das ist einer der ihren, nur eben einer, der weggemacht hat, wie man damals sagte. Hat ihm nichts genutzt, dass er vor Jahren in den USA äußerte, ein Nazi könne er schon deswegen nicht sein, weil er und seine Eltern aus der Tschechoslowakei stammten. Fand ich seinerzeit bereits blöd, denn dortzulande gab es in den finsteren Jahren Kollaborateure bis zum Abwinken.

11. APRIL 2024

In Brasilien sucht die Regierung des Linken Lula da Silva den Schulterschluss mit Big Tech, indem sie die Internet-Plattformen so zur Selbst-Zensur veranlasst, dass dort über die Massenproteste im Lande nichts mehr verlautbart wird. Die vorgeblichen Herren der Welt beugen sich – manche sagen, sie tun's gerne. Nur einer schießt quer, das ist Elon mit Twitter-X. Jetzt werden tägliche Millionenstrafen wegen Konspiration gegen ihn verhängt. Wie das ausgeht, steht in den Sternen. Noch sagt Musk, Prinzip gehe vor Profit. Mal sehen, was ihm noch einfällt.

Musk (2): Wir werden Zeugen einer Blaupause für die Schöne Neue Welt. Information wird zugeteilt. Alles darüber hinaus ist nur für die Auserwählten.

Musk (3): Was bildet sich dieser Wahl-Ami ein? Fragt einfach platt und öffentlich, was Sellner und Höcke gesagt haben, und ob das strafbar sei. Jetzt fehlt nur noch, dass er die Delinquenten bei X nicht sperren lässt. – Am meisten hat mich verwundert, dass die beiden bösen Buben in seinen persönlichen Kosmos überhaupt eingedrungen sind.

13. APRIL 2024

Die Meldungen von der Ostfront geben ein konfuses Bild. Wägt man Hilferufe und Wutgeschrei aus dem Wertewesten und aus dem Selenskyj-Tross gegeneinander ab, so kommt heraus, dass die Versorgungs-Infrastruktur in Kiew und in Charkow durch punktgenauen russischen Raketenbeschuss über das bekannte Maß hinaus demoliert worden sein muss.

Ostfront (2): Für Deutschland bleibt – legt man die Elle von Hemd und Rock an – die Wahrscheinlichkeit einer nächsten, diesmal bedeutenden Emigrantenwelle. Gleichzeitig beklagen sogenannte Sozialpolitiker das Fehlen von 800 000 Wohnungen in D. Da werden die neuesten Ukrainer-Zuzüge noch nicht eingerechnet sein.

Ostfront (3): Heinrich August Winkler, das historische Urgestein der SPD, greift in der *FAZ* zusammen mit vier Professoren-Kollegen den Kanzler an. Er mache den ukrainischen Sieg zunichte. Den Sieg? Ich bin zu faul, am frühen Morgen dessen Russland-Sentenzen aus den vergangenen Jahrzehnten nachzuschlagen. In meinem Kopf spukt herum, dass er ein mir ahistorisch vorkommender Lobhudler von Willy-wählen war. Muss aber nicht stimmen. Blicke missmutig auf das Regal mit den historischen Grundwerken, das mit Stapeln von Auszumistendem zugestellt ist. Wenn ich da jetzt rangehe, lese ich mich den ganzen Tag fest, ohne dem gewünschten Ergebnis einen einzigen Schritt näher zu kommen.

Ostfront (4): Gruselig sind die Bilder des seit der letzten Woche zum ?Einsatz gekommenen russischen Panzerfahrzeugs, das ganz ohne Besatzung an Bord aufs Gefechtsfeld geschickt wird. Eine Drohne auf Panzerketten. Den psychologischen Effekt beim Gegner stelle ich mir verheerend vor.

14. APRIL 2024

So wie angekündigt werden heute Nacht Drohnen aus dem Iran Richtung Israel in Marsch gesetzt. Das soll die Antwort auf eine durch israelischen Raketenbeschuss zerstörte iranische Botschaft sein. Die Angriffsdrohnen werden durch die USA abgefangen und in der Luft zerstört. Soweit die Meldungen. Was davon soll ich glauben und warum?

Fragen (2): Wieder muss die Welt gegen den Aggressor zusammenstehen. Das kennen wir schon seit zwei Jahren, aber welcher von beiden ist es?

Fragen (3): Die klassisch Gebildeten landauf und landab zitieren Cicero über die Zeichen der Dekadenz. Mir war das auch ohne Cicero durch den Kopf gegangen. Was also hilft die Zitiererei? Nichts.

16. APRIL 2024

Aus den Staaten wird gemeldet, dass sich Bidens Kriegskabinett versammelt habe, um den Konflikt mit dem Iran zu deeskalieren. Das klingt nach Heuchelei.

17. APRIL 2024

Macht sprachlos: Der israelische Führer denkt im Traum nicht daran, sich den Wünschen aus Washington zu fügen und kündigt neue kriegerische Gewaltakte gegen den Iran an. Das bedeutet, der 100-prozentige Abwehrsieg gegen den Luftangriff aus Persien, war nicht so vollständig wie behauptet. Ballistische Raketen schlugen vielmehr in israelische Militär- und Geheimdienst-Einrichtungen ein und richteten dort Verheerungen an. Nur lässt sich diesmal die Legende vom Überfall auf das friedliebende Land nicht halten. Ausgerechnet Biden will jedoch beim Rachefeldzug nicht mittun. Jetzt wird es für Jerusalem ernst. Netanjahu will das Solo.

Macht sprachlos (2): Lese gestern mehrere Beiträge über den Niedergang von Bayer. Der Kauf des Pflanzengiftherstellers Monsanto mit anhängender Schadensersatz-Prozesslawine in den USA scheint sich zum Sargnagel zu entwickeln. Der Vorstand kündigt großartige Umbauten an.

18. APRIL 2018

Dunkles Dementi: »Alles das ist grundlegend falsch. Eine Phrase aus den Aussagen des Präsidenten zu stehlen, ist Quatsch *(malarkey),«* so der Sprecher des US-Sicherheitsberaters, John Kirby, auf die Frage, ob Biden vor der Attacke des Irans auf Israelische Ziele informiert worden war. Indessen: Man merkt den Zweck und ist verstimmt, denn alle Welt wusste das – bis auf den US-Präsidenten? Die Lüge ist so offensichtlich, dass sie nur bedeuten kann: hier wird soeben die Unterstützung Israels beim Losschlagen gegen den Iran mit US-Hilfe und entgegen der anderslautenden Aussage von Biden vorbereitet.

Kirby (2): Jedesmal wieder betrachte ich diesen Mann ganz verzückt. Er ist meine Traumbesetzung für den Tartuffe von Molière bei irgendeiner Laienaufführung irgendwo an der Elbe. Doch räume ich gerne ein, dass er mich mit der entzückenden Vokabel *malarkey* bekannt gemacht hat.

19. APRIL 2024

Vage Meldungen am frühesten Morgen wollen wissen, dass es Explosionen in der Gegend der persischen Stadt Isfahan gegeben habe. Das würde mit den Ankündigungen von Israels Führer Netanjahu korrespondieren, der westlichen Politikern, die auf Mäßigung gedrungen haben, gestern entgegengehalten hat, sein Land wüsste selbst, wie es sich zu verhalten habe. Das hörte sich nicht nach Deeskalation an.

22. APRIL 2024

Von der Macht der Waffen-Lobby: Der US-Kongress hat zum Wochenende unter dem Titel Auslandshilfe die Ausgabe von 92 Milliarden Dollar beschlossen. Davon sind rund 60 Milliarden für die Ukraine-Rüstung vorgesehen. Das Siegen des Joe Biden kann weitergehen.

Krieg und Frieden (2): Mit diesem Beschluss wurde offenbar, was letzten Herbst die Ankündigung der Republikaner-Mehrheit im Repräsentantenhaus wert war, die Ukraine-Zahlungen zu stoppen. Nichts. Diese Mehrheit ist mittlerweile auf eine Stimme zusammengeschmolzen und – wenn man das Herzensanliegen der Israelstützung haben wollte – musste man die Ukrainesache durchwinken.

Krieg und Frieden (3): Die Gerüchteküche vom Wochenende will wissen, dass der letzte israelische Gegengegengegenschlag ein solcher ins Wasser gewesen sei. Man habe versucht, mit einer Kernwaffe über dem Zentral-Iran mit einer Hoheluftdetonation einen EMP auszulösen. Der Waffenträger, eine F 35, sei abgeschossen worden. Diese Sache wäre so größenwahnsinnig, dass ich Mühe habe, sie mir vorzustellen.

23. APRIL 2024

Vergesslichkeit: Während Klimaminister Habeck bei einem Funktionärskongress der Bauwirtschaft von einer geplanten Krise spricht, jammern dieselben in gewohnter Weise nach Staatshilfen. Wissen die vertretenen, in die Pleite rutschenden Firmen eigentlich, wer sie vertritt? Und: Haben sie vergessen, dass sie 2022 zu den offiziellen Sponsoren des Bundesparteitags der Grünen gehörten? Man möchte vor Häme lachen, wenn es nicht so traurig und so bedrohlich wäre. Man wünscht all den Handwerksmeistern ein scharfes Messer, damit sie sich wenigsten ein kleines Stück Vernunft schnitzen möchten.

24. APRIL 2024

Deutschland, Deutschland über alles für Deutschland. So in etwa jedenfalls. Den Anfang machte ein gewisser Hoffmann aus

Fallersleben in seinem Lied der Deutschen, den Rest verdanken wir angeblich – und wie jedermann hierzulande weiß – der Messerklinge der SA. SA? Die Saalschlachttruppe der echten Nazis, von diesen selbst dann 1934 durch die Ermordung ihres Führungspersonals entmachtet. Dafür entschuldigen wir uns nach wie vor weltweit. Oder so.

Deutschland (2): Als unsere Vorfahren Anfang der 1950er Jahre danach strebten, ein paar verschämte Symbole zu erfinden, obwohl der übergroße FDR im großen und guten Amerika verordnet hatte, den Deutschen das Singen zu verbieten, erinnerten sie sich an den Hoffmann, strichen aber in überholendem Gehorsam das Über-alles (1. Strophe) und die deutschen Frauen (2. Strophe) aus der Nationalhymne.

Deutschland (3): Der DDR ging es kaum besser. Aus deren eigner Becher-Hymne strich man den Auferstanden-aus-Ruinen-Text ganz, denn er enthielt die fatal werdende Verszeile »Deutschland einig Vaterland«.

Deutschland (4): Als der gesichert rechtsextreme Höcke die Worte nutzte, machte er sich wegen Nazi-Sprech strafbar (so die Staatsanwälte in Halle an der Saale). Denn die Nutzung der Worte Alles-für-Deutschland bedeutet an und für sich nichts, wie auch der *Spiegel* letztes Jahr unter Beweis stellte, ohne dass seinem Redakteur der Staatsanwalt auf die Bude rückte. Bei Höcke ist dies anders, denn wenn ein Rechtsextremist diese Worte nutzt, will er NS-Propaganda machen. Nochmals denn: Weil Höcke diese Worte nutzt, ist er ein Rechtsextremist. Wenn man darauf hinweist, dass dies ein irrelevanter Zirkelschluss sei, so ist man … na, Sie wissen schon. Merke: Die Frankfurter Schule hat Immanuel Kant zu dessen 300. Geburtstag längst rechts und links überholt. Quelle: *Tichys Einblick*.

Deutschland (1–4): Ein Rechtsextremist ist ein Rechtsextremist, weil er ein Rechtsextremist ist. Was zu beweisen war.

27. APRIL 2024

Uniform: Der für die Luftwaffe zuständige stellvertretende Verteidigungsminister Russlands hieß bis vorgestern Timur Iwanow. Jetzt, so melden die Gazetten, wurde er wegen Bestechlichkeit abgelöst. Das zur Meldung gehörende Bild zeigt ein Gesicht, dass seinem Chef, dem Musterrussen Schoigu, überhaupt nicht ähnlich sieht. Der Mann könnte ohne weiteres an der Wall Street seinem Job nachgegangen sein. Auffällig auch die unrussische Kopfbedeckung, nix Tellermütze mit großem Rand, sondern da hat offenbar ein Exemplar der deutschen Wehrmachtsluftwaffe Modell gesessen.

Uniform (2): Dank der *FAZ* und deren soeben stattgehabtem Kongress erfahre ich, dass der völlig unsoldatisch anmutende Mann in der schlecht sitzenden Uniformjacke mit unten aufstehendem Knopf der deutsche Generalinspekteur Carsten Breuer sei. Was er sagt, klingt kurios in meinen Ohren: a) der böse Putin werde in fünf Jahren gegen Europa (sprich Deutschland) angriffsbereit sein; b) die Bundeswehr sei nicht so schlecht wie ihr Ruf; c) er habe sich in der russischen Kampfkraft getäuscht, denn er habe 2022 angenommen, dass deren Armee in der Ukraine gleich durchmarschieren werde. Die Soldaten hätten in den Panzern bereits ihre Paradeuniform für die Siegesparade dabei gehabt. Soso.

Uniform (3): Als Breuer sich diese Gedanken machte, war er der Leiter des Corona-Stabes der Bundesregierung. Dieses berücksichtigend sollte man sich genauere Gedanken machen, was das deutsche Volk diesem politischen General und tüchtigen Merkelianer an Schindluder verdankt. Sicher lässt sich nur sagen, dass er vortrefflich funktioniert haben muss, sonst wäre er nicht so auffällig befördert worden.

In Zivil: Der US-Außenminister Blinken jettete nach Peking, wo er frostig, sprich: gar nicht, am Rollfeld willkommen geheißen wurde. Bei den Konsultationen mit den Chefs von Amerikas Nummer-eins-Feind wurde er deutlich: Sein Gegenüber möge die Kriegsunterstützung von Russland hinterfragen. Die deutsche Wahrheitspresse machte hieraus: Blinken fragte bei den Chinesen nach, den Krieg gegen Russland zu unterstützen. Man wird kaum sagen können, dass dies mit der Ursprungs Pressemitteilung übereinstimmt. Nun, seit Annalena Bb.s Wirken wissen wir, wie schwer es ist, mit dem Englischsprachigen zurecht zu kommen.

28. APRIL 2024

Retourkutsche: Während US-Außenminister Blinken in Peking den Weltbelehrer in Sachen Ukrainekrieg gibt, hört man von den chinesischen, dortzulande erteilten Antworten wenig. Dafür jedoch hat der chinesischen Botschafter beim UNO-Sicherheitsrat in New York den Mund aufgemacht. Er sagte, sein Land halte es für dringend angezeigt, dass der Anschlag auf die Nord Stream Pipelines endlich durch eine kompetente und unabhängige Ermittlergruppe aufgeklärt würde. Nachdem zunächst der Sicherheitsrat den Ausführungen der deutschen Regierung gefolgt sei, diese werde die Anschläge aufklären, sei nunmehr klar, dass sie seit einem Jahr damit keinen Erfolg gehabt hätte. Jetzt also seien internationale Experten gefragt, da man die Gewaltakte, durch welche die Weltenergieversorgung ernsthaft gestört worden sei, nicht hinnehmen könne.

Retourkutsche (2): Selbstredend gibt es nur einen möglichen Täter für die Kriegshandlung gegen das deutsch-russische

Pipeline-Objekt. Es sind die USA. Jeder weiß es. Die sogenannten deutschen Eliten, die den Mund halten und von was anderem reden, wenn das Thema zur Sprache kommt, gleichen masochistischen Selbstverstümmlern und geben sich weltweiter Häme preis.

Ostfront: Bei Mainstream spricht sich herum, dass die Russen Präzisionsschläge gegen die Versorgungsinfrastruktur der Ukraine führen. Dieses Einräumen dessen, was bereits seit Wochen stattfindet, hat einen einzigen Grund: Es sollen westliche Länder, vor allem Deutschland, zu Kriegsunterstützungsmaßnahmen motiviert werden.

29. APRIL 2024

Aus: Die FDP beschließt am Wochenende auf ihrem Parteitag das Nein zum Ja zur Atomkraft. Klarer lässt sich ein Entschluss zum Selbstmord kaum fassen.

30. APRIL 2024

Mit großem medialen Pomp beginnt gestern der erste Teil des Reichsbürgerprozesses. Umsturzplanung (Vorbereitung zum Hochverrat) ist der Tatvorwurf. Die Herren haben, wird gesagt, in Chat-Gruppen konspiriert. Die geplante Prozesslänge (bis 2025) zeigt bereits, dass es nichts Handfestes gibt, was in jedem Fall kurz und bündig zu verhandeln wäre. Der NSU-Prozess lässt grüßen. Der Effekt ist: niemand, der nicht von der Mainstreamdroge zugeknallt ist, glaubt, was da abläuft. Der ehemalige Rechtsstaat präsentiert sich als Hülle, die bei Bedarf übergestülpt wird.

Rechtsstaat (2) oder suum cuique (Jedem das Seine): Mit nur einem Tag Vorlauf fand der Groß-Aufmarsch der Islamanhänger in HH statt, die offen und lautstark die Abschaffung der Republik zugunsten des Kalifats einforderten. Niemand unternahm etwas.

Der Unterschied zum Vorgenannten: Diesmal sind es junge und keine alten Männer.

Rechtsstaat (3): Nanzy F. lässt wissen, dass sie mit den alten Männern aufräumen will, mit Stumpf und Stiel. Warum dass? Aus Hass aufs Eigene? Oder um den jungen Männern den Weg frei zu machen? Dann allerdings gnade ihr Allah.

Schlägt auch Wellen im Wasserglas: Während die US-Administration ihre Wunden nach der misslungenen China-Mission ihres Außenministers und dessen unfreundlicher Abfertigung daselbst – was vor Jahren ein Kriegsgrund gewesen wäre – noch leckt, reist das Enfant terrible Elon Musk ins Reich der Mitte, um dort die Produktion eines selbstfahrenden Tesla-Vehikels zu verhandeln. Dass er von den Potentaten dort hofiert wird, ist reine Routine. Alle Wohlmeinenden wiegen bedenklich die Köpfe, weil China eigentlich pfui ist, und die Skeptischen fragen sich, wie weit Musk seine technischen Spielereien noch treiben will. Wiewohl, dass die Chinesen hier aufsatteln, wundert bei einem Land kaum, in dem Menschenleben als experimentelle Masse wenig gelten.

1. MAI 2024

Dass vor exakt 36 Jahren Pioniertreffen in Chemnitz, pardon: Karl-Marx-Stadt war, wüsste ich nicht ohne die Konserve aus der »Aktuellen Kamera«. Leider hat dann der Sozialismus nicht im erwünschten Maße gesiegt, weil er entgegen den Behauptungen des Genossen Generalsekretärs doch von Ochs und Esel aufgehalten wurde. Heute weiß das keiner mehr, auch gibt es die Aktuelle Kamera nicht mehr, dafür aber sogenannte Nachrichtensendungen, die jener aufs Haar gleichen, nur halt, dass heutzutage noch unverschämter gelogen wird.

3. MAI 2024

Propaganda ist nicht darauf ausgelegt, aus den Menschen Idioten zu machen, sie ist von vornherein auf Idioten ausgelegt. Diese Sentenz des großen Spötters George Bernhard Shaw bedarf einer Korrektur. Zwar mag sie für die Verhältnisse des feudalen England zu Beginn des 20. Jahrhunderts angemessen gewesen sein, wo es eine einheitliche, alles bestimmende Oberschicht gab, die selbstredend auch bestimmen konnte, was der Pöbel zu glauben hatte, doch liegen die Dinge bei uns etwas anders. Es gibt eine von Idioten dominierte Kaste, die intuitiv darauf achtet, dass ihr niemand das Wasser reichen kann. Dem dient die moderne Propaganda. Sie nimmt die letzten Klarsichtigen in den Griff. Ich sage nur Klima, Corona, Kiew & compañeros.

Propaganda (2): Auffällig ist der geänderte Ton der westlichen Ostfront-Berichterstattung. Kein Wort mehr über den nahen Sieg Kiews, sondern ganz im Gegenteil: Es dominieren die Verluste an Mann und Gerät. So wird das notwendige Eingreifen des Wertewestens auf dem Gefechtsfeld herbeigeschrieben.

Propaganda (3): Nicht ganz passend hierzu ist die Zerstörung eines Lagerkomplexes in Odessa durch zwei russische Iskander-Raketen in der Nacht auf den 2. Mai. Dort war keine zwölf Stunden zuvor über See kommender Munitions-Nachschub eingelagert worden. Was sich dort in einer gigantischen Explosion in den Himmel verteilte, war durch keine Zensur zu unterdrücken, obwohl man es sicher gerne gekonnt hätte, denn die Sache harmoniert nicht eben gut mit der 61 Milliarden-Spende letzter Woche aus dem großen und guten Amerika. Mich interessiert, wer den Russen den einschlägigen Tipp gab, denn genauer konnte man kaum treffen. Nebenbei: Wieder zeigt der Zwei-Raketen-Angriff die Taktik des russischen Vorgehens.

Dass diesmal beide trafen, steht diesem Prinzip nicht entgegen – ganz im Gegenteil.

Propaganda (4): In erster Linie aufs eigene Volk ausgerichtet ist die soeben in Moskau eröffnete Schau von erbeuteten schweren NATO-Waffen – auch der Leo 2 und der Abrams sind dabei. Als kleine Zugabe an den Wertewesten ist das hausgroße Hinweisschild am Eingang, dass Diplomaten aus den USA, Großbritannien, Frankreich und Deutschland bevorzugt Eintritt erhalten, ohne sich in die Warteschlangen einreihen zu müssen.

Propaganda (5): Zum Glück hat Mainstream hierzulande ein Ausweichthema für die Erregung der Wohlmeinenden. Da hat doch ein, na, Sie wissen schon, mit hassverzerrtem Gesicht der grünen wahlkämpfenden Nachbarin Katrin Ich-freu-mich-drauf Göring-Eckardt, an der ihr Dienstauto gepackt. Die Worte des Hassverzerrten sind indessen nicht überliefert. Schade eigentlich, nicht weil ich diesen Angriff auf die Demokratie gutheiße, sondern weil mich Volkes Stimme schon immer interessiert hat. Aus der *FAZ* habe ich die Kunde, wo der Kommentator gestern mit dunklem Raunen darauf hinweist, es habe schon mehrere Attacken gegen Grüne gegeben, sodass der Staat eingreifen müsse. Gegen Grüne? Na, dann greift mal schön.

9. MAI 2024

Sieg: In Moskau begeht man den Tag desselben. Erst heute, weil man in Moskau 1945 bei Keitels Unterschrift in Berlin bereits einen Tag weiter war. Um der Wahrheit die Ehre zu geben, war es auch bei uns bereits der Neunte, und der propagandistisch festgelegte Achte war nur dadurch zu retten, dass man in Karlshorst die Uhr anhielt.

Sieg (2): Seit sich Richard von Weizsäcker, seinerzeit Bundespräsident und vormals Wehrmachts-Hauptmann, 1985 dergestalt bei seinem US-amerikanischen Freunde-Personal anbiederte, dass er den Deutschen (West) die Befreiung an jenem Tag verkündete, die von jenen ins Werk gesetzt worden sei, haben die Korrekten auch was zu feiern. Wie gesagt, am Achten, und wem das nicht peinlich ist, der tut's.

Sieg (3): Allerdings ist aktuell in Berlin beim vorgenannten Tun der heutige Neunte zu vermeiden, denn der antifaschistisch-schwarz-rote Senat mit der grünen Seele hat ein Verbot verfügt, etwas zu unternehmen, was an das russische Tun erinnert. Das sei nämlich Verherrlichung des Angriffskriegs der Ruskis gegen die ukrainischen Brüder und Schwestern. Soviel Unterwerfung war nie.

12. MAI 2024

Die vergangene Woche gibt Anlass, die Lage des Ukrainekrieges zu überdenken:

a) In Russland begann die fünfte Amtszeit von Wladimir Putin, der sich – ganz egal, wie der jetzige Waffengang ausgehen mag – untilgbar in die Analen seines Landes eingetragen hat.

b) Medwedjew, Russlands Mann fürs Grobe, hat öffentlich mitgeteilt, dass man den Einsatz französischer Soldaten in der Ukraine, respektive das Schießen mit britischen Marschflugkörpern auf russisches Territorium, als Kriegsgrund ansehen und beantworten werde, wobei man die Entsendeländer ausdrücklich in Vergeltungsschläge einzubeziehen gedenke.

c) Die Botschafter beider Länder wurden zur Entgegennahme nicht näher bezeichneter Erklärungen ins russische Außenministerium einbestellt, wobei es nach meiner Auffassung nur um das vorgenannte Kriegsthema gehen kann. Eine einschlägige Verlautbarung erfolgte weder aus Frankreich noch aus Großbritannien.

d) Der chinesische Führer Xi absolvierte einen Europabesuch. Den wortreichen Avancen des französischen Präsidenten, sich am Vorgehen gegen Russland zu beteiligen, begegnete Xi mit der Miene einer Sphinx.

e) An der Ostfront kristallisierte sich ein Schwerpunkt der russischen, seit Wochen an einer Vielzahl von Orten des über 1000 Kilometer langen Frontbogens erfolgten lokalen Angriffe nunmehr nördlich von Charkow heraus. Nach Angaben des ukrainischen Präsidenten drohe dort ein Zusammenbruch der Front. Es lässt sich schwer beurteilen, ob Letzteres den Tatsachen entspricht, oder ob es sich um erpresserisches Gerede handelt, um Truppeneinsatz aus der NATO zu erzwingen.

f) Erfolgt der Zusammenbruch der ukrainischen Front tatsächlich, sind selbstmord-ähnliche Attacken aus Kiew mehr als wahrscheinlich. Unklar bleibt, wie lange Selenskyj den USA weiter nützlich erscheint.

g) Formal läuft Selenskyjs Amtszeit in der übernächsten Woche ab. Ich rechne nicht damit, dass dieses Kriterium irgend eine Rolle spielt – es sei denn, eine bislang nicht zu erkennende innere Militär-Opposition nutzt diesen formalen Umstand argumentativ, um sich an die Macht zu putschen.

h) Der schwarze Peter liegt bei diesem Stand der Dinge erneut in den USA, aus der eindeutige Signale derzeit nicht zu vernehmen sind. So hat sich der langjährige Hauptkriegstreiber, der republikanische Senator Lindsey Graham, ablenkend geäußert, nämlich darüber, was sich nach Trumps Wahlsieg hinsichtlich der illegalen Zuwanderung über die mexikanische Grenze ändern werde.

13. MAI 2024

Die Kriegstreiber, einschließlich des SPD-Verteidigungsministers Pistorius, geben sich alle Mühe, Deutschland unumkehrbar ins Kriegsgeschehen zu verstricken. Während letzterer auf Einkaufstour in die USA gegangen ist, um dort drei Himars-Raketenwerfer-Batterien aus der US-Army herauszukaufen, die dann in die Ukraine verschubt werden sollen, wollen andere (Kiesewetter, Vier-Namen-Frau, Annalena & Co) darüber hinaus den Luftraum des Landes von außerhalb des Staatsgebiets mit den ohnehin dort bereits befindlichen Patriot-Systemen sichern, wie sie das nennen. Erneut hat der SPD-Fraktionsvorsitzende die Notbremse gezogen. Wie lange mag die noch halten.

Vernunft-Unvernunft (2): Mir wurde ein Brief von deutschen Generalstäblern an den Chef-Kriegstreiber Kiesewetter (MdB, CDU, Oberst a. D.) zugesandt, in dem dieser aufgefordert wird, sein unverantwortliches Tun zu unterlassen und sich nicht blind den Forderungen des Hegemons – so nennen die Herren die USA – zu unterwerfen. Ich bin maßlos erstaunt, dass es in der Bundeswehr noch Köpfe gibt, die sich von Vaterlands-Liebe und Vernunft leiten lassen. Und Kiesewetter? Er hat seine Ex-Kameraden keiner Antwort für würdig befunden. Ich wünsche ihm nichts Schlechtes, aber auch nichts Gutes.

Ostfront (3): Die westlichen Nachrichten von der Front in Charkow (der nördliche Zipfel des Frontbogens) lauten für die Ukraine so grottenschlecht, dass ich im Zweifel bin, ob sie stimmen können, zumal aus Moskau lediglich Fortschritte vermeldet werden.

Derweil in Moskau: Putin hat die Umbildung seines Kabinetts angekündigt, womit er lediglich die verfassungsrechtliche Formalie seiner Wiederwahl zu nutzen scheint. Auffällig ist – mitten im

Kriegsgeschehen – die Ablösung des langjährigen Verteidigungsminister Schoigu und seine Ersetzung durch ein Nicht-Militär – für Russland seit Zarenzeiten ein absolutes Novum.

14. MAI 2024

Das Aufräumen im russischen Verteidigungsministerium geht weiter: von oben nach unten. Moskau-Experten wissen warum und kennen sogar die Namen. Der schlichte Beobachter staunt und nimmt, durch die Leserschaft belehrt, zur Kenntnis, dass entgegen meiner Annahme der gegangen wordene Schoigu auch kein gelernter Soldat war und dessen Vorgänger auch nicht. Man lässt sich halt durch die protzigen Uniformen leicht hinters Licht führen.

Hinters Licht führen (2): Die Führerin (meine Führerin) hat angeblich ihre Memoiren geschrieben. Der Titel ist ein Leckerbissen für Zyniker: Freiheit. Er hätte mit dem selben Recht auch Schönheit heißen können. Oder wie wäre Deutschland? Oder schlicht Rückgängig? Doch wir wollen nicht delegitimieren, sondern ein bisschen träumen: 700 Seiten geniale Einsamkeit in ebensolcher Sprache. Wer die noch im Ohr hat, wird vermutlich staunen.

Hinters Licht führen (3): Wer sich aufs deutsche Volk beruft, verstößt gegen die Menschenwürde. Meint jedenfalls das OVG Münster, das dem Kölner Bundesamt in dessen Verfolgungsabsichten folgt – jedenfalls was die AfD anlangt. Ob die Behörde demnächst in Wokes Weltamt für Menschenrechte umbenannt wird, wurde nicht erörtert. Doch denkbar wäre es schon.

15. MAI 2024

Vorgestern über Nacht: Reist der Außenminister der USA, Antony Blinken, ohne vorherige Pressefanfaren nach Kiew. Er kam von Polen mit dem Zug. Erinnert an Josef Stalin selig, der auch Flugangst hatte, solange der Krieg andauerte. Was will er, Blinken, in der Ukraine, was nicht auch die zahlreich vor Ort tätigen US-Boys könnten? Flagge zeigen? Lage peilen? Putsch-Signale aussenden? Durchhalteparolen von sich geben?

Derweil am Nordrand: Der Herr Scholz trifft sich mit den skandinavischen Führern und der kecken Dänin. Man will die Ukraine unterstützen – solange wie nötig. Das klingt wie ein heimlicher Vorbehalt.

Nordisches (2): Es gelte zudem, für die Ukraine Patriot-Flugabwehrwaffen beschaffen – sobald wie möglich. Das klingt nicht nach sofort, vor allem nicht danach, dass man die eigenen hergeben will. Hier befinden sich die europäischen Helden in der eigenen Propagandafalle, denn wenn – wie jeder aufrechte Westler weiß – der Russe dereinst an der Weichsel nicht Halt macht, könnte es sein, dass man sie selbst braucht. Oder in die Realität übertragen: Wenn Selenskyj & Friends mit den West-Fernwaffen russisches Gebiet bombardieren, könnte es sein, dass die großherzigen Unterstützer eine russische Antwort schneller trifft, als ihnen bei aller wohltönenden Kriegsertüchtigungsabsicht lieb ist.

Weitere Flausen: Man bespricht, was man auf der groß angekündigten Ukraine-Konferenz im Juni in der Schweiz besprechen soll. Das frage ich mich auch, zumal die Russen ausdrücklich nicht eingeladen sind. Um den Frieden kann es folglich nicht gehen. Aber sicher darum, entsetzt auf die dann aktuellen Fronten zu starren, deren Verlauf im Augenblick beim besten Willen nicht vorhersehbar ist. Denn es gilt allem Expertengerede zum Trotz: Die Initiative liegt bei den Russen.

18. MAI 2024

Drei Tage, die es in sich hatten: Putin reist mit großem Gefolge nach Peking und wird dort von Xi mit ebenso großem Bahnhof willkommen geheißen. Die westlichen Kommentatoren sind sich sicher: Die wollen bloß ihre Differenzen verbergen.

Verwirrung (2): In der Slowakei wird derweil der dortige Premier Robert Fico niedergeschossen und ringt seither mit dem Tode, was den hiesigen Robert zur Erklärung veranlasst, die geistigen Brandstifter säßen in der AfD. Was muss im Kopf dieses Denkers angesichts der Tatsache vorgehen, dass Fico ein ausgewiesener Nationalist und angeblicher Russenfreund ist, der Attentäter hingegen ein bekannter Linksextremist.

Verwirrung (3): Wo Robert ist, kann Annalena nicht fern sein. Sie lässt auf Anraten des BKA einen Internet-Täter verfolgen, der dort aufgeschrieben hatte, sie sei die dümmste Außenministerin der Welt. So erst wurde die Sache publik. Las selten so einheitliche Zustimmung.

Zugleich an der Ostfront: Es werden massive ukrainische Angriffe mit Drohnen- und Raketenschwärmen auf Ziele der russischen Luftwaffe und der Luftverteidigung gemeldet.

Ostfront (2): Währenddessen rücken die Russen bei Charkow und an zwei, drei anderen Stellen in der Mitte und im Süden munter vor. Es ist die angebliche Leichtigkeit, in der dies geschieht, welche die Kritiker auf beiden Seiten der Front lamentieren lässt.

Ostfront (3): Die Niederlage der Ukraine ist plötzlich in jedermanns Munde. Ebenso plötzlich wollen viele das immer schon vorhergesagt haben. Tja, da muss ich mich wohl zwei Jahre lang tagtäglich verhört und Falsches aufgeschrieben haben.

19. MAI 2024

Im weißrussischen Fernsehen ist der ehemalige ukrainische Abgeordnete Andrej Derkatsch aufgetaucht. Was dieser ehemalige SBU-Geheimdienstoffizier und Überläufer über seine Ex-Kumpels ausgesagt hat, ist nicht zum Lachen. Er nennt personengenau die Beteiligten an einer von der CIA-Residentur in Kiew initiierten Proxy-Operation, mit welcher die Täterschaft für den Anschlag auf die Nord-Stream-Pipelines im September 2022 von den USA im Bedarfsfalle auf die Ukraine abgelenkt werden sollte. Man erinnert sich, dass Anfang März 2023 der Herr Scholz plötzlich nach Washington D. C. einbestellt und anschließend mit großem Getöse in der *New York Times* die groteske Story von der ukrainischen Segelyacht abgefeiert wurde.

Derkatsch (2) Unter den von ihm Bezichtigten ein Spezialist besonderer Art, der Geschäftsmann Andrej Burgomistrenko, Klein-Oligarch der ukrainischen Nuklear-Wirtschaft, der linker Hand an der Herstellung einer schmutzigen Bombe gearbeitet habe. Niemand, der bei Sinnen ist, wünscht, dass diese Meldung stimmt und der Mann sein Vorhaben wahr machen könnte.

20. MAI 2024

Den gestrigen Hubschrauberabsturz des iranischen Staatspräsidenten meldeten die Russen gegen 18 Uhr, die Amerikaner zwei Stunden später und nochmals zwei Stunden drauf die Deutschen. Soviel zur Echtzeit, in der wir angeblich leben.

Hubschrauber (2): Zuverlässig folgte das Internet mit dem Wer und Warum. Da gab es kaum Überraschendes, auch nichts

Zuverlässiges. Wiewohl es dort auf der Hand zu liegen schien, Vergleiche mit der Tat in der Slowakei anzustellen.

21. MAI 2024

Der persische Präsident ist beim vorgestrigen Hubschrauberabsturz in der Tat ums Leben gekommen. Jetzt wird die Situation im nahen und mittleren Osten heikel.

In Israel wackelt derweil das Kabinett, während seit Oktober 2023 Hunderttausende das Land verlassen haben. Ziel unbekannt.

Ostfront: Im Raum Lemberg wurde die dortige Gas-Kompensationsanlage, die zweitgrößte in Europa, durch einen russischen Luftschlag komplett zerstört. Mal sehen, wann die westewertlichen Leute und vor allem die östlich der Oder nach Nord Stream rufen. Nebenbei: Wer immer noch glaubt, dass die Russen nicht ernst machen, sollte sich schnell eines Besseren besinnen oder – falls er dessen bedarf – den Therapeuten wechseln.

22. MAI 2024

Annalena in Kiew. Hat eine Milliarde mitgebracht. Vermutlich im Handtäschchen. Dafür soll's irgendwo Patriot-Raketen geben. Hatte der SPD-Vormann im Bundestag Mützenich nicht vor Tagen erst geäußert, dass es die nicht gibt? Und: Weiß der Herr Scholz davon?

Annalena (2): Kriegt von Selenskyj – beide zeigen sich bei dieser Gelegenheit einheitlich in einem schlichten SS-Schwarz – einen protzigen Orden. Hoffentlich zeigt ihr einer, wie man den umhängt. Ihr Amt textet derweil: Unsere Unterstützung ist verwurzelt in der tiefen Überzeugung, dass die Ukraine diesen Krieg gewinnen wird. Wer mag ihr das aufgeschrieben haben? Schade, dass man sie den Satz nicht hat aussprechen hören.

24. MAI 2024
Stand der Dinge: Die russische Kartenskizze zeigt den Frontverlauf bezüglich der vier eingemeindeten Provinzen, bei denen sich – außer in Donjezk – immer noch ein Teil in ukrainischer militärischer Hand befindet. Die Änderungen gegenüber dem Stand vom September 2022 sind minimal. Hinsichtlich des Frontgeschehens im Oblast Charkow ist die Karte ungenau – nicht aussagefähig.

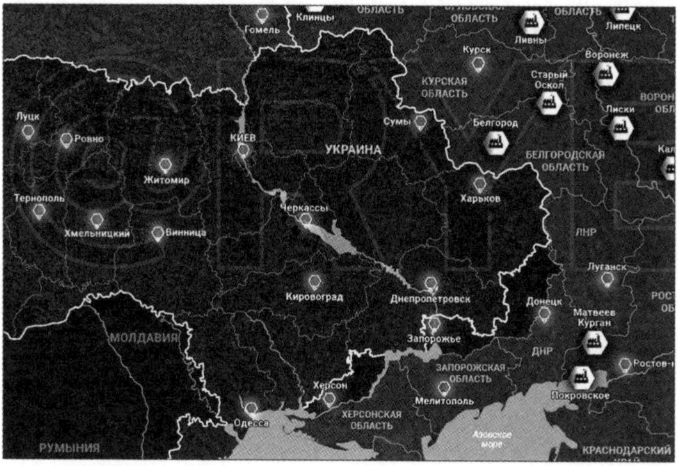

Ostfront (2): Das Kriegsgeschehen wird in dieser Woche von wechselseitigen Drohnen- und Raketenangriffen, bevorzugt auf Einrichtungen der Elektro-Infrastruktur dominiert – bis weit ins gegnerische Hinterland hinein.

Ostfront (3): Erstmals lese ich, dass ein russischer Kommandeur (20. Armee, General Achmedow) wegen nicht-personalschonender Befehle gestern abgelöst worden ist. So was wäre weder im Ersten noch im Zweiten Weltkrieg passiert – wenn's keine Eintagsfliege ist, ein deutliches Zeichen für die geänderte Auffassung zur Ressource Mensch.

23. MAI 2024

Bekanntlich verteidigen wir die Demokratie am Dnjepr gegen den Despoten aus Moskau. Nur ist es so, dass der Moskowit mit Zustimmung durchs unterdrückte Volk herrscht, der lupenreine Demokrat seit gestern erkennbar nicht mehr. Was tun? Besser nicht dran rühren. Er könnte sich als Vorbild erweisen, und dann ist man, ehe sich's einer versieht, ein Delegitimierer.

26. MAI 2024

Über die Wirkung des nun schon fast zwei Jahre andauernden russischen Beschusses ukrainischer Elektrizitäts-Infrastruktur konnte man nur Mutmaßungen anstellen. Vorgestern äußerte sich der zuständige ukrainische Minister – ein intelligent aussehender Mann namens Galuschtschenko – über die entstandene Stromlücke und den akuten Bedarf, Strom aus der EU zu beziehen. Die Mengen sind so groß, dass wenig Zweifel übrig bleiben. Die EU ist angeblich nicht in der Lage, solche Mengen aus eigener Produktion zu liefern. Nebenbei: Dass D hierzu nicht in der Lage ist, muss man nicht gesondert erwähnen.

Wahn und Wirklichkeit (2): Natürlich erinnere ich mich, dass die Siegverkünder der westlichen Propaganda angesichts der (dann gescheiterten) Wiedereroberungsversuche des Kernkraftwerks von Saporoshje vor Monaten protzig verkündeten, welche Strommengen die EU in Kürze von dort beziehen werde. Der eigens nach Kiew gedienstreiste Robert bestärkte die ukrainischen Brüder und Schwestern in der Produktion von Atomstrom. Wie nennt man das? Heuchelei.

Quellenangaben und Literaturverzeichnis

In der nachfolgenden Übersicht befinden sich nur selbstständige Veröffentlichungen, während Aufsätze und Internet-Publikationen ausschließlich in den Fußnoten nachgewiesen sind. Für Internet-Quellen-Angaben gilt: Sie dienen lediglich, wie in der wissenschaftlichen Literatur üblich, als Fundstellen, ohne dass ich mir deren Inhalt zu eigen mache. Ihre Existenz wurde vor Redaktionsschluss dieses Buches noch einmal geprüft, für spätere Änderungen und Löschungen trage ich keine Verantwortung.

Stephen E. **Ambrose**/Dougkas G. Brinkley: *Rise to Globalism. American Foreign Policy since 1938*. 8. rev. Ed., New York, Penguin, 1997.

Patrick **Baab**: *Auf beiden Seiten der Front. Meine Reisen in die Ukraine*. Frankfurt am Main, Fifty-Fifty, 2023.

Pedro **Baños**: *So beherrscht man die Welt. Die geheimen Geostrategien der Weltpolitik*. München, Heyne, 2019.

Alexander von **Bismarck** (Hg.): *Begegnungen zwischen Russen und Deutschen*. Neustadt an der Orla, Arnshaugk, 2023.

Zbigniew **Brzeziński**: *Die einzige Weltmacht. Amerikas Strategie der Vorherrschaft*. 2. Aufl., Rottenburg, Kopp, 2015.

Otto **Carius**: *Tiger im Schlamm*. Rastatt, Kurt Vowinckel, 1960.

Carl von **Clausewitz**: *Vom Kriege*. 19. Aufl., Bonn, Dümmler, 1980.

Stefan **Creuzberger**: *Das deutsch-russische Jahrhundert. Geschichte einer besonderen Beziehung*. Hamburg, Rowohlt, 2022.

Thomas **Fassbender**: *Freiheit statt Demokratie. Russlands Weg und die Illusion des Westens.* Lüdinghausen, Manuscriptum, Lichtschlag in der Edition Sonderwege, 2014.

Lois **Fisher-Ruge**: *Überleben in Russland. Chaos und Hoffnung im Alltag.* Aktualisierte TB-Ausgabe, München, Knaur, 1992.

George **Friedman**: *Die nächsten hundert Jahre.* Frankfurt/Main, Campus, 2009.

Francis **Fukuyama**: *The End of History and the Last Man.* New York, The Free Press, 2006 [1. Aufl. 1992].

Michail **Gorbatschow:** *Umgestaltung und neues Denken für unser Land und die ganze Welt.* [Ost]-Berlin, Dietz, 1987; ders.: *Perestroika. Die zweite russische Revolution. Eine neue Politik für Europa und die Welt.* Erweiterte Neuausgabe, München, Knaur, 1989.

Gabriel **Gordetsky** (Hg.): *Die Maiski Tagebücher. Ein Diplomat im Kampf gegen Hitler.* München, C.H. Beck, o.J. [nach 2015].

Ulrike **Guérot**/Hauke Ritz: *Endspiel Europa. Warum das politische Projekt Europa gescheitert ist – und wie wir wieder davon träumen können.* 2. Aufl., Frankfurt/Main, Westend, 2022.

Samuel P. **Huntington**: *Kampf der Kulturen. Die Neugestaltung der Weltpolitik im 21. Jahrhundert.* 7. Aufl., München, Siedler, 1998.

Iwan **Iljin**: *Über den gewaltsamen Widerstand gegen das Böse.* Hg. von Adorján Kovácz. Wachtendonk, Edition Hagia Sophia, 2018.

Felix Phillip **Ingold**: *Der große Bruch. Russland im Epochenjahr 1913. Kultur, Gesellschaft, Politik.* Erweiterte Neuauflage, Berlin, Matthes & Seitz, 2013.

Andreas **Kappler**: *Ungleiche Brüder. Russen und Ukrainer vom Mittelalter bis zur Gegenwart.* Erweiterte Neuherausgabe [des Buches von 2017], Bonn, BzB, 2023.

Wolf **Kalz**: *Die Ideologie des »deutschen Sonderwegs«. Exkurse zur Zeithistorie.* Neustadt an der Orla, Arnshaugk, Nachdruck, 2013.

Markus C. **Kerber**: *Führung und Verantwortung. Das Strategie-Defizit Deutschlands und seine Überwindung.* Berlin, Europolis, o.J. [ca. 2023].

Henry **Kissinger**: *World Order.* New York, Penguin, 2014.

Egon W. **Kreutzer**: *Links abgebogen. Was auf Deutschland zukommt.* Norderstedt, Books on Demand, 2021; ders.: *Wollt ihr das totale Grün? Handreichung zur Bundestagswahl 2021.* Norderstedt, Books on Demand, 2021.

Lewis H. **Lapham**: *Age of Folly. America Abandons its Democracy.* London, Verso, 2016.

Stephan **Lehnstaedt**: *Der vergessene Sieg. Der Polnisch-Sowjetische Krieg 1919–1921 und die Entstehung des modernen Osteuropa.* 5. Aufl., München, C.H. Beck, 2022.

Rudolf A. **Mark**: *Die Völker der Sowjetunion. Ein Lexikon.* Opladen, Westdeutscher Verlag, 1989.

Tim **Marshall**: *Die Macht der Geographie. Wie sich Weltpolitik anhand von 10 Karten erklären lässt.* 11. Aufl., München, dtv, 2019; ders.: *Divided. Why we're living in an Age of Walls.* London, Elliot & Thompson, 2018.

Mungo **Melvin**: *Sevastopol's Wars. Crimea from Potemkin to Putin.* Oxford/UK, Osprey, 2017.

Klaus **Meyer** (Hg.): *Deutsche, Deutschbalten und Russen. Studien zu ihren gegenseitigen Bildern und Beziehungen.* Lüneburg, Norddeutsches Kulturwerk, 1997.

Thomas **Morus**: *Utopia.* Mit einer Einleitung von Hermann Oncken. Darmstadt, Wissenschaftliche Buchgesellschaft, 1964.

Stephan **Paetow**: *Black Box. Die satirischen Sonntags-Kolumnen 2022.* München, Wishing Well Media, 2022; ders.: *dito.* 2023.

John **Pilger**: *The New Rulers of the World.* London/New York, Verso, 2001.

Serhii **Plokhy**: *Das Tor Europas. die Geschichte der Ukraine.* Aus dem Englischen. Sonderausgabe für die BzB, Bonn, 2023 = Hamburg, Hoffmann & Campe, 2022; ders.: *Der Angriff. Russlands Angriff auf die Ukraine und seine Folgen für die Welt.* Hamburg, Hoffmann & Campe, 2023.

Walter **Post**: *Die russische Winteroffensive. Lageentwicklung in der Ukraine.* [Dezember 2022], 12 Seiten, Word-Dok., Kopie im Arch. des Verf.

Tomas E. **Ricks**: *The Gamble. General Petraeus and the untold Story of the American Surge in Iraq, 2006-2008.* London, Allen Lane, 2009.

Gerhard **Ritter**: *Die Dämonie der Macht. Betrachtungen über Geschichte und Wesen des Machtproblems im politischen Denken der Neuzeit.* 6. Aufl., München, Leibnitz, 1948.

Helmut **Roewer**: *Unterwegs zur Weltherrschaft. Band 3, 1945 bis heute: Warum das US-Imperium so lange Erfolg bei uns hatte, jedoch an der Umerziehung der Ostdeutschen scheiterte.* Tübingen, Scidinge Hall, 2018; ders.: *Spygate. Der Putsch des Establishments gegen Donald Trump.* Rottenburg, Kopp, 2020.

Gert **Ruge**: *Weites Land. Russische Erfahrungen – russische Perspektiven.* Berlin, Knaur, 1996.

Mary Elise **Sarotte**: *Nicht einen Schritt weiter nach Osten. Amerika, Russland und die wahre Geschichte der NATO-Osterweiterung.* 4. durchgesehene Aufl., München, C.H. Beck, 2024. [Wirklich erstaunlich: Die Russen sind schuld am Verrücken der NATO nach Osten].

Peter **Scholl-Latour**: *Russland im Zangengriff. Putins Imperium zwischen NATO, China und Islam.* 5. Aufl., Berlin, Ullstein, 2007.

Hubert **Seipel**: *Putins Macht.* 2. Aufl., Hamburg, Hoffmann & Campe, 2022.

George **Soros**: *On Globalization.* New York, Public Affairs, 2002.

Wolfgang **Templin**: *Farbenspiele – die Ukraine nach der Revolution in Orange.* 2. Aufl., Osnabrück, Fibre, 2008 (Lizenzausgabe für die BzB, Bonn 2008).

Thomas **Urban**: *Der Verlust. Die Vertreibung der Deutschen und Polen im 20. Jahrhundert.* München, CH. Beck, TB-Ausgabe o.J. [1. Aufl. 2004].

Tanja **Wagensohn**: *Russland nach dem Ende der Sowjetunion.* Regensburg, Friedrich Pustet, 2001.

Tim **Weimer:** *Macht und Wahn. Der politische Krieg zwischen den USA und Russland seit 1945.* Frankfurt, S. Fischer, 2021 [Eine komprimierte *New York Times* Verschwörungs-Story: Trump, der russische Einflussagent – Bestseller].

Namensverzeichnis

Biographie

Helmut Roewer wurde nach dem Abitur Panzeroffizier, zuletzt als Oberleutnant. Sodann Studium der Rechtswissenschaften, Volkswirtschaft und Geschichte. Nach dem Zweiten Juristischen Staatsexamen Rechtsanwalt und Promotion zum Dr. iur. über ein rechtsgeschichtliches Thema. Später Beamter im Sicherheitsbereich des Bundesinnenministeriums in Bonn und Berlin, zuletzt als Ministerialrat. Schließlich Präsident einer Verfassungsschutzbehörde. Seit 2000 freier Schriftsteller. Zahlreiche Veröffentlichungen, zuletzt *Corona-Diktatur*. 2. Aufl., Dresden, 2023.

Weiteres und Kontakt: www.helmut-roewer.de/root/index.php.

Bildnachweise

Die im Buch abgedruckten Lageskizzen stammen in ihrer Grundstruktur aus russischen Internet-Quellen, durchweg ohne Impressums-Angaben. Sie wurden vom Verfasser zu Illustrationszwecken verändert. Die Kartenskizze zum Sprachenstreit in der Ukraine wurde von der Bundeszentrale für politische Bildung, die ihrerseits auf eine Publikation der *Zeitschrift für Osteuropa* zurückgegriffen hat, zur Weiterverwendung verbreitet. Das Autorenportrait stammt von Bernd Zeller, es wurde vom Verfasser zum Gebrauch in eigenen Veröffentlichungen erworben.

Sonderband Reihe EXIL

Helmut Roewer

Corona-Diktatur

Der Staatsstreich von Merkel, Christunion & Co 2020/21

Klappenbroschur, 304 S., **22 €**

ISBN 978-3-9823-005 1 1

2020/21 wird Deutschland durch das Corona-Virus heimgesucht. Die Flüchtlingsclique um Bundeskanzlerin Merkel (CDU) nutzt das Seuchengeschehen, das propagandistisch zur »epidemischen Lage von nationaler Reichweite« aufgeblasen wird, um den demokratischen Rechtsstaat in eine Kanzler-Diktatur zu verwandeln. – Eine persönliche Chronik, aufgezeichnet vom Verfassungsjuristen Helmut Roewer.

edition buchhaus loschwitz
Friedrich-Wieck-Str. 6 | 01326 Dresden
Tel: 0351 2 66 66 55 | Fax: 0351 2 68 52 76
eMail: buchhaus_loschwitz@t-online.de
www.Kulturhaus-Loschwitz.de

Sonderband Reihe EXIL

Jörg Bernig
Habe Mut
Begleitschreiben
Texte aus zwei Jahrzehnten

Klappenbroschur, 212 S., **22 €**
ISBN 978-3-9825562-7-7

Anläßlich des 60. Geburtstages von Jörg Bernig sind in diesem Band nun vielerorts erschienene Texte aus den letzten zwanzig Jahren versammelt. »Sie mäandern vom Elbhochwasser zur Dämmerung eines frühen Wintermorgens, die ein Gedicht mit sich bringt, und gelangen bis hinaus ans Meer am europäischen Rand des Randes. Zuzeiten ist Begleitschreiben das literarische Verfahren.« (Jörg Bernig)

edition buchhaus loschwitz
Friedrich-Wieck-Str. 6 | 01326 Dresden
Tel: 0351 2 66 66 55 | Fax: 0351 2 68 52 76
eMail: buchhaus_loschwitz@t-online.de
www.Kulturhaus-Loschwitz.de